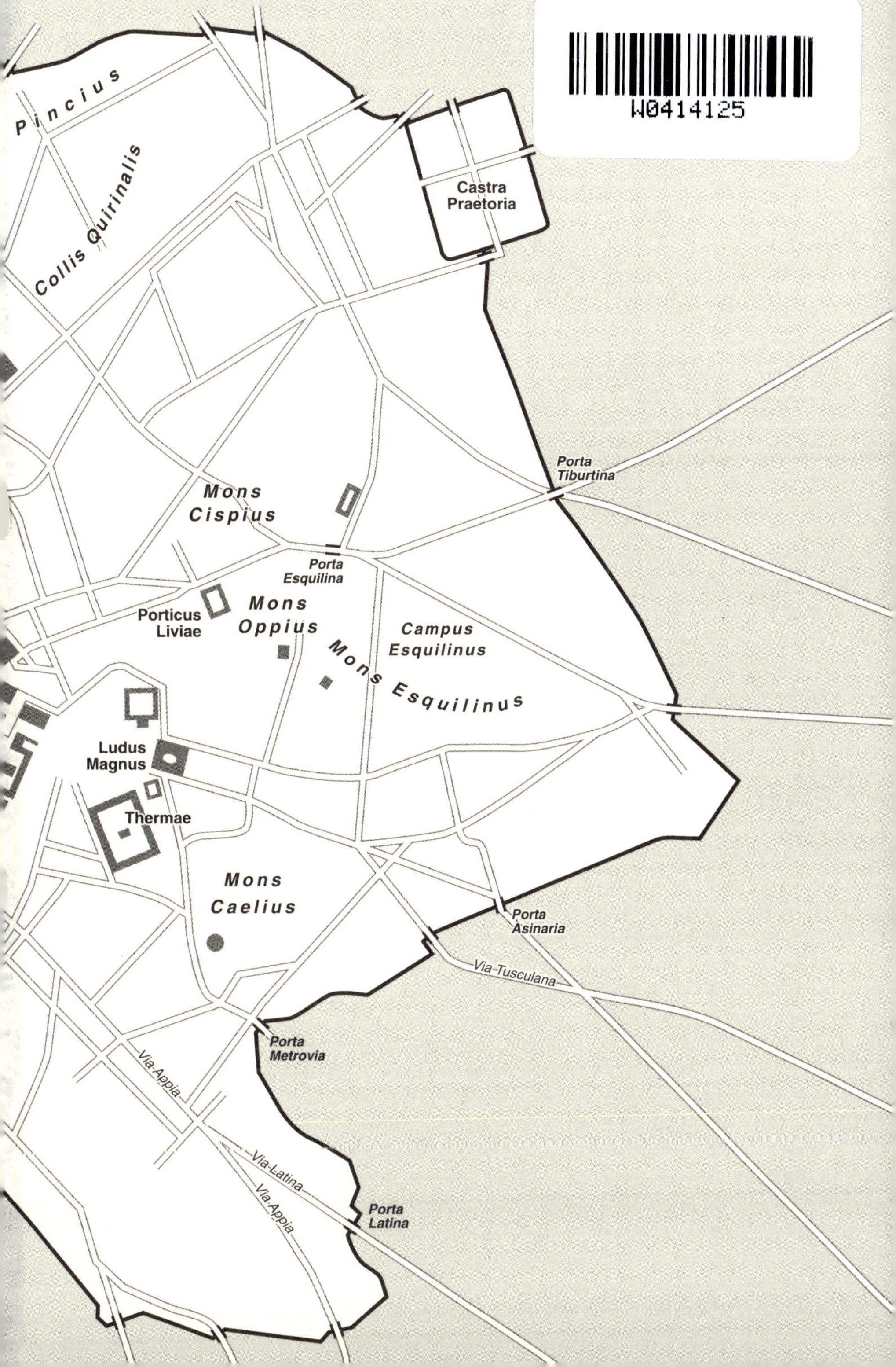
Pincius
Collis Quirinalis
Castra Praetoria
Porta Tiburtina
Mons Cispius
Porta Esquilina
Porticus Liviae
Mons Oppius
Campus Esquilinus
Mons Esquilinus
Ludus Magnus
Thermae
Mons Caelius
Porta Asinaria
Via Tusculana
Porta Metrovia
Via Appia
Via Latina
Via Appia
Porta Latina

SIEGFRIED OBERMEIER

Messalina

Siegfried Obermeier

Messalina

Die lasterhafte Kaiserin

Roman

nymphenburger

Besuchen Sie uns im Internet unter http://www.herbig.net

Schutzumschlag: Wolfgang Heinzel
Schutzumschlagmotiv: The Bridgeman Art Library, London
Karte auf Vor- und Nachsatz: Kartografie & Grafik
Eckehard Radehose, Holzkirchen
Satz: Schaber Satz- und Datentechnik, Wels
Gesetzt aus 10,8/13,35 Punkt Stempel Garamond
Druck und Binden: GGP Media, Pößneck
Printed in Germany
ISBN 3-485-00916-4

Prologus

Sie hasste es, ein Kind zu sein. Sie hasste es, sich jedes Ding befehlen und vorschreiben zu lassen. Ihr Benehmen, ihre Kleidung, ihren Gang, ihre Frisur, ihre Essens- und Schlafenszeiten, ihre Lektüre, die Frei- und Arbeitsstunden – über all dies wurde von Erwachsenen verfügt. Tu dies, tu das, lass dies, lass das, so nicht, so schon, dieses nicht, aber jenes. Eltern, Verwandte, Lehrer – man brauchte nur erwachsen zu sein, um Messalina gängeln und bevormunden zu können.

Wenn sie mit gleichaltrigen Mädchen zusammenkam, dann herrschte fast einhellig die Meinung, Kind zu sein sei wundervoll, man müsse diesen Zustand genießen und so lange wie möglich hinauszögern. Mit Grauen und Abscheu wurde meist jenes gar nicht mehr so fernen Tages gedacht, da die Monatsblutung einsetzen würde und das Mädchen zur Frau machte, für die es galt, möglichst schnell einen geeigneten *sponsus* zu finden. Schon der Gedanke daran sei ekelhaft, demütigend, grässlich.

So redeten sie, die dummen Gänschen, und Messalina hielt es nicht für der Mühe wert zu protestieren. Sie jedenfalls sehnte diese Stunde herbei, erwartete ungeduldig den Tag, da man sie als Erwachsene betrachten und behandeln würde. Freilich, als Frau hatte man ohnehin das schlechtere Los gezogen, doch da es nun einmal so war, wollte sie das Beste daraus machen. Dass man sie nach ihrer Frauwerdung bald verheiraten würde, nahm sie gerne in Kauf, denn damit waren schließlich auch gewisse Freiheiten verknüpft: Theaterbesuche, kleine und größere Reisen, Einkäufe auf dem Markt, natürlich immer in Begleitung, und, falls der Gatte alt oder impotent war und man es geschickt anstellte, einen *amator* oder auch mehrere. Der konnte es einem dann so richtig besorgen im Bett ... So hatte es eine Verwandte formuliert, die vor kurzem an einen älteren Witwer verheiratet worden war. »Der alte Zausel«, so flüsterte sie im Kreis der andächtig lauschenden Mädchenrunde, »der kriegt ja keinen mehr hoch, da war, wie ihr euch denken könnt, die Brautnacht kein besonderes Vergnügen. Doch schon auf der Hochzeitsfeier gab es einige, die mir schöne Augen machten und auf die ich zählen kann.«

Das waren für die elfjährige Messalina zunächst einmal Rätselworte. Doch hätte sie sich lieber die Zunge abgebissen, als andere oder gar die Erzählerin danach zu fragen. Alle taten sehr wissend, nickten und kicherten, Messalina hätte jedoch eine Hand darauf verwettet, dass nur ganz wenige wirklich Bescheid wussten. Hätte sie ihre Mutter danach fragen sollen? Nicht, dass ihr der Mut dazu fehlte, denn Domitia Lepida war kein Ausbund an Tugend, ganz im Gegenteil. Doch etwas hielt Messalina davon ab, sie hätte nicht deutlich benennen können, was es war. Scham? Furcht vor einer abschlägigen Antwort oder gar einem rüden Verweis? Vielleicht, aber wohl auch der unbewusste Wunsch, diese Dinge selbst zu erfahren, selbst zu erproben. Brüder hatte sie keine, es wäre jedoch auch undenkbar gewesen, einen Mann danach zu fragen, obwohl es sie ja eigentlich betraf. Sie waren es ja, die keinen mehr hochkriegten oder es einem so richtig besorgten im Bett ...

Schön wäre es schon gewesen, wenn der Kleine überlebt hätte – in diesen Tagen wäre er acht geworden. Der Vater war vor Freude außer Rand und Band geraten, als endlich der männliche Spross zur Welt gekommen war, der Erbe, der Stammhalter, der Namensträger. Doch dann ...

Die Familie wollte damals gerade zum Sommeraufenthalt in das Landgut bei Praeneste aufbrechen, als diese tückische Kinderkrankheit ihre mörderischen Spuren durch Rom zog. Wie Hunderte andere war der Fünfjährige qualvoll gestorben und der Vater hatte sich von diesem Schlag niemals erholt. Bald darauf gab Valerius Messalla seinen Sitz im Senat auf und widmete sich nur noch der Verwaltung seines Vermögens. Er begann zu

trinken und wies jedem Medicus die Tür, der es ihm verbieten wollte.
Es gab eine Zeit, da wäre Messalina lieber ein Junge gewesen, um dem Vater den schmerzlichen Verlust zu ersetzen. Sie hatte am kleinen Tempel der Venus genetrix, gleich hinter dem Forum Julium, bescheidene Opfergaben niedergelegt, ohne den erstaunten Eltern den Grund zu nennen. Wochenlang betastete sie gleich nach dem Erwachen die Stelle, an der sie hoffte, dass ein kleiner Penis wachsen würde, doch entweder waren die Götter taub oder sie wollten das von ihnen bestimmte Geschlecht nicht ändern. Später hatte sie sich dann über ihre Einfalt geärgert. Was hätte sie schon groß davon gehabt, ein Junge zu sein? Gewiss, ein freieres Leben, ein paar Vorrechte, aber ständig wachsende Pflichten. Nein, nein, es war schon gut so.
Messalinas Elternhaus lag am nördlichen Stadtrand zwischen der Via Flaminia und den Horti Luculliani, die Valerius Asiaticus, ein entfernter Verwandter, prächtig hatte ausbauen und verschönern lassen. Wenn er jemand um seinen Besitz beneide, hatte der Vater einmal gesagt, dann diesen Vetter um seine wundervollen Gärten.
»Wenn ich das Geld hätte, würde ich dir diese Horti kaufen«, hatte sie unwillkürlich gesagt.
Der Vater lachte. »Lieb von dir, mein kleiner Schatz, aber Asiaticus würde den Park um nichts in der Welt hergeben – das hat er mir selbst gesagt.«
Messalina sprang so schnell auf, dass der Hocker umfiel, auf dem sie gekauert hatte. Sie ging ans Fenster ihres im Obergeschoss liegenden Zimmers und schaute nach Osten. Die Kronen der mächtigen Pinien in den Horti Luculliani waren von hier aus zu sehen und was von den Bäumen und Sträuchern im Winter die Blätter verloren hatte, schmückte sich jetzt, Anfang März, mit kräftigem Grün.
Messalina nahm es wahr, nahm es jedoch nicht auf. Noch siebenundvierzig Tage bis zu ihrem zwölften Geburtstag! Sie könnte Nike fragen, die griechische *serva*, von der Mutter gesagt hatte, dass jeder männliche Sklave im Haus schon in ihrem Bett gewe-

sen sei. Insgesamt verabscheute Messalina diese Sklaven, doch ein paar davon mochte sie. Die meisten von ihnen hatten so etwas Verschlagenes an sich, buckelten und schlugen die Augen nieder, doch hinter ihrer demütigen Sklavenmiene lauerten Frechheit und Aufruhr.

Bei Nike war das anders. In ihrem hübschen Gesicht trat die Frechheit offen zutage, vor allem, was die Männer betraf. Denen gegenüber gab sie sich kratzbürstig, schnippisch und kurz angebunden. Das, so vermutete Messalina, legte sie ab, wenn ein Mann ihre Kammer betrat. Sie jedenfalls müsste schlüssig erklären können, was es bedeutete, wenn ein Mann und eine Frau zusammen kamen.

Nike war die bevorzugte *famula* der Hausherrin und bekannt für ihr Geschick, zerstörte Frisuren aufs Beste wieder herzurichten.

Im Haus herrschte die übliche nachmittägliche Stille und um die Eltern nicht zu stören, ging Messalina hinüber ins Sklavenquartier. Sie winkte Nike heran, legte einen Finger auf die Lippen und zog sie hinauf in ihr Zimmer.

»Soll ich dir die Haare richten, Virgo?«

Dass Nike sie nicht Domina, also Herrin, nannte, sondern spaßhaft mit Jungfrau anredete, ließ Messalina hingehen. Sie wies auf den Hocker. »Nein, setz dich.«

Messalina ließ sich ihr gegenüber aufs Bett fallen und redete nicht lange herum. »Du kennst dich doch mit Männern gut aus?«

»Ich bin keine *virgo* mehr, wenn das gemeint ist …«

Messalina nickte ungeduldig. »Ja, genau das meine ich. Ich werde bald zwölf, bekomme dann wohl auch meine Monatsblutung und möchte über Verschiedenes Bescheid wissen.«

Auf Nikes frischem rundlichen Gesicht erwachte das Misstrauen. »Ich bin nur eine *serva*, vielleicht solltest du besser die Domina fragen.«

»Das will ich eben nicht! Meine Mutter würde wahrscheinlich nur um den heißen Brei herumreden, von dir erwarte ich die Wahrheit! Hast du verstanden?«

Nike seufzte. »Also gut, worum geht es?«
»Was bedeutet es, wenn von einem Mann gesagt wird, dass er es den Frauen im Bett so richtig besorgt?«
Nike schüttelte ihren Kopf und blies die Wangen auf. »Woher hast du das?«
»Das ist unwichtig und geht dich nichts an – also?«
»Lass es mich so sagen: Wenn ein Mann jung ist und stark und weiß, was den Frauen gut tut, dann, ja dann sagt das Volk, er besorgt es ihnen richtig. Nur in euren Kreisen …«
»Wird auch nicht immer so vornehm geredet. Was genau tut er dabei?«
Nike blickte flehentlich zur Decke und stieß hervor: »Diana, Schutzherrin der Sklaven, steh mir bei!«
Sie wandte sich an Messalina und flüsterte. »Weißt du überhaupt, was zwischen Liebesleuten vorgeht?«
»So ungefähr schon …«
»Also – der Mann umarmt die Frau, beide sind nackt, beide sind erregt, der Schoß der Frau öffnet sich, der Mann dringt mit seinem Dingsda ein und rammelt, nicht anders als Rüden und Hengste es tun. Das genießen die Liebesleute und so werden die Kinder gemacht.«
»Aha …«
»Noch etwas, meine Virgo?«
»Und wenn er keinen mehr hochkriegt?«
Nike kicherte. »Dann geschieht eben nichts. Wenn der Mann erregt ist, muss sein Dingsda hart und steif werden wie ein Stock. Sonst geht nichts … Habe ich es deutlich genug erklärt?«
Messalina nickte. »Ja, schon – du kannst dann gehen.«
Sie wollte sich vor der Sklavin keine Blöße geben. Nike war schon unter der Tür, da sagte Messalina mit leiser scharfer Stimme: »Dieses Gespräch bleibt unter uns, verstanden? Wenn du es herumtratschst, werde ich dich so hart auspeitschen lassen, dass du eine Woche auf dem Bauch schlafen musst.«
Nike tat, als erschrecke sie. »Nein, nein – kein Wort kommt über meine Lippen, das schwöre ich bei allen Göttern!«

»Dann hinaus mit dir!«
Sklavenpack! Leider braucht man es, wie man Kleider, Pferde und Werkzeuge braucht.
Der zwölfte Geburtstag kam, es gab eine kleine Feier, doch Messalinas Schoß blieb trocken und so wurde sie weiterhin als Kind behandelt.
Im Juni zog die Familie in ihr Landhaus bei Praeneste und Messalina durfte nicht auf einem Maultier reiten, sondern wurde mit Mutter und Nike in den geräumigen Reisewagen gesperrt, den vier Ochsen langsam genug voranbrachten. Die eisenbeschlagenen Räder machten auf dem buckligen Straßenpflaster einen solchen Lärm, dass man sein eigenes Wort nicht verstand, und ganze Stapel von Polstern konnten nicht verhindern, dass einem die Eingeweide durchgeschüttelt wurden wie Würfel in einem Becher. Und da geschah es.
Sie hatten die Stadt durch die Porta Praenestina schon verlassen, als ein besonders harter Stoß des dahinpolternden Reisewagens in Messalina zuerst einen dumpfen, dann einen ziehenden, sich schnell steigernden Schmerz auslöste, der sie laut aufstöhnen ließ, was der Lärm jedoch übertönte. Mit einer Hand packte sie ihre Mutter am Arm, die andere presste sie auf den Bauch und zugleich spürte sie, dass es darunter warm und feucht wurde. Sie tastete danach und als sie ihre Hand hervorzog, glänzten ihre Finger dunkelrot.
Die aufmerksame Nike wusste gleich Bescheid und schrie, um den Lärm zu übertönen: »Wir müssen anhalten, Domina! Aus unserer Virgo ist eine Frau geworden.«
Da niemand auf Domitias erregtes Winken achtete, sprang Nike kurzentschlossen aus dem langsam dahinrumpelnden Wagen und fiel dem daneben reitenden Bediensteten in die Zügel.
Eine große Aufregung entstand, weil der Sklave in seiner männlichen Beschränktheit etwas von einer schweren Verletzung verstanden hatte, doch das klärte sich bald. In einem schnell am Straßenrand errichteten Tuchzelt wurde Messalina von Frauen fachgerecht versorgt. Um ihre Tochter zu trösten, meinte Domitia

Lepida: »Mach dir nichts daraus, meine Kleine. So geht es allen Frauen und man gewöhnt sich schnell an das Übel.«
Messalina blickte sie erstaunt an. »Übel? Wer spricht von Übel? Ich bin froh, dass es endlich so weit ist. Jetzt kann ich zu leben beginnen.«
Domitia konnte mit den rätselhaften Worten ihrer Tochter wenig anfangen – doch schon einige Jahre später wusste sie, wie es gemeint gewesen war.

1

Tiberius Claudius Nero Germanicus, Enkel des vergöttlichten Augustus und letzter kaiserlicher Prinz aus julisch-claudischem Geschlecht, erwartete in wenigen Wochen seinen neunundvierzigsten Geburtstag und zweifelte daran, ob er ihn noch erleben würde. Sein Neffe Gaius Julius Caesar Augustus, genannt Caligula, das Stiefelchen, schändete seit über zwei Jahren den römischen Kaiserthron mit seinen blutigen, tödlich-grausamen »Scherzen«. Mehrmals hatte er wütend ausgerufen: »Ach, hätte ganz Rom nur einen Hals!« Ein halbes Jahr nach seiner Thronerhebung war Caligula schwer krank geworden und nach seiner Genesung hatte er sich für göttlich erklärt. Er sah sich als auf Erden weilender Zwilling des Jupiter und ließ sich einen Tempel auf dem Palatin errichten.
Wer aus der julisch-claudischen Familie die Mordtaten des unter Tiberius wütenden Sejanus überlebt hatte, der fand unter Caligula sein Ende – ausgenommen bisher Prinz Claudius. Wegen seiner stillen und wortkargen Art hatten Eltern und Verwandte ihn von Jugend an für geistig zurückgeblieben erachtet und er hatte wenig getan, um diesen Eindruck zu widerlegen – aus kluger Berechnung, weil er ungestört bleiben und Ruhe für seine wissenschaftliche Arbeit haben wollte. Aus Claudius war nämlich in aller Stille ein Gelehrter geworden, der Freude und Genugtuung in historischen Studien fand, mehrbändige Werke über römische, etruskische und karthagische Geschichte schrieb, und zwar in der von ihm vollendet beherrschten griechischen Sprache.
Zum Glück hatte sein mörderischer kaiserlicher Neffe ihn genauso wenig ernst genommen wie alle anderen Verwandten und ihn niemals als möglichen Thronanwärter angesehen. Herrschen war tatsächlich etwas, was sich Claudius so wenig wünschte wie

Krankheit oder Tod. Er hatte sich in die Rolle des stotternden, hinkenden und Gesichter schneidenden Trottels so eingelebt, dass er sie nicht mehr zu spielen brauchte, sie war ihm zur zweiten Natur geworden.

Mehr um ihn zu ärgern und noch lächerlicher zu machen, hatte Caligula ihm politische Ämter aufgedrängt. Er musste den Senator und zeitweise den Konsul spielen, blieb dabei seiner Rolle treu und brachte mit seinem Ungeschick halb Rom zum Lachen. Caligula dachte nicht daran, auf diesen wohlfeilen Hofnarren zu verzichten, und so musste Claudius, sobald er sich zum Beispiel über den Sommer in sein Landhaus bei Neapolis zurückziehen wollte, untertänigst um Erlaubnis ansuchen.

Sein römisches Domizil lag am Rande der Stadt und besaß einen kleinen, schattigen Park. Hier vergrub sich Claudius in seine Arbeit und suchte häufig die Bibliotheken auf, deren wichtigste von seinem Großvater Augustus gegründet worden war, mit einem umfangreichen Bestand an historischen Werken in lateinischer und griechischer Sprache.

So schritt seine Arbeit zügig und ziemlich ungestört voran – ungestört auch deshalb, weil er sich vor kurzem von seiner zweiten Gemahlin Aelia Paetina getrennt hatte. Sie war ihm dauernd mit Forderungen in den Ohren gelegen, er sei zu wenig ehrgeizig, strebe weder Macht noch Einfluss an, vergrabe sich in seinen Büchern und sei alles andere als ein guter *pater familias*. Da habe sie nicht Unrecht, entgegnete er und schlug eine Trennung von Tisch und Bett vor. Falls sie Wert darauf lege, würde er auch einer Scheidung zustimmen. Diesen Schritt wollte Aelia jedoch nicht tun, denn sie hatte ihm die Tochter Claudia geboren und hegte die unsinnige Hoffnung auf einen Sohn.

Äußerlich betrachtet, hätte Claudius als schöner Mann gelten können. Mittelgroß, von körperlichem Ebenmaß, war er schlank, ohne mager zu sein. In seinem vollen Haar überwog der Grauton; seine klugen, etwas nachdenklichen Augen hielt er auf Gesellschaften meist halb geschlossen, als wolle er nicht wahrnehmen, wo er sich befand und wer um ihn war. Seine kräftige, ein wenig zu kurze

Nase schien manchmal misstrauisch zu schnuppern, der gut geformte Mund lächelte höchst selten und wenn, dann wurde eine Grimasse daraus.
Kurz gesagt – wenn Claudius schweigend auf einem Stuhl saß, bot er das anmutige Bild eines würdigen älteren Mannes, doch wenn er ging, redete oder aß, wurde ein Zerrbild daraus. Von Jugend an war er etwas schwach in den Kniegelenken gewesen, doch weder Eltern noch Erzieher versuchten durch gezielte athletische Übungen den Schaden zu beheben oder zu mildern. Bei einem Claudius schien alle Mühe vergebens, wenn schon seine Mutter von ihm sagte, er sei ein Scheusal unter den Menschen und es gebe wohl nur wenige, die noch dümmer seien als er. So erfuhr er von Kindheit an Spott und Missachtung und zog sich mehr und mehr in sich selbst zurück, fand Trost bei seinen Büchern und bald bei seinen wissenschaftlichen Arbeiten, die ihn so fesselten, dass sie zu einer Leidenschaft wurden, die sein Leben prägte.
Eine andere waren die Frauen. Manchmal dachte er bei sich, an seiner Wiege müsse Priapus gestanden und ihm die Eigenschaft eingehaucht haben, vor allem Weiblichen schwach zu werden. Es fiel den Frauen nicht schwer, Claudius zu verführen, und da er trotz allem ein kaiserlicher Prinz war, fehlte es ihm niemals an Bewerberinnen. Er kannte diese Schwäche genau und lehnte sich von Zeit zu Zeit dagegen auf, wohl wissend, dass er schon der nächsten Versuchung nicht widerstehen konnte.
Claudius hatte sich schon auf den stillen November gefreut, den einzigen Monat, der keine Staatsfeierlichkeiten kannte, ausgenommen die Feriae Jovi in der Monatsmitte. Bei Caligula gab es keine Regel, ob er an solchen Festen teilnahm oder nicht, keine Regel auch, ob sein Onkel Claudius geladen war oder nicht. Der kaiserliche Tages-, Wochen- und Monatskalender wurde ausschließlich von Caligulas Launen diktiert und wenn er gestern noch für den nächsten Tag einen Ausflug zu seinem Prunkschiff im Lacus Nemorensis angekündigt hatte, so konnte er wenige Stunden vorher seine Pläne ändern. So war es auch diesmal.
Ein kaiserlicher *cursor* lud Claudius zu dem Jupiter-Fest auf den

Palatinus und Claudius wusste, dass dies ein Befehl war. Nicht selten war es geschehen, dass ein Geladener aus irgendeinem Grund der Aufforderung nicht Folge leisten konnte und sich zu spät oder nicht ausreichend entschuldigte. Wenn Caligulas Sekretäre zudem herausfanden, dass dieser Mensch wohlhabend war, dann wurde er mit der Androhung eines Hochverratsprozesses in den Tod getrieben. Zuvor musste er jedoch zumindest zwei Drittel seines Nachlasses dem Kaiser überschreiben. Die eingetriebenen Steuern reichten für Caligulas maßlose Prunksucht längst nicht mehr aus und so hatte er sich reiche römische Bürger als Geldquelle erschlossen. Immer häufiger machten Wohlhabende von der Möglichkeit Gebrauch, sich unter einem falschen Namen in einer fernen Provinz zu verkriechen, um dort ihr Leben und zumindest einen Teil des Besitzes zu retten, bis der kaiserliche Massenmörder beseitigt war und der Blutdunst über Rom sich verzogen hatte.

So machte sich Claudius seufzend auf den Weg und ließ sich, da am Morgen ein kräftiger Regen eingesetzt hatte, in einer geschlossenen Sänfte zum Palatium tragen. Dort hatte der kaiserliche Palast unter Caligulas Bauwut so groteske Formen angenommen, dass er wie ein Krebsgeschwür den Mons Palatinus überwucherte, wozu nicht wenige ältere Bauten abgerissen oder, wie der Tempel von Castor und Pollux, den göttlichen Zwillingssöhnen, quasi zum *vestibulum* des Kaiserpalastes herabgewürdigt wurden. Dort stellte sich der Kaiser manchmal neben die Statuen des Götterpaares und ließ sich als Jupiter Latiaris anbeten.

Claudius sah wohl, wie die wachhabenden Prätorianer feixend ihre Gesichter verzogen, als er Grimassen schneidend die Treppe hinaufhumpelte, aber wie immer in der Öffentlichkeit verschloss er seinen Sinn vor den ihn umgebenden Menschen und Ereignissen.

Die religiösen Zeremonien der Feriae Jovi hatten bereits am frühen Morgen stattgefunden und jetzt geruhte der göttliche Imperator als irdisches Erscheinungsbild des Jupiter für die auserwählten Gäste eine Nachfeier zu veranstalten.

Caligula war noch nicht erschienen, es herrschte Gedränge und Stimmengewirr und es dauerte eine Weile, bis alle ihre Plätze eingenommen hatten.
Claudius ließ sich in dem abgesperrten Bereich nieder, der einstmals für Mitglieder der kaiserlichen Familie vorgesehen war und nun von Caligulas Günstlingen und Vertrauten genutzt wurde. Er senkte die Lider und blickte unauffällig in die Runde. Im Vorjahr hatten hier noch Agrippina und Julia Livilla, die Schwestern des Kaisers, gesessen, die er wegen angeblicher Verschwörungspläne auf die wüsten Pontinischen Inseln verbannt hatte. Claudius dachte an seine beiden Nichten – die sanfte Livilla hatte er immer geschätzt – und fragte sich, ob sie jemals nach Rom zurückkehren würde. Nicht, solange Caligula lebte ...
Jetzt traten Valerius Messalla und seine Frau Domitia Lepida ein. Ah, das Töchterchen hatten sie heute auch dabei! Messalina war jetzt wohl volljährig geworden. Da die Familie in seiner unmittelbaren Nachbarschaft wohnte und mit ihm entfernt verwandt war, kannte er sie flüchtig.
Es ist schon seltsam, ging es ihm durch den Kopf, dass Eltern von nichts sagender, manchmal sogar hässlicher Erscheinung so schöne Kinder zeugen.
Messalina trug seit kurzem die Haare hochgesteckt, in kunstvolle Wellen gelegt und an der Stirn mit kleinen Löckchen verziert, die aussahen wie niedliche Schnecken. Ihr Gesicht war eher schmal mit leicht betonten Wangenknochen, großen leuchtenden Augen, einer schön geformten, schmalen Nase und einem Mund, Claudius schluckte, einem so süßen Mund ... Nicht zu groß und nicht zu klein, Ober- und Unterlippe vollendet geformt.
Solange der göttliche Imperator nicht erschienen war, richteten sich die neugierigen Augen auf Claudius und so auch die von Messalina. Hatte sie ihn angelächelt? Claudius war sich nicht ganz sicher, die Entfernung war zu groß.
Ob Caesonia Augusta heute erscheinen würde? In vierter Ehe hatte Caligula sie geheiratet und sie schien endlich eine Frau nach seinem Geschmack. Launisch, heimtückisch, grausam und scham-

los, gehörte sie zu den wenigen, die den Kaiser nicht fürchteten, und dies vor allem gefiel und beeindruckte ihn. Sie hatte ihm vor einem Jahr die Tochter Drusilla geboren, auf die er so stolz war, dass er, wie man hörte, den Plan erwog, sie jetzt schon zur Gottheit erklären zu lassen. So, wie er es mit seiner gleichnamigen Schwester getan hatte, die vor zwei Jahren gestorben war und mit der Caligula in stolz eingestandener Blutschande gelebt hatte.
Caesonia kam nicht, stattdessen erschien Pyrallis, des Kaisers bevorzugte *concubina*. Sie gehörte zu den wenigen Menschen, die auf Caligula einen mildernden Einfluß ausübte. Seine angemaßte Göttlichkeit nahm sie nicht zur Kenntnis und redete ihn auch vor anderen mit seinem Vornamen Gaius an. Sie sagte ihm einfach, was ihr gefiel und was nicht – ganz unaufgeregt gab sie ihm etwa zu bedenken: »Hältst du das für angemessen, Gaius? Ich finde, es passt nicht zur Würde eines Imperators.« Oder: »Warum zerrst du gerade den vor Gericht? Der Mann hat Frau, Kinder und arme Verwandte zu versorgen. In Rom gibt es genügend gemeine Wucherer, die du schröpfen kannst.«
Erstaunlicherweise hörte der Kaiser oft auf ihren Rat und wer Pyrallis näher kannte, wusste, dass sie ihre Stellung weder missbrauchte, um anderen zu schaden, noch um sich selbst zu bereichern. Als einziges größeres Geschenk hatte sie ein eher bescheidenes Haus in Tibur angenommen, mit den Worten: »Dahin kann ich mich zurückziehen, wenn du mich satt hast, Gaius.«
Ihr nobles Verhalten hatte sich längst in Rom herumgesprochen und immer häufiger erreichten sie Bittbriefe. Die gab sie stets an Callistus weiter, des Kaisers obersten Sekretär, dem er vertraute wie keinem anderen. Callistus aber, durch die Ereignisse der letzten Zeit vorsichtig geworden, begann eigene Pläne zu entwickeln.
Pyrallis begrüßte Claudius mit einer leichten Verneigung.
»Wann wird der Augustus erscheinen?«
Sie hob ihre schmalen Schultern. »Er hat nur gesagt, dass er kommen wird – er und Helikon.«
Bei diesem Namen spürte Claudius ein solches Grauen, dass ihm der Schweiß auf die Stirn trat.

»Helikon …«, murmelte er, »das ist kein gutes Zeichen.«
Pyrallis gab nicht zu erkennen, ob sie seine Worte verstanden hatte, nahm ungezwungen zu Füßen des erhöhten Thronsitzes Platz und blickte in die Runde. Sie war kaum geschminkt, trug als einzigen Schmuck eine Gemme um den Hals mit dem Bildnis des Kaisers. Mit ihrem verschlossenen Gesicht, den nachdenklichen kieselgrauen Augen und dem etwas großen, volllippigen Mund konnte man sie kaum hübsch nennen, doch war es weniger ihr Äußeres, das Caligula an ihr schätzte, sondern vielmehr ihre Art, sich zu geben; Caligula spürte, dass sie ihn aufrichtig liebte, und Pyrallis glaubte, hinter der blutigen Maske des zynischen Henkers und Verderbers einen ängstlichen, oft hilflosen Menschen zu erkennen. Diesen aber liebte sie und nichts konnte sie darin beirren.
Hinein in das frohe Stimmengewirr schnitten die grellen, scharfen Töne der kaiserlichen Fanfarenbläser und kündigten den Auftritt des göttlichen Augustus an, der irdischen Erscheinung des Jupiter Latiaris.
Endlose Prassereien und unmäßiger Weingenuss hatten den Kaiser fett werden lassen, doch das betraf nur den schlaffen aufgetriebenen Körper. Im Gesicht war davon nichts zu bemerken. Sein schmales, nicht unschönes Antlitz wirkte bei näherer Betrachtung dennoch befremdlich durch die starren, kalten, fast blicklosen Augen, den schmalen, verpressten Mund und die krankhaft blasse Haut.
Die Gespräche verstummten, alles erhob sich, der Kaiser blickte auf gekrümmte Rücken, einige hatten sich in übertriebener Devotion auf den Boden gekniet.
Caligula nahm auf dem Thronsitz Platz und schon ertönte seine scharfe, geschulte, weithin vernehmbare Rednerstimme: »Dieses Fest habt ihr nicht meiner Eigenschaft als Imperator zu verdanken – nein, Jupiter Latiaris, der uralte Gott des römischen Volkes ist es, der euch zu Tisch lädt. Und vergesst dabei nicht: Mag der Augustus Gaius Caesar Germanicus einiges übersehen, von dem, was ihr plant, denkt, ausbrütet, Jupiter blickt in eure Herzen, ihm

entgeht keine Regung, er kennt euch und eure Absichten, ob gut oder böse, bis auf den Grund.«
Caligula erhob sich und reckte die geballte Faust empor.
»Mögt ihr euch auch Konsuln und Senatoren nennen, Ritter und römische Patrizier, so seid ihr doch nichts als Menschen – Menschen – Menschen! Ich aber bin ein Gott! Ja, ein Gott! Wer dies missachtet, hat die Folgen zu tragen!«
Sein bleiches Gesicht hatte sich gerötet, die Stimme war laut und schrill geworden.
Da wandte Pyrallis sich um und blickte ihn lächelnd an. Caligula nickte leicht und setzte sich wieder und flüsterte.
»Du hast Recht, Pyrallis, dieses Geschmeiß ist die Aufregung nicht wert. Sollen sie jetzt essen und trinken, bis sie platzen, einigen wird es gar nicht wohl bekommen ...«
Hinter dem Thronstuhl stand Helikon, den Kopf vorgebeugt, als erwarte er jeden Augenblick die kaiserlichen Befehle. Der noch junge griechische Freigelassene hatte sich eine Stellung errungen, die man als des Kaisers bösen Schatten bezeichnen konnte. Er verwaltete die Todeslisten und führte ein Buch mit drei Spalten. Da gab es die »Überführten« mit einer Lebensfrist von nur wenigen Tagen, dann die »Verdächtigen«, von denen die meisten in naher Zukunft der kaiserlichen Habgier zum Opfer fallen würden, und die »Zweifelhaften«, bei denen es zu überprüfen galt, ob sich eine Anklage lohnte. Geschickte Spitzel untersuchten die Lebensumstände der »Verdächtigen« und »Zweifelhaften«, sodass es, wie einmal geschehen, nicht mehr dazu kommen konnte, dass ein wegen Hochverrats Hingerichteter sein Vermögen schon Monate zuvor an Freunde und Verwandte verschenkt hatte und sogar noch Schulden hinterließ. Damals hatte der Kaiser empört ausgerufen: »Der Kerl hat mich getäuscht! Da hätte er genauso gut am Leben bleiben können.«
Jeder im Saal wusste, wer Helikon war, und nur wenige blieben ahnungslos, als des Kaisers große starre Augen die Gäste genau musterten und er Helikon Anweisungen zuflüsterte.
Der Metzger wählt seine Schlachtlämmer aus, dachte Claudius,

und ich werde nicht dazugehören. Es lag kein Triumph in dieser Überlegung, nur der eigensinnige Trotz, den kaiserlichen Henker zu überleben.
Claudius hatte sich nicht getäuscht – Messalina hatte ihm tatsächlich zugelächelt, ganz kurz nur und nicht ohne leisen Spott, denn auch sie kannte, wie ganz Rom, die traurige Rolle, die des Kaisers Onkel zu spielen hatte. Allerdings hatte sie etwas wie ein hässliches, widerliches Wesen erwartet und nicht einen würdigen älteren Herrn, der sie an einen ihrer Lehrer erinnerte.
»Aber – aber, das soll Claudius sein?«, flüsterte sie ihrer Mutter zu. »Der sieht doch ganz normal aus …«
Domitia lächelte. »Solange er nur dasitzt und nichts sagt, doch wenn du ihn reden hörst oder gehen siehst …«
Schon nach kurzer Zeit zog sich der Kaiser mit Claudius, Pyrallis, Helikon und einigen anderen in einen Nebenraum zurück. Laut lachend warf er sich auf eine *kline*.
»Während ihr euch voll gefressen habt, waren wir beide sehr fleißig, nicht wahr, mein Helikon?«
»So kann man es sagen, göttliche Majestät.«
Der Schreiber verneigte sich und über sein spitzes Gesicht huschte ein zufriedenes Grinsen. Jeder hier wusste, wovon die Rede war, doch keiner wagte ein Wort darüber zu äußern, ausgenommen Asiaticus, Senator und gewesener Konsul. Er lächelte und meinte: »Als Freunde des Kaisers sind wir vor Helikons Liste sicher, nicht wahr, denn dort stehen nur Gegner, heimliche Verschwörer, Hochverräter …«
»So ist es, mein Freund, und darauf wollen wir jetzt trinken.«
Caligula war manchmal schon nahe daran gewesen, den überaus reichen Valerius Asiaticus auf seine Todesliste zu setzen. Allein der Wert seiner Lucullischen Gärten hätte Millionen von Sesterzen ausgemacht. Doch er würde die Gespräche mit diesem furchtlosen Zyniker vermissen – das Leben war auch so langweilig genug.
Dann wurde Helikon gnädig entlassen, Pyrallis sang zur Laute freche Liebeslieder und Caligula begann, maßlos zu trinken. Auch

der bereits todmüde Claudius musste mithalten und nickte schließlich ein. Dem Kaiser entging es nicht, er bückte sich und zog Pyrallis die zierlichen goldgestickten Sandalen von den Füßen. Schwankend beugte er sich über den leise schnarchenden Claudius und band das Schuhwerk an dessen schlaff herabhängende Hände. Dann wandte er sich zu den anderen und flüsterte: »Jetzt rufen wir alle gemeinsam Feuer!«
Er hob die Hand und alle brüllten gehorsam »Feuer!«.
Claudius schreckte hoch, fasste sich an den Kopf und zerkratzte sich dabei die Stirn. Verwirrt starrte er auf seine Hände und streifte die Sandalen ab, während alle – ausgenommen Pyrallis – laut lachten.
»Wa... was ist das ... habt ihr ... bi... bin ich ...«
Asiaticus spottete: »Aufgewacht bist du und merke dir künftig, mein Caesar, dass man in Gegenwart seiner göttlichen Majestät nicht einschlafen darf. Allerdings sind wir Menschen dabei dir gegenüber, Augustus, im Nachteil, denn Götter brauchen gewöhnlich wenig Schlaf.«
Ob es nun Spott war oder ernst gemeint, dem Kaiser schmeichelten diese Worte und er nickte gnädig.
»Valerius weiß immer, was sich gehört. Pyrallis, spiel uns noch etwas auf!«
Helikon hatte sich in sein Arbeitszimmer zurückgezogen und war wie immer, wenn er bei solchen Festen nach des Kaisers Anweisungen die Todeslisten ergänzte, danach so angeregt, dass er keinen Schlaf finden konnte. Das war ein Leben! Er spürte die Macht, wenn er auf die geduckten Köpfe schaute, die besorgten, oft angstvoll verzerrten Gesichter sah. Keiner konnte wissen, ob es ihn heute traf oder morgen oder gar nicht. Helikon machte sich einen grausamen Spaß daraus, Menschen mit düsteren Blicken zu fixieren, die nicht betroffen waren, sich dadurch jedoch betroffen glaubten. Dabei ahmte er seinen Herrn nach, denn der Kaiser liebte es, auf abendlichen Symposien gerade solche mit besonderer Huld auszuzeichnen, die am nächsten Morgen von Prätorianern aus dem Bett und vor Gericht gezerrt wurden. Andere

wieder, die er missachtete oder zornig anfuhr und die keinen *as* mehr für ihr Leben gaben, ließ er dafür unbehelligt.
Helikon, der nicht dumm war, genoss zwar seine bevorzugte Stellung, wusste allerdings recht gut, dass die eigentliche Macht in den Händen des dicken Callistus lag, dessen Tochter Nymphidia zudem seit etlichen Monaten zu den kaiserlichen Geliebten zählte. Callistus, mit einem phänomenalen Gedächtnis begabt, war Caligulas lebendes Archiv. Er wusste von jedem, der in Rom etwas galt, die Familien- und Besitzverhältnisse zu nennen und was er nicht im Kopf hatte, stand in seinen Akten. Caligula, der sonst allem und jedem mit Argwohn begegnete, vertraute Callistus – wenn auch nicht blind, sondern mit einem Rest von Vorsicht.
Helikon, im Grunde nur ein Henkersgehilfe, hatte die Anweisung erhalten, Callistus die Namen der »Überführten«, also der unwiderruflich zum Tod Verdammten, von Zeit zu Zeit mitzuteilen. Kürzlich hatte Callistus es durchgesetzt, auch über die »Verdächtigen« informiert zu werden. Der Kaiser war diesem Wunsch zuerst abgeneigt gewesen und in seinen kalten starren Augen leuchtete die Frage nach dem Warum.
Callistus hatte gelächelt und sein dickes Gesicht vor Biederkeit geglänzt. »Aber Majestät, bin ich nicht dein treues Gedächtnis, muss ich nicht alles wissen, was auf dem Mons Palatinus vorgeht? Wie stünde ich vor mir da, wenn ich von einem der ›Verdächtigen‹ glaubte, er sei ein ehrenwerter Bürger? Das hieße für mich, meinen Beruf schlecht auszuüben, und ein unzureichend informierter Sekretär wäre nicht würdig im Dienst deiner Göttlichkeit zu stehen.«
Dem hatte der Kaiser nichts entgegenzusetzen und so erhielt Callistus von da ab auch die Namen der »Verdächtigen«.
Noch in der Nacht machte Helikon eine Abschrift davon und ließ sie am nächsten Morgen an Callistus weiterreichen. Dieser überflog die Namen, stutzte da und dort, machte sich jedoch keinerlei Notizen. Er behielt im Kopf, wen er warnen wollte.
Warnen? Für andere den eigenen Kopf wagen? Warum? Callistus – klug, berechnend und auch vorausblickend, war seit länge-

rem der festen Überzeugung, dass Caligulas mörderischem Regiment keine lange Dauer mehr beschieden war. Zu viele fühlten sich bedroht, zu viele hatten Freunde und Familienmitglieder den Weg zum Henker gehen sehen.
Der Tag, der Callistus dies drastisch vor Augen geführt hatte, lag schon einige Zeit zurück, es war im August nach dem Erntefest gewesen. Schon angetrunken hatte Caligula mit schwerer Zunge, aber doch sehr deutlich gesagt: »Ja, mein Callistus, auch ich muss ernten, um die Pracht des kaiserlichen Haushalts aufrechtzuerhalten. Das kostet, mein Lieber, das kostet ...« Die starren, kalten, vom Wein etwas belebten Augen funkelten boshaft. »Du bist inzwischen reich geworden, mein Freund, sehr reich ... Besitzt Häuser, Fabriken, Weinberge, Landgüter – ist das auf die Dauer nicht zu viel für dich?«
Callistus hatte lähmende Angst in sich aufsteigen gefühlt, doch er beherrschte sich. »Das habe ich alles dir zu verdanken, göttliche Majestät, ich bin mir dessen durchaus bewusst. Wenn es dir hilft, dann lege ich all meinen Besitz in deine Hände zurück und diene dir weiter wie bisher. Es macht mir nichts aus, mein Herz hängt nicht daran.«
Trotz seiner Trunkenheit zeigte sich der Kaiser verblüfft. »Das würde dir tatsächlich nichts ausmachen?«
»Nein, Majestät. Ich finde Freude und Vergnügen in deinem Dienst und mein Lohn ist ausreichend. Was will ich mehr?«
Der Kaiser drohte scherzhaft mit dem Zeigefinger. »Dir gelingt es, mich immer wieder in Erstaunen zu setzen. Als irdische Erscheinung des Jupiter sind für mich die Köpfe der Menschen wie Glas. Ich kann ihre Gedanken lesen, als läge ein offenes Buch vor mir, und ich sehe, du sprichst die Wahrheit.«
Callistus kannte seinen Herrn jedoch gut genug, um zu wissen, dass seine Meinung sehr schnell umschlagen konnte. So begann er, sich auf »die Zeit danach« vorzubereiten. Er schaffte nach und nach einen Teil seines Vermögens in entfernte Provinzen und begann Menschen, die er schätzte und auf der Liste der »Verdächtigen« fand, anonym zu warnen. Und tat es so, dass er zu gege-

bener Zeit überzeugend nachweisen konnte, dass er, Callistus, dieser Warner gewesen war.
Auf der Verdächtigen-Liste fand er eines Morgens auch den Namen des Senators Valerius Messalla Barbatus, Gatte der Domitia Lepida und Vater der gerade flügge gewordenen Messalina. Als »Verbrechen« war vermerkt: Hat einige Male unentschuldigt im Senat gefehlt. Dass Valerius krankheitshalber längst seinen Senatssitz aufgegeben hatte, spielte keine Rolle.
Als Caligula diesen Namen seinem Schreiber Helikon zuflüsterte, fügte er hinzu: »Die Kleine ist ja recht hübsch, vielleicht hole ich sie mir in mein Bett. Ich werde mir das noch überlegen, setz ihn zunächst auf die Liste der ›Verdächtigen‹.«
Valerius Messalla hatte als römischer Bürger aus alteingesessener Patrizierfamilie und als ehemaliger Senator einen makellosen Ruf. Kein schlechter Fürsprecher für »die Zeit danach«, überlegte Callistus und der Name setzte sich in seinem Kopf fest.

2

Der lästigen Pflichten ledig, ging Claudius an seine Arbeit zurück, doch es wollte sich keine Konzentration einstellen. Zwischen die Schriftzeilen drängte sich Messalinas reizendes Antlitz und es erwachte die durch intensive Arbeit nur verdrängte Lust auf Frauen. Zugleich musste er sich eingestehen, dass eine Vierzehnjährige für ihn nicht die geeignete Partnerin und es unsinnig sei, das junge Ding aus der Ferne anzuschmachten. Mochte er auch Caesar und damit kaiserlicher Prinz sein, so gab es vermutlich in ganz Rom keine Eltern, die ihre Tochter mit einem stotternden und humpelnden Sonderling an der Schwelle des Greisenalters verbinden wollten. Es war pure Zeitverschwendung, solche Vorstellungen weiter zu verfolgen; schließlich gab es noch andere Frauen. Die Stimme der Vernunft blieb jedoch ungehört und

weiter drängte sich Messalinas Bild zwischen alle Tagesgeschäfte, störte und verhinderte jeden Ansatz zu vernünftiger Arbeit.
Schließlich gab sich Claudius einen Ruck und wollte nun jedenfalls den ersten Schritt tun, der vermutlich auch der letzte sein würde – er lud Messalinas Eltern zu Tisch und bat, bei dieser Gelegenheit auch die Tochter kennen lernen zu dürfen.
Domitia Lepida zeigte sich begeistert, ihr Gemahl aber schüttelte den Kopf.
»Wozu soll das führen? Schließlich ist Claudius Caesar verheiratet, hat eine Tochter, die etwa so alt ist wie die unsere – zudem ist seine Rolle am kaiserlichen Hof nicht gerade dazu angetan ...«
Domitia winkte ab. »Man wird doch noch einen Nachbarn besuchen dürfen, der noch dazu mit uns verwandt ist? Zudem schickt es sich nicht, die Einladung eines Mitglieds des Kaiserhauses abzulehnen.«
Valerius Messalla brummte etwas von »meinetwegen, mach, was du willst«, weil er wusste, dass seine Gemahlin ihm so lange um den Bart gegangen wäre, bis er zugestimmt hätte. Und was die Verwandtschaft betraf, so konnte nur Domitia die komplizierten Verbindungen erklären – er vergaß sie immer wieder.
Für Claudius war es das erste in seinem Haus veranstaltete Symposium seit langem, sodass die Dienerschaft aufgeregt durcheinander lief, denn, um den Schein des Harmlosen zu wahren, hatte er noch einige Freunde dazugeladen – auf dessen eigenen Wunsch auch Callistus, der wegen seines Einflusses als Gast stets umworben und willkommen war, allerdings von Helikons Spitzel auf Schritt und Tritt beobachtet wurde. Callistus' gutes, fast freundschaftliches Verhältnis zu Claudius Caesar war allgemein bekannt, sodass nicht einmal Caligula Verdacht hätte schöpfen können.
Ob die Einladung einen bestimmten Grund habe, fragte Messalina ihre Eltern. Claudius habe nur erwähnt, er finde es an der Zeit, dass sich fast unmittelbare Nachbarn etwas näher kennen lernten. Natürlich läge es an ihm und seiner schwierigen Arbeit, die ihn zum Einsiedler werden ließen; nun wolle er dieser unguten Entwicklung entgegenwirken.

»Vielleicht will er mich kennen lernen? Ich gehöre ja jetzt zu den Erwachsenen, jedenfalls hat er mich auf dem Jupiter-Fest länger beobachtet.«

Domitia Lepida lachte schallend. »Das bildest du dir nur ein! Claudius Caesar hat Wichtigeres zu tun, als nach kleinen Mädchen Ausschau zu halten.«

»Er lebt von seiner Frau getrennt, und es heißt, also man sagt, dass … dass er ganz allgemein den Frauen sehr zugetan ist.«

Domitia zog ihre Tochter spaßhaft am Ohr. »Dann werde mal erst eine Frau! Dass du monatlich Blut absonderst, genügt nämlich nicht. Eine richtige Frau wirst du erst in den Armen eines Mannes.« Sie sagte es mit glänzenden Augen und blickte ihre Tochter dabei nachdenklich an.

»Ich werde es mir merken, liebe Mutter«, erwiderte Messalina und sie sagte es ganz ernst.

Beim Symposium machte Messalina einen tiefen Knicks vor dem Prinzen und als sie aufblickte, fand sie ihren damaligen Eindruck bestärkt.

Claudius besaß ein angenehmes Gesicht und wirkte aus der Nähe eher jünger. Im Gegensatz zum Kaiser, der seine beginnende Kahlheit verbergen musste, lockte sich das Haar des Prinzen, wenn auch stark mit Grau durchsetzt, um seine breite, von einigen Denkerfalten gefurchte Stirn. Seine klugen Augen blickten zerstreut und etwas ratlos, als stelle ihn diese Einladung vor schwierige Aufgaben. Ja, Claudius stotterte, das stimmte schon, im engen Freundeskreis war jedoch bestenfalls ein leichtes Stocken vor Wörtern zu bemerken, die mit Konsonanten begannen. Dabei war seine Rede flüssig, er gebrauchte seltene kunstvolle Ausdrücke und flocht manchmal griechische Worte mit ein. Das war unter gebildeten Menschen in Rom üblich und sogar Messalina hatte dabei kaum Schwierigkeiten, da ihr Vater auf einem längeren Unterricht in Griechisch bestanden hatte. Sie nahm am Gespräch der Erwachsenen, denen sie sich noch nicht ganz zugehörig fühlte, kaum teil, verlegte sich aufs Zuhören und Beobachten.

Auch ihr Vater Valerius Messalla versuchte dies bei Callistus zu tun. Natürlich kannte er wie jeder *patricius* den kaiserlichen Sekretär, allerdings nicht aus nächster Nähe und im persönlichen Gespräch. Hinter der biederen Maske war eine gewisse Arroganz zu erkennen, im sicheren Bewusstsein der eigenen Bedeutung und des großen Einflusses auf den Herrn des Römischen Weltreiches. Er sprach nur mit größter Ehrerbietung vom Kaiser, lobte seine Vorzüge, seinen Weitblick, erwähnte jedoch auch eine gewisse Neigung zur Heftigkeit, zu unüberlegten Handlungen. Lächelnd hob er eine Hand.

»Wer ist schon frei davon? Im Übrigen ist der Augustus noch jung und manches wird sich mit den Jahren klären und abmildern.«

Alles in allem war es ein heiterer Nachmittag gewesen mit kultivierten Gesprächen und im gegenseitigen Wohlwollen. Messalina war schnell zu der Einsicht gelangt, dass sie, würden ihre Eltern darauf bestehen, auch mit einem Mann im Alter des Prinzen Claudius zurechtkäme. Diese Herren, dachte sie, haben gewiss mit vielen Frauen ihre Erfahrungen gemacht und die kämen dann mir zugute.

Claudius hielt mit seinen Absichten zurück, denn es gab noch einiges zu bedenken, ehe er seine Pläne offen legte. Auch aus der Nähe gefiel ihm Messalina überaus und er fand, dass sie älter und vernünftiger wirkte, als man es von einer kaum Fünfzehnjährigen erwarten durfte. Jedenfalls ist sie reif für eine Ehe, dachte er und beschloss, die schon länger geplante Scheidung mit Aelia Paetina in die Wege zu leiten.

Als die Gesellschaft sich nach Sonnenuntergang auflöste, bat Callistus, sodass alle es hörten, wegen der bald anstehenden zahlreichen religiösen Feste im Dezember noch um eine kurze Unterredung mit Claudius Caesar.

Dann waren sie allein und Callistus fragte leise, ob es im Hause einen Raum gebe, der nicht abhörbar sei.

»Natürlich, mein Arbeitszimmer.«

Claudius schloss die schalldichte Tür, schob den Riegel vor und prüfte die Läden des auf den Park schauenden Fensters. Callistus

sagte: »Sollten wir beide danach gefragt werden: Wir haben uns ausführlich über die Gestaltung der Dezember-Feste unterhalten, also über *agonium*, *consualia*, *saturnalia* und andere.«
Claudius nickte und blickte den anderen mit einer Mischung aus Besorgnis und Neugierde an.
»Was ich dir jetzt sage, ist nicht neu und betrifft uns alle, hauptsächlich aber die Wohlhabenden unter uns. Im römischen Imperium ist es fast schon ein Verbrechen geworden, Besitz zu haben, und der Kaiser ist offenbar zunehmend damit beschäftigt, alle Reichen aufzuspüren, ihnen irgendwelche, manchmal geradezu lächerlichen Vergehen anzudichten, um sie in den Freitod oder dem Henker in die Arme zu treiben. Jeder von uns, und das gilt inzwischen auch für mich, zergrübelt sich den Kopf, wie die Herrschaft dieses schamlosen Massenmörders zu überleben ist, und es wird von Tag zu Tag schwieriger. Der Kaiser hat mich schon mehrmals gefragt, ob mir mein Reichtum nicht bald zur Last wird, und ich habe ihm jedes Mal geantwortet, es mache mir nichts aus, wenn ich ihm alles zurückerstatte. Aber, mein Valerius, das ist ihm zu einfach. Was glaubst du, wie viele reiche Römer ihm gerne die Hälfte oder auch zwei Drittel ihres Besitzes übereignen würden, gegen die Garantie, sie dann in Ruhe und am Leben zu lassen? Das aber will er nicht, das macht kein Vergnügen. Er weidet sich daran, uns alle zittern zu sehen, er genießt unsere besorgten Mienen, freut sich, wie wir uns abzappeln, um der Bedrohung zu entgehen. Du, mein Claudius, willst diese Schreckensherrschaft überstehen, ich will es und tausend andere auch. Was also tun?«
»Ein offenes Wort, Callistus, erschreckend und erfreulich zugleich. Erschreckend, weil du unsere Lage so erbarmungslos genau geschildert hast, und erfreulich, weil du offenbar etwas dagegen tun willst.«
»Ja, heute vor allem eines, nämlich dich zu fragen, ob du Caligulas Nachfolge antreten würdest?«
Claudius erhob sich langsam, ging leicht hinkend zum Fenster, öffnete die Läden und blickte in den Park. Behutsam schloss er sie wieder und wandte sich um.

»Nein, Callistus, mit aller Gewissheit und mit Nachdruck – nein! Ich verabscheue die Macht, hasse Verantwortung, bin unfähig zu politischem Handeln. Nein, Callistus, da müsst ihr euch schon einen anderen suchen.«
»Es gibt außer dir kein Mitglied der julisch-claudischen Kaiserfamilie mehr.«
»Kein männliches! Holt Agrippina aus der Verbannung zurück, das ist eine Frau von hohem politischen Verstand, verheiratet sie mit einem fähigen Mann aus guter konsularischer Familie, der wird auch die Prätorianer und den willfährigen Senat für sich gewinnen. Ich könnte ihn zudem adoptieren, dann ist er de jure ein Claudier und die übrigens nicht vorgeschriebene Erbfolge ist geregelt. Aber mich lasst aus dem Spiel!«
Callistus blieb ruhig. »Wie lange willst du noch den kaiserlichen Narren spielen, Claudius Caesar? Wie lange willst du noch hinken, stottern und Gesichter schneiden – du, einer unserer klügsten und fähigsten Männer?«
Claudius ließ sich nicht provozieren. »Das kann ich dir zurückgeben. Wie lange willst du, Callistus, als einer der fähigsten und klügsten Beamten im Römischen Reich vor diesem tückischen Mordbuben den Rücken beugen, ihm gehorsam dienen, in allem zu Willen sein, wieder und wieder seine angemaßte Göttlichkeit bestätigen?«
Callistus lächelte fein. »Nicht mehr lange, Claudius. Genau darum geht es. Bisher sind zwei Verschwörungen jämmerlich gescheitert – und warum? Weil überwiegend Idealisten daran beteiligt waren, Männer, die von den Zeiten der Republik träumten, harmlose Trottel mit Verlaub gesagt, die den Mordanschlag auf einen Tyrannen für so einfach hielten wie Nüsse zu stehlen. Diesmal aber geht es um Existenz und Leben von vielen, denn jeder Reiche ist Caligulas Feind und wird früher oder später auf die Todesliste des elenden Helikon geraten. Und weil wir schon dabei sind – auch Valerius Messalla steht nun darauf, als der Verschwörung verdächtig.«
Claudius sprang entsetzt auf. »Was? Valerius der Verschwörung

verdächtig? Wer hat dem Kaiser solche Hirngespinste eingegeben? Das ist doch barer Unsinn! Ich selbst kann bezeugen ...«
Callistus hob die Hand. »Beruhige dich, mein Freund. Fast alle Anklagen wegen Hochverrats, Verschwörung oder Majestätsbeleidigung gründen auf solchen Hirngespinsten. Es braucht nicht viel, um in die Mühlen der kaiserlichen Justiz zu geraten. Valerius ist einige Male unentschuldigt dem Senat fern geblieben ...«
»Der Mann ist schwer krank, hat sein Amt aufgegeben und wird vermutlich nicht mehr lange leben. Wer kümmert sich da noch um Entschuldigungen?«
»Ich weiß das, doch um den Schein des Rechts zu wahren, muss ein Vorwand gefunden werden. Wenn ich dir sage, auf welche absurden Vorwürfe sich die Anklagen in letzter Zeit stützen, du würdest es nicht glauben. Genug davon. Nur noch eines: Seit einiger Zeit habe ich begonnen, an unmittelbar Bedrohte anonyme Warnungen zu senden. So ist etlichen Todeskandidaten schon die Flucht ins Ausland gelungen und gerade du wirst nichts dagegen haben, wenn ich auch Valerius Messalla eine Warnung zukommen lasse.«
»Warum betonst du es so, gerade ich?«
Über das feiste Gesicht des Callistus flog ein ironisches Grinsen. »Mir ist nicht entgangen, mit welchen Augen du die Kleine – will sagen Valeria Messalina – betrachtet hast. Bahnt sich da etwas an, Claudius Caesar? Bitte verzeihe die ungehörige Frage.«
»Sie ist tatsächlich ungehörig. Was veranlasst dich zu glauben, dass ich ...« Er sprach nicht weiter und setzte sich wieder hin.
»Ich habe Augen im Kopf. Messalinas Eltern werden sich sehr geehrt fühlen, wenn du um das Töchterlein anhältst.«
»Noch ist es nicht so weit.«
»Gut, und zum Abschluss noch einmal: Unser Gespräch hat sich ausschließlich um die kommenden Festveranstaltungen gedreht – ausschließlich!«
»Darauf hast du mein Wort! Im Übrigen freut es mich, dass wir in Bezug auf Caligula einer Meinung sind.«
»Nicht nur wir! Noch möchte ich dir keine Namen nennen, aber

du würdest dich wundern. Glaube übrigens ja nicht, dass ich diese Warnungen aus purer Menschenfreundlichkeit erteile! Es ist der jedem lebenden Wesen innewohnende Selbsterhaltungstrieb – du kannst es auch als Notwehr bezeichnen. Dem übereifrigen Helikon fehlt es da an der nötigen Fantasie und er wird mit Caligula untergehen.«

»Gibt es schon konkrete Pläne, auf welche Weise ...?«

»Wir sind uns zumindest so weit einig, dass ein Anschlag von Prätorianer-Offizieren ausgehen muss, denn nur sie dürfen sich bewaffnet dem Kaiser nähern.«

»Aber gerade diese Leute überhäuft er doch ständig mit *donativi*. Da wird man keinen finden, der sich gegen ihn stellt.«

»Inzwischen schon, denn einige gibt es doch, die sich auf die Dauer nicht ihre Ehre mit Geld abkaufen lassen. Zu gegebener Zeit werde ich dich informieren.«

3

Messalina hatte gar nicht in Erwägung gezogen, dass Claudius Caesar um sie anhalten könnte. Ein Glied der julisch-claudischen Kaiserfamilie hatte freie Auswahl und da kam die kleine Valeria Messalina wohl nicht in Betracht, es sei denn, er maß der entfernten Verwandtschaft ein solches Gewicht bei. Aber Vettern und Basen, die auf irgendeine Weise mit den Claudiern verwandt oder verschwägert waren, gab es mehrere.

So richtete sie ihren Blick auf das Naheliegende, denn sie hatte die Worte ihrer Mutter nicht vergessen, dass man erst in den Armen eines Mannes zur Frau wird. Mochten andere Mädchen auf ihre *virginitas* stolz sein und sie bis zur Ehe bewahren, ihr war sie eine Last. Wie hatte ihr alter Naturkundelehrer es schmunzelnd formuliert? »Jedes Geschöpf, ob Pflanze, Tier oder Mensch, ist darauf aus, sich fortzupflanzen, seine Art zu bewahren, und deshalb haben die Götter das Liebesverlangen als einen der stärksten Triebe in uns gelegt. Freilich, wir sind verstandesbegabte Wesen und so haben unsere Dichter, wie etwa Ovidius Naso, dieses Verlangen auf eine höhere Ebene gebracht, haben eine ›Kunst der Liebe‹ daraus gemacht und sie vollmundig besungen. Letztlich läuft es jedoch immer darauf hinaus, dass das Weibchen verführt werden will und das Männchen es brav tut.« So etwa hatte der Lehrer geredet, sie war damals allerdings erst acht oder neun gewesen und hatte es kaum verstanden. Jetzt aber wusste sie, was gemeint war, und vor kurzem war sie durch Zufall Zeugin einer heftigen Liebesstunde geworden.

Da gab es diesen Gartensklaven Cletus, ihr Vater nannte den aus Hellas stammenden natürlich Kleitos, erworben auf dem Sklavenmarkt in Ostia. Der Bursche musste nur kräftig sein und das sah man dem stämmigen Sechzehnjährigen gleich an. Er wurde angelernt, die erforderlichen Arbeiten in Haus und Garten auszuführen, und zeigte sich recht geschickt. Körperlich wuchs er sich so aus, dass er mit achtzehn aussah wie ein junger Gott mit seinen großen, feucht schimmernden Augen, muskelbepackten Armen und Schenkeln, dazu eine breite, fast haarlose Brust, wie von einem Bildhauer gemeißelt. Freilich, seiner etwas niedrigen Stirn entsprach der kleine, eher zu einem Zehnjährigen passende Verstand. Doch wen störte das schon? Die Frauen und Mädchen des Hausgesindes verfolgten ihn mit hungrigen Blicken und als sich erwies, dass er sich gern in ihre Betten locken ließ und dort, so wurde geflüstert, Wunderdinge verrichtete, wurde er quasi zum Hahn im Korb.

Der Hausherr sah vorerst keinen Grund, dieses in seinen Augen harmlose Treiben zu stören, solange alle willig ihren Dienst taten. Als der von den Sklavinnen viel Geliebte schon zwei Kinder gezeugt hatte, bemerkte Valerius ironisch: »Der gute Kleitos weiß offenbar nicht, dass er mich von Mal zu Mal reicher macht, denn diese Bälger gehen dem Gesetz nach in meinen Besitz über.«

So war es nun einmal, Cletus zeigte jedoch keine Neigung, den zärtlichen Vater zu spielen, war er im Grunde doch selbst noch

ein unreifer Junge und Valerius war keiner jener Sklavenhalter, die aus schnöder Gewinnsucht Mutter und Kind auseinander rissen. Das hatte er schon vor Jahren bewiesen, als er auf dem Sklavenmarkt eine Küchenhilfe gesucht und die verzweifelt vor sich hin Schluchzende zusammen mit ihrer damals achtjährigen Tochter Sabina erworben hatte, obwohl der Händler die beiden getrennt hatte verkaufen wollen. Dieses Mädchen – inzwischen vierzehn geworden – ersetzte in der Küche ihre Mutter, die auf dem Markt beim Einkaufen durch ein wild gewordenes Pferdegespann zu Tode gekommen war.
Cletus tat nun alles, um die kleine Sabina zu gewinnen, denn sie war wohl die einzige *serva* im Haus, die ihn geflissentlich übersah und seinem heißen Bemühen die kalte Schulter zeigte. Doch das spornte den Gärtner nur an und entfachte seinen kindlichen Trotz, denn er war es nicht gewohnt, den Frauen nachlaufen zu müssen.
Mag zwischen Herrenhaus und Sklaventrakt auch eine räumlich wie geistige Trennung bestehen, so ließ es sich gerade in den städtischen Häusern doch kaum vermeiden, dass es kaum Geheimnisse gab, wobei die Sklaven in der Regel von der Herrschaft so gut wie alles, die Herrschaft vom Gesinde zumindest das Wichtigste wusste.
Valerius Messalla hatte seiner Tochter von Kindheit an eingebläut, in das intime Leben der Sklaven nur einzugreifen, wenn Beschwerden kamen oder ein Schiedsspruch gefällt werden musste. Im Grunde seines Herzens ein Republikaner, vertrat er die altrömischen Tugenden. Für ihn umfasste der Begriff *familia* alle Hausgenossen und als *pater familias* versuchte er seiner Aufgabe gerecht zu werden. Er gehörte auch zu jenen, die das *contubernium* förderten, die so genannte Sklavenehe, und gewiss nicht deshalb, um damit eine ergiebige Zuchtanstalt für weitere Sklaven einzurichten.
Messalina verfolgte mit zunehmendem Interesse das muntere Treiben des Cletus und fand auch bald heraus, wem derzeit sein Bemühen galt. Ein abwegiger Gedanke begann in ihr zu reifen.

Zuerst dachte sie leichthin: Da ist Sabina wohl besser dran als ich ... Sie jedenfalls muss nicht fürchten, aus Familienrücksichten mit einem bejahrten Witwer verkuppelt zu werden, der den Wein oder das Schachspiel weit höher schätzt als anstrengende Liebesstunden mit seiner jungen Frau. Warum also nicht einmal erleben, was jeder *serva* hier im Haus vergönnt war, nämlich in den kräftigen Armen des Cletus zu liegen, von seinen harten Schenkeln gepresst zu werden, seine glatte muskulöse Brust zu streicheln ... Vielleicht hätte Messalina diesen unsinnigen Gedanken wieder begraben, wäre sie nicht Zeugin geworden, wie Cletus – dem Werben um Sabina überdrüssig geworden – sich anderweitig tröstete.

Der Küche stand eine aus Numidia gebürtige, olivenhäutige Frau vor, die man einfach Coqua, die Köchin nannte, denn ihr unaussprechlicher Barbarenname war längst in Vergessenheit geraten. Sie hatte ihre Kunst niemals richtig erlernt, war jedoch schon als kleines Mädchen nicht aus der Küche wegzubringen gewesen. Dazu kam eine unerschöpfliche Fantasie, die sie häufig auf ungewöhnliche Art würzen und zubereiten ließ, und was herauskam, fand fast immer den Beifall des Hausherrn.

Coqua war auch der Liebeskunst zugetan, hatte sich aber niemals fest gebunden. Cletus gegenüber machte sie sich rar, lief ihm weder nach noch warb sie um seine Gunst. So kam es dahin, dass er, der von Frauen Verwöhnte, sich beschenkt glaubte, wenn sie ihm von Zeit zu Zeit nach ihrem Belieben zu Willen war. Das geschah dann üblicherweise in der nach Norden, halb unter der Erde gelegenen kühlen Vorratskammer, die statt der Fenster nur eine schmale vergitterte Luke besaß und deshalb in stetem Dämmer lag.

Messalina hatte das bald herausgefunden und als sie Cletus während der *meridiatio* in Richtung Küche verschwinden sah, wartete sie eine Weile ab, schlüpfte in den von der kühlen Dezemberluft etwas frostigen Garten und schlich geduckt zu jener tief gelegenen Fensterluke. Als ihre Augen sich an das Dämmerlicht gewöhnt hatten, sah sie das Liebesspiel der beiden schon in vollem Gange. Coqua hatte sich, auf einem Sack Nüsse sitzend,

mit gespreizten Schenkeln weit zurückgelehnt. Cletus hielt ihre schmalen Hüften umklammert und pflügte mit Hingabe ihren Schoß. Obwohl sich beide bemühten, wenig Lärm zu machen, war sein Stöhnen und ihr wie Schmerzenslaute klingendes Wimmern, deutlich zu vernehmen. Cletus warf mit geschlossenen Augen den Kopf zurück, aus seinem halb geöffneten Mund kamen seltsam kehlige Laute und Coqua, hingerissen von höchster Lust, stieß einen heiseren Schrei aus, der Messalina zurückfahren ließ. Das hätte auch ein Schmerzenslaut sein können, wenn ein gepeitschter Sklave nach dem zehnten oder zwölften Hieb seine Pein hinausschrie.
Wie nahe dies beieinander liegt, Schmerz und Lust, dachte Messalina. Vorsichtig spähte sie wieder hinunter, aber da saßen die beiden nur eng umschlungen da, Cletus saugte wie ein zufriedener Säugling an Coquas Brustwarzen und sie knetete liebevoll sein kleines festes Gesäß.
Messalina spürte ihren Schoß feucht und ihren Mund trocken werden. Das war schon seltsam anzusehen, dieses Verschmelzen zweier Körper und wirkte auf sie anziehend und abstoßend zugleich. Aber die Furcht war sehr viel kleiner, denn, von ihren Lehrern zur Logik erzogen, dachte sie, würde es den Menschen nicht so großes Vergnügen bereiten, so würden sie es eher meiden.
So kam Messalinas Plan zur Reife und Cletus sollte der Mann sein, sie von ihrer verhassten *virginitas* zu befreien. Nur wie? Es war nicht ungewöhnlich, dass freie erwachsene Römerinnen – als Witwen oder von ihren Männern geschieden – sich einen jungen wohlgebauten Sklaven zum Liebhaber erkoren. Wurde es diskret gehandhabt, fand niemand etwas dabei; doch ihr, der kaum Fünfzehnjährigen im Haus der Eltern, war diese Möglichkeit verwehrt. Sie musste täuschen und vorspiegeln und da sie es unbedingt wollte, fand sie auch einen Weg.
Dabei kam ihr zugute, dass das Fest der Saturnalia nach den Iden des Dezember kurz bevorstand. Da war, so wollte es ein alter Brauch, die Welt auf den Kopf gestellt und die Herren mussten

sieben Tage lang ihre Sklaven bedienen. Ganz allgemein war es eine Zeit unbeschwerter Lustbarkeit und wem es von den Herrschaften nicht passte, den eigenen Sklaven dienstbar zu sein, der zog sich aufs Land oder in ein Bad zurück und beglich seine Schuld mit Geldgeschenken.

Valerius Messalla, den alten Bräuchen unbedingt treu, entzog sich und seine Familie diesen Pflichten nicht und Messalina nutzte die Gelegenheit, mit Sabina unter einem Vorwand allein zu sein. Sie habe, sagte sie der kleinen Sklavin, so schönes Haar und pflege es so wenig.

»Komm mit in mein Zimmer, ich werde dir die Haare so schön richten, wie ich es der *famula* meiner Mutter abgeschaut habe.«

Sabina, über dieses Ansinnen etwas verschreckt, nickte nur schüchtern.

Zum ersten Mal betrat sie das Zimmer der Tochter des Hauses und war sogleich erstaunt, mit wie wenig Aufwand es eingerichtet war. Sie hielt ihren Dienstherrn für unermesslich reich, wusste jedoch nichts über dessen vom Geist der Republik geprägte Einstellung, da Aufwand und Luxus, zumindest bei Männern, als weibisch und unrömisch galten.

Messalina bemühte sich um ein freundliches Wesen, bot Sabina Platz an, holte Kamm und Bürste hervor, drückte ihr einen Spiegel in die Hand. Während sie sich mit wenig Geschick um die Haare der kleinen Sklavin bemühte, kam sie auf ihr Anliegen zu sprechen. Sie tat es mit einfachen Worten, von denen sie glaubte, dass Sklaven sich ihrer bedienten.

»Cletus gibt keine Ruhe, nicht wahr? Dass er dir nachstellt, ist ja kaum zu übersehen.«

Sabina nickte. »Ich will das nicht, nur was soll ich tun?«

»Kümmere dich einfach nicht drum – lass ihn links liegen!«

»Der gibt so schnell nicht auf …«

»Du magst ihn nicht?«

»Der hat es mit allen Frauen, da wäre ich nur eine von vielen.«

»Unter uns gesagt – meinen Eltern gefällt es auch nicht, doch sie mischen sich nicht gerne in Sklavenangelegenheiten. Sie meinen,

ich soll ihn mir einmal vorknöpfen. Nachdem ich nun erwachsen bin …«
»Du?«
»Hör zu, ich habe schon einen Plan. Beim nächsten Versuch gibst du nach und lässt dich auf ein Treffen mit Cletus ein. Nach Einbruch der Nacht kommst du zu ihm ins Gartenhaus, in Wahrheit aber werde ich dort erscheinen.« Sie kicherte und riss Sabina ungeschickt an den Haaren. »Vor Schreck wird er keinen mehr hochkriegen, meinst du nicht?«
Sabina, so ahnungslos, wie es Messalina noch vor kurzem gewesen war, stotterte nur verwirrt: »So … so … wenn du meinst …«
»Sicher und dann werde ich ihm den Kopf zurechtrücken, dass es so nicht weitergeht. Im Übrigen wäre es an der Zeit, dass er einmal tüchtig die Peitsche zu spüren bekommt.«
»Er hat doch nichts Unrechtes getan …«
Messalina ließ die Haarbürste sinken. »Ah, du findest es also richtig, dass er durch die Betten der Sklavinnen strolcht, dass er euch Kinder macht, um die er sich dann nicht kümmert?«
»Nein, nein, so ganz richtig ist das nicht …«
»Jedenfalls wollen meine Eltern da jetzt Ordnung schaffen und haben es mir überlassen. Da es nicht vor aller Augen geschehen soll, werde ich es machen, wie vorhin besprochen. Aber zu niemanden ein Wort – hörst du! Das muss ein unbedingtes Geheimnis bleiben, am besten, du vergisst unser Gespräch.«
Sie versprach es mit zitternder Stimme und Messalina wusste, dass sie sich darauf verlassen konnte, denn Sabina war viel zu ängstlich. Ob sie gleich beim ersten Mal die Maske fallen lassen oder Cletus in der Meinung lassen sollte, er liege Sabina bei? Nach gründlicher Überlegung glaubte sie, eine Lösung gefunden zu haben.

4

Nachdem Valerius Messalla krankheitshalber seinen Senatssitz aufgegeben hatte, widmete er sich mit Hingabe dem Aufbau einer Bibliothek. Solange er politische Ämter ausgefüllt hatte, war er kein Mann des Buches gewesen, fand wenig Vergnügen in stillen Lesestunden. Jetzt hatte er jedoch Zeit im Überfluss. Seit jeher dem Stoizismus zugeneigt, las er die Schriften des Lucius Annaeus Seneca mit zunehmender Aufmerksamkeit, fand darin Trost und Erbauung, doch manchmal regte sich auch sein Widerspruch. Etwa, wenn der Autor in den »Briefen an Serenus«, überschrieben »De tranquillitate animi« (Von der Seelenruhe), jenen, die das Schicksal zur Untätigkeit verdammt hatte, anriet, sich nicht zu verstecken, »als gebe es einen Ort, der vor dem Zugriff des Schicksals sicher wäre ...«.

Er blätterte weiter und las: »Ist einem der Kriegsdienst verwehrt, so bemühe er sich um Ehrenämter – soll er als Privatmann sein Leben verbringen, dann versuche er sich als Redner. Ist es ihm auferlegt zu schweigen, so schenke er seinen Beistand in aller Stille seinen Mitbürgern, ist ihm der Boden des Forums zu heiß, dann zeige er sich in den Häusern, in Theatern und bei Gastmählern als guter Kamerad, als neuer Freund und Zechgenosse, der Maß zu halten weiß ...«

Valerius lächelte bitter, denn er hatte sich nur allzu lange und allzu sehr als Freund und Zechgenosse gezeigt, dabei seine Eingeweide ruiniert und sich eine unheilbare Krankheit zugezogen.

Was Seneca sonst noch anriet, mag für die Epoche eines Augustus, vielleicht auch eines Tiberius gegolten haben, unter Caligula aber war jede Tätigkeit, jedes Verhalten zur tödlichen Gefahr geworden. Eine Rede auf dem Forum – ein Wagnis! Ein Symposium bei Freunden – eine Verschwörung! Andere unterstützen – der Mann hat zu viel Geld! Sparsam leben – da hat einer etwas zu verbergen! Hatte nicht Seneca selbst es bitter erfahren müssen? Sein steigender Ruhm als Redner und Autor erregte Caligulas Zorn,

da er sich und nur sich für den besten Rhetor seiner Zeit hielt. Das Todesurteil wegen Majestätsbeleidigung war schon ausgefertigt, als Pyrallis ihm vorhielt, er verurteile einen Sterbenden zum Tod. Seneca litt tatsächlich an Schwindsucht; zwei Ärzte bestätigten es. Nicht einmal Caligula wollte sich vorwerfen lassen, einen Todkranken dem Henker zu übergeben, und so war Seneca vorerst gerettet. Er war dann so klug, sofort aus Rom zu verschwinden, und es ging das Gerücht, er sei in Sinuessa, einem Heilbad in der Campagna, vor kurzem gestorben.
Valerius seufzte und trank einen Schluck von dem bitteren Heilwasser, das der Medicus verschrieben hatte.
Dann war vorgestern noch dieses seltsame anonyme Schreiben eingetroffen, das ihn irritierte und ihm trotz seiner stoischen Grundhaltung Angst einjagte. Seiner Frau hatte er bis jetzt nichts davon gesagt, weil er auch besorgt darum war, dass Domitia ihn zu etwas drängen werde, was sich als falsch, vielleicht sogar als verhängnisvoll erweisen würde.
Er stand auf und zog das unscheinbare, mehrfach gefaltete Papier hinter der kleinen Hermes-Statue hervor – ein Mitbringsel seines Vaters von einer Reise nach Hellas.

Valerius Messalla, wohlmeinende Freunde lassen dir diese Warnung zukommen. Du bist aus uns nicht bekannten Gründen auf die vom kaiserlichen Sekretär Helikon geführte Verdächtigenliste geraten und musst nun damit rechnen, in nächster Zeit eines Vergehens angeklagt zu werden – vermutlich wird dein ›Verbrechen‹ Hochverrat, Majestätsbeleidigung oder Verschwörung gegen den Kaiser lauten. Das Ziel ist, dich zu verurteilen und dein Vermögen einzuziehen. Wenn man dir anbietet, freiwillig in den Tod zu gehen, kannst du etwa ein Drittel deines Nachlasses für deine Familie retten. Unser Rat: Löse deinen Besitz schnell und in aller Stille auf und setze dich mit dem Erlös zusammen mit deiner Familie in ein entlegenes Gebiet ab – möglichst unter falschem Namen. Schon viele, von uns gewarnt, haben dies getan und werden so die Regentschaft des Gaius überleben.

Valerius war keineswegs ahnungslos, er wusste seit langem, was in Rom vorging, und hatte den Verlust von Verwandten und Freunden zu beklagen. Es war seine Art gewesen, sich keine Sorgen zu machen, sich einzureden, dass er, der frühere Senator, längst in Vergessenheit geraten war. Er legte das Schreiben in sein Versteck zurück.
Valerius hätte die Warnung weniger ernst genommen, wären ihm nicht aus letzter Zeit zwei Fälle zu Ohren gekommen, die aufs Haar dem seinen glichen. Beide Betroffene hatten den Hinweis nicht ernst genommen, beide lebten nicht mehr. Was war zu tun? Seinen Besitz jetzt überhastet zu verkaufen hätte ihn nur verdächtig gemacht und was an barem Geld vorhanden war, lohnte nicht die Mühe, es beiseite zu schaffen.
Da traf es ihn wie einen Blitz. Er könnte Claudius Caesar, Mitglied der kaiserlichen Familie, um Rat bitten. Seit dem damaligen Symposium standen sie in freundschaftlicher Verbindung, hatten einander kurze Höflichkeitsbesuche gemacht. Beim letzten Mal hatte der Prinz etwas von einem Anliegen angedeutet, mit dem er Valerius in nächster Zeit behelligen wolle. Dabei hatte er auf eine fast peinliche Weise einfältig gelächelt und mehrmals heftig dazu genickt. Valerius konnte sich keinen Reim darauf machen, doch etwas hielt ihn zurück, weiter in Claudius zu dringen. Domitia hatte gleich den Verdacht geäußert, dabei könne es nur um Messalina gehen, doch Valerius hielt das für lächerlich und – was er nur selten tat – widersprach seiner Gemahlin mit Nachdruck. Vielleicht gerade deshalb, weil er es selbst für möglich hielt, jedoch davor zurückschreckte, sein Kind mit einem dreimal so alten Mann zu verbinden, der gut ihr Großvater hätte sein können.
Im Übrigen hatte er in letzter Zeit eine Veränderung an seiner Tochter wahrgenommen. Sie zeigte sich verschlossen und abweisend, redete, im Gegensatz zu früher, kaum noch von sich und ihren Angelegenheiten, fand immer schnell einen Grund, sich nach der gemeinsamen Mahlzeit zurückzuziehen. Domitia erklärte dies alles mit Messalinas Frauwerdung, sagte, an diesen für sie frem-

den Zustand müsse sie sich erst gewöhnen und das brauche eben seine Zeit.
Valerius stand entschlossen auf und hatte es wohl zu schnell getan, denn ein schneidender Schmerz durchfuhr seinen Körper und klang nur langsam wieder ab. Er kannte das, hatte es oft genug erlebt, konnte sich aber niemals daran gewöhnen. Dann kritzelte er ein paar Zeilen auf ein Stück Papier und bat Claudius Caesar ganz formlos, ihn zu einer kurzen Unterredung zu empfangen. Der Bote hatte nicht weit zu gehen und brachte gleich die Antwort mit.

Willkommen wie immer, mein Freund, lade ich dich morgen zur fünften Tagesstunde auf ein kleines prandium.

Valerius war so erleichtert, als handle es sich um eine wichtige, zukunftsentscheidende Unterredung, und gab sich sogleich den inneren Wink, den Fall nicht über Gebühr ernst zu nehmen. Bei Domitia Lepida redete er sich darauf hinaus, dass Claudius in einer politischen Entscheidung seine Meinung hören wolle. Sie schüttelte ungläubig den Kopf.
»Jedes Kind weiß, dass Claudius sich nicht politisch betätigt, weder Macht noch Ehrgeiz besitzt. Das ist nur ein Vorwand, um dich in sein Haus zu locken. Lasse dich nicht in etwas hineinziehen, das du später bereust.«
Er tätschelte ihre Schulter. »Du weißt recht gut, dass ich mich seit Jahren aus allem heraushalte, das nur von fern nach Politik riecht. Da werde ich auch bei Claudius Caesar keine Ausnahme machen.«
Die Frühstückstafel bei Claudius war schon gerichtet, doch Valerius bediente sich seines schwachen Magens wegen nur sehr sparsam, trank Wasser, anstatt der Verlockung des Samosweins zu erliegen. Wenn Claudius auch nicht gerade im Ruf eines Säufers stand, so war doch seine Vorliebe für den Rebensaft in ganz Rom bekannt und kein Geschenk konnte ihm willkommener sein als ein Fässchen erlesenen Weines.
»Ich brauche das«, meinte Claudius achselzuckend, »auch für

meine Arbeit. Schon von Homer wird gesagt *vini vinosus Homerus* und warum soll er uns Geringeren nicht ebenso lieb sein?« Er hob den mit Reben und Ranken verzierten Silberbecher. »Bei den Bechern wird mein Geist strahlend hell erleuchtet. Zu den Sternen fliegt mein Herz, das der Nektar feuchtet!«
Valerius schmunzelte. »Schön gesagt – von Horatius?«
»Nein, hab's vergessen. Nun jedoch zu deinem Anliegen. Was führt dich her?«
Valerius legte wortlos das Papier auf den Tisch. Claudius faltete es auseinander und las mit gerunzelter Stirn. Natürlich wusste er gleich, von wem die Warnung kam, doch er durfte Callistus um nichts in der Welt gefährden.
»Ich habe davon gehört – auch andere erhielten solche Warnungen.«
»Wie ernst muss ich sie nehmen?«
»Wer kann das wissen? Weder der Kaiser noch seine Sekretäre weihen mich in ihre Absichten ein.«
Er stand auf und humpelte zu dem hohen mit *voluminis* und *libri* voll gestopften Regal, wühlte eine Weile herum und kam mit einer gesiegelten Schriftrolle zurück.
»Lass mich dir auf meine Art antworten. Du wirst dich erinnern, dass ich bei unserer letzten Unterredung etwas von einem Anliegen erwähnt habe, das ich aber erst später zur Sprache bringen möchte?«
Valerius nickte. »Ein wenig neugierig hast du mich schon gemacht, aber Anstand und Sitte ...«
Claudius schnitt ihm das Wort ab. »Das lassen wir jetzt beiseite. Ich möchte dich um die Hand deiner Tochter Valeria Messalina bitten und erwarte deinen Einwand bezüglich des Altersunterschiedes. Hier ...«, er hob die gesiegelte Rolle hoch, »ist die amtliche Bestätigung meiner Scheidung von Aelia Paetina, wobei kein ursächlicher Zusammenhang besteht. Die Absicht dazu gab es schon, noch ehe ich deine Tochter kennen lernen durfte.«
Valerius räusperte sich. »Dein Antrag ehrt mich und meine Familie. Was den Altersunterschied betrifft, so kommt es vor allem

darauf an, ob sich Messalina daran stört. Ich will nämlich meine Stellung als *pater familias* nicht dazu missbrauchen, meiner Tochter einen Mann aufzuzwingen – sosehr du mir und gewiss auch meiner Gattin als Schwiegersohn willkommen bist.«
»Da stimme ich dir zu. Jetzt zurück zu dieser anonymen Warnung. Ich werde bei Gaius um eine Audienz ansuchen, ihn von meiner Absicht unterrichten und ganz harmlos anfragen, ob gegen dich etwas vorliegt, da deine Familie nach unserer Hochzeit ja quasi mit dem Kaiserhaus verschwägert sein wird, abgesehen von unserer schon bestehenden weitläufigen Verwandtschaft. Wie die Antwort auch lauten wird – sei guten Mutes, Valerius. Ich kenne meinen Neffen in- und auswendig und weiß, wie man bei ihm etwas erreicht. Diesen Zettel hat es nie gegeben!«
Claudius zog den kleinen eisernen Holzkohleofen unter dem Tisch hervor, zerriss das Schreiben in kleine Fetzen und streute sie auf die Glut.
»Wir wissen von nichts und werden sehen, wie Caligula reagiert.«
Valerius Messalla atmete auf. »Ich danke dir von Herzen und werde gleich nach meiner Rückkehr mit Messalina reden.«
Claudius lächelte. »Auch das macht mir eine zukünftige Verbindung so wertvoll: Ich gewinne einen klugen und aufrechten Schwiegervater …«
Valerius verneigte sich leicht. »Freunde sind wir ja schon geworden und daran wird sich auch nichts ändern, wenn Messalina ablehnt – oder doch?«
»Nein, Valerius, wir wollen die Dinge nicht durcheinander mengen.«
Ehe er sich an Messalina wandte, sprach Valerius mit seiner Frau. Da blitzte heller Triumph in ihren Augen.
»Siehst du? Habe ich es dir nicht gesagt! Messalina hat es ihm angetan! Bei Castor und Pollux, jetzt verschwägern wir uns mit der kaiserlichen Familie! Wer hätte das gedacht, da wird so mancher sich wundern und …«
»Halt, Domitia – halt! Falls Messalina diese Verbindung ablehnt, wird nichts daraus.«

»Was? Du willst deine Tochter auch noch fragen, wen sie heiraten soll? Wo gibt es denn das? In unseren Kreisen heiratet man mit dem Kopf, umso besser, wenn sich dann das Herz damit abfindet, wenn Freundschaft, vielleicht sogar Liebe daraus wird.«
Valerius schüttelte den Kopf und sagte leise: »Liebe ist bei uns gerade nicht daraus geworden ... Die hast du immer in anderen Betten gesucht, doch darum geht es jetzt nicht. Ich will unsere Tochter nicht zwingen. Claudius wird im Sommer fünfzig Jahre alt, er könnte nicht nur Messalinas Vater, sogar ihr Großvater sein.«
»Und wenn schon! So etwas gibt es nicht zum ersten Mal und es wird auch nicht das letzte Mal sein. Denke nur an Caligulas Schwester Agrippina! Sie war vierzehn und Domitius gut dreißig Jahre älter, als sie heirateten. Claudius war immer den Frauen zugetan – ich glaube, der Mann ist besser im Bett als so mancher grüne Bursche.«
»Das ist kein Thema ...«, sagte Valerius abweisend.
Dass es Messalina ihnen dann so einfach machte, hatte nicht einmal Domitia Lepida erwartet. Sie gaben dem Ansinnen einen feierlichen Rahmen, ließen Messalina ins *triclinium* kommen, wo sie auf zwei einfachen hölzernen Stühlen, uralten Familienerbstücken, ihrer Tochter die Möglichkeit eröffneten, sich mit Claudius Caesar ehelich zu verbinden. Beide hatten sich eine Reihe von Argumenten zurechtgelegt, um ihrem sicher zu erwartenden Widerstand zu begegnen, doch nichts davon wurde gebraucht. Sie lächelte ein wenig gezwungen.
»Ich habe es mir schon gedacht, er hat sich mit seinen Blicken verraten. Als Frau spürt man so etwas ...«
Domitia verbiss sich ein Lächeln und Valerius fand vor staunender Verwunderung nicht gleich die richtigen Worte.
»Hast du ... ich meine, das will schon überlegt sein, wenn auch die Ehre ... die Ehre ...«
»Sehr groß ist!«, sagte Domitia entschlossen.
Messalina nickte.
»Auch das. Doch ich finde, er ist ein gut aussehender Mann, von

dem niemand glaubt, dass er im Sommer fünfzig wird. Bisher hat er ja kein Glück mit seinen Frauen gehabt ...«
In Wirklichkeit war es so, dass Messalina dringend, ja mit wachsender Verzweiflung, auf diesen Antrag gehofft und gewartet hatte. Ihre Regel war nämlich ausgeblieben und sie wusste mit Sicherheit, dass sie schwanger war.
Alles war damals so abgelaufen, wie sie es mit Sabina geplant hatte. Dass sie nach der *cena* fast bei jedem Wetter in den Garten ging, wusste das ganze Haus und die Jahreszeit – es war Ende März – kam ihr mit noch früher Dunkelheit dabei entgegen. Sie war der kalten Abendluft wegen in ihren Wollmantel geschlüpft, doch darunter trug sie nur eine kurze Tunika, die übliche Hauskleidung junger Sklavinnen.
Stunden zuvor war sie noch aufgeregt gewesen, hatte sich dies oder jenes ausgemalt, doch dann, auf dem Weg zum Gartenhaus, war sie ganz ruhig geworden – nicht anders, als ginge sie in den Park, um ein paar Blumen zu pflücken. Für den Fall, dass man sie aus der Villa beobachtete, machte sie einen Bogen um das kleine Haus, um dann geduckt hinter mannshohen Sträuchern durch ein offenes niedriges Fenster an der Rückseite einzusteigen. So hatte es Sabina mit Cletus abgemacht, auch die Bedingung gestellt, dass keinerlei Licht brennen durfte.
Der junge Gärtner empfand einen kindlichen Triumph, dass er Sabina doch noch herumgekriegt hatte. Welche Frau konnte ihm auf die Dauer widerstehen? Er lachte leise, als er das erwartete Geräusch hörte, fasste die vermeintliche Sabina an der Hand und führte sie behutsam in seine nach Norden gelegene Schlafkammer. Dabei redete er flüsternd auf sie ein.
»Freut mich sehr, dass du gekommen bist! Weiß es durchaus zu schätzen, denn du bist ja noch eine *virgo*, nehme ich an. Glaube mir, Venus selbst hat dich in meine Kammer geführt, weil sie es gut mit dir meint. Durch Cletus entjungfert zu werden, ist etwas anderes, als zu einem alten Bock ins Bett steigen zu müssen – ja, etwas ganz anderes, denn Cletus weiß, was die Frauen wollen, Cletus ist ein erfahrener Mann.«

Er kicherte leise vor sich hin, doch seine kindische Überheblichkeit blieb nicht ohne Eindruck auf Messalina. Sie schlüpfte aus ihrem Mantel und Cletus zog ihr schnell und geschickt die Tunika über den Kopf. Es war nicht völlig finster, denn der Halbmond hing wie eine gläserne Ampel über der Stadt und Cletus war in seiner Nacktheit recht gut zu erkennen. Seine von der Gartenarbeit rauen Hände streichelten sanft ihren Leib, seine Zunge liebkoste ihre Brustwarzen, glitt tiefer, bohrte sich feuchtwarm in den Nabel, umkreiste den Schoß, der sich willig öffnete.
»Jetzt bist du bereit, *amica*, jetzt erwartet dein Gröttchen den Besucher, doch der lässt sich Zeit – will die kleine Sabina nicht verschrecken. An Cletus ist nichts zu fürchten, er ist ein *hortulanus* und geht mit den Frauen nicht anders um als mit seinen Pflanzen …«
Du redest Blödsinn, dachte Messalina, vielleicht möchte nicht jede Frau so sanft behandelt werden. Sie jedenfalls wollte es nicht … Dann spürte sie, wie sein Glied über ihre Schenkel strich, langsam vorstieß, das Hymen fast schmerzlos überwand, tief eindrang, dann bewegungslos verharrte. Ein warmes angenehmes Gefühl durchdrang sie – aber sollte das alles sein? Ihre Hände glitten über sein kleines festes Gesäß, verkrallten sich darin, was Cletus als Aufforderung verstand, sein Liebesspiel fortzusetzen. Jetzt erst fühlte Messalina, wie eine nie gekannte Lust ihren Körper durchdrang, und flüchtig gingen ihr die Worte der Mutter durch den Kopf, dass ein Mädchen erst in den Armen eines Mannes zur Frau wird.
Von Cletus ging ein seltsam erregender Geruch aus und es drängte sie, seinen Körper abzulecken, doch einem Sklaven kam das nicht zu. Schwer schnaufend lag er neben ihr, sein muskulöser Arm lastete auf ihren Brüsten, sodass sie kaum atmen konnte. Sie schob den Arm weg und richtete sich auf.
»Musst du zur Arbeit zurück?«
»Nein, noch nicht«, flüsterte sie. »Willst du, dass ich gehe?«
»Nein, du süßes Schätzchen – warte ein wenig und wir können den Spaß wiederholen.«

»Warum soll ich warten?«
Er deutete auf sein schlaffes Glied, das bei dem fahlen Licht kaum zu sehen war. »Wir müssen dem da etwas Erholung gönnen, dann geht es wieder.«
»Dann kannst du es mir richtig besorgen?«
Er stutzte. »Woher hast du das? Redet ihr Frauen über so etwas?«
»Warum nicht? Oder ist es ein Vorrecht der Männer?«
»Du schwafelst so gescheit daher, als hättest du einen Lehrer gehabt.«
Sein Misstrauen war nicht zu überhören und Messalina beschwichtigte ihn.
»Ich arbeite schließlich im Haus, höre, wie die Herrschaft redet ...«
»Deine Stimme klingt anders als sonst ...«
»Weil ich flüstere ...«
Um ihn abzulenken, fasste sie ungeschickt nach seinem Penis, der sich unter ihrer Berührung straffte.
Er lachte leise. »Hast schnell dazugelernt ...«
Wieder störte sie seine Sanftheit, sein behutsames Umgehen mit ihrem Körper. Sie hatte es sich ganz anders vorgestellt. In ihren Träumen war es stets ein Gladiator gewesen – haarig, verschwitzt, verdreckt, mit Blut an den Händen, der sie mitten in der Arena in den Sand warf und ihr Gewalt antat.
»Du darfst mich ruhig härter anfassen, ich bin nicht aus Glas ...«
Erstaunt hielt er inne. »Aber so wollen es die Frauen doch! Fast alle haben mich gerade deshalb gelobt, weil ich nicht bin wie die meisten Männer – und – und –«
»Ich bin nicht wie alle Frauen!«
In ihrer Erregung hatte sie mit lauter Stimme gesprochen und Cletus fuhr erschrocken zurück.
»Nein – nein ...«, stammelte er heiser. »Du – du – bist nicht Sabina ...«
»Nein«, sagte sie kalt, »das dumme Gänschen hat noch immer Angst vor dir, aber wie ich sehe, ganz ohne Grund. Mag sein, dass du mit Frauen umgehen kannst, mag sein, dass es den meisten

so gefällt, aber ich, Valeria Messalina, habe es mir anders gewünscht.«

»Aber ... aber ... es hat dir doch Spaß gemacht?«

Seine Eitelkeit als gesuchter Verführer übertraf noch sein Erschrecken, die Tochter des Hauses entjungfert zu haben.

»Etwas schon, aber es hätte mehr sein können. Du kannst es ja noch einmal versuchen ...«

Das hatte Cletus zwar gewollt, doch nun gewann der Schrecken die Oberhand, ließ seine Säfte versiegen, verwandelte den schon erigierten Penis in einen schlaffen Wurm.

»Verzeih, Domina, mir ist der Schreck so in die Glieder gefahren, dass ... dass ...«

»Du ihn nicht mehr hochkriegst – so ist es doch?«

Wie dieses Mädchen daherredete! Wie eine Straßendirne ... Da fuhr es ihm durch den Kopf: Warum ist sie überhaupt für Sabina eingesprungen, warum hat sich Valeria Messalina von einem Sklaven entjungfern lassen – sie, die doch die Auswahl unter den jungen Männern von ganz Rom gehabt hätte? Er fand noch nicht den Mut, sie danach zu fragen, da kam Messalina ihm zuvor.

»Du wirst dich fragen, warum ich gerade auf dich verfallen bin und mir nicht einen *patricius* ins Bett geholt habe?« Sie tippte spöttisch lachend an seine niedrige Stirn. »Darauf könnte sogar dein winziger Sklavenverstand kommen. Ganz Rom schaut doch auf uns, die senatorischen und konsularischen Familien, da lässt sich schwer etwas geheim halten. Wer aber schert sich darum, was in einer Sklavenhütte zwischen Sklaven geschieht? Das lockt keinen räudigen Hund unter dem Tisch hervor. So bin ich jetzt Sabina, die sich von Cletus entjungfern ließ. Warum ich es tat, geht dich nichts an und du würdest es auch nicht verstehen.« Sie schlüpfte schnell in ihre Tunika und griff nach dem Wollmantel. »Vielleicht gibt es ein nächstes Mal, vielleicht auch nicht, wir werden sehen.«

Wenn sie der Liebesakt auch ein wenig enttäuscht hatte, so genoss sie es doch, endlich zur Frau und damit erwachsen geworden zu sein. Obwohl sie wusste, dass Cletus getäuscht worden war, so erregte doch der Gedanke ihren Zorn, dass ein Sklave, ein Stück Fleisch, das man kaufte und verkaufte – im Grunde ein Nichts –, es gewagt hatte, ihre *virginitas* anzutasten. Das ist als hätte ihr ein Hund oder ein Stier Gewalt angetan. Sogleich erkannte sie jedoch den Denkfehler, denn sie wollte ja, dass er sie gewaltsam nahm, verübelte ihm eher, dass er es nicht getan hatte. Jedenfalls sollte er wissen, wie gefährlich es war, die Tochter eines valerianischen Hauses, eine hochgeborene Patrizierin, defloriert zu haben. Du wolltest es doch, war leise eine innere Stimme zu vernehmen. Ja, ich wollte es, fauchte sie wütend. Er soll es dennoch büßen!

Beim gemeinsamen Mahl sagte sie plötzlich: »Ich glaube, dieser Kleitos vernachlässigt unseren Garten, weil er immer mehr Zeit für seine schmutzigen Liebesgeschichten braucht.«

Valerius Messalla schüttelte verwundert seinen Kopf. »Wie kommst du darauf und warum sollen Liebesgeschichten schmutzig sein?«

»Vielleicht habe ich mich falsch ausgedrückt, jedenfalls bringt er Unruhe ins Sklavenquartier.«

»Habe bisher nichts davon bemerkt. Und was ist mit dem Garten, was soll da nicht stimmen?«

»Die Rosenstöcke sind schlampig beschnitten und die dürren Äste vom Vorjahr hat er nur in eine Ecke geworfen, anstatt sie zu verbrennen.«

Da blickte ihre Mutter sie seltsam an. »Um solche Dinge hast du dich bisher nie gekümmert, warum also jetzt? Bist du auf Cletus eifersüchtig?« Messalinas spöttisches Lachen klang falsch.

»Eifersüchtig – ich? Auf einen Sklaven? Mag er sich die *servae* dutzendweise in sein Bett holen, so kümmert mich das so wenig, wie wenn ein Mistkäfer einen anderen begattet.«

Valerius schlug leicht auf den Tisch. »Schluss jetzt! Ich werde die Arbeit im Garten nachprüfen und wenn es stimmt, was Messalina beobachtet hat, dann wird Kleitos eben bestraft.«

Für ihn war der Fall so belanglos, dass er ihn schnell vergaß. Messalina änderte schnell ihre Meinung, wollte Cletus nun nicht mehr bestraft sehen, sondern ihn zur Rede stellen. Sie glaubte nämlich bemerkt zu haben, dass er Sabina auch jetzt nicht in Ruhe ließ. Danach befragt, nickte die *serva* nur stumm.

Bei ihrem nächsten Abendspaziergang passte sie Cletus ab und zischte ihm zu: »Heute in der zweiten Nachtstunde!«
Ohne seine Antwort abzuwarten, ging sie schnell weiter. Mit Vergnügen konnte sie bemerken, dass sein Gesicht etwas wie angstvolles Erschrecken gezeigt hatte. Das war tatsächlich seine erste Reaktion gewesen, denn ein Sklave durfte nie sicher sein, was die Anrede des Herrn oder der Herrin ihm bringen würde. Doch dann, als Messalina ihm schon den Rücken gekehrt hatte, hatte er doch Genugtuung empfunden. Sie kann nicht von mir lassen, dachte er zufrieden. Er hörte noch ihre Stimme, als sie sagte, er könne sie ruhig härter anfassen, sie sei nicht aus Glas. Das kann sie haben, dachte er, Cletus will, dass sie zufrieden sind, die Frauen, und wird sich bemühen, ihren Wünschen nachzukommen. Bis jetzt hatte er gedacht: Da die Patrizier anders redeten, aßen, gingen, sich benahmen, so müsse auch das andere anders sein, das da unten ... Nun denn, dem war nicht so, das wusste er jetzt. So groß ist der Unterschied eben doch nicht zwischen Herr und Sklave. Zufrieden feixte er vor sich hin. Wer hätte das gedacht: Er und Valeria Messalina ... Das Geschlecht der Valerier, hatte er einmal sagen hören, sei viele hundert Jahre alt, habe zahlreiche Konsuln und Senatoren hervorgebracht. Er lachte. Und dann – und dann kam ein Spross dieser edlen Familie in seine Sklavenhütte und ließ sich von ihm aufs Kreuz legen. Nichts geschieht ohne Grund, in diesem Fall muss es wohl deshalb gewesen sein, weil Cletus so gut im Bett ist!
An diesem Gedanken erwärmte er sich und die Arbeit ging zügig voran. Er schaute nach Westen und sah, dass ihn noch gut vier Stunden von Messalinas Besuch trennten. Diesmal wäre er ein echter Mann! Es war nicht seine Art, Gewalt anzuwenden, wenn sie es allerdings in dieser Art haben wollte – bitte sehr!
Für die zweite Begegnung hatte sich Messalina keine Strategie zurechtgelegt, außer dass dieser Kerl deutlich den Unterschied

spüren musste. Dabei fiel ihr die Gemmensammlung eines Onkels ein. Sie hatten etwa vor einem Jahr diesen Verwandten in seinem Haus besucht und während sich die Erwachsenen im *triclinium* in endlose Familiengespräche verwickelten, hatte der Sohn des Hauses, ihr halbwüchsiger Vetter, sie auf Zehenspitzen in das Arbeitszimmer seines Vaters geführt. Unter blödem Gekicher und mit roten Ohren hatte er die väterliche Sammlung erotischer Gemmen vor sie hingebreitet. Da paarten sich Menschen mit Tieren, Nymphen mit Faunen und meist war es die Frau, die auf dem liegenden Mann ritt wie die Amazonen auf ihren wilden Pferden. Ob der gute Cletus davon wusste? Sie würde es herausfinden …
Sie setzte sich in seiner kleinen, etwas muffig riechenden Schlafkammer auf das Bett und überfuhr ihn gleich mit den Worten: »Du bist mir das letzte Mal etwas schuldig geblieben! Dein Phallus hat dich vor Schreck im Stich gelassen – ich hoffe, das wird heute nicht der Fall sein!«
Wäre Cletus von sensibler und intelligenter Natur gewesen, so hätten diese Worte ihm mit ziemlicher Sicherheit die Lust zum Liebesspiel genommen. Bei ihm bewirkten sie jedoch das Gegenteil. Sie forderten seinen Stolz heraus und nun galt es erst recht, seinen Ruf als unermüdlicher Liebhaber zu verteidigen. Er riss ihr die Tunika vom Leib, küsste ihre Brüste, saugte sich beißend fest und spreizte gewaltsam ihre Schenkel.
Messalina fand das recht vergnüglich, aber nun wollte sie es ihm zeigen. Sie zischte ihn an: »Leg dich auf den Rücken!«
Kein Sklave kann einem herrschaftlichen Befehl widerstehen und Cletus gehorchte sofort. Ihr Schoß hielt seinen Phallus fest wie in einem Schraubstock, mit einer Hand knetete sie unsanft sein *scrotum*, die Finger der anderen zeichneten mit langen scharfen Nägeln blutige Furchen in seine Brust. Als Cletus aufschrie, ließ sie von ihm ab und nun war sie es, die den Rhythmus bestimmte, die ihn zuritt wie einen ungebärdigen Hengst. Nicht dass es ihm missfallen hätte, nur für ihn war es ungewohnt, denn er liebte es, wenn die Frauen unter ihm zappelten und stöhnten – ihm ausgeliefert waren.

Später ging er zum Wasserkrug in die Ecke, tauchte ein Stück Stoff hinein und tupfte sich das Blut ab, während Messalina ihn lächelnd beobachtete.
»Es muss doch ein süßer Schmerz gewesen sein – oder? Kannst ja sagen, du hast dich an einem Dornenstrauch gerissen … Aber wer wird dich danach fragen? Jedenfalls keine Frau und kein Mädchen, denn solange ich zu dir komme, sparst du deine Geilheit für mich auf – für mich allein! Wenn ich dich nur dabei erwische, dass du eine andere begehrlich anschaust, kriegst du die Peitsche und wirst verkauft – hast du das verstanden?«
»Ja, Domina.«
Dass beide nicht befürchteten, bei ihren Liebesspielen ein Kind zu zeugen, geschah aus demselben Grund. Messalina war zutiefst überzeugt, dass Sklaven nur mit Sklaven Nachwuchs zeugen können, und Cletus in seiner Einfalt hielt es für unmöglich, dass sein Same in einer Patrizierin aufgehen könnte. Sie wurden bald eines Besseren belehrt.

5

War es nach dem vierten oder nach dem fünften Treffen, dass Messalina sich schwanger fühlte? Dass sie es war, wusste sie von ihrer Mutter, die in ihrer freimütigen Art gleich nach Messalinas Frauwerdung erklärt hatte: »Eines sollst du gleich wissen: Wenn deine Regel ausbleibt, dann hast du dir ein Kind machen lassen. Dein Mann wird sich freuen und dir steht eine Schwangerschaft bevor, die erst zuletzt etwas beschwerlich sein wird.«
Nun war ihre Regel ausgeblieben, doch es gab keinen Mann, den das erfreut hätte. Messalina war ratlos – wusste nicht, wen sie fragen, wer ihr helfen könnte. Fortuna hatte ihr offenbar den Rücken zugewandt. Vielleicht hatte sie es versäumt, an ihrem kleinen Tempel an der Südmauer des Clivus Capitolinus zu opfern, ehe sie zu Cletus ins Bett stieg. Jetzt zu beten oder zu opfern, vor welcher

Gottheit auch immer, wäre sinnlos gewesen. Wider Erwarten streckte ihr Fortuna dann doch die helfende Hand hin, als der Antrag von Claudius Caesar kam. Und nicht nur das – der Prinz äußerte den Wunsch, so schnell wie möglich zu heiraten, mit der seltsamen Begründung, es sei ihm lieber, als Neunundvierzigjähriger die neue Ehe einzugehen, denn in der runden Zahl fünfzig sehe er die Gefahr, sich plötzlich alt zu fühlen. Natürlich wurde seinem Wunsch stattgegeben und darüber zu spotten verbot der Respekt vor einem Mitglied des Kaiserhauses.
Dann wird es eben ein Achtmonatskind, das ist, wie man hört, keineswegs ungewöhnlich. Sorgen machte ihr nur Cletus, der in seiner Einfalt bereits Äußerungen getan hatte, die ihr sehr missfielen. Schon bei ihrer dritten Begegnung hatte er davon gesprochen, er gäbe viel darum, die *manumissio*, die Freilassung, zu erlangen, und gemeint, Messalina könnte dies bei Valerius durch ihre Fürsprache leicht durchsetzen.
»Mit welcher Begründung? Dass du mich dann und wann vögeln darfst? Dafür würden sie dich auspeitschen, vielleicht sogar ans Kreuz heften. Schlag dir das aus dem Kopf und bitte Diana, dass dieser Zustand noch eine Weile anhält. In ganz Rom wird es keinen Sklaven geben, der es einer Patriziertochter besorgen darf.«
Was Cletus für die gewohnte Redeweise der oberen Schichten hielt, hätte ein *patricius* als das typische Vokabular einer Hure bezeichnet. Manche Männer sind der Überzeugung, dass es »geborene Huren« gibt, deren Eigenschaften sich schon im frühen Mädchenalter zeigen, wie Frauen von jungfräulicher Veranlagung vom Wesen her *virginis* bleiben, auch nachdem sie fünf Kinder geboren haben.
Messalina kam zu dem Entschluss, Cletus unschädlich zu machen. Wenn sie einmal mit Claudius Caesar verheiratet war, könnte sein kindisches Gerede am Ende doch Verdacht erregen und ihre schöne Zukunft zunichte machen. Sie fasste einen ganz einfachen Plan und führte ihn schnell aus.
Cletus, der vom Heiratsantrag des Prinzen Claudius nichts wusste, sonnte sich weiter in Messalinas Gunst und freute sich auf ein

nächstes Treffen, das sie unter einem Vorwand eher angesetzt hatte, nämlich so, dass noch einige Zeugen in Hörweite waren. Der *dispensator* etwa, der kurz nach Sonnenuntergang pflichtgemäß ums Haus ging, oder der Küchenjunge, der um diese Zeit die beiden Hunde fütterte.

Kaum hatte Messalina das Gartenhaus betreten, rief sie laut um Hilfe, zerriss ihr Gewand und fügte sich selbst eine Wunde am Unterarm zu. Sie lief schreiend hinaus, verfolgt vom ahnungslosen und verwirrten Cletus, den andere bald überwältigten, ihn an Händen und Füßen fesselten.

Messalina, ins Haus gebracht, stammelte weinend etwas von einem Überfall während ihres Abendspaziergangs. »Er wollte mir Gewalt antun, zerriss mein Gewand, zerkratzte meinen Arm, versuchte, mich auf den Boden zu werfen ...«

Valerius Messalla glaubte seiner Tochter sofort, während seine Frau einfach nicht verstehen konnte, dass der einfältige und sanfte Cletus ein derart unsinniges Wagnis unternommen hatte. Er wurde natürlich intensiv befragt, redete jedoch nur wirres Zeug, weil er nicht wagte, das Liebesverhältnis einzugestehen. Er dachte an den drohenden Kreuzestod, redete sich darauf hinaus, er hätte in Messalinas Verhalten etwas wie eine Aufforderung verstanden, sei dann wie von Sinnen gewesen und habe Hand an sie gelegt. Damit gab er Messalina Recht und rettete sein Leben. Doch Valerius Messalla musste ein Exempel statuieren und verurteilte den »Gewalttäter« zu einer schweren Auspeitschung, die im *peristylum* vor aller Augen vollzogen wurde. Schon nach dem vierten Schlag begann Cletus jämmerlich zu schreien, brüllte Rechtfertigungen und kaum verständliche Anklagen und wurde nach dem achtundzwanzigsten Hieb bewusstlos.

»Der Kerl müsste danach ans Kreuz«, rief Messalina mit schriller Stimme, doch dazu sah Valerius keinen Grund. Er verkaufte Cletus an einen befreundeten Reeder in Ostia, der ein halbes Dutzend Galeeren unterhielt und ständig auf der Suche nach kräftigen Ruderern war. Doch die Göttin Diana, in Rom von den Sklaven als Patronin verehrt, erwies sich gnädig, denn die resolute

Frau des Reeders hatte sich ausbedungen, die angekauften Rudersklaven vor ihrer Verwendung zu prüfen. Cletus gefiel ihr und da Valerius ausdrücklich betont hatte, er sei trotz allem ein vorzüglicher Gärtner gewesen, schlug sie vor, ihn doch besser in diesem Beruf zu verwenden, umso mehr als der alt gewordene Gärtner auf dem Landgut in den Albaner Bergen längst einen tüchtigen Gehilfen benötige. So kam Cletus in seinen alten Beruf zurück, doch in Bezug auf Frauen war er vorsichtig geworden. Er entschloss sich zum *contubernium*, zur Sklavenehe, wozu sein Besitzer ihm die Erlaubnis erteilte, und opferte an den der Göttin Diana geweihten Festtagen seiner Retterin ein weißes Lamm.
Sein Erlebnis mit Messalina war ihm schon nach wenigen Wochen ins Traumhafte entrückt. Hätte ihn jemand gefragt, ob sie jemals seine Geliebte gewesen sei, so wäre ihm schon der Gedanke daran als abwegig erschienen. Die vernarbten und häufig noch juckenden Peitschenstriemen auf seinem Rücken erinnerten ihn nur daran, dass er versucht hatte, Messalina zu verführen, aber ein Sklave sollte von so hochgeborenen Wesen die Finger lassen. Jahre später, als politische Wirren den Namen Valeria Messalina für einige Zeit zum Tagesgespräch machten, befragte man auch ihn, den früheren Gärtner im Haus des Valerius Messalla. Da schüttelte er nur den Kopf und meinte, ein Sklave in solch niedriger Stellung könne von all dem nichts wissen.
Ehe Claudius Caesar den Hochzeitstermin ansetzte, wollte er den Kaiser von seiner geplanten Heirat in Kenntnis setzen. Es war nicht nur die Besorgnis, Caligula könnte sich einen gemeinen Scherz erlauben und die Ehe verhindern, es entsprach auch dem Protokoll, dass ein Mitglied des julisch-claudischen Hauses die Zustimmung des Kaisers einholen musste. Callistus sorgte dafür, dass Claudius schnell empfangen wurde – Caligula hatte die Nacht mit Pyrallis verbracht – und den Göttlichen in gnädiger Stimmung antraf.
Der Kaiser erhob sich sogar von seiner *kline* und ging dem Onkel entgegen. Die kalten starren Augen musterten Claudius, dann geisterte ein hämisches Lächeln über sein bleiches Gesicht.

»Du siehst gut aus, mein Lieber, die römische Luft scheint dir zu bekommen.« Er lachte meckernd. »Das lässt sich nicht von allen sagen – nein, manchem ist sie gar nicht zuträglich. Gute Nachrichten? Schlechte?«
»Wie man es nimmt«, sagte Claudius. »Ich habe mich von Aelia Paetina scheiden lassen und will eine neue Ehe eingehen.«
»Ah, mit wem denn?«
Claudius spürte das Misstrauen, doch daran war er gewöhnt.
»Es ist Valeria Messalina, die Tochter des Valerius Messalla und seiner Gemahlin Domitia Lepida. Beide sind entfernt mit uns verwandt; dein Hofchronist wird darüber Näheres wissen. Pflichtgemäß wollte ich dich um Erlaubnis bitten, denn es könnte ja sein, dass dir die Verbindung nicht genehm ist oder dass etwas gegen Valerius vorliegt, ich glaube allerdings nicht ...«
Caligula ließ sich auf seine *kline* fallen und warf dabei den goldenen Pokal um, der auf einem Tischchen daneben stand. Er achtete nicht darauf.
»So, du glaubst also nicht! Was glaubst du nicht?«
»Dass etwas gegen Valerius vorliegt. Er hat schon vor Jahren krankheitshalber seinen Senatssitz aufgegeben, befasst sich nur noch mit seinen Büchern ...«
»Und deshalb glaubst du, muss der Mann ungefährlich sein?«, rief Caligula mit anklagender Stimme. »Es gelingt dir doch jedes Mal, deine Einfalt von neuem unter Beweis zu stellen!«
Den Göttern sei Dank, dachte Claudius und senkte schuldbewusst das Haupt. Der Kaiser hatte nicht vergessen, dass Valerius Messalla auf Helikons Liste der Verdächtigen stand.
»Ist die Kleine nicht noch ein Kind?«
»Messalina wird in wenigen Wochen fünfzehn.«
»Und du wirst im August fünfzig, wenn ich mich recht erinnere. Ist es nicht schamlos, ein halbes Kind ins Ehebett zu zwingen?«
»Sie hat ausdrücklich dazu ihr Einverständnis gegeben.«
»Ja, natürlich, wer möchte nicht in die kaiserliche Familie einheiraten! Kaum eine Frau oder ein Mädchen in ganz Rom hätte sich deinem Antrag verweigert. Da nimmt man großzügig das Alter

und die zahlreichen Gebrechen in Kauf, findet dein Stottern drollig, dein Gesichterschneiden geistreich und dein Hinken unbedeutend. Die ganze Valerier-Sippe wird dich nach Kräften ausbeuten und darauf warten, dass Messalina als reiche Witwe zurückbleibt.«
Vielleicht hat Gaius sogar Recht, ging es Claudius durch den Kopf, doch er schob den Gedanken schnell beiseite.
»Nein«, sagte er fest, »das glaube ich nicht. Ich kenne Valerius seit vielen Jahren, er ist ein ehrenwerter Mann.«
Caligula fühlte, was höchst selten geschah, einen Anflug von Großmut. »Also tue, was du nicht lassen kannst – jedenfalls habe ich dich gewarnt.«
»Du stimmst also zu?«
Caligula lachte spöttisch. »So ist es, doch die Kleine wird dich im Bett zerreißen. Du denkst doch nicht daran, noch Nachwuchs zu zeugen?«
»Warum nicht ...«
Caligula richtete sich auf und in die starren Augen trat ein böses Funkeln. »Dann vergiss nicht, dass es kein Junge sein darf! Töchter kannst du zeugen, so viele du willst, aber ich dulde in meinem Haus keine männlichen Nachkommen! Sobald die zu denken beginnen, werden sie nach meinem Thron schielen – also schärfe es deiner künftigen Frau ein, dass ihr Sohn gleich nach seiner Geburt an wilde Tiere verfüttert wird!«
Wie ernst solche Drohungen zu nehmen waren, konnte man schwer einschätzen. Dass Caligula zu derartigen Taten imstande war, hatte er schon mehrmals bewiesen.
»Ich werde darauf achten«, sagte Claudius mit leiser Stimme. »Darf ich dich zum Hochzeitsfest erwarten?«
»Du darfst. Ich weiß jedoch nicht, ob ich kommen werde. Götter sind launisch ... Soll es in Form einer *confarreatio* geschehen?«
Diese feierlichste Form der Eheschließung war nur Patriziern vorbehalten und wurde vor dem Tempel des Kapitolinischen Jupiter vom Pontifex Maximus vollzogen.

»Nein«, sagte Claudius, »ich will kein Aufsehen. Aller Glanz gebührt dir, dem göttlichen Augustus. Ich bin nur ein stiller Gelehrter ...«
Caligula nickte gnädig. »Das ist gut so. Lass Callistus den Termin wissen, dann sehen wir weiter.«
Diese Klippe war umschifft. Sollte Messalina tatsächlich einen Jungen zur Welt bringen, müssen wir ihn entweder als Mädchen ausgeben oder verkünden, er sei gleich nach der Geburt gestorben und ihn im Geheimen aufziehen lassen. Claudius schüttelte den Kopf. Es ist schon seltsam, dachte er, mit welch unsinnigen Gedanken man sich abplagen muss, solange dieses mordlustige Monstrum auf dem Thron sitzt.
Die Hochzeit wurde eine Woche nach Messalinas fünfzehntem Geburtstag angesetzt, das war am vorletzten Tag des Monats April. Claudius wählte die altrömische Form einer *coemptio*, das war der früher geübte, jetzt nur noch symbolisch vollzogene Brautkauf. Trotz der von Claudius gewünschten Geheimhaltung sprach sich die bevorstehende Hochzeit des Prinzen schnell herum und täglich trafen Dutzende von Geschenken ein.
»Ich habe gar nicht gewusst, dass ich in Rom so beliebt bin«, sagte Claudius verwundert, als ihm Callistus einen kurzen Besuch abstattete. Der kaiserliche Sekretär beugte sich vor und flüsterte: »Ich würde noch hinzufügen: Es zeigt auch, wie unbeliebt Caligula ist.«
Claudius nickte. »Er gibt sich auch alle Mühe.«
»Die Mühe wird bald ein Ende haben und angemessen belohnt werden.«
Claudius hob nur leicht die Schultern und schwieg.
Halb Rom schien auf das Eingreifen der *furiae* – der Rachegöttinnen – zu warten, aber nichts geschah. Einmal musste doch das Maß voll sein, einmal musste doch der Tag kommen, da das blutbefleckte Scheusal keinen Fürsprecher mehr fand. Doch so lange der Kaiser seine Prätorianer hätschelte und ständig mit hohen Prämien köderte, würde es nicht möglich sein, bewaffnet auch nur in seine Nähe zu kommen.
Claudius schüttelte die unerfreulichen Gedanken ab und schaute

nach vorn in die nächste Zukunft, wo sein Hochzeitstag auf ihn wartete.
Nicht weniger ungeduldig harrte Messalina ihrer Brautnacht, in der das Kind gezeugt werden sollte, das sie schon im Leib trug. Ob sich das Sklavenerbe bemerkbar machen würde? Bei einer Tochter hatte sie kaum Bedenken, schließlich war Cletus ein schöner Mann gewesen und konnte eigentlich zusammen mit ihr nur Schönheit zeugen.
Wegen des Hochzeitstages war es allgemein üblich, einen chaldäischen Astrologen den günstigsten Zeitpunkt berechnen zu lassen. Claudius Caesar hielt nichts davon – ihm lag nur daran, dass Messalina so schnell wie möglich in sein Haus kam. Die Eltern bestanden auf genauer Einhaltung der altrömischen Hochzeitsbräuche und Messalina versuchte, ihre Ungeduld zu verbergen. Einen Tag vor der Hochzeit weihte sie ihre alten, ohnehin längst nicht mehr gebrauchten Spielsachen, zusammen mit der *toga praetexta* – ihrer Mädchenkleidung – der für Ehe und Geburten zuständigen Göttin Juno Regina.
Am Tag der Hochzeit wurde das Haus der Braut mit Blumen, grünen Zweigen und bunten Bändern so herausgeputzt, dass von weitem zu erkennen war, welches Fest hier gefeiert wurde.
Messalina legte ihr Hochzeitskleid an – eine lange weiße, von einem goldgestickten Gürtel gehaltene Tunika; ihr Gesicht verdeckte der orangefarbene Brautschleier. Im Garten vollzogen unterdes zwei bestellte Auguren ein Schlachtopfer und stellten bei der Leberschau erwartungsgemäß fest, dass die Götter dieser Verbindung günstig gesinnt waren. Dann fassten sich im Festsaal die Brautleute bei den Händen und Messalina erwiderte freudig den festen Druck ihres künftigen Ehemanns.
Glück gehabt, dachte sie hochgemut, es geht alles nach meinen Wünschen und die Männer sind die Betrogenen. Cletus schuftet sich auf einer Galeere zu Tode und für den ahnungslosen Claudius trage ich einen Sklavenbastard aus. Von morgen an werde ich ein Glied der kaiserlichen Familie sein und wenn Caligula mich begehrt – warum nicht?

Nach dem Festmahl riss Claudius zeremoniös die Braut aus den Armen ihrer Mutter, schlug ihren Schleier zurück und führte sie an die Spitze des draußen wartenden Festzuges. Unter Flötenspiel und Trommelklang zogen sie zum Haus des Bräutigams. Hinter ihr schritten die beiden Brautjungfern, trugen Spindel und Spinnrocken, die an die häuslichen Tugenden der Braut erinnern sollten. Da es als böses Omen galt, wenn die Braut beim Betreten des Hauses stolperte oder fiel, hob Claudius sie über die Schwelle, schnaufend von der ungewohnten Anstrengung. Schwereres als seinen Schreibkoffer – mit Papier, *cerae*, *stilus*, Schreibfeder und dem bronzenen Tintenfass – hatte er bisher nicht tragen müssen. Danach nahm Messalina den Schlüssel des Hauses in Empfang, der ihr als *mater familias* anvertraut war.
Inzwischen war es Zeit für das abendliche *epulum* – ein Festmahl, zu dem Verwandte und nahe Freunde geladen waren. Caligula hatte weder ab- noch zugesagt, aber zur vierten Nachtstunde erschien Caesonia Augusta, die Frau des Kaisers, in einer prachtvollen Sänfte, begleitet von einer Schar Sklaven und einem Trupp berittener Prätorianer.
Ihr pompöses Auftreten erstickte jede Festesfreude und es war, als wehe ein eisiger Wind durchs Haus. Sie war gekleidet wie eine orientalische Fürstin, trug über der Toga einen goldgestickten Purpurmantel. Sie war keine Schönheit, hatte etwas Wildes, Mänadenhaftes an sich, mit ihren dunkel glühenden Augen, den fahrigen Bewegungen und dem grellrot geschminkten Mund, der meist halb offen stand.
Sklaven schleppten ihre Geschenke herbei – ein Sammelsurium aus kostbaren, meist aber nutzlosem Tand, von Claudius mit gezwungen frohen Ausrufen entgegengenommen. Caesonia warf sich auf eine *kline* und musterte die mit verschlossenem Gesicht dasitzende Braut mit einer Mischung aus Neugier und Spott.
»Da hast du dir aber ein junges Hühnchen erwählt, teurer Claudius. Hättest ja gleich einen Säugling zur Frau nehmen können. Dir, meine Kleine, wäre wohl auch ein Jüngerer lieber gewesen?«
»Nein, Augusta, denn meine Eltern überließen mir die Entschei-

dung und ich habe Claudius Caesar allen anderen vorgezogen und kann ihm nicht genug danken, dass er mich erwählt hat.«
»Ah, so ist das also! Ein richtiges Liebespaar! Endlich hast du beim dritten Versuch die richtige Frau gefunden, mein Claudius. Besser spät als nie, aber ob du im Bett noch leisten kannst, was eine junge Frau erwartet? Besser übrigens, ihr zeugt keine Kinder. Ich habe dem Augustus Julia Drusilla geboren und beim nächsten Mal wird es ein Sohn, das hat der Göttliche mir versprochen. Ihn kostet es nur ein Wort und der Olymp wird seine Wünsche erfüllen.« Sie leerte den dritten Becher, gähnte ausgiebig und erhob sich. »Ich habe schon fröhlichere Feste gesehen! Die meisten deiner Freunde sind alt wie du, Claudius, das ist ja noch langweiliger als eine Sitzung im Senat!«
Grußlos rauschte sie hinaus und es dauerte eine Weile, bis die Gespräche wieder einsetzten.
Claudius konnte während seiner Arbeit tagelang auf den von ihm sonst überaus geschätzten Wein verzichten, doch wenn er zum Becher griff, fiel es ihm sehr schwer, Maß zu halten. Messalina sah es mit Besorgnis, denn sie hatte davon gehört, dass betrunkene Männer ihre Zeugungsfähigkeit einbüßten. Den ganzen Tag über hatte er den Wein verdünnt getrunken, jetzt aber ließ er den Mischkrug beiseite. Und sie konnte nichts tun, denn die Zeit war noch nicht gekommen, um mit dem Gatten vertraut umzugehen. Ihr fiel jene Freundin ein, die mit einem alten Mann verheiratet worden war und sich schon auf ihrem Hochzeitsfest nach einem Liebhaber umgeschaut hatte. Unauffällig blickte sie in die Runde. Viele junge Männer gab es gerade nicht, aber doch solche im besten Alter, um die dreißig. Valerius Asiaticus, der reiche Zyniker? War der nicht gerade geschieden oder hatte er schon eine Neue? Der Jüngste war er auch nicht mehr, schon etwas verbraucht. Callistus? Ein wichtiger, ein einflussreicher Mann – fast allmächtig. Nicht unschön, aber zu dick, außerdem nur ein Freigelassener. Plötzlich kam ihr Cletus in den Sinn und sie gestand sich ein, dass sie lieber mit ihm die kommende Nacht verbracht hätte. Er wusste, worauf es ankam, auf seine Art war er ein Meister. Ein Sklave

nur, einfältig, kindisch, schwer von Begriff und dennoch ein Meister der Liebeskunst. Nun, wenn Claudius nichts taugte, würde sie einen anderen finden.
Etwas im Hintergrund saß Gaius Silius, ehemals Konsul und ein alter Freund ihres Vaters. Neben ihm sein gleichnamiger Sohn mit seiner kürzlich angetrauten Gemahlin Junia Silana. Messalina war mit ihren Eltern Gast auf seiner Hochzeit gewesen, doch sie hatte das Fest als todlangweilig und das Benehmen des Brautpaares als anmaßend empfunden. Damals war sie allerdings so in ihrer Liebschaft mit Cletus gefangen gewesen, dass sie für andere Männer wenig übrig gehabt hatte. Nun zog es ihren Blick immer wieder zu dem jungen Gaius Silius, der offenbar alles besaß, was gemeinhin als männliche Anmut anzusehen war. Als er sich einmal erhob, um einen Bekannten zu begrüßen, sah sie, wie groß und schön gewachsen er war, wie ungezwungen er sich bewegte, wie anziehend er lachte, wie respektvoll er seine Frau behandelte. Sie schüttelte leicht den Kopf. Wie konnte Silius nur eine solch reizlose Frau heiraten? Ein fades, blasses Gesicht, Brüste wie eine Milchkuh, ihr Lachen schrill und affektiert.
Auch Cletus war ein schöner Mann gewesen, doch was bei ihm eher an untere Gottheiten wie Faunus oder Pan erinnerte, das hatte sich bei Silius zum Apollinischen hin entfaltet. Um ihn war etwas Heiter-Strahlendes, das sogar auch auf größere Distanz seine Wirkung tat. Wie mag er erst sein, dachte Messalina, wenn ich ihm gegenüberstehe, in seine Augen blicke oder wenn er mich gar berührt, die Arme um mich legt …
Endlich nahte die Mitternachtsstunde, die Zeit, da die Freunde das Brautpaar unter Scherz, Gelächter und schlüpfrigen Gesängen in die Schlafkammer begleiten. Claudius schwankte schon etwas, doch er war große Weinmengen gewohnt, die sich offensichtlich eher vorteilhaft auswirkten. Seine Rede war weniger stockend, sein Mienenspiel beherrscht, sein Blick lebhaft und wenn er seine klugen Augen auf sie richtete, glaubte sie, in ihnen ein begehrliches Funkeln zu entdecken.
Dass dies kein leeres Versprechen war, erlebte sie jetzt in der

Schlafkammer, als Claudius mit etwas ungeschickten Händen den Gürtel ihrer Tunika löste, sie leise lachend von ihren Kleidern befreite und zuletzt die seinen ablegte. Er betrachtete lange ihren Körper, zog sie dann sanft, aber nachdrücklich aufs Bett und begann ein Liebesspiel, das sich von dem des Cletus beträchtlich unterschied. Wenn dieser viel davon den Frauen überließ, gefällig und gefügig war, so übernahm Claudius, ohne dabei grob oder aufdringlich zu sein, entschlossen die Führung und Messalina stieß einen unterdrückten Schrei aus, als sie zu spüren glaubte, wie kräftig der Prinz seinen Samen in ihren Leib entlud. Dankbar presste sie sich an seinen etwas fülligen Körper und gab sich ihm später mit großer Lust ein zweites Mal hin.
Wenn es so bleibt, dachte sie schläfrig, muss ich mir keinen Liebhaber suchen, obwohl, dieser Gaius Silius ... Wie durch Zauber erschien seine apollinische Gestalt vor ihrem Geist und im Augenblick wusste sie nur, dass sie ihn dieser Junia Silana, dieser dummen Gans mit den unanständig großen Brüsten, mit dem schrillen Lachen, nicht gönnte.

6

Die fünfzehnjährige Messalina fand sich nun als *mater familias* eines Hauses, das unter der Leitung eines zerstreuten Gelehrten ziemlich heruntergekommen war. Aelia Paetina war schon lange vor ihrer Scheidung hier ausgezogen – besser gesagt, aus dem Haus gedrängt worden, da Claudius ihre ständigen Sticheleien und ihre launenhaften Ansprüche nicht mehr ausgehalten hatte. Danach fehlte eine weibliche Hand, weil außer einer alten Köchin nur männliche Sklaven hier Dienst taten und sich alle darauf hinausredeten, Claudius Caesar wolle es ja nicht anders. Tatsächlich war es ja so, dass die regelmäßigen Mahlzeiten von der Köchin quasi ins Leere bereitet wurden, denn entweder

hatte Claudius sich in der Bibliothek festgelesen oder er kam nicht rechtzeitig nach Hause, und wenn doch, dann hatte er unterwegs schon gegessen oder gerade keine Lust dazu. Wie das bei einer Männerwirtschaft so ist, begannen auch die Räume der großen Villa nach und nach zu verwahrlosen und was einmal im Atrium abgestellt war, blieb auch dort. Claudius störte sich nicht daran, er hatte es sich angewohnt, in der Bibliothek, dem ohnehin größten Raum des Hauses, zu schlafen und zu essen und auch die wenigen Besucher dort zu empfangen.
Sein Sekretär, Vertrauter und enger Mitarbeiter, Narcissus, sorgte von Zeit zu Zeit dafür, dass zumindest zwei oder drei Räume des Hauses bewohnbar und vorzeigbar waren. Dieser Mann war überaus tüchtig und wurde jeder Aufgabe gerecht. Narcissus kam aus einer angesehenen Sklavenschule, die Hochbegabte umfassend ausbildete und dann sehr teuer an römische Patrizier oder in Stellungen verkaufte, wo sie ihre vielseitigen Kenntnisse nutzen und anwenden konnten. Er kam als etwa Zwanzigjähriger ins Haus und erwies sich für Claudius Caesar von großem Nutzen – kurz gesagt, er war ihm im Laufe der Zeit unentbehrlich geworden. Nach fünf Jahren erwirkte Claudius seine Freilassung und Narcissus dankte es ihm durch hingebungsvolle Treue und unermüdliche Mitarbeit. Als *libertinus* erhielt er regelmäßigen Lohn, den er zur Gründung eines Schreibbüros nutzte, wo jeder der Schrift Unkundige Hilfe und Rat fand. Dass dieses *scriptorium* zum großen Teil von Claudius bezahlt und auf dessen Anregung eingerichtet wurde, wussten nur er und Narcissus. Es war ein nicht unbeträchtlicher Teil der Überlebensstrategie des Claudius, der es seinem Sekretär so darstellte:
»Narcissus, du weißt, wie politisch unbegabt und ehrgeizlos ich bin, weißt auch, dass ich längst nicht mehr leben würde, wenn es anders wäre. Bei wichtigen Ereignissen in Rom bin ich meist der Letzte, der davon erfährt, was natürlich zur ständigen Erheiterung unseres göttlichen Augustus dient. Ein Beispiel: Vor etwa zehn Tagen fragte ich auf einem zur Verabschiedung eines Proconsuls veranstalteten Symposiums nach einem Senator, mit dem ich be

freundet und der immer zu solchen Anlässen eingeladen war. Ich hatte die Frage etwas laut gestellt, sodass nicht nur der Kaiser, sondern auch einige der Umsitzenden sie hörten. Es trat eine verlegene Stille ein, Caligula aber lachte schallend. ›Er ist unpässlich, weißt du das nicht? Außerdem ist er umgezogen – Helikon wird dir seine neue Anschrift mitteilen, du kannst ihn dann besuchen.‹ Auf dem Zettel stand dann, der Betreffende wohne an der Via Appia zwischen dem fünften und sechsten Meilenstein.«

Narcissus nickte ernst. »Das war natürlich seine Grabstelle, ich verstehe. Du willst also künftig über alle wichtigen Ereignisse schnell und genau unterrichtet werden, Herr?«

»Ja, und ein *scriptorium* ist der rechte Ort dafür. Da werden Neuigkeiten ausgetauscht, da wird geredet und geklatscht, da treibt sich ein Volk herum, das zwar meist nicht schreiben oder lesen kann, aber Augen und Ohren offen hält. Dort sollst du mit einem zuverlässigen Gehilfen die Vormittage verbringen und notieren, was für mich von Belang sein kann.«

Das also waren Stellung und Aufgaben des Narcissus, als Messalina ins Haus kam. Mochte sie in solchen Dingen wegen ihrer Jugend noch wenig Erfahrung besitzen, so erkannte sie doch, wie eng die Bindung zwischen den beiden Männern war und was sie einander bedeuteten.

Einige Tage vor der Hochzeit wollte Domitia Lepida ihre Tochter kurz auf die Rolle der *mater familias* vorbereiten:

»Deiner Jugend wegen werden viele im Haus dich nicht allzu ernst nehmen und deinen Einfluss auf Claudius unterschätzen. Den kannst du jedoch ausbauen und verstärken, wenn du dir all jene zum Freund machst, die deinem Gemahl nahe stehen. Kümmere dich nicht darum, ob du ihren Einfluss für gut oder schlecht, für stark oder schwach hältst, achte zunächst nur darauf, dass sie sich dir nicht entgegenstellen. Ich kenne den Haushalt des Claudius Caesar nicht, doch dass ihm sein Freigelassener Narcissus sehr viel bedeutet, weiß ganz Rom. Suche seinen Rat, schmeichle ihm, doch übertreibe es nicht.«

Messalina, die recht gut wusste, dass sie den Lebenserfahrungen ihrer Mutter vertrauen konnte, hielt sich an diesen Rat und nutzte die Abwesenheit ihres Mannes zu einem klärenden Gespräch. Narcissus gehörte zu den Menschen, die ihre Gefühle und Gedanken so fest in der Brust verschließen, dass ihr Antlitz davon unberührt bleibt und nicht das Geringste verrät. Da in einem großen Haushalt ständig eine Gerüchteküche brodelt, verlegte Messalina die Unterredung ins Atrium, wo sie quasi vor aller Augen stattfand. Um den Anschein einer Intimität zu vermeiden, sprachen sie im Stehen und jeder, der vorbeikam, musste es für ein kurzes beiläufiges Gespräch halten.

»Narcissus, ich komme mir hier ein wenig verlassen vor und brauche deinen Rat.«

Nichts regte sich in dem glatten beherrschten Gesicht des Sekretärs. »Meinen Rat, Domina? Ich bin nur ein Freigelassener ...«

Messalina berührte ihn leicht am Arm. »Mache dich nicht kleiner, als du bist. Jeder in unseren Kreisen weiß, wie sehr Claudius dich schätzt und warum. Du bist überaus tüchtig und wenn dieses Haus noch halbwegs präsentabel ist, dann haben wir es dir zu verdanken.«

Narcissus neigte kurz den Kopf. »Wer hört nicht gerne solch ein Lob? Nur, wie kann ich dir helfen?«

»Sage mir, was ich tun soll, um diesen mit Büchern voll gestopften Kasten in ein wohnliches Heim zu verwandeln. Übrigens auch in Hinblick darauf, dass sich ein neuer Hausgenosse ankündigt ...«

Narcissus, wie immer sehr schnell von Begriff, schaute sofort auf ihren Bauch. »Verzeih, aber zu sehen ist noch nichts – wann ...?«

»Wohl ungefähr im Dezember.«

Um ihn nicht zu irritieren, hatte sie der Hochzeitsnacht neun Monate zugerechnet, doch war zu erwarten, dass das Kind schon Mitte November kam.

»Da wird Claudius Caesar sich freuen.«

»Er weiß noch nichts davon.«

Nun zeigte sein immer beherrschtes Gesicht doch etwas wie erstaunte Überraschung. »Du hast mir als Erstem ...?«

»Ja, warum nicht? Du bist sein wichtigster Vertrauter, sein Freund und Mitarbeiter. Heute Abend wollte ich Claudius mit der Nachricht überraschen, also schweige bis dahin.«
Bei aller Gelassenheit war Narcissus von ihrem Vertrauen doch angerührt, auch ein wenig stolz.
»Du kannst dich auf mich verlassen, Domina. Nun jedoch zurück zu deiner Frage. Als Erstes würde ich dir raten, eine ältere, mit allen Hausgeschäften erfahrene Frau einzustellen – nach Möglichkeit keine Sklavin. In meinem *scriptorium* betreiben wir auch ein wenig Stellenvermittlung; wenn du willst, kann ich mich nach einer Wirtschafterin umsehen.«
»Dafür wäre ich dir dankbar.«
»Mit ihr zusammen könntest du dann euer Haus von Grund auf umgestalten – nein, das wäre dem Dominus nicht recht. Sagen wir es so: Es ließen sich fast alle Missstände beseitigen. In Bibliothek und Arbeitszimmer werde ich mich umtun, aber ich fürchte, Claudius Caesar will dort nichts verändert wissen ...«
»Das habe ich mir schon gedacht. Der Anfang ist jedenfalls gemacht und solltest du einmal meine Hilfe brauchen ...«
Messalina war mit diesem Gespräch mehr als zufrieden. Nach der *cena* tat sie recht verschämt und flüsterte Claudius ins Ohr: »Du wirst bald Vater werden ...«
Es war nun so, dass Claudius bei seiner dritten Heirat kaum an Nachwuchs gedacht hatte, denn unausgesprochen schwang dabei der Gedanke mit, die junge Braut zugleich als Tochter zu sehen und weniger als Mutter künftiger Kinder.
»D... das geht aber schnell ...«, stotterte er und wusste nicht, ob er sich freuen oder ärgern sollte. Kaum verheiratet und schon schwanger!
Messalina tat, als bemerke sie seine Verwirrung nicht. »Daran bist du nicht unschuldig, mein Gemahl. Du hast mich in unserer Hochzeitsnacht so heftig geliebt, dass es fast ein Wunder wäre, hätte sie keine Spuren hinterlassen. Freust du dich nicht?«
In seinem Gesicht zuckte es. »Ich freue mich ja und kann nur hoffen, dass es eine Tochter wird – so schön wie du ...« Zum

Glück war ihm gerade noch rechtzeitig dieses Kompliment eingefallen.

»Was wäre an einem Sohn so unrecht? Eine Tochter hast du ja schon von Aelia Paetina – wie alt ist sie jetzt?«

»Claudia wird jetzt zwölf oder dreizehn sein. Natürlich wäre mir ein Sohn sehr willkommen, meinem Neffen jedoch weniger.«

Messalina blickte ihn fragend an. »Was hat Caligula damit zu tun?«

»Er hasst jedes männliche Mitglied unserer Familie, sogar die ungeborenen. Es ist ja kein Geheimnis, warum ich bis jetzt noch lebe …«

Messalina fasste seine Hand.

»Weil er dich für ungefährlich hält.«

»Ja, und das hat mich einen hohen Preis gekostet. Ich muss die Rolle seines Hofnarren spielen, und zwar so perfekt wie möglich. Wärst du je Zeugin gewesen, wie ich mich bei seinen intimen Symposien benehme, du hättest deine Eltern angefleht, meinen Antrag abzulehnen. Zu Hause darf ich der sein, der ich bin, und«, er lächelte fein, »so unrecht bin ich wohl nicht. Außerdem liebe ich dich.«

»Ich dich auch, Claudius«, sagte sie schnell, »und mache dir wegen des Kindes keine Gedanken. Wird es ein Sohn, so müssen wir eine Lösung finden. Bis dahin vergeht noch viel Zeit …«

Die Tage eilten schnell dahin und Rom wurde von den grausigen Einfällen des Kaisers zunehmend in Atem gehalten. Das einfache Volk, bisher überwiegend auf seiner Seite, begann ihn zu fürchten. Wenn ein Senator oder ein reicher Patrizier zur Schlachtbank geführt wurde, so erregte das bei der Plebs nur hämische Kommentare: »Recht so, der hält sich wenigstens an die großen Herren und lässt die kleinen Leute in Ruhe.« Damit ging es nun im dritten Jahr seiner Herrschaft zu Ende. Caligula brachte alle und jeden gegen sich auf, als wolle er prüfen, wie weit er seine Gemeinheiten und grausamen Scherze noch treiben durfte.

Wie so oft in Rom, begannen die Unruhen im Circus, im Theater, in der Arena. Die heiße Jahreszeit war gekommen und Caligula, scheinbar in gnädiger Stimmung, ließ verkünden, dass er vor der Abreise in seine Sommervilla für das Volk kostenlose Gladiatorenspiele veranstalten werde.
Valerius Asiaticus, der furchtlose Zyniker, schien etwas zu ahnen. »Ich kenne diesen Menschen inzwischen so gut, dass ich nahezu voraussehen kann, was es mit diesem Geschenk auf sich hat. Caligula hat in letzter Zeit nichts umsonst getan und wenn er bei diesen Spielen das Wort ›kostenlos‹ so sehr betont, dann kann es nur bedeuten, dass er selbst auf seine Kosten kommen will und wird.«
Und so war es dann auch. Massenweise drängte sich der Pöbel ins Theatrum Pompei. Der Hitze wegen hatte man die Sonnensegel aufgezogen und es sollte, wie bei solchen Spielen üblich, über Mittag eine dreistündige Pause eingelegt werden. Als die Sonne am höchsten stand und die Pause schon angesagt war, ließ der Kaiser die Sonnendächer zurückziehen und durch Herolde bekannt geben, dass niemand bei Leib- und Lebensstrafe seinen Platz verlassen dürfe. Ein zorniges Geraune erhob sich und es klang, als stochere man in einem Bienenkorb. Nicht wenige drängten sich trotz des Verbots zu den Ausgängen, doch die wurden von Prätorianern bewacht und es gab die ersten Toten. Wer dies nicht gewagt hatte, war sitzen geblieben und schmorte in der Sonnenglut, lechzte nach Wasser und kühlem Schatten, doch beides gab es nicht.
Um dem Volk die Zeit zu verkürzen, ließ Caligula bekannt geben, werde er die Spiele über Mittag fortsetzen lassen. Dann wurde in die Arena getrieben, was in aller Eile an kranken und krüppelhaften Menschen und Tieren in Rom einzufangen war. Da kämpften halb blinde und einarmige »Gladiatoren« um ihr unseliges Leben, da humpelten kranke und halb verhungerte Tiere durch den Sand, die auch mit Gewalt kaum noch gegeneinander zu hetzen waren und schließlich von Sklaven abgeschlachtet und hinausgeschleift werden mussten.

Als am Nachmittag schließlich die von der Hitze betäubten Besucher das Theater verlassen durften, gab es keinen mehr, der dem Kaiser die kostenlosen Spiele dankte. Rom gärte und brodelte vor Empörung und hilflosem Zorn. Die Patrizier aber atmeten auf. Endlich hatte der Kaiser ein anderes Ziel für seine »Scherze« gefunden und man konnte hoffen, wenigstens diesen Sommer heil zu überstehen.

Messalina näherte sich dem sechsten Monat ihrer Schwangerschaft, war hin- und hergerissen von Launen und seltsamen Gelüsten, ärgerte sich manchmal über ihren Zustand, dann wieder freute sie sich darauf, der kaiserlichen Familie einen neuen Spross zu schenken.

Mit Rücksicht auf ihren Zustand hatte Claudius in diesem Jahr darauf verzichtet, in seine Sommervilla umzuziehen. Sein den Horti Luculliani benachbartes Haus lag auf dem Mons Pincius hoch über der Stadt, sodass auch der heißeste Tag nach Sonnenuntergang durch die regelmäßig aus den Montis Sabini einfallenden Nordwinde etwas Abkühlung erfuhr.

Nachdem der Kaiser Rom verlassen hatte, war es, als ginge ein Aufatmen durch die hitzetrunkene Stadt. Im Haus des Claudius Caesar drängten sich so viele Besucher wie nie zuvor und Messalina sah, wie man ihren Gemahl mehr oder minder offen umwarb, wobei man sie, als die Herrin seines Hauses – schwanger mit seinem Kind – mit einbezog.

An einem der wenigen Abende, da sie im *cubiculum* allein und ungestört einen Abendtrunk nahmen, versuchte Claudius ihr die seltsame Lage zu erläutern.

»Dir wird nicht entgangen sein, was sich hier seit einigen Wochen abspielt. Leute, die ich kaum kenne, versuchen, sich in mein Haus zu drängen, wobei ihnen jeder Vorwand recht ist. Der eine ist ein angeblicher Jugendfreund, der mich schon lange besuchen wollte, ein anderer bittet mich um einen Rat, den nur ich ihm geben kann, ein Dritter ist leicht als Spürhund zu erkennen, der aufgeregt schnuppert, wohin der Wind sich dreht. All dies läuft im Grunde nur auf eines hinaus: Halb Rom wartet darauf, dass Caligula fällt,

und dann gibt es aus der Kaiserfamilie nur noch mich – Claudius Caesar, Onkel des angemaßten Gottes. Du solltest jedoch wissen, dass mich die Rolle zutiefst abstößt, in die mich alle Welt drängen will. Ich habe die Macht niemals gewollt und jetzt mit fünfzig hat sich meine Abneigung noch verstärkt. Ich will mit dir, meine Geliebte, in Ruhe leben, will meine wissenschaftliche Arbeit weiterführen, unsere Kinder erziehen, im Frieden alt werden. Ich habe immer wieder vorgeschlagen, nach Caligulas möglichem Abgang sofort seine Schwestern aus ihrer Verbannung zurückzuholen, Agrippina mit einem tüchtigen und ehrenwerten Mann zu verheiraten und sie zum Herrscherpaar zu ernennen. So kann sich der julisch-claudische Stamm in ihr fortsetzen und alle werden zufrieden sein.«
Wie immer in solch späten Abendstunden wollte Claudius keine Sklaven mehr um sich haben, schenkte sich aus dem Weinkrug selbst nach und verschüttete dabei etwas, ohne darauf zu achten. »Wie denkst du darüber, Messalina?«
Sie dachte darüber freilich anders, hütete sich allerdings davor, es auszusprechen.
»Ich habe dir am Hochzeitstag Treue und Gehorsam geschworen. Dein Wille ist auch der meine und wichtiger als alles andere auf der Welt ist mir deine Liebe und dein Wohlergehen.«
Sein Gesicht zuckte, sie sah, wie sehr es ihn berührte. Er sieht aus, dachte sie, wie ein Hund, der auf die Worte seines Herrn lauscht. In Wahrheit war sie längst zu der Ansicht gelangt, dass niemand besser geeignet wäre als sie, die julisch-claudische Linie fortzusetzen. Warum auf Agrippina warten? Sie hatte ja schon mit dem Säufer und Wüstling Domitius Ahenobarbus einen Sohn gezeugt und der setzte den väterlichen Stamm der Domitier fort. Warum sie auf unsere Seite ziehen? Eine Frau ist immer ein Teil der Familie, in die sie einheiratet. Claudius hingegen kann mit ihr, Messalina, nur Claudier zeugen und jedes Kind in Rom wird das verstehen und gutheißen.
Messalina Augusta, der Klang eines gewaltigen Namens und so greifbar nahe! Sie würde mit Narcissus darüber reden müssen,

denn dieser überaus ehrgeizige Mensch wird es mit Sicherheit vorziehen, Sekretär eines Kaisers zu sein, statt weiterhin einem stillen Gelehrten zu dienen.
Tüchtig, wie er in allem war, hatte er ihr auch schnell eine Wirtschafterin besorgt – Rubica, eine in Gallien geborene Freigelassene. Sie hatte von Jugend an in einer bekannten römischen Patrizierfamilie gedient und war, wie es allgemein üblich war, nach dem Tod des *pater familias* freigelassen worden. Ihre langjährige Erfahrung hatte das Haus des Claudius in kurzer Zeit in eine heimische Stätte der Ordnung verwandelt und Messalina dankte es ihr mit Geschenken und der privilegierten Stellung einer *magistra* über das Hausgesinde. Rubica kannte sich in allem aus und als Messalina sie fragte, wie sehr vor der Zeit ein Kind gesund zur Welt kommen konnte, verzog sie keine Miene.
»Im Allgemeinen heißt es, dass Siebenmonatskinder unter Umständen noch lebensfähig sind.«
Doch wieder lächelte Fortuna Messalina liebenswürdig zu und ließ die Leibesfrucht über die Zeit hinaus in ihr reifen, sodass das Kind elf Tage später und somit, von der Brautnacht an gerechnet, nach fast acht Monaten zur Welt kam. Niemand schien sich die Mühe zu machen, eine Rechnung aufzustellen, alle aber lobten das schöne, wohlgestaltete Mädchen. Ja, es war ein Mädchen, und Claudius hätte vor Freude tanzen können. Caligula würde zufrieden sein und es gab weiteren Aufschub.
Doch er hätte seinen Neffen besser kennen müssen.
Der Kaiser, aus der Campania zurückgekehrt, wurde von Helikon und anderen, die um ihr eigenes Leben fürchteten, so verunsichert und aufgehetzt, dass er sich wieder einmal von Verrätern umgeben sah. Die kleine Octavia, Ende Dezember geboren, war noch keine acht Tage alt, als vor dem Haus des Claudius Caesar ein Trupp Prätorianer aufmarschierte.
Jetzt ist es zu Ende, dachte Claudius, ich habe es ja kommen sehen. Er fühlte sich seltsam ruhig und blieb in seinem Arbeitszimmer, bis Narcissus erschien, gefolgt von einem *tribunus* in voller Montur. Der große vierschrötige Mann lächelte verlegen, grüßte mi-

litärisch und blickte auf Narcissus. Der Sekretär verstand und zog sich zurück.
»Ich bin Cassius Chaerea, Tribun der Prätorianer. Der göttliche Augustus hat mich zu dir gesandt, um das Geschlecht deines vor kurzem geborenen Kindes zu prüfen. Zwei vom Kaiser erwählte *advocati* sollen dabei als Zeugen dienen.«
Claudius setzte sich. Ah, das war es also ... Dann kam ihn ein Lachen an, er fühlte, wie es aus den Tiefen seines Bauches emporstieg, die Brust füllte, zur Kehle drängte und – er war machtlos dagegen – im Mund zerbarst und machtvoll nach außen drang. Chaerea verzog keine Miene und wartete geduldig, bis der raumfüllende Lachanfall verebbt war. Claudius vernahm eine überraschend hohe und sanfte Stimme.
»Ist es vorbei, mein Caesar?«
»Verzeih, Tribun, nicht du warst gemeint.«
»Das weiß ich, mein Caesar.«
Claudius spürte, dass es sich von neuem sammelte und nach oben stieg, wie Luftblasen in einem Gärbottich. Er schluckte heftig, atmete mehrmals tief und erhob sich.
»Gut, Tribun, tue deine Pflicht.«
Draußen warteten mit gebeugten Rücken die beiden *advocati*, die Claudius mit Absicht übersah. Zusammen mit der aufgeschreckten Messalina gingen sie ins Kinderzimmer, wo die *nutrix* das schlafende Mädchen der Mutter überreichte, die es dem Tribun hinstreckte.
»Da, du stolzer Krieger, reiße dem Säugling die Windeln vom Leib, niemand hindert dich!«
Chaerea errötete leicht und trat einige Schritte zurück. »Nein – nein, bei allen Göttern! Ich tue nur meine Pflicht und bitte dich höflich, Domina, mir dein Kind einen Augenblick nackt zu zeigen.«
Claudius nickte ihr zu und sie reichte Octavia an die Amme zurück, die das Mädchen behutsam aus seinen Windeln schälte. Natürlich erwachte es dabei und seine dünne quäkende Stimme tönte durch den Raum.

Chaerea und die beiden *advocati* beugten sich über das nackte Kind und richteten sich schnell wieder auf. Der Tribun salutierte. »Auftrag ausgeführt, mein Caesar – ich werde dem Imperator sogleich berichten. Kann ich dich für eine Minute allein sprechen?«
Sie gingen ins Arbeitszimmer zurück. Der Tribun sagte laut: »Ich möchte mich für mein Vorgehen ausdrücklich entschuldigen, doch es war ein kaiserlicher Befehl.«
Dann trat er nahe an Claudius heran und flüsterte ihm ins Ohr: »Der Imperator ist ein toter Mann – er weiß es nur noch nicht.«
Schnell trat er zurück, salutierte nochmals und rief: »Ich danke dir für dein Verständnis, Claudius Caesar.«
Der Prinz blieb wie erstarrt stehen. Hatte er recht gehört? Sollte es eine Falle sein? Doch dann hätte der Tribun auf eine Antwort warten müssen. Ein Missverständnis? Nein! Man kann ein oder zwei Worte missverstehen, nicht jedoch einen ganzen Satz. Noch hörte er die hohe, sanfte Stimme wie einen Hauch: Der Imperator ist ein toter Mann – er weiß es nur noch nicht. Wenn ein Prätorianertribun dies aussprach, dann hatte es Gewicht. Andere mögen das so hinsagen und es bleibt immer ein Wunschbild, aber ein Mann aus der Leibtruppe des Kaisers, einer, der ihn bewachen soll …
Claudius lachte leise vor sich hin. Jetzt geht's dir an den Kragen, mein teurer Neffe – selbst ernannter Gott, du wirst an dem Blutstrom ersticken, den du verschuldet hast. Dass meine Schwester ein solches Scheusal gebären könnte, war nicht zu erwarten, auch wenn sie vor krankhafter Herrschsucht schier zerrissen war. Sie hat dafür schwer büßen müssen, Kaiser Tiberius hat sie auf das wüste Pandateria verbannt und wenn die Nachrichten stimmen, hat sie sich dort durch Verhungern das Leben genommen. Dazu wäre auch ihre Tochter Agrippina imstande, die nicht umsonst den Namen der Mutter trägt. Sollte sie jemals nach Rom zurückkehren, werden wir uns alle wundern …
Es kostete ihn einige Kraft, aus den trüben Erinnerungen an dem Schicksal seiner Familie emporzutauchen in die, wie er meinte, jetzt gar nicht mehr so trübe Gegenwart.

So ungeduldig Caligula auf die Nachricht gewartet hatte, so wenig wollte er es dem Cassius Chaerea zeigen. Der Tribun musste draußen ausharren, während Caligula mit Caesonia, Callistus und anderen endlos tafelte. Wie immer nach Sonnenuntergang schüttete der Kaiser den schweren Wein unvermischt in sich hinein. Er richtete seine starren Augen auf die Augusta. Als sie ihn düster wie eine *furia* anlächelte, beugte er sich vor und küsste sie auf den langen schlanken Hals.

»Warum nur liebe ich diese Frau!«, rief er und fast klang es wie eine Anklage. »Habe ich nicht nach Drusillas Tod geschworen, keine Frau mehr zu lieben? Ja, das habe ich und nun kann ich diesen Schwur nicht halten, weil diese Dämonin mein Herz mit Hexenkünsten gefangen hält. Ist Zauberei nicht strafbar im Römischen Reich?«

Er blickte Callistus an. Der nickte.

»Unter Umständen kann *ars magica* strafbar sein. Es kommt darauf an, ob der Betroffene sich geschädigt fühlt.«

»Hört ihr es? Ich sollte gleich den *carnifex* rufen und ihr den Kopf abschlagen lassen. Bei ihrem langen Hals geht das ganz leicht.« Er lachte schallend: »Ganz leicht!«

Caesonia zeigte sich erheitert. »Du hast nicht genau hingehört, was Callistus gesagt hat. Zauberei ist nur strafbar, wenn sich der Betroffene geschädigt fühlt. Ist das bei dir der Fall, mein Gaius?«

Caligula schüttelte so heftig den Kopf, dass sein goldener Lorbeerkranz verrutschte und seine beginnende Kahlheit sichtbar wurde.

»Nein, meine Liebe, da müsste ich schon lügen. Aber denke immer daran – der Henker wartet!« Caligula machte mit der Hand eine kreisende Bewegung, die alle Anwesenden einschloss.

»Auf euch alle! Zehntausend Prätorianer stehen in Rom unter Waffen, jeder auf mich eingeschworen und treu bis zum Tod. Es wäre zwar ein großer Aufwand, dennoch könnte jeder von ihnen zwanzig Römer hinrichten, das wären dann schon zweihunderttausend.« Er trank gierig, ließ achtlos den Goldbecher fallen. »Das ist die Methode der Winzer, versteht ihr? Wenn die Reben gesund

bleiben und kräftige neue Triebe wachsen sollen, dann müssen sie beschnitten werden. Wartet nur ab! Eines nicht mehr fernen Tages werde ich Rom derart beschneiden, dass nur noch Gesundes nachwächst. Alles Faule, Verdorbene und Verborgene muss weg – weg!«
Die Köpfe der Anwesenden duckten sich, nur Valerius Asiaticus, der furchtlose Spötter, blickte Caligula herausfordernd an. Er klatschte in die Hände.
»*Bene factum*, Imperator! Das schätze ich so an dir, ein offenes Wort zur rechten Zeit in flüssiger, wohlklingender Rede. Auch ich freue mich auf das neue, von allem Unrat gereinigte Rom.«
Caligula lächelte tückisch. »Auch wenn du selbst dieser Reinigung zum Opfer fällst? Kannst du dich da noch freuen?«
Asiaticus schmunzelte. »Natürlich! Man muss unseren Kindern und Enkeln auch etwas Gutes gönnen und Besseres schaffen heißt auch, Opfer zu bringen.«
»Gut gesprochen, mein Freund. Seht ihn euch an, diesen edlen Römer! Dass er noch lebt, hat er seiner Frechheit zu verdanken. Sollte dir einmal die Zunge verdorren, dann geh mir besser aus den Augen.«
»Keine Sorge, Augustus, ich werde meine Zunge üben und meine Frechheit pflegen – schon weil du es mir angeraten hast.«
Caesonia beugte sich zur Seite und flüsterte dem Kaiser etwas zu.
»Meinem Onkel Claudius Caesar und seiner sträflich jungen Gemahlin Valeria Messalina wurde vor einigen Tagen ein Kind beschert, wisst ihr das? Seit meine Schwestern wegen ihrer Verbrechen verbannt sind, mangelt es unserer Familie am weiblichen Element. Das gleicht sich nun durch die Geburt der kleinen Octavia ein wenig aus. Wäre es dagegen ein Octavius geworden …«
Caligula beugte sich zurück und gab der Leibwache einen Befehl. Wenig später trat Cassius Chaerea ein, stand stramm und salutierte. »Salve Imperator!«
Caligula kicherte. »Habt ihr sein hohes Stimmchen gehört? Seine *testis* müssen wohl so klein wie Erbsen sein, um eine so zarte Sprache zu schaffen. Oder hat dir die Natur keine Eier mit auf

die Welt gegeben? So etwas soll vorkommen … Also, mein süßer Freund, berichte von deinem Auftrag.«
Der Tribun ließ sich nichts anmerken, sein Gesicht blieb unbewegt. »Habe befehlsgemäß das Kind des Claudius Caesar in Augenschein genommen unter der Zeugenschaft von zwei *advocati* und festgestellt, dass es ein Mädchen ist.«
»Wie hast du das festgestellt?«, fragte der Kaiser in gespieltem Erstaunen.
Chaerea blinzelte unsicher. »Wie, mein Imperator? Nun, ich sagte es ja schon, durch Augenschein …«
Caligula lächelte tückisch, sein bleiches Gesicht glänzte feucht. »Vielleicht ist bei dem Kind die Männlichkeit so klein geraten wie bei dir? Penis und *testis* so winzig, dass du sie übersehen hast und Octavia in Wirklichkeit doch ein Octavius ist? Was dann?«
Caligula lachte hämisch und äffte ihn nach: »Es gibt zwei Zeugen, was bedeutet das schon? Zeugen können gekauft sein, weißt du das nicht?«
»Ich selbst habe doch …«
Caligula winkte ab. »Ist ja gut, ich glaube dir – du bist entlassen.«
Im Hinausgehen dachte Chaerea: Heute, Imperator, hast du dich um deinen Kopf geredet. Valerius Asiaticus, der den Tribun inzwischen gut kannte, dachte das Gleiche.
Wenige Tage später nutzten die Häupter der Verschwörung die Totenfeier eines früheren Konsuls zu einer Aussprache. Sie hatten sich in ein altes schon baufälliges Mausoleum zurückgezogen und wer sitzen wollte, nahm in einer der leeren Urnennischen Platz. Zugegen waren die Tribunen Cassius Chaerea und Cornelius Sabinus, der kaiserliche Sekretär Callistus, der Senator Valerius Asiaticus und noch einige, die Caligulas Tod beschlossen hatten.
Callistus hielt eine Liste hoch.
»Hier habe ich die neueste Aufstellung mit den Namen jener, die demnächst angeklagt werden. Viele von uns stehen darauf und noch andere dazu. Wir waren uns einig, bald zu handeln, und ich möchte diesen Beschluss dahingehend ändern, dass wir sogleich

handeln müssen – vielleicht fallen die ersten Köpfe schon in wenigen Tagen.«
Cornelius Sabinus ergriff das Wort.
»Cassius Chaerea und ich sind der Meinung, dass die beste und nächste Gelegenheit die Veranstaltung der Palatinischen Spiele sein wird. Der Kaiser nimmt in jedem Fall daran teil, wenn nicht als Zuschauer, dann in jedem Fall als Mitwirkender. Er will nämlich in einer Tragödie als Tänzer auftreten. Schon seit Tagen übt er für diesen Auftritt ...«
Ein jüngerer Senator sprang auf. »Der Herr des römischen Weltreiches, der Imperator und Augustus tritt als Tänzer auf? Ich kann es nicht glauben ...«
Callistus hob die Hand. »Ich kann es bestätigen, unser schöner Mnester kommt fast täglich als sein Lehrmeister in den Palast.«
Valerius Asiaticus sagte nichts, dachte allerdings belustigt daran, dass der Auftritt des Kaisers als Tänzer die Verschworenen offenbar mehr empörte als seine grauenvollen Mordtaten. Mir soll's recht sein! Was immer geeignet ist, das Scheusal zu vernichten, soll in Betracht gezogen werden. Er hob die Hand.
»Jedenfalls steht fest, dass die Tribunen Cassius Chaerea und Cornelius Sabinus die Tat ausführen werden. Stehen alle noch dazu?«
Es gab keinen Widerspruch und beide Prätorianertribunen versicherten erneut ihre Bereitschaft und besonders Chaerea war die grimmige Entschlossenheit anzumerken. Im Übrigen waren alle sich darüber einig, dass der geplante Anschlag vor Claudius Caesar geheim gehalten werden musste. Er musste von jedem Verdacht, an der Tötung seines Neffen beteiligt gewesen zu sein, freigehalten werden.
»Wir brauchen ihn noch ...«, bemerkte Callistus vieldeutig und alle verstanden ihn.

7

Zur Erinnerung an den verstorbenen und vergöttlichten Kaiser Augustus hatte dessen Gemahlin Livia vor über dreißig Jahren szenische Spiele gestiftet, die seither alljährlich in einem eigens dafür errichteten Theater stattfanden. Dieser Bau war ganz aus Holz gefertigt und konnte trotz der beschränkten Platzverhältnisse auf dem Mons Palatinus gut zehntausend Menschen fassen. Für den ängstlichen und misstrauischen Kaiser war ein schmaler überdachter Durchgang gebaut worden, der unmittelbar vom Palast in die Theaterloge führte.

Die Ludi Palatini waren keine sehr aufwändigen Spiele, sondern etwas wie eine unterhaltsame Gedenkfeier zu Ehren des großen Augustus. Dabei wurden nicht Hunderte von Menschen und Tieren abgeschlachtet, sondern es kamen ernste und heitere Einakter zur Aufführung, unterbrochen von Musikdarbietungen und Hymnen auf den verstorbenen Kaiser. So traf man hier auf ein anderes Publikum als bei den Tierhetzen und Gladiatorenspielen. Römische Bürger der mittleren und oberen Schicht sahen es als ihre Verpflichtung an, des göttlichen Augustus auf diese Weise zu gedenken, auch wenn sie sich gelegentlich langweilten. Freilich drängte sich auch der Pöbel dazwischen, doch weniger der Vorstellung wegen, sondern in der Hoffnung, der Kaiser werde Speisen und Getränke verteilen lassen.

Am ersten wie auch am letzten Spieltag wurde dem Andenken des Augustus ein Opfer dargebracht, an dem der Kaiser persönlich teilnahm. Caligula hatte in den Tagen zuvor ganz nach Lust und Laune die Darbietungen besucht, war zu unbestimmten Zeiten erschienen und meist nicht sehr lange geblieben. Am Abend zuvor hatte er angedeutet, dass er den sechsten und letzten Tag der Ludi im Theater verbringen werde, sodass der *praefectus* neben der immer anwesenden germanischen Leibwache eine Kohorte Prätorianer, geführt von den Tribunen Cornelius Sabinus und Cassius Chaerea, antreten ließ.

Zu Füßen der Kaiserloge war ein Altar errichtet worden, auf dem der göttliche Imperator in eigener Person dem Divus Augustus ein Opfer darzubringen hatte. Der als Priester amtierende frühere Konsul Nonius Asprenas hielt den zum Opfer bestimmten Flamingo und Caligula hieb dem Vogel, geschickt wie ein Henker, den Kopf ab. Ein Blutstrahl schoss hervor und traf das Gewand des Priesters. Nichts erheiterte Caligula so sehr, als wenn andere ein Missgeschick traf, ohne Rücksicht auf die Opferhandlung brach er in lautes Lachen aus.

»Das sieht ja fast aus, als hätte ich dem Augustus einen früheren Konsul geopfert! Ein schlechtes Vorzeichen, mein Lieber …«

Dieser Vorfall erheiterte Caligula so sehr, dass seine gute Laune den ganzen Vormittag anhielt. Selten hatte man ihn so vergnügt und gelöst gesehen und alle, die ihm begegneten, bedachte er mit ein paar freundlichen Worten.

Cassius Chaerea, der mit einigen seiner *centurionis* unterhalb der Kaiserloge stand, bekam auch etwas davon ab.

»Ich verspreche es dir, Chaerea, heute darfst du als Minerva auf die Bühne. Mit deinem zarten Stimmchen und deinem kräftigen Körper bist du die ideale Besetzung für unsere kriegerische Stadtgöttin!« Caligula lachte schallend und ließ sich in seiner Loge nieder.

Chaerea musste diesmal seinen hilflosen Zorn nicht hinunterwürgen, sondern empfand eine fast dankbare Genugtuung. Nicht ich, dachte er zufrieden, sondern du, mein Imperator, wirst in diesem Stück die Hauptrolle spielen.

Wie jedes Jahr hatte Claudius Caesar an den Ludi Palatini teilgenommen, umso mehr, als das Programm dieser Spiele eher seinen Geschmack traf, als Wagenrennen und Tierhetzen. Dieses Mal wäre er allerdings lieber zu Hause geblieben, denn neuerdings zog er, neben den Umgang mit seinen Büchern, die Gesellschaft seiner Frau allem anderen vor. Messalina hatte längst herausgefunden, dass er kein Thema so sehr hasste, als an seine Verwandtschaft mit dem Kaiser erinnert zu werden und an die Konsequenzen, die sich möglicherweise daraus ergaben. Sie wollte nicht in den Fehler ihrer Vorgängerin verfallen, die Claudius mehr und mehr bedrängt hatte, seinen hohen Rang zu nutzen und sich eine zuverlässige *clientela* aufzubauen. Wenn er es überhaupt für wert hielt, darauf einzugehen, dann sagte er nur, eine solche habe er ohnehin auf seinen Landgütern und Weinbergen oder unter seinen Freigelassenen in Rom. So meine sie das nicht, hatte Aelia darauf beharrt. Er müsse sich eine *clientela* im politischen Bereich schaffen, im Senat und bei den hohen Beamten – Leute, auf die er im Bedarfsfall bauen könne. Doch auf diesem Ohr hörte Claudius nicht und als er es leid war, von Aelia ständig ermahnt und aufgewiegelt zu werden, jagte er sie aus dem Haus oder, richtiger gesagt, blieb er seinem Haus so lange fern, bis sie verschwunden war. Nein, nahm sich Messalina vor, all diese Fehler werde ich vermeiden. Da sie jedoch sein altrömisches Verantwortungsgefühl kannte und seine Überzeugung, die Pflicht dem Staat gegenüber höher zu stellen als das private Wohlbefinden, ließ sie da und dort eine vorsichtige Bemerkung fallen. Trotz aller Geheimhaltung war es ihr nicht entgangen, dass Caligula früher oder später beseitigt werden sollte. Da sie nicht mit ihm, sondern mit Claudius Caesar verheiratet war und die tödliche Gefahr kannte, in der ihr Gemahl und viele seiner Freunde schwebten, war ihr längst klar geworden, was dies für sie bedeutete. Würde Claudius stürzen, so fiel auch sie in den Abgrund und als seine Witwe würde sie nichts weiter sein, als eine der namen- und bedeutungslosen Frauen, die Rom zu Hunderten bevölkerten. Hätte sie ihm einen Sohn geboren, so würde es ihre Lage verbessern, doch als Mutter einer Tochter käme sie unter die Obhut eines Vormundes und müßte sich in irgendeine für die Familie vorteilhafte zweite Ehe fügen.

Nein und nochmals nein! Sie musste sich jetzt auf zwei Ziele konzentrieren, nämlich auf eine erneute Schwangerschaft und den Versuch, Claudius umzustimmen und ihn an seine Pflicht als Caligulas möglichen Nachfolger zu erinnern.

Sie musste sich jedoch noch etwas gedulden, denn im Moment war an beides nicht zu denken, weil die Ereignisse während der Ludi Palatini ihn empörten und verstimmten.

»Gaius vergisst ganz, dass die Spiele nicht zu seinem Ruhm, sondern zum Andenken an den großen Augustus veranstaltet werden. Sobald sich die ganze Welt nicht um ihn dreht, wird er unleidlich und sinnt auf blutige ›Scherze‹. Was ist von einem Menschen zu halten, dessen Laune sich deutlich bessert, weil ein Opferpriester sich mit Blut befleckt hat? Blut, Blut, Blut, danach steht sein Sinn, davon kann er nicht genug bekommen. Dabei wird ihm offenbar nicht bewusst, dass fast das ganze Rom nur noch ein Wunsch bewegt: Er möge an seinem eigenen Blut qualvoll ersticken!«

Sie streichelte seinen Rücken und lächelte ihn beruhigend an.

»Lass dir von solchen Ereignissen nicht die Laune verderben, mein Freund. Noch ein Tag und die Ludi sind vorbei. Dann kannst du an deine Arbeit zurückkehren, wirst wieder Lust haben, mit mir andere Spiele zu treiben als die Palatinischen ...«

Sie sah, wie seine Augen begehrlich aufleuchteten, fühlte plötzlich seine Hand auf ihrer Brust. Zögernd ließ er von ihr ab.

»Morgen am sechsten und letzten Tag ist meine Anwesenheit zum Glück nicht erwünscht – Gaius hat es mir durch Callistus mitteilen lassen. Und ich bin froh darüber! Schon deshalb, weil das morgen Gebotene nichts anderes verspricht als blutrünstige Geschmacklosigkeiten.«

Claudius hatte gewiss nichts dagegen, wenn zum Tode verurteilte Verbrecher in gut gespielten klassischen Tragödien sterben mussten, doch der für den nächsten Tag angesagte »Mimus Laureolus« entsprach in keiner Weise seinem Geschmack.

Dieses Stück stellte in drei Szenen das abenteuerliche Leben eines Räuberführers dar, der unter Augustus die Umgebung von Rom mit seinen Untaten in Atem gehalten hatte und schließlich am Kreuz endete. Da dieses beliebte Stück häufig aufgeführt wurde, hatte es Caligula schon mehrmals gesehen, aber es bot doch gewisse Varianten und so blieb der Kaiser sitzen, vielleicht auch nur, weil er zu faul war, um aufzustehen.

Die Schauspieler bemühten sich redlich, die Vorgänge möglichst realistisch darzustellen. Da gab es die berühmte Szene, als Lau-

reolus ein Landhaus beraubte, die Besitzer darin einsperrte und es in Brand steckte. Zwei der Bewohner konnten sich gerade noch aus dem einstürzenden Gebäude retten, Blut spuckend und mit Wunden bedeckt, doch Laureolus schlachtete sie mit seinen Gesellen Hohn lachend ab. Das war alles nur gespielt und niemand kam zu Schaden. Doch als der Räuberführer endlich gefangen und gerichtet wurde, ersetzte ihn ein zum Tod verurteilter Verbrecher. Den führte man nun auf die Bühne, peitschte ihn mit Ruten und nagelte den brüllenden Mann ans Kreuz. Nach einiger Zeit neigte er den kahl geschorenen Kopf und versank in Bewusstlosigkeit. Nicht wenigen Zuschauern missfiel das. »Wieder aufwecken!«, schrien sie empört, »der spürt ja sonst nichts!«
Doch man brauchte die Bühne für die nächste Szene und so schlug ihm ein als Charon verkleideter Sklave den Schädel ein.
Während der Pause ließ der Kaiser Fruchtsaft und gebratene Vögel verteilen und mehrmals war sein lautes Lachen zu hören, wenn der Pöbel sich vor Gier gegenseitig an die Kehle fuhr. Als er sich dann doch zum Weggang entschloss, erinnerte ihn der sofort herbeieilende Zeremonienmeister an den bevorstehenden Auftritt des von Caligula hoch geschätzten Tänzers und Pantomimen Mnester.
»Mnester ist es wert, doch dann brauche ich ein heißes Bad, bin schon halb erfroren.«
Der schwachen, tief stehenden Januarsonne war es nicht gelungen, die Luft wesentlich zu erwärmen, und viele der Zuschauer hatten Decken mitgebracht, um länger ausharren zu können. Das tragische Stück hieß »Kingras und Myrrha« und spielte auf der Insel Cyprus. Es handelte von der unseligen Liebe der Prinzessin Myrrha zu ihrem eigenen Vetter, dem König von Zypern. Die dramatische Handlung endete mit dem Selbstmord des Königs und dem Tod der Blutschänderin unter den strafenden Blitzen des Jupiters. Für diese Szene wurde eine verurteilte Kindsmörderin an einen Pfahl gebunden und von Bogenschützen mit brennenden Pfeilen beschossen.
Ja, das traf den Geschmack des Pöbels, der an diesem letzten Tag in Massen erschienen war. Die Menge tobte und johlte vor Be-

geisterung, was Caligula den Aufbruch erleichterte. Er spürte, wie der Lärm in seinen Kopf drang und die dort lauernden Schmerzen aufstörte. Schon einmal hatte er die lautesten Schreier im Theater zusammenfangen und in die Arena treiben lassen. Da konnten sie dann weiterbrüllen, während wilde Tiere sie anfielen und ihnen das Fleisch von den Knochen rissen. Die Plebs verübelte ihm solche Willkür, wollte ihm das Vergnügen nicht gönnen. Hatte er als Kaiser und Gott nicht jeden Anspruch auf Zerstreuung?
Schlimmer noch als seine häufigen Kopfschmerzen waren jene Augenblicke, da er spürte, wie sich Langeweile und Überdruss zusammenbrauten wie zäher giftiger Schleim, in dem er zu ersticken drohte. Als er seinen Freunden gegenüber einmal bemerkte, dass seine Regierungszeit ihn mit ihrer lähmenden Eintönigkeit fast umbringe und er sich Kriege, ein Erdbeben oder verheerende Brände wünsche, da schauten sie ihn nur erschreckt an. Sie verstehen mich nicht, dachte er, wie so oft, missdeuten Handlungen als grausam, willkürlich und ungerecht, die nur einer höheren Eingebung folgen.
Er stand auf und schaute kurz hinab auf das durcheinander wimmelnde Volk. Die einen waren unschlüssig, ob sie während der Pause ihren Platz aufgeben sollten, standen da und rührten sich nicht vom Fleck, andere wollten vorbei, stießen und drängelten.
»Pack«, murmelte Caligula, »elendes Pack, das ich auch noch mit ägyptischem Getreide ernähren muss, weil er es so verfügt hat.«
Der Kaiser streifte die neben dem Opferaltar aufgestellte überlebensgroße Augustusbüste mit einem bösen Blick. Dann wandte er sich um und schritt auf den eigens für ihn erbauten *cryptoporticus* zu, durch den er ungefährdet in den Palast gelangen konnte. Wo war Claudius geblieben? Er konnte sich nicht erinnern, dass sein Onkel ihn gebeten hatte, diesem Tag der Aufführung fern bleiben zu dürfen. Er wird nachkommen, dachte er, oder auch nicht, wen kümmert das schon?
Seltsam auch, wie sicher und geborgen er sich heute fühlte. Vielleicht war nun doch jener erstrebte Zustand erreicht, da es in ganz

Rom keinen mehr gab, der ihm nach dem Leben trachtete. Vielleicht sollte er die von Helikon geführte Todesliste doch noch einmal überprüfen? Manchen sah er es geradezu an, dass hinter ihren devot lächelnden Gesichtern die Mordlust lauerte, was jedoch nicht bedeuten musste, dass sie jemals zur Tat schritten. Andere wieder, die mürrisch blickten, blieben treu und redlich, erfüllten zuverlässig ihre Pflichten, weil sie auf ihn, den Kaiser, eingeschworen waren. Manchmal war es auch für einen Gott schwierig, sich in diesem Gespinst aus Tücke, Verstellung, falscher und echter Freundschaft, geheuchelter und echter Treue noch zurechtzufinden.

Was ihn gerade in den letzten Tagen und Wochen beunruhigt hatte, war das zeitweise Schweigen der Götter. Gerade noch hatte er ihre flüsternden Stimmen vernommen, da blieben sie ihm die nächste Antwort schuldig, mochte die Frage noch so dringend sein. Eigenartig war auch der gestrige Traum gewesen, da er im Olymp neben Jupiters Thron gestanden und sein göttlicher Zwilling ihn mit einem Fußtritt auf die Erde hinabgeschleudert hatte. Der *coniector* hatte ihn allerdings beruhigt und den Traum so ausgelegt, dass er, der Kaiser, auf Erden seine Pflicht tun und den Himmlischen das ihre überlassen solle.

Einer seiner Begleiter berührte ihn am Arm und deutete auf den kleinen Anbau neben dem *cryptoporticus*. Ah, das waren doch die Burschen aus Hellas, Kinder vornehmer Leute, die einen Hymnus auf ihn vortragen sollten. Er rief ihnen einige ermunternde Worte zu, als der Magister der Gruppe mit einer tiefen Verbeugung herantrat und ihn bat, den Auftritt verschieben zu dürfen, bis die Jungen sich richtig aufgewärmt hatten.

»Sie sind grün und blau gefroren und werden keinen klaren Ton herausbringen, Majestät.«

Caligula nickte. »Das kann ich verstehen. Lasst euch im Palast das Bad heizen und wärmt euch richtig auf. Vielleicht besuche ich euch dort …«

Gerade hatte er den Durchgang betreten, als die beiden wachhabenden Tribunen sich an der germanischen Leibwache vorbei zu ihm durchdrängten.

»Eine dringende Meldung!«, rief Cassius Chaerea, während Cornelius Sabinus den Leibwachen Halt gebot.
»Wir werden den Kaiser begleiten, ihr könnt euch später anschließen.«
Der Kaiser nickte nur und setzte seinen Weg fort, als er hinter sich den Ruf: »Tu es!« hörte. Noch ehe er sich umwenden konnte, hatte Chaerea ihm einen tiefen Hieb in den Nacken versetzt. Caligula taumelte und wandte sich um. Das schlaffe verlebte Gesicht verzerrte sich zu einer Maske des Entsetzens. Seine Hände fuhren an den Hals, da trat Sabinus mit gezogenem Schwert heran. Er verharrte kurz und schaute dem Kaiser in die Augen. Sie hatten ihre Kälte und Starrheit verloren, waren lebendig geworden und blickten, geweitet vor Angst und Schmerz, auf den jungen Tribun. Sabinus dachte an seine ermordeten Freunde und Verwandten, holte aus und hieb sein Schwert quer über Caligulas Gesicht, um diese Maske des Entsetzens auseinander zu hauen. Mit einem Schrei stürzte der Kaiser zu Boden und rief: »Noch lebe ich!« Als er sich aufzurichten versuchte, liefen andere Verschwörer herbei. Ein Teil von ihnen versuchte, die nahende Leibwache zurückzudrängen, die anderen aber durchbohrten und zerhackten den Körper des Verhassten, bis nur noch ein blutiger formloser Klumpen übrig blieb.
Die germanische Leibwache war nicht mehr aufzuhalten gewesen und der Centurio fragte drohend: »Wo ist der Kaiser?«
Die Verschwörer traten zurück und einer wies auf das blutige Bündel. »Da liegt er! Ihr könnt das Scheusal mitnehmen, wenn ihr wollt. Vielleicht macht ihn sein göttlicher Zwillingsbruder wieder lebendig.«
Ob der Centurio alles verstanden hatte, war nicht klar, doch er drang mit einem Wutschrei auf die Verschwörer ein und seine Leute taten es ihm nach. Bei dem Kampf gab es auf beiden Seiten Tote und Verletzte. Die Germanen beruhigten sich erst, als andere hochrangige Prätorianer dazukamen und ihnen zuriefen: »Euren Kaiser gibt es nicht mehr, hört endlich auf!«
Unmittelbar nach Caligulas Tod wurde von den Verschwörern

die Frage erörtert, wie mit Caesonia und ihrer Tochter Drusilla zu verfahren sei. Der Tribun Julius Lupus ergriff das Wort: »Wenn ich das erledigen darf? Ich habe nämlich mit Caesonia noch eine Rechnung zu begleichen.«
Fast alle wussten, was damit gemeint war. Caesonia hatte nämlich den biederen Tribunen einer Kleinigkeit wegen mit unbändigem Hass verfolgt und Caligula bewogen, ihn auf die Galeeren zu schicken. Seinem Vorgesetzten gelang es, den Fall hinauszuzögern, und nun war der Tag seiner Rache gekommen.
Er wählte einige Männer aus und machte sich auf den Weg zum Palatinum. Caesonia hatte sich mit einigen treuen Dienerinnen in ihre Gemächer eingeschlossen, doch als Lupus die Tür aufbrach, blickte sie ihm furchtlos entgegen.
»Ah, der gekränkte Tribun kommt, um Rache zu nehmen! Nun bereue ich es doch, dass Gaius sich überreden ließ, deinen Fall zu prüfen.«
»Dafür ist es nun zu spät«, sagte Lupus grimmig und durchbohrte ihre Brust. Schreiend liefen die Sklavinnen davon. In einer Ecke kauerte die einjährige Drusilla und wimmerte leise vor sich hin. Hasserfüllt packte Lupus das Kind und schmetterte es an die Wand.
»Diese Teufelsbrut muss ausgerottet werden«, schrie er, »hätte sie zehn Kinder gehabt, würde ich alle zehn umbringen!«

Claudius Caesar war froh, an diesem kalten Tag bei Messalina zu Hause bleiben zu können. Er streckte sich nach dem Mittagsmahl behaglich auf seiner *kline* aus und gähnte verhalten.
»Ich weiß nicht, warum er mich überall dabei haben will. Nur, um mich lächerlich zu machen? Caligula ist in manchem undurchschaubar.«
»Eines jedenfalls wissen wir mit Sicherheit: Er gehorcht in fast allem nur seinen Launen und weiß vermutlich heute selbst noch nicht, wohin sie ihn morgen treiben. Vielleicht will er sich mit dir schmücken, will sagen: Seht, auch unter den Claudiern gibt es Gelehrte von Rang. Insgeheim, ohne es jemals vor anderen und

womöglich vor sich selbst zugeben zu wollen, sieht er dich als seinen Nachfolger. Er ist klug und weiß, dass seine Schreckensherrschaft nur mit Schrecken zu Ende gehen kann.«
»Glaubst du das wirklich? Er ist maßlos feige und schon der leiseste Gedanke an sein eigenes gewaltsames Ende lässt ihn zurückschaudern. Er, ein Gott, neunundzwanzig Jahre jung, soll mir, dem debilen Fünfzigjährigen seinen Thron freimachen? Er hat es sich so gedacht und es sinngemäß einmal ausgesprochen: Er will mindestens so lange leben wie sein Großvater Augustus, wird nach Drusilla noch mehrere Söhne zeugen und der älteste soll ihm nachfolgen.«
Messalina blickte ihn belustigt an. »Achtundsiebzig Jahre will er werden? Da seien die Götter vor! Er hätte dann genügend Zeit, um halb Rom in den *orcus* zu schicken – nein, das werden die Himmlischen nicht zulassen.«
Wie anmutig sie bei allem ist, dachte Claudius entzückt. Ob sie isst oder lacht, geht oder sitzt, gut oder schlecht gelaunt ist – von ihr geht ein solcher Liebreiz aus, der mich immer wieder bezaubert, und anderen Männern geht es ähnlich, wie man munkelt.
Das Ehepaar schlief in getrennten, aber aneinander grenzenden Zimmern, was seinem eigenen Wunsch entsprach. Er wollte seiner jungen Frau nicht zumuten, die Körpergeräusche eines alternden Mannes zu ertragen. Vergangene Nacht war sie in sein Bett geschlüpft und sie musste nicht viel tun, um in kurzer Zeit sein Verlangen zu entfachen. Sie hatten sich bis in den Morgen hinein geliebt und dann ein gemeinsames Bad genommen.
Was Claudius allerdings nicht wusste, war der Umstand, dass seine Frau ihre Verführungskünste ganz gezielt in der Zeit ihrer größten Fruchtbarkeit einsetzte. Octavias Amme hatte ihr die Zusammenhänge genau erklärt. Seit er mit ihr verheiratet war, keimte in ihm ein noch nie gehegter Wunsch auf, nämlich seine Lebensjahre um zwanzig Jahre zu verringern. Mit dreißig wäre er nur doppelt so alt wie Messalina gewesen und die Zukunft hätte sich ihm als ein Meer von Jahren dargestellt. Aber mit fünfzig? Drei Viertel der Römer erreichten dieses Alter nicht. Sein Vater war

fünfunddreißig, die Mutter sechsundvierzig geworden. Da beide gewaltsam starben, hatten sie ihm vielleicht die Aussicht auf ein hohes Alter vererbt. Wer weiß … Tief in Gedanken versunken, hatte er gerade noch gehört, dass Messalina fragte: »So ist es doch oder irre ich mich?«

»Verzeih, meine Liebe, ich habe gerade etwas weggehört …«

Sie lächelte geduldig. »Ich habe von den Pflichten eines römischen Patriziers gesprochen und gemeint, ob es für dich nicht Staats- und Familienpflicht wäre, auch gegen deinen persönlichen Willen Caligulas Nachfolge anzutreten. Es gibt eine Reihe von Beispielen in der römischen Geschichte …«

»Die ich alle kenne, besser als du! Bitte verdirb uns nicht den schönen Tag mit solch fruchtlosen Erörterungen. Du kennst meine Meinung, doch will ich nicht ausschließen, dass besondere Umstände mich zu Zugeständnissen zwingen könnten, die ich jetzt und aus heutiger Sicht ablehne.«

Sie atmete auf. Das war doch schon etwas! Wenn Caligula fiel, dann waren das mit Sicherheit besondere Umstände …

»Du hast Recht, mein Lieber, lassen wir dieses leidige Thema. Doch musst du verstehen, dass es mich von Zeit zu Zeit beschäftigt, bedrückt …«

»Das muss es nicht!«

»Ich bin deine Frau und Mutter deines Kindes, da liegt es doch auf der Hand, wer meinem Herzen am nächsten steht.«

»Natürlich, verzeih mir, wenn ich ungehalten war, aber wie du selbst sagst: Es ist ein leidiges Thema und wir werden es eine Weile ruhen lassen.«

Claudius war gerade dabei, sich zur *meridiatio* zurückzuziehen, als er von draußen erregte Stimmen hörte. Dann flog die Tür auf und einer seiner Freigelassenen stürzte herein – atemlos, verschwitzt, verdreckt. Er war als Arbeiter am Bühnenaufbau der Ludi Palatini beschäftigt gewesen und hielt sich dort während der Spiele auf, um etwaige Reparaturen ausführen zu können.

»Herr, verzeih, dass ich hier so eindringe, aber es ist etwas Schreckliches geschehen. Der Imperator wurde von Prätorianern

erschlagen und es heißt, die Verschwörer wollen die ganze kaiserliche Familie ausrotten, um die Republik wiederherzustellen. Du solltest sofort die Flucht ergreifen!«
»Der Mann hat Recht«, sagte Messalina nur mühsam beherrscht. »Wenn sie dich suchen, dann hier.«
Claudius fühlte sich wie gelähmt. Dass dieses Ereignis bevorstand, war abzusehen, nur schon so bald …
Narcissus kam aus der Bibliothek.
»Ich habe es mitgehört und stimme der Domina zu. Sie werden dich zuerst hier suchen, zuletzt aber im kaiserlichen Palast, weil jedes Kind hier weiß, wie ungern du hingingst, wie zuwider dir der Aufenthalt dort war. Du kennst dich dort gut aus, verstecke dich in irgendeinem Winkel und ich werde inzwischen die Stimmung in Rom erkunden.«
»Gut, Narcissus, danke. Sorge dafür, dass Messalina sich mit Octavia bei ihren Eltern verbirgt. Dort ist sie wohl am sichersten.«
Sie nickte nur, lief hinaus und hielt einen groben braunen Wollmantel mit Kapuze in der Hand, wie ihn einfache Leute an kalten Tagen trugen. Sie legte das Kleidungsstück Claudius um die Schultern und schob ihn hinaus. Er zog die Kapuze vors Gesicht, sodass nur die Augen frei blieben, ging eiligen Schritts die Via Flaminia nach Süden, bog in den Clivus Argentarius ein und traf auf das Argiletum, eine kurze, den Fleischmarkt nach Norden säumende Straße. Wie immer um die Zeit der Mittagsruhe und auch an diesen kalten Tagen nicht ungewöhnlich waren die Straßen fast leer gewesen, doch jetzt, als er das Forum erreichte, sah er dort die Menschen zusammenströmen, hörte ihr erregtes Raunen, unterbrochen von Rednern, die vergeblich versuchten, sich Gehör zu verschaffen.
Ein mächtiger, alles andere unterordnender Überlebenswille beherrschte jetzt sein Tun, schärfte Sinne und Verstand. Am Eingang zum kaiserlichen Palast liefen ziellos Prätorianer umher, nicht wenige davon schwer bepackt. Sie plündern den Palast, dachte Claudius, und es freute ihn, dass sie es taten. Er vermied den Eingang, schlüpfte in das Hermaeum – eine *aedicula* mit

einer überlebensgroßen Hermesstatue. Von dort führte eine schmale Treppe auf eine Terrasse, wo der Hof im Sommer manchmal Symposien veranstaltete. Von hier gab es einen Seiteneingang in den Palast, der durch schwere brokatene Türvorhänge verdeckt war. Claudius zog eine Stoffbahn schnell zurück und verbarg sich dahinter. Wer hier vorbeikam, so überlegte er, hat die Tür im Auge und nicht den Vorhang. Er übersah dabei, dass der Stoff nicht ganz bis zum Boden reichte und seine Stiefelspitzen hervorschauten.

Wie lange hatte es gedauert – Minuten, Stunden? –, als ein Prätorianer geduckt über die Terrasse schlich, zur Tür ging und stutzte. Entweder, dachte er, hat hier jemand seine Stiefel abgestellt oder er hat sie an und will sich verstecken. Er riss den Vorhang zurück und Claudius erschrak so sehr, dass er auf die Knie fiel. Der Soldat fuhr zurück.

»Du, mein Prinz?« Respektvoll half er ihm auf die Füße, stand stramm und rief: »Ich begrüße dich als unseren neuen Imperator! Salve Caesar Augustus!«

»Nein, mein Freund, nein! Ist das nur deine Meinung oder denken deine Kameraden genauso?«

»Alle wollen wieder einen Kaiser und da nur du noch übrig bist von der erlauchten Familie …« Der Mann stockte. »Ich bringe dich erst einmal zu meinen Vorgesetzten. Die werden dann schon wissen, was zu tun ist.«

Schnell gesellten sich andere Bewaffnete hinzu, nicht wenige begrüßten ihn mit »Salve Imperator!« und hatten wohl schon das *donativum* im Auge, das jedem bei einem Thronwechsel winkte. Sie packten Claudius in eine Sänfte und brachten ihn im Laufschritt zum Campus Martius, wo die Kasernen der Prätorianer standen. Alle begrüßten ihn voll Ehrfurcht, doch als er den *praefectus* sprechen wollte, wurde er um Geduld gebeten. Der Präfekt sei im Senat und werde wohl dort die Nacht über verhandeln. Er könne auf jeden Fall damit rechnen, dass der neue Tag ihn als Imperator und Augustus begrüßen werde.

Trotz der Aufregungen – oder gerade deshalb – fiel Claudius in

einen tiefen Schlaf und musste zwei Stunden nach Tagesanbruch geweckt werden.
Nun erschien auch der Prätorianerpräfekt und seinem grimmig-entschlossenen Gesicht war anzusehen, dass noch nicht erreicht war, was er wollte. Höhnisch spuckte er die Worte hin:
»Der Senat ist noch unschlüssig, nicht wenige der Ehrwürdigen Väter«, er sprach diese Worte so aus, dass es eher klang wie »senile Gauner«, »wünschen eine Rückkehr zur Staatsform der Republik. Da kann ich nur lachen!«
»Nun, vielleicht wäre es gar nicht so schlecht ...«
»Nein und nochmals nein! Was hat uns die Republik letztlich gebracht? Bürgerkriege und immer wieder Bürgerkriege! Gerade du als Historiker solltest das doch wissen! Wünschst du dir die Zeiten eines Marius und Sulla herbei? Seit Augustus das Reich befriedet hat, hat es kein *bellum civile* mehr gegeben! Den Göttern sei Dank! Nein, Claudius Caesar, nicht nur wir Prätorianer, auch das Volk will wieder einen Kaiser. Mit Caligula waren wir am Ende nicht gerade glücklich, es kann also nur besser werden.«
Claudius nickte nur, hob jedoch zweifelnd die Schultern. Im Grunde hatte der Mann schon Recht – die Epoche der Republik war oft unruhig und blutig gewesen und was Augustus in seiner langen Regierungszeit geformt hatte, sollte nicht leichtfertig aufs Spiel gesetzt werden. Claudius wusste, dass ganz Rom von ihm eine Entscheidung erwartete, wollte jedoch erst noch abwarten, in welche Richtung Senat und Volk sich bewegten.
Die Verhandlungen zogen sich auch am nächsten Tag noch hin, die Ehrwürdigen Väter wurden allerdings zunehmend durch Rufe von draußen aufgestört und verunsichert. Das Volk von Rom nämlich war dabei, ein Machtwort zu sprechen, und rief wie aus einem Mund: »Wir wollen einen Kaiser haben! Salve Claudius Imperator Augustus!«
Valerius Asiaticus hob die Hand und stand auf. »Ihr hört es, meine Freunde, das Volk will nicht nur irgendeinen Kaiser, es will Claudius Caesar. Ich glaube, wir sollten uns dieser Forderung anschließen.«

Wieder brach eine erregte Debatte aus, die nicht enden wollte. So schritten die wohl informierten Führer der Prätorianer zur Tat und Claudius ergab sich ihrem Willen. Er sicherte jedem Mann ein *donativum* von fünfzehntausend Sesterzen zu und sie wurden auf seinen Namen vereidigt.
Claudius legte einen Purpurmantel an, setzte den goldenen Lorbeerkranz auf sein fast weißes Haar und ritt inmitten der Prätorianer zur Curia – dem Gebäude, in dem die Senatoren tagten und jetzt ihr lautstarker Streit bis nach draußen zu hören war. Als ihnen der *praefectus* den neuen Imperator präsentierte, erstarb jeder Laut. Claudius, der sich vorgenommen hatte, seine Herrschaft friedlich zu beginnen, begann seine Rede an den Senat mit den Worten: »Als Erstes verkünde ich eine Amnestie für all jene, die unsere bewährte Regierungsform ändern wollten. Irren ist menschlich – kehren wir zu den Tagesgeschäften zurück.«
Das Aufatmen der Senatoren war deutlich zu vernehmen. Niemand wusste genau, was die neue Herrschaft brachte, doch der Auftakt war verheißungsvoll.

8

Valeria Messalina war zunächst von ihren Eltern gut versteckt worden, doch als sie unbehelligt blieben und Narcissus am zweiten Tag die Nachricht von der Erhebung des Claudius Caesar zum Imperator brachte, reagierten Messalina und ihre Eltern ganz unterschiedlich.
Valerius Messalla heuchelte Freude und Genugtuung, aber er empfand sie nicht. Seit zwei Monaten ging es mit seiner ohnehin schwachen Gesundheit steil bergab, er war stark abgemagert, konnte nur noch kleine Mengen leichter Speisen vertragen und spielte zunehmend mit dem Gedanken, seinem Leben ein Ende zu bereiten. Noch waren die Schmerzen erträglich, aber sein Me-

dicus musste jetzt die Dosis der betäubenden Arznei *meconium* ständig erhöhen und Valerius hatte schon angefragt, wie hoch eine tödliche Menge anzusetzen sei. Der Arzt blickte ihn aufmunternd an.

»So weit ist es noch nicht, aber sollte der Tag kommen, da du deine Leiden beenden willst ...« Er sprach nicht weiter, nickte aber mehrmals.

So war Valerius Messalla in diesen Tagen damit befasst, seinen Nachlass zu regeln und seine Teilnahme an der Rangerhöhung seiner Tochter hielt sich in Grenzen.

Seine Gattin Domitia Lepida wurde von zwiespältigen Gefühlen beherrscht. Sie lebte in der nicht mehr zutreffenden Vorstellung, auf ihre Tochter nach wie vor großen Einfluss auszuüben, und hielt sich für die eigentliche Stifterin dieser Ehe.

»Habe ich nicht immer gesagt: Mag dieser Mann alt, mag er verschroben und behindert sein, die kaiserliche Herkunft wiegt das alles auf und Großeltern künftiger Prinzen und Prinzessinnen zu werden ist auch nicht zu verachten.«

Da nickte Valerius nur, denn ihm fehlte es an Kraft und Lust, sich darüber mit seiner Gattin auseinanderzusetzen. Domitia machte sich nichts vor und rechnete damit, noch im Laufe dieses Jahres in den Witwenstand zu treten. Sie hatten eine leidlich gute Ehe geführt, weil Valerius mehr als einmal die Augen fest verschlossen gehalten hatte, wenn seine Frau ihren Liebschaften nachgegangen war, was sie ohne große Rücksichten getan hatte. So machte sich die muntere und lebenslustige Domitia einige Hoffnung, durch Messalinas künftigen Rang in den Kreisen des Hofes auf Männer zu treffen, die ... Sie führte den Gedanken nicht zu Ende, denn noch war sie verheiratet. Alles zu seiner Zeit.

Narcissus war es, der Messalina persönlich die Nachricht überbrachte. »Ich wage es noch nicht, dich jetzt schon Augusta zu nennen, da es dem Senat obliegt, dir diesen Titel zuzuerkennen, de facto bist du es. Der neue Kaiser hat übrigens geruht, mich weiterhin als *scriba* zu beschäftigen, mit dem Zusatz *ab epistulis*, was man wohl als Geheimsekretär bezeichnen könnte. Ja, Domina, es geht aufwärts mit uns, aber wir haben es auch verdient – nicht wahr?«

Messalina war fast versucht, Narcissus in seine Schranken zu weisen, schließlich war er nur ein *libertinus*, aber da sie wusste, wie sehr Claudius ihn schätzte, hielt sie sich klug zurück. Sein Einfluss würde ins nahezu Unermessliche steigen, warum ihn also verärgern?

»Ja, mein Freund, da gebe ich dir Recht. Doch wir dürfen nie unsere erste Pflicht aus den Augen verlieren – nämlich dem Kaiser hilfreich, treu und ehrenhaft zur Seite zu stehen – du als sein Geheimsekretär und ich als Ehefrau und Mutter seiner Kinder.«

Über sein glattes verschlossenes Gesicht huschte ein erstauntes Lächeln. »Seiner Kinder?«

»Narcissus, ich bin kaum sechzehn Jahre alt und kann ihm noch ein Dutzend davon schenken.«

»Gewiss, Domina, gewiss. Des Weiteren lässt der Kaiser dich bitten, wieder in euer Haus umzusiedeln, bis im Palast für dich die geeigneten Räume bereitet sind.«

»Das werde ich tun, nur möchte ich den Imperator ersuchen, mir nicht Caesonias frühere Wohnräume zuzuweisen.«

»Das verstehe ich gut, der Kaiser wird gewiss darauf Rücksicht nehmen.«

Während der Tage, die Messalina noch im Haus des Claudius verbrachte, riss die Schlange der Besucher nicht ab. Glückwünsche, Geschenke aller Art, Bitten, Eingaben, Gnadengesuche – sie gab es bald auf, sich damit im Einzelnen zu befassen, und leitete alles an Narcissus weiter. Doch spürte sie, wie das Bewusstsein der Macht sie durchdrang und einhüllte wie ein goldenes Gewand. Nun war sie zur ersten Dame des Römischen Reichs aufgestiegen und nach ihrer Ernennung zur Augusta würde man ihr in den Provinzen Tempel errichten. Warum fiel ihr gerade jetzt Gaius Silius ein? Sein apollinisches Bild stand ihr so deutlich vor Augen, als hätte er gerade das Zimmer verlassen. Sie empfand eine süße Schwäche im Leib, als hätten seine starken Arme sie umfasst und sie spürte ihre Bereitschaft, ihm alles zu geben, jede Gunst zu gewähren – er mochte verlangen, was er wollte. Sogleich regte sich in ihr der Widerstand. Nein, Messalina, denke an deinen Rang! Es ist umgekehrt, du kannst von ihm nach Belieben fordern und er wird dir gehorchen müssen, denn du bist die Kaiserin!

Dass sie es tatsächlich war, fand sie bei ihrem Umzug ins Palatinum glänzend bestätigt. Im Hause ihres Vaters war sie an republikanische Kargheit gewöhnt, hier umgab sie nun ein ungeheurer Prunk. Claudius hatte auf ihre Gefühle Rücksicht genommen und Caesonias Gemächer völlig umgestalten lassen. Wände wurden entfernt und neu eingezogen, Räume verkleinert oder vergrößert, die Möbel ausgewechselt, sodass nichts an den früheren Wohnbereich der ermordeten Kaiserin erinnerte. Wenn im Elternhaus ausschließlich Stein, Holz und gebrannter Ton verwendet wurden, so prunkten hier kostbarer vielfarbiger Marmor, Elfenbein, Ebenholz, Gold, Silber und Bronze. Sklaven und Sklavinnen gab es zuhauf, aber Messalina bestand darauf, dass keiner und keine von ihnen Caesonia gedient hatte.

Der neue Kaiser hatte im Senat die *damnatio memoriae* beantragt, der einstimmig stattgegeben wurde. Auf ein Staatsoberhaupt war diese nach dem Tode verhängte Strafe noch niemals angewendet worden und es gab nur wenige, die sie in diesem Fall nicht für gerecht und angebracht hielten – und diese wenigen schwiegen.

Der Senator Valerius Asiaticus, von dem inzwischen alle wussten, dass er maßgeblich an der Verschwörung teilgenommen hatte, wurde nach der Abstimmung gefragt: »Zufrieden, Valerius? Die *damnatio memoriae* ist doch der passende Schlussstrich zu diesem traurigen Kapitel.«

Die wachen klugen Augen in seinem verlebten Gesicht leuchteten auf. »Zufrieden? Ja, denn alles ist so gekommen, wie geplant und nun soll auch noch die Erinnerung an das blutige Monstrum ausgelöscht werden. Doch ich frage mich, geht das überhaupt? Zwar ist Gaius körperlich vernichtet mit Frau und Kind und man wird alles, was im Römischen Reich an ihn erinnert, zerstören. Doch die Erinnerung in den Herzen der Betroffenen bleibt bestehen. Väter, Mütter, Schwestern, Brüder, Verwandte und Freunde – Tausende von ihnen haben dem gefräßigen Moloch einen oder mehrere liebe Menschen opfern müssen. Es wäre nur konsequent, auch sie auszulöschen und mit ihnen die bittere Erinnerung, doch das ist unsinnig und würde nur neues Leid erzeugen. Meine Freunde, ich glaube sogar, dass an niemand das Gedenken so lebendig bleibt wie an dieses Scheusal. Mit seinen Untaten hat er sich tief in das Gedächtnis der Menschheit gegraben und wenn man in hundert oder dreihundert Jahren fragt, wer zu den unfähigsten und grausamsten Herrschern der Geschichte zählt, so wird man zuerst seinen Namen nennen.«

Nicht wenige gaben dem klugen Spötter Recht, dennoch wurde das von Claudius vorgeschlagene und vom Senat bestätigte Urteil vollzogen, und zwar sehr gründlich. Von Prätorianertrupps begleitet schwärmten Handwerker und Arbeiter in der Stadt aus, zerschlugen die zahlreichen Statuen des angemaßten »Gottes«, schmolzen seine metallenen Abbilder ein, zerstörten ihm gewidmete Weihe- und Huldigungsinschriften. Im kapitolinischen Tempel der Göttin Juno, wo die *moneta* untergebracht war, wurden die Prägestöcke mit seinem Bildnis hervorgeholt und unbrauchbar gemacht. Zugleich arbeiteten Dutzende von Kopisten an kaiserlichen Sendschreiben, die in alle Welt hinausgingen und auch in den Provinzen die *damnatio memoriae* anordneten. Dass diese dort nicht immer so bereitwillig ausgeführt wurde, lag an den launischen Verfügungen Caligulas, der so manchen Ort, so manche Stadt mit Privilegien ausgestattet hatte, weil sie ihm in irgendeiner wichtigen oder auch unwichtigen Sache zu Willen gewesen war.

Und Claudius ließ es nicht bei der *damnatio memoriae* bewenden. Sämtliche unter Caligula laufenden oder vorbereiteten Anklagen und Prozesse wegen Majestätsbeleidigung, Hochverrats oder Verdacht auf Verschwörung ließ er niederschlagen und die Gerichtsakten auf dem Forum verbrennen. Callistus war ihm dabei ein unentbehrlicher Helfer, denn er war über alles und jedes genauestens unterrichtet. Helikon, der nach Caligulas Ermordung

versucht hatte, aus Rom zu entkommen, wurde erkannt und auf offener Straße von Rachedurstigen zu Tode geknüppelt.
Kaum hatte Messalina sich im Palatium eingerichtet, bat Callistus um eine dringende Unterredung. Um ihm ihren neuen Rang zu zeigen, ließ sie ihn nicht ohne einen halbwegs glaubhaften Vorwand zwei Tage warten und empfing ihn dann mit distanzierter Herzlichkeit. Das dickliche Gesicht des kaiserlichen Sekretärs zeigte wie stets eine falsche, von den meisten aber für echt gehaltene Biederkeit, doch seine Verbeugung fiel nicht allzu tief aus. Er blickte sich um.
»Hier hat sich viel verändert ...«
»Die *damnatio memoriae* wird ja nur über männliche Personen ausgesprochen, aber ich finde, Caesonia war in vielem ihrem Gemahl ebenbürtig und ist genauso verdammenswert. So habe ich auf diese Weise gehandelt. Hier wirst du nicht die kleinste Kleinigkeit finden, die an sie erinnert! Auch alle ihre Sklaven habe ich von hier entfernen und nach Alexandria verkaufen lassen.«
»Recht gehandelt, Domina! Caesonia hat mich nicht gemocht und in den letzten Monaten auf meinen Sturz hingearbeitet. Ich frage mich nur, wer am Ende noch übrig geblieben wäre?«
Messalina lachte. »Eine Hand voll Sklaven vielleicht? Doch was führt dich her, Callistus?«
»Zum einen wollte ich dir meine Aufwartung machen, zum anderen sollst du etwas wissen, was dir der Kaiser demnächst mitteilen wird – oder hat er es schon getan? Heute früh hat sich eine kaiserliche Abordnung auf den Weg zu den Pontiae Insulae gemacht, um die beiden Nichten des Kaisers aus ihrer Verbannung zurückzuholen.«
Messalina verbarg jede Regung. »Ja, Claudius hat von dieser Absicht gesprochen. Ist daran etwas Ungewöhnliches?«
Callistus zögerte und es schien, als denke er über die richtige Antwort nach. »Nein, eigentlich nicht. Ich gebe nur zu bedenken, dass Agrippina ihrem Bruder nicht nur äußerlich gleicht. Wie Caligula ist sie herrschsüchtig und gewissenlos. Dass sie damals an der Verschwörung gegen ihn beteiligt war, spricht für sie. Es ge-

schah letztlich nur deshalb, weil sie ihren Geliebten Aemilius Lepidus auf den Kaiserthron bringen wollte.«
»Und sich selbst dazu ...«
»So war es gedacht. Nun, Lepidus – der übrigens auch Unzucht mit Caligula trieb – wurde sogleich hingerichtet und Agrippina mit ihrer Schwester Livilla auf dieselben Inseln verbannt, wo beider Mutter schon den Tod gefunden hatte. Agrippina trägt nicht nur ihren Namen, sie gleicht auch im Wesen ihrer Mutter und, ich sagte es schon, leider auch ihrem Bruder.«
Messalina hob die Schultern. »Gut, das alles ist hinreichend bekannt, nur, was soll ich dazu tun?«
»Es wäre für uns alle, auch für den Kaiser, besser, wenn Agrippina nicht zurückkäme. Livilla ist harmlos – sie würde keinem hier schaden, aber Agrippina wird Unruhe stiften, das sehe ich voraus.«
»Du willst, dass ich beim Kaiser gegen sie spreche?«
»Ja, auch um seiner selbst willen. Versteh mich nicht falsch: Ich will keineswegs, dass sie in ihrer Verbannung zugrunde geht wie ihre Mutter. Ich könnte mir allerdings denken, wenn der Kaiser sie mit dem Proconsul einer stattlichen, weit entfernten Provinz verheiraten würde, uns allen gedient wäre.«
»Ja, Callistus, das leuchtet ein und besten Dank für deinen Hinweis. Ich habe Agrippina nie persönlich kennen gelernt, war ja damals noch ein Kind. Du aber weißt Bescheid und hast gewiss schwerwiegende Gründe für deinen Rat.«
»Die habe ich, Domina, und sei bedankt für dein Verständnis.« Diesmal verneigte er sich tief und sein feistes Gesicht glänzte vor biederer Genugtuung.
»Wie geht es übrigens deiner Tochter Nymphidia?«
Ganz kurz nur, wie ein flüchtiger Schatten, zeigte seine Miene ein erstauntes Erschrecken.
Mit dieser Frage hast du wohl nicht gerechnet, dachte Messalina und empfand dabei ein hämisches Vergnügen.
»Ach, Domina, das Schicksal hat meine Tochter hart gebeutelt. Zuerst zwang sie der Tyrann in sein Bett, dann wurde sie schwan-

ger und wäre fast an einer Fehlgeburt gestorben. Ich habe sie zur Genesung in ein Heilbad geschickt.« Er blickte sie traurig an – war das eine Träne, die auf der rechten Wange glänzte?
»Sie wird darüber hinwegkommen«, sagte Messalina kalt und wandte sich ab.
Dass nichts davon stimmte, wussten nur ganz wenige. Nicht Caligula hatte das Mädchen in sein Bett gezwungen, sondern Callistus hatte sie dorthin geschoben, um sich dem Kaiser gefällig zu erweisen. Auch war es keine Fehlgeburt, sondern sie hatte vor etwa einem Jahr einen gesunden Knaben zur Welt gebracht. Zu dieser Zeit war Callistus allerdings schon mit den Vorbereitungen zum Sturz des Kaisers befasst und hielt es für besser, den Tyrannenspross zu verschweigen. Auch der Thronwechsel änderte nichts daran, denn Claudius und viele andere könnten einen Sohn des Gehassten und Verdammten mit scheelen Augen betrachten. Zumindest im Augenblick brächte es nur Nachteile ...
Claudius hatte von seinen Amtsräumen einen Durchgang in Messalinas private Gemächer anlegen lassen und nutzte häufig die Möglichkeit, ohne militärische Begleitung und unbehelligt wie ein Privatmann seine Frau besuchen zu können. Da Messalina nun sicher wusste, dass sie wieder guter Hoffnung war, wollte sie diese Mitteilung mit dem Thema Agrippina verbinden.
Es wäre übertrieben zu sagen, dass Claudius seine neue Rolle genoss, doch da er sich nun einmal dafür entschieden hatte, wollte er für sich und andere das Beste daraus machen.
Eines noch bereitete ihm Schwierigkeiten. Jedes Mal, wenn er den Palast betrat, ging in ihm etwas vor, was ihn zwang, zu stottern, zu humpeln und Gesichter zu schneiden. Sein lange angewandter Schutzmechanismus ließ sich nicht so ohne weiteres abstellen und es kostete ihn viel Mühe, dem entgegenzuwirken. Etwas davon blieb: ein leichtes Stocken bei längerer Rede, ein Zucken im Gesicht, eine Schwäche bei längerem Stehen. Über diese Mängel wurde geredet, doch da Claudius nun der Kaiser war, als liebenswerte Eigenheiten seinem Wesen zugerechnet.
Er umarmte Messalina voll Freude, als er die Nachricht vernahm.

»Diesmal wird es ein Junge, das weiß ich! Wir werden in ihm keinen Caligula heranziehen und das Volk braucht sich um den nächsten Kaiser keine Sorgen zu machen. Ich bin inzwischen zu der Ansicht gekommen, dass die kurze Regentschaft dieser Bestie eine Prüfung der Götter war. Vielleicht wollten sie herausfinden, ob das von Augustus so fest gefügte Römische Reich diesen Missratenen aushält, ohne dabei zu zerbrechen. Zwar haben Caligulas politische Unfähigkeit, seine schrecklichen Launen, seine grausame Willkür, seine maßlose Habgier viel Unheil angerichtet, am Bau unseres Weltreichs ist dadurch jedoch kein Ziegel locker geworden. Ich kann nur hoffen, dass die gnädigen Götter uns eine weitere Prüfung dieser Art ersparen werden.«
»Das werden sie – jedenfalls solange du die Zügel in der Hand hältst. Du hast vor einigen Tagen angedeutet, deine Nichten wieder in die Freiheit zu entlassen; ist dazu schon etwas geschehen?«
Claudius tippte sich lachend an die Stirn. »Beinahe hätte ich es vergessen! Seit heute früh ist eine Abordnung zu ihrer Befreiung unterwegs. Ich hätte schon eher etwas unternommen, aber die See war noch winterlich rau und ich wollte die beiden nicht gefährden.«
»Ich freue mich schon, diese Damen kennen zu lernen. Von Agrippina wird zwar wenig Gutes berichtet …«
Claudius runzelte die Stirn. »Ich dulde nicht, dass unsinnige Gerüchte verbreitet werden! Wer hat …«
Messalina legte ihm beruhigend eine Hand auf den Arm. »Ach, niemand Bestimmtes. Das ist wie ein Mosaik aus vielen Stimmen, die sich allerdings darin gleichen, dass über Julia Livilla fast nur Gutes, über Agrippina fast nur Nachteiliges berichtet wird. Sie soll im Wesen ihrem Bruder sehr gleichen …«
Claudius schüttelte den Kopf. »Niemand kann einem Caligula gleichen, der einmalig war in seiner monströsen Scheußlichkeit. Ich würde sagen, dass Agrippina nach ihrer Mutter gerät, eine sehr harte und herrschsüchtige Frau. Als sie Kaiser Tiberius beschuldigte, an der Ermordung ihres Gatten beteiligt gewesen zu sein, zahlte sie dafür einen hohen Preis.«

»Mein Vater hat mir davon erzählt. Ich befürchte nur, dass Agrippina nach ihrer Rückkehr alles unternehmen wird, um auf irgendeine Weise an die Macht zu gelangen.«
Claudius blickte sie erstaunt an. »Sie, eine Frau? Wie soll das geschehen?«
»Vielleicht hegt sie für ihren Sohn Nero ehrgeizige Pläne ...«
Er lachte unbekümmert. »Nero ist kaum vier Jahre alt, da brauchst du dir keine Sorgen zu machen. Im Übrigen gibt es ja uns, dich, mich, Octavia und ...«, er legte seine Hand auf ihren Leib, »den da, der das Glück hat, in eine goldene Wiege gelegt zu werden.«
»Ich möchte dich nur bitten, darüber nachzudenken.«
»Was soll ich deiner Meinung nach tun? Livilla freilassen und ihre Schwester weiterhin auf der wüsten Insel Pandateria festhalten? Schließlich hat sie nichts anderes versucht als Valerius Asiaticus und Callistus, nämlich das Land von einem blutigen Tyrannen zu befreien.«
»Um danach ihren Buhlen Lepidus und sich selbst auf den Thron zu setzen!« Das war ihr so herausgerutscht, aber sie bedauerte es nicht.
»Ja, genau das wollte Caligula den Senat glauben machen. Wenn du Lepidus gekannt hättest, würdest du nur darüber lachen. Faul und verfressen, träge und weder auf Ruhm noch auf Macht – nur auf Lebensgenuss bedacht. Caligula hat ihn mit seiner blutschänderischen Schwester Drusilla verheiratet und auch selbst musste er dem Kaiser mehr als einmal zu Willen sein. Jeder andere hätte sich besser für die Rolle eines Imperators geeignet.«
»Das mag sein, trotzdem hat Agrippina ihm offenbar diese Rolle zugedacht.«
Claudius winkte ab. »Wen kümmert das heute noch? Ich werde sie nach Rom zurückholen, sie soll ihr Söhnchen in die Arme schließen und dann werde ich einen geeigneten Mann für sie finden.« Er lachte. »Es wird keiner sein, der mich vom Thron stoßen will, darauf werde ich schon achten.«
Sie hat schon einmal versucht, einen Kaiser vom Thron zu stoßen,

warum soll sie es nicht ein zweites Mal tun? Messalina sprach diesen Gedanken nicht aus – noch nicht.
Trotzdem sie nicht erreicht hatte, was sie eigentlich wollte, war sie mit dem Gespräch zufrieden. Sie hatte Claudius gewarnt und er würde es nicht vergessen. Auch wenn er zuletzt nur leichthin gesagt hatte, er würde darauf achten, Agrippina nicht mit einem eventuellen Thronräuber zu verbinden, so spürte sie doch den Ernst dahinter, es auch wirklich zu tun.

9

Gaius Julius Caesar Germanicus, genannt Caligula, hatte im dritten Jahr seiner Regierung einen »Feldzug« nach Westen unternommen, denn ihn dürstete danach, sich als siegreicher Imperator zu bewähren. Das war nun ein wenig schwierig gewesen, denn das gesamte Römische Reich, einschließlich aller Provinzen, lag im tiefsten Frieden und nirgends gab es auch nur eine Spur von Aufruhr oder Widerstand. So hatte Caligula sich damit begnügen müssen, ein paar hundert Germanen, die in seiner Truppe dienten, als »wilde Eingeborene« in zottige Felle zu kleiden und sie unter Siegesgeheul aus einem Wäldchen auf ein Feld zu treiben, wo man sie gefangen genommen hatte. Danach erhielten sie eine Dankesprämie und durften erleichtert ihre römische Soldatenkleidung wieder anlegen.
Eine von dem früheren Konsul Lentulus Gaeticulus angeführte Gruppe von Verschwörern sollte die gute Gelegenheit nutzen und den Kaiser schon während dieses »Feldzugs« beseitigen. Caligulas Nachfolge hätte der Mitverschworene Aemilius Lepidus antreten sollen, Geliebter von Caligulas jüngerer Schwester Agrippina. Lepidus, ein allen Lebensgenüssen zugeneigter Mensch, hatte sich vom Kaiser zu einer Scheinehe mit dessen Schwester Drusilla missbrauchen lassen, während Caligula mit ihr schamlosen

Inzest getrieben und sie als seine »Schwestergemahlin« nach ägyptischer Pharaonenart bezeichnet hatte. Um seine androgyne Göttlichkeit unter Beweis zu stellen, war Caligula gelegentlich als Luna oder Venus aufgetreten und danach musste ein Mann mit ihm ins Bett. Diese Rolle war regelmäßig dem Aemilius Lepidus zugefallen, der nach Drusillas frühem Tod vom Kaiser kaum noch gebraucht wurde und fühlte, dass sein Kopf bald fallen würde. Er hatte dem zuvorkommen wollen und gehörte so zu den Häuptern der Verschwörung.
Caligula, der bei gegen ihn gerichteten Gefahren mit einem unglaublichen Gespür begabt war, hatte nach seiner Ankunft in Moguntiacum schon Bescheid gewusst. Am nächsten Morgen hatte er eine Lagebesprechung im Legatenpalast angesetzt. Gaeticulus und Lepidus, die beiden Hauptverschwörer, waren unter Bewachung aus ihren Zelten geholt und in den Beratungsraum gebracht worden. Die geladenen Tribunen und Centurionis saßen schon dicht gedrängt auf ihren Feldstühlen, als die beiden Männer hereingeführt wurden und unter Bewachung in der ersten Reihe hatten Platz nehmen müssen. An der Stirnwand hatte man eine Art Bühne errichtet, auf der ein prunkvoller Sessel stand. Der Kaiser hatte lange auf sich warten lassen und erschien dann, als Feldherr gekleidet, mit Brustpanzer und roten Stiefeln, den schwammigen Körper in einen Purpurmantel gehüllt, die Stirnglatze von einem goldenen Lorbeerkranz verdeckt. Sein bleiches Gesicht war hassverzerrt.
Er hatte sogleich mit einer flammenden Anklagerede begonnen, Stück um Stück der Verschwörung aufgedeckt, zitierte aus der beschlagnahmten verräterischen Korrespondenz und behauptete, schon in Rom über ihren Plan Bescheid gewusst zu haben. Das Todesurteil erfolgte prompt. Agrippina und Livilla waren gezwungen worden, stehend und mit gebundenen Händen bei der Hinrichtung zuzusehen.
Gaeticulus, der alte Soldat, hatte dem Henker mit ruhiger Würde seinen Nacken dargeboten, Lepidus jedoch, der Prasser und Lüstling, hatte nicht den geringsten Versuch gemacht, seine letzte

Stunde würdig zu gestalten. Laut hatte er zu Caligula hinübergerufen: »Auch dich wird es bald treffen, du alter Hurenbock und Knabenschänder! Wir werden uns bald …«
Einer der Wachsoldaten hatte ihm kräftig den Schwertknauf auf den Mund geschlagen. Lepidus hatte Blut und Zahnsplitter auf den Boden gespuckt, seinen Hintern in Caligulas Richtung gereckt und damit wie eine billige Hure gewackelt. Der Henker hatte seine Haare gepackt und ihn gezwungen niederzuknien. Lepidus zappelte herum und der Henker musste mehrmals zuschlagen, ehe sein Kopf fiel.
Agrippina rief in Richtung des Kaisers: »Das war ein Abschiedsgruß, den du verdient hast. Ich hoffe nur, du wirst Lepidus bald in den Orcus folgen.«
Diese Szene würde Agrippina niemals vergessen und noch jetzt hatte sie Caligulas jähes Erschrecken vor Augen, als sie ihn lauthals in den Orcus wünschte. Natürlich war für sie und ihre Schwester das Todesurteil zu erwarten, aus welchen Gründen auch immer hatte der Kaiser sich allerdings eine andere Strafe ausgedacht.
Die Leichen der beiden hingerichteten Hochverräter waren gleich darauf verbrannt und die Asche in Bronzeurnen gefüllt worden. Dann war Caligula vor die an Händen und Füßen gefesselte Agrippina hingetreten.
»Jetzt, da dein hochverräterischer Liebhaber im Orcus ist, wird seine Sippe Anspruch auf die Urne erheben. Du darfst sie seinen Leuten nach Rom bringen, und zwar eigenhändig. Das heißt, du wirst sie während der ganzen Reise auf deinem Hurenschoß halten, bis ihr in Rom angekommen seid. Dann darfst du mit Livilla im Staatsgefängnis auf euer Urteil warten.«
Dieses hatte zu Agrippinas Überraschung lebenslange Verbannung auf die Pontiae Insulae gelautet und sie hielt es noch heute für höchst unklug, dass Caligula sie am Leben gelassen hatte.
»Soll ich nachlegen, Domina?«
Die Frage ihrer Leibdienerin riss Agrippina aus der bewegten Vergangenheit in die trostlose Gegenwart. Dies war nun der zweite Winter, den sie auf der wüsten, windumtosten Insel verbrachte.

Sie hatte sich von Anfang an allerdings geschworen, es nicht ihrer Mutter nachzutun, die sich hier durch Verhungern das Leben genommen hatte. Sie schüttelte den Kopf.

»Nein, lass das. Das Feuer wärmt kaum und der Sturm treibt nur Funken und Asche durch den Kamin ins Haus. Lieber friere ich, als zu ersticken.«

Caligula hatte damals selbst für beide Schwestern die karge Insel Pandateria zum Verbannungsort gewählt, wobei für Agrippina zur Strafverschärfung ein primitives Haus auf der dem Wind zugewandten Seite bestimmt wurde. Selbst im Sommer wurde es hier nicht wirklich warm und wenn dann und wann der Wind für Stunden, manchmal für Tage aussetzte, dann begann der Felsboden zu glühen wie brennende Holzkohle und im Haus hatte man das Gefühl zu ersticken. Zum Glück hatte sie ihren kleinen Sohn noch rechtzeitig bei Verwandten seines Vaters unterbringen können, ehe Caligula auch für ihn etwas Schreckliches eingefallen wäre. Er gehörte ja nicht der kaiserlichen Familie an, sondern dem väterlichen Stamm der Domitier, doch oft hatte sie gebangt, dass er eines Tages den Launen ihres Bruders zum Opfer fallen würde. Die Verbannung auf eine wüste Insel, die Trennung von ihrem Sohn, den Verlust ihres Vermögens – Agrippina nahm es hin mit zusammengebissenen Zähnen und einer von Hass und Rachegefühlen genährten Geduld, die aus der Hoffnung lebte, dass der Tag der Vergeltung kommen müsse. Schließlich war sie kaum fünfundzwanzig Jahre alt und konnte warten. Anfangs hatte sie gehofft, einen der hier befehlshabenden Tribunen bestechen und zur Flucht überreden zu können, sie hatte jedoch bald erkannt, dass dies ein hoffnungsloses Unterfangen war. Ihre Bewacher taten hier quasi einen Strafdienst für leichtere militärische Vergehen und hatten nichts weiter im Sinn, als diese Zeit in tadelloser Führung hinter sich zu bringen. Einer der Tribunen, ein hübscher, noch junger Kerl, hatte mitleidsvoll bemerkt: »Weißt du denn nicht, dass du arm bist wie eine Tempelratte?«

»Ja, mein Vermögen wurde beschlagnahmt, aber wenn ich zurückkehre …«

Der Tribun brachte es nicht übers Herz zu sagen: Du wirst niemals zurückkehren, und so sprach er schnell weiter. »Ich verrate kein Geheimnis, denn die Auktion damals war öffentlich und jeder konnte mitbieten. Ja, Domina, dein gesamter Besitz wurde versteigert – dein Hausrat, dein Schmuck, deine Möbel, auch deine Sklaven ...«

Agrippina war kaum überrascht; sie kannte die Habgier ihres Bruders und wäre erstaunt gewesen, wenn er diese Möglichkeit nicht genutzt hätte.

»Und Livillas Besitz?«

»Erging es nicht anders.«

Der Tribun unternahm dann noch einen halbherzigen Versuch, sie zu verführen, den Agrippina, die Geschmeichelte spielend, jedoch abwehrte.

»Stürze dich nicht selbst ins Unglück, Tribun. Eine verbannte und geächtete Frau ist kein Umgang für dich.«

Er wurde dann bald abberufen und sein Nachfolger, ein alter verbitterter Haudegen, tat mit grimmigem Ernst seinen Dienst und richtete während der ganzen Zeit kein persönliches Wort an die Gefangene.

Agrippina war eine Frau, die Männer vorwiegend als Werkzeug benutzte und ihnen nur des zu erreichenden Zieles wegen ihre Gunst schenkte. Körperliche Liebe hatte ihr nie etwas bedeutet und meist hatte es sie Überwindung gekostet, sich einem Mann hinzugeben. Ihr erster Gatte, Domitius Ahenobarbus, war ihr von Kaiser Tiberius aufgedrängt worden und als sie vor vier Jahren ihren Sohn Nero zur Welt gebracht hatte, verweigerte sie dem zum Säufer Gewordenen das Ehebett. Er hielt sich anderswo schadlos und starb wenig später an seinen Ausschweifungen.

Der nicht weniger lasterhafte Aemelius Lepidus war nur ihr Geliebter geworden, weil sie hoffte, an seiner Seite auf den Kaiserthron zu gelangen. Doch sie hatten Caligula unterschätzt, waren bei ihren geheimen Treffen zu leichtsinnig gewesen, hatten den für Verschwörer verhängnisvollen Fehler begangen, ihre Korrespondenz aufzubewahren, und hatten so dem Kaiser schwarz auf weiß die stichhaltigsten Beweise geliefert. Ein zweites Mal würde sie anders handeln, doch ihre Zweifel wuchsen, ob es je dazu kommen würde.

Julia Livilla, ihre zwei Jahre jüngere Schwester, hatte sich damals der Verschwörung nur deshalb angeschlossen, weil ihr Herzensfreund, der Dichter Lucius Annaeus Seneca, von Caligula mit Hass und Todesdrohungen verfolgt worden war. Der ihr ebenfalls von Kaiser Tiberius aufgezwungene Ehemann Marcus Vinicius ging seine eigenen Wege und so fand die kinderlose Livilla ihr Vergnügen am geistigen Leben, las viel, war häufig in Bibliotheken und bei Buchhändlern zu finden. Da konnte es nicht ausbleiben, dass sie mit Seneca in Berührung kam, der damals schon als Roms führender *poeta* und *scriptor* galt und schon deshalb dem eitlen und eifersüchtigen Caligula ein Dorn im Auge war. Der Kaiser hatte ihn verächtlich als Schreiberling abgetan, der nichts weiter zustande bringe, als »armselige Prunkreden« in einem Stil, der so trocken sei wie »Sand ohne Kalk«. Von Callistus rechtzeitig gewarnt, ließ Seneca verbreiten, er leide an fortgeschrittener Schwindsucht und ziehe sich zum Sterben in ein Heilbad zurück. Als Agrippina ihre Schwester scherzhaft fragte, ob Seneca im Bett so geschickt sei wie mit seiner Feder, antwortete Livilla herablassend, ihre Verbindung zu dem Dichter bewege sich auf geistiger Ebene und das Körperliche sei ohne Belang. Agrippina wäre damals fast versucht gewesen, es zu glauben, Seneca galt keineswegs als Kostverächter und in Rom kursierten verschiedene Namen von angeblichen Geliebten.

Die Bewacher der beiden Verbannten hatten strengste Anweisung, jede Art der Begegnung der beiden Schwestern zu verhindern, und so sprachen sie sich ab, wenn Agrippina oder Livilla einen Spaziergang unternehmen wollte. Einmal kam es durch ein Versehen doch zu einem Treffen, als nämlich Livilla gerade den steilen Pfad von der felsigen Küste emporstieg und Agrippina, die hinab wollte, ihr entgegenkam.

»Kehrt um!«, riefen Agrippinas Bewacher erschreckt, aber die

von Livilla dachten nicht daran und brüllten: »Kehrt ihr doch um!«
Am Ende drängten sich die beiden Gruppen aneinander vorbei und Agrippina rief ihrer Schwester zu: »Kopf hoch, Livilla! Das Scheusal wird nicht ewig leben!«
»Das hoffe ich«, sagte Livilla und zwang sich zu einem Lächeln. Die Schwestern waren sich niemals sehr nahe gestanden, denn Livilla hatte eher die Wesensart ihres Vaters Germanicus geerbt, während Agrippina immer mehr ihrer Mutter ähnelte.
Germanicus, einer der fähigsten Staatsmänner und Heerführer, die Rom jemals hatte, diente seinem Land als Oberster Feldherr in vielen Kriegen und feierte siebzehnmal den Triumph als Imperator. Außerdem war er ein hochgebildeter Mann, ein glänzender Redner und schuf sogar eine Reihe literarischer Werke in griechischer und lateinischer Sprache. Vergöttert von seinen Truppen, freundlich, höflich und zuvorkommend im Umgang mit anderen, galt er als Idealbild eines vornehmen Römers. Dass er mit seiner Gattin Agrippina, die ihm neun Kinder schenkte, in harmonischer Ehe lebte, war wohl weniger ihr als seiner häufigen Abwesenheit und seinem freundlichen, ausgleichenden Wesen zu verdanken, das auch Livillas Wesen kennzeichnete.
Agrippina hingegen erbte das herbe Antlitz ihrer Mutter und auch ihr herrschsüchtiges, furchtloses und jähes Naturell. Ihr Hass auf den Bruder war auch in den zwei Jahren der Verbannung nicht abgekühlt – allein der Gedanke an ihn und seine Taten entfachte ihn neu. Livilla hingegen empfand für Caligula nur noch mitleidige Verachtung. Sie schauderte, wenn sie daran dachte, dass der Vater die Entwicklung seines Sohnes zu einem halb wahnsinnigen, blutrünstigen Tyrannen noch hätte erleben müssen, und war froh, dass es nicht so war. Sogleich meldete ihr stets wacher und nüchtern forschender Verstand Protest an. Wäre Germanicus nicht schon mit fünfunddreißig Jahren gestorben, so hätte er, von Tiberius adoptiert, die Nachfolge angetreten und alles wäre anders gekommen. Sie seufzte. Hätte, wäre, könnte, sollte – fruchtlose Worte ohne Gewicht, denn die Zukunft bleibt

im Verborgenen und die Vergangenheit ist unser einziger Besitz. Da steht alles felsenfest, denn was geschehen ist, können auch die Götter nicht ungeschehen machen. Über die Zukunft machte sie sich wenig Gedanken. Solange Caligula an der Macht war, gab es für sie keine, nur ein Dahinleben, Tag um Tag, mit kleinen Freuden und kleinen Leiden. Mit ihren Bewachern kam Livilla gut zurecht, denn sie zeigte sich fügsam und begehrte nicht auf. Das änderte freilich nichts daran, dass bei allen Gegensätzlichkeiten beide Schwestern eines gemeinsam hatten: einen unbändigen Stolz.

Bei Agrippina lag er offen zutage und sie brauste sofort auf, wenn sie glaubte, dieser Stolz sei verletzt worden. Das brachte ihr immer wieder Nachteile, die sie achselzuckend auf sich nahm. Da wurde etwa der tägliche Spaziergang aus fadenscheinigen Gründen untersagt oder die einfachen Speisen kamen ungesalzen, waren kalt und damit fast ungenießbar geworden. Als sie einmal einem der Bewacher den Topf mit kalt eingedicktem Weizenbrei über den Kopf stülpte, versetzte der ihr eine Ohrfeige und wollte sich auf sie stürzen, hätten nicht andere ihn zurückgerissen. Caligula hatte zu der Verbannung seiner Schwestern angeordnet, man möge ihnen weder Gutes noch Schlechtes erweisen. Danach handelte der Tribun, verurteilte den Mann zu drei Tagen Arrest und beglückwünschte ihn im Stillen, dass er diesem anmaßenden und dünkelhaften Weib die seiner Ansicht nach längst fällige handfeste Belehrung erteilt hatte.

Solche Konflikte gab es bei Livilla nicht. Sie verbarg ihren Stolz und nur für Feinfühlige war das an ihrem Benehmen zu erkennen. So ließ sie sich niemals auch mit einem der Höhergestellten ihrer Bewacher auf ein persönliches Gespräch ein. Fragen, die sie persönlich betrafen, ließ sie unbeantwortet, Gefallen, die man ihr aus Gutmütigkeit oder aus Respekt vor ihrem hohen Rang erweisen wollte, wies sie zurück. Unter ihrem sanften, fügsamen Wesen verbarg sich ein eisenharter Kern, den sie, wenn es nötig oder angebracht war, spüren ließ, aber immer so, dass niemand sich verletzt oder angegriffen fühlen musste.

Mit den ersten Märztagen setzte ein wärmeres Wetter ein, der Wind flaute etwas ab und drang nicht mehr so eisig durch die dicken Kleider. Die Stimmung der Wachmannschaft hellte sich auf, kleine Scherze flogen hin und her, die Agrippina – das ließ ihr Stolz durchaus zu – aufnahm und erwiderte. Gut gelaunt machte sie sich zum Nachmittagsspaziergang bereit und trat mit ihrer Dienerin vors Haus, als der wachhabende Centurio aufgeregt herbeilief und nach Norden deutete.

»Ein Schiff! Eine *triremis* steuert auf uns zu!«

Agrippina ließ sich nicht aus der Ruhe bringen.

»Was ist daran so ungewöhnlich? Das Schiff wird Proviant bringen, Nachrichten für euch ...«

»Schon, schon, Domina, aber bisher waren das immer kleine Küstensegler, die von Tarracina über Pontia kamen. Eine *triremis* ist ein Staatsschiff, da kommt etwas Amtliches, Dienstliches ...«

»Warten wir es ab, Centurio.«

Ein wenig war sie doch erschrocken, denn sie musste ständig damit rechnen, dass Caligula, von anderen aufgehetzt oder aus einer Laune heraus, die Verbannung in ein Todesurteil umgewandelt hatte. Dann würde es ihnen wie der Mutter ergehen, die Pandateria in einer Urne verlassen hatte.

Ja, es war tatsächlich ein Staatsschiff, auf dessen wehender Flagge das stolze S.P.Q.R. in großen goldenen Buchstaben prangte. Agrippina hielt das für ein gutes Zeichen, denn wäre es das Todesurteil gewesen, so hätte die Übergabe eines vom Kaiser gesiegelten Schreibens genügt.

Die Ruder der *triremis* senkten sich, ein Anker fiel klatschend ins Wasser, ein Beiboot setzte sich in Bewegung.

»Ich gehe zur Anlegestelle«, sagte der Centurio und Agrippina fügte im Befehlston hinzu: »Ich komme mit!«

Der Mann wagte keinen Widerspruch und Agrippina ging ihren Bewachern voraus – aufrecht, stolz und wohl ahnend, dass ihr Schicksalsblatt sich wenden würde.

Von der anderen Inselseite näherte sich ein Trupp mit Livilla, die wie ihre Schwester vor den Wachen herging und niemand hin-

derte sie daran, Agrippina zu begrüßen und mit ihr einige Worte zu wechseln.
Umringt von einigen Prätorianern, kamen zwei Senatoren an Land. Sie trugen ihre Amtskleidung mit den rotledernen, hohen Schuhen und dem breiten Purpurstreifen auf der Toga. Beide verneigten sich sehr tief und deuteten damit an, was einer der beiden dann in feierlicher Rede ausführte.
»Hochedle Prinzessinnen, der Imperator Tiberius Claudius Caesar Augustus und der Senat von Rom haben uns beauftragt, dich, Julia Agrippina, und deine Schwester Julia Livilla in alle früheren Rechte einzusetzen, das heißt Rang und Besitztümer zurückzuerstatten.«
Der Senator streckte den beiden die gesiegelten Urkunden hin und ehe er weitersprechen konnte, fragte Agrippina: »Unser Onkel Claudius ist der neue Kaiser? Was ist mit Gaius geschehen?«
Der ältere Senator räusperte sich und blickte zu Boden.
»Äh ... der frühere Imperator ist ... also, man hat ihn, zwei seiner Prätorianer haben ihn er... äh ... beseitigt. Auf Antrag unseres hochverehrten Kaisers Claudius wurde über sein Andenken die *damnatio* ausgesprochen.«
Agrippina lachte und es klang wie ein triumphierender Fanfarenstoß. »Die *damnatio memoriae*? Ja, die hat er sich redlich verdient! Wie ist er gestorben?«
Der Senator blickte sich um. »Ich glaube, hier ist nicht der rechte Ort ...«
Livilla hob die Hand. »Wann werden wir abfahren?«
»Morgen früh, Prinzessin, es sei denn, ein Sturm kommt auf.«
»Wo werdet ihr die Nacht verbringen?«
»Auf dem Schiff natürlich. Wenn du uns mit deiner Schwester die Ehre erweisen willst ...«
»Nein«, sagte Agrippina, »die letzte Nacht auf Pandateria will ich in meiner alten Hütte schlafen.«
Livilla nickte. »Ich komme zu dir, wir werden uns viel zu erzählen haben.«

»Ja, meine Liebe, das werden wir.«
Sie wandte sich mit einer herrischen Geste an die beiden Senatoren. »Die Ehrwürdigen Väter kommen jetzt mit uns, damit sie sehen, was der Tyrann uns zugedacht hatte.«
Ohne eine Antwort abzuwarten, drehte sie sich um und ging mit Livilla voraus. Die Senatoren folgten ihnen, vorsichtig die roten Stiefel auf den mit Geröll und vertrockneten Pflanzen bedeckten Boden setzend.
Die Wachmannschaft verhielt sich schweigend, auf nicht wenigen Gesichtern stand die Angst, für mögliches Fehlverhalten bestraft zu werden.
Schnell wurden einige Klappstühle in die Hütte geschafft und der Tribun in eigener Person brachte einen Krug Wein.
»Unser Bester ...«, murmelte er mit einer Verbeugung.
Sie nahmen Platz und Agrippina eröffnete das Gespräch.
»Wenn ich mich recht erinnere, hat damals der Senat einstimmig die vom Kaiser vorgeschlagene Verbannung befürwortet. Oder irre ich mich?«
Die Senatoren blickten sehr betreten und der ältere sagte mit stockender Stimme: »Du musst das verstehen, Prinzessin. Keiner von uns wollte den Imperator erzürnen, wir waren völlig machtlos und lebten in ständiger Todesangst. Niemand hätte es gewagt, sich dem Willen des Kaisers zu widersetzen. Seine Prätorianer umgaben ihn stets mit gezogenen Schwertern und warteten nur auf einen Wink ihres Herrn.«
»Wenigstens eine ehrliche Antwort«, meinte Livilla.
»Wie ist er gestorben? Ich stelle diese Frage nun zum zweiten Mal.«
Der jüngere Senator beugte sich vor. »Ich war im Theater zugegen, als es am letzten Tag der Ludi Palatini geschah. Der Kaiser hatte den für ihn tödlichen Fehler begangen, einige seiner Prätorianer ständig zu beleidigen und zu verspotten, vor allem den Tribunen Cassius Chaerea. Ein zweiter Tribun, Cornelius Sabinus, hatte durch Caligulas Willkür einige Freunde und Verwandte verloren. So schlugen die beiden zu, gedeckt von einer Reihe ande-

rer Verschwörer, darunter der kaiserliche Sekretär Callistus und der Senator Valerius Asiaticus. Wenn ihr die Wahrheit wissen wollt, verehrte Prinzessinnen, Caligula wurde von seinen Mördern in Stücke gehauen. Jedenfalls ist er langsam genug gestorben, um zu spüren, dass es ihm ans Leben ging.«

Livilla schlug die Hände vor ihr Gesicht. »Das ist ja fürchterlich«, schluchzte sie.

Agrippina blickte sie mit einer Mischung aus Spott und Besorgnis an. »Das ist nur gerecht, meine Liebe. Er hat sich nicht gescheut, Väter die Hinrichtung ihrer Söhne mit ansehen zu lassen, hat Ehefrauen quasi unter den Augen ihrer Männer vergewaltigt, hat harmlose Spötter in der Arena lebendig verbrennen lassen. Und da bedauerst du ihn?«

»Immerhin war er unser Bruder ...«

»Ein schöner Bruder! Drusilla, seine leibliche Schwester, hat er in sein Bett gezwungen, seinen Vetter Tiberius Caesar zuerst adoptiert und dann umbringen lassen. Soll ich fortfahren? Gaius war ein Mensch, den man gleich nach seiner Geburt hätte erwürgen müssen – da wäre uns viel erspart geblieben.«

Livilla tupfte sich die Tränen ab. »Du hast ja Recht, er ist keine Träne wert.«

Agrippina nickte. »Wenn du es nur einsiehst. Und mit Claudius ist Aelia Paetina jetzt Kaiserin geworden? Sie hat dem guten Onkel ja immer vorgeworfen, er zeige zu wenig Ehrgeiz.«

Der ältere Senator schüttelte heftig den Kopf. »Aber nein – nein! Noch zu Caligulas Lebzeiten hat Claudius Caesar sich von ihr scheiden lassen und Valeria Messalina geheiratet.«

Die Schwestern sahen sich an. Livilla fragte: »Valeria Messalina? Wer soll das sein?«

»Die Tochter von Valerius Messalla und Domitia Lepida. Die Eltern sind entfernt mit dem Kaiser verwandt, heißt es.«

»So, heißt es das? Wie alt ist denn die frisch gebackene Augusta?«

Agrippinas Gesicht war böse und angriffslustig geworden. Ihr schmaler Mund verpresste sich so, dass man kaum noch die Lippen sah, die Augen funkelten feindselig.

Wie sehr sie doch ihrem Bruder gleicht, dachte der jüngere Senator und in ihm regte sich eine leise Furcht. Wenn diese Frau jemals auf irgendeine Weise an die Macht kommt, dann ... Er wagte es nicht, weiterzudenken und sagte schnell: »Valeria Messalina wird im nächsten Monat sechzehn Jahre alt.«
Agrippina lachte hellauf. »Was, erst sechzehn? Dann hat unser fünfzigjähriger Onkel quasi seine eigene Enkelin geheiratet, das ist ja fast Kindesschändung!«
Der Senator schüttelte missbilligend den Kopf. »Ich muss doch bitten, Prinzessin – es ist die Rede vom römischen Kaiser!«
Sie nickte unbekümmert. »Ja, ja, daran muss ich mich erst gewöhnen.«

10

Claudius war zu lange Privatmann gewesen, war weder zum Herrscher geboren noch dazu erzogen worden, um ganz selbstverständlich in sein hohes Amt hineinzuwachsen. Die ihm von Caligula übertragenen Ämter waren eher geeignet, ihn lächerlich zu machen, als ihm politische Verantwortung aufzutragen.
In den ersten Wochen seiner Regierung kam ihm nach und nach zu Bewusstsein, dass seine bisherige Macht, mit dem Schreibstift Vergangenes zu deuten, auf dem Papier Menschen und Völker werden und vergehen zu lassen, sich nun in die Gegenwart verlagert hatte und jetzt eine tatsächliche war. Er konnte über Leben und Tod von Menschen bestimmen, konnte Legaten und Statthalter auswechseln, Steuern erhöhen oder senken, konnte etwa Aegyptus, das seit siebzig Jahren römische Provinz war, ganz aus eigenem Ermessen durch Erhöhung der Getreidelieferungen ins Elend stürzen. Weil dieses Land nämlich als einzige der Provinzen direkt dem Kaiser unterstellt war, der damit vor allem die für Rom so wichtigen Weizenzuteilungen persönlich lenken und überwachen konnte.

Doch, wie schon gesagt, Claudius war politischer Macht gegenüber eher misstrauisch eingestellt und zu der Auffassung gelangt, sie durch besser dazu Geeignete ausüben zu lassen.
An erster Stelle stand wohl der dicke Callistus, viel erfahren, kenntnisreich, verschwiegen und stets loyal. Er blieb, was er auch unter Caligula gewesen war: das lebendige Gedächtnis des Kaisers, zuständig für Eingaben, Bittgesuche, Anklagen und allem, was damit zusammenhing.
Narcissus, der schon zuvor Vertrauter und Mitarbeiter des Claudius Caesar gewesen war, stieg zum Sekretär *ab epistulis* auf, was mit dem Begriff Geheimschreiber nicht ganz zutreffend beschrieben ist. Mit ihm besprach der Imperator die privatesten Dinge, holte stets seinen Rat als Erster ein und teilte mit ihm ein Wissen, das den anderen verborgen blieb. Narcissus wurde mit unterschiedlichen, oft sehr heiklen Aufgaben betraut – tat immer das Richtige, versagte nie.
Als Dritter kam nun Pallas hinzu, älter als die beiden anderen, sehr schlank, hoch gewachsen und von düsterem Gemüt. Sein Gesicht mit der kühn vorspringenden Nase, den eingefallenen Wangen und den stets misstrauisch blickenden Augen prägte sich jedem ein. Er war für alles Pekuniäre zuständig, man könnte ihn als Schatzmeister des Römischen Reiches bezeichnen, wäre nicht auch bei ihm der Aufgabenbereich wesentlich größer gewesen. Er beriet Claudius bei allen wirtschaftlichen, den Staat oder die Stadt Rom betreffenden Unternehmungen und war – wie wir später sehen werden – einer der ganz wenigen, die dem Kaiser beim Ausbau des Hafens von Ostia zurieten. Zwar mochte Claudius den Düsteren nicht, doch er schätzte dessen Fähigkeiten und überließ ihm in vielem die Entscheidung nach eigenem Ermessen.
Was nun Messalina betraf, so schenkte sie wirkliches Vertrauen nur Narcissus, der auch mit ihr nicht selten ganz private Dinge besprach.
Als Agrippina und Livilla Mitte März in Rom eintrafen, ließ sie sich beim großen feierlichen Empfang, den Claudius seinen Nichten bereitete, mit Unpässlichkeit entschuldigen. Bei ihrer

fortgeschrittenen Schwangerschaft war das durchaus glaubhaft. Tatsächlich wollte sie jedoch wissen, welchen Eindruck Narcissus von den beiden gewann und zu welchem Verhalten er ihr raten würde.

Narcissus wusste, was sie von ihm erwartete, doch seine Aufgabe war nicht einfach. Als der Kaiser ihn und die anderen seinen Nichten vorstellte, wurde er von Livilla höflich, von Agrippina nur flüchtig gemustert, während sich Callistus einige scharfe Fragen gefallen lassen musste. Die stellte natürlich Agrippina, und zwar in einem Ton, der den Kaiser veranlasste, ihr zuzuflüstern: »Mäßige dich …«

Nach der abendlichen *epulatio* hatte Claudius sich mit seinem engeren Kreis in einen kleinen Raum zurückgezogen. Narcissus, als sein wichtigster Berater gehörte dazu, was Agrippina offenbar missbilligte.

»Wir besprechen doch jetzt keine Staatsgeschäfte? Warum muss dein *libertinus* zugegen sein? Das ist doch wirklich nicht nötig!«

Der Sekretär, schon dabei, sich mit einer Verbeugung zurückzuziehen, wurde von Claudius am Arm festgehalten.

»Das musst du schon mir überlassen! Narcissus ist mir zum Freund geworden, ist fast ein Glied unserer Familie.«

Agrippina konnte trotz ihrer zähen Natur, wenn es darauf ankam, auch Einsicht und Zurückhaltung zeigen.

»Oh, verzeih mir, das wusste ich nicht. Narcissus bitte ich um Nachsicht, ich muss die Verhältnisse hier erst kennen lernen.«

Doch Narcissus durchschaute sie und dachte, trotz ihrer halbherzigen Entschuldigung ist sie von ihrer Meinung keinen Fingerbreit abgerückt.

»Das verstehe ich«, sagte er, »seit unser verehrter Claudius Caesar Imperator geworden ist, hat sich vieles verändert.«

Claudius nickte. »Ja, und es wird noch mehr werden. Jetzt aber zu euch, meine Töchter. Als Kinder meiner geliebten Schwester steht ihr meinem Herzen sehr nahe und nun, da ihr, Fortuna sei Dank, wieder in Freiheit lebt, soll es euch an nichts mangeln.«

Er wandte sich an Livilla. »Dein Gatte, Marcus Vinicius, hat sich nach deiner Verbannung weder dem Tyrannen an die Brust geworfen noch sich von dir, der Verfemten, scheiden lassen. Er hat in Asia einen militärischen Dienst übernommen, sich also, so gut es damals eben ging, vorbildlich verhalten. Ich würde dir raten, mit ihm wieder einen Hausstand zu gründen, denn alles, was Caligula dir genommen hat, wirst du zurückerhalten. Oder hast du andere Pläne?«
Die hatte sie zwar, doch das ging den Onkel nichts an.
»Nein, Claudius, ich werde tun, was du mir rätst, vorausgesetzt, Marcus ist damit einverstanden.«
»Gut, nun zu dir, meine Agrippina. Wie Livilla wird auch dir dein gesamtes früheres Vermögen zurückerstattet. Ein Drittel davon hat Caligula nach deiner Verbannung deinem Sohn Nero überlassen, allerdings nur nach außen hin. Er hat auch diesen Teil behalten und verschleudert. Dieser Umstand wird natürlich berücksichtigt.«
Der Kaiser schaute fragend auf Narcissus, der sich gerade Notizen machte. Der blickte auf und nickte.
»Ich werde es in die Wege leiten, Dominus.«
»Du bist verwitwet, Agrippina, und somit frei, es zu bleiben oder dir einen neuen Gatten zu suchen. Den Fehler meines verehrten Vorgängers Tiberius werde ich freilich nicht machen, dich mit einem Mann meiner Wahl zu verheiraten.« Er schmunzelte. »Wenn dir nach einer neuen Ehe ist, dann suche dir selbst einen Gefährten.«
Einige lachten verhalten und blickten neugierig auf Agrippina.
»Dafür sei bedankt, verehrter *avunculus*, aber eine Entscheidung kann ich jetzt noch nicht treffen.«
Als sie den Kaiser »Onkel« nannte, war einigen das Unbehagen an dieser familiären Bezeichnung anzusehen, doch Claudius schien keinen Anstoß zu nehmen.
Dann steckten die Schwestern kurz ihre Köpfe zusammen, um sich etwas zuzuflüstern, und Narcissus konnte ihre Gesichter vergleichen. Es war, als gebe es zwischen ihnen keine Familienähn-

lichkeit. Agrippinas schmaler verpresster Mund, das kräftige Kinn, die fast eckig wirkenden Wangen und die kalten Augen ließen sie hart, willensstark und herrschsüchtig erscheinen. Livillas zartes weiches Gesicht war oval geformt, das Kinn rundlich, die Stirn hoch, die immer weit geöffneten Augen klug und neugierig. Gerade sie nun stellte dem Kaiser eine Frage, die Narcissus nicht von ihr erwartet hätte.

»Wie steht es mit dem Protokoll in der Öffentlichkeit? Sind wir dem Rang nach deiner Gemahlin untergeordnet? Wirst du sie zur Augusta machen?«

Die Frage kam wohl unerwartet, Claudius stutzte, runzelte die Stirn. »Messalina ist mit euch ranggleich. Vorerst werde ich nicht ihre Erhebung zur Augusta beantragen – dafür ist es noch zu früh.«

Gleichen Ranges, dachte Narcissus, damit wird Messalina nicht einverstanden sein.

Wenig später erwies sich, wie Recht er damit hatte. In allen Einzelheiten ließ sich Messalina von dem Fest berichten, legte Wert auf jede Kleinigkeit.

»Der Kaiser hat seine Nichten zuvorkommend und liebevoll behandelt, das kam nicht nur in jeder seiner Äußerungen zutage, es war auch an seiner freundlichen und fürsorglichen Art zu erkennen.«

»Welche ist die Hübschere?«

Narcissus strich über sein kurz geschnittenes, rötlich schimmerndes Haar, aber es wirkte nicht wie eine Geste der Verlegenheit, eher des sorgfältigen Nachdenkens.

»Ich kann nur als Mann urteilen, eine Frau würde es vielleicht anders sehen. Das Antlitz der Agrippina ist streng, ihre Miene voll Hochmut. Ihr fehlt jede Anmut und sie sieht eher aus wie eine Frau über dreißig.«

»Und ist erst sechsundzwanzig ...«, sagte Messalina nachdenklich. »Und die andere?«

»Julia Livilla ist zwei Jahre jünger und hat, was Agrippina fehlt: Anmut, ein hübsches, fröhliches Gesicht – eine angenehme, sehr

weibliche Erscheinung. Allerdings kam die Frage nach der Rangfolge von ihr. Sie hätte eher zu Agrippina gepasst …«
Messalina kniff ihre Augen zusammen, als wehe ihr kalter Wind entgegen.
»Rangfolge? Was soll das heißen?«
»Es ging darum, wer im höfischen Protokoll die höhere Stellung innehat – du oder die Nichten des Kaisers.«
»Und?«
»Ihr seid gleichgestellt.«
Messalina lachte höhnisch. »Nicht mehr lange! Sobald der Kaiser mich zur Augusta erheben lässt, wird sich das ändern.«
»Gewiss, Domina, das war auch mein Gedanke. Wenn die beiden klug sind, tragen sie dem Rechnung und verhalten sich entsprechend. Ich nehme an, der Kaiser wird damit bis zur Geburt deines Kindes warten.«
»Kann sein. Wenn es ein Sohn wird, erwarte ich, dass er sofort reagiert.«
»Ich werde ihn mit allem Respekt daran erinnern.«
»Ich vertraue dir, Narcissus – dir am allermeisten.«
»Ich werde mich deines Vertrauens würdig erweisen.«
Wie mag er sich im Bett verhalten, überlegte sie, wird er da seine frostige Miene ablegen? Die Farbe seines Haares ist schön und er pflegt Körper und Kleidung mit aller Sorgfalt. Wie schon öfter, seit sie Gemahlin des Kaisers war, überkam sie das Gefühl einer erotischen Allmacht, gemischt mit Neugierde. Es war das Bewusstsein, jeden haben zu können, und die Neugierde, all diese Männer auf ihre Liebestauglichkeit zu erproben … Sie war eine schöne, sehr junge Frau, die erste Dame im Römischen Reich, fast schon Augusta. Nach ihrer Schwangerschaft würde sie da und dort eine Probe anstellen, denn Claudius fand kaum noch Zeit für eine Liebesstunde, hatte wohl auch kein Bedürfnis mehr. Die Macht ersetzte ihm die Liebesfreuden – so schien es wenigstens. Gerade er, der immer verächtlich von Macht und Herrschertum gesprochen hatte, war ihren Verlockungen nun doch erlegen, so wie er auch kaum noch ein Buch zur Hand nahm. Es ist wie mit

den teuren und köstlichen Speisen, die einer verachtet, solange er sie sich nicht leisten kann. Kommt er zu Reichtum, lernt er sie schätzen und wird sie genießen.
Diesen Umweg habe ich nicht gemacht, dachte sie zufrieden – ich wusste schon mit zwölf, was ich wollte.
Narcissus hatte unterdessen weitergesprochen, doch er redete von Dingen, die sie kaum interessierten.
»Du bist mir ein guter Freund, Narcissus.«
Sein verschlossenes Gesicht hellte sich auf. »Ich versuche nur, mich nützlich zu machen, im Dienst des Imperators und seiner Gemahlin.«
»Du tust mehr als deine Pflicht. Hast du noch niemals daran gedacht, eine Familie zu gründen?«
»Nein, vorerst nicht. An Frauen fehlt es mir nicht und was bedeuten einem *libertinus* schon Nachkommen?«
»Gerade sie müssten dir doch willkommen sein! Du kannst niemals römischer Bürger werden, doch dein Sohn könnte es. Er würde dich im Alter ehren und ernähren, deinen Besitz als Erbe übernehmen und bewahren.«
»So denkt vielleicht ein Römer – ich denke anders.«
Messalina lächelte. »Vielleicht änderst du noch deine Meinung, so wie sich jetzt deine Stellung verändert hat. Vom Mitarbeiter eines Privatgelehrten zum Geheimsekretär des Kaisers.«
Er nickte. »Ich wiederhole, was ich schon einmal gesagt habe, mit Fortunas Hilfe haben wir es alle weit gebracht: Claudius Caesar, du, ich, Callistus und viele andere.«
Wieder fühlte sie den feinen Stich, als ein Freigelassener sich quasi auf ihre Stufe stellte, doch sie sagte sich, Narcissus darf das und im Übrigen hat er Recht.

11

Wie Messalina wussten auch Livilla und Agrippina genau, was sie wollten und machten sich umsichtig daran, ihre Ziele zu erreichen. Zuvor aber gab die Gemahlin des Kaisers ihnen einen Empfang, zu dem sie nur Frauen lud. Sie hatte nämlich schon öfter beobachtet, dass sich Frauen in Anwesenheit von Männern anders verhielten, als wenn sie unter sich waren. Da wurde dann, so erschien es ihr wenigstens, Rätselhaftes und Verlogenes geredet, vielleicht um die Herren zu beeindrucken, vielleicht auch, um zu verbergen, was auf die Männerwelt nachteilig wirken könnte. Frauen unter sich waren eher geneigt, ihr Inneres zu öffnen und ganz ungeschminkt die Wahrheit zu sagen.
Zu diesen Erkenntnissen war Messalina nicht von sich aus gelangt – Narcissus hatte ihr dazu verholfen und angeraten, die Nichten des Kaisers im Kreis von Frauen zu empfangen. Mit ihm hatte sie auch die Gästeliste durchgesprochen und dabei die Meinung geäußert, wen sie, die Frau des Kaisers, einlade, der sei auch verpflichtet zu kommen.
»Im Grunde schon«, sagte Narcissus, »doch du musst stets damit rechnen – wer nicht kommen will, wird einen Vorwand finden, deinem Symposium fern zu bleiben: Krankheit, Trauerzeit und manches mehr. Bei Vibidia, der Virgo Vestalis Maxima, braucht es nicht einmal das. Wenn sie, ohne Gründe zu nennen, deiner Einladung nicht Folge leistet, musst du es hinnehmen.«
Ja, Messalina hatte inzwischen erkannt, dass es auch für eine Kaiserin Bereiche gab, die ihr verschlossen blieben, Umstände, gegen die sie machtlos war.
Die sechs Priesterinnen der Vesta, Göttin des Staatsherdes, Hüterin des heiligen Feuers, waren sakrosankt. Ihre Oberpriesterin, die Virgo Vestalis Maxima, genoss das höchste Ansehen, das für eine Frau zu erreichen war und wurde mit der jeweiligen Augusta als durchaus gleichrangig angesehen. Die Vestalinnen hatten im Theater einen Ehrenplatz und wenn sie im eigenen Wagen durch

die Stadt fuhren, wurden sie – gleich den Konsuln – von Liktoren begleitet, den symbolischen Hütern des Rechts. Wenn ein zum Tode verurteilter Verbrecher einer Vestalin begegnete, konnte ihr Wink ihn begnadigen. Nicht einmal Caligula, der vor keinem Rechtsbruch zurückscheute, wagte es, die Vestalinnen in seine grausamen »Scherze« mit einzubeziehen, doch er sorgte dafür, dass die von ihm zum Tode Verurteilten nach Möglichkeit keiner von ihnen begegneten. Die Oberpriesterin Vibidia war ihm ein besonderer Dorn im Auge. Er war eifersüchtig auf ihre Macht und rächte sich dadurch, dass er sie niemals in den Kaiserpalast einlud. »Bei diesem Imperator«, Vibidia sagte es laut und furchtlos, »betrachte ich es als Ehre, niemals vor ihm erscheinen zu müssen.«
Die Vestalinnen wurden im Alter von mindestens sechs, höchstens jedoch zehn Jahren durch das Los bestimmt. Ihre Amtsdauer betrug dreißig Jahre – je zehn davon zum Lernen, Ausüben und Lehren bestimmt. In dieser Zeit mussten sie jungfräulich bleiben, danach konnten sie ins Privatleben zurückkehren und auch heiraten. Vibidia hatte darauf verzichtet und übte nun als die älteste der Vestalinnen schon seit längerer Zeit das Amt einer Oberpriesterin aus. Zu Messalinas Symposium aber sagte sie zu, vielleicht weil auch sie die Nichten des Kaisers kennen lernen wollte.
Domitia Lepida, Messalinas Mutter, legte großen Wert darauf, bei höfischen Festlichkeiten zugegen zu sein, denn ihr Mann lag im Sterben und sie dachte nicht daran, künftig das Leben einer trauernden Witwe zu führen. Messalina fand es ungehörig, dass Domitia ihren sterbenden Gatten verlassen hatte, und sagte es ihr auch.
»Pah – dein Vater stirbt schon so lange, da hätte ich ja seit Monaten schon keine Gelegenheit mehr gehabt, aus dem Haus zu kommen. Im Übrigen hat er nichts dagegen …«
Messalina schwieg, denn sie wusste, wie ähnlich sie ihrer Mutter war und dass sie selbst nicht anders dachte, nicht anders gehandelt hätte.

Vibidia erschien als Letzte, in ein langes weißes Gewand gehüllt, auf dem Kopf die weiße Stirnbinde mit den herabhängenden Bändern. Messalina verneigte sich tief, geleitete die Virgo zu ihrem Ehrensitz und bedankte sich sehr höflich für ihr Erscheinen. Vibidia nahm dies mit einem wohlwollenden Kopfnicken zur Kenntnis und dachte, so jung sie auch ist, so weiß sie jedenfalls, was sich gehört.
Bei den Schwestern war die Begrüßung anders verlaufen. Livilla war als Erste erschienen, begrüßte Messalina ohne eine Spur von Ehrerbietung, nickte ihr nur zu wie einer flüchtigen Bekannten und begrüßte dann einige Freundinnen unter den schon Anwesenden.
Messalina schluckte den aufsteigenden Zorn hinunter, doch es fiel ihr schwer. Gut, der Kaiser hatte sie als gleichrangig eingestuft, aber sie war die künftige Augusta, zudem hochschwanger und hätte deshalb schon einen gewissen Anspruch auf Respekt gehabt. So dachte sie und wappnete sich für die Begegnung mit Agrippina. Doch siehe da, die ältere der Prinzessinnen verneigte sich, küsste Messalina schwesterlich auf beide Wangen und fragte besorgt nach ihrem Befinden. Erfreut und verwundert zugleich, begann Messalina ein höfliches Gespräch, lobte Agrippinas gutes Aussehen und erkundigte sich nach dem vierjährigen Nero.
»Der Kleine hat mich natürlich nicht wieder erkannt, das tut einer Mutter schon weh. Doch zum Glück ist er alt genug, um die Zusammenhänge einigermaßen zu verstehen. Glaubst du, dass es ein Junge wird?«
»Ich hoffe es und weiß, wie sehr Claudius sich einen wünscht. Aber das liegt in der Hand der Götter und wir müssen ihre Entscheidung hinnehmen.«
Livilla war das längere Gespräch der beiden nicht entgangen und so trat sie wie selbstverständlich heran und stellte sich neben ihre Schwester.
»Verzeih, Agrippina, du kannst doch Messalina nicht einfach mit Beschlag belegen. Sie hat noch andere Pflichten, muss neue Gäste begrüßen ...«

Messalina spürte, wie sich ihr Kind bewegte, fühlte plötzlich eine Schwäche in den Beinen und setzte sich.
»Was ich will und muss, weiß ich selbst, verehrte Julia Livilla. Deine Schwester weiß es übrigens auch und hat mir gegenüber eine Höflichkeit gezeigt, die ich bei dir vermisst habe.«
Livilla öffnete vor gespieltem Erstaunen weit ihre schönen klugen Augen.
»Oh – verzeih! Da wir ja jetzt sozusagen verwandt sind, dachte ich …«
Messalina fuhr es heraus: »Ich bin vor allem die Frau des Kaisers, das solltest du niemals vergessen!«
Livilla lächelte süß. »Ja, und das hast du nicht zuletzt uns zu verdanken. Hätten wir und andere nicht Leben und Freiheit aufs Spiel gesetzt, wärst du eine kleine unbekannte Römerin geblieben. Deine Eltern hätten dich mit einem Patrizier verheiratet und du wärst in den Schlund des Vergessens gefallen. Du bist die Frau unseres Onkels und den hat Fortuna gegen seinen Willen zum Imperator gemacht. Das ist dir wohl zu sehr in den Kopf gestiegen …«
Das sanfte lächelnde Gesicht der Livilla hatte sich kaum verändert, nur eine leichte Röte war in ihre Wangen gestiegen.
Agrippina genoss die Situation, wollte sich jedoch aus dem Zwist klug heraushalten und auf ihre Schwester beruhigend einwirken.
»Du musst Livilla verstehen, verehrte Messalina. Die Jahre der Verbannung haben sie bitter werden lassen.«
»Ja, ich versuche es zu verstehen, wenn es mir auch nicht leicht fällt. Nach der Geburt meines zweiten Kindes wird der Imperator mich zur Augusta erheben lassen, dann sehen wir weiter.«
»Schön für dich«, sagte Livilla leichthin und ging zu ihrer *kline*.
»Ich werde ihr ein wenig den Kopf zurechtsetzen müssen«, meinte Agrippina und folgte der Schwester.
Darauf hatte Domitia Lepida nur gewartet. Wie eine Glucke eilte sie herbei und zischte ihrer Tochter ins Ohr: »Lass dir von diesen hochmütigen Gänsen nur nichts gefallen! Du bist die Kaiserin, danach haben die sich gefälligst zu richten. Wo kämen wir da hin, wenn wir …«

»Mutter, lass das! Du regst dich mehr auf, als ich es tue. Agrippina hat sich korrekt verhalten und mit Livilla werde ich schon zurechtkommen.«
Dann war Vibidia erschienen und eine nahezu weihevolle Stimmung setzte ein. Sie alle waren dazu erzogen worden, den Vestalinnen mit größter Hochachtung zu begegnen und jede von den anwesenden Damen wusste von Kindheit an, dass diese Hüterinnen des römischen Staatsherdes, des von Vesta geheiligten Feuers, in dem kleinen Rundtempel an der Via Sacra um sich herum eine friedvolle und gewaltlose Atmosphäre schufen und es als höchstes Sakrileg galt, dagegen zu verstoßen.
Vibidia war als Letzte gekommen und ging als Erste. Das nutzte Messalina, um sich nach einigen höflichen Abschiedsworten zurückzuziehen. Als ihre Mutter sich anschließen wollte, sagte sie: »Wir werden uns bald wieder sehen, aber jetzt möchte ich allein sein.«
Schnell löste sich die kleine Festveranstaltung auf, die Prinzessinnen gingen hinaus zu ihren Sänften. Als Livilla Platz nahm, beugte sich Agrippina zu ihr hinab und flüsterte: »Du solltest klüger sein! Claudius ist in die Kleine vernarrt und er lässt ihr eine Menge durchgehen. Es bringt dir nur Nachteile, wenn du dich gegen sie stellst – ich jedenfalls werde es nicht tun.«
»Das ist deine Sache«, sagte Livilla ruhig und gab den Wink zum Aufbruch.
Kopfschüttelnd sah Agrippina ihr nach. Sie ist doch sonst so klug, dachte sie verwundert; jetzt läuft sie mit geschlossenen Augen in ihr Unglück. Ich werde es jedenfalls nicht tun. Agrippina hatte nämlich große Pläne in Bezug auf ihre nächste Ehe, zu der sie fest entschlossen war. Sie wusste, dass Claudius die hübsche und ach so sanfte Livilla ihr bei weitem vorzog, und dafür wollte sie einen Ausgleich schaffen.
Der einfachste Weg war, einen der engsten Freunde des Kaisers zu heiraten, um so Macht und Einfluss zu gewinnen. Lange hatte sie hin und her überlegt, dann war ihre Wahl auf Servius Sulpicius Galba gefallen. Dass er bereits verheiratet und Vater von zwei

Söhnen war, hielt sie für unerheblich. Wenn eine kaiserliche Prinzessin ihm ihre Hand bot, würde er wohl zugreifen.
Galba war zwar schon sechsundvierzig Jahre alt, hatte zeitlebens Ruhm und Ehren erworben und galt als das Vorbild eines verdienstvollen römischen Staatsmannes. Unter anderem hatte er folgende Ämter bekleidet: Statthalter von Aquitanien, Legat des obergermanischen Heeres, Proconsul von Afrika, Statthalter von Hispania, dazu Senator und Konsul. Nicht einmal Caligula hatte es gewagt, gegen den so hoch Geachteten und vielfach Geehrten eine Anklage vorzubringen. Claudius zog ihn zu allen wichtigen Beratungen bei und sein Einfluss auf den Kaiser galt als gewichtig. Dazu kam noch, dass seine Eltern aus den besten und ältesten Patrizierfamilien stammten – ja sogar mit Livia, der Frau des Kaisers Augustus, verwandt waren. Übrigens gehörte er zu denen, die nach Caligulas Ermordung als Nachfolger in Betracht gezogen wurden, doch er lehnte sofort ab und verwies auf Claudius als den wesentlich Geeigneteren. Claudius dankte ihm das, denn als er Kaiser war, zog er doch jene vor, die für ihn und nicht für die Republik votiert hatten.
Agrippina, einmal in den Gedanken vernarrt, diesen und keinen anderen zu ihrem zweiten Ehemann zu erwählen, setzte alle Hebel in Bewegung, um ihre Absicht möglichst schnell zu verwirklichen. Galba jedoch zeigte sich in mehrfacher Hinsicht abgeneigt. Zum einen liebte er seine Frau und schätzte sie als die Mutter seiner Söhne, zum anderen hasste und verachtete er Agrippinas unverblümte Art, nannte sie einen rechten Weibsteufel und eine falsche Hexe. Agrippina redete sich ein, dies sei nicht seine wahre Einstellung, sondern neidische und gehässige Menschen hätten ihn gegen sie aufgehetzt. Damit meinte sie vor allem die Mutter von Galbas Frau, Aemilia Lepida, eine stolze Dame aus altem Geschlecht, die Agrippinas Versuche, ihren Schwiegersohn zu gewinnen, als frech und anmaßend bezeichnete und laut davon redete, dass es der Prinzessin wohl an guter Erziehung mangele.
So schien es nun tatsächlich, denn Agrippina ließ bei ihrem Be-

mühen um diesen Mann alle Rücksichten fallen. Sie lauerte ihm nach den Senatssitzungen auf, ihre Sänfte versperrte der seinen den Weg und in ihre wortreiche Entschuldigung mischte sie Lob und Bewunderung für den Mann und Politiker. Galba, der viel erlebt hatte und den nur wenig noch erschüttern konnte, errötete und zog sich kopfschüttelnd zurück.
Ein anderes Mal blieb sie huldigend vor seiner Ehrenstatue auf dem Forum stehen, pries ihn laut als wahren Römer und bekränzte sein Haupt mit frischem Lorbeer. Das sprach sich natürlich herum und nicht wenige rieten ihm, dem Wink des Schicksals zu folgen, um an Agrippinas Seite möglicherweise als Nachfolger des Claudius in Betracht zu kommen. Da zuckte Galba nur die Achseln. »Das hätte ich schon nach Caligulas Tod haben können. Ich will bleiben, was ich bin, mehr gibt es nicht zu sagen.«
Doch Agrippina schien seine schroff ablehnende Haltung nicht zu entmutigen und sie setzte ihre Bemühungen fort – zum wachsenden Unmut vor allem der Patrizierinnen.
Bei der alljährlich in der zweiten Juniwoche zur Vestalia – dem Fest der Reinigung des Vesta-Tempels – veranstalteten Damengesellschaft kam es dann zu einem Zwischenfall, der in ganz Rom Aufsehen erregte.
Vibidia, die Oberpriesterin, hatte das Fest schon verlassen, gefolgt von den anderen vestalischen Jungfrauen, die, so wollte es der Brauch, solche Veranstaltungen beehrten und schmückten, aber meist nur kurz verweilten.
Agrippina ließ sich auf ihre *kline* zurücksinken. »Ich wäre für solch ein Leben höchst ungeeignet. Keinen Mann, keine Kinder …«
Die in der Nähe sitzende Mutter von Galbas Gemahlin Lepida hatte es gehört und rief hinüber: »Wie sehr dir ein Mann fehlt, weiß inzwischen ganz Rom, aber dass deine verzweifelte Suche auf Kosten meiner Tochter geht, kann ich nicht dulden.«
Agrippina machte sich nicht einmal die Mühe, ihren Kopf nach der Ruferin zu drehen. Über die Schulter gab sie zurück: »Ob es dir passt oder nicht, ist ohne Belang! Galba kann sich nur Glück

wünschen, dass eine kaiserliche Prinzessin an ihm Interesse findet. Solange er allerdings von dir und anderen gegen mich aufgehetzt wird, fällt ihm die Entscheidung schwer.«

Lepidas Mutter erhob sich, ging schnellen Schrittes zu Agrippinas *kline* und sagte mit leiser scharfer Stimme: »Mir fällt die Entscheidung leicht!« Dabei versetzte sie der Prinzessin zwei schallende Ohrfeigen.

Agrippina sprang wütend auf und wollte sich auf ihre Gegnerin stürzen, doch andere hielten sie zurück. »Sie könnte deine Mutter sein ...«

Später dachte Agrippina nicht ohne Belustigung an diese Worte, denn ihre Mutter hätte wohl ähnlich gehandelt.

Als Galbas Frau wenig später starb, hielt Agrippina dies für ein Zeichen der Götter. Sie ließ ihm ein paar Wochen zum Trauern und gab dem Witwer dann zu verstehen, dass es für ihn nicht gut sei, sein weiteres Leben ehelos zu verbringen. Galba, der nicht wusste, wie der Kaiser über den Fall dachte, bat Claudius um ein Gespräch. Der umarmte den alten Freund herzlich.

»Du lässt dich ja kaum noch bei mir sehen, mein Galba. Vielleicht weil aus dem Caesar ein Imperator geworden ist?«

»Nein, mein Claudius, ein wenig hat dein hohes Amt uns doch getrennt und das ist richtig so. Ein Kaiser hat mehr auf Senat und Volk als auf alte Freunde zu achten.«

Claudius drohte scherzhaft mit dem Finger. »Lehre du mich, Kaiser zu sein! Doch damit Schluss – was führt dich zu mir?«

Galba schilderte ihm kurz den Fall und Claudius nickte mehrmals dazu.

»Ja, ich habe davon gehört und billige keineswegs Agrippinas Verhalten, doch sie hat ihren eigenen Kopf und lässt sich nichts von mir sagen.«

»Wie ist Messalinas Meinung dazu?«

»Meine Frau ist jetzt hochschwanger und hält sich aus allem heraus. Allerdings hat sie so nebenbei dazu bemerkt, dass gerade sie Agrippinas Verhalten zwar nicht billige, aber verstehe, denn sie selbst habe sich ja auch in einen sehr viel älteren Mann verliebt.«

Da musste Galba lachen. »Ein Kompliment für dich! Nur was rätst du mir?«
»Handle nach deinem Ermessen. Wenn du aber meine persönliche Ansicht hören willst – ich selbst möchte um keinen Preis mit Agrippina verheiratet sein. Sie ähnelt nicht nur äußerlich ihrem Bruder Caligula …«
Nach diesem Gespräch zog Galba sich auf das Landgut eines Freundes zurück und war für niemand mehr zu erreichen. Da gab Agrippina ihre Bemühungen auf, um sie an anderer Stelle fortzusetzen.
Livilla brachte für das Verhalten ihrer Schwester keinerlei Verständnis auf. »Sie benimmt sich wie eine eiskalte schamlose Mitgiftjägerin. Der Reichste und Vornehmste muss es sein, andere kommen für sie nicht in Frage!«
Livilla war da ganz anders und der Mann, den sie liebte, ebenso. Lucius Annaeus Seneca, der jetzt über vierzigjährige Dichter und Rhetor, war sofort nach dem Tod des Tyrannen aus seinem Versteck nach Rom zurückgekehrt. Er hatte auf dem kleinen Landgut eines Freundes Unterschlupf gefunden und sich dort kurzentschlossen als Arbeiter in Wald und Feld betätigt. Bewegung und Landluft erwiesen sich als die richtige Arznei für seine schwache Lunge. Gesund und voll Tatendrang kam er nach Rom, scheute jedoch davor zurück, sofort seine alte Verbindung zu Livilla wieder aufzunehmen. Da sie nun wieder in Freiheit war, wollte er nichts tun, was ihr schaden konnte, wusste auch nicht, wie ihr Ehemann Marcus Vinicius sich unter den neuen Umständen verhalten würde. Nun, da seine Frau rehabilitiert war und ihren Besitz zurückerhalten hatte, konnte es sein, dass sein zuvor nur mäßiges Interesse an ihr sich wieder verstärkte. Bei einer Verurteilung wegen Ehebruchs würde ihr beträchtliches Vermögen an ihn fallen … Allerdings war sie die Lieblingsnichte des Kaisers – und alle wussten, dass er es vermutlich nicht so weit kommen ließe.
Seneca war es gewohnt, jede Möglichkeit gründlich zu durchdenken und ein unsicheres Resultat ließ ihn vorerst abwarten.

Livilla hingegen hatte gleich nach ihrer Rückkehr mit ihrem Mann ein langes Gespräch gehabt. Marcus Vinicius erklärte sich ohne weiteres damit einverstanden, dass jeder seiner eigenen Wege gehen dürfe wie vor der Verbannung. Allerdings, so meinte er, könne sie bei ihrem kaiserlichen Onkel anregen, dass er für einen Sitz im Senat und für eines der nächsten Konsulate vorgesehen werde. Livilla hatte ihren Ehemann bisher nicht für käuflich gehalten, aber so klärten sich die Fronten und sie nahm es mit Erleichterung zur Kenntnis.

Claudius zeigte sich gnädig. »Was kann ich dir schon abschlagen, Livilla? Außerdem gehört es sich, dass auf den Ehemann einer kaiserlichen Prinzessin auch etwas Glanz fällt. Also grüße den künftigen Konsul und sage ihm, er möge als Senator nicht vergessen, wem er verpflichtet ist – nämlich uns, der julisch-claudischen Familie, in die er eingeheiratet hat.«

Marcus Vinicius zeigte sich sehr zufrieden und ging sogar noch einen Schritt weiter. »Seneca ist wieder in Rom – wusstest du das?«

Livilla fühlte sich erröten, wandte sich um und machte sich am Vorhang zu schaffen. »Habe davon gehört, ja.«

»Ganz Rom spricht davon ... Nächste Woche will er im Odeum der Augustus-Bibliothek auftreten und aus seinen neuen Werken vorlesen. Wirst du hingehen?«

»Wenn du mich begleitest ...«

Vinicius lächelte. »Du vergisst wieder einmal, wer du bist. Es gibt dort eine kaiserliche Loge mit direktem Zugang vom Palast. Statte also deinem Onkel einen Besuch ab und begib dich von dort ...«

»Ist gut, Vinicius. Ich vergaß, wie wenig das literarische Leben dir bedeutet.«

Der Vortrag begann am späten Nachmittag, nachdem eines der in Rom so heftigen Augustgewitter die Stadt nach grellen Blitzen und tosenden Donnerschlägen stundenlang in dichte Regenschleier gehüllt hatte. Dann klärte der Himmel etwas auf, die Wolken lockerten sich und flogen dahin wie zersprengte Heerscharen nach einer verlorenen Schlacht.

Claudius, in bester Laune, zeigte eine gewisse Neugier.
»Ich kenne diesen Seneca nur flüchtig, aber sein Werk ist mir vertraut. Dass Caligula ihn hasste, lässt in von vorneherein sympathisch erscheinen. Ich begleite dich, Livilla, und werde seinem Vortrag eine Weile zuhören.«
Die Augustus-Bibliothek grenzte an den Apollon-Tempel und war auch äußerlich prächtig ausgestattet. Den überkuppelten Hauptraum beherrschte eine Kolossalstatue des Augustus, dargestellt als der Gott Apollon; an den Wänden reihten sich die Standbilder berühmter Schriftsteller und Redner. Nach Osten war ein kleines Odeum angebaut, das jedermann für Lesungen, Vorträge und musische Veranstaltungen mieten konnte und das kaum einen Tag leer stand.
Als der Kaiser seine Loge betrat, empfing ihn ein erstauntes Raunen. Die Besucher wandten sich um, riefen halblaut: »Salve Imperator!«, und verneigten sich. Claudius erhob sich halb, lächelte, winkte zurück und setzte sich wieder.
Ein Redner kündigte an, dass Annaeus Seneca aus seiner vor kurzem entstandenen »Consolatio ad Marciam« (Trostschrift für Marcia) vorlesen werde. Fast alle wussten, dass Marcia die Tochter des bekannten Historikers Cremutius Cordus war und vor drei Jahren ihren Sohn Metilius im Kindesalter verloren hatte. Seneca glaubte, die Untröstliche mit seiner Trostschrift aufrichten zu müssen. Sie war ihm jedoch unter der Hand zu einem umfangreichen literarischen Werk gediehen, das er, ehe es verbreitet wurde, in einer auszugsweisen Lesung vorstellen wollte.
Seneca, nicht eigentlich ein schöner Mann, mittelgroß, hager, mit kleinem, fast weiblichen Mund, hoher gefurchter Stirn und fleischiger Nase, richtete seine großen dunklen Augen auf das Publikum, begegnete Livillas Blick, lächelte kurz und schlug dann seine Schriftrolle auf. Sie gab das Lächeln zurück und es blieb so lange auf ihrem Gesicht, dass Claudius ihr spöttisch zuflüsterte, ob sie diese Trostschrift so erheiternd finde. »Nein«, flüsterte sie zurück, »so gut geschrieben, dass sie ein zustimmendes Lächeln verdient.«
Seneca wusste seine Worte geschickt zu setzen, war zudem ein

geübter Rhetor. Claudius, Kenner und Liebhaber der Sprachkunst, lauschte mit Vergnügen und belohnte den Vortrag dann und wann mit einem anerkennenden Nicken.

»Ich bin entschlossen, gegen deine Traurigkeit anzugehen, und ich will deine ermüdeten und erschöpften Augen trocknen, die, wenn du ehrlich bist, schon mehr aus Gewohnheit als aus Trauer um den Verlust Tränen vergießen; dabei mögest du die Heilmittel billigen, wo nicht, muss es gegen deinen Willen geschehen; und dann halte deinen Schmerz fest, den du an deines Sohnes Statt am Leben wissen wolltest. Denn wann wird dein Schmerz sein Ende finden? Alles war umsonst versucht: Wirkungslos blieb das Wort der Freunde, wirkungslos der gewichtige Zuspruch bedeutender, dir verwandter Geister. Selbst die geistige Tätigkeit, ein Erbe deines Vaters, stößt auf taube Ohren; vergeblich ist ihre Tröstung, die kaum für die kurze Zeit der Beschäftigung vorhält. Selbst die natürliche Arznei der Zeit, die sogar die schlimmste Trübsal zu bezwingen weiß, hat an dir allein versagt. Schon sind drei Jahre verstrichen und dein Schmerz hat seit seinem ersten Einbruch an Heftigkeit nichts eingebüßt; täglich erneuert er sich und gibt der Trauer neue Nahrung; ja, durch die Länge der Zeit hat er sich gar ein Recht erworben; und dies geht so weit, dass er es für schändlich erachtet, seinen Platz zu räumen. Wie alle Fehler sich tief im Herzen einnisten, wenn man sie nicht im Anfang bezwingt, so gewinnt auch diese Traurigkeit, dieses Elend, diese Selbstvernichtung schließlich Nahrung aus der Bitternis selbst und der Schmerz wird für das bedauernswerte Gemüt paradoxerweise zur Lust.«

Der hinter Claudius stehende Narcissus flüsterte dem Kaiser etwas ins Ohr, doch der winkte unwillig ab. Erst als eine Pause eintrat, erhob er sich, nicht ohne Mühe, und sagte zu Livilla: »Bitte Seneca danach in unsere Loge – übermittle ihm des Kaisers Dank und Anerkennung. Damit darf er ruhig werben, doch er möge dafür sorgen, dass er zwei der ersten Exemplare hierher liefert, eines für mich, eines für die Bibliothek.«

Der Beifall hielt lange an, nicht zuletzt auch, weil viele den Kaiser beobachtet und ihm seine Zustimmung vom Gesicht abgelesen hatten. Als Seneca mit einer tiefen Verbeugung die Loge betrat, fand er nur noch Livilla vor.

»Ich dachte, der Kaiser …«

»Er musste schnell weg, bat mich jedoch, dir seinen Dank und seine Anerkennung zu übermitteln, womit dein Verleger auch werben darf. Im Übrigen wünscht der Imperator zwei der ersten Abschriften dieses Werkes.«

Seneca war sich durchaus bewusst, dass die Leute beim Verlassen des Odeums einen neugierigen Blick auf die kaiserliche Loge warfen, und er wollte den gewiss bald aufkommenden Gerüchten keine Nahrung geben.

»Wenn ich darf, verehrte Prinzessin, werde ich die Sache beschleunigen und dir die Abschriften persönlich überreichen.«

»Du darfst, Annaeus Seneca, du darfst. Ich freue mich auf deinen Besuch, lasse mich nicht zu lange warten.«

Seneca durchrieselte es warm. An der Zahl ihrer gemeinsamen Stunden gemessen, war sie nur eine flüchtige Geliebte gewesen, damals sogar eine unter mehreren. Als sich ihr Verhältnis zu vertiefen begann und er schon erwog, Livilla die Trennung von ihrem Gatten vorzuschlagen, kam Caligulas unselige Reise nach Westen dazwischen, von der die Geliebte als Gefangene zurückkehrte. Bald darauf war sie vom Kerker aufs Schiff gebracht worden und verschwand in einer Verbannung, von der sie vermutlich niemals zurückkehren würde. Doch das *fatum* hatte sich gegen den blutigen Tyrannen entschieden und Fortuna lächelte all denen zu, die seine Schreckensherrschaft überlebt hatten.

Carpe diem, dachte Seneca und war fest entschlossen, die günstigen Umstände zu nutzen. Zuerst aber, so nahm er sich vor, werde ich meinem Verleger, den Brüdern Sosius, Feuer unter dem Hintern machen. Ihr Unternehmen beschäftigte an die zwanzig *librari*, dazu, je nach Bedarf, noch ein Dutzend freie Mitarbeiter, deren Schönschrift und Schnelligkeit ihnen ein gutes Zubrot einbrachte.

12

Es hatte in Rom ziemliches und nicht nur unliebsames Aufsehen erregt, als Agrippina sich daran machte, Caligulas Überreste und die seiner Frau Caesonia und seiner Tochter Drusilla ordnungsgemäß zu bestatten. Des Kaisers Lieblingskonkubine Pyrallis war es gewesen, die sich der verstümmelten Leichen annahm und sie, notdürftig verbrannt, im Garten einer befreundeten Familie begraben ließ. Bald ging in ganz Rom das Gerücht um, die Manen der Verstorbenen führten dort allnächtlich einen grausigen Geisterspuk auf, um so an ihre längst fällige ordnungsgemäße Bestattung zu erinnern.
Agrippina führte mit Pyrallis ein langes Gespräch und so kam es, dass die halb verbrannten Reste der Toten ausgegraben, feierlich verbrannt und im Kaiserforum bestattet wurden. Bei dieser Gelegenheit zeigte es sich, dass der Tyrann noch eine ziemlich große Anzahl Anhänger besaß, die von ihm profitiert hatten und keineswegs geneigt waren, auf sein Grab zu spucken. Trotz der von Kaiser Claudius verhängten *damnatio memoriae* setzte bei einem Teil des Volkes ein gewisses Umdenken ein. Dieser Tatsache fielen nun, kaum ein Jahr nach Caligulas Tod, seine damals so hoch gepriesenen Mörder zum Opfer. Dem Tribunen Cassius Chaerea wurde nun plötzlich vorgeworfen, seine Pläne hätten weit über Caligulas Beseitigung hinausgereicht, und auch den Tod Claudius Caesars mit eingeschlossen. Außerdem habe er mit anderen die Wiedereinführung der Republik angestrebt. Chaerea leugnete dies, Claudius unterzeichnete dennoch dessen Todesurteil, und zwar, wie er zu Narcissus bemerkte, nicht, weil er dessen republikanische Umsturzpläne sehr ernst genommen hätte, sondern allein deshalb, weil ein Kaisermord nicht belohnt werden dürfe.
Cornelius Sabinus, Chaereas Mittäter, wurde nur mit lebenslanger Verbannung bestraft, doch die Hinrichtung des Freundes berührte ihn so schmerzlich, dass er sich wenige Tage später das Leben nahm.

Messalina, die es sonst tunlichst vermied, die politischen Entscheidungen des Kaisers zu kommentieren, zeigte sich von diesem allgemein als ungerecht betrachteten Urteil höchst erfreut.
»Recht getan, mein Claudius! Wer einen Fürsten und dazu noch seine Familie ungestraft töten darf, wird es vielleicht ein zweites Mal versuchen. Es geschieht nur zu deinem und meinem Schutz, dass dieser Chaerea in den Orcus fährt!«
Claudius war über ihre Worte etwas erstaunt und gab zu bedenken: »Wir sollten auch nicht vergessen, dass ich durch ihn und seine Mitverschwörer zum Imperator aufgestiegen bin.«
»Mit ihm hast du ja nur das Werkzeug beseitigt, an dem fürstliches Blut klebt. Die anderen, Callistus etwa oder Valerius Asiaticus, leben schließlich ungestört und in Ehren weiter. Obwohl ich, offen gesagt, diesem Asiaticus immer weniger traue. Ich glaube, der Kerl macht sich Hoffnungen auf deinen Thron ...«
Claudius drängte es, unbekümmert zu lachen, doch er brachte nur ein verlegenes Krächzen zustande. »Das bildest du dir nur ein. Dieser Mann ist weder willens noch fähig, politische Verantwortung zu übernehmen, mag er auch in seiner gewohnt zynischen Art über diese Vorstellung laut nachgedacht haben.«
»Ich wünschte, es wäre so. Trotzdem solltest du diesen Menschen im Auge behalten.«
»Das werde ich tun, meine Liebe.«
Messalina verlagerte ächzend ihren unförmig gewordenen Körper. »Es bewegt sich wieder, stärker und ungestümer, als es bei Octavia war.«
Claudius lachte. »Weil es diesmal ein Junge ist, da bin ich mir ganz sicher.«
»Ich hoffe, du behältst Recht. Die Geburt wird in zwei bis drei Wochen stattfinden und ehe ich mich zurückziehe, plane ich eine Art Abschiedsvorstellung für den engsten Freundes- und Familienkreis. Bist du damit einverstanden?«
Über sein Gesicht flog ein Zucken und er strich mit der Hand darüber, als wolle er es wegwischen. »Wenn ich selbst nicht dabei sein muss ...«

Sie lachte. »Natürlich nicht, sonst wird es auch zu steif.«
Claudius schmunzelte. »Es ist schon seltsam, zu Caligulas Zeiten habe ich in meiner damaligen Rolle als Hofnarr dafür gesorgt, seinen Symposien durch meine gespielten Tölpeleien die Steifheit zu nehmen. Jetzt, da ich Kaiser bin, geht es andersherum. Wenn ich erscheine, erstarren alle vor Ehrfurcht und kaum einer wagt noch ein lautes Wort. Fast wäre ich versucht zu sagen, dass es damals spaßiger war ...«
»Dann scheinst du vergessen zu haben, dass in jener Zeit hinter jedem von euch der Henker stand und nur auf einen Wink wartete. Jetzt preist alle Welt dich als Geschenk der Götter, es herrscht Frieden und Gerechtigkeit und niemand hat etwas zu befürchten.«
Claudius erhob sich, zog eine schmerzliche Miene, massierte seine Hüfte und humpelte zur Tür.
»Ich muss das nicht einmal spielen: Das Gehen bereitet mir in letzter Zeit solche Schmerzen, dass ich davor zurückscheue, mich von der *kline* zu erheben. Vor zwei Jahren übte ich es noch ein, in Caligulas Gegenwart gehörig zu ächzen und zu humpeln, jetzt geht es von allein.«
»Nimm ein heißes Bad und lasse dich gründlich massieren – du wirst sehen, dass es hilft.«
Messalina lud nicht mehr als ein Dutzend Menschen zu ihrem »Abschiedsfest« ein und hatte lange geschwankt, ob sie auch Gaius Silius dazuladen solle. Den Sommer hatte er nach patrizischer Tradition auf seinem Landgut in den Bergen verbracht, doch nun war er zurück und immer wieder sah sie sein Bild vor Augen. Entscheidend war dann, dass sie sich ihm nicht als unförmige Hochschwangere mit hässlichen Flecken im Gesicht zeigen wollte. Nein, wenn schon eine Begegnung, dann sollte sie unter anderen Umständen stattfinden.
Um Livillas in Rom viel beredetes Verhältnis zu Seneca zu prüfen, waren sie beide von ihr geladen worden. Damit begann schon der Ärger, denn Livilla erschien als Letzte, begrüßte ausführlich und mit betonter Herzlichkeit ihre Schwester Agrippina, nickte

Seneca zu wie einem alten Bekannten. Danach wandte sie sich mit kühler Herablassung an die Gastgeberin.
»Ich hoffe, es geht dir gut, Messalina. Deinem Umfang nach könnten es Zwillinge werden. Das ist dir allerdings nicht zu wünschen, denn die sind meist so schwach, dass sie kaum die ersten Wochen überleben.«
»Diesen Gefahren bist du ja bis jetzt erfolgreich aus dem Weg gegangen. Wie machst du das nur? Bist du unfruchtbar oder fehlt es dir am Umgang mit Männern?« Während sie dies sagte, musterte sie Seneca mit herausfordernden Blicken.
Livilla ließ sich nicht aus der Ruhe bringen. »Auch Männer können unfruchtbar sein – weißt du das nicht?«
Messalina lächelte kalt. »Meiner ist es jedenfalls nicht und wenn ich ihm einen Sohn schenke, wird der Senat mich zur Augusta erheben. Dann kommt für dich eine ungute Zeit, Livilla, da es dir doch so schwer fällt, der Frau des Kaisers Respekt zu erweisen.«
Da wurde es ganz still im Raum und die Aufmerksamkeit aller war jetzt auf Livilla gerichtet. Agrippina warf ihrer Schwester warnende Blicke zu, doch sie schien es nicht zu bemerken.
»Wer Respekt fordert, verehrte Messalina, muss auch welchen einflößen können. Es tut mir Leid, bei mir ist dir das noch nicht gelungen. Die Frau des Kaisers zu sein reicht dafür nicht aus.«
Um noch etwas für Livilla zu retten und das Streitgespräch nicht ausufern zu lassen, meinte Seneca: »Bitte bedenke, Julia Livilla, dass unabhängig von der Person auch das Amt eine gewisse Achtung erfordert. Hätte Caligula sich nicht auf ein von Augustus und Tiberius fest gefügtes Staatsgebäude stützen können, so hätte er sich kaum fast vier Jahre an der Macht halten können.«
Livilla wandte sich ihm zu. »Da hast du freilich Recht, aber was mein tyrannischer Bruder forderte, war nicht Respekt, sondern Unterwerfung, Anbetung, Kriecherei. Claudius ist zum Glück frei davon und Messalina, von uns allen hier die Jüngste, wird ja hoffentlich nicht in Caligulas Fußstapfen treten wollen.«
Das geschähe euch nur recht, dachte Messalina, im Grunde seid

ihr alle, ob frei oder unfrei geboren, ein elendes Sklavenpack, das die Peitsche fühlen muss, um zu parieren. Durch die hohe Schwangerschaft kurzatmig geworden, verspürte sie keine Lust mehr, den Streit mit Livilla fortzusetzen. Mit Worten war dieser Megäre ohnehin nicht beizukommen und später war noch genügend Zeit, sie auf den ihr zustehenden Platz zu verweisen. So enthielt sie sich einer Antwort und fragte stattdessen Agrippina: »Ich möchte auch deine Meinung dazu hören.«

Agrippinas feines Gespür hatte schon kommen sehen, dass man sie zu einer Stellungnahme herausforderte, und ihr scharfer Verstand hatte sich schon eine Antwort zurechtgelegt.

»Verzeiht, euer Gespräch ist auf Abwege geraten. Mir stellen sich diese Probleme nicht so einfach dar, wie etwa: Dieser verdient Respekt, jener nicht oder allein dem Amt gebühre die Achtung, unabhängig von der Person. Die Aufteilung in die Bereiche: hier Privatperson, dort öffentliches Amt, ist mir zu einfach. Vielleicht sollte Livilla auch bedenken, dass nach altrömischem Brauch eine werdende Mutter allen Respekt verdient, sollte weiterhin nicht vergessen, dass unter anderem auch Messalina es war, die Claudius, zu unser aller Glück, dazu bewegte, sein hohes Amt zu übernehmen. Dass ihr dies trotz ihrer Jugend gelang, verdient meines Erachtens Anerkennung. Andererseits hat Livilla natürlich Recht, wenn sie Caligula vorwarf, nur sklavische Unterwerfung und göttliche Verehrung zu fordern. Für Respekt bleibt da kein Raum, ganz abgesehen davon, dass er selbst nicht bereit war, ihn irgendjemand zu zollen. Für andere blieben nur Verachtung und Hohn, er behandelte sie mit grausamer Willkür und das hat letztlich zu seinem Untergang geführt.«

Messalina hatte nur die ersten Sätze aufgenommen und sah sich von Agrippina bestätigt. Wie Recht hatte doch Narcissus gehabt, als er nicht die schroffe Agrippina, sondern die scheinbar so sanfte Livilla als das Problem erkannt hatte.

Und Seneca? Der hielt sich klug zurück und gab nur preis, was ohnehin alle Wohlmeinenden dachten. Als Mann schien er ihr wenig verlockend und einem Vergleich mit Gaius Silius hielt er

bei weitem nicht stand. Sie seufzte. Wer konnte schließlich schon mit dem apollinischen Silius verglichen werden?
Sie fühlte sich plötzlich unwohl, stammelte ein paar hastige Worte und ließ sich, von zwei Sklavinnen gestützt, hinausbringen.
Schnell löste sich die Gesellschaft auf. Agrippina nutzte die Gelegenheit und nahm neben ihrer Schwester in einer Doppelsänfte Platz.
»Unterschätze Messalina nicht! Ihr Einfluss auf unseren Onkel ist gewaltig und gleich nach ihrer Niederkunft wird sie ihn nutzen, um dich zu vernichten. Halte dich zurück und mache dein Verhältnis zu Seneca nicht allzu öffentlich. Auch wenn dein Gatte es duldet, so könnte es doch der Grund sein, dich vor Gericht zu zerren. Vertraue nicht zu sehr auf unseren kaiserlichen Rang! Wenn Claudius sie tatsächlich zur Augusta macht, dann müssen wir klug sein wie die Schlangen. Du bist meine Schwester, Livilla, wir haben gemeinsam die Schreckensherrschaft überlebt und das verbindet uns mehr als unsere verschiedene Wesensart. Bei allen Göttern, Livilla, lass Vorsicht walten!«
»Ich danke dir, glaube jedoch, dass du alles in einem zu düsteren Licht siehst. Messalina ist im Grunde nur ein launisches und verzogenes Kind, das mit seiner neuen Würde noch nicht zurechtkommt. Die kommenden Jahre werden sie klüger und besonnener machen und dann werde ich ihr gerne die Hand zur Versöhnung reichen. Im Übrigen gäbe es auch für mich gute Gründe, dich zu warnen und dir Zurückhaltung aufzuerlegen. Du hast den guten Galba auf eine Weise gejagt und verfolgt, dass ganz Rom Anstoß nahm. Musste es dazu kommen, dass seine Schwiegermutter dich ohrfeigte? Ich glaube, du hast den rechten Augenblick versäumt, um dich zurückzuziehen.«
»Das habe ich mir selbst auch schon vorgeworfen. Leider lässt sich Geschehenes nicht ungeschehen machen. Zu deiner Beruhigung: Ich habe mich bei Galba und seiner Familie entschuldigt und dafür gesorgt, dass dies in Rom auch bekannt wird. Du kannst dir denken, dass es mir nicht leicht gefallen ist, doch am Ende siegte doch die Vernunft.«

»Dann hast du den Plan einer zweiten Ehe aufgegeben?«
Agrippina wandte sich ihr zu und ihr schmaler Mund rang sich ein Lächeln ab. »Nein, meine Liebe, keineswegs. Nur diesmal gibt es keinen Grund, mir etwas vorzuwerfen – bald wirst du Näheres erfahren.«
Dass ihr Bemühen um Galba eine schmähliche Niederlage erlitten hatte, war für Agrippina nur ein Ansporn gewesen, es noch einmal und mit mehr Aussicht auf Erfolg zu versuchen. Diesmal ging es um Crispus Passienus, den gewesenen Konsul, glänzenden Redner und einen der reichsten Männer von Rom. Freilich war auch er verheiratet, doch sie hatte ein wenig vorgefühlt und erfahren, dass er gerne bereit war, sich von Domitia, seiner stadtbekannt geizigen und habgierigen Frau, scheiden zu lassen. Für ihn war es schon verlockender, stattdessen die Tochter des berühmten Feldherrn Germanicus, Schwester und Nichte römischer Kaiser zu ehelichen – ganz abgesehen von ihrem gewaltigen Reichtum, der sich nun mit dem seinen vereinigen würde.
Sosehr Claudius Agrippinas heftiges Bemühen um seinen Freund Galba missbilligt hatte, so wenig war für ihn gegen ihre Ehe mit Crispus etwas einzuwenden. Die Scheidung von Lepida nahm nur vorweg, was viele Freunde ihm längst geraten hatten, denn was über sie in Rom wegen ihres krankhaften Geizes umging, gereichte weder ihr noch ihrem Gatten zur Ehre. Als ein Spötter behauptete, sie verkaufe sogar ihre alten Schuhe, und sie sich darüber beklagte, meinte dieser, so habe er es nicht gemeint, sondern nur, dass sie ihre Schuhe alt kaufe.
So ließ Crispus Passienus sich mit stillschweigendem Einverständnis des Kaisers scheiden, der ihm sogar eines der nächsten Konsulate zusagte. Messalina zeigte sich damit sehr einverstanden.
»Passienus ist ein Schönredner ohne politischen Ehrgeiz. Durch ihn wird Agrippina nur reicher, nicht mächtiger. Im Grunde ist es mir einerlei, wem sie die Hand zum Ehebund reicht, doch gerade bei ihr müssen wir sehr darauf achten, dass sie über ihren künftigen Mann nicht zu politischem Einfluss gelangt.« Diese An-

sicht vertrat auch Claudius und er bewunderte seine Frau wegen ihrer Voraussicht, die er auch als Sorge um seine Person verstand. Wenig später gebar Messalina einen Sohn. Es war eine schnelle leichte Geburt und die Eltern gaben ihm die Namen des vorletzten und gegenwärtigen Imperators: Tiberius Claudius mit dem Zusatz »Caesar«, auf den er als kaiserlicher Prinz Anrecht hatte.

13

Die Geburt eines männlichen Erben und die damit verbundene Sicherheit und Kontinuität ließen Kaiser Claudius so zuversichtlich und unternehmungslustig werden, dass er zwei große Projekte in Angriff nahm. Bei dem einen rieten ihm fast alle seine persönlichen und politischen Freunde zu, bei dem anderen stieß er auf Unverständnis und Ablehnung. Er beabsichtigte nämlich, den versandeten und dadurch fast unbrauchbar gewordenen Hafen in Ostia durch einen neuen größeren zu ersetzen. Gegen alle Widerstände setzte er sich mit dem Gewicht seiner kaiserlichen Autorität durch und die Bauarbeiten begannen im Frühjahr seines zweiten Regierungsjahres.

Beifall und Zuspruch erhielt er für seinen Plan, die Britischen Inseln dem römischen Weltreich einzugliedern. Der hoch angesehene Senator Aulus Plautius machte sich dafür besonders stark. Zum einen war es für ihn als Römer alter Prägung nur schwer zu verwinden gewesen, einen grausamen und zudem unfähigen Narren als Imperator zu ertragen, zum anderen war der unter Augustus das Römische Reich umgebende Glanz allmählich verblasst und bedurfte seiner Ansicht nach einer dringenden Auffrischung. Bei Claudius rannte er mit solchen Vorstellungen offene Türen ein. Als er sich zur Übernahme des Kaiseramtes entschlossen hatte, wollte er es mit allen Konsequenzen tun und dazu gehörte eben auch, dass der Kaiser nicht nur den Titel Imperator trug, sondern sich auch als solcher bewährte. Was Caligula daraus gemacht hatte, war ihm – wie fast alles während seiner Herrschaft – zu einer lächerlichen Posse geraten. Seine »Eroberung« von Britannia hatte sich darin erschöpft, dass die Legionen das Meer mit Ruten peitschen mussten und als »Beutegut« Muscheln und Krebse einsammeln durften.

Wenn Aulus Plautius daran dachte, stieg ihm noch heute die Schamröte ins Gesicht. So kam es auch, dass er als einer der wenigen gegen die Hinrichtung des Cassius Chaerea protestiert und vorgeschlagen hatte, diesem Helden stattdessen ein Denkmal zu errichten. Claudius, der jede ehrliche Meinung achtete, hatte den Senator dafür weder gerügt noch ihn belangt. Ja, er schätzte ihn deshalb umso höher und das war nicht zuletzt der Grund, dass er seine Vorschläge, die Eroberung von Britannia betreffend, genau anhörte.

Ihr erstes Gespräch fand unter vier Augen statt und Claudius erkannte nicht ohne Genugtuung, mit welch hoher Achtung Plautius ihm gegenübertrat.

»Seit du das ehrwürdige Amt des römischen Kaisers übernommen hast, glaube ich wieder daran, dass die Götter ihre schützenden Hände über Rom und seine Provinzen halten. Diesen Glauben, verzeih, wenn ich das sage, hätte ich unter deinem Vorgänger fast verloren. Jetzt aber, wenn du gestattest, möchte ich zu Britannia etwas sagen.«

Claudius nickte. »Deshalb bist du ja hier.«

»Als Julius Caesar vor etwa hundert Jahren die Fürsten dieses Landes Rom gegenüber tributpflichtig machte, hat er, wie ich glaube, nur die halbe Arbeit geleistet, denn einige Jahrzehnte später traten dort die alten Zustände wieder ein: Das Land zerfleischte sich unter einem Dutzend so genannter Könige in blutigen Kleinkriegen. Augustus und Tiberius beließen es dabei, ihr Interesse endete aus verständlichen Gründen in Gallien – einer etwas schwierigen, aber sehr ertragreichen Provinz. Du, kaiserliche Majestät, wirst als Historiker besser als wir alle wissen, dass Rom seine Provinzen nicht eroberte, um sie auszubeuten, sondern um

den gottgewollten Frieden in unserem Teil der Welt zu erhalten. Zwar ist Britannia niemals römische Provinz gewesen, seine Könige hatten sich uns jedoch unterworfen, zollten Tribut und verhielten sich für einige Zeit friedlich. Damit ist es nun vorbei und die Klagen aus Gallia Lugdunensis über räuberische Einfälle der Briten reißen nicht ab. Wie sehr das unsere Einnahmen beeinträchtigt, kann Pallas bestätigen.«
»Er hat es bereits getan und allen von dir genannten Gründen kann ich nur beipflichten. Wer soll den Feldzug führen und wie viele Legionen werden dazu benötigt?«
Plautius versuchte seine Verlegenheit zu verbergen. »Also ... grob gerechnet würde ich ... verzeih! ... Würden wir vier Legionen benötigen, dazu Auxiliartruppen in einer von den jeweiligen Umständen bestimmten Stärke.«
Claudius lächelte. »Ein wenig hast du dich schon verraten, aber auch ich sehe in dir den geeigneten Truppenführer, weil die Kraft deiner Überzeugung dich führen und leiten wird. Besprich die Einzelheiten mit Pallas und Narcissus, natürlich unter Teilnahme der Kommandanten jener vorgesehenen vier Legionen. Ich lege das Gelingen vertrauensvoll in eure Hände, denn in Fragen von Krieg und seinen Notwendigkeiten fehlt mir jede Erfahrung. Doch ich möchte über alle Einzelheiten des Feldzugs unterrichtet werden, den ich in Gedanken begleite. Sollte mein persönliches Erscheinen aus irgendwelchen Gründen notwendig sein, werde ich mich umgehend auf den Weg zu meinen Truppen machen.«
Dass dies nicht nur so dahin gesagt war, sollte sich bald erweisen. Aulus Plautius konnte zwar seine Legionen wie geplant in Gallia versammeln, doch die Männer weigerten sich, die Schiffe zur Überfahrt nach Britannia zu besteigen. Sie schickten Abordnungen zu Plautius mit der Bitte, sie nicht gegen den Willen der Götter handeln und die Grenzen der zivilisierten Welt überschreiten zu lassen. Plautius, zuvor Statthalter von Pannonien, zeigte sich zum ersten Mal in seinem Leben ratlos. Er rief die Legati seiner vier Legionen zu sich und fragte sie um ihre Meinung. Zwei for-

derten eine sofortige strenge Wiederholung des Befehls und bei Nichtbefolgung Androhung der *decimo*, also Auslosung und Hinrichtung jedes zehnten Legionärs. Die beiden anderen wollten zuerst die Stellungnahme des Kaisers einholen. Plautius erhob sich und ging langsam im geräumigen Feldherrnzelt auf und ab.
»Beides hat etwas für sich«, sagte er nachdenklich, »aber zum einen möchte ich den Kaiser jetzt noch nicht damit behelligen, zum anderen lehne ich vorerst eine *decimo* ab, weil ich als eigentlichen Grund dieser Befehlsverweigerung nicht nur Disziplinlosigkeit erkenne.«
Einer der Legati nickte. »Da pflichte ich dir bei, der wahre Grund ist unser langer Frieden. Seit Augustus hat es keine ernsthaften Kriege mehr gegeben und die Legionen sind darauf eingeschworen, das Eroberte zu bewahren, nicht aber auf unbekanntes, in ihren Augen bedrohliches Neuland vorzustoßen.«
»Trotzdem!«, rief der jüngste der vier Legati erregt. »Wo kämen wir hin, wenn wir jeden Befehl erst einmal erläutern und begründen müssten? Der einzige Sinn eines Befehls ist es, befolgt zu werden, und wer dies nicht tut, hat die Folgen zu tragen.«
»Im Grunde gebe ich dir Recht«, sagte Plautius, »Aber du vergisst, dass es Ausnahmesituationen gibt. Gerade Kaiser Claudius ist nicht der Mann, der jeden seiner Befehle um jeden Preis durchsetzen will. Im Übrigen hat er es mir überlassen, alle Probleme dieses Feldzuges allein zu lösen. Ich werde also folgenden Weg einschlagen und dem Kaiser mitteilen, dass es mir, als dem Verantwortlichen, nicht gelungen ist, die Männer unserer vier Legionen zu einer Fortsetzung des Feldzuges zu veranlassen. Ich bitte ihn, mich abzulösen und einen Fähigeren hierher zu senden.«
Die vier Legati atmeten auf, denn offenbar wurde ihnen kein Vorwurf gemacht. Eilkuriere wurden nach Rom gesandt und mit der Antwort des Kaisers traf sein Geheimschreiber Narcissus ein, ausgestattet mit weitgehenden Befugnissen. Plautius kannte ihn von einigen diesen Feldzug betreffenden Besprechungen, hielt ihn für einen überaus fähigen *magistratus*, allerdings auch für einen ein-

gefleischten Zivilisten. Was wollte dieser Beamte unter den Legionären?
In gespielter Hilflosigkeit hob Narcissus beide Hände. »Es ist der Wunsch des Kaisers und, wie du dir denken kannst, verbindet er damit einen gewissen Plan. Lese zuerst die kaiserliche Botschaft, dann sprechen wir weiter.«
Plautius brach das Siegel und tat es so behutsam und umständlich, als beabsichtige er, den Brief zu öffnen, ohne es zu verletzen.

Ich werde deinem Wunsch, mein Plautius, wegen einer Ablösung nicht nachkommen. Die Weigerung der Legionen, nach Britannia überzusetzen, hat Gründe, die über soldatische Disziplin hinausreichen, und daran trägst du keine Schuld. Narcissus ist mit allen Vollmachten ausgestattet und wird in meinem Auftrag mit den Männern reden. Wenn es so kommt, wie ich denke und hoffe, kannst du noch vor Wintereinbruch den Feldzug fortsetzen. Ich empfehle dich dem Schutz der Götter und erwarte umgehend deinen Bericht.

Plautius blickte auf, doch das beherrschte Gesicht des Narcissus zeigte keine Regung – weder Neugierde noch Ungeduld.
»Kennst du den Inhalt?«
»Der Kaiser hat mir den Brief diktiert.«
»Gut, wie ist dieser Satz zu verstehen? Wenn es so kommt, wie ich denke und hoffe, kannst du noch … und so weiter. Wie ist das gemeint?«
»Ich kann es dir nicht sagen, mein Plautius. Machen wir uns ans Werk und wir werden sehen, ob es wirkt.«
Am nächsten Tag ließ Plautius die vier Legionen antreten – die Legati, Tribuni und Primipili, also die höchsten Ränge. Sie standen in den ersten Reihen, um die Ansprache genau zu verstehen, während die anderen Legionäre ohnehin nichts hören konnten, weil sie zu weit entfernt waren oder – wie die Hilfstruppen – kein Latein sprachen.
Narcissus bestieg die Rednertribüne, stellte sich vor und sagte, er

spreche im Auftrag und Namen des Kaisers. Diese rednerische Einleitung hörten sich die Männer noch an, dann kam jedoch Unruhe auf, die sich schnell steigerte und die ohnehin nicht sehr starke Stimme des Narcissus im Lärm erstickte. Unter den lauten Rufen war vor allem einer herauszuhören: »Yo Saturnalia! Yo Saturnalia!« Das war der wohl bekannte Ruf der Sklaven am Saturnalienfest, wenn sie für einige Tage traditionsgemäß die Rolle ihrer Herren übernahmen.

Natürlich verstand Narcissus sofort, dass die Männer auf seinen früheren Sklavenstand anspielten, doch seinem Gesicht war nichts anzumerken. So stand er eine Weile da, sorgfältig rasiert, gepflegt, vornehm gekleidet, strich sich dann zweimal über sein rötliches Haar und verließ in aufrechter Haltung die Tribüne, wobei ihn ein lautes höhnisches Lachen begleitete. Jetzt rief man ungestüm nach Plautius, der dem Wunsch sofort nachkam. Stille trat ein.

»Ihr habt den Befehl des Kaisers vernommen. Der Imperator wünscht mit Nachdruck eine Fortsetzung des Feldzugs, umso mehr, als nach den neuen Berichten die britannischen Kleinkönige heillos zerstritten sind. Ihr Männer werdet dort nach altrömischer Art Ordnung schaffen!«

Heilrufe ertönten und nun gab es keinerlei Schwierigkeiten mehr, die vier Legionen auf die längst bereitstehenden Schiffe zu verteilen.

»Ich hätte nicht gedacht, dass es so leicht geht«, bemerkte Plautius, als Narcissus sich am folgenden Tag verabschiedete.

»Es ging leicht, weil wir das Richtige taten, nämlich den Stolz der Römer zu reizen. Von einem früheren Sklaven will man sich nichts sagen lassen. Gleich darauf hast du gesprochen, ein edler Römer aus senatorischem Geschlecht und gewesener Legatus von Pannonien. Damit wollten sie zeigen, wem sie gehorchen und wem nicht.«

»Und du trägst mir nichts nach?«

»Warum sollte ich? Es hat sich wieder einmal erwiesen, dass die Masse knetbar ist, wenn man weiß, wie man sie anzufassen hat. Ich hoffe, du kannst deinen Auftrag auf der Insel ohne große Hin-

dernisse erfüllen, und sei immer gewiss, dass Rom dir zur Seite steht.«
Plautius mochte nicht fragen, was mit dem Sammelbegriff Rom gemeint war, er ahnte allerdings, dass Narcissus damit weniger den Kaiser als sich und die anderen *libertini* meinte, die in Wahrheit das Reich regierten.
Der nahende Herbst hatte schon Stürme gebracht und die See – das zwischen dem Festland und Britannia liegende *fretum gallicum* – etwas unruhig werden lassen. Die Hälfte der Männer wurde seekrank und Plautius fürchtete schon, dass diese Leute bei ernsthaften Zusammenstößen keine vollwertigen Kämpfer abgaben. Doch dazu kam es nicht. Die Briten hatten offenbar nicht oder nicht mehr mit einer römischen Invasion gerechnet und anstatt dem Feind entgegenzutreten, flüchteten sie in ihre Wälder und Moore. Auf die Legionäre hatte dies zunächst eine positive Wirkung, denn sie fühlten sich weder bedroht noch herausgefordert und konnten nach Lust und Laune Dörfer plündern, Vieh abschlachten und Frauen vergewaltigen. Plautius ließ sie vorerst gewähren, denn wo kein Kampf ist, gibt es keine Beute und so sollten sich die Männer auf diese Weise schadlos halten.
Doch er hatte eine Aufgabe zu erfüllen und so spürte er nach und nach die kleinen Besitzungen der britischen »Könige« auf, fand sie verlassen, ließ eine Besatzung dort und zog weiter. Nun kam es doch zu einigen Scharmützeln, weil die Kleinfürsten sich nicht nachsagen lassen wollten, sie hätten dem Feind kampflos ihr Land ausgeliefert. Natürlich waren die Römer durch Überzahl und bessere Waffen stets siegreich, im Laufe der Zeit war jedoch zu spüren, dass die vorher meist zerstrittenen Kleinfürsten sich verständigten und ihre Truppen zusammenzogen. Von Überläufern und Spitzeln gewarnt, begann Plautius zu fürchten, dass seine etwa sechstausend Mann dem Ansturm der vereinten britischen Truppen – es konnten zehn-, aber auch zwanzigtausend sein – nicht standhalten würden. So sandte er einen Hilferuf nach Rom und erbat sich eine Truppenverstärkung, verbunden mit der Bitte um Erscheinen des Kaisers. Plautius zweifelte nicht daran, dass

er die Hilfskräfte erhalten würde, rechnete jedoch kaum mit dem Kommen des Kaisers. Freilich klangen ihm noch die Worte des Imperators im Ohr: »Sollte meine persönliche Anwesenheit aus irgendwelchen Gründen notwendig sein, mache ich mich sofort auf den Weg zu meinen Truppen.«
Ein Kaiserwort? Ja, gewiss, Plautius hatte damals allerdings auch den Eindruck gewonnen, dass Claudius sich ungern mit militärischen Angelegenheiten befasste, und wer mochte es ihm verdenken? Er ist körperlich schwach, war immer ein Mann des Geistes gewesen.
So verschanzte sich Plautius mit seinen Legionen in befestigten Winterquartieren, wobei er zu seinem Erstaunen feststellen musste, dass der britische Winter mit dem im bergigen Pannonien überhaupt nicht zu vergleichen war. Schnee fiel hier so gut wie keiner und wenn, dann blieb er nicht liegen. Dazwischen gab es immer wieder milde, frühlingshafte Tage und Plautius gewann die Überzeugung, dass diese neue römische Provinz mehr Nutzen versprach als das frostige, finstere und waldreiche Germania, dessen nördlicher Teil ohnehin jeder wirklichen Eroberung widerstand.

Tiberius Claudius Caesar Augustus, Kaiser des weltumfassenden Imperium Romanum, hatte den Hilferuf aus Britannia zwar erwartet, dabei jedoch immer nur an Entsendung von Truppen und Waffen gedacht. Auch er hatte seine Worte nicht vergessen, in eigener Person dort zu erscheinen, wenn Plautius es für notwendig hielt, allerdings nicht damit gerechnet, dass es dazu kommen würde.
Wie immer, besprach Claudius sich zuerst mit Narcissus, seinem engsten Vertrauten, fragte ihn unverblümt nach seiner Meinung. »Sehen wir einmal davon ab, wie ich ganz persönlich dazu stehe, etwa ob ich mich körperlich und geistig überhaupt in der Lage fühle, eine so weite und beschwerliche Reise anzutreten. Ich möchte lediglich von dir wissen, ob diese Reise aus militärisch-politischen Erwägungen unbedingt notwendig, nur anzuraten oder besser zu unterlassen ist.«

Narcissus verzog keine Miene, blieb gelassen wie stets. »Die Möglichkeiten? Ja, da könnte man lange darüber diskutieren. Meine persönliche Meinung deckt sich in diesem Fall mit der, wie ich glaube, politischen Erfordernis und ich würde sagen, die Reise wäre anzuraten.«
»Du hältst sie also nicht für unbedingt notwendig?«
»Nein, eine unbedingte Notwendigkeit sehe ich nicht, bin völlig davon überzeugt, dass Plautius mit einer verstärkten Truppenmacht Britannia in wenigen Wochen befriedet und zu einer römischen Provinz umgestaltet.«
Claudius erhob sich und streckte leise ächzend seine Glieder. Narcissus war sofort mit ihm aufgestanden.
»Glaube mir, Narcissus, wäre ich dreißig, so würde ich noch morgen die Reise antreten, aber ich bin zweiundfünfzig, nicht ganz gesund ...« Er blickte Narcissus fragend an. »Was soll ich tun?«
»Bespreche es mit der Domina, Herr.«
»Das wollte ich ohnehin tun.«
Es hatte sich der Brauch herausgebildet, dass sich Claudius zwei- bis dreimal pro Woche mit Messalina im Wohnbezirk der Kinder traf. Octavia war jetzt fast drei Jahre alt, fegte wie ein Wirbelwind durch die Räume und plapperte dabei ständig vor sich hin. Der kleine Tiberius Claudius war vom Naturell her das genaue Gegenteil. Zwar konnte er schon gut laufen, saß jedoch lieber ruhig in einer Ecke, ganz einem Spiel hingegeben, wortlos und versunken. Claudius schien es, als verstehe der Junge schon viel, aber er redete kaum, auch wenn er einiges in seiner Umgebung schon benennen konnte.
Sie befassten sich eine Weile mit den Kindern, bis Claudius der Amme ein Zeichen gab. Messalina zeigte sich verwundert.
»Fehlt dir heute die Lust zu den Kleinen?«
»Nein, doch mich drückt etwas, was ich mit dir besprechen will.«
Er berichtete von der Bitte des Plautius und was Narcissus ihm geraten hatte.
Messalina spürte eine heiße Freude in sich aufsteigen, ein prickelndes Triumphgefühl, das bis in die Fingerspitzen reichte.

Doch sie ließ sich nichts anmerken, denn sie sah ihm an, dass sein Entschluss schon gefasst war. Scheinbar ratlos schüttelte sie den Kopf.

»Nein, mein Lieber, da kann ich Narcissus nicht beipflichten. Ich finde, du hast es nicht nötig, jedem Kleinkrieg hinterherzulaufen. Ginge es um Gallien, Ägypten oder Sizilien – gut, dann bliebe dir kaum etwas anderes übrig, als dich dort an die Spitze der Truppen zu setzen. Aber Britannia? Ich weiß nicht ...«

»Es geht auch darum, das Ansehen des Römischen Reiches wiederherzustellen. Caligula hat es schwer beschädigt, sein lächerliches Possenspiel in Gallien hat man dort nicht vergessen.«

»Und die Gefahren? Denkst du nicht daran, was dir auf einer solchen Reise alles zustoßen könnte? Jetzt, da dein Thron gesichert, der Nachfolger geboren ist, willst du alles aufs Spiel setzen? Der Senat hat dir schon vorher die Abzeichen des Triumphes zuerkannt – lasse es dabei bewenden und vergiss nicht, wie sehr ich dich brauche. Wenn du gehst, ist es, als risse man mir ein Stück aus dem Herzen.« Wehmütig blickte sie ihn an und es gelang ihr, die Augen feucht werden zu lassen.

Er streichelte ihren schlanken Nacken. »Mein Liebes ... Aber der Thron fordert seinen Preis und wenn ich als siegreicher Imperator zurückkehre, regiert es sich leichter.«

»Und der neue Hafen? Was ist damit? In Ostia bricht das Chaos aus, sobald du weg bist.«

»Ich werde Vorkehrungen treffen. Pallas erhält die Oberaufsicht – ihn fürchten sie mehr als mich.«

Sie schaute ihn kläglich an. »Wenn es schon sein muss ...«, aber ihr kaltes Herz blühte vor Freude auf. Die Aussicht, längere Zeit ohne Claudius in Rom schalten und walten zu können, entzückte und berauschte sie. Gleich kam ihr Gaius Silius in den Sinn und die jetzt näher gerückte Möglichkeit, ihn für sich zu gewinnen. Sie drängte die verlockende Zukunftsvision zurück und fragte: »Wer wird Rom regieren, wenn du bei ... bei den Wilden bist? Ich habe Angst, dass sie mich übergehen, deine großen Herren.«

Er lächelte. »Du meinst gewiss Callistus und Pallas? Auch Nar-

cissus? Der verehrt dich doch wie eine Göttin, wird immer auf deiner Seite stehen.«
»Davon habe ich bisher nichts bemerkt.«
»Ich kenne ihn besser und weiß es. Außerdem gibt es wie in den Zeiten der Republik zum Glück noch immer unsere Konsuln und den derzeitigen, Lucius Vitellius, setze ich als meinen Stellvertreter ein. Auch für dich habe ich mir etwas ausgedacht – nämlich …«
Sie fiel ihm ins Wort. »Du willst mich zur Augusta machen? Ist es das?«
Sein Gesicht begann zu zucken und, wie er es sich angewöhnt hatte, wischte er schnell darüber.
»Verzeih, aber ich halte das für zu früh. Im nächsten April wirst du achtzehn. Vor deinem einundzwanzigsten Lebensjahr sollten wir diesen Plan zurückstellen. Der Senat würde meinem Wunsch gewiss stattgeben, mir würden sie jedoch nachsagen, ich tanze wie ein Bär nach deiner Musik. Nein, Messalina – hier müssen wir sehr behutsam vorgehen, Schritt für Schritt.«
Innerlich schäumte sie, doch jetzt durfte sie ihn keinesfalls verärgern.
»Ganz wie du willst. Es ist nur so, dass ich jedes Mal ein Gefühl des Zurückgesetztseins empfinde, wenn Vibidia, die Virgo Vestalis Maxima, wie eine Königin durch die Stadt schreitet. Würde ich ihr begegnen, so müsste ich, die Gemahlin des Kaisers, ausweichen wie eine niedere Magd …«
Claudius atmete auf und lächelte. »Wenn es nur das ist! Da können wir gleich Abhilfe schaffen. Ich weise Callistus noch heute an, dir die Urkunde einer Vestalin ehrenhalber auszustellen. Du trägst dann die Wollbinde im Haar und deine Ernennung wird auf dem Forum bekannt gemacht. So bist du den heiligen Jungfrauen gleichgestellt, darfst jedoch weiterhin gegen das Keuschheitsgebot verstoßen …« Er schmunzelte und sie sah, wie seine Augen begehrlich glänzten.
»Mit dir tue ich es gern, sehr gerne sogar …«
Seit sie ihren Sohn geboren hatte, war in ihr das Verlangen nach ehelicher Umarmung völlig erloschen.

»Das werden wir gleich heute Nacht erproben, Messalina.«
Sie heuchelte Begeisterung. »Darauf freue ich mich schon, doch ich habe dich vorhin nicht zu Ende reden lassen. Was hast du dir für mich ausgedacht?«
»Ach ja, das hätte ich jetzt beinahe vergessen. Damit du dich während meiner Abwesenheit nicht übergangen fühlst, sollst du an allen wichtigen Entscheidungen beteiligt sein und sie zusammen mit Callistus, Narcissus und dem Konsul mit unterzeichnen. So hat deine Stimme Gewicht und nichts geschieht ohne dein Einverständnis.«
Das war mehr, als sie erhofft hatte, und dämpfte ihren Zorn über die vorerst verweigerte Erhöhung zur Augusta.
Sie hoffte, Claudius würde in der kommenden Nacht sein Vorhaben vergessen, gleich nach der *cena* kam er jedoch in ihre Räume. Als er seine Toga ablegte, sah sie, wie seine Tunika sich in der Leibesmitte bauschte und sein Verlangen deutlich zeigte. Das erregte sie dann doch und sie bereitete ihm eine vergnügliche Liebesnacht – tat es sorglos, weil sie in der Mitte ihrer unfruchtbaren Tage war. Denn eines hatte sie sich geschworen: ein weiteres Kind wollte sie nicht gebären, um keinen Preis.
Vier Tage später machte sich Claudius von Ostia aus auf den Weg, sah das Heer von Arbeitern, die am anderen Tiberufer Eimer um Eimer des seit Jahrhunderten dort abgelagerten Schlamms heraufttauchten. Dies sei, hatten ihm Fachleute versichert, eine Sisyphusarbeit, die zu nichts führe. Claudius hatte jedoch darauf bestanden und setzte seine ganze kaiserliche Autorität in die Verwirklichung des Projektes. Er hatte junge tatkräftige *architecti* gefunden, die seine Zuversicht teilten und das Unternehmen mit Begeisterung vorantrieben.
Claudius blickte auf die kleiner und kleiner werdende Baustelle zurück, sah zuletzt die Arbeiter – winzig wie Ameisen – auf den hochgetürmten Schlammbergen herumkriechen. Es wäre ihm lieber gewesen, hier zu bleiben, um das langsame Werden seines Werkes zu verfolgen, aber das Pflichtgefühl siegte. Claudius stand eisern zu dem am Tag seiner Thronübernahme gefassten Vorsatz:

Wenn schon Kaiser, dann mit allen Konsequenzen, auch den weniger angenehmen.
Er wandte sich ab und ging schwankend zu seiner mittschiffs mit imperialem Prunk eingerichteten Kajüte. Seine Leibdiener kamen herbei, fragten ihn nach seinen Wünschen.
»Meine Ruhe möchte ich haben, nichts als meine Ruhe.«

14

Messalina wusste, dass sie in ihren Räumen im Palatium stets vor aller Welt das Leben der kaiserlichen Gemahlin führen musste, nichts tun konnte, was nicht gesehen, nichts sagen durfte, was nicht weitergetragen, keine Kleidung und keinen Schmuck wählen konnte, ohne dass es beredet und kommentiert wurde. Deshalb war in ihr der Plan gereift, künftig so etwas wie ein zweites, ein geheimes Leben zu führen, nach ihrem Wunsch und Willen, nach ihren Bedürfnissen und Gelüsten. Sie hatte lange überlegt, wie dies am besten zu verwirklichen sei, und Narcissus war es dann, der ihr, ohne es zu wollen, zur richtigen Entscheidung verhalf. Er fragte sie, ob der Kaiser jemals einen Wunsch oder eine Absicht geäußert habe in Bezug auf sein früheres Haus. Soll es verkauft oder vermietet werden? Es wurde nicht mehr genutzt und kostete nur Geld. Da kam die Eingebung wie ein Blitz.
»Könntest du mir einen Gefallen tun, Narcissus?«
Sein verschlossenes Gesicht öffnete sich etwas, zeigte Bereitschaft und Entgegenkommen. »Jeden, Domina, soweit ich es kann.«
»Es ist ganz einfach. Soviel ich weiß, will Claudius das Haus behalten, aber du wirst es anmieten und als privates Quartier nutzen.«
»Ich habe hier meine Wohn- und Amtsräume …«
»Es ist ja nur, damit das Haus sozusagen einen Herrn hat. Nutzen werde ich es und wage es ja nicht, dort ohne meine Erlaub-

nis aufzutauchen!« Sie hatte es lächelnd hingesagt und dabei scherzhaft mit ihrem schlanken Zeigefinger gedroht.
»Gut, warum nicht? Du wirst schon deine Gründe haben, Domina.«
»So ist es, mein Freund.«
Rubica, die ehemalige Wirtschafterin, hatte alles auf dem Laufenden gehalten, lebte jedoch in der Ungewissheit, ob der ganze Haushalt nach Umzug der Herrschaft nicht aufgelöst, die Sklaven verkauft würden und man sie auf die Straße schickte.
Einige Tage nach der Abreise des Kaisers kam Messalina, in einfacher prunkloser Sänfte, nur von einer Dienerin begleitet. Sie schloss sich mit Rubica ein und entwickelte ihren Plan.
»Du hast dich stets bewährt, du bleibst im Haus als Wirtschafterin mit der vollen Schlüsselgewalt. Die Sklaven aber müssen weg – alle. Ich werde sie im Palast anstellen oder auf andere Haushalte verteilen. Du wirst einen Gärtner, einen Pförtner, eine Köchin und zwei oder drei Hilfskräfte neu einstellen, doch sie müssen stumm sein. Ich meine das wörtlich! Erkundige dich auf den Sklavenmärkten nach Sklaven beiderlei Geschlechts, denen, aus welchen Gründen auch immer, die Zunge fehlt. Sie müssen hören und verstehen, doch sie dürfen nicht sprechen oder schreiben können. Ich weiß, das ist nicht ganz so einfach, doch du wirst es schaffen, Rubica, viel Zeit dazu hast du freilich nicht.«
Rubica nickte nur, stellte keine Gegenfragen, denn ihr Lohn war verdoppelt worden. Flugs rechnete sie sich aus, dass schon in wenigen Jahren ihr Erspartes zur Anschaffung eines Häuschens am Stadtrand reichen würde. Das machte sie geneigt und verschloss ihren Mund. Messalina sah ihr dennoch an, dass es sie innerlich fast zerriss vor Neugierde.
»Du möchtest wissen, warum das alles? Da du jetzt ohnehin eine Geheimnisträgerin bist, darfst du es ruhig erfahren. Ich möchte während seiner Abwesenheit das frühere Haus des Kaisers zu einer geheimen Ruhestätte machen, zu einem *latibulum*, einem Schlupfwinkel. Hierher kann der Imperator sich zurückziehen von der Mühe und Last seiner amtlichen Pflichten, hier soll er

sicher sein vor Nachstellungen aller Art, sicher auch vor Klatsch und Gerüchten über sein privates Leben. Die Stummen werden nichts erzählen und wenn es jemandem gelingt, einen von ihnen mit hohen Summen zu ködern – von einem, der unfähig ist, sich in Wort oder Schrift auszudrücken, wird er nichts erfahren. Wenn der Kaiser zurück ist, werde ich ihm diese Zuflucht als Geschenk überreichen.«

Rubica, erschüttert und von Messalinas Vertrauen stolz bewegt, konnte nur noch stammeln: »Aber ... aber das ist ... das ist großartig, da wird Clau... da wird Seine Majestät sich freuen ...«

Draußen hatte ein sachter Herbstregen eingesetzt und Messalina verspürte keine Lust, in den Palast zurückzukehren. Sie sandte ihre Dienerin zu Narcissus, um ihn über ihre nächtliche Abwesenheit zu informieren.

Im Haus war es dämmrig geworden. Sie ließ sich einen Leuchter anstecken, lehnte jede Begleitung ab und machte einen Rundgang durchs Haus. Es schien, als sei die Zeit hier stehen geblieben, alles war unverändert, nur aus der Bibliothek fehlten die meisten Bücher. Nur, wie ärmlich war dies alles, wie bescheiden! Keine Teppiche, keine Wandmalereien, die Möbel einfache solide Handwerkerarbeit, kaum eine Verzierung, keine Spur von Elfenbein, Ebenholz, vergoldeter Bronze, kostbarem Marmor. Dabei war ihr dieses Haus, verglichen mit dem ihrer Eltern, damals so prächtig erschienen.

Sie aß eine Kleinigkeit zu Abend, ließ sich Wein und Wasser bringen und schlug eine verstaubte Buchrolle auf, die beim Ausräumen der Bibliothek wohl hinuntergefallen und von einem der Arbeiter mit dem Fuß weggeschoben und unter ein niedriges Tischchen geraten war. Über der Schrift stand »Epistulae morales – ein Entwurf von Lucius Annaeus Seneca, Claudius Caesar in Verehrung gewidmet.«

Sie fühlte Ärger aufsteigen, als sie auf Senecas Namen stieß. Livilla trieb mit diesem Schreiberling Ehebruch und ganz Rom lächelte dazu, weil inzwischen jeder wusste, dass die Duldung ihres Ehemanns Marcus Vinicius mit einem Sitz im Senat erkauft

worden war. Ihr sah man es nach – alles sah man ihr nach, weil sie eine kaiserliche Prinzessin war und damit von Geburt an so etwas wie ein höheres Wesen. Sie durfte der Frau des Kaisers den Respekt verweigern, durfte durch sie hindurchsehen, als sei sie Luft. Keiner hielt sie auf, wenn sie unangemeldet in den Palast lief, geradewegs in die für alle sakrosankten Räume ihres Onkels, des Kaisers Claudius. Und der lächelte noch dazu und küsste sie väterlich auf beide Wangen.
»Dem werde ich ein Ende machen!« Sie sagte es laut vor sich hin und wiederholte: »Dem werde ich ein Ende machen!«
Sie hob die Buchrolle und begann zu lesen.

Ob man früher oder später stirbt, will nichts bedeuten, wohl aber ob man gut oder schlecht lebt. Gut sterben aber heißt der Gefahr entfliehen, schlecht zu leben. Deshalb halte ich das Wort jenes Rhodiers für recht weibisch, der, von einem Tyrannen in einen Käfig gesperrt und wie ein wildes Tier gehalten, zu einem sagte, der ihm zum Hungertode riet: »Solange der Mensch lebt, darf er noch alles hoffen.« Mag es auch stimmen, so darf man das Leben doch nicht um jeden Preis erkaufen. Mag manche Hoffnung groß sein und Gewissheit haben, so will ich doch nicht durch das elende Bekenntnis meiner Schwäche dorthin gelangen. Sollte ich wirklich eher glauben, das Glück vermöge alles bei einem, der lebt, als es sei machtlos bei einem, der zu sterben weiß?

Sie warf die Rolle beiseite und dachte: So schreibt einer, der behaglich zu Hause sitzt und dem es gut geht. Da stehe ich eher auf der Seite jenes Rhodiers und sage mit ihm, solange man lebt, ist Hoffnung. Hatte nicht auch Claudius diese Haltung eingenommen? Nach Senecas Vorstellung hätte er sich tausendmal umbringen müssen unter der Herrschaft des Caligula. Er jedoch verstellte sich, lebte, hoffte und es lohnte sich, denn Caligula ging unter und Claudius nahm seinen Platz ein.
Sie hatte schon einige Becher unvermischt getrunken, fühlte ihren Geist träge, ihren Körper schlaff werden. Wenn dieses Haus nach

meinen Wünschen umgestaltet ist und außer Rubica nur Stumme hier hausen, dann soll mein zweites, mein geheimes Leben beginnen.

Plötzlich erschreckte sie dieser Gedanke. Wollte sie eine zweite Caesonia werden? Nein, das war kein guter Vergleich. Caligulas letzte Gemahlin musste nichts im Geheimen tun, sie war so schamlos und grausam wie ihr Gatte und der liebte sie gerade deshalb. Claudius hingegen hielt auf Sitte und Anstand – am Ende drohte ihr sogar das Schicksal von Tochter und Enkelin des Augustus, die beide von ihm wegen Sittenlosigkeit verbannt worden waren.

Messalina lachte leise. Sie musste ihren eigenen Weg finden, musste sich einen ergebenen Hofstaat schaffen. Narcissus war schon gewonnen, Callistus würde folgen, da brauchte sie sich um den düsteren Pallas nicht mehr zu bemühen.

Sie trank ihren Becher aus. Ihre Gedanken verwirrten sich, purzelten durcheinander. Wenn Cletus jetzt hier wäre, müsste er mit ins Bett. Oder Gaius Silius. Oder Narcissus. Oder der Schauspieler Mnester, der anders schön war als Silius. Eine fragile, androgyne Schönheit und, wie man munkelte, sehr potent, bei Frauen wie bei Männern. Narcissus? Mehr aus Neugierde, um zu sehen, wie sein immer beherrschtes Gesicht auseinander fiel, sich auflöste im Ansturm der Lust.

Sie erhob sich schwankend, stieß den Becher um, der klirrend zu Boden fiel, ein Stück weiterrollte und am Fuß der großen Öllampe liegen blieb. Rubica steckte ihren Kopf durch die Tür.

»Brauchst du Hilfe, Domina?«

»Ja, bringe mich zu Bett!«

Doch ihr altes *lectus genialis*, in dem sie ihre Kinder empfangen und Octavia geboren hatte, wandelte sich zum heftig schwankenden Schiff. Eine drängende Übelkeit stieg in ihr auf, es war als stülpe sich ihr Magen um und entleere seinen Inhalt nach oben. Sie richtete sich auf. Das ist der viele unvermischte Wein, davor werde ich mich in Zukunft hüten. Soll ich aufstehen und alles ausspeien, was meinen Bauch beschwert? Doch dann siegte die Müdigkeit und sie sank, schon halb schlafend, zurück.

Wieder wurde das breite Ehebett zum Schiff, Wände und Einrichtung des Schlafzimmers verschwanden, ringsum waren Bäume und Häuser zu sehen, die in ein seltsam graues unwirkliches Licht getaucht waren. Ihr kleines Schiff schoss pfeilschnell auf einem Fluss dahin, der eigentlich eine Straße war, denn sie erkannte die Gärten und Gebäude der Via Flaminia wieder. Angst verspürte sie nicht, nur ein leises Grauen vor dem ungewissen Ziel dieser Reise. Jetzt sauste ihr leicht schwankendes Schiff nach Süden die Via Lata hinab, machte eine Schwenkung nach links in den Clivus Argentarius, der beim *carcer*, dem Staatsgefängnis, auf das Forum traf. Dort steuerte ihr Schiff auf den kleinen Tempel der Venus Cloacina zu, vor dessen Portal es Halt machte.

Hatte sie zuvor noch den sausenden Fahrtwind gespürt und das Rauschen des Flusses gehört, so herrschte jetzt eine lähmende Stille und, fast blieb ihr das Herz vor Schreck stehen, ihr Fahrzeug begann langsam und lautlos zu versinken, hinab zur Cloaca Maxima, der gewaltigen uralten Abflussröhre für den Unrat der Stadt. Nicht anders als oben herrschte auch hier ein Dämmerlicht, deutlich genug, um zu erkennen, was sich in der stinkenden Brühe und auf dem darüber entlanglaufenden Steindamm tummelte. Das wisperte und flüsterte, das zischelte und gluckerte, das tappte und patschte und plätscherte.

Messalina sank vor namenlosem Grauen, vor Ekel und Abscheu in sich zusammen, als wolle sie sich klein machen vor den herumhuschenden und schwimmend ihr Boot umkreisenden Lemuren. Da grinste sie ein kahler, fast entfleischter Schädel an, da schwamm ein sich windender, arm- und beinloser Torso, da krochen bleiche Geschöpfe mit zwei Köpfen, da humpelte ein nackter Zwerg, der mühsam seinen Riesenkopf auf den schmalen Schultern trug, mit ballonartig aufgeschwollener Stirn, aus deren Mitte zyklopenhaft ein großes starres Auge glotzte. Weiter vorn auf dem Steindamm krochen Wesen verschiedener Art auf- und durcheinander. Auf bleichen Leibern blühten große feuerrote Pusteln, aus offenen Bäuchen quollen faulig schillernde Gedärme und eines der Wesen war mit einer solchen Menge wimmelnder Maden

bedeckt, dass sich seine Gestalt ständig änderte und dabei die seltsamsten Formen annahm.
Plötzlich sprang etwas aus dem Wasser, ein bleiches wurmartig gekrümmtes Wesen mit einem nur faustgroßen Kopf, der dem des Gaius Silius ähnelte und sie ernst anblickte. Er öffnete den Mund und begann mit hoher, atemloser Fistelstimme zu sprechen.
»Tief bist du gefallen, Messalina, bewegst dich im Untergrund der Stadt, wo die Hässlichkeit und das Grauen triumphieren, wo Missgestalt und Fäulnis die Regel sind und wo du, so glaubst du jedenfalls, nicht hingehörst. Da hast du nur zum Teil Recht. Deine Welt, so sieht es aus, ist der Kaiserpalast mit seiner kostbaren Ausstattung, seinen hochgeborenen Menschen, seinen zahllosen Sklaven. Alles ist erlesen: die Kleidung, die Speisen, die großen, prachtvoll dekorierten Räume, die Bäder, die Gärten. Da hast du Recht, aber wenn du in dein Inneres blickst, dann siehst es aus wie hier unten ... An deinen künftigen Lebensplänen ist viel Dunkles, Ungehöriges, Verabscheuungswürdiges und das ist hier Gestalt geworden. Wenn du dich davor ekelst, dann ist es der Ekel über dich selbst. Du musst deine Stellung nutzen, doch was du auch tust – scheue nicht das Licht! Scheue nicht das Licht! Scheue nicht ...«
Die Fistelstimme wurde leiser und leiser, das Wesen schrumpfte mehr und mehr, löste sich in nichts auf.
Seine Worte hatten in Messalina einen gewaltigen Zorn entfacht, eine grelle Wut auf alles und jedes. Wer hatte es gewagt, sie in diese entsetzliche Welt zu versetzen? Ihr rasender Zorn fegte alles hinweg – Angst und Ekel, sie versuchte, sich in dem schwankenden Schiff aufzurichten, doch da war es dunkel und still geworden; Zischeln und Flüstern erstarben und sie fand sich in ihrem Bett wieder, schaute sich um, erkannte im sanften Schein des Nachtlichtes ihr altes Schlafzimmer. Mit einem Schlag kam die würgende Übelkeit zurück, die nur vom kurzen Schlaf unterbrochen, nicht jedoch ausgelöscht worden war. Sie lief zum Tisch, wo die große irdene Obstschale stand, und entleerte ihren Magen in langen schmerzlichen Schüben, bis nur noch bittere Galle auf ihrer Zunge brannte.

Warum kam denn niemand und stand ihr bei? Messalina war zu erschöpft, um nach der Glocke zu greifen, trank ein paar tiefe Schlucke gleich aus dem Wasserkrug und legte sich wieder hin. Der schreckliche Traum stand ihr noch lebendig vor Augen, aber jetzt, da sie bei Sinnen war, zog sie ihn ins Lächerliche und schalt sich dumm, diesen wirren Traumbildern eine Bedeutung zumessen zu wollen. Damit mochte der Pöbel sich schrecken, sie wusste es besser. Ihr Vater hatte einmal gesagt, dass die alten Sprüche viel Wahres enthielten und dazu zählte auch »Träume sind Schäume!«. Schaum jeglicher Art bläht sich kurz auf, platzt dann und verschwindet spurlos. Ihr war übel, diese Übelkeit wirkte im Schlaf fort und erzeugte die ekligen Bilder. Ja, das war die Erklärung! Sie drehte sich um und schlief sofort ein.

Als sie spät am Morgen erwachte, hatte Rubica schon sauber gemacht – die Obstschale stand gereinigt und mit Äpfeln, Trauben und geschälten Nüssen gefüllt an ihrem alten Platz. Vielleicht hatte sie auch das nur geträumt? Rubica schwieg und Messalina mochte nicht mehr daran rütteln. Hungrig verzehrte sie zwei Eier, leerte ein Körbchen mit frischem Brot und trank einen Krug Milch.

Die immer noch kräftige Herbstsonne hatte die Luft so erwärmt, dass Messalina auf die Terrasse hinaustrat, von wo aus die hohen Pinien der Horti Luculliani zu sehen waren. Nicht ohne leise Rührung dachte sie an den wenn auch nur scherzhaft geäußerten Wunsch ihres verstorbenen Vaters, diese Gärten zu besitzen. Für ihn war es nur ein Wunschtraum gewesen, doch für sie, Valeria Messalina, Gemahlin des römischen Kaisers und Mutter seiner Kinder, ließe sich dieser Traum in Wirklichkeit verwandeln. Nur wie? Träge ließ sie ihre Gedanken wandern, hierhin und dorthin, ganz spielerisch nur und zog in ihrer Vorstellung eine Linie von diesem Haus über ein Stück Brachland zu den Horti Luculliani. Es ließe sich ein einziger Park daraus machen, hoch über der Stadt, und er würde dann einen guten Teil des Mons Pincius bedecken. Zwischen dieser Vorstellung und ihrer Verwirklichung stand die Person des Valerius Asiaticus, der mit Claudius befreundet war und ihn nach Britannia begleitet hatte. Er war maßgeblich an der

Verschwörung gegen Caligula beteiligt gewesen, ohne sich allerdings dabei die Hände schmutzig zu machen. Das hatten andere getan und die waren jetzt tot. Warum nicht er? Sie hätte sich diese Frage nicht zu stellen brauchen, denn sie wusste die Antwort. Zwischen einem Tribun aus plebejischer Familie, wie Cassius Chaerea einer gewesen war, und einem Patrizier aus dem altrömischen Stamm der Valerier, Senator und gewesener Konsul, gab es einen gewaltigen Unterschied. Einen Unterschied, der so groß war, dass die gemeinsame Tat dieser beiden Männer ganz verschieden bewertet wurde. So musste er an einer anderen Stelle gepackt werden, an einer schwachen, angreifbaren. Ehebruch? Er selbst war verwitwet, aber dass er es mit der als schön gepriesenen Poppaea Sabina trieb, wusste ganz Rom. Doch bei einem Patrizier reichte das nicht aus, da hätte man halb Rom anklagen müssen.
Messalina genoss solche Gedankenspiele, die vorerst im Unverbindlichen blieben, unter günstigen Umständen jedoch auch Gestalt annehmen konnten. Warum sich jetzt über Asiaticus Gedanken machen? Noch war er ein Freund des Kaisers, reiste an dessen Seite nach Britannia und es würde zumindest ein halbes Jahr dauern, bis Claudius und er wieder in Rom waren. Ein halbes Jahr ... Eine lange Zeit, die dennoch fast zu kurz werden konnte, um ihre nächsten Pläne zu verwirklichen.
Als das Versteck endlich geschaffen war und Rubica über ein halbes Dutzend stummer Sklaven gebot, wollte Messalina ihr *latibulum* auch nutzen. Immer wieder kam ihr Livilla in den Sinn, die zu stolz war, ihre Liebschaft mit Seneca vor anderen zu verbergen. Ganz Rom durfte zusehen, wie sie turtelten und tändelten. Ihr Name traf Messalina jedes Mal wie eine Nadelstich ins Herz. Und erst nach der Rückkehr des Kaisers! Dann würde dieses freche und anmaßende Weib wieder nach Lust und Laune in den Palast laufen und sich ihrem Onkel an die Brust werfen. Claudius mochte vielem gewachsen sein, doch manche Frauen verstanden es, seinen Willen in ihre Richtung zu lenken. Livilla gehörte dazu und das musste abgestellt werden. Von den Frauen dieser Art darf es nur eine geben – mich – mich!

Allerdings hatte Messalina in ihren von Hass, Neid und verletztem Stolz geprägten Gedanken übertrieben, dann Livilla und Seneca taten alles, um ihre Liebschaft nach außen zu verbergen. Natürlich wurde geredet – Seneca kam oft in ihr Haus, sie manchmal in das seine, doch stets in Begleitung und unter Wahrung der Anstandsregeln.

Kaum waren die ersten beiden Exemplare seiner »Trostschrift für Marcia« abgeschrieben, hatte er sie selbst in Livillas Hände gelegt. Wie es sich gehörte, hatte er sich zuvor bei Marcus Vinicius, dem Hausherrn, anmelden lassen und ihn darum gebeten, der Domina Julia Livilla seine Schrift persönlich überreichen zu dürfen. Marcus Vinicius, auf dem Weg zu einer Senatssitzung, hatte sich verbindlich gezeigt. »Gewiss, mein verehrter Seneca, die Diener werden sie rufen. Mich musst du leider entschuldigen, unser verehrter Konsul hat eine Sitzung des Senats einberufen und so bin ich etwas in Eile.«

Livilla kam und versuchte vor den Sklaven ihre helle Freude zu verbergen. Seite an Seite gingen sie zu dem nur von ihr bewohnten Teil des Hauses. Seneca hätte den Weg dorthin auch allein gefunden – er kannte ihn recht gut aus der Zeit vor Livillas Verbannung. Sie betraten die zum kleinen Garten hin gelegene Bibliothek und Livilla sagte der Dienerin in einem gleichgültig klingenden Ton, sie wolle in den nächsten Stunden nicht gestört werden. Dann sperrte sie die Tür ab und sie fielen sich um den Hals. Seneca bedeckte ihr Gesicht mit Küssen, aber eher bedächtig, ohne Ungestüm. Dann schob er sie von sich, um sie liebevoll zu betrachten.

»Du bist noch schöner geworden, Livilla, weißt du das? Andere tragen den bitteren Stempel einer Verbannung lebenslang auf ihrem Antlitz, doch bei dir scheint es, als hättest du diese Zeit in einem Badeort verbracht.«

»Ich habe mir in diesen zwei Jahren mehr Sorgen um dich als um mich gemacht. Caligula hielt uns von jeder Nachricht fern, doch ich glaube, in seiner grausamen Bosheit hätte er es nicht versäumt, mir deinen Tod mitzuteilen. So lebte ich von der Hoffnung auf dein Leben und seinen Tod.«

Seneca lächelte. »Ja, manchmal haben die Götter ein Einsehen und tun der Menschheit etwas zu Gefallen. Der schlaue Callistus hat auch mich wissen lassen, dass ich auf Helikons Todesliste stehe, und so ließ ich verbreiten, dass mir meine Schwindsucht noch höchstens einige Monate Lebenszeit vergönne. Ein mir geneigter und sehr bekannter Arzt bestätigte das und Caligula hatte bekanntlich eine seltsame Scheu, todkranke Menschen hinrichten zu lassen.«

Sie schüttelte den Kopf. »Nein, dieser Mensch scheute vor nichts und niemanden zurück – außer vor Gewittern, die ihn zutiefst erschreckten. Der wahre Grund wird gewesen sein, dass ein langsames schmerzhaftes Sterben durch eine Krankheit seine Grausamkeit eher befriedigte, als ein schneller Tod durch den Henker oder durch eigene Hand.«

»Die *furiae* müssen an seiner Wiege gestanden haben, um ihn nach ihrem Abbild zu formen.«

Ihr Gesicht wurde abweisend. »Er ist es nicht wert, dass man sich seiner erinnert, verdient keinen Nachruf, muss aus der Geschichte geschnitten werden wie ein hässliches Geschwür aus einem gesunden Körper.«

»Das geht leider nicht, doch ein Gutes hat die böse Erinnerung an ihn. Jeder künftige Herrscher muss ihn als warnendes Beispiel sehen und versuchen, nicht zu werden wie er.«

»Schon wieder ist von ihm die Rede! Schluss damit – sprechen wir jetzt nur noch von uns.«

»Wir müssen nicht einmal sprechen, ich will dich nur ansehen, berühren, fühlen …«

Im Angesicht der vielen *voluminis* liebten sie sich, doch es war heftig und kurz, sodass Seneca ein wenig beschämt war. Er küsste sie auf ihre kleinen festen Brüste.

»Verzeih, so wollte ich es nicht. Hast ist der Liebe ärgster Feind.«

Livilla streichelte beruhigend seine Brust. »Wir waren eben hungrig. Wer Trauben liebt und nach langer Entbehrung welche erhält, der schlingt die ersten Bissen gierig hinunter. Erst dann beginnt er langsamer zu essen, zu genießen …«

Seneca lachte. »Hätte ich jetzt meinen *stilus* zur Hand, ich würde mir deine Worte sofort notieren. Aber ich bin nackt und habe nur das …« Er schob ihre Hand auf sein Geschlecht, das sich sachte zu regen begann.

Diesmal ließen sie sich Zeit, plauderten danach noch lange und trennten sich in der Gewissheit, künftig noch unendlich lange Zeit füreinander zu haben. Doch Fortuna, die Launische, war anderen Sinnes geworden, wandte Livilla den Rücken zu und suchte nach einem Werkzeug, um ihre Absichten auszuführen. Es ist ja immer so, dass die Götter nichts mit eigener Hand bewirken, sondern sich dazu geneigter und geeigneter Menschen bedienen.

15

Noch im selben Jahr, etwa zwei Monate nach seiner Abreise, traf ein ausführlicher Bericht des Kaisers in Rom ein, dazu einige Schreiben persönlicher Natur an den Konsul Lucius Vitellius, an Narcissus und an Messalina. Sein kurzer, wohl in guter Laune verfasster Bericht an sie begann mit der Abreise von Ostia, die anfangs unter keinem guten Stern gestanden war.

Offenbar habe er, so Claudius, den gewaltigen Meeresgott Neptun unwissentlich beleidigt.

»Wir befanden uns schon in Höhe der ligurischen Küste, da schickte er uns einen so verheerenden Nordweststurm, dass wir den Weg von Massilia nach Gesoriacum an Land zurücklegen mussten. Das ist aber nicht ganz wörtlich zu nehmen, da wir bei der Durchquerung Galliens von Süd nach Nord auch häufig die Flusswege benutzten. Das fretum gallicum, *so wurde mir versichert, sei um diese Zeit noch niemals so ruhig gewesen und das müsse wohl, meinte der Kapitän, an meiner göttlichen Gegenwart liegen, denn es sei schon ein Unterschied, ob gewöhnliche Men-*

*schen oder ein den Göttern näher stehender Imperator den Ärmelkanal überquerten. So reden sie hier mit deinem Gemahl und ich habe ihnen nicht widersprochen, weil es doch vieles erleichtert. Als ich mich dem britannischen Ufer näherte, dachte ich zuerst, nun kommt doch noch ein Sturm auf, doch es war nur das Brausen der Jubelrufe Tausender von Legionären, die wie wahnsinnig ihre Schilder, Schwerter und Lanzen schwenkten, dabei ›Salve Imperator!‹ und ›*macte esto!*‹ brüllten. Freilich, so etwas bekam auch Caligula zu hören, der es in seinem Wahnsinn auf sich bezog und nicht auf das Amt, dem solche Heilrufe in Wahrheit gelten. So übernahm ich nun den Oberbefehl über das Heer, das sich mit den neu eingetroffenen Truppen am Fluss Tamesa sammelte und auf meine Beschlüsse wartete.*
Dir, meiner lieben Gemahlin, kann ich es ja sagen: Ich wusste nicht recht, wie es weitergehen sollte, denn die Briten lagen noch immer in ihren Schlupflöchern versteckt und taten alles, um einer größeren Schlacht auszuweichen. Doch da und dort begann es sich im Land zu regen und die britischen Kleinfürsten mit dem König Cynobellinus an ihrer Spitze wollen wohl jetzt die Gelegenheit nutzen, einen römischen Kaiser zu besiegen.
So warte ich also ab und wünsche dir und unseren Kindern den Segen der Götter.«

Messalina ließ den Brief sofort abschreiben und übergab ihn Callistus für sein Geheimarchiv. Sie setzte ein schüchternes Lächeln auf und es gelang ihr recht gut. Zugleich wusste sie, dass der dicke Sekretär sie durchschaute.
»Wer weiß, wozu es gut ist? Vielleicht kommt einmal eine Zeit, da es notwendig ist, das Vertrauen und die Zuneigung des Kaisers mir gegenüber nachzuweisen. Wer eignet sich dafür mehr als sein persönlicher Schreiber?«
Sein biederes rundes Gesicht zerfloss in Dienstbereitschaft und Wohlwollen. »Gewiss, Augusta! Wer weiß das besser als ich? Wer hätte mir nach Caligulas Tod schon geglaubt, wären nicht die Kopien meiner Warnungsbriefe gewesen? Die Originale

waren ja auf meinen Hinweis von ihren Empfängern vernichtet worden.«

»Du sollst mich nicht Augusta nennen! Das kommt mir erst zu, wenn der Senat die Verleihung dieses Ehrentitels bestätigt hat.«

Callistus seufzte. »Ach, wenn du wüsstest, wie oft ich Seine Majestät daran erinnert habe! Er will es nun einmal verschieben, was andererseits jedoch heißt, dass deine Ernennung fest eingeplant ist.«

»Das weiß ich und werde mich in Geduld fassen.«

Callistus hob seine fette, protzig beringte Hand. »Ehe ich es vergesse, unser ehrenwerter Konsul Lucius Vitellius hält es für angebracht, das Schreiben des Kaisers zuerst im engen Freundes- und Verwandtenkreis zu verlesen, ehe er es dem Senat bekannt gibt. Das soll in seinen Amtsräumen geschehen, zwei Tage nach dem Tubilustrium.«

Dieses Marsfest, verbunden mit einer Weihe der Kriegstrompeten, fand in der letzten Maiwoche statt.

»Als Gemahlin des Kaisers ist es meine Pflicht zu kommen.«

Sie nickte ihm zu und wandte sich zum Gehen. Callistus sprang auf, beugte den Rücken und öffnete ihr die Tür. Dann setzte er sich aufatmend an seinen mit Papieren überladenen Tisch und klingelte nach seinen Hilfskräften. Ich muss diese Frau im Auge behalten, dachte er. Vermutlich wälzt sie irgendwelche Pläne, die mir nicht gefallen.

Lucius Vitellius, derzeit Konsul und Statthalter des Römischen Reiches, genoss einen etwas zweifelhaften Ruf. Einesteils haftete ihm noch seine sklavische Verehrung für Caligula an, den er stets als Gott angeredet und sich vor ihm wie vor einem orientalischen Fürsten zu Boden geworfen hatte. Zum anderen wusste ganz Rom von seiner blinden Leidenschaft für eine junge Sklavin, die er freigelassen hatte und mit reichen Geschenken überhäufte. Es hieß, er lasse ihren Speichel mit Honig vermischen und trinke täglich davon, um ein hartnäckiges Halsleiden zu bekämpfen. Jeder, der ihn kannte, wusste, dass dies nur ein Vorwand war, um seine blinde Leidenschaft zu vertuschen.

Nahe dem Concordia-Tempel erhob sich das altehrwürdige Haus mit den Amtsräumen der Konsuln, von denen jeweils zwei für ein Jahr gewählt wurden, wobei es seit Augustus der Brauch war, dass auch die römischen Kaiser dann und wann ein Konsulat übernahmen. Das hatte meist nur symbolischen Charakter, um den Mitkonsul zu ehren, sodass oft schon nach wenigen Wochen der Rücktritt erfolgte.
Als derzeit ranghöchster Mann in Rom grüßte Vitellius die Gäste von seinem Amtssessel aus, doch als Messalina eintrat, erhob er sich und ging ihr einige Schritte entgegen.
Zum ersten Mal sah sie diesen Mann aus der Nähe und musste ständig daran denken, wie seine Geliebte in einen Napf spuckte, Honig dazugoss und ihm das eklige Getränk reichte. Er war ein recht hässlicher Mann mit schlaffem, faltigen Gesicht, krummem Rücken und watschelndem Gang. Andererseits galt er als geschickter und unbestechlicher Staatsmann, der vor einigen Jahren Legatus von Syrien gewesen war und den gefürchteten Partherkönig Artabanus zu für Rom vorteilhaften Verträgen überredet hatte.
Der für Messalina vorgesehene thronartige Stuhl stand auf gleicher Höhe neben dem Amtssessel des Konsuls, was einigen der Gäste offenbar nicht gefiel und zu halblauten unwilligen Bemerkungen veranlasste.
Messalina hatte sich unter die anderen gemischt, begrüßte zwei ihr bekannte Senatoren, wechselte einige Worte mit Narcissus und ergriff die von Agrippina dargebotene Hand.
»Hast du deinen Gemahl zu Hause gelassen?«
Sie seufzte in gespielter Besorgnis. »Passienus spürt mehr und mehr die Last seiner Jahre. Auch du hast einen viel älteren Mann geheiratet, doch Claudius ist, verglichen mit dem meinen, ein Jüngling. Er ist auf den Rat seiner Ärzte vorgestern in ein Schwefelbad gereist. Heilung wird es ihm wohl nicht mehr bringen, aber doch einige Besserung.«
»Du Arme scheinst mit deinen Ehemännern wenig Glück zu haben.«

Agrippinas kleiner schmaler Mund deutete ein Lächeln an. »Wie man es nimmt ... Vor seiner Abreise hat Crispus Passienus mir und meinem Sohn Nero sein gesamtes Vermögen testamentarisch vermacht.«
Messalina wunderte sich. Warum erzählt sie mir das? Soll es mich neidisch machen?
»Wie schön für dich, dann bist du ja gut versorgt.«
»Daran will ich jetzt nicht denken – möge Passienus noch recht lange leben.«
Als Messalina dabei war, ihren Ehrenplatz einzunehmen, fand sie Livilla und Seneca in einem lebhaften Gespräch mit dem Konsul Vitellius. Der Dichter begrüßte sie mit einer tiefen Verneigung, während Livilla tat, als sei sie nicht vorhanden.
Wieder fühlte Messalina den schmerzhaften Stich im Herzen. Schamlos, frech und anmaßend, ging es ihr durch den Kopf, sie will es wohl darauf ankommen lassen. Was hat Seneca hier zu suchen? Er ist mit dem Kaiser weder verwandt noch befreundet ...
Livilla hatte das Gespräch mit dem Konsul beendet und wandte sich ihr zu.
»Ah – Messalina! Ich habe dich vorhin gar nicht gesehen, bist du jetzt erst gekommen?«
»Nein, ich war schon länger da, aber vielleicht hat dein Seneca dich zu sehr abgelenkt.«
»Mein Seneca? Warum meiner? Als einer der ersten Dichter und Redner gehört er uns allen. Was nun dich betrifft, so kann man dich leicht übersehen, seit du nicht mehr schwanger bist.«
Messalina verschlug es die Sprache. Sie empfand Livillas Gegenwart als Zumutung, suchte nach einer zurechtweisenden Antwort, da sprach die andere schon weiter.
»Oh, versteh mich recht! Das war nicht abwertend gemeint, sondern nur ein Hinweis auf deine zierliche Gestalt. Außerdem sehe ich deinem Gesicht die Frage an, warum Seneca hierher gekommen ist. Sei beruhigt, der Konsul hat ihn nicht geladen, ich hielt jedoch seine Anwesenheit für angebracht, denn Seneca ist auch so

etwas wie ein Chronist der laufenden Ereignisse – deshalb habe ich ihn gebeten zu kommen.«
Man müsste dieses Bündel aus Hochmut, Frechheit und Bosheit austilgen wie ein Wespennest. Ja, das schien ihr der richtige Vergleich. Wie Livilla sah ein solches Nest von außen harmlos und wohlgestaltet aus, aber im Innern summte es gefährlich und wehe, man rührte daran. Messalinas Zorn schwächte sich auch während der Verlesung der kaiserlichen Botschaft nicht ab. Sie nahm die Worte kaum wahr, musste immer nur daran denken, wie sehr dieses anmaßende Weib sie ständig beleidigte und demütigte. So packte sie die Gelegenheit gleich beim Schopf und bat den Konsul, als er seine Gäste verabschiedete, um eine kurze Unterredung. Sie zogen sich in einen kleinen Nebenraum zurück und Messalina fragte ihn ohne Umschweife: »Verehrter Konsul, hältst du es weiterhin für tragbar, dass Livilla die Ehre der kaiserlichen Familie unablässig in den Schmutz zieht?«
Vitellius war in seinen langen Jahren als Staatsmann zum Menschenkenner geworden und hatte gleich bemerkt, dass es zwischen diesen beiden Frauen eine Spannung gab.
»Ich nehme an, du sprichst von ihrer Freundschaft mit Seneca?«
Messalinas höhnisches Lachen klang schrill. »Freundschaft? Soll das ein Scherz sein? Das ist eine Buhlschaft, schamlos und offen vor aller Welt dargeboten. Marcus Vinicius wird seine Gründe haben, nicht dagegen einzuschreiten, und so müssen es eben andere tun. Ich meine allerdings, dass dies mit Rücksicht auf den Kaiser nicht öffentlich geschehen soll. Hältst du ein solches Vorgehen für möglich?«
Vitellius wusste sehr gut, welchen Einfluss Messalina auf den Kaiser hatte und dass vom Ehebett aus so mancher Vorfall eine andere Richtung und Gewichtung erhielt.
»Der oder die Kläger müssen schon den gesetzlichen Weg gehen und ihre Klage beim Praetor einreichen. Hält dieser sie für begründet, nimmt er sie in die Prozessliste auf und unterzieht die Beklagte, also Julia Livilla, einem Verhör. Kann sie sich nicht schlüssig rechtfertigen, kommt es zu einem Prozess, bei dem die

Geschworenen über Schuld oder Unschuld durch Mehrheit entscheiden. So ist der übliche Ablauf und der findet in der Regel öffentlich statt. Da es sich aber um ein Mitglied des Kaiserhauses handelt ...«
»Kann es im Geheimen geschehen?«
»Sagen wir besser – in aller Stille. Du bestehst in jedem Fall darauf?«
»Ja, und ich bin sicher, ganz im Sinne des Kaisers zu handeln.«
Jetzt nur nichts Falsches sagen! Vitellius dachte nicht daran, den Glanz seiner politischen Laufbahn durch diese Göre trüben zu lassen.
»Darüber steht mir kein Urteil zu, aber ich weiß, dass der Imperator von mir in allem eine ehrenhafte Haltung erwartet.«
»Gewiss, Konsul, deshalb habe ich um diese Unterredung gebeten. Was genau schlägst du vor?«
»Kommt es zu einer Anklage, so geht sie den üblichen, wie vorhin geschilderten Weg. Kommt es zu einem Urteil, so muss es – dies ist nun meine Bedingung – ein vorläufiges sein. Auch Livilla hat das Recht, an den Kaiser zu appellieren, umso mehr, als sie mit ihm verwandt ist. Dann mag der Imperator sein endgültiges Urteil sprechen.«
»Welches Urteil hat sie vom Gericht zu erwarten?«
»Bei erwiesener Schuld *exilum* und Einzug des Vermögens.«
Verbannung, dachte Messalina, damit wäre schon viel gewonnen. Sie müsste dieses Weib dann wenigstens nicht mehr sehen und brauchte keine weiteren Frechheiten von ihr hinzunehmen.
Sie nickte. »Gut, so könnte es gehen. Wird Agrippina sich für ihre Schwester einsetzen?«
Vitellius dachte nach, erwog das Für und Wider. »Nein, Domina, ich glaube nicht.«
Messalina wollte jedoch nichts unternehmen, ohne zuvor den Rat des Narcissus eingeholt zu haben. Auf ihre Frage, ob auch er wie der Konsul und andere an Livillas schamlosem ehebrecherischem Verhalten Anstoß nehme, senkte Narcissus nachdenklich sein Haupt. Er ordnete blitzschnell seine Gedanken und wog ab. Bes-

ser noch als der Konsul wusste Narcissus um Messalinas starken Einfluss auf den Kaiser, vergaß aber nicht, dass es um dessen Lieblingsnichte ging.
Freilich hätte auch Narcissus allen Grund gehabt, Livilla zu schaden, denn sie behandelte ihn wie einen Sklaven, der dem Schicksal unendlich dankbar sein musste, dass der Kaiser ihn an seiner Seite duldete. Sie tat, als wären seine Macht, sein Einfluss, sein Fleiß und sein Können kaum der Rede wert. Doch er hatte es sich angewöhnt, gegenüber Personen von Rang kluge Zurückhaltung zu üben. Wollte er ihnen schaden, so tat er es auf Umwegen und stand immer mit sauberen Händen da.
Sie musterte ihn spöttisch. »Musst du da so lange nachdenken?«
»Ja, Domina, denn auf deine Frage habe ich zwei Antworten. Für die eine braucht es keine Überlegung und sie lautet: Natürlich missfällt mir Livillas und Senecas Verhalten schon länger. Die andere aber muss wohl überlegt sein, denn es geht darum, ob man etwas dagegen tun soll, und wenn ja, auf welche Weise. Mir als *libertinus* sind ohnehin die Hände gebunden, es fällt auch nicht in meinen Zuständigkeitsbereich. Callistus ist es, der alle Klagen zu prüfen hat und sich – was zur Zeit nicht möglich ist – darüber mit dem Kaiser berät. Wende dich an ihn und sage ihm ruhig, dass ich deine Ansicht teile: Livillas Verhalten ist eine Schande; Seneca dagegen ist unverheiratet und deshalb milder zu beurteilen.«
Bei Callistus fand sie ein offenes Ohr. Livilla hatte ihm gleich nach ihrer Rückkehr zu verstehen gegeben, dass er Caligula als feiges und willenloses Werkzeug gedient und sich maßlos bereichert habe. Ganz ruhig hatte sie gesagt: »Ich weiß, du bist dir keiner Schuld bewusst, hast alles abgestreift, was damals war. Ich aber sehe noch deutlich die Blutflecke auf deinen Händen, magst du sie noch so oft in Unschuld waschen.«
Als er mit Messalina sprach, verlor sein Gesicht für einen Augenblick den Anstrich von Biederkeit und Servilität – zeigte blanken Hass. Sie sah es mit Genugtuung.
»Du weißt, dass ich wie Narcissus weder berufen noch berechtigt bin, direkt gegen Livilla vorzugehen. Doch ich kann etwas in

die Wege leiten, allerdings mit der auch von Konsul Vitellius gewünschten Einschränkung: Wie immer das Urteil ausfallen mag, der Kaiser hat das letzte Wort und der Fall muss ruhen, bis er zurück ist.«

Messalina sah schon bald, dass auf Callistus Verlass war. Da gleich mehrere Kläger auftraten, musste das Gericht einen *accusator* als Hauptankläger bestimmen. Dieser war ein etwas zwielichtiger Mensch mit dunkler Vergangenheit, der jedoch in den römischen Bürgerlisten stand und als bisher straffrei galt.

Livilla erleichterte es ihren Gegnern insofern, als sie nicht zur Verhandlung erschien und somit in *contumaciam* – also wegen Auflehnung durch Abwesenheit – und wegen offenen Ehebruchs zu lebenslanger Verbannung aus Rom und dem italienischen Festland verurteilt wurde. Die Insel Sicilia wurde zu ihrem Exil bestimmt, mit der Auflage, dass der Kaiser nach seiner Rückkehr eine endgültige Entscheidung traf. Der gleiche Schuldspruch fiel auf Lucius Annaeus Seneca – ihm wurde die Insel Corsica zur lebenslangen Verbannung bestimmt.

Wer von Marcus Vinicius, dem Ehemann, einen Einspruch erwartet hatte, wurde ebenso enttäuscht wie von Livillas Schwester Agrippina. Beide schwiegen zu dem Urteil, ließen auch nicht verlauten, ob sie es ungerecht oder angemessen fanden.

Callistus rieb sich die Hände, als er Messalina informierte.

»Für Livilla mag es hart sein, nach so kurzer Zeit der Freiheit wieder in die Verbannung gehen zu müssen, aber das hat sie ihrem Starrsinn und einem anmaßenden Stolz zu verdanken, der viele Menschen aufbrachte und verletzte. Freilich müssen wir damit rechnen, dass der Imperator nach seiner Rückkehr den Schuldspruch mildert oder sogar aufhebt. Da müsstest dann du versuchen ...«

Sie fiel ihm heftig ins Wort. »Dazu wird es nicht kommen! Ich – ich werde es schon regeln ...«

Ihre letzten Worte hatten sehr leise geklungen, doch Callistus hatte sie genau verstanden. Er unterdrückte die Frage nach dem Wie, wollte alles Weitere ihr überlassen.

Messalina war entschlossen, die Rückkehr des Kaisers nicht abzuwarten, denn sie rechnete mit einer Aufhebung des Urteils, wenn Livilla sich ihm zu Füßen warf.
»Die Reise nach Sicilia ist weit und gefahrvoll. Ob zu Wasser oder zu Land, der Mensch ist dem Willen der Götter ausgesetzt und kann nur hoffen, sein Ziel zu erreichen, erwarten darf er es nicht.«
Nach diesen Worten ahnte Callistus, auf welche Weise sie es regeln würde, doch das ging ihn nichts mehr an.
Messalina hatte längst einen Plan ersonnen. Da gab es diesen Sabinus, der unter Caligula Centurio in der kaiserlichen Leibwache gewesen war. Er hatte dem Tyrannen treu gedient und war nach dessen Tod in Ungnade gefallen. Seither drückte er sich mit Gelegenheitsarbeiten herum, diente diesem oder jenem als Leibwächter und stellte mehrere Anträge auf Wiedereinstellung in den kaiserlichen Dienst, die bisher abschlägig beschieden wurden.
»Er war ja überaus tüchtig, dieser Sabinus«, hatte Claudius ihr gegenüber einmal erwähnt, »aber niemand sähe es gerne, wenn ich einen Büttel des gestürzten Tyrannen weiter beschäftigen würde.«
Nach Abreise des Kaisers machte Sabinus einen letzten Versuch, wandte sich an Messalina und bat um Verwendung in ihrer persönlichen Leibwache. Sie empfing ihn, denn sie wusste, dass er unter Druck stand und sich so als gefügiges Werkzeug verwenden ließe.
Sabinus war bereits in Rom geboren, denn sein Vater war unter den letzten Gefangenen gewesen, die Julius Caesar aus den Germanenkriegen mitgebracht hatte. Er stellte das Bild eines Kriegers dar – vierschrötig, mit kantigem Gesicht und grauen harten Augen, Arme und Beine wie Säulen, die blonden borstigen Haare kurz geschnitten. Messalina beeindruckte ihn so sehr, dass er sich lüstern die Lippen leckte und dabei ein geiles einfältiges Lächeln nicht unterdrücken konnte oder wollte.
Sie beschloss spontan mit diesem muskulösen Tölpel ihr Haus der Stummen einzuweihen. Eigentlich hätte es ja Gaius Silius oder zumindest Mnester, der schöne Schauspieler, sein sollen, doch mit Sabinus hatte sie große Pläne. Außerdem erinnerte er sie ein wenig

an Cletus in seiner Art, die Frauen mit unverhohlener Begehrlichkeit anzusehen.
»Vielleicht kann ich dich brauchen, Sabinus, doch dein Ruf ist nicht der beste. Es liegen verschiedene Anklagen gegen dich vor, die für deine unter Caligula verübten Untaten den Tod oder zumindest eine lebenslange Galeerenstrafe für dich fordern. Einer verlangt sogar deine Verurteilung *ad bestiam* – das heißt, du musst auf den Tod mit wilden Tieren kämpfen.«
Seine Augen verengten sich, er presste die Lippen zusammen und war blass geworden.
»Wenn ... wenn Treue so belohnt wird ... Was habe ich denn Unrechtes getan? Befehlen gehorcht ...«
»Mag sein, aber deine Taten fordern nun die Rache anderer heraus. Ich könnte dich schützen ...«
»Was muss ich tun?«, kam die schnelle Frage.
»Ich könnte dich verwenden, zunächst nicht als *custos*, sondern für eine etwas heikle Sonderaufgabe, die ich dir noch erläutern werde.«
Sie beschrieb ihm ihr Haus bei den Horti Luculliani.
»Komme allein und in unauffälliger Kleidung – am besten gleich morgen Nachmittag.«
Sabinus riss erstaunt seine Augen auf. »Aber ... aber Domina, du lebst ... du wohnst doch hier im Palast?«
»Nicht immer und bewahre Schweigen, hörst du? Für Schwätzer ist in meinem Dienst kein Platz.«
»Ja, Domina, gewiss, du kannst dich auf mich verlassen.«
Rubica war informiert und führte Sabinus ins Haus. Vor Ungeduld war er schon in der sechsten Tagesstunde erschienen und Messalina ließ ihn noch über eine Stunde warten. Ein stummer Diener brachte ihm Wein und Wasser und als er ihn etwas fragen wollte, schüttelte der Kerl nur den Kopf.
»Bist du taub oder was?«, fragte Sabinus mit zornig erhobener Stimme.
Da kam gleich Rubica herbei und legte warnend einen Finger vor den Mund. »Schreie nicht herum, dies ist ein sehr stilles Haus. Im

Übrigen sind alle Diener hier stumm. Sie verstehen dich, können jedoch nicht antworten. Jetzt verhalte dich ruhig und warte.«
Nicht gewohnt, sich von einer Frau etwas sagen zu lassen, verfiel Sabinus in verstocktes Schweigen und trank, gegen seine sonstige Gewohnheit, einige Becher unverdünnten Weines. Er war keineswegs ein Kostverächter, hielt sich aber sonst an die militärische Disziplin, untertags und im Dienst stets nüchtern zu bleiben.
Messalina empfing ihn sitzend im früheren Arbeitszimmer ihres Mannes.
»Du hättet wohl gerne am Feldzug des Kaisers teilgenommen?«
»Sogar als einfacher Legionär, aber nun, da ich unerwünscht bin und fürchten muss, einem Rachedurstigen ins Messer zu laufen …« Er straffte sich und schaute sie verlangend an. »Ich würde alles tun, Domina, um der schönsten Frau von Rom dienen zu dürfen.«
»Sieh da, ein Schmeichler! Noch ist nicht gewiss, ob ich dich brauchen kann. Der Plan, von dem ich jetzt spreche, ist nur einigen hoch gestellten Leuten bekannt. Ehe ich ihn dir erläutere, sei gewarnt! Solltest du dich verweigern, so bist du ein Mitwisser und uns bleibt nichts anderes übrig, als dich mit herausgeschnittener Zunge in die Arena zu treiben. Noch kannst du dich entscheiden: Ist dir das Risiko zu groß, so gehe in Frieden und mühe dich weiterhin als Tagelöhner ab. Willst du jedoch wieder zu Rang und Namen kommen und dazu eine saftige Prämie verdienen, ich denke an fünftausend Sesterzen, dann greife zu.«
»Was muss ich tun?«
»Nichts allzu Schwieriges. Du wirst die zum Exil verurteilte Julia Livilla mit einem Trupp von etwa zehn bis fünfzehn Mann nach Sicilia begleiten.«
Ein Lächeln der Erleichterung flog über sein kantiges Gesicht. »Ist das alles?«
»Nicht ganz. Die Prinzessin darf Sicilia niemals erreichen. Es wird unterwegs einen Unfall geben, den du als späterer Zeuge schlüssig erklären musst. Die Art des Unfalls überlassen wir dir. Ein

Sturz vom Pferd, vielleicht während einer Flussüberquerung, ein räuberischer Überfall durch Piraten oder Wegelagerer und als letzte Möglichkeit ein Schiffbruch auf dem Weg nach Sicilia, vielleicht verursacht durch Skylla und Charybdis? Nicht wenige glauben ja noch daran …«

Sie lächelte Sabinus aufmunternd an. Der zeigte sich allerdings verwirrt.

»Wer sind das, diese Silia und Carapis? Räuberische Volksstämme?«

»Nein, Skylla und Charybdis sind Seeungeheuer zu beiden Seiten der Meerenge. Auf dem einen Ufer saugt Charybdis dreimal am Tag Unmengen von Meerwasser in sich hinein und speit es laut brüllend wieder aus, auf der anderen Seite wacht Skylla, ein Monstrum mit sechs Köpfen und zwölf Beinen, und schnappt gefräßig nach den Seeleuten.«

Sabinus stand mit geöffnetem Mund da, zeigte einige schwarze Stümpfe verfaulter Zähne und sah sehr töricht aus.

»Und diese beiden gibt es wirklich?«

»Ich bin noch nicht dort gewesen.«

»Aber wenn es stimmt, dann kann ja niemand auf die Insel gelangen?«

»O doch! Wer Bescheid weiß, opfert den Ungeheuern einige Ziegen oder Schafe und wird dann durchgelassen. Übrigens sind auch Menschenopfer willkommen …«

»Ich verstehe, das ist allerdings keine Lösung, wenn ich, wie du sagst, später einen Unfall glaubhaft schildern soll.«

»Richtig, Sabinus. Es muss schon vorher geschehen und an dir ist es, den Auftrag so auszuführen, dass es an einem Unglück nicht die geringsten Zweifel gibt.«

»Und die Prämie?«

»Du erhältst zweitausend Sesterzen sogleich, die restlichen dreitausend nach deiner Rückkehr.«

»Und meine Leute …«

»Dürfen keinen Verdacht schöpfen, müssen zweifelsfrei Zeugnis geben.«

»So bin ich auf mich allein gestellt?«
»Ja, Sabinus, und ich weiß, dass du dafür der richtige Mann bist. Ich werde nach angemessener Frist dafür sorgen, dass man dich als Centurio in meine persönliche Leibwache einstellt.«
»Geht der Befehl zur Tötung ... zu dem Unfall vom Kaiser selbst aus?«
»So ungefähr ... Oder besser gesagt, dem Imperator sehr nahe stehende Menschen kommen seinen Wünschen zuvor. Mehr brauchst du nicht zu wissen.«
»Jawohl, Domina. Ich stehe zu deiner Verfügung.«
Sie stand auf, seufzte, streckte sich und lächelte ihn seltsam an. »In jeder Beziehung?«
»Wie meinst du das?«
»Haben deine Pflichten als Leibwächter dich niemals in das Haus einer Dame geführt? Könnte doch sein, dass eine hochgeborene Frau aus der Umgebung des Imperators im Bett eine gewisse Furcht empfindet – vielleicht nur die Angst, allein zu sein ...«
Er verstand. Was Messalina andeutete, war jedoch so nicht geschehen. Häufig waren es *meretricis* gewesen, meist billige, manchmal teuere, gelegentlich auch Witwen oder die Frauen alter Männer. Aber die Gemahlin des Kaisers! Das war für ihn fast so, als würde Venus in eigener Person ihn in ihr olympisches Bett laden. Er schluckte.
»Bin ich dir nicht zu gering?«
»Kommt es darauf an, wenn es um Mann und Frau geht und nicht um Kaiserin und Centurio? Du lässt den Centurio draußen und ich vergesse meinen Rang.«
»Wenn du meinst, Domina...«
Sie schaute in seine harten grauen Augen, musterte seine gedrungene, muskelbepackte Gestalt mit Schenkeln wie Baumstämme und den Armen eines kampferprobten Gladiators.
»Du hast immer nur Huren gehabt, stimmt's?«
»Ja, schon ...«
»Dann betrachte mich doch als eine solche, eine willige *noctiluca*, eine lüsterne Nachtschwärmerin, die sich einen Freier sucht.«

Sie redet ja tatsächlich wie eine Nutte, dachte Sabinus erstaunt, wo doch alle Welt weiß, dass sie aus einer vornehmen Familie kommt.
Plötzlich stand sie in einer knappen Tunika vor ihm und Sabinus fiel es leicht, die Kaiserin zu vergessen und nur noch die willige Frau zu sehen. Das Blut schoss ihm in die Lenden, mächtig schwoll seine Männlichkeit an, es gab keine Bedenken mehr. Sie wollte wie eine Hure genommen werden und er tat es auf seine gewohnte Art, mit harten Worten und harten Griffen. Da wurde sein Phallus zur Waffe, die er ihr in den Leib rammte und wie eine erfahrene Hure zuckte sie nicht zurück, ließ es fügsam geschehen, bog ihm ihren Leib entgegen, passte sich seinem Rhythmus an.
Danach leerten sie gemeinsam einen Krug vorzüglichen Weines.
»Ist dein Auftrag zu unserer Zufriedenheit erledigt, wird es mehr davon geben.«
Er grinste anzüglich. »Wovon, vom Wein?«
»Ja«, sagte sie träge, »von dem auch.«

16

Kaiser Claudius war dieses Feldzugs so überdrüssig geworden, dass er am liebsten mit dem nächsten Schiff nach Gallia übergesetzt und nach Rom zurückgereist wäre. Doch es gab eine Reihe von schwerwiegenden Gründen, die es ihm untersagten. Einem Kaiser etwas verbieten, etwas untersagen? Nur die Götter dürfen sich anmaßen, dies zu tun. Auf Erden war der römische Imperator keinem Menschen untertan. Claudius schmunzelte. Caligula hat so gedacht und einmal in einem hybriden Vergleich seine Stellung umrissen.
»Wie der Hirt einer Herde Ochsen, Ziegen oder Kleinvieh nicht selbst ein Ochse oder sonst ein Teil der Herde, sondern ein Mensch ist, der an Würde und Kenntnissen hoch über den von

ihm geleiteten Tieren steht, genauso hat man zu glauben, dass auch ich als oberster Hirte der Menschenherde ein von ihr völlig unterschiedenes, nicht menschliches, sondern unendlich höher begabtes, göttliches Wesen bin.«

Dieser zweifelsfrei überlieferte Ausspruch diente seit jeher Caligulas Gegnern, ihm einen blasphemischen Hochmut nachzusagen, ihm eine Hybris anzulasten, die letztlich zu seinem Untergang geführt hatte.

Claudius empfand seine derzeitige Stellung als kriegerischer Imperator inmitten seiner Legionen wie ein Schauspieler, der eine höchst ungeliebte Rolle überzeugend zu spielen hat. An ihm war nichts Kriegerisches, weder sein Körper noch sein Geist waren auf dieses Ideal hin erzogen worden. Nun aber musste er sich von Zeit zu Zeit im Feldlager zeigen, angetan mit goldenem Brustpanzer, knielangem Waffenrock, Beinschienen und roten Stiefeln, um die Schultern den Purpurmantel, mit goldenem Lorbeer gekrönt. Mit der Zeit gewöhnte er sich zwar an diese Maskerade, es kostete ihn jedoch einige Mühe, um sie mit stolzer Würde vorzuführen. Doch bald erkannte er, dass dies gar nicht so wichtig war. Die meisten der Legionäre sahen ihn ohnehin nur aus der Ferne: Das schöne Bild eines Kaisers, eines Feldherrn, der sich übrigens immer großzügig zeigte und nicht selten die Langeweile des Lagerlebens mit Sonderrationen an Wein etwas kurzweiliger machte. Dabei – Claudius konnte diesen Gedanken nicht ohne Ironie fassen – dabei hatte es ein echter Schauspieler noch um einiges besser. War die Rolle gespielt, der Beifall verklungen, dann ging er nach Hause zur Familie oder setzte sich mit Freunden zu einem Symposium und konnte er selbst sein. Claudius hingegen musste seine Maskerade Tag und Nacht tragen, denn alle, die ihn umgaben, besaßen militärische Ränge und für sie war er der oberste Befehlshaber, der Imperator auf dem Feldzug. Das war der Grund, warum er Valerius Asiaticus gebeten hatte, ihn zu begleiten.

Er sagte ihm nach einem weiteren Tag der sinnlosen Warterei in Britannia: »Du nimmst als Privatmann am britannischen Feldzug teil, führst weder Rang noch Schwert, sodass ich in deiner Ge-

genwart die kriegerische Verkleidung ablegen darf. Für mich verkörperst du hier ein Stück Rom, ein Stück Privatleben …« Claudius lächelte und sagte mit scherzhafter Betonung: »Du heimelst mich an …«
Das kluge verlebte Zynikergesicht des Valerius Asiaticus verzog sich zu einer schmerzlichen Grimasse. »Wie sich das anhört! Als sei ich die Amme eines kleinen Jungen, der Probleme hat und sich in meine Arme flüchtet.«
Der Kaiser winkte ab. »Spotte du nur! Selbst dein Spott ist mir hier lieber als das ganze lächerliche Getue um mich als göttlicher Imperator. Lieber in Rom der alte Zausel sein, über dessen Stottern und Hinken man sich arglos lustig macht, als hier ein ehernes Standbild darstellen.«
»Verzeih, Imperator, aber ich glaube, du musst wieder einmal deinen Samen abladen. Tut man das nicht regelmäßig, dann staut sich das Zeug an und vernebelt unser Gehirn. Wann hast du die letzte Frau gehabt?«
Claudius, bei Valerius Asiaticus seit jeher an respektlose und direkte Fragen gewohnt, blieb gelassen und dachte nach. »Vor zehn oder zwölf Tagen vielleicht …«
»Das ist zu lang, Imperator! Du bist zwar nicht mehr der Jüngste, aber landauf, landab dafür bekannt, dass Frauen dir viel bedeuten. Soll ich dir etwas Junges, Hübsches zuführen?«
»Wenn das so einfach wäre! Dauernd wollen mich meine *legati* mit so genannten Prinzessinnen verkuppeln, den Töchtern der bisher gefangenen Könige. Das lehne ich ab.«
»Warum?«, fuhr Valerius in gespielter Entrüstung dazwischen. »Passen dir die roten Haare nicht? Die milchweiße Haut, die entzückenden Sommersprossen? Die schweren Brüste und die grünen Augen? Die üppigen Schenkel und die …«
»Nun höre schon auf! Welcher Mann würde sich nicht nach Abwechslung sehnen? Nur wenn ich einer solchen Kuh ein Kind mache, dann läuft sie mit dem Balg durchs Land und nennt es einen kaiserlich-römischen Prinzen. Nein, nein, das kann ich mir nicht leisten.«

»Gut, das verstehe ich, dann lasse dir aber wenigstens aus dem für die oberen Ränge unterhaltenen *lupanar* etwas zuführen. Da findest du ganz entzückende Huren, auch etwa in der Art deiner Messalina, zierlich, dunkelhaarig …«
»Lasse meine Frau aus dem Spiel! Ich habe ohnehin ein ungutes Gefühl, sie so lange allein zu lassen …«
»Da würde ich mir keine Sorgen machen, auf Narcissus und Callistus ist Verlass, sie sind dir Auge und Ohr.«
»Das hoffe ich wenigstens. Nun, dir kann ich es ja sagen: Es zieht mich mit aller Kraft zurück nach Rom, zu Messalina und den Kindern, zu meinen Büchern, meinen Freunden, auch zu meinem Hafenausbau in Ostia. Ich fürchte, da wird nur noch getrödelt und gepfuscht, wenn ich nicht zugegen bin.«
Valerius verzog angeekelt sein Gesicht. »Glaubst du, mir gefällt es hier? Der ewige Regen, die nicht vorhandenen Straßen, der Schlamm, die tückischen Moore, in denen schon mehr Legionäre umgekommen sind als durch kriegerische Handlungen. Aber jetzt scheint sich etwas zu tun?«
»Aulus Plautius rechnet für April oder Anfang Mai mit einem Aufmarsch der vereinigten britischen Truppen – soweit man bei diesen Wilden überhaupt davon sprechen kann.«
Valerius nickte. »Dahinter steckt dieser Cynobellinus, der sich besser dünkt als die anderen Kleinfürsten, weil er über einige Dörfer mehr gebietet. Manchmal frage ich mich schon, was Rom mit dieser jämmerlichen Provinz anfangen soll. So wie es aussieht, wird dieses Land nicht einen einzigen *as* abwerfen. Kein Wein, kein Getreide, keine Bodenschätze und das Holz der Wälder ist nur bedingt zu verwenden.«
Claudius hob die Schultern und lächelte fast entschuldigend. »Aber ich werde als siegreicher Imperator heimkehren – alle Welt will es so.«
»Du nicht?«
»Ja … schon, ich hätte es jedoch auch ohne Triumphzug ausgehalten, doch von Senat und Volk kommt der Gegendruck. Sie sind es, die einen triumphierenden Kaiser wollen, vielleicht weil des-

sen Glanz dann auf sie zurückstrahlt. Wenn ich später in den Geschichtsbüchern als Erbauer des neuen Hafens von Ostia genannt werde, so ziehe ich das bei weitem vor.«
Valerius grinste und sah dabei aus wie ein alter Faunus. »Bei Fortuna, die mir damals gnädig war, ich danke ihr und den anderen Göttern, dass ich nicht Caligulas Nachfolge antreten musste, wie einige es bekanntlich wollten. Keiner hätte sich weniger zum Kaiser geeignet als ich und ich gebe es gerne zu, dass es dann weder einen neuen Hafen noch einen britannischen Feldzug gegeben hätte. Gewiss wäre in mir kein neuer Caligula erstanden, doch es hätte sich auch sonst nichts bewegt als meine Gurgel beim Schlucken von Wein und meine Hand beim Umfassen von Frauenbrüsten.«
Claudius lachte. »Eines hast du vergessen, nämlich deine Zunge. Die wäre weiterhin sehr rege gewesen beim Aussprechen von zynischen Sentenzen, Blasphemien und verlogenen Liebesschwüren. Dass es dir überhaupt noch gelingt, eine Frau in dein Lotterbett zu locken, erstaunt mich mehr und mehr.«
Valerius winkte spöttisch ab. »Nur aus Neugierde, denke ich. Die dummen Gänschen hoffen beim alten liederlichen Valerius etwas ganz Besonderes zu erleben. Doch mir gehen allmählich die Einfälle aus und ich wiederhole mich. Manchmal halte ich es für an der Zeit, in den Orcus zu fahren. Wer weiß, vielleicht erwartet uns dort etwas Neues.«
»Da von dort noch niemand zurückgekehrt ist, werden wir es wohl nie erfahren. Ich glaube an kein Leben nach dem Tod – wenn wir auf dem Scheiterhaufen zu Asche verbrennen, sind wir auf ewig zu nichts geworden. Dann gibt es uns nur noch in der Erinnerung anderer. Jetzt leben wir noch und haben eine Aufgabe.«
Valerius tat erstaunt. »So? Ich wusste bis jetzt nicht, wozu ich auf der Welt bin.«
»Um mich zu unterhalten, mein Lieber, und mir diesen Feldzug halbwegs erträglich zu machen. Ist das nichts? Übrigens hat mich Aulus Plautius gebeten, für übermorgen eine Generalbesprechung

anzusetzen. Gewiss nicht ohne Grund hat er dafür den Dienstag, also den Tag des Mars, gewählt.«
»Traust du diesem trockenen Säbelrassler so viel Fantasie zu? Aber es kann sich dabei nur um kriegerische Angelegenheiten handeln – vielleicht kommt etwas in Bewegung.«
Und so war es dann auch. Aulus Plautius, in Anwesenheit des Kaisers nominell nur stellvertretender Oberbefehlshaber, setzte zu einer Rede an.
Die *legati* und *tribuni* hatten sich im weiträumigen Feldherrnzelt versammelt, weil draußen wieder einmal die Wolken ihre Schleusen geöffnet oder, besser gesagt, nicht geschlossen hatten, denn es regnete seit fünf Tagen.
Als der Kaiser Platz genommen hatte, zogen zwei junge Legionäre eine große Karte auf und Plautius trat davor.
»Imperator, Legati und Tribuni! Mag uns das Warten auf eine Reaktion des Feindes manchmal hart angekommen sein, so wussten wir doch, dass sie einmal erfolgen musste. Diese Übersichtskarte, die noch vom Geografen des Imperators Julius Caesar ausgefertigt wurde, zeigt uns die Hauptorte der britischen Kleinreiche. Rot umrandet jene, die wir bereits erobert und besetzt haben, schwarz solche, die aus geografischen und strategischen Erwägungen noch im Besitz dieser so genannten Könige verblieben sind. Nun hat sich durch den kürzlich erfolgten Tod des Cynobellinus eine neue Lage ergeben. Dieser König hatte offenbar die Ansicht vertreten: Keinen Kampf mit uns, solange sein eigenes Heer nicht dem unseren überlegen war. Inzwischen hat sein Sohn Caratacus die Nachfolge angetreten, glaubt sich uns überlegen oder zumindest gleichwertig und rüstet zur großen Entscheidungsschlacht, die, nach den Ermittlungen unserer *speculatoris*, in der Gegend von Camulodunum stattfinden soll.«
Plautius klopfte mit seinem Zeigestock so derb auf jenen Ort, dass die Karte dort einriss. Er achtete nicht darauf und sprach erregt weiter.
»Caratacus soll gesagt haben, es freue ihn, den römischen Kaiser im Land zu haben, denn er beabsichtige, diesen Tyrannen, der

grundlos ein friedliches Volk überfallen habe, zu töten oder gefangen zu nehmen.«
Plautius schwieg und blickte Claudius fragend an. Der erwiderte: »Natürlich wird dies nicht geschehen, sondern wir werden die Briten besiegen und das übrige Land besetzen. Sollte ich jedoch im Kampf fallen, so ist es der Wille der Götter und in Rom werden Senat und Volk einen neuen Kaiser bestimmen.«
Mühsam erhob er sich, reckte die geballte Faust und rief: *»Roma in aeternam!«*
Begeistert schallte es zurück: »Rom in Ewigkeit!«
Valerius Asiaticus, der hinter dem Sessel des Kaisers stand, musste ein spöttisches Lächeln unterdrücken und bemühte sich, ernst und feierlich dreinzuschauen.
Dann sprach Plautius weiter: »Wichtig ist vor allem eines: Den Ort der Schlacht bestimmen wir, und zwar nach alterprobten strategischen Erwägungen.«
Dann erläuterte er seinen diesbezüglichen Plan, doch Claudius hörte kaum noch hin. Wie sollte er, zeitlebens Stubengelehrter, sich als Feldherr verhalten? Allen voran in den Kampf ziehen? Er, der in seinen schwachen Händen gerade noch einen Stift oder ein Buch halten konnte, sollte nun ein Schwert führen?
Nach Ende der Beratung hielt er Plautius zurück. Valerius, der gerade das Zelt verlassen wollte, schaute ihn fragend an.
»Du bleibst, Valerius Asiaticus! Was ich dem Legatus Aulus Plautius zu sagen habe, soll einen verlässlichen Zeugen haben. Deine Wahrheitsliebe ist ja hinreichend bekannt und so wundert es mich noch heute, dass Caligula dich am Leben ließ.«
»Mich auch, Imperator, mich auch.«
Claudius wandte sich an Plautius. »Dies, mein Freund, ist eine geheime Besprechung, von der nichts nach draußen dringen darf, kein Wort! Schwöre es mir bei den *manes* deiner Vorväter!«
Ohne zu zögern hob Plautius die Hand. Der Kaiser setzte sich und wies auf die herumstehenden Feldstühle.
»Was meine engen Freunde längst wissen, möchte ich vor der kommenden Schlacht noch einmal erörtern. Rom lebt seit Augus-

tus im Frieden; das gelegentliche Geplänkel in den Provinzen ist ohne Belang. Weder Tiberius noch sein unseliger Nachfolger waren gezwungen, ein Heer gegen einen Feind zu führen, der zumindest der Zahl nach als ernst zu nehmender Gegner einzuordnen ist. Mir haben es die Götter nun auferlegt, als Feldherr meine Männer gegen diesen Feind zu führen, und nun stelle ich an dich, Aulus Plautius, die Frage, wie ich mich zu verhalten habe. Soll ich mit gezogenem Schwert meinen Truppen voranreiten? Soll ich ihnen am Vortag der Schlacht eine aufmunternde Rede halten und dann nach Rom zurückreisen? Dazwischen liegen noch viele Möglichkeiten und bei dieser Frage werde ich mich ganz nach deinen Erfahrungen richten.«
Plautius gestattete sich ein kurzes Lächeln. »Du hast eben sehr überzeugend dargetan, dass es diese Erfahrungen nicht gibt. Wir können allerdings auf unser großes Vorbild, den göttlichen Augustus, zurückgreifen und uns seine Rolle bei der Entscheidungsschlacht von Aktion und seinem Sieg über Antonius und Cleopatra vor Augen führen. Du, als erfahrener Historiker ...«
Claudius schlug sich gegen die Stirn und lachte leise. »Natürlich, rund um seinen Feldherrnhügel hat er später die Stadt Nikopolis erbaut. Dort stand während der Schlacht sein Zelt und von dort hat er durch Meldereiter das Geschehen überwacht und geleitet.«
Plautius nickte. »So steht es wohl auch in den *annales*. Außerdem wäre es nicht nur unklug, sondern geradezu blasphemisch, dich einer Gefahr auszusetzen. Würdest du fallen, wäre die Schlacht verloren, weil die meisten Legionäre fest daran glauben, dass dann die Götter auf der Seite des Feindes stehen. Ich müsste mich in mein Schwert stürzen ...«
Valerius blickte auf. »Das würdest du tatsächlich tun?«
Plautius nickte heftig. »Der Kaiser hat mich auserwählt, Britannia in eine römische Provinz umzuwandeln. Wenn dies misslingt und er selbst dabei sein Leben verliert ...« Plautius war von dieser Vorstellung so ergriffen, dass er sich mit dem Handrücken einige Tränen wegwischte.
»Du bist ein ehrenwerter Mann, Aulus Plautius, also gehen wir

den von dir vorgeschlagenen Weg und wählen einen geeigneten Hügel.«
Als Claudius allein war und den Fall noch mal in aller Ruhe durchdachte, erkannte er nicht ohne Genugtuung, dass er ohne große Bedenken seine Legionäre angeführt hätte – gäbe es Messalina und die Kinder nicht. Ihre Existenz erzeugte in ihm die Furcht, sie nicht wieder zu sehen, und damit die Abneigung, an der Spitze seiner Truppen in den Kampf zu ziehen.
Was mochte sie in diesem Augenblick tun, seine Geliebte? Hätte er gewusst, dass sie um diese Zeit in den haarigen und muskelbepackten Armen eines germanischen Centurio lag, so wäre Britannia möglicherweise keine römische Provinz geworden.
Aber er wusste es nicht und zog wenige Tage später, als die Regenwolken einer wässrigen Sonne Platz gemacht hatten, zwar nicht in Kampfeslaune, doch wohlgemut in sein auf dem Feldherrnhügel errichtetes Zelt. Genau genommen war das Wort »Hügel« eine Übertreibung, denn diese sanfte Erhebung war nur dem Fluss Clunio zu verdanken, der etwas tiefer lag und das Städtchen Camulodunum mit Wasser versorgte.
An seinen Ufern versammelte sich nach und nach das britische Heer und Plautius erstattete dem Kaiser regelmäßigen Bericht.
»Ihre Bewaffnung ist erbärmlich und völlig uneinheitlich. Der eine trägt nur eine Hartholzkeule auf der Schulter, der andere führt ein unhandliches Schwert, mit dem er sich eigentlich nur selbst verletzen kann. Lanzen scheinen reichlich vorhanden, vielleicht weil sie wohlfeil herzustellen sind, aber die wenigsten tragen Eisenspitzen, sondern nur zugeschliffene Steine. Auch Pfeil und Bogen kommen vor, doch von einer Art, die unsere Schützen nur zum Lachen brächte. Es ist fast beschämend, gegen so schlecht bewaffnete Männer antreten zu müssen, doch der Sieg ist mit Sicherheit unser und das Treffen wird nicht lange dauern.«
So war es dann auch. Claudius saß in kriegerischer Feldherrnkleidung vor seinem Zelt und fühlte sich bereits nach einer Stunde wie im Dampfbad, weil eine schon recht kräftige Frühjahrssonne

sich in seinem goldenen Brustpanzer spiegelte und den dort mit Löwenhaupt abgebildeten Hercules zu funkelndem Leben erweckte. Doch schon gegen Mittag erlöste ihn die Nachricht, der Feind sei geflohen und die Stadt besetzt.
Claudius nickte, wischte sich den Schweiß von der Stirn und ließ sich aus seiner Kriegsrüstung schälen. Er nahm ein Bad und empfing danach seine siegreichen *legati* und *tribuni* mit Glückwünschen.
»Die Götter haben uns einen leichten Sieg geschenkt und dadurch gezeigt, dass Rom von ihnen für alle Zeiten zur Weltherrschaft bestimmt ist. So wird Britannia ein neuer Stein im Mosaik unserer zahlreichen Provinzen werden, was für die Bevölkerung nur von Vorteil sein kann. Die ewigen Kriege ihrer vielen Kleinfürsten haben nun ein Ende gefunden, es wird Platz sein für friedlichen Handel und Wandel – das Land wird unter römischem Schutz aufblühen und gedeihen.«
Für den nächsten Tag war der feierliche Einzug des Imperators in die Stadt vorgesehen, an der Spitze seiner Truppen – in Gold und Purpur. Claudius musste sich eingestehen, dass er solcher Pracht nicht abgeneigt war. Diese Vorliebe mochte noch aus einer Zeit stammen, da er sich mit historischen Studien befasst und sich manchmal in die Rolle siegreicher Fürsten hineingeträumt hatte. Da Camulodunum als Hauptquartier vorgesehen war, hatte Plautius Plünderung, Brandschatzung und Vergewaltigung streng untersagt, dafür jedoch allen am Kampf Beteiligten eine Siegesprämie zugesagt. Claudius war damit einverstanden und so empfing die Bevölkerung ihren neuen Oberherrn zwar ohne Jubel, doch recht freundlich. Zuvor war es gelungen, einen älteren Herrn aufzuspüren, der noch in der Zeit des Tiberius als römischer Händler hier hängen geblieben war, geheiratet hatte und sein Latein zum Glück noch leidlich beherrschte. Mit seiner Hilfe richtete Claudius vor dem Stadthaus eine kurze Rede an den dort versammelten Ältestenrat, den er anredete, als spreche er im römischen Senat.
»Vielleicht, Ehrwürdige Väter, werdet ihr erst später verstehen

und zu würdigen wissen, was ich jetzt und heute sage: Rom ist zu euch nicht als Eroberer, sondern als Befreier gekommen. Wir haben euch aus dem Zwang befreit, eure zänkischen Fürsten über die Jahre hinweg mit Geld und Gut, Menschen und Vieh zu unterstützen, damit sie ihre endlosen Kriege führen konnten. Und mit welchem Ergebnis? Einmal siegte der, dann jener, dann ein anderer und immer habt ihr die Zeche bezahlen müssen. Das hat nun ein Ende gefunden! Auch wenn eure so genannten Edlen es euch eingeredet haben – weder Mann, Frau oder Kind werden in die Sklaverei geführt, keiner von euch wird um Haus und Hof gebracht. Geht weiterhin euren Berufen und Geschäften nach und seid versichert, dass eure künftige Garnisonsstadt schnell aufblühen wird. Unsere Legionäre werden ihren Sold auf euren Märkten, in euren Schenken und Bordellen lassen. Keiner von ihnen wird eure Sitten und Bräuche ändern oder eure vertrauten Götter durch römische ersetzen wollen. Dass ich in eigener Person die weite Reise hierher unternommen habe, zeigt euch, wie sehr Kaiser, Senat und dem römischen Volk euer Schicksal am Herzen liegen. Ein neues Zeitalter beginnt – seid guten Mutes!«
Die meisten der Gesichter blieben verschlossen, offenbar misstraute man den Römern.
»Nur die Zukunft kann sie eines Besseren belehren«, sagte Claudius bei einem späteren Gespräch mit Aulus Plautius.
»Mit Verlaub zu sagen, Imperator, die Zukunft kann erst beginnen, wenn das übrige Land unterworfen ist. Vor allem im Norden und Westen gibt es noch Gebiete, die keinen Römer gesehen haben und wo verschiedene Kleinfürsten hausen, als sei Mensch und Vieh ihr persönliches Eigentum.«
»Ja, Plautius, da gibt es noch viel zu tun, doch das werde ich dir und deinen Männern überlassen.« Er setzte noch hinzu: »Ich müsste längst zurück in Rom sein ...«, allerdings so leise, dass Plautius es nicht verstand.
Nach einer langen Besprechung mit den oberen Rängen der römischen Truppen erklärte Claudius sich bereit, noch bis Ende Juni an der Eroberung und Besetzung des Landes mitzuwirken, aber

seit der siegreichen Schlacht bei Camulodunum war der britische Widerstand gebrochen und es ging zügig voran.
Valerius Asiaticus war schon vorher nach Rom zurückgekehrt, um die siegreiche Nachricht zu überbringen und den Triumph, den der Senat sofort und einstimmig gewährte, vorzubereiten.
Nach einer Rede vor dem Senat führte ihn sein erster Weg zu Callistus, dem er mehr traute als dem undurchsichtigen Narcissus oder dem düsteren, hochfahrenden Pallas. Auch ihr gemeinsames Wirken während der Verschwörung gegen Caligula hatte sie einander näher gebracht.
»Unser Kaiser ist wohlauf, er hat sich wacker gehalten und ist allen Erwartungen gerecht geworden. Die Legionäre mögen ihn, er hat eine offene Hand und nimmt sie ernst – jeden einzelnen Mann. Die Leute spüren das und vergelten es ihm mit Treue und Anhänglichkeit. In zwei bis drei Wochen wird er zurück sein – also, mein Freund, was hat sich in Rom Wichtiges getan?«
Das feiste, stets bieder und devot lächelnde Gesicht des Callistus wurde ernst. »Nichts Gutes, was die kaiserlichen Prinzessinnen betrifft. Livilla ist des Ehebruchs mit Seneca angeklagt und zu lebenslangem Exil verurteilt worden, allerdings mit der Maßgabe, dass der Kaiser den Schuldspruch revidieren kann. Agrippinas Gemahl ist vor kurzem bei einem Badeaufenthalt gestorben und es geht das Gerücht um, sie habe ihn durch bestochene Ärzte vergiften lassen.«
Valerius Asiaticus zog die Brauen hoch. »Gelohnt hätte es sich ja, denn Crispus Passienus war einer der reichsten Männer von Rom.«
Callistus nickte. »Und er hat vor seiner Abreise ins Bad sein gesamtes Vermögen Agrippina und ihrem Sohn Nero vermacht.«
»Gut, man wird sehen … Nur, wie kam es zu der Anklage gegen Livilla? Schließlich ist sie die Nichte des Kaisers und – wie jeder weiß, war ihr Gemahl im Stillen mit ihrem Verhältnis zu Seneca einverstanden.«
Callistus nickte, presste einen Finger an seine Lippen, erhob sich lautlos, ging auf Zehenspitzen zur Tür und riss sie auf. Valerius hörte ihn halblaut einige Worte sprechen, dann kam er zurück.

»Meinem alten Wächter kann ich vertrauen, außerdem ist er halb taub. Er weiß jetzt, dass er niemand in die Nähe der Tür lassen darf.«

Valerius grinste. »Das versetzt mich in die alten Zeiten unserer Verschwörung. Nur, warum handelst du jetzt so?«

»Zuerst will ich deine Frage wegen Livilla beantworten. Das war Messalinas Werk. Nein, sie ist nicht selbst zum Praetor gelaufen und hat Anklage erhoben – so dumm ist sie nicht. Sie hat Ankläger gekauft und da Livillas Verhältnis offen zutage lag und sie zudem nicht zur Verhandlung erschien, blieb dem Gericht kein anderer Weg als ein Schuldspruch. Allerdings hat Konsul Vitellius sich ausbedungen, dass bis zur Rückkehr des Kaisers das Urteil ein vorläufiges sein muss.«

Valerius schüttelte den Kopf. »Ich verstehe nur nicht, was sie bewogen hat …«

»Das ist leicht zu erraten! Agrippina, zwar die härtere und stolzere der Schwestern, verhielt sich klug und ging Messalina aus dem Weg. Wenn ein Treffen unvermeidlich war, dann tat sie der Frau des Kaisers alle Ehre an, zwar mit leisem Spott, doch sie tat es. Livilla hingegen ließ deutlich spüren, wie sie über Messalina dachte. Sie sprach es nicht aus, doch sie behandelte die Augusta, nennen wir sie einmal so, als emporgekommenes Nichts, und zwar vor aller Augen. Messalina ist jedoch nicht weniger stolz, dazu nachtragend und rachsüchtig … und sie hat Narcissus auf ihrer Seite. Zwischen den beiden herrschte von Anfang an das alte Prinzip *manus manum lavat* und es hat auch diesmal gewirkt.«

»Gut, nur eines verstehe ich nicht: Der Kaiser hat vor seiner Abreise den Konsul zum Stellvertreter ernannt, mit der Maßgabe, dass Messalina, Narcissus und du an allen wichtigen Entscheidungen beteiligt seid.«

»Das stimmt, doch in diesem Fall stand ich allein gegen drei. Messalina hatte ein langes geheimes Gespräch mit dem Konsul, der sie seither umschwänzelt wie ein läufiger Hund. Vor kurzem hat er Messalina um einen ihrer Schuhe gebeten, den er nun wie eine Reliquie mit sich führt, von Zeit zu Zeit küsst, und zwar so, dass möglichst viele es sehen. Mit Narcissus steckt sie ohnehin unter einer Decke, was blieb mir also übrig, als den Schuldspruch abzuzeichnen? Ich tat es allerdings mit dem ausdrücklichen Zusatz, dass der Kaiser dazu das letzte Wort haben muss.«

»Vermutlich wird er das Urteil aufheben. Wo ist Livilla jetzt?«

»Auf dem Weg nach Sizilien.«

»Und Seneca?«

»Wurde nach Corsica verbannt und ist wohl schon dort angekommen. Als er das Urteil vernahm, bedankte er sich dafür, lächelte und sagte, nun könne er endlich einmal in Frieden und ohne jede Störung arbeiten.«

»Was sagst du zu den Gerüchten über Agrippina?«

»Eines darf man nicht vergessen: Crispus Passienus war schwer krank, als er in das Heilbad abreiste. Ob sie seinen Zustand nutzte, um ihm quasi den Rest zu geben, wird man wohl nie aufklären können. Da sie allgemein als hart, rücksichtslos und sehr zielstrebig bekannt ist, traut man ihr die Tat schon zu. Da mit Livilla vorerst nicht zu rechnen ist, nehme ich an, dass Messalina nun alles daransetzt, Agrippina unschädlich zu machen. Jedenfalls steht fest, dass die Augusta die Abwesenheit des Kaisers nach allen Regeln der Kunst nutzte und fast so etwas wie eine Nebenregierung gebildet hat. Ich hoffe nur, dass dieser Zustand nicht anhält. Vitellius kann ihren Pantoffel noch so oft küssen, mit Jahresende wird sein Konsulat erloschen sein. Inzwischen kehrt der Imperator zurück und ich glaube nicht, dass er seine gerade achtzehn Jahre alt gewordene Frau schalten und walten lässt wie einen *dictator*. Du gehörst doch zu seinen engsten Freunden – wie denkst du darüber?«

»Schwer zu sagen ... Claudius ist den Frauen sehr hörig und wenn ihm eine gefällt, dann sagt er zu allem ja. In Britannia ist ihm eine Hure zugelaufen, die mit Messalina eine verblüffende Ähnlichkeit hatte. Tagelang hat er sie in seinem Zelt wie einen Schatz gehütet und war kaum noch zu einer Entscheidung fähig. Wir haben zusammengelegt und sie bei Nacht und Nebel mit einem Beutel Gold weggebracht. Doch er vergisst auch schnell, denn ihre Ab-

wesenheit ist ihm erst am darauf folgenden Abend aufgefallen. Als ich sagte, er selbst habe sie doch weggeschickt, nickte er nur und der Fall war ausgestanden.«
»Messalina ist seine Frau und die Mutter seiner Kinder. Man kann sie nicht so einfach wegschicken.«
Valerius nickte ernst. »Das ist es, was die Sache so schwierig macht.«

17

Sabinus, der nach Caligulas Tod nur mit dem Überleben beschäftigt war und schon den Gedanken erwogen hatte, nach Alexandria zu gehen, um dort mit dem Rest seines Geldes ein neues Leben zu beginnen, sah nun seine Zukunft wieder in Rom und in einem goldenen Licht. Er war halt anscheinend doch ein toller Kerl. Manchmal glaubte er, das Erlebnis mit der Augusta nur geträumt zu haben, aber dann blickte er zurück und wusste, dass es wirklich und wahrhaftig geschehen war.
Er ritt an der Spitze eines Trupps von zwölf Mann; dazu kam ein halbes Dutzend Sklaven, die für Livillas Bequemlichkeit sorgten und, wenn sie des Reitens überdrüssig war, ihre Sänfte schleppten. Ihm war eingeschärft worden, dass er die Prinzessin mit aller Hochachtung zu behandeln habe, um sie nicht misstrauisch zu machen.
Sabinus grinste in sich hinein und dachte: Ja, meine hochgeborene Dame, ich werde dich bei passender Gelegenheit umbringen und ich bin der Einzige, der es weiß. Dieser Gedanke bereitete ihm kein Unbehagen, denn im Dienste Caligulas hatte er so oft getötet oder den Tod erzwungen, dass er sich kaum noch an einzelne Fälle erinnern konnte. Er war Centurio in der kaiserlichen Leibwache gewesen, die der Prätorianertruppe angehörte. Ihm waren die Germanen unterstellt gewesen, die nicht Latein sprachen und keinerlei Bindung zu römischen Familien hatten. Ihre Heimat war

die Castra praetoria auf dem Marsfeld, ihr einziger Herr der Kaiser. Töten war für ihn und seine Truppe zum Alltag geworden. Wenn er allein an die Schlächtereien in den Theatern und Arenen dachte, dann waren es gut sechs oder acht Dutzend gewesen, die er abgestochen, erschlagen oder sonstwie ums Leben gebracht hatte.
Er war vom Kaiser immer gut entlohnt und häufig mit Sonderprämien verwöhnt worden. Für ihn war eine Welt zusammengebrochen, als er an jenem unseligen Januartag mit seinen Männern von einigen Tribunen und Senatoren zurückgehalten wurde, nicht ahnend, dass diese Herren dem Kaiser ans Leben wollten.
Sabinus atmete tief und blickte sich um. Von acht Mann flankiert – je zwei vor, hinter und neben der Sänfte –, schwankte Livillas Tragsessel über die Pflastersteine der Via Appia. Wie immer hatte sie die Vorhänge zugezogen, denn sie legte keinen Wert darauf, gesehen zu werden. Ritt sie auf ihrem Maultier, dann trug sie einen undurchsichtigen Schleier und persönliche Handreichungen ließ sie nur von ihren Sklavinnen zu.
Nur wenige Male hatte Sabinus ihr Gesicht gesehen, etwa wenn sie den Schleier kurz hob, um sich abzukühlen. Er hielt sich für einen Kenner weiblicher Reize und konnte anfangs an ihr keine finden. Einmal, als sie hinter einem Busch ihr Bedürfnis verrichtete, war sie in einer knappen Tunika erschienen, um dann sofort von ihrer Dienerin in die *abolla* gehüllt zu werden. Diesen Reisemantel legte sie fast nie ab und er bedeckte ihre Gestalt von Kopf bis Fuß. Jedenfalls hatte er damals ihre wohlgeformten Schenkel gesehen, die schön gerundeten Hüften und ihre schlanken weißen Arme. Er spürte, wie sich seine *mentula* gleich heftig regte und ihn daran erinnerte, dass er seit jener Nacht mit Messalina keine Frau mehr gehabt hatte. Da kam ihm der Gedanke, dass es eine Verschwendung war, einen so schönen jungen Körper auszulöschen, ohne ihn vorher lustvoll zu nutzen. Gewiss, sein Auftrag lautete, einen Unfall vorzutäuschen, bei dem Livilla zu Tode kam, nicht jedoch, ihr vorher Gewalt anzutun. Nun, vielleicht bedurfte es gar nicht des Zwanges, um die Dame zu be-

kommen? Schließlich war sie wegen Ehebruchs verbannt worden, war also des Umgangs mit Männern nicht abgeneigt. Wenn er, Sabinus, imstande war, die verwöhnte Frau des Kaisers zu befriedigen, dann musste er doch auch den Ansprüchen einer Livilla genügen.
Diese Vorstellung ließ ihn nicht mehr los und er versuchte sie mit dem Plan von Livillas Tötung zu verbinden. Er hatte es sich so zurechtgelegt: Sie zogen jetzt wie vorgesehen auf der Via Appia nach Süden und befanden sich nun kurz vor Sinuessa, dem bekannten Badeort an der Grenze zwischen Latium und der Campania. Hier verlief die Via Appia so küstennah, dass man ständig das Meer sehen und hören konnte. Nach einer guten Tagesreise würden sie Neapolis erreichen, um von dort aus mit dem Schiff nach Sicilia überzusetzen. Dazu sollte es jedoch nicht kommen.
Seit sie der Küste entlangzogen, hatte Livilla jede Ruhepause dazu genutzt, wenn es irgend ging, zum Meer hinabzusteigen, um das beruhigende Rauschen zu hören und die salzige Luft einzuatmen. Bei einer solchen Gelegenheit würde sie einen Fehltritt tun und abstürzen.
Livilla hatte guten Mutes die Reise in ihre Verbannung angetreten, da sie fest damit rechnete, vielleicht schon vor ihrer Ankunft in Sicilia durch einen kaiserlichen Boten zurückgerufen zu werden. Dabei war der Umstand sehr nützlich, dass sie der zunehmenden Hitze wegen auf der Via Appia nur langsam vorankamen. Die *meridiatio* musste auf vier Stunden ausgedehnt werden, weil das Pflaster der alten Heeresstraße schon am späten Vormittag zu glühen begann und erst zur neunten oder zehnten Tagesstunde wieder begehbar war. Durch ihren Schleier konnte sie Sabinus genau und ungestört beobachten und gewann zunehmend den Eindruck, dass er sie wie ein Stück Vieh auf Schlachtreife prüfte. Seine harten grauen Augen kündeten Mord – so wenigstens schien es ihr. Dann wieder beruhigte sie sich: Er schaut jeden so an, hat unter Caligula vermutlich so oft getötet, dass ihm etwas davon im Blick geblieben ist. Auch was die Disziplin seiner Män-

ner betraf, kannte er keine Nachsicht. Wenn sie bei einer Ruhepause zur Meeresküste hinabsteigen wollte, mussten zwei Mann sie begleiten und nicht aus den Augen lassen. Meist stand Sabinus oben und beobachtete sie genau.
Vor einigen Tagen war einer ihrer Bewacher beiseite getreten, um an einer Klippe sein Wasser abzuschlagen, und wurde für diese Nachlässigkeit streng bestraft. Sabinus hatte aus dem Ufergesträuch drei Ruten binden lassen und die wurden nach und nach auf dem Rücken dieses Mannes zerschlagen, sodass er zweimal bewusstlos wurde und mit einem Schwall Meerwasser wieder geweckt werden musste. Seither gestattete sich keiner der Männer mehr eine Unachtsamkeit, sodass Livilla nur noch in ihrer Sänfte allein sein konnte. Sie wusste genau, dass es wenig Hoffnung auf eine vorzeitige Rückkehr gab, sobald sie in Neapolis das Schiff bestiegen hatte. So versuchte sie alles, die ohnehin langsame Fortbewegung noch mehr zu verlangsamen. Am Morgen, wenn sie sich im Freien hinter einem Tisch wusch, ankleiden und ihre Frisur richten ließ, dauerte es so lange, dass Sabinus unwirsch eine Mahnung zur Eile hinüberbrüllte.
Dann kam die letzte Nachtruhe, ehe sie tags darauf Neapolis erreichen würden. Als sie die Sänfte verließ, sagte Sabinus: »Nun hat die Mühsal unserer Landreise bald ein Ende, Prinzessin. Die Seefahrt nach Messina dauert mehrere Tage und wird uns allen gut tun.«
Wie immer, wenn Sabinus direkt zu ihr sprach, wandte Livilla sich stumm ab. Man müsste sie mit glühenden Zangen zwicken, ehe sie mit diesem germanischen Lümmel ein Wort wechselte.
Sabinus hob mit gespielter Gleichgültigkeit seine breiten Schultern und wandte sich ab. Mühsam drängte er seinen Zorn zurück und versuchte klar und vernünftig zu denken. Zuvor hatte er lange überlegt, ob nicht ein »Unfall« während der Schiffsreise die einfachste Lösung sei. Sie bei passender Gelegenheit einfach über Bord werfen, natürlich fern von jedem Ufer. Dann würde sie für immer verschwinden und die Möglichkeit eines Freitodes bliebe

offen. Doch Sabinus hatte eine unüberwindliche Scheu vor Seereisen und müsste dann auf der Rückfahrt eine zweite auf sich nehmen. Nein, es musste vorher geschehen! Seine Anweisungen lauteten, niemals in einem Ort, in einer Schenke oder Raststätte zu übernachten, sondern an möglichst einsamer Stelle in den mitgeführten kleinen Zelten. Ehe seine Männer sich zur Nachtruhe begaben, sagte er: »Ihr habt euch bisher oft genug die Nächte um die Ohren geschlagen, also schlaft euch jetzt aus, die Wache übernehme ich.«

»Doch nicht allein, Centurio?«

»Die ersten Stunden schon, weil ich Anweisungen habe, mit Prinzessin Livilla vor dem Antritt der Schiffsreise einiges zu besprechen. Ihr könnt ja auslosen, wer nach Mitternacht mit mir die Wache übernimmt.«

Es war eine jener klaren Juninächte, da ein kühler Wind von den Bergen herabkam und den Tagesdunst wegfegte. Die Zelte hatten sie auf kargen Rasenstücken zwischen den Klippen errichtet; Livilla war nach einem kurzen Spaziergang, der eher eine Kletterpartie gewesen war, mit ihrer Dienerin im Zelt verschwunden. Ein eiförmiger Mond hing über dem Meer und zeichnete eine glitzernde Lichtbahn auf die dunkle, von kleinen Wellen bewegte Fläche.

Wie sie wieder hervorlocken? Da kam ihm ein kühner Gedanke, der sich nicht verdrängen ließ. Sabinus war weder feige noch besonders ängstlich, er war nur sehr vorsichtig und das hatte er während Caligulas Herrschaft gelernt. Er trat nahe an das Zelt heran und rief gedämpft: »Julia Livilla! Prinzessin! Auf ein Wort, wenn du gestattest …«

Nichts regte sich, vielleicht lag sie schon in tiefem Schlaf. Schon im Begriff wegzugehen, öffnete sich ein Spalt am Zelteingang und es zeigte sich der rundliche Kopf ihrer Leibdienerin.

»Was willst du? Die Domina schläft schon!«

»Es ist sehr wichtig und wir haben nur noch diese eine Gelegenheit, um … nun, das kann ich nur mit der Prinzessin selbst besprechen.«

Der Kopf verschwand und es dauerte eine Weile, bis Livillas bleiches Gesicht erschien.

»Nun?«

»Verzeih, Prinzessin, könnten wir ein kurzes Gespräch unter vier Augen ... Es ist sehr wichtig!«

Sie nickte, der Spalt schloss sich und wenig später kroch sie gebückt aus dem Zelt. Sie trug ein langes Nachtgewand, ihre sonst hochgesteckten Haare fielen offen herab. Sabinus wollte ihr die Hand reichen, doch sie schüttelte den Kopf.

»Das Mondlicht ist hell genug ...«

»Gehen wir nur etwas beiseite, vielleicht dorthin.« Er wies in die Richtung eines kleinen Plateaus, von wo die Klippen zum Meer hin steil abfielen – er hatte es sich vorher genau angesehen. Er trat ganz nahe an sie heran, doch sie wich keinen Fingerbreit zurück, schaute nur verächtlich an ihm vorbei.

»Ich hätte einen Vorschlag«, begann er mit rauer Flüsterstimme. Da sie schwieg, sprach er weiter.

»Wir befinden uns hier in einem Gebiet, das von den Reichen und Vornehmen im Sommer gerne aufgesucht wird. In Formiae und Sinuessa, in Baia und Bauli stehen ihre Villen und viele dieser Leute wirst du wohl kennen. Ich könnte dich in dieser Nacht entkommen lassen, du versteckst dich bei Freunden und wartest in Ruhe die Entwicklung ab. Bist du erst einmal auf Sicilia ...«

»Was willst du dafür?«

Er kam ins Stottern. »Du gefällst mir, Livilla ... Wir könnten einige Stunden in deinem Zelt ... Du schickst deine Dienerin weg ... Mich erwartet in Rom nichts Gutes – werde mich absetzen ...«

»Das ist doch nicht dein Ernst?« Ihre Worte zischten wie Peitschenhiebe. »Du warst eines jener willigen Werkzeuge, deren Caligula sich bedient hat, und jetzt bist du ein Nichts, Fabius, ein lästiges Geschwür, das ausgebrannt gehört...«

»Mein Name ist Sabinus ...«

»Fabius, Sabinus, Longinus – das ist ohne Belang. Ich nehme an, du willst dich mit mir vergnügen, mich dann in Fesseln legen und auf das Schiff nach Sicilia verfrachten. Einfältig, dumm und frech dazu! Ehe ich dir nur den kleinen Finger reiche, lasse ich mich ans Ende der Welt verbannen, meinetwegen auch töten.«

Eine Mischung aus Zorn und Gekränktsein kochte in ihm hoch, erstickte Vernunft und Vorsicht, beraubte ihn jedes klaren Gedankens. Er trat nahe an sie heran.

»So, ein Nichts bin ich also, ein lästiges Geschwür? Und was bist du? Eine überführte Ehebrecherin, eine schamlose Hure, die das Ehebett meidet und aus Geilheit jedem die Schenkel öffnet.«

Er griff nach ihrem Nachtgewand, riss es ihr von den Schultern, zerrte daran, wollte sie nackt und hilflos sehen, ihr seine Stärke zeigen, sich rächen ...

Sie wich zurück, stieß ihn von sich, doch er packte ihr loses Haar und sie trat heftig mit dem Fuß in seine Leibesmitte. Er schrie auf, ließ ihr Haar los, doch Livilla war gestolpert, fiel nach hinten, griff hastig nach einem dürren Strauch, der sofort abbrach und stürzte mit einem leisen Schrei in die Tiefe. Er trat zurück, hörte den dumpfen Aufschlag ihres Körpers und hätte nun erleichtert sein müssen. Sein Plan war geglückt, der Unfall offensichtlich. Doch eine leise Enttäuschung blieb, denn zu gerne hätte er diesen stolzen Leib erniedrigt.

Zeugen! Er brauchte Zeugen! Laut brüllte er los: »Zu Hilfe! Ein Unfall! Sie wollte fliehen!«

Einige seiner Männer näherten sich mit Fackeln und Sabinus deutete in die Tiefe.

»Sie ist vorhin aus ihrem Zelt geschlichen, ging bis hierher und als ich sie anrief, stürzte sie dort hinab.«

»Vielleicht wollte sie sich umbringen?«, meinte einer.

Sabinus nickte. »Ja, auch das ist möglich. Da ich allein war, habe ich euch als Zeugen gerufen.«

Er nahm einem der Männer die Fackel aus der Hand. »Ich werde nachsehen, ob sie noch lebt.«

Als zwei seiner Leute mitkommen wollten, wies er sie schroff zurück. »Nein, das mache ich allein!«

Sollte sie noch leben, konnte sie etwas sagen, das ihm schadete.

Es war ein mühsames Unterfangen, auf dem vom Mondlicht nur schwach erhellten steinigen und steilen Boden sicheren Tritt zu fassen und dabei noch mit der Fackel das Umfeld abzuleuchten. Trotzdem fand er sie schnell. Ihr Körper hatte sich in einem dornigen Strauch verfangen; sie lag mit dem Kopf nach unten, in ihren offenen Augen spiegelte sich das Mondlicht. Als ihre bleichen Lippen sich bewegten, beugte er sich über sie.
»Freiheit ...«, flüsterte sie, »ich bin in die Freiheit gelangt ... Sie wird euch alle auffressen ... wird jeden vernichten, der ihr im Weg steht ... Mit mir hat sie begonnen ... Ich habe – ich habe ...«
»Von wem sprichst du?«, rief er der Sterbenden ins Ohr, doch Livillas Kopf drehte sich zur Seite, die Augen blieben offen, ihr Blick erstarrte.
Sabinus ahnte, wer gemeint war, doch er schüttelte den Gedanken ab. Er hatte ihren Befehl ausgeführt, wortgetreu und durfte auf Belohnung hoffen. Dabei dachte er nicht an Geld oder Rangerhöhung, sondern an Messalina, die von ihm offenbar nicht genug kriegen konnte.
Er versammelte seine Leute um sich. »Männer, unser Auftrag ist erfüllt, Prinzessin Livilla war so freundlich, uns die lange Seereise zu ersparen. Keiner von uns wollte ihren Tod, doch es scheint, sie hat ihn der Verbannung vorgezogen.«
Am nächsten Morgen ließ Sabinus am Meeresufer einen Scheiterhaufen errichten, Livillas Leiche verbrennen und die Asche in einem Krug versiegeln. Dann sagte er zu seinen Männern:
»Am Nachmittag marschieren wir nach Rom zurück, unser Auftrag ist erledigt ...« Das klingt verräterisch, schoss es ihm durch den Kopf und er fügte schnell hinzu: »Ich meine natürlich, erledigt für uns, aber nicht erfüllt, denn wir hätten die Prinzessin nach Sicilia bringen müssen. Die Götter haben es anders gefügt.«

18

Die Rückreise verlief weitaus angenehmer als die Hinreise. Claudius bestieg in Massilia seine kaiserliche Trireme und es war, als huldigten ihm, dem Sieger und Triumphator, nicht nur die Menschen, sondern auch die Elemente. Neptun bereitete dem Schiff ein Meer, das glatt wie ein samtener Teppich war, und Sol zog mit seinem feurigen Pferdegespann über die blaue Bahn eines wolkenlosen Himmels.

Noch bei der Abfahrt in Britannia hatte das einsichtige Denken in ihm gesiegt und er hatte sich sagen müssen: Nicht ich habe in Wahrheit eine Provinz erobert, sondern der Umsicht meiner Feldherren und dem Kampfesmut der Legionäre ist es zu verdanken, dass Britannia in so kurzer Zeit fiel. Da ich der Kaiser bin, werden die Chronisten jedoch schreiben: Der Imperator Claudius Caesar Augustus war es, der im dritten Jahr seiner Regierung Britannia eroberte, besetzte und zur römischen Provinz erhob. Wenn Aulus Plautius Glück hat, wird sein Name vielleicht in einer Fußnote genannt werden.

Diese nüchternen Überlegungen wurden im Laufe seiner triumphalen Rückreise von anderem verdrängt, da man ihn in Gallia allerorts als Befreier von der britischen Bedrohung, auch als Mehrer des Reiches und als wahren Imperator feierte. Bei seiner Ankunft in Ostia hatte er sich dieses Bild zu Eigen gemacht und sich gesagt, dass es ohne seine Zustimmung niemals zu diesem Feldzug gekommen wäre. Er allein war der Urgrund zur Eroberung Britannias gewesen und konnte so mit gutem Recht den Triumph als Imperator feiern. Dies hatte der Senat gleich nach den eingetroffenen Siegesmeldungen beschlossen, verbunden mit dem Recht, der Kaiser könne seinem Namen noch die Bezeichnung »Britannicus« hinzufügen.

Claudius wusste selbst nicht, ob es gespielte Bescheidenheit oder eine Huldigung an Messalina war, die ihn leidenschaftlich zu Hause empfangen hatte, als er für sich den Ehrennamen ablehnte

und ihn auf seinen dreijährigen Sohn Tiberius Claudius übertrug, der fortan nur noch mit diesem genannt wurde.
Inzwischen wurden die Vorbereitungen zu dem Triumphzug getroffen, der mit allem Pomp nach altrömischer Art gefeiert werden sollte. Messalina hegte die stille Hoffnung, sie würde dabei den Ehrennamen Augusta tragen dürfen. Sie sprach Claudius darauf an.
»Ich habe es schon erwogen – doch …« In seinem Gesicht begann es zu zucken und er fuhr sich mit einer verlegenen Geste darüber. Sie schaute ihn traurig an. »Du hast dich dagegen entschieden, warum?«
»Weil es zurzeit vielleicht nicht so klug wäre … Agrippina und Livilla kämen sich gedemütigt vor, auch weil sie älter sind …«
Messalina richtete sich auf. »Ja, weißt du es noch nicht? Julia Livilla ist wegen erwiesenen Ehebruchs nach Sicilia verbannt worden!«
Claudius runzelte die Stirn. Hatte nicht Narcissus so etwas nebenbei erwähnt? Im Trubel der Vorbereitungen zum Triumphzug hatte er dem offensichtlich keine Bedeutung zugemessen. Oder hatte Callistus …?
»Doch, ich habe davon gehört und wollte den Fall prüfen. Wie konnte das geschehen? Wer hat es gewagt, ohne mein Einverständnis …«
Sie fiel ihm ins Wort. »Nein, nein, so ist es nicht. Der Schuldspruch musste ergehen, weil sich gleich mehrere Ankläger zusammengefunden hatten und Livilla den Ehebruch weder leugnete noch zur Verhandlung auf dem Forum erschien. Das Urteil ist unter dem Vorbehalt deiner Zustimmung ergangen. Es kostet dich nur ein Wort und der Spruch ist gegenstandslos.«
»Wo ist Livilla jetzt?«
»Auf dem Weg nach Sicilia.«
»Das Urteil ist aufgehoben, sie soll sofort zurückkehren!«
Messalina heuchelte freudige Erleichterung. »Ich habe den Richtern gleich gesagt, dass du es nicht hinnehmen wirst, und schließlich ist bekannt, dass Livillas Ehemann ihr Verhältnis mit Se-

neca duldet. Ich freue mich für sie, dass der Fall ausgestanden ist.«
Claudius kam wieder auf das ursprüngliche Thema zurück. »Verstehe mich recht, Messalina, ich kann dir nachfühlen, dass du deinen Anspruch auf den Titel Augusta anmahnst. Nur müssen wir vorsichtig sein. Ich habe mir gedacht, dich vorerst in den wichtigsten Provinzen zur Augusta erheben zu lassen – das kann ich ohne Zustimmung des Senats tun. Ich dachte da vor allem an Aegyptus, die überaus wichtige kaiserliche Provinz, und an das nicht weniger bedeutende Syria. Aus Alexandria und aus Caesonia werden bald die Entwürfe eintreffen und du wirst zufrieden sein.«
»Das freut mich, Claudius – Aegyptus und Syria, der Anfang ist damit gemacht!«
Er nickte eifrig. »Und es wird weitergehen, das verspreche ich dir. Bedenke, dass dich nach ägyptischer Vorstellung dein Erscheinen auf Münzen zur Göttin macht. Die Tradition dort ist ungebrochen und wer immer über das Land herrscht, wird als Pharao verstanden und ist damit göttlicher Natur – eine Gemahlin nicht minder.«
Lieber wäre ich hierzulande Augusta, als in Aegyptus eine Göttin, dachte Messalina, doch sie setzte ein strahlendes Lächeln auf, küsste Claudius auf beide Wangen und flüsterte entzückt: »Das ist ja wunderbar!«
Am Tag vor dem angesetzten Triumphzug ließ sich ein Eilbote bei Messalina melden. Er bestand darauf, ihr unter vier Augen eine mündliche Botschaft überbringen zu müssen.
»Ich soll dir nur ausrichten, dass die Dame bei einem Fluchtversuch ums Leben kam. Ihre Urne wird in wenigen Tagen eintreffen.«
»Du wirst leider einige Tage im *carcer* verbringen müssen als Strafe für die schlechte Nachricht. Als Lohn für deine Mühen aber erhältst du Gold.« Sie lächelte und warf ihm einen Beutel zu. »Das sind drei frisch geprägte Aurei zur Feier des Sieges über Britannia.«

Der Mann wurde ins Prätorianergefängnis abgeführt, da Messalina es nicht riskieren durfte, dass er vorzeitig plauderte. Claudius sollte seinen Triumph ungetrübt feiern dürfen und sie mit ihm. Dann würde man weitersehen.
Die Teilnehmer des Festzuges versammelten sich auf dem Campus Martius. Zuletzt erschien Kaiser Claudius in einer verdeckten Sänfte, nur von ein paar Mann seiner Leibwache begleitet. Mit seinem nach uraltem Brauch rot gefärbten Gesicht hätte ihn niemand erkannt – er wirkte fremd und Furcht einflößend.
Alle wichen zurück, als er über eine Holztreppe die lorbeerumkränzte Quadriga bestieg, von vier perlweißen Schimmeln gezogen. Da überragte er nun alle in seiner Purpurtoga, gekrönt mit dem goldenen Lorbeerkranz, in der einen Hand das Adlerzepter aus Elfenbein, in der anderen die *laurea*, den frischen Lorbeerzweig. Hinter ihm stand ein hoch gewachsener Sklave und hielt die goldene Krone Jupiters über sein Haupt. Dieser Mann hatte zudem die Aufgabe, dem Kaiser von Zeit zu Zeit laut zuzurufen: *»Memento te hominem esse!«*
Bei mir wäre das nicht nötig gewesen, dachte Claudius, denn es vergeht kein Tag, da ich mir nicht meiner Sterblichkeit bewusst bin.
Langsam setzte sich der Zug in Richtung auf das Forum Boarium in Bewegung, angeführt von Senatoren und hohen Staatsbeamten, gefolgt von Heeresmusikanten mit Pauken und Trompeten, die einen martialischen Lärm vollführten. Ihnen schlossen sich die Opfertiere an, hauptsächlich weiße Stiere, dahinter erstreckte sich ein langer Zug mit der Kriegsbeute und gefesselten vornehmen Gefangenen; sogar zwei der britischen »Könige« waren darunter. Auf sie und die Beutewagen blickte Claudius von seiner Quadriga und dachte, dass dieses armselige Beutegut den Feldzug nicht wert war. Das meiste hatten die Fürsten beim Nahen der Römer versteckt und vergraben und geblieben waren einige Stücke groben Silbergeschirrs, zwei plump geschnitzte Thronsessel, primitive Waffen, Pelze und ein paar Dutzend nicht besonders edler Pferde. Flüchtig ging es ihm durch den Kopf: Wie mag da der Tri-

umphzug des Augustus ausgesehen haben? Dutzende schwer beladener Wagen mit dem Kronschatz der Kleopatra, dazu die kostbare Ausstattung ihrer zahlreichen Paläste … Nur sie selbst hatte sich durch den Biss einer Schlange der Schande, im Triumphzug gefesselt mitgeführt zu werden, entzogen. Dazu waren diese Herren da vorne, diese britischen Edlen, wohl zu feige. Kettenbehangen und mit gesenkten Häuptern schleppten sie sich ihrer Hinrichtung entgegen, doch Claudius hatte sich entschlossen, diese Männer im letzten Augenblick zu begnadigen – eine Geste, die dem Herrn der Welt wohl anstand.
Unmittelbar hinter der Quadriga fuhr der offene, reich geschmückte Wagen mit Messalina und ihren Kindern, gefolgt von einem bescheidenen Gefährt mit Agrippina und einigen entfernten Verwandten des Kaisers. Dann kam das siegreiche Heer, angeführt von der Reiterei, gefolgt von den *pedes*, den Soldaten zu Fuß.
Langsam näherte sich die Prozession dem Circus Maximus, zog an seiner langen Nordmauer vorbei und bog nach links in die Via Triumphalis ein. Hier standen die Menschen dicht an dicht, brüllten ihre Heilrufe, schwenkten Fähnchen und Lorbeerzweige und verursachten dabei einen solchen Lärm, dass Claudius die Mahnrufe des hinter ihm stehenden Sklaven kaum noch hörte. »Bedenke, dass du ein Mensch bist!« Endlich langte der Zug an der Via Sacra an und zog durch das Forum Romanum zum Tempel des kapitolinischen Jupiter.
Da man wusste, dass Claudius seiner schwachen Beine wegen nicht lange stehen konnte, hatte man eine Sitzhilfe angebracht, doch die war so schmal und unbequem ausgefallen, dass ihn jetzt alle Glieder schmerzten.
Beim Saturn-Tempel wurden die Gefangenen ihrer Hinrichtung entgegengeführt – so glaubten es die Zuschauer.
Vor dem Jupiter-Tempel musste der Kaiser fast aus der Quadriga gehoben werden, weil seine Beine den Dienst versagten. Er nahm alle Kraft zusammen, konzentrierte Geist und Willen allein darauf, die Tempeltreppe hinaufzusteigen, doch es wollte nicht ge-

lingen und so verwandelte er seine Schwäche in eine Demutsgeste und tat es auf den Knien, unterstützt von zwei jungen Männern aus verwandten Familien. Schwankenden Schritts betrat er den Tempel, der Pontifex Maximus führte ihn behutsam ins *adytum*, das von mystischem Dämmerlicht nur schwach erhellte Allerheiligste. Mit erhobenen Händen sprach Claudius ein Dankgebet, legte den Lorbeerzweig vor die kleine altehrwürdige und als hochheilig angesehene Statue des Jupiter. Dann ging er mit dem Pontifex in den Tempelhof zurück und nahm an der Opferhandlung teil.

Zuletzt war Claudius so erschöpft, dass er beim anschließenden Festmahl nur zeremoniös einen Becher Wein leerte und sich dann zurückzog. Er überließ es Messalina und Agrippina, dem *epulum* vorzustehen, während Narcissus die vom Kaiser verfasste Festrede zu verlesen hatte. Der Freigelassene tat dies würdig mit unbewegtem Gesicht und zählte am Ende die vom Imperator verfügten Auszeichnungen auf. Unter anderem erhielten alle Kriegsteilnehmer aus senatorischen Familien die *ornamenta triumphalia*, was Valerius Asiaticus zu der Bemerkung veranlasste, er könne diese Auszeichnung nicht annehmen, da er als Privatmann mitgereist sei. Seine Stimme war so laut gewesen, dass Messalina jedes Wort vernommen hatte. Sie hob die Hand und alle Gespräche verstummten.

»Wenn ich dich recht verstanden habe, Senator Valerius Asiaticus, dann verweigerst du die Annahme einer kaiserlichen Auszeichnung?«

Seltsam, dass sie gerade jetzt an seine Horti Luculliani denken musste, deren hoch gewachsene Pinien das vertraute Bild ihrer Kindheit waren.

Der Senator erhob sich und ein zynisches Lächeln geisterte über sein kluges, von Lastern gezeichnetes Gesicht. »Dann habe ich mich missverständlich ausgedrückt. Ich verweigere nicht die Annahme der *ornamenta triumphalia*, ich halte mich nicht für würdig genug, sie zu tragen, denn ich bekleidete keinen militärischen Rang und habe nicht das Geringste zu den Erfolgen unserer Le-

gionen beigetragen. Der Kaiser wird meine Ablehnung verstehen und gutheißen.«
»Das hoffe ich«, sagte Messalina und wandte sich Agrippina zu. »Was Claudius nur an diesem Menschen findet? Er ist zynisch, respektlos, achtet weder Götter noch Menschen. Er gehört zu den wenigen, denen ich einen schimpflichen Tod unter Caligula gegönnt hätte.«
Agrippina presste sich ein karges Lächeln ab. »Das lässt sich nachholen; vielleicht fehlt nur noch ein Tropfen, der das Fass zum Überlaufen bringt. Alles hat seine Zeit und für ihn ist sie noch nicht gekommen. Der Kaiser hat mir gestern erzählt, er habe Livillas Urteilsspruch aufgehoben.«
»Ja, zum Glück! Sie dürfte schon auf dem Rückweg sein.«
»Ein schwerer Schlag für dich? Schließlich hast du ihre Verbannung in die Wege geleitet.«
»Wer hat solchen Unsinn verbreitet? Ich gebe zu, dass ich Livilla nicht besonders mochte, doch nicht ich habe Ehebruch begangen, sondern sie – schamlos und in aller Öffentlichkeit.«
»Hätte sie dich fragen sollen?«
Messalina zwang sich zu Ruhe und Gelassenheit. »Nein, aber Ehebruch ist nach römischem Recht ein Verbrechen und wenn ich ihn schon begehe, dann im Geheimen und nicht vor aller Augen. Du hast ja kürzlich bewiesen, wie man es macht.«
»Ich? Es gibt keinen Mann, der mir je…«
»Nein, Agrippina, wir alle wissen, dass du die Männer im Bett nicht besonders schätzt. Ich spreche von Mord, meine Liebe, von Mord an Crispus Passienus, den du geheiratet hast und dazu brachtest, dir und deinem Sohn sein gesamtes Vermögen zu überschreiben. Gratulatio, Agrippina! Deine Tat hat dich zur reichsten Frau Roms gemacht.«
Über Agrippina war eine seltsame Ruhe gekommen, dem Erstarren des Käfers gleich, nach dem der Schnabel des Vogels hackt. Sie wird mich nicht dazu bringen, aufzubrausen oder ihr gar zu drohen, doch eines Tages werde ich sie vernichten.
»Messalina, gerade von dir hätte ich nicht gedacht, dass du

den Gerüchten Glauben schenkst. Die Plebs nimmt gerne das Schlimmste an, weil sie dabei ein wohliges Schaudern empfindet. Dass Crispus todkrank war und seine Ärzte ihn auf das nahe Ende vorbereiteten, ist nicht aufregend genug. Mord muss es sein und Heimtücke und Habgier und eine Frau muss dahinterstecken. Das dringt ins Gemüt, das weckt Rachegefühle und verleitet dazu ›Tod für Agrippina!‹ zu rufen. Seit wann äffst du den Pöbel nach, meine Liebe?«

Messalina empfand etwas wie widerwillige Achtung vor Agrippinas Verschlagenheit. Sie zweifelte keinen Augenblick daran, dass Crispus auf ihr Betreiben hin von den Ärzten zu Tode gebracht worden war. Doch irgendwann würde sich eine Gelegenheit ergeben, sie Livilla in den Orcus nachfolgen zu lassen.

Livilla! In den nächsten Tagen musste Sabinus mit der Todesnachricht in Rom eintreffen. Dann durfte sie nichts falsch machen, denn Claudius würde den Tod seiner Lieblingsnichte aufklären wollen, ihn jedenfalls nicht so ohne weiteres hinnehmen.

Einige Tage später kam ein stummer Bote aus Messalinas Haus. Er streckte ihr einen Zettel hin, auf dem in ungelenker Schrift »Sabinus« stand. Sie hatte dem Germanen eingeschärft, erst mit ihr zu sprechen, ehe er dem Kaiser Meldung machte. Übrigens hatte sie es nach gründlicher Überlegung doch vorgezogen, Claudius ihren geheimen Schlupfwinkel zu nennen. Sie hatte ihm nur gesagt, sie habe das Haus, sein Einverständnis voraussetzend, an Narcissus vermietet, worauf Claudius zerstreut antwortete, da habe sie das Richtige getan.

Sie empfing Sabinus mit zurückhaltender Freundlichkeit, jedenfalls nicht so, wie er es von der früheren Geliebten erhofft hatte. »Berichte genau, was geschehen ist, und ich werde sehen, welche Version für den Kaiser, mit dessen Zorn du rechnen musst, die geeignete ist.«

Sabinus hatte es sich genau zurechtgelegt. »Es gibt nur eine Wahrheit und der Kaiser wird das Gleiche hören wie du jetzt.«

Trotz der spätsommerlichen Wärme trug Messalina eine lange purpurgesäumte Tunika, darüber eine goldfarbene Toga und eine

schmale violette Stola, kunstvoll um Brust und Arme geschlungen.
Es drängte Sabinus, zu sagen: Hättest schon mehr von dir sehen lassen können, doch er wusste, was sich gehörte, und schwieg. Alles zu seiner Zeit …
»Es war der Tag vor unserer Einschiffung; wir schlugen unsere Zelte einige Wegstunden vor Neapel in den Klippen auf. Die Prinzessin zog sich wie immer kurz nach Sonnenuntergang in ihr Zelt zurück. Ich hatte in jener Nacht die erste Wache übernommen und hörte, als ich nahe ihrem Zelt war, einen leisen Ruf. Ich blieb stehen und dann kroch sie heraus, gebot mir zu schweigen und zog mich beiseite. Flüsternd beschwor sie mich, sie in dieser Nacht entkommen zu lassen, bot mir dafür zehntausend Sesterzen. Sie habe viele Freunde in dieser Gegend, werde sich verstecken, bis der Kaiser zurück sei. Wieder in Freiheit, wolle sie mir das Geld bezahlen und mir eine ranghohe Stelle in der kaiserlichen Leibwache verschaffen. Ich lehnte sofort ab, sprach von Ehre, Treue und Pflichterfüllung. Die Prinzessin wurde zornig, drang auf mich ein, krallte sich in meinen Arm und ich stieß sie zurück. Da muss sie gestrauchelt sein, hatte beim nächtlichen Dämmerlicht wohl auch den nahen Abgrund übersehen … jedenfalls stürzte sie von den Klippen in die Tiefe. Ich rief sofort meine Männer zu Zeugen; wir stiegen hinab und fanden sie tot. Am nächsten Morgen haben wir den Leichnam verbrannt und die Asche in einem Krug geborgen. Sie steht zu deinen … äh … ich meine, zu des Kaisers Verfügung.«
»Wenn es stimmt, was du erzählst, so ist Fortuna dir gütig zur Seite gestanden.«
»Jedes Wort ist wahr, das schwöre ich beim Leben meiner Kinder.«
»Deiner Kinder?«
»Meiner künftigen Kinder … Sobald ich wieder in Amt und Würden bin, werde ich eine Familie gründen.«
Messalina nickte, maß ihn mit spöttischen Blicken. »Gut, lassen wir es dabei. Was hättest du getan, wenn Livilla nicht gestürzt wäre?«

»Dann hätte ich, um deinen Auftrag zu erfüllen, wohl nachhelfen müssen.«
Er schaute sie treuherzig an, stand da in seiner martialischen Pracht mit Lederpanzer, dem knielangen Waffenrock und robusten Schnürstiefeln. Auf seinen tief gebräunten Armen spielten die Muskeln, als er seinen Helm in die andere Hand nahm. Sie roch seinen herben Männerschweiß und in ihr regte sich die Lust, ihn zu nehmen – so, wie er vor ihr stand.
»Ich werde den Kaiser vorbereiten und dir eine Audienz verschaffen. Wähle zwei der klügsten deiner Männer aus, die jedes deiner Worte bezeugen können.«
»Wird geschehen, Domina.«
Sabinus war enttäuscht. Dieser einen Liebesstunde sollte offenbar keine zweite folgen. Nun ja, sie war die Frau des Kaisers …
Da stand sie plötzlich auf und nahm seine Hand. »Wenn du auch nicht Hand an Livilla gelegt hast, so ist dennoch dein Auftrag erfüllt. Dafür darfst du jetzt Hand an mich legen …«
»Aber … aber zuerst sollte ich vielleicht ein Bad …«
»Später, Sabinus, nicht jetzt.«
Er wusste schon, was sie wollte und wie sie es wollte. Ihm kam das entgegen, denn er schätzte keine langen Vorspiele. Da die Scheide – hier das Schwert und zugestoßen! Sie öffnete weit den Mund, er sah ihre rosige Zunge hin- und herfahren und sie stieß Laute aus, die wie der Schrei zorniger Möwen klangen.
Danach wurde er schnell verabschiedet.
»Und merke dir eines, Sabinus: Kein Wort über deinen wirklichen Auftrag! Auch wenn der Kaiser dich auf die Galeeren oder in ein Bergwerk schickt, selbst bei Androhung der Todesstrafe … ich werde dafür sorgen, dass dir nichts geschieht. Die Wahrheit jedoch wird dich in jedem Fall den Kopf kosten, denke daran!«
Ja, Sabinus dachte daran, als er zwei Tage später zur Audienz erschien. Das war in den Amtsräumen des Callistus, der hinter dem Sessel des Imperators stand und sein biederstes Gesicht aufgesetzt hatte.
»Meine Gemahlin hat mich schon unterrichtet und du sollst wis-

sen, dass ich sehr zornig bin. Nicht, weil du Prinzessin Livilla ins Exil begleitet hast, das war dein Auftrag, sondern weil du den Unfall nicht verhindern konntest. Ein schneller Griff und du hättest sie zurückreißen können! Offenbar hast du gezaudert, warst vielleicht betrunken ...«
»Nein, Imperator, ich trinke niemals im Dienst, das können meine Männer bezeugen. Bei Tag wäre mir der rettende Griff sicher gelungen, doch in der Nacht ... Zwar schien der Mond, man sah aber höchstens drei Schritte weit. Auch war mir das Gelände nicht vertraut ...«
Der Kaiser erhob sich, schwankte etwas und stützte sich an der Sessellehne.
»Callistus, ich fürchte, du wirst ein Todesurteil ausstellen müssen.«
Der Sekretär verneigte sich tief. »Ein wenig zu hart, nicht wahr? Schließlich war es nur eine Unachtsamkeit – verzeih, Domine, dass ich dazu meine persönliche Meinung äußere ...«
Claudius gähnte. Gestern war es sehr spät geworden und er hatte wieder einmal zu viel getrunken.
»Du magst Recht haben – Sabinus soll sich ein Jahr als Gladiator bewähren. Überlebt er diese Zeit, so kann er gehen, aber mir aus den Augen.«
An Sabinus gewandt, sagte er: »Dann verkrieche dich in einer unserer Provinzen und lasse dich hier niemals wieder blicken! Arme Livilla, ich mag gar nicht an sie denken! So jung ...«
Callistus gab Sabinus einen Wink und öffnete leise die Tür. Der Kaiser hatte sich wieder gesetzt.
»Ich weiß natürlich, dass die wahren Schuldigen jene Ankläger sind, doch die sind jetzt verschwunden. Seltsam, nicht? Was hatten sie davon? Die muss doch einer gekauft haben? Nur wer? Vielleicht Agrippina? Sie hat ihre Schwester niemals gemocht, die beiden waren so anders geartet, als hätten sie verschiedene Eltern gehabt. Was hältst du davon?«
»Obwohl ich Prinzessin Agrippina eine solche Tat zutraue, so sehe ich keinen Grund. Es stimmt natürlich, was du sagst, Do-

mine, sie waren so unterschiedlich wie Feuer und Wasser, aber gehasst haben sie sich nicht – so glaube ich wenigstens.«
Claudius seufzte. »Ich könnte Agrippina befragen, doch mir fehlt die Lust dazu und es würde nichts ändern.«
»Hast du Senecas Verbannung aufgehoben?«
Claudius blickte erstaunt. »Nein, hätte ich es tun sollen?«
»Seine Schuld ist nicht groß ...«
»Mag sein, wo ist er jetzt?«
»Längst in Corsica eingetroffen. Die Seefahrt von Ostia nach Aleria dauert höchstens drei Tage, meistens nur zwei.«
Claudius zögerte etwas, dann sagte er: »Nein, ich werde seine Verbannung nicht aufheben. Wenn Livilla ihr Vergehen mit dem Leben bezahlt hat, dann soll er auch ein wenig büßen. Sagen wir – fünf Jahre, dann lege mir den Fall noch einmal vor.«
Callistus verneigte sich. »Wird geschehen, Domine.«
Lucius Annaeus Seneca lebte zu dieser Zeit tatsächlich schon einige Wochen auf Corsica, und zwar in der römischen Militärkolonie Aleria an der Ostküste. Es war ihm gelungen, seine gesamte Bibliothek dorthin zu verfrachten – das war sein halbes Leben und machte ihn geradezu fröhlich. Er wurde hier von allen gut und mit einigem Respekt behandelt, denn was mit fast allen der unter Caligula Verbannten geschehen war, nämlich ihre sofortige Begnadigung nach des Tyrannen Tod, konnte auch bei Seneca und anderen eintreten. Der Kaiser war alt, schnell konnte sich der Wind drehen ...

19

Als Messalina vom Schicksal des Sabinus erfuhr, ließ sie sich zum *ludus* bringen, der in einer alten Kaserne am Rande des Campus Martius untergebracht war. Da es sich bei diesen Leuten überwiegend um Verbrecher, Sklaven oder Männer handelte, die aus mancherlei Gründen aus der Öffentlichkeit verschwinden mussten, waren diese Gladiatorenschulen eher mit Gefängnissen zu vergleichen. Eine hohe Mauer, gekrönt mit dolchspitzen Eisenstacheln, umgab den schmucklosen quadratischen Bau. Schon draußen waren die lauten Rufe der Kämpfenden zu hören, dazwischen die rüden Beschimpfungen der Ausbilder.

Messalina war mit einem kleinen Trupp der kaiserlichen Leibwache erschienen; der Centurio verhandelte leise mit dem Torwächter und winkte dann zur Sänfte hin. Sie zog die Stola über ihr Gesicht und trat ein. Da kam schon der Praefectus der Schule herbei, erfuhr, wer die Besucherin war, und trat vor Verblüffung einige Schritte zurück.

»Du, Augusta? Wie kann ... was darf ich ...«

Der Centurio sagte es ihm und sie wurde in ein Besucherzimmer geleitet, wo kurz darauf der schweißbedeckte und atemlose Sabinus erschien.

»Lasst uns allein! Setz dich!«

Sabinus ließ sich auf einen Hocker fallen und wischte sich den Schweiß von der Stirn. Sein nackter Oberkörper war mit kleinen, zum Teil noch blutenden Wunden bedeckt, den ledernen Schutzhelm hatte er abgenommen.

»Glücklicherweise werde ich zum *murmillo* ausgebildet; Schild und Schwert sind mir vertraut und so habe ich eine gute Möglichkeit ...«

Messalina hob die Hand. »Nein, Sabinus, du hast mir treu gedient und ich kann mir denken, dass ich dich noch brauchen werde. Wir wollen dein Schicksal nicht dem Zufall überlassen, sondern es in jedem Fall zu deinen Gunsten wenden. Dein Auftritt beim ersten Kampf wird auch dein letzter sein, dafür werde ich sorgen. Gewinnst du, so fordere ich dich für meine Leibwache an, unterliegst du, so wirst du von der Kaiserloge aus begnadigt – entweder durch mich oder den Imperator. Wurdest du noch einmal zu deinem Auftrag befragt?«

»Nein, aber einige meiner Männer wurden von Callistus vernommen und ich nehme an, dass sie meine Aussage bestätigt haben.«

Sie spürte, wie das Verlangen in ihr erwachte, und erwog schon, sich ihm hier, in dem kahlen verschmutzten Raum hinzugeben. Dann erschien es ihr doch zu riskant und sie erhob sich. Auch Sabinus stand sofort auf, grinste und sagte: »Ich sehe dir an, woran du eben gedacht hast.«
»So – und woran habe ich gedacht?«
»Ob wir nicht hier dem Gott Priapus ein Opfer bringen könnten.«
Sie lachte. »Du redest Unsinn, Sabinus. Denke an mein Versprechen und sei guten Mutes.«

Es war ein schwüler Tag und über den Albanerbergen türmten sich nachtdunkle Wolken zu einem Gewitter. Ein Wetterleuchten durchzuckte die grauen Massen in schneller Folge, als stünde ein Gott dahinter und stieße von Zeit zu Zeit eine Riesenfackel hinein.
Das von Sabinus in Messalina entzündete Verlangen schwelte weiter und da fiel ihr plötzlich ein, dass Mnester heute Abend bei einem von Claudius veranstalteten Symposion einen Auftritt haben würde. Kaum war sie im Palatium angelangt, schickte sie nach dem Schauspieler.
Wenn man in Rom Gaius Silius als das Idealbild eines Mannes betrachtete, so musste man an den Tänzer und Schauspieler Mnester andere Maßstäbe legen. Er war kein schöner Mann, sondern ein schöner Mensch von androgyner Erscheinung. Das fein gebildete, immer sorgsam geschminkte Gesicht hätte unter einer weiblichen Frisur auch einer Frau gehören können. Sein makellos gewachsener Körper war zart gerundet, wies weder schwellende Muskeln, noch breite Schultern auf, ohne im Geringsten weichlich zu wirken. Er erinnerte an eine gespannte Feder, so biegsam wie gelenkig und zu unglaublichen Verrenkungen fähig. Mnester war beiden Geschlechtern gleichermaßen zugetan und ganz Rom verfolgte gespannt die Neigungen des Berühmten. Wandte er sich endgültig den Frauen zu oder erwählte er einen Knaben zum ständigen Gefährten? Doch Mnester wählte nicht –

das ließ er die anderen tun und er selbst war dabei nicht heikel, ging heute mit einer hochgeborenen Dame, morgen mit einem gut gewachsenen Sklaven und ein anderes Mal mit einer neugierigen Jungfrau ins Bett.

Caligula hatte den berühmten Schauspieler so sehr geschätzt, dass es ihn rasend gemacht hatte, wenn jemand bei seinem Auftritt das geringste Geräusch verursacht hatte. Das war einem angesehenen Patrizier geschehen, der mehrmals hintereinander niesen hatte müssen und vom Kaiser zur Strafe als »Bote« nach Mauretanien geschickt worden war mit einem Schreiben an König Ptolemaeus. Darin stand: Dem Mann, den ich zu dir sende, tue weder Gutes noch Böses.

Wenn Mnester als Pantomime eine besonders hinreißende Geste gelang, so war Caligula auf die Bühne gestürmt und hatte ihn vor aller Augen abgeküsst. Da er sich klug aus allen Händeln heraushielt, niemand denunzierte und kaum besondere Vorteile genoss, brachte ihm Caligulas närrische Gunst auch später keine Nachteile.

Claudius, dem Bühnenspiel nicht besonders zugeneigt, fügte sich der allgemeinen Verehrung für den Berühmten und lud ihn häufig zu kaiserlichen Symposien, wo er meist als *pantomimus* auftrat. Das dabei Dargebotene war meist mythologisch-erotischer Art und fand in der androgynen Gestalt des Mnester den idealen Darsteller.

Mnester wirkte etwas verschlafen, als er sich an der Türe nicht allzu tief verneigte. Er trug eine schmucklose knielange Tunika und als er auf Messalinas Wink näher trat, tat er das nicht mit den eckig stampfenden Schritten der meisten Männer, sondern es war ein anmutiges, geschmeidiges Dahingleiten.

»Ach, Mnester«, seufzte Messalina, »allein wie du gehst ist schon eine Siegespalme wert. Kein Wunder, dass ganz Rom dich verehrt, als seist du vom Olymp herabgestiegen.«

»Du beschämst mich, Augusta, ein solches Lob verdiene ich nicht.«

»Und ich nicht die Anrede Augusta ...«

Er lächelte und hob mit einer graziösen Geste beide Hände. »Ich nehme nur vorweg, was bald mit Sicherheit eintrifft. Darf man einen Konsul kurz vor seinem Amtsantritt nicht auch schon mit seinem künftigen Titel ehren?«

»Man darf, Mnester, man darf. Da ich heute bei dem Symposium nicht zugegen bin, möchte ich gerne wissen, was du zum Besten gibst.«

»Das hängt vom Wunsch der Gäste ab, so hält es der Kaiser in der Regel. Gibt es solche Wünsche nicht, werde ich Amor und Psyche vorführen.«

»Und du verkörperst alle drei Personen – Amor, Psyche und Venus?«

»So will es die Kunst der Pantomime.«

»Du bist zu beneiden, Mnester, schlüpfst nach Belieben in Frauen- und Männerrollen, bist ein liebendes Paar in einer Person, umarmst dich selbst ... Warum stehst du noch herum? Setz dich zu mir!« Sie klopfte einladend auf ihre *kline* und rückte etwas beiseite. Zögernd nahm er Platz.

»Sage mir ganz offen, Mnester, wen bevorzugst du im Bett? Männer, Frauen, glatthäutige Knaben, scheue Jungfern?«

Mnester, der dies nicht zum ersten Mal gefragt wurde, tat verschämt. »Ach, wenn ich das selbst so genau wüsste! An meiner Wiege muss Hermaphroditus gestanden und mir die Sinne verwirrt haben. Schönheit ist es, was mich anzieht und keinen Unterschied macht, wem sie gegeben ist.«

»Bin ich schön, Mnester?«

»Nur böser Wille kann das leugnen.«

»Dann ziehe ich dich also an?«

»Du bist die Gemahlin des Kaisers.«

»Und wenn ich es nicht wäre?«

»Dann ... dann fändest du mich bereit.«

»Du als Schauspieler bist es doch gewohnt, andere Rollen zu verkörpern, auch die Welt, wenn es sein muss, mit anderen Augen zu sehen. Damit will ich sagen, wenn auf der Bühne im Hintergrund der Vesuvius auf eine Holzwand gemalt ist, dann ist er für dich kein Gemälde, sondern der Feuer speiende Berg?«

»Ja, so ungefähr.«
»Dann schlüpfe doch jetzt in die Rolle Amors und sehe mich als die Königstochter Psyche an. Du entführst mich in deinen Zauberpalast und dort lieben wir uns. Den Fortgang der Geschichte, wenn Amor Psyche verlässt, ersparen wir uns.«
Mnester stand auf und sie blickte auf seine haarlosen, schlanken und kräftigen Beine.
»Augusta, verzeih, das kann ich nicht. Einmal, weil es mir widerstrebt, die Frau meines Kaisers in seinem eigenen Palast – nein! Doch es gibt noch einen Grund. Am Tage meines jeweiligen Auftritts opfere ich der Muse Terpsichore und habe der Göttlichen gelobt, keusch zu sein. Ich hätte Angst, bei meinen Auftritten zu versagen, würde ich diesen Schwur brechen.«
Sie glaubte ihm kein Wort, ließ es jedoch nicht erkennen. »Gut, ich sehe ein, dass es jetzt weder der rechte Ort noch die rechte Zeit ist. Beim nächsten Mal werde ich dich an deinem freien Tag zu einer Frau bitten, die zeitweise ihre Rolle als Kaiserin mit einer anderen vertauscht hat.«
»Darauf freue ich mich«, sagte Mnester und sein Talent legte in diese Worte Neugier und Begeisterung, die er aber nicht empfand.
Draußen war das Gewitter an den Albani Montis hängen geblieben, hatte sich dort in heftigen Regengüssen entladen, der Stadt Rom aber keine Abkühlung gebracht. Die Schwüle hing in der Luft wie ein klebriges Netz, aus dem die Menschen sich nicht befreien konnten.
Messalina war eingeschlafen und träumte von einem Mnester, dessen Widerstand sie mit Gewalt brach. Sein schöner Körper wand sich unter ihren Peitschenhieben, er selbst lachte, als sei dies nur ein fröhlicher Scherz. Sein Glied aber schwoll mit jedem Schlag an, wuchs schließlich zwischen seinen Schenkeln empor wie ein Baum, bedrohlich und Furcht erregend – drohte sie zu erschlagen. Mit einem Schrei erwachte sie, nassgeschwitzt und mit bohrenden Kopfschmerzen. Sie ließ sich ein heißes Bad bereiten und befahl den nubischen Masseur zu sich. Als die Sklavin sie danach

mit kaltem Wasser übergoss, fühlte sie sich zum ersten Mal an diesem schwülen Tag wirklich erfrischt.
Der junge haselnussbraune Nubier grinste sie freundlich an und sie lächelte zurück, was sie sonst bei Sklaven niemals tat. Er war in einer noblen privaten Therme von Bademeistern in seinem Fach ausgebildet worden und erwies sich als so geschickt, dass er vor kurzem in kaiserlichen Dienst gekommen war. Er sprach kaum Latein und pflegte während der Arbeit in seiner Heimatsprache vor sich hin zu plappern, was auf die meisten beruhigend und entspannend wirkte. Alle im Palatium nannten ihn Artifex, weil zu dem wenigen, was er in holprigem Latein ausdrücken konnte, seine oft wiederholte Beteuerung gehörte: *»Ego artifex cum manus!«*
Ja, er war tatsächlich sehr geschickt mit den Händen, dieser vielleicht achtzehn- oder zwanzigjährige Afrikaner. In der Regel bearbeitete er bei seinen Kunden nur die Hinterseite – also Hals, Schultern, Rücken, Gesäß und Beine. Als Messalina sich danach umdrehte, blickte er sie erstaunt und fragend an. Seine geschlechtlichen Bedürfnisse befriedigte Artifex bei Sklavinnen und niemals fehlte es dem fröhlichen und gutmütigen jungen Mann an Gefährtinnen. Hochgeborene Damen oder gar die Kaiserin waren für ihn kostbare Objekte, an denen er sein Handwerk ausübte, ohne je an etwas anderes zu denken. So brachte ihn Messalinas Verhalten aus der Spur des Gewohnten und auf seinem schön geformten, braun glänzenden Gesicht erschien etwas wie schamhafte Verlegenheit, als Messalina langsam die Schenkel öffnete und einladend auf ihren Schoß deutete. Doch so komplizierte Gedankengänge wie: Rühre die Frau des Kaisers nicht an, das hätte üble Folgen für dich, waren ihm fremd. Das sah ganz nach einem Befehl aus und er hatte zu gehorchen. Er schlüpfte aus seiner kurzen Tunika und tat ohne Umstände, was sie verlangt hatte – mit jugendlicher Kraft und nicht ohne Begeisterung, einer vornehmen Dame auch solche Dienste erweisen zu können.
Kein Vergleich freilich mit dem viel erfahrenen Cletus oder dem

kraftvoll-derben Sabinus, doch Artifex tat ihr wohl, sie verabschiedete ihn mit einem zärtlichen Schlag auf seinen wohlgeformten Hintern und presste zugleich einen Finger auf die Lippen. Der Nubier lachte, nickte, verneigte sich und verschwand.

So war Messalinas Verlangen endlich gestillt und als an diesem Abend der Kaiser kam und mit ihr die Nacht verbringen wollte, fand er wenig Entgegenkommen.

»Du hast dir einen schlechten Tag ausgesucht, mein Freund. Das schwüle Wetter hat mich krank gemacht, ich bin abgespannt, habe Kopf- und Gliederschmerzen. Außerdem möchte ich jetzt kein drittes Kind und heute ist mein fruchtbarster Tag.«

Claudius kapitulierte vor diesem Bündel von Argumenten und musste sich auch eingestehen, dass er selbst nicht in der richtigen Stimmung für eine Liebesstunde war. Ihm war eher nach einer Plauderstunde zumute und so berichtete er Messalina von der letzten Senatssitzung vor der Sommerpause, die sehr lebhaft verlaufen war.

»Es ging um den alten Brauch, dass knauserige und gefühllose Herren ihre kranken Sklaven auf der Aesculapius-Insel im Tiber aussetzen, in der Hoffnung, sie werden dort bald verrecken; vielleicht nähmen sich auch die Priester des Heilgottes ihrer an. Die gesund Gewordenen könne man ja dann zurückholen. Ich schlug vor, im Falle einer Aussetzung den jeweiligen Sklaven sofort für frei zu erklären, ob er nun genese oder nicht. Wer seine krank gewordenen Sklaven töten lasse, werde künftig wegen Mordes angeklagt. Du wirst nicht glauben, was das für einen Aufruhr verursachte. Ein Herrenhaus sei kein Hospital, wurde gerufen und ein ohne Zustimmung des Herrn freigelassener Sklave werde dadurch zum Gesetzesbrecher und gehöre gekreuzigt. Sie müssen meinem Gesicht angesehen haben, dass ich hart bleiben werde, und der Widerstand erlosch. In diesem Fall ist es ein Vorzug, einem Caligula nachgefolgt zu sein, denn er hat den Senat so dauerhaft in Angst und Schrecken versetzt, dass es bis heute anhält. Valerius Asiaticus, der alte Zyniker, wollte das Gesetz sogar dahingehend erweitert wissen, dass man den Mörder eines kranken Sklaven selbst zum Sklaven mache. Da wurde er natürlich niedergezischt, was ihn sichtlich erheiterte.«

Messalina fasste Claudius am Arm, als erbitte sie seine besondere Aufmerksamkeit.

»Ich traue diesem Menschen nicht! Hinter seiner Zynikermaske brütet der Verrat! Wie bei Caligula spielt er auch dir den Sorg- und Furchtlosen vor, der nur sein Leben genießen will und sonst nichts weiter im Sinn hat. Immerhin ist er der Hauptanstifter bei der Ermordung deines Vorgängers gewesen und hat sich dessen auf dem Forum noch laut gerühmt. Nicht dass ich dem Tyrannen nachtrauere; seine Beseitigung war eine bittere Notwendigkeit, doch sehe ich keinen Grund, sich damit noch zu brüsten. So ist Valerius in Rom ein berühmter Mann geworden und auch in den Provinzen kennt man seinen Namen. Er stammt aus Vienna in Gallia, hat dort großen Einfluss und viele Anhänger. Die braucht er nur aufzuwiegeln und …«

Claudius hob mit einer energischen Geste die Hand. »Messalina, in was steigerst du dich da hinein? Hätte Asiaticus jemals Lust nach der Macht verspürt, so wären die Stunden nach Caligulas Tod der rechte Augenblick für ihn gewesen. Er lehnte von vorneherein ab und verwies immer wieder auf mich, der ich damals eher abgeneigt war. Wie reimt sich das zusammen?«

»Damals hielt er die rechte Zeit noch nicht für gekommen, aber jetzt …«

»Ist meine Macht so gefestigt wie vor mir nur bei Kaiser Augustus. So gesehen wäre es der schlechteste Zeitpunkt für eine Verschwörung.«

Messalina seufzte. »Ich hoffe nur, du behältst Recht und Sosibius hat übertrieben.«

»Was ist mit ihm? Seit wann hörst du auf das Geschwätz von Freigelassenen?«

Sosibius war der Erzieher des fast vierjährigen Britannicus, wie man den Sohn des Kaisers jetzt nannte.

»Mag es Geschwätz sein, jedenfalls stammt Sosibius auch aus Gallia und hat in seiner Heimat Lob über Valerius gehört, als sei er schon der nächste Kaiser.«

Endlich sah Messalina, wie sich in der Miene ihres Gemahls Angst zeigte. Wenn er sich auch nach außen stets unbekümmert gab, so lebte er doch in der ständigen Sorge vor Anschlägen.

Claudius wollte das leidige Thema beenden und schlug sich an die Stirn. »Beinahe hätte ich es vergessen, heute Vormittag sind die Münzentwürfe aus Alexandria eingetroffen, sogar eine Probeprägung lag bei.«

Er löste einen kleinen Beutel vom Gürtel seiner Tunika und leerte den Inhalt auf den kleinen Tisch aus Ebenholz. »Schau sie dir genau an!«

Neugierig nahm sie die schwere Tetradrachme und hielt sie ans Licht. Die Vorderseite zeigte ein schönes, jugendliches, aber nur wenig ähnliches Porträt des Kaisers mit einer griechischen Umschrift.

Claudius erläuterte ihr die Abkürzungen. »Da steht Tiberius Claudius Germanicus Kaisar Sebastos, zu übersetzen mit Caesar Augustus. Und jetzt die Rückseite!«

Da war eine stehende weibliche Gestalt abgebildet, das Gesicht verschleiert, mit einem Bündel Weizenähren im linken Arm, während auf der rechten, ausgestreckten Hand zwei winzige Kinderstatuen standen.

Messalina heuchelte Freude. »Das soll ich sein?«

»Ja, im Gewand der Demeter, die ja für Aegyptus als Göttin des Ackerbaus, als Patronin der Kornfrucht ungemein wichtig ist. Im Grunde ernährt diese Provinz halb Rom. Hier steht auch dein voller Name und die Abkürzung ist mit Augusta zu übersetzen. Was sagst du nun?«

In Aegyptus Augusta, vielleicht auch Göttin. Was bedeutete das schon? Eine Provinzkaiserin, eine Provinzgöttin …

»Ja, das freut mich schon sehr, noch schöner wäre es gewesen, wenn …«

»Ja, meine Liebe, das wird noch kommen«, sagte er und seine Ungeduld war herauszuhören.

Da er nun schon in schlechter Stimmung war, fiel ihm ein, was er Messalina schon länger sagen wollte.
»Übrigens wegen deiner Mutter … Ein wenig peinlich ist es mir schon, davon zu sprechen, doch seit Domitia Witwe ist, lässt ihr Benehmen zu wünschen übrig.«
»Und dafür willst du mich verantwortlich machen?«
»Nein, aber du sollst wissen, was ich beschlossen habe. Sie wechselt ihre Liebhaber sehr häufig, sodass es unter den römischen Lebemännern als ungewöhnlich gilt, nicht mit ihr geschlafen zu haben. So wenigstens wurde es mir berichtet. Ich werde sie mit Appius Silanus verheiraten, der im nächsten Monat von seiner Statthalterschaft aus Hispania zurückkehren wird – als Witwer. Von da an hoffe ich auf ihr Wohlverhalten, immerhin ist sie die Mutter der Kaiserin. Hoffentlich wirst du ihr nicht nachgeraten …«
Zwar klang der letzte Satz scherzhaft, doch Messalina spürte den Ernst dahinter.
»Kennst du mich so wenig?« Das klang so traurig, dass Claudius einen versöhnlicheren Ton anschlug.
»Verzeih, es ist nur die Sorge, dass … dass du mich enttäuschst, dass meine Ehe wieder scheitert …«
Sie küsste ihn flüchtig auf den Mund. »Du sorgst dich umsonst, ich bin dir eine treue Frau und die Mutter deiner Kinder. Beim nächsten Mal wird es sein wie früher, nur heute …« Sie machte eine hilflose Geste und lehnte sich zurück.
»Ja, ja, ich verstehe dich, bin heute selbst nicht ganz auf der Höhe. Die viele Arbeit hat mich in Rom länger festgehalten, als uns allen gut tut. Wir sollten wenigstens den August bis Mitte September in unserem Landhaus verbringen. Das war ohnehin die letzte Senatssitzung vor der Sommerpause. Mit unserer *triremis* brauchen wir nur wenige Tage dorthin …«
Claudius meinte die kaiserliche Sommervilla bei Neapel und Messalina stimmte freudig zu, denn sie hatte erfahren, dass Gaius Silius in der Nähe ein Landhaus besaß und sich schon seit einigen Wochen dort aufhielt.

»Ja, mein Lieber, ich freue mich darauf!«
Die Abreise verzögerte sich dann noch ein wenig, denn in der letzten Juliwoche bat ein in Rom wohl bekannter Astrologe dringend um Audienz. Claudius hielt wie die meisten Gebildeten wenig von dieser Wissenschaft, auch wenn seine Vorgänger Tiberius und Caligula Hofastrologen beschäftigt hatten. Doch der Mann ließ sich nicht abweisen, sagte, es gehe weniger um die Sterne, als um drohenden Aufruhr wegen der bevorstehenden *solis defectio*. So empfing ihn der Kaiser mit einiger Neugierde.
Der noch junge Mann – er bezeichnete sich als Schüler des berühmten Lucius Firmanus – wies Claudius darauf hin, dass am ersten Tag des Monats Augustus, also an seinem Geburtstag, eine totale Sonnenfinsternis stattfinden würde.
»Das ist, wie alle Gebildeten längst wissen, ein völlig natürlicher Vorgang, bei dem der Mond während seines Laufs vor die Sonne tritt und diese für einige Zeit verdunkelt. Einfache Menschen sehen darin ein unheilvolles Zeichen, mit dem zornige Götter etwas Schlimmes ankündigen wollen, etwa ein Erdbeben, einen Orkan oder politische Unruhen ...«
»Ich verstehe. Was schlägst du vor?«
»Aufklärung, Imperator, rechtzeitige und gründliche Aufklärung. Dann wird kein vernünftiger Mensch, so ungebildet er auch sein mag, noch behaupten können, dies sei ein spontaner Wink der Götter, denn diese sind in der Regel nicht vorhersehbar.«
Claudius lachte. »Da hast du wohl Recht, ich werde deinen Rat genau und umgehend befolgen.«
So geschah es, dass Kaiser Claudius während seiner Regentschaft einen Astrologen reich belohnte, was er noch nie getan hatte und nie wieder tun würde.
Herolde und Anschläge auf dem Forum und an den Tempeln kündigten das Ereignis Tage zuvor an, mit der einfachen Erklärung, dass der Lauf der Planeten um die Erde von Zeit zu Zeit ein solches Phänomen, das nur wenige Minuten anhalte, hervorbringe. Das nahm den Geistersehern, falschen Propheten und ewi-

gen Querulanten den Wind aus den Segeln und nichts weiter geschah, als dass an jenem Tag Tausende von Menschen zum Himmel starrten.

20

Die Fahrt auf der kaiserlichen *triremis* war um diese Jahreszeit ein Genuss. Unter einem blauseidenen Firmament glitten sie auf dem nur leicht bewegten Meer dahin, begleitet von einem erfrischenden Wind, der kaum einmal steif oder gar stürmisch wurde. Das Ziel war die Villa des Lucullus beim Promunturium Misenum, wo seit Augustus ein Teil der römischen Kriegsflotte vor Anker lag.

Licinius Lucullus, der berühmt-berüchtigte Feldherr in den Zeiten der Republik, hatte sich hier einen prachtvollen Landsitz erbaut, der nach dem Tod des Hochverschuldeten an den Staat gefallen war und seither von den Kaisern als Sommeraufenthalt genutzt wurde. Kaiser Tiberius starb in der Villa Luculliana am Gift, das ihm sein ungeduldiger Nachfolger Caligula hatte einflößen lassen.

Rund um das Kap Misenum, vor allem in Baiae und Bauli, hatten seit republikanischer Zeit, besonders in der Aera des Augustus, die römischen Patrizier ihre Landsitze errichtet, sodass in den Sommermonaten fast das ganze patrizische Rom hier versammelt war. Wenn der Kaiser hier weilte, war es zum Brauch geworden, für die senatorischen und konsularischen Familien ein Sommerfest zu veranstalten.

Claudius, der sich im Gegensatz zu Caligula solch alten Bräuchen niemals entzog, lud für die letzte Augustwoche alles, was Rang und Namen hatte und hier anwesend war, zu einem abendlichen Symposium – auch Gaius Silius mit seiner Frau Junia Silana. Fast wäre es Messalina bei Durchsicht der Gästeliste herausgerutscht: Diese dumme Gans brauchst du nun wirklich nicht einzuladen, doch sie schwieg. Als sie den Namen des Valerius Asiaticus entdeckte, gab sie zu bedenken: »Vielleicht solltest du diesen Herrn einmal spüren lassen, dass du ihm misstraust. Er sonnt sich offenbar weiterhin in der Meinung, du seist sein bester Freund und ohne ihn ginge es nicht.«

So ist es ja auch, dachte Claudius, doch er sagte: »Ich schätze ihn und werde das so lange tun, bis er es nicht mehr verdient. Und ich sage dir noch einmal: Der Mann ist harmlos! Er ist ein Maulheld, schwadroniert gerne herum, lässt jedoch seit Caligulas Tod die Finger von allem, was Politik heißt.«

»Wenn du meinst«, sagte sie zweifelnd. Wichtiger war, dass Gaius Silius kam.

Zu Lucullus' Zeiten musste es sehr mühsam gewesen sein, die inmitten der Felsklippen gelegene Villa mit einem Garten zu umgeben, doch der meist Hochverschuldete scheute keinen Aufwand, wenn es um seine luxuriöse Lebensführung ging. Claudius hingegen, der den größten Teil seines Lebens in einfachen Verhältnissen verbracht hatte, übernahm das von seinen Vorgängern Geschaffene und begnügte sich damit.

»Ich habe alles, was ich brauche; warum soll ich neue Paläste, neue Sommersitze, neue Prunkschiffe bauen? Was Augustus, Tiberius und Caligula hinterlassen haben, ist mehr als genug und sollte auch meinen Nachfolgern genügen.«

Narcissus sorgte dafür, dass diese Einstellung weithin bekannt wurde, und so geriet Claudius in den Ruf eines sparsamen Regenten, der die aus aller Welt hereinströmenden Steuern und Tribute sinnvoll einsetzte, wie etwa zur Errichtung eines gewaltigen Aquädukts, das man ihm zu Ehren Aqua Claudia benannte, oder zum Bau des neuen Hafens von Ostia.

Zurück zu dem von Lucullus angelegten weitläufigen Garten, den die Sklaven schon seit Tagen für die vielen Gäste mit Sitzgelegenheiten, Fackeln, Blumengewinden und anderen Bequemlichkeiten ausstatteten und schmückten.

Zu Messalinas Missvergnügen war es Valerius Asiaticus, der als einer der ersten Gäste erschien, begleitet von einer jungen Frau,

die groß und schlank war und ihn um eine halbe Haupteslänge überragte. Valerius war sichtlich gut gelaunt und in seinem verlebten Gesicht stand dauernd ein etwas verwundertes Lächeln, als sei er selbst erstaunt, in weiblicher Begleitung zu erscheinen.
»Verzeiht mein frühes Kommen, das sonst nicht meine Art ist, doch ich wollte dir, mein Imperator, und dir, verehrte Augusta, meine neue Lebensgefährtin vorstellen – Hermione aus Epidauros.«
Die junge Frau lächelte schüchtern und machte einen tiefen Knicks.
»Wie ihr wisst, versuchte ich in Epidauros meiner Gesundheit, soweit von ihr noch die Rede sein kann, etwas aufzuhelfen und da fand ich Hermione als Dienerin und Helferin des Aesculapius, dem ich sie abhandelte.« Er lachte leise und sprach dann auf Griechisch weiter. »In Rom habe ich sie sofort freigelassen und wenn die Götter und du, mein Imperator, nichts dagegen haben, werden wir nach unserer Rückkehr heiraten. Meine – unsere Kinder könnten dann das römische Bürgerrecht erwerben …«
Er sprach nicht weiter, als er den Unwillen auf Messalinas Gesicht bemerkte.
Sie zwang sich zu einem Lächeln und ergänzte: »… und könnten dein Erbe antreten.«
»Was ist Unrecht daran?«, fragte Claudius erstaunt, »bewegt sich doch alles im Rahmen unserer Gesetze.«
»Gewiss, ich habe nur daran denken müssen, dass Valerius die Gärten des Lucullus besitzt und wir heute in dessen früherer Villa feiern. Willst du sie nicht dem Kaiser abkaufen, Valerius Asiaticus, da sie doch schon wegen des gleichen Namens zu deinen römischen Gärten passt?«
Claudius räusperte sich. »Davon war niemals die Rede und Valerius wird es als Scherz verstehen.«
Nein, das tat er nicht, denn er hatte Messalinas Habgier längst durchschaut.
»Augusta, wo denkst du hin? Offen gesagt, habe ich eher daran gedacht, die Horti Lucculliani meinem kaiserlichen Freund Claudius zu vermachen, falls ich ohne Erben in den Orcus fahre.«

Claudius zeigte sich gerührt. »Das würdest du tatsächlich tun?«
Messalina lachte höhnisch. »Warum nicht, da er doch zehn Jahre jünger ist als du, mein Claudius.«
Valerius lächelte fröhlich zurück. »Das schon, aber ich habe so heftig gelebt, dass meine Jahre doppelt zählen, jedenfalls fühle ich mich eher wie siebzig oder achtzig.«
Claudius, erfreut über die Gelegenheit, sein geliebtes Griechisch sprechen zu können, wandte sich an Hermione, die verlegen zu Boden blickte. Wie alle jungen Heilgehilfinnen hatte sie davon geträumt, einer der reichen Kurgäste möge sie eines Tages freikaufen und sie, wenn schon nicht als Ehefrau, dann doch als *concubina* mit in eine große Stadt nehmen. Als sich ihr Traum erfüllte und Valerius Asiaticus sie mit in sein Sommerhaus nahm, hielt sie es für einen Scherz ihres immer zu Späßen aufgelegten Geliebten, wenn er davon sprach, dass der Kaiser sie bald zu einem Symposium laden würde. Nun, es war keiner gewesen, sie stand vor dem Herrn der Welt und hörte seine Stimme ein so gutes Griechisch sprechen, als sei er ein geborener Hellene.
»Du scheinst ein Lieblingskind der Götter zu sein und Aphrodite hat dir gewiss zugelächelt, als unser Valerius nach Epidauros kam. Werdet ihr mich zu eurer Hochzeit laden?«
Valerius nickte erfreut. »Es würde unserem Fest den höchsten Glanz verleihen, wenn du mit der Augusta daran teilnehmen könntest.«
Dabei sah er Messalina fragend an. Sie war beim Latein geblieben und wandte sich an Hermione.
»Wenn Valerius sich wie achtzig fühlt, wirst du bald zu den reichsten Witwen Roms zählen. Glaubst du nicht, dass so viel Glück die Götter neidisch machen könnte?«
Hermione schaute fragend auf Valerius, der ihr Messalinas Worte übersetzte. Hermione blickte sie ruhig an.
»Nein, warum? Auch wenn aus einer früheren Sklavin die Frau eines römischen Patriziers wird, so ist das kein Grund zum Neid der Götter, denn alle müssen wir sterben, ob Sklave oder Kaiser.«
Claudius wollte übersetzen, doch Messalina sagte unwillig: »Auch

wenn ich diese Barbarensprache nicht spreche, so kann ich sie doch verstehen. Im Übrigen brauchen wir keine griechischen Sklaven, die uns sagen, dass wir sterblich sind. Du solltest besser daran denken, was ein Kaiser zu Lebzeiten bewirken kann, ähnlich den Göttern – nämlich andere sterben machen!«
Bei dem Wort »Barbarensprache« regte sich in Claudius der Historiker.
»Vergiss nicht, meine Liebe, dass Homer seine unsterblichen Werke schuf, während Rom noch ein armseliges Bauerndorf war und den etrurischen Zwingherren Tribute zahlte. Latein war damals einer der vielen italischen Dialekte und muss tatsächlich barbarisch geklungen haben. Dieser Tatsache sollten wir uns bewusst sein.«
Meist fand Claudius die historische Unbildung seiner Frau verzeihlich und eher reizvoll, diesmal war sie allerdings zu weit gegangen. Weder Claudius noch Valerius hielten es für angebracht, diese verletzenden Worte ins Griechische zu übertragen; auch war von draußen der Lärm neu eintreffender Gäste zu hören.
Der Kaiser nahm auf seinem Ehrensitz vor der Gartenterrasse Platz, um die Ankömmlinge der Reihe nach zu begrüßen. Der Konsul Lucius Vitellius drängte sich vor.
»Dich zu sehen, Augusta, macht mich zum glücklichsten Menschen der Welt! Deine Schönheit lässt Sonne und Mond verblassen und andere Frauen neidisch werden! Wenn du wüsstest ...«
Claudius unterbrach ihn. »Spare dir deinen Hymnus für später auf, mein Freund, wir haben auch noch andere Gäste zu begrüßen.«
Vitellius verneigte sich, so tief es bei seinem Leibesumfang möglich war, und schaute Messalina verzückt an und presste seine Hand in Gürtelhöhe auf die Toga – da, wo er Messalinas Reliquie trug.
Sie wandte sich mit starrer Miene ab und hielt Ausschau nach Gaius Silius. Schließlich entdeckte sie ihn, wie er in der Nähe der Eingangspforte mit anderen Gästen sprach. Warum drängte er sich nicht nach vorn? War es ihm kein Bedürfnis, sie zu sehen,

mit ihr zu sprechen? Diese Unhöflichkeit würde er zu spüren bekommen! Doch als er dann vor ihr stand, schmolz ihr Groll dahin vor dem Zauber seiner apollinischen Erscheinung, vor seinem heiter strahlenden Blick. Seine Gemahlin Junia Silana streifte sie mit einem gleichgültigen Blick, murmelte einen Gruß und wandte sich an Gaius Silius.

»Lange hast du uns auf deinen Besuch warten lassen! Warum sieht man dich in Rom so selten? Ziehst du andere Gesellschaft der deines Kaisers vor?«

»Viele Fragen auf einmal, Domina. Es liegt nicht an mir, wenn ich im Palatium so selten zu sehen bin. Bei anderen kann ich uneingeladen erscheinen, beim Kaiser nicht.«

Sie lächelte ihn strahlend an. »Ich werde es mir merken und dich auf jede Einladungsliste setzen.«

»Ich weiß nicht, ob der Kaiser ...«

»Claudius überlässt es mir, wen wir zu den Symposien bitten.«

»Ich freue mich, Domina.«

So sah er allerdings nicht aus und Messalina überlegte, wie sie es anstellen konnte, ihn allein zu sprechen. Vorerst musste sie ihrer Pflicht als Gemahlin des Kaisers nachkommen.

Domitia Lepida begrüßte ihre Tochter mit weithin hörbaren Wangenküssen und versank vor Claudius in einen tiefen Hofknicks. Ja, sie wusste, was sich gehörte, stammte sie doch selbst aus einer Linie des julisch-claudischen Hauses. Silanus, früherer *legatus* von Hispania und der ihr vom Kaiser verordnete Ehemann, wurde von Claudius besonders liebenswürdig begrüßt. Der einfache und aufrechte Mann hatte als *legatus* seine Provinz vorbildlich verwaltet und nicht eine einzige Anklage wegen unrechtmäßiger Bereicherung traf beim Kaiser ein, was sonst eher die Regel war. Als Claudius ihn ersuchte, seine verwitwete Schwiegermutter zu heiraten, verstand Gaius Appius Silanus es als einen Befehl, den er ohne zu murren befolgte, aber er tat es nicht gerne. Domitia ließ ihn deutlich spüren, dass er quasi »hinaufgeheiratet« hatte, und nahm schon bald wieder ihr altes Leben auf. Da besann Silanus sich auf seine Rechte und Pflichten als römischer *pater familias*,

verordnete ihr tagelangen Hausarrest und drohte mit einer Klage wegen Ehebruchs. Den Kaiser informierte er über diese Maßnahmen und erhielt dessen volle Unterstützung. So war Domitia Lepida etwas zahmer geworden, sonnte sich in ihrem Ruhm als Kaiserinmutter und beließ es vorerst dabei.
Messalina mochte diesen Stiefvater nicht, vielleicht gerade, weil er in seiner altrömischen Auffassung ihrem eigenen Vater so ähnlich war. Sie verübelte Silanus, dass ihm gelungen war, was Valerius Messalla längere Zeit vergeblich versucht hatte, nämlich aus ihrer Mutter eine halbwegs ehrbare Frau zu machen. Ihr fühlte sie sich näher und konnte es verstehen, wenn eine Frau sich immer neue Liebhaber nahm. Das Leben war so kurz und schnell hatte man einen Liebhaber satt. Cletus, Sabinus und sogar der einfältige Artifex hatten wie Claudius auf ihre Weise das Beste versucht, doch im großen Römischen Reich musste es noch Bessere geben. Gaius Silius gehörte gewiss dazu – so wie der aussah! Von ihm geliebt zu werden, das musste sein, wie einem Gott beizuliegen. Davon war sie überzeugt und so hatte sie es zu ihrem festen Ziel gemacht, diesen Mann zu gewinnen. Nur wie es anpacken? Manchmal wünschte sie, eine einfache Frau zu sein, nur sich selbst verantwortlich, ohne Rücksicht auf Rom, Familie, guten Ruf, besonders in einer Millionenstadt, die seit jeher mit fataler Neugier die Vorgänge in der kaiserlichen Familie verfolgte.
Agrippina hatte sich schon gestern mit der Krankheit ihres Sohnes entschuldigen lassen. Mochte es auch der Wahrheit entsprechen, so war doch nicht zu übersehen, dass die Prinzessin sich rar machte, wenn es um Einladungen in den kaiserlichen Palast ging. Andererseits erschien sie häufig bei ihrem Onkel, wenn auch nicht unangemeldet wie Livilla und ohne Messalina zu fragen oder wenigstens davon zu unterrichten. Agrippina achtete genau darauf, keinen Anstoß zu erregen, und erwies Messalina stets die ihr gebührende Achtung – mehr aber auch nicht.
Inzwischen hatte die Nacht ihre schwarzen Schwingen über Meer und Land gebreitet und das Firmament wie ein verschwenderischer Landmann mit Goldkörnern besät. Die funkelnde Goldsaat

aber musste verblassen, als die Sklaven ringsum ihre Fackeln entzündeten. Das noch von Lucullus erbaute, damals schnell berühmt gewordene und dann bald vergessene Vogelhaus hatte Claudius neu beleben lassen, doch die dort herumflatternden Singvögel waren nach Einbruch der Dämmerung verstummt. Nun jedoch, vom Licht der Fackeln geweckt, begann da und dort ein verschlafenes Zwitschern und Messalina sah endlich eine Möglichkeit, Gaius Silius für eine Weile zu entführen. Junia Silana war von der stets geschwätzigen Domitia Lepida in ein Gespräch verwickelt worden, das Silius so langweilte, dass er sich bald abwandte. Messalina trat an seine Seite und sagte halblaut: »Ich werde dir unser Vogelhaus zeigen, Gaius Silius. Nach dem Tod des Lucullus war es lange verwaist, wir haben es wieder zum Leben erweckt.«

Er wandte ihr sein Gesicht zu und sie erschauerte unter seinem leuchtenden Blick.

»Wird der Kaiser dich nicht vermissen? Vielleicht treffen noch Gäste ein und du …«

»Nein, nein, mein Silius, ich bin da nicht so wichtig. Alle wollen den Kaiser sehen, ein Wort von ihm zählt mehr als von mir eine ganze Rede.«

»Da bin ich anderer Meinung! Natürlich schätzt jeder unseren tüchtigen Imperator und fühlt sich geehrt, von ihm beachtet oder angesprochen zu werden. Nur welcher rechte Mann bewundert nicht dein reizendes Lächeln ebenso sehr? Seit den Tagen des Augustus hat keine Kaisergemahlin die Männerwelt so entzückt, doch damit sage ich dir wohl nichts Neues …«

»Die Schmeicheleien gehen dir leicht von den Lippen, mein Silius. Ähnliches werden schon viele Frauen von dir gehört haben.«

Unbekümmert hob er seine kräftigen Schultern. »Ähnliches vielleicht und nicht ganz ernst gemeint. Bei dir ist es anders und zudem die pure Wahrheit. Wohin gehen wir?«

»Wie ich schon sagte: Ich werde dir das Vogelhaus zeigen. Zur Zeit des Lucullus war es weithin bekannt, geriet dann jedoch in Vergessenheit. Claudius hat es auf meinen Wunsch wieder bevölkert

und schon wegen seiner Bauart ist es sehenswert. Man kann nämlich – nein, du sollst es selbst sehen.«
Claudius hatte eigens einen Sklaven angestellt, der die *cavea* warten musste und vor allem darauf zu achten hatte, dass das feine Netz nicht einriss, kein Vogel sich im Streit verletzte, stets genügend Futter und Wasser vorhanden waren und dass vor allem Sauberkeit herrschte. Die Besonderheit war, dass man den Bau betreten konnte wie ein kleines Haus, denn ein geräumiger Raum bildete den Mittelpunkt und gestattete einen Rundblick auf die gefiederten Bewohner.
Der Wächter saß schlafend vor dem Eingang und Messalina stieß ihn mit dem Fuß an. Der Mann sprang sofort auf.
»Ich werde einem Gast das Vogelhaus zeigen und du sorgst dafür, dass uns niemand stört – nichts und niemand! Hast du verstanden? Zünde ein paar Lichter an und dann verschwinde!«
»Jawohl, Augusta, nichts und niemand darf stören.«
»Diesen Leuten muss man alles zweimal sagen und manche verstehen es erst, wenn sie die Peitsche spüren.«
Gaius Silius zuckte nur die Achseln und sie warteten, bis der Sklave wieder herauskam. Drinnen gruppierten sich einige *lecti* um einen langen niedrigen Tisch; im Flackerlicht der wenigen Öllampen waren ringsum die von einem feinen Netz umspannten Metallstäbe der geräumigen *cavea* zu erkennen. Von da und dort kam ein schläfriges Zwitschern, doch es war nichts zu sehen, weil die Vögel ihre Schlafplätze auf den dicht gepflanzten Sträuchern und kleinen Bäumen nicht verließen.
Silius spürte ein Frösteln, obwohl hier eine schwüle, stickige Luft herrschte, vermischt mit dem ätzenden Geruch von Vogelkot und muffigen Federbälgen.
Gaius Silius war nicht dumm, er hatte eine gute Ausbildung genossen und jede Möglichkeit seiner patrizischen Herkunft genutzt. Einen Teil der römischen Ämterlaufbahn hatte er schon hinter sich gebracht, war kürzlich Senator geworden und für das konsularische Amt innerhalb der nächsten fünf Jahre vorgesehen. Er hatte viel zu verlieren und im Laufe seines Lebens gelernt, ge-

wissen Situationen mit äußerster Vorsicht zu begegnen. Das war nun auch hier der Fall und allein die Tatsache, dass sie gemeinsam dieses menschenleere und nächtliche Vogelhaus betreten hatten, war schon geeignet, die wildesten Gerüchte auszulösen.
»Ich glaube, du musst zurück, Augusta, deine Abwesenheit ist vermutlich von einigen schon bemerkt worden.«
»Vom Kaiser gewiss nicht, der ist oft so zerstreut, dass er Ehefrau und Kinder vergisst. Es würde mich nicht wundern, wenn er plötzlich eine andere zur Frau nähme.«
»Er liebt dich, Messalina, das weiß doch die ganze Stadt!«
»Nichts wissen sie, nichts!« Sie starrte ihn wütend an. »Woher auch? Liegen sie in meinem Ehebett? Lesen sie die Gedanken des Kaisers? Ich habe den Historiker Claudius Caesar geheiratet, einen ruhigen und besonnenen Mann, und bin nun die Frau eines mit Pflichten überlasteten Imperators, der kaum noch Zeit für seine Familie findet. Ach, Silius, warum hat mich die launische Fortuna nicht mit dir Tisch und Bett teilen lassen und Junia Silana zur Augusta gemacht? Sie hätte wohl mehr Freude daran als ich.«
Gaius Silius mochte seinen Ohren nicht trauen. War doch allgemein bekannt, wie sehr Messalina auf ihre Würde als Gemahlin des Kaisers pochte. Warum redete sie so seltsam daher, sprach mit ihm über so intime und vertrauliche Dinge? Sein immer wacher politischer Verstand gab warnende Signale und er hätte jetzt viel darum gegeben, wieder draußen bei den anderen zu sein.
»Vielleicht sind dir die Ereignisse der letzten Zeit, mit Verlaub zu sagen, etwas über den Kopf gewachsen? Der plötzliche Wechsel vom ruhigen Privatleben in einen kaiserlichen Haushalt, zwei Geburten schnell hintereinander, die Abwesenheit des Kaisers und die damit verbundene schwere Verantwortung – ich glaube, das wäre schon manchem Mann zu viel gewesen.«
Ein Lachreiz fiel sie an, doch sie beherrschte sich und blieb ernst. Merkte der Kerl denn nicht, worauf sie hinauswollte?
»Vielleicht hast du Recht, aber von Zeit zu Zeit tut es mir gut, mit einem richtigen Mann vernünftige Worte zu wechseln.«

»Einem richtigen Mann – wie ist das zu verstehen?«
»So, wie ich es sage. Claudius mag ein umsichtiger und verantwortungsvoller Regent sein, er spricht gut, kann überzeugen und alles, was er tut, beweist Weitblick und altrömische Gesetzestreue. Nur wo ist der Ehemann, der Vater geblieben? Für die Kinder ist er fast ein Fremder und ich zweifle daran, ob er dir das Innere meines Schlafzimmers schildern könnte. Sein Körper ist schlaff und kraftlos geworden und ich fühle mich mit achtzehn Jahren einfach zu jung, um mich mit einem Greis zu begnügen.«
Plötzlich umarmte sie ihn, oder richtiger gesagt, sie fiel ihn an wie eine rollige Katze. Er spürte ihre heiße Wange an seinem Gesicht, mit einer Hand streichelte sie seine muskulöse Brust, die andere war unter seine Tunika geschlüpft und liebkoste sein Geschlecht. Er fühlte sich überrumpelt, aber er wusste, dass viele Frauen ihn begehrten. So verstand er es als Tribut an sein apollinisches Aussehen, wenn auch Messalina keine Ausnahme machte. Doch er vermied es, ihre Liebkosungen zu erwidern, und schob sie sanft von sich.
»Wir sind beide verheiratet, Augusta, und so gerne ich es gewiss täte, einen Mann wie den Kaiser kann ich nicht betrügen.«
Sie lachte leise. »Das verstehe ich, doch wären wir beide ungebunden, dann …«
»Dann schon«, sagte er schnell, »und vor allem mit dir, der schönsten Frau von Rom.«
Ihm stand der Schweiß auf der Stirn, in seinem Phallus pochte es begehrlich und sein Mund war vor Erregung trocken geworden. Er lief hinaus, ohne auf sie zu achten, und sog die kühle Abendluft wie ein Erstickender in seine Lungen. Ohne große Eile kam sie nach und hängte sich bei ihm ein.
»Da habe ich wohl zu viel geredet?«
»Vielleicht …«
»Vergiss es wieder, mein Silius, es war eine schwache Stunde und der Mund lief mir über.«
Er blieb stehen. »Vergessen? Ich weiß nicht, ob ich es kann.«

Die verminderten Pflichten der Ferienzeit, die anregende Nähe des Meeres und Messalinas ständige Gegenwart erweckten in Claudius das Verlangen, mit ihr in Ruhe eine Nacht zu verbringen. Das hatte er lange nicht mehr getan und daran war er nicht allein schuld. Bei ihr hatte es immer Ausflüchte gegeben – einmal war es ihre Regel, dann ein plötzliches Unwohlsein oder die Erschöpfung nach einem langen Tag der Pflichten. Welche waren das schon? Dann und wann ein Symposium für die Priesterinnen der Bona Dea oder die Teilnahme am Reinigungsfest der Vestalinnen. Freilich, seine Manneskraft war schwächer geworden, weil so vieles auf ihn einstürmte und er schließlich nicht jünger wurde. Doch das Verlangen schlummerte nur und jetzt, im wohligen Frieden der Ferienzeit, war es zur alten Stärke erwacht und er sehnte sich nach einem Frauenkörper. Wie? Sollte es nicht in jedem Fall Messalina sein? Er musste sich eingestehen, dass ihm auch eine junge, hübsche Sklavin willkommen gewesen wäre, und er hätte dem gewiss nachgegeben, wäre Messalina fern gewesen. Hier aber lebten sie, verglichen mit dem gewaltigen Palatium in Rom, fast Tür an Tür und liefen sich dauernd über den Weg.
Da besann er sich auf gewisse Rechte und Pflichten. Sein Recht war es, ihr beizuliegen, und sie hatte die Pflicht, es ihm zu gestatten. Warum so trocken, so förmlich? Das gegenseitige Verlangen musste sie doch zusammenführen, wie es früher gewesen war? Claudius rieb sich die Stirn, als wolle er etwas verscheuchen. Wie schnell hatte sich alles verändert: Menschen, Lebensformen, Pflichten ... Früher hatte er friedlich zu Hause gesessen, ohne Pflichten, soweit Caligula ihm nicht aus Bosheit welche auferlegte. Ja, sie hatten sich beide verändert. Messalina und er selbst nicht minder. Wie lustvoll und erregend war es gewesen, die beiden Kinder zu zeugen, wie unwillig und misstrauisch war sie geworden, wenn er eine Woche ihrem Bett fern blieb. Und jetzt? Er begann sich Vorwürfe zu machen. Vielleicht habe ich sie doch vernachlässigt – nach meiner Rückkehr war es nicht mehr wie früher. Er straffte sich. Jetzt, da wir uns hier so nahe sind, böte sich eine gute Gelegenheit, neu zu beginnen.

Zum Glück gab es heute keine Gäste, sie speisten allein zu Abend und Claudius äußerste ganz offen sein Verlangen.
Messalina erschrak. Seit jenem Fest erschien ihr in wohligen Tagträumen der apollinische Gaius Silius und sich selbst Lust bereitend, dachte sie so lebhaft an ihn, dass seine Gegenwart fast zur Realität wurde. Aber eben nur fast … Und nun kam Claudius und meldete seine Rechte an. Doch ein Rest von Vernunft war ihr geblieben und gerade jetzt wäre es unklug gewesen, ihn unzufrieden und misstrauisch werden zu lassen.
So heuchelte sie die angenehm Überraschte, zierte und sträubte sich etwas, bis sie in der Schlafkammer lagen und sie sich bemühte, Hingabe und Leidenschaft vorzutäuschen. Er merkte nichts. Wie sich Männer leicht täuschen lassen, wenn ihr Samen sie bedrängt. Zum Glück schlief er danach bald ein und als beim Erwachen in ihm neue Lust aufkeimte, war sie schon aufgestanden und spielte, was sie sonst um diese Zeit niemals tat, mit ihren Kindern. Zur Rede gestellt, murmelte sie verschämt, etwas habe sie zu den Kindern getrieben, vielleicht, weil sie nach dieser Nacht mit einem dritten rechnete. Das besänftigte ihn; doch in Messalina reifte ein Plan.
War Silius erst einmal gewonnen, dann konnte und mochte sie dieses Doppelspiel nicht weiterführen. Da Claudius nun einmal Frauen braucht, soll er auch welche haben – andere.

21

Sabinus, der einstige Centurio in der Leibwache des Caligula, hatte oft große Mühe, in der Gladiatorenschule nicht aufzubegehren – sich nicht wehren zu dürfen gegen die Willkür der Ausbilder. Er hatte nun alle Phasen des Gladiatorenkampfes durchexerziert, war als *murmillo*, als schwer bewaffneter Kämpfer, aufgetreten, gerüstet mit Helm, Schild und Schwert.

Da gab es den Kampf *murmillo* gegen *thraex*, einem ebenfalls schwer bewaffneten Gegner mit Schild und kurzem Krummschwert. Dem *thraex* musste er mit vorgeschobener linker Schulter und vorgestelltem linken Bein entgegentreten, um eine von vorn unangreifbare Front zu bilden, die der *thraex* mit seinem kurzen Schwert kaum durchbrechen konnte. Eine Abwandlung davon war die Begegnung mit dem *hoplomachus*, dem lanzenbewehrten Gladiator.

Ganz anders sah es beim Kampf *secutor* gegen *retiarius* aus. Die Bezeichnung dieses Gegners leitete sich von *rete* ab, dem Netz, das er versuchte, dem *secutor*, der mit Helm, Schild und Schwert bewaffnet war, überzuwerfen, ihn damit kampfunfähig zu machen und mit seiner *fuscina*, dem Dreizack, zu töten. Dieser Kampf ahmte die Begegnung eines Fischers mit seiner Beute nach, sichtbar gemacht durch einen Fisch, den der *secutor* als Helmzier trug, und verdeutlicht durch Netz und Dreizack des Gegners.

Diesen Kampf scheute Sabinus am meisten, denn es fehlte ihm an Gewandtheit, den Finten der Netzkämpfer schnell und wirksam zu begegnen. Wer dies konnte, wehrte den Netzwurf in den meisten Fällen ab, wenn er seinen Schild hochriss oder rasch vorwärts stürmte, um den Wurf zu unterlaufen. Sabinus musste es wiederholt erleben, dass sich das Netz mehrfach verhängte, seine Bewegungsfreiheit beeinträchtigte und er sich beim Versuch, es abzustreifen, nur noch tiefer darin verstrickte. Zweimal hatte ihm diese Ungeschicklichkeit, die in der Arena tödlich gewesen wäre, eine Auspeitschung eingetragen, die der Ausbilder mit sichtlichem Genuss vollzog. Es hatte sich nämlich herumgesprochen, dass Sabinus hohe Protektion genoss, und wilde Gerüchte gingen um, woher sie kam. Die Inhaber einer Gladiatorenschule waren in der Regel darauf bedacht, ihre Kämpfer am Leben zu erhalten, da nur die Sieger Prämien einbrachten, während ein Verlierer, falls er mit dem Tod abging, einen finanziellen Verlust bedeutete.

Messalina hatte bei ihrem Besuch zu verstehen gegeben, dass Sabinus überleben musste und nach seinem öffentlichen Auftritt aus dem Gladiatorendienst zu entlassen sei. Zwar wusste das der

praefectus, wies boshafterweise die Ausbilder dennoch an, Sabinus nicht zu schonen und ihm bei seinem ersten öffentlichen Auftritt einen nur schwer zu besiegenden Gegner zuzuweisen.
Dafür zeigte sich nach einigen Versuchen Audax, ein kleiner, schlanker, dunkelhäutiger Numidier, am geeignetsten. Wenn einer zum *retiarius*, zum Netzkämpfer, geboren war, dann er. Mit tänzerischer Gewandtheit und einem steten Lächeln umkreiste er den *secutor*, also den Verfolger, machte sich durch blitzschnelle und äußerst geschickte Finten lustig über seinen Gegner und die *plebs* lohnte es ihm mit tosendem Beifall. Bisher war es ihm stets gelungen, den Gegner am Ende in sein virtuos gehandhabtes *rete* so unrettbar zu verstricken, dass er ihn ohne eigene Gefährdung aufspießen und töten konnte.
Bei Audax kam noch hinzu, dass er sich vor zwei Jahren freikaufen konnte und nun als freier Mann focht. Er konnte kommen und gehen, wann er wollte, musste nur die Regeln der Gladiatorenschule beachten, wo der inzwischen Hochgeschätzte beim Inhaber als Geldbringer willkommen, von seinen Gegnern jedoch gefürchtet war. Insgeheim wurde er von allen beneidet und als Vorbild betrachtet. Er war ein freier Mann geworden, hatte sich ein kleines Haus am Stadtrand kaufen können und man munkelte, eine wunderschöne Sklavin führe ihm dort den Haushalt, teile mit ihm Tisch und Bett. Das stimmte nur zum Teil, denn Audax zog glatthäutige Knaben vor und den Haushalt führte eine resolute ältere Frau.
Wer Sabinus und Audax, dessen Name so viel bedeutete wie der Verwegene oder Mutige, kämpfen sah, erlebte die Begegnung von roher, plump gehandhabter Kraft mit einer auf die Spitze getriebenen, perfekt vorgetragenen Geschicklichkeit, die sich anmutig, fast künstlerisch ausdrückte.
Sabinus hatte sich schon allen Ernstes überlegt, diesen Numidier auf irgendeine Weise unschädlich zu machen, aber die Ausbilder kannten ihre Männer und hielten solche Streithähne mit Bedacht einander fern. Sollten sie ihre Wut aufeinander dann in der Arena ausleben – da hatten alle was davon.

Audax machte sich einen Spaß daraus, Sabinus während der Kämpfe mit verächtlichen Namen zu belegen, allerdings nicht so laut, dass alle es hörten, sondern auf eine leise giftig-zischende Art, die Sabinus in maßlose Wut versetzte, wodurch seine Kampfweise zum blinden Umsichschlagen ausartete und er dabei sinnlos Kraft vergeudete.

Cinaedus, pathico, caudex, paedico, ignavus – Hurenbock, Strichjunge, grober Klotz, Knabenschänder, Feigling, so zischte es Sabinus entgegen, während er ihn spielerisch umtanzte, dabei das Netz schwingend wie ein behänder Artist, den Dreizack im Anschlag, gleich dem Fischer auf der Jagd nach Beute.

Sabinus hatte dem nichts entgegenzusetzen als seine brutale Kraft. Ihm selbst fielen keine geeigneten Schimpfwörter ein, ja, er kannte nicht einmal die Hälfte von denen, die ihm Audax an den Kopf warf. Dass der andere ihn mit schwulen Schimpfwörtern belegte, traf ihn am stärksten. Ihn, Sabinus, der die Augusta gevögelt hatte, einen Strichjungen, einen Knabenschänder zu nennen! Ein Rest von Vernunft bewahrte ihn davor, Audax zuzurufen: Frag doch die Kaiserin, wie schwul ich bin! Sie wird dir bestätigen, dass ... nein, damit würde er sich selbst die Schlinge um den Hals legen. Das waren schwere Stunden für ihn, wenn er sich den Kopf zergrübelte über den besten Weg, um seine Haut zu retten. Das Denken war nicht seine Stärke, er fand keinen Ausweg und erwog schon, sich dem Kaiser zu offenbaren, erschrak aber zugleich vor diesem Gedanken. Er war nur ein Freigelassener und jetzt nicht einmal das. Er hatte kein Recht, an den Imperator zu appellieren und selbst wenn es ihm gelang, würde es am Ende zu nichts als seinem Untergang führen. Unter Caligula hatte er mit angesehen, wie man Querulanten oder Leuten, die geneigt waren, missliebige Dinge hinauszuposaunen, einfach die Zungen herausriss und sie in die Arena trieb. Am Ende tröstete er sich mit dem Gedanken, die Domina habe an seinen Liebeskünsten einen solchen Gefallen gefunden, dass es sie nach einer Wiederholung verlange. Das tröstete ihn etwas und er nahm sich vor, die verbalen Anwürfe dieses Audax künf-

tig zu überhören und sich ganz auf das Kampfgeschehen zu konzentrieren.
Die nächsten *munera* oder *ludi gladiatorii* waren zur Rückkehr des Kaisers angesetzt, sollten also Mitte bis Ende des September stattfinden. In den Zeiten von Julius Caesar wurden diese Spiele fast immer auf dem Forum veranstaltet, doch unter Kaiser Augustus nahmen sie solche Ausmaße an, dass man sie in den Circus Maximus, zum Teil auch in die neu erbauten Theater des Marcellus oder des Pompeius verlegte.
Inzwischen war man beweglicher geworden, nützte die riesigen Freiflächen auf dem Campus Martius und errichtete dort hölzerne Tribünen für viele tausend Zuschauer, die dann nach Bedarf schnell wieder abgebaut und anderswo verwendet werden konnten. Das erübrigte sich diesmal, denn Claudius hatte das Anfang des Jahres bei einem Brand schwer beschädigte Theatrum Pompei wieder aufbauen lassen und, um es neu einzuweihen, sollten die *munera* dort stattfinden.
Was Sabinus gefürchtet, aber schon erwartet hatte, trat ein: Er musste als *secutor* mit dem *retiarius* kämpfen und das war nun leider Audax, der das Netz so geschickt handhabte wie kaum ein anderer.
Der Kaiser kehrte aus dem Süden zurück und von Wänden und Säulen verkündeten die *edicta muneris*, dass der Imperator Claudius Caesar Augustus dem Volk von Rom zum Anlass der Wiedererrichtung des Theatrum Pompei die folgenden *ludi* veranstalte. Dann war das Gebotene im Einzelnen aufgeführt und wer nicht lesen konnte, dem las es ein anderer vor. So traten unter anderem einhundertundzwölf Gladiatoren als *murmillonis*, *samnites*, *thraecis*, *retiarii*, *equites*, *sagittarii* und *andabatae* gegeneinander an, was bedeutete, dass mit Lanze, Schwert und Bogen zu Fuß und beritten gegeneinander gekämpft wurde – ja, dass sogar mit verbundenen Augen gefochten wurde.
In den Gladiatorenschulen war es alte Tradition, dass beim Essen weder an der Qualität noch an der Quantität gespart wurde. Jeden Tag gab es Fleisch, dazu Obst und Gemüse frisch vom Markt und

Weizenbrot der feinsten Sorte. Am Tag vor den *munera* versuchten die Köche, das sonst Gebotene noch zu überbieten, wobei ihre Bemühungen die einfachen Ansprüche dieser Männer manchmal weit übertrafen – so weit, dass einige der ausgefallensten Gerichte unbeachtet oder misstrauisch übergangen und am Ende von den Köchen selbst verspeist wurden. Diese Festmahlzeit wurde *libera cena* genannt, fand auf einer Wiese vor der Kaserne statt und war, so wollte es alter Brauch, insoweit öffentlich, als das Volk dabei zusehen durfte.

Als Audax seinen Platz einnahm, zischte er Sabinus im Vorbeigehen zu: »Das Schlachtvieh wird abgespeist und die Gaffer sehen mit triefenden Mäulern dabei zu. Man könnte es auch eine Henkersmahlzeit nennen …«

Wie immer fiel Sabinus nichts Rechtes als Entgegnung ein und so wandte er sich nur mürrisch ab.

Zum Auftakt wurde *minutal marinum* gereicht, eine Mixtur aus Fischen und Quallen, die so seltsam roch, dass die meisten gar nicht, wenige aber so zögerlich zugriffen, als fürchteten sie, vergiftet zu werden. Die gebratenen Kraniche und Flamingos und der mit Pinienkernen, Mandeln, Nüssen, Pfeffer und gehackten Eingeweiden gefüllte Hase fanden schon eher Beifall, wenn auch die Tunke aus Rauke, Zwiebeln, Datteln, Bohnenkraut, Wein und *garum* nicht nach jedermanns Geschmack war.

Etwa einem Drittel der Männer schien es nicht zu schmecken, doch das lag nicht am Bemühen der Köche, sondern an ihnen selbst. Es waren die Fantasiebegabten, jene, die über diese Henkersmahlzeit hinausdachten, die schon den Stahl des Gegners in ihrem Fleisch fühlten. Diese Männer konnten sich tausendmal vorsagen: Der Mutige stirbt nur einmal, der Feige hundertmal – es half nichts. Wer dann doch etwas von den gebotenen Köstlichkeiten hinunterwürgte, der musste mit reichlich Wein dafür sorgen, dass es auch unten blieb.

Audax, der durchaus Vorstellungskraft besaß, schmeckte es ausgezeichnet. Er wusste genau, dass seine Vorgesetzten ihn nur da antreten ließen, wo er seines Sieges gewiss war, die hohe Prämie

einsteckte, um dann später wieder von neuem eingesetzt zu werden. Die meisten der Zuschauer hatte er ohnehin auf seiner Seite, auch wenn es auffiel, dass er den Werbungen der Damen gegenüber seltsam taub blieb. Sollte es doch einmal dazu kommen, dass er im Kampf unterlag, dann würden Kaiser und Volk den Daumen nach oben strecken und ihm die *missio* gestatten. Davon war Audax überzeugt und dieses Bewusstsein förderte seine Esslust.
Sabinus erging es ähnlich. Sein stumpfes Hirn rechnete nicht mit der Möglichkeit des Todes und eine schwere Verwundung zog er als etwas in Betracht, das zwar möglich war, ihm jedoch nicht zustoßen konnte. Sollte etwas schief gehen, dann saß oben in der Kaiserloge Messalina, seine Geliebte, und würde halten, was sie versprochen hatte. Davon war er jetzt überzeugt, seine Zweifel hatten sich in einem Winkel seines Hirns verkrochen und sollte sich einer melden, dann brüllte Sabinus nach militärischer Art: Verzieh dich oder ich mache dir Beine!
So kam es, dass beide gut schliefen – Sabinus und sein Gegner Audax, eingewiegt von reichlich genossenem Wein und der Hoffnung auf ein sicheres Überleben.
Über der *orchestra* des wieder erbauten Theaters war die von einem purpurnen Baldachin überdachte Kaiserloge errichtet worden. Um die Festlichkeit dieses Tages zu unterstreichen, hatte Claudius zuvor in den oberhalb des Theaters gelegenen Tempeln der Göttinnen Juno und Fortuna ein Opfer gebracht. Seine Verbundenheit mit dem Volk demonstrierte er dadurch, dass er zur Opferung allein und zu Fuß zwischen den Sitzreihen hinabstieg, während die Zuschauer auf seinen ausdrücklichen Wunsch hin stumm und ohne Ovationen auf ihren Sitzen verharrten.
Messalina, die sich sonst bei den *munera* eher langweilte, war heute pünktlich mit dem Beginn der *pompa* zur Stelle. Das war der von Trommeln und Fanfaren lautstark begleitete Umzug der Gladiatoren, die stramm wie Legionäre in Viererreihen durch die Arena schritten.
Obwohl beim Publikum wenig beliebt, hatte Claudius die *munera* mit der *prolusio* eröffnet, einem Scheingefecht mit stumpfen Waf-

fen, vorgeführt von Krüppeln, ausgedienten Gladiatoren oder Zwergen, die mit sieben Fuß großen Gegnern kämpften. Wenn dabei auch gelacht wurde, so war aus diesem Lachen doch die Ungeduld herauszuhören. Die Zuschauer wollten Blut sehen, Schreie hören, die nach Kampfeslust, Sieg, Verwundung oder Tod klangen.

Sabinus, der zum ersten Mal in seinem Leben den Boden einer mit Menschen gefüllten Arena betrat, fühlte sich seltsam verloren in dieser großen sandbestreuten Fläche und selbst ihn, den sonst Fantasielosen, beschlich die Vorstellung eines winzigen Insektes, das auf dem Boden herumkrabbelte und darauf wartete, zertreten zu werden. Er straffte sich. Nein, dazu würde es nicht kommen, weil die da oben ihre mächtige Hand über ihn hielt. Zu sehen war von ihr nur ein funkelnder heller Fleck, der von ihrer goldgestickten Toga kam. Neben ihr stand der Kaiser im Purpurmantel, der mit ein paar unverständlichen Worten die eigentlichen *ludi gladiatorii* eröffnete.

Ehe Sabinus antrat, eröffneten wie üblich die *equites* das Kampfgeschehen – Berittene, die mit Schild und Lanze bewehrt, einander aus dem Sattel zu werfen versuchten. Stürzte einer von ihnen vom Pferde, konnte der andere ihn beritten oder auch zu Fuß bekämpfen. Da es sich seit langem erwiesen hatte, dass der noch Berittene dem Fußkämpfer keineswegs überlegen war, zog dieser es in der Regel vor, abzusitzen und sich seinem Gegner zu stellen. Diese Kämpfe von Gleich zu Gleich endeten selten tödlich, sondern mit Sturz oder Verwundung und in der Regel gewährten die Zuschauer dem Unterlegenen die *missio* – es sei denn, er hatte sich besonders dumm oder besonders feige angestellt.

Zuerst musste Sabinus als *murmillo* mit Helm, Großschild, linker Beinschiene, Armschutz und Langschwert gegen einen *thraex* antreten, der, nach alter Überlieferung, mit den Waffen eines Thrakers ausgestattet war. Seine Ausrüstung unterschied sich von der des Gegners nur durch den kleineren Schild, die *parmula*, und die *sica*, das gebogene Schwert, zudem trug er an beiden Beinen bis

zu den Oberschenkeln reichende Schienen. Das sei, so hieß es, zum Ausgleich für den kleineren Schild.
Dies war die gebräuchlichste Kampfform der Gladiatoren und jeder, ob *thraex* oder *murmillo*, suchte die Schwächen des Gegners zu nutzen. Sabinus kannte den anderen nicht, denn üblicherweise stellte man die Kämpfer aus verschiedenen Gladiatorenschulen zusammen, um die Männer durch mögliche freundschaftliche Bindungen nicht zu hemmen.
So stand Sabinus dem *thraex* gegenüber, mit vorgestelltem linken Bein und vorgeschobener linker Schulter, die der große Schild schützte. Sein Gegner versuchte, diese unangreifbare Front mit plötzlichen Seitenangriffen zu durchbrechen, was Sabinus durch schnelle Drehung immer wieder verhinderte. Beide trugen geschlossene Helme mit Sichtlöchern und so konnte Sabinus nur das schnelle erregte Atmen seines Gegners hören, das nach einiger Zeit in ein Japsen, ein mühsames Luftholen überging. Sabinus aber verfügte über nahezu unbegrenzte Kraftreserven und entzog sich immer wieder den verzweifelten Versuchen des *thraex*, mit seinem Sichelschwert das ungeschützte rechte Bein seines Gegners zu treffen. Einmal, als Sabinus sich um einen Wimpernschlag zu spät drehte, ritzte ihm das Krummschwert die Wade. Es gab viel Blut, aber kein Muskel war verletzt und er spürte kaum Schmerz.
Am Ende fehlte es dem *thraex* nicht an Geschick, sondern seine Kraft ließ nach und aus schnellen geschickten Attacken wurde ein kopf- und kraftloses Herumfuchteln, bis Sabinus mit einem blitzschnellen Vorstoß sein Schwert in die linke Brustseite des Gegners stieß. Der *thraex* riss erstaunt die Augen auf, ließ Schild und Krummschwert fallen und muss schon tot gewesen sein, noch ehe er rückwärts zu Boden stürzte.
»Ein schöner Kampf«, bemerkte Messalina, »dieser Sabinus verdient die *missio*, sollte er später unterliegen.«
Claudius, der längst vergessen hatte, dass er selbst Sabinus zum Gladiator verurteilt hatte, nickte nur. »Ich werde die Mittagspause nutzen, um mich etwas auszuruhen, du kannst ja bleiben, wenn du willst.«

Etwa um die zehnte Tagesstunde, also am späten Nachmittag, sollte Sabinus als *secutor* gegen den *retiarius* Audax antreten und Messalina gab dem Spielleiter die Anweisung, diesen Kampf nicht vor ihrer Rückkehr beginnen zu lassen. Von hier brauchten die Sänftenträger kaum eine halbe Stunde zum *latibulum*, dem Schlupfwinkel mit den stummen Dienern.
Rubica hatte mit dem Besuch der Domina nicht gerechnet, doch es war ihr nichts anzumerken. Sie bereitete das Bad, ließ eine Mahlzeit richten.
Auf dem Weg hierher war Messalina aufgefallen, dass ein neuer Centurio die Leibwache führte, der offenbar noch sehr jung war und etwas Knabenhaftes, wenig Kriegerisches an sich hatte. Nachdem sie gebadet und gegessen hatte, ließ sie den Mann kommen.
»Du bist neu im Dienst?«
Er stand stramm, sein fast noch kindliches Gesicht nickte ernst und gesammelt. »Jawohl, Domina! Catonius Justus aus Ancona!«
Warum nannte er sie nicht Augusta, wie alle Welt? Sie lächelte anzüglich.
»Weißt du nicht, dass die Gemahlin des Kaisers den Titel Augusta trägt?«
Er blickte sie verwirrt an wie ein zu Unrecht gescholtener Bub. »Verzeih, der Senat …«
»Der Senat ist ohne Bedeutung, wenn es um das Familienleben des Kaisers geht.«
Sie griff in die auf dem Tisch stehende Porphyrschale und holte einen der frisch geprägten Tetradrachmen heraus. Mit einer lässigen Geste warf sie ihm die Münze zu. »Kannst du Griechisch lesen?«
»Ja, ein – ein wenig …«
»Dann schau dir die Rückseite genau an.«
Mit gerunzelter Stirn betrachtete er das Bild. »Da … da ist eine Frau … mit Kornähren … und …«
»Lies die Schrift!«
»Messalina Seb…«
»Das ist eine Abkürzung und bedeutet Sebaste, das griechische Wort für Augusta.«

Wieder stand er stramm. »Jawohl, Dom... ich meine Augusta.«
»Setze dich her zu mir!« Sie deutete auf den niederen Hocker neben ihrer *kline*.
Er zögerte.
»Was ist? Hast du Angst vor mir?«
»N... nein, Augusta.« Er setzte sich so behutsam auf den Hocker, als sei er aus dünnem Glas.
Diesen Mann zu verführen würde wohl sehr mühsam sein ... Sie räkelte sich auf der *kline*, bis ihre Tunika verrutschte und ein nackter Schenkel sichtbar wurde. Dabei hielt sie seine Augen fest, aber sie irrten ab, verweilten gedankenschnell auf dem entblößten Schenkel und zuckten zurück, als hätten sie etwas Schreckliches gesehen.
»O ...«, hauchte sie und zog schnell das Unterkleid über die nackte Haut. »Was hat dich nach Rom geführt, mein Justus?«
»Ich habe noch zwei ältere Brüder und ... und mein Vater wollte, dass einer von uns dem ... dem Vaterland dient ...«
»Dein Vater ist wohl reich?«
»Wir fabrizieren *garum* und versenden es in alle Welt.«
»Da muss es ja bei euch fürchterlich gestunken haben?«
Justus errötete und der Schweiß trat ihm auf die Stirn.
Messalina lachte leise. »Du wärst jetzt wohl lieber in einer Folterkammer oder in der Schlacht als hier bei mir?«
»N... nein ... ja, es ist nur ...«
»Und wenn deine Augusta dir jetzt den Befehl erteilt, dich auszukleiden und zu mir auf die *kline* zu legen, würdest du es tun?«
Die Röte schwand aus seinem Gesicht, das jetzt leichenblass wurde.
»Ich weiß nicht ... nein, vielleicht ... nein, ich würde es nicht tun.« Er sagte es zögerlich und unentschlossen.
»Also Befehlsverweigerung?«
»So ... so kann man es nicht sagen ... Das ist kein militärischer Befehl, sondern ... sondern ...«
»Ein privater?«
»Ja, Augusta.«

»Und den brauchst du nicht zu befolgen?«

Er senkte den Kopf und schwieg. Messalina gähnte. Sie war des Spiels überdrüssig geworden und musste an Sabinus denken, der sich in der gleichen Lage längst die Kleider vom Körper gerissen hätte.

»Verschwinde, Centurio!«

Er sprang sofort auf und lief hinaus, als seien die *furiae* hinter ihm her.

Catonius Justus konnte diese Szene niemals vergessen. In seiner Heimat Ancona, dem römischen Flottenstützpunkt seit über dreihundert Jahren, war man seit jeher streng national gesinnt und jeder Trinkspruch begann mit einem *salve!* auf den Kaiser. Dass in Gaius Julius Caesar Augustus ein blutrünstiger Tyrann auf dem Kaiserthron gesessen hatte, war für Ancona ohne Bedeutung gewesen und niemand hätte es gewagt, seinen Spottnamen Caligula zu gebrauchen.

Als Justus nach Rom gekommen und in die Prätorianergarde eingetreten war, war dies längst Geschichte und in Kaiser Claudius sah der junge Soldat einen Halbgott, der gerecht, kraftvoll und mit strenger Güte das Imperium Romanum regierte. Und nun das! Die Frau des Kaisers lud ihn schamlos zum Ehebruch ein! Justus ließ später noch oft diese Szene vor seinem inneren Auge vorüberziehen, um zu prüfen, ob er sich nicht getäuscht oder etwas missverstanden hatte. Schließlich kam er zu dem Schluss, dies sei eine vom Kaiser angeordnete Probe gewesen, um seine Treue und Rechtschaffenheit zu prüfen. Diese Probe habe ich bestanden, redete er sich ein, aber ein ungutes Gefühl blieb.

Der Kampf des *secutor* Sabinus mit dem *retiarius* Audax musste um zwei Stunden verschoben werden, da die Kaiserin noch immer nicht zurück war. Sie kam dann allein, denn der Imperator war, so hieß es, durch dringende Geschäfte aufgehalten worden. In Wahrheit hatte er zum Mittagsmahl gegen den Rat seiner Ärzte unvermischten Wein getrunken und niemand wagte es, den wie betäubt Schlafenden wegen der *munera* aufzuwecken, die ja schließlich noch den ganzen nächsten Tag dauern würden. Hin-

ter dieser Wahrheit stand außerdem noch Messalinas Weisung, den Kaiser am Nachmittag, wenn möglich, von den Spielen fern zu halten.
Das Fanfarensignal ertönte und drei Gruppen von Kämpfern zogen ein: Die von den Zuschauern so hoch geschätzte Jagd des Fischers *retiarius* auf den Fisch *murmillo* konnte beginnen.
Sabinus, der im Grunde nicht feige war, hatte alles getan, seiner mit Furcht gemischten Abscheu gegen Audax Herr zu werden, und schließlich glaubte er, es sei ihm gelungen. Doch das so mühsam errichtete Gebäude seiner unbedingten Überlegenheit brach zusammen, als Audax auftrat und überheblich grinsend um Sabinus herumtänzelte. Wieder loderte sein ungezügelter Hass auf, ließ seine Kraft wachsen und seine Vorsicht erlahmen. Die Siegessicherheit troff Audax geradezu von den Rippen, aber diesmal, dachte Sabinus grimmig, diesmal soll er sich getäuscht haben! Was war denn schon dran an dem dürren Bürschchen? Und was hatte er außer seinem Netz zu bieten? Fast nackt stand er da, unbedeckten Hauptes, nur den linken Arm durch die *manica* geschützt, in der Rechten den *tridens*, den als Waffe fast untauglichen Dreizack. Einzig das *rete* hatte er zu fürchten, und er musste alles dransetzen, dieses tückische Wurfnetz nicht an sich herankommen zu lassen.
Zunächst tat Audax so, als wolle er sein Netz gar nicht gebrauchen, hielt es lässig in der linken Hand, schwang es ein wenig herum wie eine Schleuder, aber warf es nicht – tat nur so. Nachdem er es gut ein dutzend Mal nur geschwungen hatte, flog es plötzlich aus seiner Hand, entfaltete sich beim Flug und hätte sich wie eine tödliche Fessel auf Sabinus herabgesenkt, wäre er nicht zurückgesprungen, sodass es nur sein vorgerecktes Schwert traf und er es sofort abschütteln konnte. Audax hatte diese kurze Verwirrung genutzt und so schnell mit seinem Dreizack zugestoßen, dass Sabinus seinen Schild nicht rechtzeitig hochreißen konnte und zwei der Eisenzacken in seine linke Schulter fuhren. Er spürte den Stoß, aber fast keinen Schmerz, nur maßlosen Zorn über seine Unachtsamkeit. Das durfte nicht noch einmal geschehen!

Als sei dies alles nur ein Geplänkel gewesen, legte Audax jetzt richtig los. Wieder zischte er eine Beleidigung nach der anderen, ohne dabei seinen rasenden Tanz zu unterbrechen, bei dem das Netz nur so flog und es für Sabinus immer schwieriger wurde, es mit dem Schild abzuwehren oder sich durch Schwertschläge davon zu befreien.
»Germanenschwein – Hosenscheißer – Schwanzlutscher – Hurenbock – Lahmarsch – Hühnerficker – Filzlaus«, so ging es fort. Manchmal kamen auch einige Sätze wie: »Dem Caligula seinen Schwanz zu lutschen war einfacher, he? Vielleicht hat er dir die Eier abgebissen und jetzt bist du ein Waschlappen! Ich krieg dich! Das dauert nicht mehr lange!«
Danach sah es tatsächlich aus, als das Netz so weit und so hoch flog, dass Sabinus in seiner Panik vorwärts rannte, um darunter wegzutauchen, doch er hatte es falsch berechnet. Das Netz verfing sich an der Fischzier auf seinem Helm und als er es mit dem Schwert zerschneiden und abstreifen wollte, griff Audax nach dem losen Ende und zog es enger, machte seinen Gegner so bewegungsunfähig, dass sein Schwert nur noch hilflos ruckte und zuckte. Aber noch stand er aufrecht, auch wenn Audax alles tat, um ihn zu Fall zu bringen. Sabinus nahm alle seine Kraft zusammen und es gelang ihm, mit einer sägenden Bewegung einige Stricke zu durchschneiden, sich Raum zu schaffen für die Schwerthand, die blitzschnell vorstieß und Audax ungeschützten rechten Arm der Länge nach aufschlitzte. Der *retiarius* zuckte zurück, ließ den Dreizack fallen und schaute verblüfft auf die stark blutende Wunde. Das wäre für Sabinus die beste Gelegenheit gewesen, den Gegner abzutun, doch das Netz schnürte seine Beine ein und er konnte sich nur mit Trippelschritten vorwärts bewegen.
Aus dem Publikum wurden Zurufe laut, die dem Liebling des Pöbels Mut machen sollten. »Audax, los, gib's ihm! Pack den Dreizack und stich ihn ab!«
Genau das wollte er versuchen. Als sei es eine einzige Bewegung, packte er ein Stück des am Boden schleifenden Netzes, hob zugleich den Dreizack auf und brachte mit einer reißenden Bewe-

gung Sabinus zu Fall. Der zappelte in den Schlingen wie der Fisch, den er darstellen sollte. Er ließ sein Schwert fahren, versuchte die Maschen des Netzes mit schierer Kraft zu zerreißen, was Audax sofort nutzte. Er schnappte sich das Schwert, warf es weit hinter sich und setzte den Dreispitz auf die Brust seines Gegners, und zwar so hart, dass die Spitzen zolltief eindrangen. Hilfe heischend richtete Sabinus seinen Blick auf die Kaiserloge, sah Messalinas goldgesticktes Gewand in der Nachmittagssonne aufleuchten, denn sie war aufgestanden und nach vorn getreten.
Die *plebs* schrie und kreischte und fast alle streckten die rechte Hand mit gesenktem Daumen nach vorn. Natürlich schielten sie dabei zur Kaiserloge und ein Aufschrei der Entrüstung hallte durch die Luft, als Messalina deutlich für alle sichtbar den Daumen nach oben hielt. Das hieß *missio* – Begnadigung des Besiegten und Gestürzten. Rufe wurden laut.
»Warum das Schwein begnadigen? Beinahe hätte er unseren Audax umgebracht! Stich den Germanen ab, Audax!«
Messalina kümmerte sich nicht darum. Als Sabinus stürzte, hatte sie einen Boten zum Spielleiter geschickt, er möge Sabinus ärztlich versorgen und dann sofort freilassen.
Der Centurio Catonius Justus hatte mit seiner Wache um die Kaiserloge eine lebende Mauer gebildet und stand nahe genug an Messalinas Thronsitz, um ihren unwilligen Ausruf zu hören: »Den Kerl brauche ich noch!«
Sie brauchte ihn noch, wozu?
In der Arena rissen zwei Aufseher den erschrockenen Audax zurück und nahmen ihm den Dreizack ab. Dann halfen sie Sabinus auf die Beine, befreiten ihn vom Netz und führten ihn zur Verwundetenkammer. Dort wusch ein unwilliger Medicus seine Schulterwunde mit Wein aus und klebte ein Pechpflaster darüber.
»Wird dich nicht umbringen …«, murmelte er dabei.
Sabinus kleidete sich um und als er hinausging, trat ein kaiserlicher Sklave an ihn heran und flüsterte: »Du bist jetzt frei und wirst nach Sonnenuntergang erwartet.« Dabei drückte er ihm einen kleinen Lederbeutel in die Hand.

Sabinus unterdrückte die Frage, wer ihn erwartete und wo, denn er wusste, dass es nur eine Möglichkeit gab. Seine Schulterwunde begann höllisch zu brennen, doch fast tat ihm der Schmerz wohl, weil er ihn daran erinnerte, dass er gesund und am Leben war und die Waage des Schicksals sich wieder zu seinen Gunsten neigte.

Er grinste in sich hinein. Hatte er etwas anderes erwartet? Fast tat ihm Audax jetzt Leid. Der Publikumsliebling, der ewige Sieger, der Held! Einmal würde es ihn doch erwischen, vielleicht schon der nächste *secutor* konnte schneller sein als dieser braunhäutige Tänzer. Sabinus spürte, dass etwas in seiner Hand war. Der Beutel ... Er öffnete ihn und ein Dutzend frisch geprägter Denare funkelte ihm entgegen. Die Domina hatte an alles gedacht, denn er war jetzt obdachlos, wollte nicht in die verhasste Gladiatorenkaserne zurückkehren. Das wenige an Besitz, das er dort hinterließ, konnte später ein Sklave abholen. Wie aber die Zeit bis Sonnenuntergang herumbringen? An das Pompeius-Theater schloss sich im Osten ein kleines privates Bad an und dort spülte er mit dem Schmutz und dem Schweiß den Gladiator ab, der ihm aufgezwungen worden war.

Messalina empfing ihn gleich in ihrem *cubiculum*.

»Wie du siehst, habe ich mein Versprechen gehalten.«

»Ja, Domina, dafür danke ich dir.«

Sie schnupperte. »Du hast inzwischen die *thermae* besucht? Lieber würde ich dich riechen als das dort verwendete billige Duftöl.«

»Verzeih, aber irgendwie musste ich die Zeit hinbringen ...«

»Nicht so wichtig – es gibt Dringenderes ...«

Sabinus verstand es als Wink und beugte sich über sie, doch sie schob ihn lächelnd zurück.

»Später, mein Lieber. Du hast dich vorhin für deine Rettung bedankt, doch sie geschah nicht umsonst. Du wirst in den nächsten Tagen deine Ernennung zum Centurio meiner persönlichen Leibwache erhalten. Deine künftige Tätigkeit erschöpft sich nicht darin, mich zu beschützen und gelegentlich mein Bett zu wärmen, sondern geht weit darüber hinaus.«

Er fühlte sich unbehaglich. Was wollte sie noch von ihm? Warum schwieg sie jetzt so bedeutungsvoll?
»Wenn ich sonst noch etwas für dich tun kann …«
»Ja, das kannst du. Du selbst hast dich in der letzten Zeit als schweigsam, zuverlässig und mir ergeben erwiesen. Nicht alle sind so, auch wenn sie es mir ständig versichern. Es gibt Lügen, Verrat, Täuschung, Ausflüchte, auch bei Menschen, denen ich blind vertraute – übrigens auch was dich und mich betrifft. Noch im Theater musste ich mir Zurufe anhören, dass dieser Sabinus wohl mein Liebling sei und ich vielleicht meinen Buhlen retten wolle.« Sie lächelte und streichelte seinen Arm. »Das auch, gewiss, und was die *plebs* so daherbrüllt, soll uns nicht kümmern. Bedenklich wird es nur, wenn solche Gerüchte bis ins Palatium oder gar an das Ohr des Kaisers dringen. Da muss dann gehandelt werden und das wird künftig eine deiner Aufgaben sein.«
Als einer von Caligulas früheren Totschlägern verstand Sabinus diese Anspielung sofort. Für ihn war es nichts Neues, auf Befehl zu töten, und es war offensichtlich, dass Messalina solche Aufträge nicht nach Lust und Laune erteilte, sondern nur, wenn es unumgänglich war.
»Du kannst dich auf mich verlassen, Domina.«
Ihre dunklen Augen musterten ihn kalt. »Du wirst es beweisen müssen und mich dankbar finden.« Sie klopfte auf das mit Leopardenfellen bezogene Bett. »Setz dich her zu mir, Sabinus, und zeige mir deine Wunde.«
Er streifte die Toga ab und fühlte, wie ihre Finger das Pflaster berührten.
»Ein geschickter Kerl ist er ja, dieser Audax, ich habe ihm auch eine Sonderprämie zukommen lassen. Ehre, wem Ehre gebührt.«
Sabinus grinste. »Nur schade, dass er andersherum ist.«
»Als Mann interessiert er mich nicht, alles an ihm ist mir zu dünn: Arme, Beine, dazu die Hühnerbrust und vermutlich auch das Ding zwischen seinen mageren Schenkeln.«
Sabinus lachte dröhnend. »Wie ein Regenwurm, ich habe ihn beim Baden nackt gesehen. Da habe ich schon etwas anderes zu bie-

ten ...« Er schob ihre Tunika hoch, griff nach ihrer *ficula* und drückte sie grob, als prüfe er eine Frucht auf ihre Reife. Ja, sie war längst reif für seine Umarmung und er spürte keinen Schmerz, als sich ihre Finger in seine Schulterwunde krallten.
Zum Abschied sagte sie etwas, das ihm zu denken gab.
»Vergiss niemals, Sabinus, dass du vor den anderen nur der Hauptmann meiner Leibwache bist. Sollte es irgendjemand wagen, dich nur andeutungsweise meinen Geliebten zu nennen, dann erwarte ich, dass du sofort handelst – in dem vorhin erwähnten Sinn.«
»Und wenn der Kaiser selbst mich danach fragt?«
»Dann fällst du auf die Knie und schwörst bei allen Göttern, dass es eine üble Verleumdung ist.«
Sabinus nickte entschlossen. »Das werde ich tun. Ja, bei Mars und Hercules, ich werde es tun!«

22

Die Notwendigkeit, absolut vertrauenswürdige Zuträger in unmittelbarer Nähe des Kaisers zu haben, wurde für Messalina immer dringlicher. Dass Narcissus auf ihrer Seite stand, war offensichtlich, doch zugleich spürte sie seine Bereitschaft, sich im Notfall auch gegen sie zu wenden. Nichts wies eindeutig darauf hin, er redete und handelte immer einverständlich mit ihr, doch zwischen ihm und Claudius bestand eine für sie unüberwindbar tiefe Männerfreundschaft und dies musste in Betracht gezogen werden.
Also wollte sie zwei Fliegen mit einer Klappe schlagen und Frauen in Claudius' Nähe, in sein Bett, in sein Vertrauen bringen, die ihr – allein ihr – verpflichtet waren. Klug mussten sie sein, hübsch und ihr, Messalina, ähnlich sein. Sie glaubte den Geschmack ihres Gemahls zu kennen, der Frauen nicht schätzte, die ihn physisch und psychisch erdrückten. Leicht und zierlich von Gestalt, ein

liebreizendes Gesicht, heiter und verträglich im Umgang und mit dem Bemühen, allen seinen Wünschen zuvorzukommen. Nur, wo sollte sie solche Frauen finden? Sie besprach sich mit der viel erfahrenen Rubica.
»Willst du den Kaiser tatsächlich anderen Frauen überlassen? Überlege es dir gut!«
»Du verstehst mich falsch! Keine Frauen aus unseren Kreisen, die gegen mich arbeiten könnten. Sklavinnen müssen es sein, hübsche Puppen, die man sich kauft und mit denen man spielt. Wenn ich ihm dieses Spielzeug verschaffe, muss es in Wahrheit mir gehören, mir verpflichtet sein. Aber ich kann meinem hochgebildeten Gemahl keine Dummchen zumuten, keine, die Vergilius für einen Gladiator und die Pythia für eine Gemüsehändlerin halten. Da bin ich ein wenig ratlos ...«
Man sah es Rubica an, dass sie nachdachte. »In meiner früheren Stellung hat der Dominus von Zeit zu Zeit aufwändige Symposien für seine Freunde veranstaltet und dazu stets zwei oder drei Damen geladen, die er mit einem griechischen Wort bezeichnete.« Sie stockte.
»Hetären? Ist es das?«
Rubica schlug sich an die Stirn. »Ja, so nannte er sie. In Rom gibt es einige Hetärenschulen, die nach griechischer Art solche Mädchen ausbilden und verleihen. Die eine kann ich dir nennen, weil ich damals dort selbst ... Der Inhaber heißt Olympos, wenn ich mich recht erinnere.«
»Gut, Rubica, wir werden uns die Damen gleich morgen früh ansehen.«
Wie immer, wenn Messalina anonym auftreten wollte, begleiteten sie nur zwei bewaffnete Männer ihrer Leibwache in einfacher Kleidung, ohne jeden Hinweis auf ihr Amt in kaiserlichen Diensten. Das Haus lag am Beginn der Via Praenestina, also schon am Rande der Stadt, in einem etwas verwilderten Garten versteckt, und sah recht unscheinbar aus.
Gleich kam Olympos herbei, verbeugte sich tief vor der verschleierten Messalina und blickte dann auf Rubica.

»Kennen wir uns nicht, meine Dame?«
»Ist jetzt nicht wichtig«, sagte sie unwillig. »Können wir uns deine Mädchen gleich ansehen?«
»Natürlich, gerne. Gibt es spezielle Wünsche, Aussehen und Kenntnisse betreffend?«
Messalina nickte. »Ihre Gestalt soll etwa der meinen gleichen und sie müssten vertraut sein mit Musik, Dichtung, sollten Griechisch sprechen ...«
»Ich verstehe.«
Messalina und Rubica setzten sich auf eine mit Polstern bedeckte Bank am Rande des Atriums und Olympos ließ seine Mädchen langsam vorbeischreiten. Messalina traf nach und nach ihre Wahl, befragte sie nach ihrer Bildung, schaute sie genau an und am Ende blieben noch zwei: Kleopatra und Calpurnia, beide in Hellas geboren und beide im Vortrag von Versen und Liedern kenntnisreich und geschickt.
»Ich nehme sie beide«, sagte Messalina und erhob sich.
Olympos rieb sich die Hände. »Für wie lange – zwei oder drei Tage oder nur einen Abend?«
»Für immer, ich kaufe sie dir ab.«
Der Mann erschrak. »Aber ... aber, das geht nicht ... Meine Hetären werden nur ausgeliehen, von Fall zu Fall ...«
Rubica trat auf ihn zu und flüsterte ihm etwas ins Ohr.
»So? Aha, also, also da werde ich wohl eine Ausnahme machen müssen ...« Er nannte eine maßlos überhöhte Summe.
»Gut, ich bin einverstanden, doch der Preis muss für beide gelten!«
Messalina wusste nicht, was Rubica ihm zugeflüstert hatte, Olympos begann jedenfalls zu zittern und auf sein bleiches, schlaffes Gesicht trat der Schweiß.
»Gut, Domina, wenn ich auch dabei verliere ...«
Messalina lachte leise. »Du bist ein Gauner und verlierst nichts dabei. Die Mädchen sollen gleich mitkommen.«
Messalina speiste mit den beiden zu Mittag und schaute sie sich dabei genau an. Ihre Tischsitten hätten in der vornehmsten Gesellschaft keinen Anstoß erregt. Der heiteren Unterhaltung auf

Griechisch konnte Messalina nicht immer folgen, aber für Claudius war es wichtig, dass sie seine Lieblingssprache beherrschten. Nach der Mahlzeit wollten sich beide sofort erheben, doch Messalina gebot ihnen zu warten.

»Auf ein Wort noch. Ihr wisst, wer ich bin?«

Kleopatra, beim Reden stets die schnellere, hob langsam ihre schmalen Schultern. »Nicht genau, Domina, wohl eine römische *patricia*, die mich, die uns ...«

Messalina lächelte. Sie hatte die zierliche junge Frau mit dem kupferfarbenen Haar gleich gemocht. Ihre Augen leuchteten wie kostbarer Bernstein und wenn sie lächelte, erschienen zwei Grübchen auf ihren runden Wangen.

»Es verschlägt dir das Wort, wie ich sehe. Zu viel Ungewöhnliches ist geschehen: Da kommt eine junge Frau in euer Haus und kauft dem Olympos zwei Hetären ab – ihm, der so etwas nie zuvor getan hatte. Ich will nun ganz offen zu euch sein, erklären, wie die Dinge liegen und was ich von euch erwarte. Wenn ihr etwas nicht versteht oder näher erläutert haben wollt, dürft ihr mich ruhig unterbrechen.«

»Das wäre nicht höflich«, sagte Calpurnia leise.

Sie hatte ein eher schmales Gesicht und zu ihrem dunklen Haar standen die hellgrauen Augen in einem höchst reizvollen Kontrast.

»Es gibt Lebenslagen, da man die Höflichkeit für kürzer oder länger beiseite lassen muss. Zuerst müsst ihr wissen, dass ich Valeria Messalina, die Gemahlin des Kaisers und Mutter seiner Kinder bin. Das soll der Anlass zu meinem ersten Geschenk an euch sein ...« Sie griff in die Porphyrschale und gab jeder zwei ihrer in Alexandria geprägten Münzen.

Kleopatra stieß einen kleinen entzückten Schrei aus. »Das ist ja allerliebst! Du stehst da und trägst deine Kleinen auf der Hand wie winzige Püppchen! Clau... ich meine, der Imperator muss dich sehr lieben, wenn er ...«

»Das ist nicht der einzige Grund. Die Ägypter wollen in ihren Herrschern etwas Göttliches sehen, darum erscheine ich als Demeter mit Kornähren im Arm.«

Calpurnia blickte auf. »Da dein Name dabei steht, enthält das Münzbild auch so etwas wie eine politische Aussage?«
»So ist es, Calpurnia. Nun zum Eigentlichen und ich will offen mit euch sein. Ihr könnt euch denken, dass der Imperator von einigen hoch gestellten Damen heftig umworben wird. Er hat eine Schwäche für Frauen und damit verrate ich kein Geheimnis. Aus zweierlei Gründen möchte ich um jeden Preis vermeiden, dass es einer *patricia* gelingt, ihn zu betören und in ihr Bett zu locken: Zeugt er mit ihr ein Kind, sind Nachfolgestreitigkeiten zu befürchten. Zum anderen wird die gedachte Dame seine Schwäche für sich und ihre Familie zu irgendwelchen Vorteilen nutzen und auch das kann Unruhe und Zwiste auslösen. Ich wiederum bin mit einer Reihe von Pflichten als Augusta und mit der Erziehung meiner Kinder so beschäftigt, dass ich dem Kaiser nicht immer zu Willen sein kann. Ihr, meine Schönen, sollt die Lücke füllen, müsst stets verfügbar sein, wenn die kaiserliche Liebeslust sich regt.«
Die beiden blickten sich verwundert an.
»Wir sollen also ...«, begann Kleopatra und Calpurnia fuhr fort: »... dem Kaiser als *concubinae* dienen?«
»Ja, und nicht nur das. Ihr dürft niemals vergessen, dass ihr meine *servae* seid, dass ich euch gekauft habe. Dieses unschöne Wort soll damit zwischen uns zum letzten Mal gebraucht werden. Unser Verhältnis soll künftig ein freundschaftliches sein und ich verspreche euch, dass ihr nach einem Jahr die *manumissio* erhaltet, und zwar in jedem Fall.«
»Also auch, wenn Calpurnia oder ich nicht deinen Vorstellungen entsprechen?«
»Ich sagte in jedem Fall! Dafür verlange ich absolute Loyalität, Verschwiegenheit und Unbestechlichkeit. Nennt mir sofort jeden, der euch mit Geld oder Geschenken ködern will. Von mir bekommt ihr dann das Doppelte! Was nun den Kaiser betrifft, so erwarte ich eure regelmäßigen Berichte über alles, was er sagt und tut, wenn ich nicht zugegen bin. Ich möchte über jede Kleinigkeit unterrichtet werden, auch wenn sie euch unbedeutend erscheint. Wenn eine von euch, vielleicht auch ihr beide, der An-

sicht seid, für diese Aufgabe nicht zu taugen, dann sagt es jetzt und ich werde eine andere Lösung finden. Soll ich hinausgehen, dann könnt ihr euch in Ruhe besprechen?«

»Nein!«, kam es wie aus einem Mund und Kleopatra fügte hinzu: »Was mich betrifft, ich hätte erst in acht oder zehn Jahren so viel erspart gehabt, um mich freikaufen zu können. Wenn ich die *manumissio* schon nach einem Jahr haben kann, dann will ich auch etwas dafür tun und dir, Augusta, in allem gefällig sein.«

Calpurnia nickte. »Ich schließe mich dem an, aber in welcher Eigenschaft willst du uns dem Kaiser präsentieren?«

»Wir wollen nichts überstürzen. Beim nächsten Symposium sollt ihr den Kaiser und seine Gäste unterhalten, und zwar so, wie es ihm besonders gefällt. Tragt griechische Lieder vor – die von Sappho und Alkaios liebt er besonders. Er wird sein Vergnügen daran haben, mit euch Griechisch zu sprechen, und seine Gäste werden, soweit sie dazu imstande sind, dem nacheifern wollen. Geleitet ihn dann zur Nachtruhe und kümmert euch nicht um die Prätorianer! Sie sind von mir angewiesen, euch gewähren zu lassen. Wenn ich jetzt sage ›euch‹, so soll das heißen, dass ihr beide um seine Gunst wetteifert, doch auf respektvoll-spielerische Art. Vergesst dabei niemals, dass er der Kaiser ist! Zieht er eine von euch vor, so tritt die andere vorerst zurück, doch ich verwette mein Staatskleid darauf, dass er keine von euch verschmähen wird.«

Der Kaiser und seine engeren Freunde waren es inzwischen gewohnt, dass Messalina ihre Symposien gelegentlich mit plötzlichen Besuchen überraschte. Warum sie das tat? Neugier? Oder wollte sie den Kaiser überwachen – prüfen, wen er zu Gast lud? Nichts davon.

Zu größeren Symposien war meist auch Gaius Silius geladen und Messalina nutzte jede Gelegenheit, ihn zu sehen. Sie winkte ihm zu, wechselte vielleicht einige Worte und sah ihn dabei so verlangend an, dass es allgemein schon auffiel – allen, nur dem Kaiser nicht.

Silius empfand es zwiespältig. Einesteils fühlte er sich von ihrer Aufmerksamkeit geehrt, überlegte auch schon, ob er sie zu sei-

nem Vorteil nutzen sollte, zum anderen fürchtete er Gerede und Gerüchte, die ihn in ein schiefes Licht rückten.
So erregte es kaum Aufsehen, als Messalina nach dem Mahl hereinkam, Claudius mit einem Wangenkuss und die anderen mit einem heiteren Lächeln begrüßte.
Gaius Silius blickte sie kurz an, verneigte sich leicht und schaute dann so betont weg, dass sie sich ärgerte. Gerade heute hatte er nämlich beschlossen, der Sache ein Ende zu machen und ihr die kalte Schulter zu zeigen, mochte es ihm schaden oder nicht.
Messalina dachte jedoch: Das nützt dir nichts, mein Lieber, bald kriege ich dich doch. Sie wandte sich an Claudius: »Wenn du es gestattest, möchte ich eine Weile dem Vortrag meiner griechischen Hetären lauschen. Sie wurden mir von verständiger Seite empfohlen und sind mein Geschenk an dich.«
Der schon etwas trunkene Kaiser lächelte selig.
»Du müsstest hören, wie die beiden Griechisch sprechen! Kleopatra hat zwei kurze Lieder unserer großen Sappho vorgetragen und mir war, als sei die Göttliche wieder erstanden, um uns mit ihrem Gesang zu erfreuen.«
Nun aber war Calpurnia an der Reihe. Messalina hatte den beiden von der Vorliebe des Kaisers für die Trink- und Liebeslieder des Anakreon berichtet und so stimmte sie jetzt eines davon an.

Eros, schüttelnd sein goldenes Haar,
wirft den purpurnen Ball mir zu,
reizt zum Spiel mit dem Mädchen mich
in den bunten Sandalen …

Aus dem Beifall tönte die heisere Stimme des Valerius Asiaticus: »Calpurnia, du trägst ja einen berühmten altrömischen Namen, aber sprichst du auch Latein, bedeuten dir unsere einheimischen Dichter nichts?«
Der Kaiser runzelte die Stirn, doch er schwieg.
Calpurnia richtete ihre leuchtenden grauen Augen auf den Fragesteller. »Du kannst mich auch Kalliope nennen, so hieß ich frü-

her, bis mein erster Besitzer, er hasste alles Griechische, mich umbenannte. In der Hetärenschule gab es allerdings schon eine Kalliope und so blieb es bei meinem zweiten Namen. Jetzt die Antwort auf deine Frage.«
Sie stimmte ihre Lyra und machte ihrem früheren Namen, der die »Schönstimmige« bedeutet, alle Ehre.

Vivamus, mea Lesbia, atque amemus
rumoresque senum severiorum …

In makellosem Latein trug sie das berühmte Lied des Catullus vor.
Als auch der Kaiser heftig Beifall klatschte, standen die Gäste auf und taten es ihm nach. Messalina nutzte die Begeisterung und ging schnell hinaus. Dem wachhabenden Centurio schärfte sie nochmals ein, die Damen ungefragt gewähren zu lassen, falls sie dem Imperator ins Schlafgemach folgen sollten.
Es war Catonius Justus, der heute Dienst hatte und keinen Augenblick vergessen konnte, was damals in der Theaterpause geschehen war. Er hatte sich zu der Meinung durchgerungen, dass dies eine vom Kaiser verfügte Prüfung auf seine Eignung war, doch diese Ansicht stand auf unsicheren Beinen.
»Noch etwas, Centurio. Sobald sich der Kaiser zur Ruhe begeben hat, bittest du Gaius Silius in meine Gemächer. Ich habe ihm etwas Wichtiges, Unaufschiebbares mitzuteilen.«
Catonius Justus erstarrte. Die Symposien endeten nie vor Mitternacht, meist lange danach, und um diese Zeit wollte die Kaiserin einen jungen Mann empfangen … Entweder sie ließ jedes Schamgefühl vermissen oder es handelte sich um wichtige Staatsgeschäfte, in die Messalina teilweise noch eingebunden war. Eine neuerliche Prüfung? Nein, der Kaiser würde sich kaum mit einem kleinen Centurio befassen, das taten andere. Seinen Vorgesetzten kannte er kaum, nun war es allerdings seine Pflicht, ihm von den Vorgängen Meldung zu machen. Doch das war ein Befehl der Kaiserin! Gab es da etwas zu fragen oder zu deuteln?

»Hast du mich verstanden, Centurio? Oder sitzt dir der Schrecken von damals noch in den Gliedern? Das war ein Spaß, verstehst du, nichts als ein Spaß der Kaiserin. Vielleicht wollte ich dich auch auf deine Standhaftigkeit prüfen, wer weiß?« Sie lachte leise, doch ihre Augen blickten kalt und abschätzend. »Also tu, was ich dir sage!«
»Jawohl, Augusta!«
Der Centurio Catonius Justus war nicht im verderblichen Dunstkreis Roms aufgewachsen oder gar am kaiserlichen Hof mit seiner unreinen, die Seelen vergiftenden Luft, sondern in der Provinz, wo man die altrömischen Tugenden hochhielt. So war aus ihm ein Mann mit Prinzipien geworden, denen er treu blieb und die er sich von niemandem abkaufen ließ. Dem Kaiser hatte er seinen Eid geschworen – ihm allein und nicht der kaiserlichen Familie. So würde er notfalls gegen die Befehle der Augusta handeln und, wenn er es für angebracht hielt, dem Kaiser Meldung machen. Messalina ahnte, was in ihm vorging, das Gefühl der Macht ließ sie jedoch alle Vorsicht vergessen, wenn es auch, das ging ihr flüchtig durch den Kopf, besser gewesen wäre, Sabinus hätte in dieser Nacht Dienst gehabt.
Gaius Silius spürte ein Empfinden des Unbehagens in Messalinas Anwesenheit und war froh, dass sie so schnell wieder gegangen war. Es war ihm peinlich, wenn Messalina ihn lange anblickte, ihm zuwinkte oder ihm Worte ins Ohr flüsterte. Einmal musste es ja der Kaiser merken und wenn er es nicht tat, würden andere ihn darauf aufmerksam machen. Gewiss gab es schon allerlei Gerede, denn es war ihm aufgefallen, dass so manches Gespräch verstummte, wenn er in die Nähe kam.
Vor einigen Tagen hatte ihn sogar seine Frau Junia Silana darauf angesprochen. Freundinnen hatten ihr berichtet, dass man in gewissen Kreisen schon Wetten darüber abschließe, wann er, Silius, dem Werben und Drängen der Kaiserin nachgebe.
»Da ist nichts!«, hatte er empört gerufen, »und was kann ich machen, wenn sie mich mit Gesten und Blicken verfolgt? Es ihr verbieten? Sie maßregeln? Wie stellst du dir das vor?«

»Du könntest den Kaiser um Rat fragen?«
Da hatte Silius laut lachen müssen. »Der Kaiser sieht nichts, hört nichts, tut nichts. Für ihn sind das harmlose Spiele unter jungen Leuten, da zeigt er sich tolerant und verständnisvoll. Im Übrigen ist er vernarrt in sie. Sie hat ihm zwei Kinder geboren und da sie in der Öffentlichkeit nicht ohne Würde auftritt, sieht er keinen Grund, ihr etwas vorzuwerfen.«
»Vielleicht solltest du dich aus Rom zurückziehen ...«
Silius seufzte, wenn er an ihre besorgten Worte dachte. Am liebsten täte er es ja, doch seine Ämter als Senator und designierter Konsul verboten es ihm. Er ließ sich doch nicht von dieser läufigen Hündin die Zukunft verderben! Seine Familie glänzte mit bedeutenden Namen und ihre Geschichte reichte weit in die Zeit der Republik zurück. Da tönte eine Stimme an sein Ohr.
»So trübsinnig heute, verehrter Gaius Silius? Wenn einer Grund hat, fröhlich zu sein, dann doch du!«
Diese heisere, versoffene und freche Stimme konnte nur einem gehören und Silius war jetzt sogar froh, dass der Zyniker ihn ansprach. Er grinste.
»Warum soll gerade ich fröhlich sein?«
»Du stammst aus erlauchter Familie, dein Vater war mehrmals Konsul und du sollst es demnächst werden. Und das Wichtigste: Du stehst bei der Kaiserin in der Gunst, nütze es!«
»Um ehrlich zu sein, mein Valerius, es wird mir lästig. Nun redet auch schon meine Frau davon und ich weiß nicht, wie es enden soll. Ich erwäge bereits, mich an den Kaiser zu wenden, vorsorglich sozusagen. Er soll später nicht glauben, ich habe hinter seinem Rücken ein falsches Spiel getrieben.«
Valerius Asiaticus setzte sich an den Rand der *kline* und Silius machte ihm Platz. Leise sagte er: »Claudius ist in letzter Zeit sehr zerstreut geworden und seine Freigelassenen nutzen das weidlich aus. Narcissus braucht ihm nur etwas hinzuschieben und er drückt sein Siegel darauf, das habe ich selbst erlebt. Gelegentlich fragt er nach dem Inhalt des Papiers und dass dem erzschlauen Narcissus etwas dazu einfällt, kannst du dir ja denken. Callistus und Pallas

werfen sich geschickt die Bälle zu, obwohl sie sich nicht mögen, aber recht gut wissen, dass ihre Macht davon abhängt, gemeinsam und einig zu handeln. Als ich Claudius nach Britannia begleitete, war er noch ein anderer Mensch: Offen, schlagfertig, zu Witz und Ironie geneigt. Jetzt wird er zusehens misstrauischer und glaubt nur noch, was seine drei Hausgötter ihm einflüstern. Wäre ich ehrgeizig und politisch interessiert, würde es mir großen Spaß machen, die drei gegeneinander aufzuhetzen, doch es widerspricht meiner Einstellung, dass alles menschliche Streben am Ende sinnlos ist. Warum sich damit den Tag verderben, solange uns die Sonne auf den Bauch scheint, solange es guten Wein und schöne Frauen gibt?«

Silius spürte, wie der saure Weinatem ihn anwehte, und wich ein wenig zurück.

Valerius lachte. »Ich rieche nicht gut und mein Anblick ist abschreckend, ich weiß. Seltsam nur, dass sich kaum eine Frau weigert, zu mir ins Bett zu steigen ... vermutlich ist es wie mit den Buckligen. Sie berühren oder gar mit ihnen zu kopulieren gilt ja in gewissen Kreisen als Glück verheißend. Vielleicht ist der hässliche, versoffene und zynische Valerius Asiaticus auch so etwas wie ein Glücksbringer? Jetzt bin ich ja fast monogam geworden und begnüge mich mit meiner reizenden Hermione. Vielleicht heiraten wir sogar ...« Sein heiseres Lachen tönte durch den Raum.

Der Kaiser blickte auf und fragte mit einer vom vielen Wein verwischten Stimme: »Was gibt es da zu lachen, Valerius? Nenne mir den Grund, ich möchte mitlachen ...«

»Ich lache, Imperator, weil das Leben so traurig ist und wir uns dennoch nicht umbringen.«

Claudius winkte ab und wandte sich wieder Kleopatra zu, die ihm heitere Begebnisse aus ihrem Hetärenleben erzählte. Plötzlich fühlte er sich müde, doch zugleich erregt. Das unbekümmerte und dennoch respektvolle Verhalten der beiden Hetären hatte eine so starke Begierde nach Frauen in ihm erweckt, wie er sie lange nicht mehr gespürt hatte. Er fasste Calpurnia am Arm und legte die andere Hand auf Kleopatras Schulter.

»Ihr beiden begleitet mich jetzt ins *cubiculum*, ich bin todmüde.« Leise und nur für beide hörbar, fügte er hinzu: »Nicht zu allem! Etwas an mir ist sehr, sehr lebendig ...«
Kaum hatte sich die Tür hinter dem Kaiser geschlossen, trat ein Sklave an Silius heran und flüsterte ihm ins Ohr. »Draußen erwartet dich der Centurio Catonius Justus mit einer wichtigen Nachricht.«
Er nickte Valerius zu und erhob sich. »Da will einer was von mir ...«
Valerius grinste. »Du bist im kaiserlichen Palast, sei auf der Hut!«
Der Centurio erwartete ihn mit steinernem Gesicht. »Ich soll dich in die Gemächer der Augusta bringen.«
»Warum?«
»Das wird sie dir selbst sagen.«
Gaius Silius hätte erschrecken, misstrauisch werden müssen, doch der Wein hatte ihn sorglos gemacht und jetzt fuhr ihm sogar der Gedanke durch den Kopf: Claudius vergnügt sich mit seinen Konkubinen und ich vertrete ihn bei der Kaiserin. Jedem das Seine! Er lachte leise und scherzte:
»Bist du sicher, Centurio, dass du mich zur Augusta führst? Der Weg scheint mir doch ein wenig lang ...«
»Es ist der richtige«, knurrte Justus, ohne den Kopf zu wenden.
Die Tür öffnete sich wie von selbst, eine Hand fasste ihn am Arm und zog ihn schnell hinein. Messalina strahlte ihn an; das schwache Licht der wenigen Öllampen ließ die Konturen ihres Gesichts weicher erscheinen. Es war, als betrachte er sie durch einen Nebel. Er roch ihren Duft, spürte, wie ihr Körper sich gegen den seinen presste, und das, was er damals im Vogelhaus der lucullischen Villa empfunden hatte: Angst, Misstrauen, Scham, blieb heute aus, wich dem unbändigen Verlangen, machtvoll in sie einzudringen, sich mit dieser Frau zu vereinen.
Messalina lachte ihn fröhlich an. »Jedes Ding, mein Silius, braucht seine Zeit und unsere ist jetzt gekommen. Ist der Kaiser gut versorgt?«

»Versorgt? Ah, jetzt verstehe ich – ja, die beiden Damen haben ihn hinausbegleitet.«
Sie sagte nichts, schlüpfte aus ihrer Tunika und zerrte spielerisch an seinem Gewand. »Weg damit! Heraus aus dem Zeug, ich möchte dich nackt sehen!«
Dann stand er da und sie schlug in gespielter Verwunderung die Hände zusammen.
»Jetzt weiß ich nicht mehr, mit wem ich dich vergleichen soll, mit Apollon, dem Schöngestaltigen, oder mit Priapus, den vor allem eines auszeichnet ...« Sie blickte auf seinen Phallus, der steil aufgerichtet auf sie zielte wie ein erhobener Speer.
War es Liebe, was sie in seinen Armen empfand? Cletus, Sabinus und der braunhäutige Artifex hatten nur einen Brand gelöscht, der ständig in ihr loderte und schnell wieder aufflammte. Silius hingegen hatte sich nicht nur des Leibes, sondern auch ihrer Seele bemächtigt. Sie brauchte ihn, war ihm ausgeliefert, war sein mit Haut und Haar. Und so sollte es bleiben, das Glück verlangte nach Dauer.
Gaius Silius aber bewegten andere Empfindungen. Noch vor Tagesanbruch war er aus einem Albtraum schweißgebadet erwacht. Das Traumbild hatte ihn zur Villa Luculliana geführt, wo Messalina im Vogelhaus auf ihn wartete. Der Park der Villa war in fahles Licht getaucht, im Inneren der *cavea* herrschte fast völlige Dunkelheit. Dennoch konnte er die Vögel erkennen, die ringsum auf den Ästen und Zweigen abgestorbener Bäume saßen und ihn unentwegt mit bösen Augen anstarrten. Die Vogelkörper trugen Menschenköpfe von Frauen, die er kannte, und erinnerten an die sagenhaften Sirenen, wie sie Homer in der Odysseia schildert.
In Gegenwart dieser Wesen wagte Silius es nicht, nach Messalina zu rufen, und so durchstöberte er stumm die labyrinthischen Gänge der *cavea*. Die böse blickenden Vogelmenschen begannen angriffslustig um seinen Kopf zu flattern; dann und wann traf ihn ein schmerzhafter Schnabelhieb und als er abwehrend nach ihnen schlug, hackten sie auf seine Arme und Hände ein. Er geriet in

Panik, rief laut Messalinas Namen, was immer neue Vogelwesen herbeilockte. Als sie schließlich in dicken Klumpen an ihm hingen und er zu ersticken drohte, wachte er auf.
Vom Albtraum erschreckt und inzwischen nüchtern geworden, war nichts mehr von den Empfindungen vorhanden, die ihn noch vor einigen Stunden bewegt hatten. Du bist ein Ehebrecher der schlimmsten Art, sagte die Stimme seines Gewissens, und was du getan hast, ist ein Majestätsverbrechen! Oder wie soll man es nennen, wenn du den Imperator im eigenen Haus mit seiner Frau betrügst?
Messalina lag da, zusammengerollt wie ein Kätzchen. Er beugte sich über sie, roch ihren feinen weiblichen Duft, der ihn sofort erregte. »Nein«, murmelte er, »nein, nein, nein!«
Er kleidete sich schnell an und schlich hinaus – vorbei an betont gleichmütig blickenden Wachen.
Catonius Justus starrte ihm hasserfüllt nach und beschloss, wenigstens seinem nächsten Vorgesetzten davon Meldung zu machen, dem *tribunus cohortis*. Gleich nach Dienstschluss führte er seine Absicht aus und es war leichter, als er dachte. Der Tribun empfing ihn in seinen Amtsräumen.
»Was gibt es, Centurio?«
Etwas umständlich begann Justus seine Erlebnisse zu schildern, die der Tribun unbewegten Gesichtes zur Kenntnis nahm. Dann schüttelte er zweifelnd seinen Kopf.
»Bist du ganz sicher, dass alles genau so abgelaufen ist? Könnte es nicht sein, dass die Augusta ihre Aufforderungen nur scherzhaft verstand, während du sie ernst nahmst?«
»Danach sah es nicht aus, Tribun.«
»In deinen Augen mag es so gewesen sein, doch die ganz oben haben eine etwas eigenwillige Vorstellung davon, was Spaß oder Ernst ist. Ich kann dir nur den Rat geben, diesen Vorfall zu vergessen und weiter deinen Dienst zu tun.«
»Dass sich mitten in der Nacht Gaius Silius mit der Kaiserin einschloss, das ist doch, das ist …«
»In diesen Kreisen nicht so ungewöhnlich. Wenn alles schläft, las-

sen sich geheime Dinge besser aushandeln, halte dich da raus, mein Lieber, es könnte dir schlecht bekommen.«
Tief enttäuscht, jedoch keineswegs entmutigt, ging Justus in sein Quartier und legte sich auf das Feldbett. Niemals benutzte er die vorgeschriebene Ruhepause zwischen den Dienststunden zu etwas anderem, als sich durch Schlaf neue Kraft zu holen.

23

Calpurnia und Kleopatra, die nun als *servae* der Kaiserin mit im Palatium wohnten, erstatteten am nächsten Tag ausführlichen Bericht. Aus Kleopatra sprudelte es nur so heraus und ihre bernsteinfarbenen Augen leuchteten vor Eifer.
»Der Kaiser hat gleich zu Anfang an uns beiden Gefallen gefunden und konnte sich nicht genug tun, sein Griechisch an uns zu erproben. Er redet ein wenig altmodisch, gebraucht Wörter, die man nur noch bei Homeros findet, aber wir verstehen sie dennoch, nicht wahr, Calpurnia? Die anderen Gäste haben sich bald gelangweilt, das war ihnen anzusehen. Ein Valerius Asiaticus hat unverhohlen mehrmals gegähnt, aber der Kaiser bemerkte es nicht. Als dieser Mensch in frechem Ton Calpurnia fragte, ob sie Latein spreche und ob ihr die römischen Dichter nichts bedeuten, da war dem Imperator der Unwille deutlich anzusehen. Doch …«
»… er hat nichts gesagt«, fiel Calpurnia ein.
Messalina hob die Hand. »Dieser Valerius gehört zu seinen besten Freunden und darf sich viel herausnehmen, allmählich scheint es jedoch auch den Kaiser zu stören – das hoffe ich wenigstens.«
»Es hat ihn schon gestört«, bemerkte Calpurnia.
»Sei nicht so maulfaul«, drohte Messalina scherzhaft, »und erkläre, woran dies zu erkennen war.«
»Später, als wir in seinen Räumen waren, bemerkte der Impera-

tor so nebenhin, dass Valerius für die Symposien kein Gewinn mehr sei und von Mal zu Mal unleidlicher werde.«
Kleopatra nickte. »Das habe ich auch gehört und er setzte noch hinzu, dass er ihn die nächsten Male nicht mehr einladen wolle.«
Calpurnia schloss nachdenkend ihre schönen hellgrauen Augen. »Ich weiß nicht … Hat er das wirklich gesagt?«
»Sehr leise, vielleicht hast du es nicht gehört.«
Messalina schlug ungeduldig ihre Hände zusammen. »Genug davon! Ihr habt also den Kaiser in sein *cubiculum* begleitet. Was geschah dann?«
Kleopatra kicherte. »Der Imperator kam gleich zur Sache. Wir kleideten uns aus, er legte sich hin, zog mich auf seinen Schoß …«
»Hat er …?«
»Er hat … und wie! Wenn man bedenkt, wie alt der Imperator schon ist …«
Calpurnia fügte altklug hinzu: »Darauf kommt es nicht an! Ich habe Siebzigjährige erlebt …«
»Nicht abschweifen, Calpurnia. Hat er dir auch beigelegen?«
Sie nickte stolz. »Zwar erst am Morgen, aber recht kräftig und ausdauernd.«
Kleopatra schlug sich auf den Mund. »Bei Venus, der Liebreizenden, wir erzählen der Augusta, dass ihr Gemahl uns … nein, wir sollten damit aufhören, es könnte sie eifersüchtig machen.«
Das klang eher scherzhaft und Messalina nahm lächelnd den Faden auf. »Es beweist nur, dass ihr mich richtig verstanden habt. Ihr dürft den Imperator im Bett bedienen, so oft er es will, ich muss nur über alles Bescheid wissen. Mich interessiert jede Kleinigkeit, etwa auch, wie er sich künftig zu Valerius Asiaticus stellt.«
Sie schrieb ein paar Zeilen auf ein Stück Papier.
»Ihr habt eure Sache gut gemacht, ich hoffe, dass es dabei bleibt. Mein Sekretär wird euch eine Prämie auszahlen.«
Dann war sie allein und streckte sich wohlig auf ihrem *lectulus* aus. Ein großes Behagen breitete sich in ihr aus, durchströmte lustvoll ihren Körper, fast schöner noch, als läge sie in den Armen eines Mannes. Alles geriet ihr zum Besten! Als habe der ganze Olymp

sich verschworen, das Füllhorn seiner Gaben und Wohltaten über sie auszuschütten. Heißt es nicht, dass die Götter neidisch werden, wenn es einem Menschen zu gut geht, wenn er zu viel Glück hat? Was heißt schon zu viel? Es war ja nicht so, dass sie alles erreicht hatte, was sie wollte, da blieben noch viele Wünsche offen. Einer fiel ihr gleich ein, das waren die Horti Luculliani, die fast an den Garten ihres Schlupfwinkels grenzten und den Besitz auf überwältigende Art verschönt und vergrößert hätten.
Da gab es auch noch so viele Männer, deren Liebeskünste sie gerne erprobt hätte, seit jedoch Gaius Silius ihr beigelegen hatte, trat dieser Wunsch in den Hintergrund, denn mit diesem apollinischen Mann verknüpfte sie nach und nach Ideen, Pläne ... Claudius war nicht mehr der Jüngste und es schien Messalina nur natürlich, dass er sie früher oder später als Witwe zurückließ. Was dann? Selbst wenn dies erst in einigen Jahren geschah, so war die Nachfolge fraglich, denn Britannicus würde auch mit acht, neun oder zehn Jahren noch immer ein Kind sein. Da wäre es gut, einen Mann an der Seite zu haben, im besten Alter und aus patrizischer Familie, der diese Lücke füllen konnte, bis Britannicus die Volljährigkeit erreicht hätte. Gaius Silius Imperator Caesar Augustus ... Er jedenfalls würde nicht zögern, ihre Ernennung zur Augusta beim römischen Senat durchzusetzen! Er nicht! Da würde es dann nicht nur diese dummen ägyptischen Münzen geben, die in Rom kein Mensch kannte, sondern Aurei, Denare und Sesterzen mit ihrem Bildnis und der Inschrift: Valeria Messalina Augusta. Sie seufzte, aber es klang nicht wehleidig. Alles braucht seine Zeit, Schritt für Schritt, eines nach dem anderen.
Da fiel ihr Mnester ein, der in den nächsten Tagen wieder am Hof auftreten würde, in dem kleinen Odeum, das sich Caligula für seine größenwahnsinnigen Darbietungen als Redner, Tänzer und Pantomime hatte erbauen lassen. Sie ließ nachfragen, wann Mnester seine nächste Probe abhalte. Noch vor dem Nachtmahl wurde ihr berichtet, dass er dazu vom Kaiser geladen sei. Das trifft sich gut, dachte Messalina, dann kann mir der schöne *mimus* gleich heute Nacht eine Privatvorstellung geben. Ob er sich weigern wird? Man

wird sehen … Dann wurde doch nichts daraus, weil sich der Kaiser mit Mnester und einigen Herren von der Theaterverwaltung zu Gesprächen über die nächsten Aufführungen zurückzog.
Zwei Tage später trat der *mimus* im Odeum auf. Ohne ihr etwas zu sagen, hatte Claudius Kleopatra und Calpurnia dazu geladen. Das Kaiserpaar nahm nebeneinander Platz, die beiden *concubinae* zu ihren Füßen.
»Diese Hetären haben es dir wohl angetan, mein Claudius«, flüsterte Messalina.
Der Kaiser nickte. »Ja, sie tun mir gut, weil sie Geist und Körper lebendig halten.«
Messalina hielt es für besser, nicht darauf zu antworten.
Mnester übertraf sich wieder selbst, spielte Theaterszenen aus bekannten Stücken pantomimisch nach und erntete solchen Beifall, dass er noch fast eine Stunde einige seiner Bravourstücke dreingab. Wieder verblüffte er die Zuschauer mit seiner Fähigkeit, mehrere Personen gleichzeitig darzustellen, etwa wenn ein Paar sich umarmte und er seine Arme so um den eigenen Körper legte, dass es aussah, als seien es die kosenden Hände seiner Geliebten.
Diese Szene erregte Messalina bis ins Innerste und ihr war, als spüre sie seine Hände auf ihrem Leib. Sie wandte sich zum Kaiser.
»Diesem Mnester könnte ich stundenlang zusehen, ohne mich einen Augenblick zu langweilen. Wie macht er das nur?«
Claudius lächelte. »In seinem Fach ist er der Beste. Wenn du willst, steht er dir jederzeit zur Verfügung. Ich binde ihn fest an den Hof; du brauchst ihn dann nur rufen zu lassen und deine Wünsche äußern.«
»Danke, mein Freund, da tust du mir einen großen Gefallen.«
Wie kann man nur so dumm sein, dachte Messalina vergnügt und sorgte dafür, dass Mnester sogleich vom Entschluss des Kaisers in Kenntnis gesetzt wurde. Draußen trat ihm ein Bote der Kaiserin in den Weg.
»Der Augusta hat deine Vorstellung so sehr gefallen, dass sie dir ein persönliches Geschenk überreichen möchte. In einer Stunde wird dich ein *custos* abholen und zu ihren Räumen bringen.«

Mnester ging in die Kleiderkammer und setzte sich. Er ahnte, um was es ging, und hatte vor, sich auch diesmal ihren Wünschen zu entziehen. In seinen langen Jahren als Schauspieler und Pantomime hatte er erleben müssen, wie schwankend die Gunst des Publikums sein konnte, wie dünn die Bretter der Bühne waren und wie leicht man einzubrechen drohte. Jetzt, da es ihm endlich gelungen war, in die erste Reihe der Bühnenkunst aufzusteigen, sollte er sich wieder auf schwankenden Boden begeben? War er einmal Messalinas Liebhaber geworden und damit ihren Launen ausgeliefert, dann kostete es sie nur ein Wort und er würde den Gang zum Henker antreten oder den Rest seines Lebens auf einer Galeere verbringen müssen. Ihn schauderte. Er hatte inzwischen genügend Geld angehäuft, um sich auf ein *praedium* zurückziehen zu können, nur was sollte er da? Ohne die Luft von Rom, ohne Auftritte, ohne Applaus wäre er erstickt.

Aber damit war es ohnehin vorbei, wenn er an den Befehl des Kaisers dachte. Jetzt war er quasi in den Hofstaat aufgenommen und war, wenn er es richtig verstanden hatte, zu Messalinas Diener geworden. Allen ihren Wünschen gehorchen – damit war doch nur seine Kunst gemeint? Schließlich war er kein Sklave und sie durfte nur über seine Kenntnisse, nicht über seinen Körper verfügen. Aber wer sollte diese Frau daran hindern? Er war da in eine dumme Lage geraten und musste schauen, wie er halbwegs unversehrt wieder herauskam. Hatte er nicht auch die Zeit des Caligula mit seinen mörderischen Launen überlebt? Und seltsam genug: Vor diesem Menschen hatte er niemals Angst gehabt, niemals gefürchtet, er würde in Ungnade fallen. Er sah, wie seine kalten Augen ihre Starre verloren und bei seinen Auftritten vor Bewunderung glänzten. Bei Messalinas Anblick überkam ihn jedoch ein leises Grauen, weil er daran denken musste, welche maßlose Gier nach Macht, Besitz und Männern hinter dieser schönen Maske lauerte.

Mnester war durch seine Beliebtheit am Hof so eng in die Palastgesellschaft eingebunden, dass er jedes Gerücht, jede Neuigkeit kannte. Er wusste, dass Sabinus, der germanische Klotz, Messalinas Geliebter war, wusste, dass sie Gaius Silius schamlos nachstellte, wusste, dass die drei Halbgötter – besonders Narcissus – ihr in allem zu Willen waren. Hatte es da noch einen Sinn, ihr zu widerstehen? Er seufzte laut und seine Augen wurden feucht. Wenn er nur wüsste, was in diesem Fall das Richtige war! Sich dem Kaiser offenbaren, die *libertini* um Rat fragen, aus Rom verschwinden – all dies bedeutete ein Zurückfallen in die Anonymität, am Ende sogar den Tod.

Sein Grübeln wurde durch ein Klopfen an die Tür unterbrochen. Er stand auf und da kam der Bote schon herein.

»Bist du bereit?«

Mnester nicke und ging den Weg, der ihm schon vertraut war.

Sie empfing ihn mit strahlendem Gesicht und er sah, wie schön sie war, und schalt sich einen Dummkopf. Dann dachte er wieder an den langen Arm des Kaisers und wappnete sich zum Widerstand.

»Ach, Mnester, deine Darstellung von Amor und Psyche in inniger Umarmung hat mich so sehr begeistert, dass ich nicht weiß, wie ich meine Bewunderung ausdrücken soll.«

»Das freut und ehrt mich, Domina. Dein Beifall und der des Imperators stehen über allem anderen und verstärken mein Bemühen, es noch besser zu machen.«

»Noch besser? Du bist doch schon der Beste in deinem Fach, doch ich frage mich, ob du auch in Wahrheit so innig lieben kannst, wie du es auf der Bühne darstellst?«

»Das … das ist schwer zu sagen … oder besser ausgedrückt, man soll die Bühne nicht mit dem Leben verwechseln …« Er stockte und senkte den Blick.

»Nimm Platz, mein Lieber. Ich hatte dir ausrichten lassen, dass ich ein Geschenk für dich bereithalte, ein ganz persönliches. Das Geschenk bin ich! Du darfst an mir verwirklichen, was du auf der Bühne nur vorgetäuscht hast.« Sie sah sein Zögern, spürte seine Abwehr.

»Gefällt dir das nicht? Willst du mein Geschenk zurückweisen? Du hast doch den Befehl des Kaisers gehört, allen meinen Wünschen zu gehorchen?« Ihr Blick wurde hart und gefährlich.

Mnester fühlte sich wie einer der zum Tierkampf in der Arena

Verurteilten, wenn er einer hungrigen Löwin in die Augen blicken musste.

»Ich habe diesen Befehl so verstanden, dass ich allen deinen Wünschen, mein Spiel, meine Kunst betreffend nachkomme.«

Ihre Stimme war gefährlich leise geworden. »Bist du ein Mann, Mnester, oder ein *paedicator*, den es zu glatthäutigen Knaben zieht? Sind die Gerüchte falsch, dass du auch Frauen nachstellst?«

»Ja ... nein ... ich weiß nur nicht ...«

»Ich werde deinem Entschluss nachhelfen«, sagte sie laut und schüttelte die Handglocke so heftig, dass ihr Ton schrill klang. Die Leibwache stürzte herein. Sie deutete auf Mnester.

»Zwei Mann halten den da fest, ein anderer holt die Peitsche!«

Mnester wollte protestieren, doch ihm versagte die Stimme und er krächzte nur etwas Unverständliches.

Sie rissen ihm grob die Tunika herunter, warfen ihn auf den *lectus* und hielten ihn an Armen und Beinen fest.

»Jetzt schlagt zu, aber nur auf den Rücken! Ich möchte nicht, dass man bei seinen nächsten Auftritten irgendwelche Spuren sieht.«

Die Riemenpeitsche klatschte herab, Mnester stöhnte, wand sich unter den Schlägen, doch die Männer hielten ihn eisern fest. Nach dem fünften Hieb begann er zu brüllen.

»Aufhören! Hört auf! Ich tue, was du willst, Augusta!«

Messalina lächelte kalt, ließ das Dutzend voll werden, dann erst gebot sie Einhalt.

»Jetzt raus mit euch, aber die Peitsche bleibt griffbereit!«

Mnester richtete sich mit schmerzverzerrtem Gesicht auf und griff nach seiner Tunika. Messalina war schneller und zog das Kleidungsstück weg.

»Die brauchst du jetzt nicht. Lege dich wieder hin.«

Sie goss etwas Wein auf seine Unterkleidung und betupfte seinen Rücken. »Da bist du noch gut weggekommen, die Striemen bluten kaum. In einigen Tagen wird man nichts mehr davon sehen, es sei denn, du zwingst mich zum nächsten Dutzend ...«

»Nein, nein ...«, ächzte er, »ich tue, was du willst.«

»Du musst es wollen, Mnester ...«

Sie kleidete sich aus und setzte sich neben ihn. »Ich reite gern auf den Männern, aber heute mache ich eine Ausnahme, damit dein Rücken nicht zu sehr leidet.«
Als Schauspieler war er gewohnt, Gefühle vorzutäuschen, die er nicht empfand; es war seine Stärke, sich in das Innerste der von ihm dargestellten Menschen zu versetzen und so für kurze Zeit tatsächlich Trauer, Freude, Schmerz, Leidenschaft zu verspüren. So wurde Mnester in Messalinas Armen wieder zum Schauspieler und da war er es gewohnt, sein Bestes zu geben. Nur als sie sich mit ihren langen Fingernägeln in seinen gequälten Rücken verkrallte, schrie er leise auf. Sie hielt es für Leidenschaft und genoss den Triumph, Mnester in ihr Bett gezwungen zu haben.
Später sagte sie mit trägem Lächeln: »Jetzt siehst du, welches Vergnügen dir bisher entgangen ist. Das kannst du jetzt öfter haben, nur merke dir eines: Du kommst, wenn ich dich rufe, und vergiss niemals, dass die Peitsche immer bereit ist, dir jeden Widerstand auszutreiben. Du weißt ja jetzt, wie sie schmeckt, und so wird dir die Wahl zwischen ihr und Messalina leicht werden.«
Spotte du nur, dachte er, eines Tages wird auch der Kaiser die Geduld verlieren und mit dir abrechnen.

24

Nun, da Sabinus als Centurio von Messalinas persönlicher Leibwache häufig in ihrer Nähe war, musste er ihr zu jeder Tages- und Nachtzeit zur Verfügung stehen. Meist tat er es gerne, es gab jedoch auch Zeiten, da es ihm schwer fiel. Freilich, sie ersparte ihm den kostspieligen Besuch der *lupanaris*, aber sein privates Leben war doch sehr eingeschränkt.
In Rom hatte sich ein Kreis von Freigelassenen gebildet, die aus Germanien oder von germanischen Eltern stammten und sich regelmäßig zu Symposien zusammenfanden. Da wurde viel gegessen

und noch mehr getrunken, da wurde gescherzt und geprahlt und nicht selten wurde aus einem Wortgefecht eine blutige Rauferei.
Auch diesmal fing es ganz harmlos an. Sabinus saß wie fast immer am Tisch der Prätorianer, von denen er einige näher, die meisten allerdings nur flüchtig kannte. In Rom standen immerhin zehn *cohortes praetoriae* mit insgesamt etwa zehntausend Mann, darunter waren viele Nichtrömer. Da gab es neben den Germanen Gallier, Thraker, Britannier, Macedonier, Armenier und viele aus den Gebieten in Asia und Syria. Das von Augustus gegründete Prätorianerheer war eine Kerntruppe, die unter dem Befehl des jeweiligen Kaisers stand und für die innere Sicherheit der Millionenstadt zu sorgen hatte. Ein paar hundert Auserlesene bildeten die Leibwache der kaiserlichen Familie und Caligula, der sich ständig bedroht gefühlt hatte, hatte mit Bedacht zu seinem Schutz nur Germanen ausgewählt. Sie erhielten doppelten Sold, verstanden kaum Latein und waren so für irgendwelche Einflüsterungen und Bestechungsversuche unzugänglich. Kaiser Claudius hatte die in ganz Rom gefürchtete Leibgarde aufgelöst und sie auf andere *cohortes* verteilt. Sabinus gehörte zu den wenigen, die auf ihre alten Posten zurückkehren konnten.
An diesem Tag, in ihrer Stammkneipe am Tiberufer westlich vom Campus Martius, traf er auf einen früheren Kameraden aus der damaligen Leibwache des Caligula. Wie fast alle gebürtigen Germanen hatte er seinen alten Namen abgelegt und nannte sich jetzt Durus, der Harte, auch der Grausame. Sein Rücken war von häufigen Auspeitschungen genarbt wie alte Baumrinde, denn er neigte zu jähen Ausbrüchen und hatte zahlreiche Disziplinarverstöße begangen. Trotzdem galt er als tüchtig und zuverlässig, trank nur wenig und war den Kameraden gegenüber äußerst hilfsbereit.
»Sabinus! Lange nicht gesehen! Wie man hört, tust du jetzt wieder im Palast Dienst?«
»Ja, ich habe für die ... für den Kaiser ein heikles und auch gefährliches Unternehmen durchgeführt und wurde dafür mit meinem alten Posten belohnt. Wie steht es bei dir? Bist du inzwischen befördert worden?«

Das Gesicht des anderen verfinsterte sich und er stürzte erregt einen Becher Wein hinunter, wobei er die Hälfte verschüttete. Mit dem Handrücken wischte er weg, was davon über sein Kinn gelaufen war.
»Ja«, raunzte er mit heiserer Stimme, »ich bin im letzten Monat zum Centurio befördert worden. Als der Praefectus mir die Urkunde überreichte, kam mir hoch, wie oft ich übergangen wurde und wie mich das gekränkt hatte. So sagte ich: Endlich! Wird auch Zeit! Wenn ich ein geborener Scheißrömer wäre, dann ginge es wohl schneller. So ungefähr habe ich geredet, doch das Wort Scheißrömer hat dem Praefectus gar nicht gefallen und die Beförderung war im Eimer.«
»Dass du auch nie deinen Mund halten kannst, Durus! Mit deinem Jähzorn versaust du dir dein ganzes Leben!«
Da verengten sich die Augen des anderen und er stieß hervor: »Du hast gut reden! Ohne Messalina lägst du noch heute auf der Straße! Die geile Domina, so sagt man, hat für Germanen eine besondere Vorliebe und da macht sie gerne die Beine breit. Du hast dich auf deinen Posten hinaufgevögelt, Sabinus, und wenn ich wollte, könnte ich das auch. Brauchst mich nur einmal mitzunehmen, dann zeige ich ihr meinen Germanenschwanz und sie wird Lust auf Abwechslung bekommen ...«
Während der letzten Worte war Sabinus langsam aufgestanden, hatte blitzschnell ausgeholt und Durus eine so gewaltige Ohrfeige versetzt, dass er vom Stuhl fiel. Im Stürzen umklammerte er das Knie seines Gegners und riss ihn zu Boden. Da sie etwa gleich stark waren, dauerte die Prügelei ziemlich lange und sie hörten erst auf, als beiden das Blut in die Augen lief.
Fatal war nur, dass Sabinus Nachtdienst hatte, der am selben Abend nach Sonnenuntergang begann. In seinem Quartier säuberte er sich, so gut es ging, doch das linke Auge war fast zugeschwollen, das rechte Ohr am Läppchen eingerissen und hörte nicht zu bluten auf, sein linker Arm hing kraftlos herab. Er ließ sich vom *chirurgus* ein kleines Harzpflaster draufkleben und das blaurot geschwollene Augenlid mit einer kühlenden Salbe behandeln.

»Du solltest dich für heute vom Dienst suspendieren lassen. Ich will gerne bestätigen …«
»Nein! Wegen der paar Kratzer werde ich mich nicht drücken!«
Es waren allerdings nicht nur die äußeren Wunden, die ihm zusetzten. Und Sabinus schickte ein Stoßgebet zu Fortuna, die Augusta möge ihn heute verschonen, doch wie so häufig stellte sich die Göttin taub und Sabinus humpelte ins *cubiculum* der Kaiserin. Nach ihrer Gewohnheit war der Raum nur spärlich erhellt und sie konnte nicht sehen, dass ihr Geliebter schwer angeschlagen war.
»Ich hoffe, du hast in der Freizeit deinen Samen nicht anderweitig vergeudet? Das würde ich merken, mein germanischer Rabauke! Leg schon deine Rüstung ab, nur deine Lanze darfst du behalten, damit bist du ausreichend gerüstet …«
»Augusta, verzeih, heute geht es nicht.« Er hob die Öllampe und hielt sie an sein Gesicht.
Messalina lachte hell auf. »Ein geschwollenes Auge, ein Pflaster am Ohr – bist du plötzlich wehleidig geworden, Sabinus? Vielleicht haben sie deine *mentula* abgeschnitten oder deine Eier zerquetscht? Was ist geschehen?« Sie richtete sich auf und sah ihn neugierig an.
»Ein Streit, Domina, ich wurde beleidigt und konnte es nicht auf mir sitzen lassen.«
»Worum ging es denn?«
Nein, diese Wahrheit musste er verschweigen! »Ach, um alte Geschichten …«
Sie legte sich zurück. »Musst es mir nicht erzählen, aber leg dich jetzt her zu mir.«
Mit der rechten Hand zerrte er sich die Kleider vom Leib.
»Dein linker Arm …«
»Ist ausgerenkt!«
Sie lachte unbekümmert. »Doch sonst ist noch alles dran, wie ich sehe.«
Dieser Hexe ist alles einerlei, wenn sie nur tüchtig was zwischen die Beine kriegt, dachte er und wünschte sich weit weg vom Pa-

latium, vom Dienst, von dieser geilen *furia*. Er war heute nicht in Stimmung und da er sie ablenken wollte, nahm er ihre Hand und ließ sie seine große Beule am Hinterkopf fühlen.
»Verzeih, wenn ich mich wieder aufrichte, ich liege genau auf diesem Ding. Wir sollten vielleicht bis morgen… Halt! Da fällt mir etwas ein – du musst das unbedingt wissen!« Er wollte ihr die Sache mit Catonius Justus eigentlich erst später erzählen, jetzt konnte ihn diese Geschichte jedoch vielleicht vor Messalinas Zugriff retten.
Sie gähnte. »Ich glaube, du willst dich nur drücken, aber gut, dann spuck's aus!«
In ihren Gesprächen mit ihm bediente sie sich gerne der bei den Prätorianern üblichen Gossensprache und das Vergnügen daran war ihr deutlich anzumerken.
»Der Centurio Catonius Justus erzählt Geschichten über dich herum, hat auch schon einen Vorgesetzten um Rat gefragt …«
Sie runzelte die Stirn und setzte sich auf. »Bitte etwas genauer! Welche Geschichten?«
Er schnaufte schwer. »Lasse bitte deinen Zorn nicht an mir aus! Es ist nur so, dass du Bescheid wissen musst, wenn dich der Kaiser danach fragt.«
»Beim betrogenen Vulcanus! Was soll dieser Quatsch? Was kann Justus schon erzählen? Rede endlich!«
»Kurz gesagt: Er posaunt herum, dass der Imperator eine Ehebrecherin zur Frau hat, die mit jedem schläft, der ihr in die Augen sticht. Namen hat er bisher noch keine genannt, er lässt jedoch durchblicken, dass er dir widerstanden hat.«
Sie lachte verächtlich. »Widerstanden hat – dass ich nicht lache! Der Kerl ist so strohdumm, dass er einen harmlosen Spaß für blutigen Ernst hält. Ja, ich habe ihn damit aufgezogen, ob er meinen Befehl, mit mir zu schlafen, ausführen würde. Er stotterte herum, verneinte schließlich und sagte etwas von militärischen Befehlen, denen er unbedingt zu gehorchen habe, und dieser sei ein privater. Jetzt weißt du es – das war alles.«
»Es mag so gewesen sein, doch Justus hat sich in den Gedanken

verrannt, dass er den Imperator davon in Kenntnis setzen muss, gerade weil ihn sein vorgesetzter *praefectus* hat abblitzen lassen.«
Messalina dachte kurz nach, winkte Sabinus näher und flüsterte ihm ins Ohr: »Der Kerl muss verschwinden, er wird mir zu gefährlich und bedroht auch dich. Wenn der Kaiser tatsächlich erfährt, dass du mein Geliebter bist, dann wird er es mir verzeihen, dich allerdings zum Tod *ad bestias* verurteilen – eine schöne Mahlzeit für Löwen und Tiger…«
Sabinus wusste, dass dies kein Spaß war. Er richtete sich auf und nickte mehrmals. »Ja, Domina, du hast Recht, der Mann muss weg.«
Plötzlich spürte er kaum noch Schmerzen, dafür aber ein wachsendes Verlangen nach dieser Frau, diesem Bündel aus Geilheit und Mordlust, aus Machtgier und Heimtücke. Gerade so gefiel sie ihm, das war eine Geliebte nach seinem Geschmack. Er warf sich auf sie wie auf eine Beute und tat ihr auf eine Weise Gewalt an, die sie liebte. Nicht immer, denn auch der sanfte und geschmeidige Artifex hatte ihr Lust bereitet oder der trunkene Gaius Silius oder der schöne und willige Mnester nach seiner Auspeitschung. Sie mochte jeden auf seine Art und da es in Rom noch unendlich viele Männer mit verschiedenen, ihr unbekannten Arten des Beischlafs gab, barst sie vor Neugierde und Verlangen, sie alle kennen zu lernen, ihre Eigenarten zu ergründen. Am liebsten hätte sie Sabinus gebeten, sich in Kneipen und Bordellen, im Theater und im Circus umzutun und Männer aller Art zu ihrer Verfügung heranzuschleppen. Der Gedanke daran erregte sie so sehr, dass sie Sabinus festhielt und ihm einen zweiten Akt abschmeichelte, der zwar kürzer und weniger brutal ausfiel, ihr aber dennoch ein sanftes Vergnügen bereitete.
»Ein schöner Abschluss, mein Lieber, und vergiss deinen Auftrag nicht.«
Sabinus, schlaff wie ein leerer Weinschlauch, spürte wie die Schmerzen wiederkamen, als hätten sie nur eine gnädige Pause gemacht. Sein linker Arm war wieder kraftlos geworden, die Beule am Kopf pochte wie verrückt, das eingerissene Ohr brannte wie

Feuer. Das ließ ihn umso entschlossener werden, diesen lästigen und zunehmend gefährlicheren Catonius Justus zu beseitigen. Das Wie würde sich finden, hatte sich immer gefunden, als er noch Caligula gedient hatte.
Messalina, die sich träge und zufrieden im Bett ausstreckte, spann den Gedanken an die Männer in den *lupanaris* weiter. Nirgendwo sonst fanden sich so unterschiedliche Kerle ein wie dort. Da kamen grüne Burschen, fast Kinder noch, und machten ihre ersten täppischen Liebesversuche, da suhlten sich alte erfahrene Lebemänner, deren Manneskraft schwach geworden war und die deshalb mit Sonderwünschen bedient werden wollten. Enttäuschte Ehemänner suchten kundige und geduldige *meretrices* dort auf, um ihr aufgestautes Verlangen an schamlosen und willigen Weibern zu befriedigen – eine Lust, die ihnen die eigene Frau nicht mehr verschaffen konnte oder wollte. Unter ihnen wird es potente und ausdauernde Liebhaber geben, dachte Messalina, solche, die sich nicht mit einem Mal begnügen, sondern es drei- oder viermal hintereinander schaffen. Da müsste sie sich die Männer nicht mühsam zusammensuchen, da strömten sie ganz von selbst ins Haus und zahlten noch dafür.
Über sich selbst verwundert, schüttelte sie den Kopf. In was denke ich mich da hinein? Ich, die Augusta, kann doch nicht in ein *lupanar* gehen und mich dort als Hure verdingen? Spielerisch hatte sie schon Sabinus danach gefragt, der sich als eheloser Prätorianer damit am besten auskannte. Er hatte spöttisch gegrinst. »Was willst du denn wissen?«
Wo in Rom die meisten Bordelle seien, wie man die Mädchen dort nenne, wie alt sie seien, was sie kosteten … Er nickte und tat recht wichtig.
»Also gut, du wirst hier im Palast so schnell keinen finden, der darüber besser Bescheid weiß. Caligula kam nämlich gelegentlich die Lust an … nein, lassen wir das Thema. Also, die meisten dieser Häuser findest du in der Suburbia zwischen dem Mons Esquilinus und dem Mons Caelius, doch Huren gibt es, wie du dir denken kannst, auch woanders. In jeder größeren Kneipe oder

Garküche findest du welche, sie kommen in Scharen zum Circus Maximus, wenn dort die Vorstellungen zu Ende sind, und das gilt auch für die verschiedenen Theater. Diese Mädchen nennt man *scorta erratica* und sie arbeiten meist auf eigene Rechnung. Da gibt es dann noch bestimmte Sondernamen wie *noctilucae ambulatrices* oder die armseligen *diobolare*, die Zweipfennighuren. Die sind ganz unten angelangt und finden nur noch stockbesoffene oder sehr arme Männer.«

Er lachte. »Da fällt mir noch etwas ein! Es gibt auch welche, die werden *bustuariae* genannt. Eigentlich sind das die bezahlten Klageweiber bei Totenfeiern, wenn es dann jedoch beim Leichenschmaus rund geht und einigen Männern der Schwanz juckt, dann sind diese Frauen auch dafür da.«

Messalina nickte anerkennend. »Das sind ja fast poetische Vergleiche: Nachtfalter, Spaziergängerinnen, Huren für zwei Oboli ...«

Er hob seine breiten Schultern. »Schöne Worte machen den Dreck nicht schöner. Wer sich etwas wirklich Gutes leisten will, muss ohnehin in die kleinen exquisiten *fornices* gehen, da sind die Mädchen jung, gesund und du hast eine schöne Auswahl unter Blonden, Roten, Braunen, Schwarzen ...«

»Ob die Haarfarbe immer echt ist?«

Er lachte. »Nein, manchmal nicht, nur wer fragt schon danach?«

»Könnte ich da einmal ... ich meine, könntest du mich als Frau mitnehmen in ein solches Haus?«

Er schaute sie seltsam an. »Ich weiß nicht. Da muss ich nachdenken.«

Sie beließ es dabei und Sabinus kam auf dieses Thema nicht mehr zurück, wenn er auch gelegentlich daran dachte. Sollte sie noch einmal danach fragen, dann wird sich schon ein Weg finden, beruhigte er sich.

In diesen Tagen beschäftigte ihn jedoch vor allem der Gedanke, wie dieser Catonius Justus unauffällig aus dem Weg zu schaffen sei. Probleme dieser Art hatte es unter Caligula nicht gegeben,

denn Wille und Befehl des Kaisers schufen freie Bahn. Aber jetzt? Es musste in aller Stille geschehen, und zwar so, dass auf ihn kein Verdacht fiel. Ein Unfall? Im volkreichen Rom war das schwierig und ging nicht ohne Mitwisser.
Sabinus besaß im Allgemeinen wenig Fantasie, wenn es allerdings um sein persönliches Wohl ging, kamen seine Gedanken in Bewegung. Justus konnte inzwischen kaum noch Zweifel daran haben, welchem Zweck die häufigen »Besprechungen« des Centurio Sabinus in den Gemächern der Augusta dienten. Sollte es tatsächlich jemand gelingen, im Kaiser einen dahingehenden Verdacht zu erwecken, dann käme auch sein Dienst unter Caligula wieder zur Sprache. Und da er nur ein *libertinus* war, konnte ihn kein römisches Bürgerrecht vor der peinlichen Befragung schützen. Was da die Folterknechte mit den Menschen anstellten, wusste Sabinus recht gut und so stand es für ihn fest, dass dieser Catonius Justus für ihn eine täglich sich steigernde Gefahr bedeutete. Der Kerl konnte morgen schon reden ... Es überlief ihn heiß und kalt. Er musste handeln – schnell, entschlossen und ohne übertriebene Vorsichtsmaßnahmen.
In seinem Amtszimmer nahe der Palastpforte hing an der Wand ein Dienstplan, in dem sich Sabinus, der kaum lesen konnte, trotzdem gut zurechtfand. Mit dem Finger fuhr er die Zahlen entlang – ah, da! Übermorgen hatten sie gleichzeitig Dienst, er mit seinen Männern als Leibwache der Kaiserin, Catonius Justus als Bewacher der Amtsräume des Kaisers.
Schwierig war es nur, weil alle wussten, dass die beiden *centurionis* sich nicht mochten und einander möglichst aus dem Weg gingen. Wenn etwa Justus vor ihm zur *latrina* ging, dann wartete Sabinus auf seine Rückkehr, weil er sich neben diesem Kerl nicht auf den Abtritt setzen wollte, was ja sonst unter Kameraden durchaus üblich war. Diese *latrina* war an das kleine, nur für Prätorianer vorgesehene Bad angebaut und mit einem Nebenarm der Cloaca Maxima verbunden. Die römischen Machthaber hatten immer dafür gesorgt, dass Hygieia, die Tochter des Asklepios, auf dem Mons Palatinus ein strenges Regiment führte.

Der betreffende Tag kam und Sabinus betastete mit schmerzverzogenem Gesicht seinen Bauch, sodass es alle sahen.
»Heute werdet ihr mich eher auf der *latrina* als bei euch finden. Vielleicht war der Räucherfisch zum Frühstück nicht mehr in Ordnung ...«
Die Männer lachten und ein Witzbold hielt sich heulend den Bauch und jammerte: »Du musst mir heute freigeben, Centurio, ich habe aus Versehen eine tote Ratte verschluckt!«
Sabinus grinste und boxte ihn kräftig in die Brust. »Drückeberger! Zisch ab oder ich verordne dir eine Sonderschicht!«
Dann lief er in Richtung auf die *latrina* und versteckte sich dort hinter einem Stützpfeiler. Ordnungsliebend wie Catonius Justus nun einmal war, trank er zum Frühstück reichlich mit einer Spur Wein versetztes Wasser, um nicht durch vorzeitigen Durst von seinen Pflichten abgelenkt zu werden. Die zweitägige Dienstpause hatte er in der Castra Praetoriana verbracht, sodass ihn schon auf dem Weg zum Palatinus die Blase drückte und er noch vor Dienstantritt die *latrina* aufsuchen musste.
Sabinus presste sich flach an den Pfeiler, der seine breiten Schultern nicht ganz verdecken konnte. Justus merkte nichts davon, sein Blick war auf die hölzerne Tür gerichtet, die er aufstieß und halb offen ließ. Sabinus horchte zuerst, hörte keine sich nahenden Schritte, spähte nach beiden Seiten und betrat mit gesenktem Kopf die *latrina*. Justus blickte erschreckt auf und öffnete den Mund zu einer Frage, da versetzte ihm Sabinus einen kräftigen Hieb mit der Handkante an die Halsader. Noch ehe der Bewusstlose nach vorn kippen konnte, fing Sabinus ihn auf, zwängte den schmalen Körper kopfüber durch die Latrinenöffnung und hörte ihn klatschend in das strömende Wasser der Cloaca fallen. Einige Tropfen trafen ihn im Gesicht und er wischte sie leise fluchend mit der Hand ab. Schnell ging er hinaus und überlegte auf dem Weg zurück, ob es eine Möglichkeit gab, dass Justus den Anschlag überlebte. Das kalte Wasser könnte ihn geweckt haben, dieser für das Palatium bestimmte Nebenkanal lief durch eine enge Röhre, bis er in die Cloaca Maxima mündete. In der Gladiatorenschule hat-

ten sie ihm beigebracht, dass ein kräftiger Hieb auf die richtige Stelle am Hals tödlich sein konnte und keine Spuren hinterließ. Außerdem war es kaum denkbar, dass Justus ihn im Dämmerlicht der *latrina*, die er geduckt betreten hatte, erkannt hatte. Um nicht aus seiner Rolle zu fallen, lief Sabinus an diesem Vormittag noch viermal zum Abtritt und erklärte dann seinen Leuten aufatmend, nun sei es wohl vorbei und ausgestanden.

Als bei der Wachtruppe für die Räume des Kaisers der Centurio nicht erschien, übernahm sein Stellvertreter die Führung und schickte einen Boten zur Kaserne. Justus war jedoch weder dort noch unterwegs oder sonstwo aufzuspüren. Am nächsten Tag fand ihn ein Kloakenwärter am Gitter, das sperrige Gegenstände – um einem Stau vorzubeugen – aufzufangen hatte und ständig überwacht wurde. Dass es ein Prätorianer war, erkannte jeder schon an der Kleidung und in der Kaserne war er schnell identifiziert. Als auch der *chirurgus* keine Wunde an ihm entdecken konnte, einigte man sich auf die Erklärung, ihn habe auf der *latrina* eine plötzliche Übelkeit befallen, er sei dann halb bewusstlos in die Cloaca gestürzt und ertrunken.

»Gut gemacht, Sabinus«, bemerkte Messalina anerkennend. »Nun kannst du doch wieder anwenden, was du unter Caligula gelernt hast, und ich glaube, es wird nicht zum letzten Mal sein.«

Sabinus verbeugte sich übertrieben tief. »Ich stehe immer zu deiner Verfügung, Domina.«

25

In diesem Jahr überfiel der Frühling die Stadt Rom wie ein Wegelagerer, der sich zuvor gut verborgen hatte. Bis in den April hinein hatten eisige Winde aus den Sabiner- und Albanerbergen die Stadt geplagt und mit immer wiederkehrenden kalten Regengüssen belästigt. Von allen Seiten wurden die *auguris* befragt,

ob da etwas sei, was die Götter verärgert habe, doch diese Herren wussten auch keinen Rat und schlugen vor, die Opfergaben so lange zu verdoppeln, bis der Frühling endgültig die Herrschaft angetreten habe. Der Abend zuvor war noch mit einem gewaltigen Regenschauer zu Ende gegangen, doch nachts hatte der Himmel sich aufgeklart und am nächsten Tag hauchte eine kraftvoll strahlende Sonne ihren heißen Atem über die Stadt.
Messalina hatte in letzter Zeit ihr *latibulum*, ihren Schlupfwinkel, immer seltener aufgesucht, weil sie es nicht mehr für nötig hielt, ihre Liebhaber heimlich zu empfangen. Die Räume des Kaisers waren in dem riesigen Palatium von den ihren entfernt und wer davon wusste, bewahrte eisernes Schweigen. Sabinus hatte das Gerücht verbreiten lassen, dass Catonius Justus wahrscheinlich seiner Schwatzhaftigkeit zum Opfer gefallen sei und so schlossen sie alle ihre Augen und versiegelten ihre Münder, angefangen beim *novus miles*, also beim einfachen Rekruten, bis hinauf zu den allmächtigen und allwissenden *libertini*.
Von denen empfand nur Narcissus einige Besorgnis, weil er den Kaiser wie einen Sohn liebte und verehrte. Andererseits unterschätzte er auch nicht Messalinas Macht über den alten Herrn. So wie es jetzt stand, konnte sie ihn vernichten. Würde er dasselbe mit ihr versuchen, wäre der Ausgang ungewiss und das Risiko zu hoch. Warum auch? Mit ihr gab es keinen Zwist und kleinere Meinungsverschiedenheiten waren schnell beseitigt. Er wusste auch, dass Calpurnia und Kleopatra in ihrem Auftrag den Kaiser bespitzelten, notfalls könnte man sich diese Damen jedoch auch mit entsprechenden Geschenken gefügig machen. Sollte Messalinas Verhalten eines Tages in jeder Beziehung untragbar werden, dann musste er sich mit Callistus und Pallas verständigen. Nur mit vereinten Kräften war sie zu stürzen, einer allein würde den Kürzeren ziehen. Doch vielleicht würde es nie dahin kommen, denn alles sprach dafür, dass der alte Kaiser vor ihr zum Himmel aufstieg, und dann musste für den unmündigen Britannicus ein Regentschaftsrat gebildet werden. »Und da werde ich dabei sein!« Narcissus hatte es leise vor sich hin gesagt, um seine feste Entschlossenheit auszudrücken.

Mehr aus Langeweile, denn aus Notwendigkeit stattete Messalina ihrem Schlupfwinkel einen überraschenden Besuch ab. Rubica, durch nichts zu erschüttern, tat so, als sei die Domina erst gestern hier gewesen, auch Messalinas Wohnräume waren zu ihrem Aufenthalt vorbereitet.
Sie stellte den *lectus* so, dass sie durch das Fenster hinüber auf die hochragenden Pinien der Horti Luculliani blicken konnte. Dabei fiel ihr Valerius Asiaticus ein, an den sie länger nicht gedacht hatte, aber sie wusste, dass der alte Zyniker sich derzeit nicht in Rom, sondern auf seinem Landgut im Süden aufhielt. Ob er diese Hermione schon geheiratet hatte? Offenbar nicht, denn das hätte sich schnell herumgesprochen. Als *libertina* hatte sie ohnehin kein Erbrecht und ein entsprechendes Testament ließ sich leicht anfechten. Mit den Kindern war das freilich anders, denn diese kamen schon als römische Bürger zur Welt. Sie richtete sich auf, schaute zu den Gärten hinüber und sagte vernehmlich: »Deine Zeit ist um, Valerius Asiaticus!« Das zeichnete sich schon seit längerer Zeit ab. Nicht nur die beiden Hetären, sondern auch Narcissus hatten ihr davon berichtet. Der Kaiser war es allmählich leid geworden, sich von diesem Menschen ständig belehren und kritisieren zu lassen. Was ihm früher als zynischer Witz und eine skeptische Weltsicht ausgelegt wurde, wandelte sich in letzter Zeit zu einem verdrießlichen Querulantentum, das nicht nur den Kaiser verärgerte. In Absprache mit dem Imperator hatte Messalina ihn von der Einladungsliste gestrichen, worauf er sie in ihren Amtsräumen besucht und Freude geheuchelt hatte, von solch lästigen Pflichten befreit zu sein. Er bat dann den Kaiser, ihn aus dem Senat zu entlassen und seine Übersiedlung nach Baiae zu gestatten, wo er eine Villa besaß. Der Imperator stimmte dem erleichtert zu und bemerkte zufrieden: »Aus den Augen, aus dem Sinn! Vor einem Jahr noch hätte ich seine Abwesenheit als Verlust empfunden, jetzt freut es mich, dass wir ihn los sind.«
Damit wollte Messalina sich jedoch nicht zufrieden geben. Jetzt war die Gelegenheit gekommen, sich die herrlichen Gärten anzueignen, Fürstin im eigenen kleinen Reich zu sein, in reiner Luft,

hoch über Rom ... Doch das war nicht möglich, solange der Eigentümer dieser Pracht lebte. Hatte Narcissus nicht kürzlich erwähnt, der Kaiser fürchte nur eines, nämlich den gewaltsamen Umsturz durch Unzufriedene, die den Zeiten der Republik nachtrauerten? Ihre Gedanken begannen zu wandern – zu suchen, was gegen Valerius sprach.
Da fiel ihr gleich jene Szene ein, als der Senator vor einigen Monaten ihrem Sohn Britannicus zum vierten Geburtstag gratuliert hatte. Sosibius, der Erzieher des Jungen, war Zeuge gewesen, als Valerius ironisch bemerkte: »Ob du einmal Imperator sein wirst, mein Kleiner, das steht noch in den Sternen. Manchmal wechseln die politischen Landschaften schnell und wenn uns heute noch die Sonne des Kaisertums wärmt, kann es morgen schon die launische Luna sein, die uns ... nun, etwas anderes beschert.«
So ungefähr hatte er sich ausgedrückt und Messalina war klar, wie es gemeint war. Zudem war bei Valerius anzunehmen, dass er anders sprach, als er dachte. Er war zweimal Konsul gewesen, hatte die Macht gekostet – vielleicht gelüstete es ihn nach mehr, trotz seiner gegenteiligen Beteuerungen. Doch darauf kam es nicht an, wichtig war nur, den Kaiser gegen Valerius aufzubringen, Angst und Misstrauen in ihm zu erwecken. Plötzlich kam ihr der unsinnige Gedanke, ihre Absicht, Valerius zu vernichten und sich seine Gärten anzueignen, sei ein Verrat an Gaius Silius. Schließlich hatte sie geschworen, alles zu tun, um ihn für sich zu gewinnen! Nun, das konnte ... ja, das musste warten, denn Silius war in Staatsgeschäften nach Mediolanum gereist und würde erst im *maius* oder *junius* zurückkehren. Eines nach dem anderen!
Sie klingelte, ließ sich ankleiden und rief den Sänftenträgern zu: »Es eilt! Lauft zum Palast!«
Sogleich befahl sie Sosibius zu sich. Dem jungen Mann stand das Erschrecken im Gesicht. Hatte er etwas falsch gemacht? Wollte die Augusta ihn durch einen anderen ersetzen? Messalina blickte in sein angstverzerrtes Gesicht und versuchte ihn zu beruhigen.
»Kein Grund zur Sorge, Sosibius. Jetzt strenge einmal dein Ge-

dächtnis an und erinnere dich an den Geburtstagsbesuch des Valerius Asiaticus bei unserem Britannicus.«
Sein Gesicht entspannte sich, seine Miene wurde dienstbereit und aufmerksam. Diese Stellung hatte er sich erkämpft, sie war ihm das Wichtigste auf der Welt. Er wusste, dass viele bereit waren, sie ihm abzujagen, denn Erzieher des jungen Prinzen zu sein verschaffte Ansehen und Einfluss. Er war bereit, alles, aber auch alles zu tun, um sie zu behalten. Nun runzelte er die Stirn und dachte angestrengt nach.
»Ich kann mich nicht mehr an jedes Wort erinnern; sinngemäß hat Valerius gesagt, dass Politik oft schnell wechselt und es nicht sicher sei, ob Britannicus dem Imperator nachfolge.«
Sie lächelte anerkennend. »Ungefähr stimmt das schon, doch er hat noch etwas geäußert. Weil es für den Kaiser wichtig sein könnte, habe ich mir seine Worte gleich danach notiert. Er hat sinngemäß gesagt, dass die Zeit für eine Änderung bald reif sei, doch das stehe in Fortunas Belieben. Erinnerst du dich?«
Sosibius hätte allem zugestimmt; und wenn die Domina es aufgeschrieben hatte, schied jeder Zweifel aus.
»Ja!«, rief er. »Natürlich, jetzt, da du es sagst, fällt es mir sofort wieder ein. Ich habe mich damals darüber gewundert, dass er ungestraft solche Dinge sagen darf. Aber als Freund des Kaisers wurde ihm ein offenes Wort …«
Messalina unterbrach ihn. »Du weißt es vielleicht noch nicht: Valerius ist beim Kaiser in Ungnade gefallen, wurde in aller Stille aus Rom verbannt. Nun gibt es Anzeichen, dass er seinen Wunsch nach Änderung der politischen Verhältnisse nicht aufgegeben hat, sondern heimlich in quasi verschwörerischer Absicht daran weiter arbeitet. Er hat zwar beteuert, sich auf sein Landhaus in Baiae zurückzuziehen, mir wurde jedoch zugetragen, dass er durch Boten seine zahlreichen Freunde und Verwandten in Gallien gegen den Imperator aufgewiegelt hat. So geht das Gerücht um, er wolle demnächst versuchen, einige der germanischen Stämme für sich zu gewinnen, um … du verstehst, was ich meine?«
Sosibius rief eifrig: »Aber ja, da ist kaum etwas misszuverstehen!«

»Ich will, dass du beim Kaiser bezeugst, was er damals beim Geburtstag in deiner und meiner Anwesenheit gesagt hat. Dabei kannst du gleich die von mir eben genannten Gerüchte mit erwähnen, das würde deine Zeugenschaft sicherer machen und meine Besorgnis unterstützen. Du darfst nicht vergessen, dass auch deine Stellung – ja, dein Leben gefährdet sind, wenn Valerius seine Absichten durchsetzt.«

»Natürlich, Domina, so sehe ich es auch! Wann soll ich …?«

»Wir müssen sehr schnell handeln. Ich werde den Kaiser vorbereiten und dich dann rufen lassen.«

Gerüchte in der von Messalina erwähnten Art hatte es tatsächlich in Rom gegeben, doch kaum jemand hatte sie ernst genommen und wer Valerius Asiaticus näher kannte, hielt sie geradezu für absurd. Die Kaiserin hatte sich jedoch so in die Absicht, Valerius zu vernichten, hineingesteigert, dass sie an seinen Verrat glaubte und sich einredete, nur aus Sorge um Claudius so zu handeln. Zu ihrer Freude stellte sich heraus, dass sie offene Türen einrannte.

Claudius hörte ihren Bericht an und sie sah, wie eine zunehmende Erregung ihn packte. Sein sonst eher bleiches Gesicht rötete sich, sein Kopf begann erregt zu zittern. Stotternd brachte er heraus: »Du … du bist nicht die … die Einzige … Auch andere haben … Ich werde schnell handeln müssen! Früher war Valerius ein anderer Mensch … Irgendjemand muss ihn angestiftet haben … Gleichviel, ich werde noch heute eine *cohors* Prätorianer nach Baiae in Marsch setzen, geführt von einem zuverlässigen *praefectus.*«

Gut vorbereitet, wartete Sosibius draußen, bis er auf Messalinas Wunsch als Zeuge gerufen wurde. Er begann mit seiner eigenen Verteidigung.

»Ich wäre längst zu dir gekommen, Imperator, hätte ich nicht bis vor kurzem die Überzeugung vertreten, Valerius Asiaticus sei dein enger Freund und Vertrauter. Da dies offensichtlich nicht mehr so ist, habe ich mich pflichtgemäß zuerst meiner Herrin anvertraut und nun bin ich hier, um dir zu berichten.«

Claudius hörte sich zerstreut an, was Sosibius zu sagen hatte, horchte allerdings auf, als er die ihm von Messalina eingeflüster-

ten Worte, die Zeit sei reif für einen Umsturz, als von Valerius gesprochen wiedergab. Der Kaiser nickte mehrmals.
»Dann war es doch keine Täuschung, wenn ich an Valerius eine Änderung vom harmlos-frechen Zyniker zu einem Wortverdreher und Ränkeschmied bemerkt habe. Im Rückblick muss es ihm wohl sehr einfach erschienen sein, Caligula aus dem Weg zu räumen – einfach genug, um es gleich ein zweites Mal zu versuchen. Er wird erstaunt sein, wenn wir ihn gefangen vorführen und ihm die Anklage verlesen.«
Wie schon so oft in letzter Zeit, wunderte sich Messalina, wie einfach es war, Macht auszuüben und wie gut es ihr gelang. Natürlich musste Callistus Bescheid wissen, denn in seinen Bereich fielen Anklagen jeglicher Art und vor allem solche, welche die kaiserliche Familie betrafen. Als er sah, dass Kaiser und Kaiserin einvernehmlich handelten, setzte er in aller Eile eine zündende Anklageschrift auf, die der Praefectus dem Valerius vorzulegen hatte.
Valerius Asiaticus ahnte von diesen Vorgängen nichts, da auch seine wenigen Freunde in Rom erst davon erfuhren, als es für ihn schon zu spät war.
In den ersten Tagen und Wochen seines Landaufenthalts war ihm ein Leben fern von Rom so sinnlos erschienen, dass er sich ernsthafte Gedanken über seinen Freitod machte und wie er am besten auszuführen sei. Doch hier, am Golf von Neapolis mit einem betörenden Blick nach Süden auf die Felsenkette des Portus Misenus und nach Osten auf die vorgelagerte Landzunge von Puteoli, von draußen das stete Rauschen und Atmen des Meeres, begann er seine Lebensweise zu ändern. Er trank Wein nur noch nach Sonnenuntergang, mied fette und schwere Speisen, ging früher zu Bett und stand früher auf.
Hermione ermunterte und unterstützte ihn dabei. Ihr ursprünglicher Plan, in Rom zu heiraten, war nun durchkreuzt worden, aber Valerius wollte es bei Gelegenheit hier nachholen. Der Heiratsvertrag war aufgesetzt und musste nur noch beim *praetor* hinterlegt und gegengezeichnet werden. Doch Hermione drängte ihn nicht und er war dankbar dafür.

Zum Glück hatte er den größten Teil seiner Bibliothek hierher geschafft und nahm nun Bücher zur Hand, die jahrelang in den Regalen verstaubt und verkümmert waren. Als junger Mann hatte er sich auf Anregung seines hochverehrten Lehrers mit griechischer Philosophie befasst, nach der Übernahme von Staatsämtern war sein Interesse daran allerdings scheinbar erloschen. Wenn er gelegentlich zu einem Buch griff, dann waren es die frechen Verse der »Catulli Carmina«, die »Ars amatoria« des Ovidius oder die locker-frivolen Schriften des Gaius Petronius. Nun musste er zu seinem Erstaunen feststellen, dass sein damaliges Interesse nicht erloschen, sondern nur verschüttet gewesen war. Je mehr er sich in die Schriften der vorsokratischen Philosophen und Mystiker vertiefte, je weiter er die Spuren der Orphiker verfolgte oder sich mit dem Werk des legendären Musaios befasste, desto stärker festigte sich in ihm das Bewusstsein, den größten Teil seines Lebens mit Trugbildern vertan zu haben. Ämter, Besitz, Titel, Auszeichnungen, politische Macht – wie schrumpfte dies alles vor den Gesprächen der sieben Weisen des alten Hellas zu einem nichtigen Spuk.
So riet etwa Kleobulos: »Gern hören und nicht viel reden« oder »Herr der Lust sein«.
Chilon aus Sparta sagte: »Wähle lieber Verlust als schimpflichen Gewinn«, und Valerius dachte, dieser Sinnspruch müsste in riesigen Lettern auf den Himmel über Rom geschrieben stehen. Thales aus Korinth sagte das Gleiche mit anderen Worten: »Sei nicht reich durch Schlechtigkeit.«
Es war nun keineswegs so, dass Valerius Asiaticus quasi über Nacht zu einem besseren Menschen geworden wäre. Es gab tagelange Rückfälle in sein altes Leben, weil es ihm sinnlos erschien, sich jetzt noch moralische Ratschläge von längst zu Staub gewordenen Dichtern und Denkern geben zu lassen. Doch dann besann er sich wieder und gelangte allmählich zu der Einsicht, dass er mit der bisherigen Art zu leben abgeschlossen hatte. Er bereute nichts, musste sich bei niemand entschuldigen, wollte nichts ungeschehen machen, was ohnehin sinnlos gewesen wäre.
Hermione unterstützte seine Bemühungen, weil sie fühlte, wie

wichtig es ihm war, sein Leben auf eine andere Basis zu stellen. Einmal sagte er zu ihr: »Ich will nicht mein Wesen, mein Inneres ändern – das geht nicht und ich weiß das. Aber ich bin dabei, das Äußere umzuformen, das heißt, Vernunft walten zu lassen, wo ich mich früher achtlos gehen ließ.«
Seine Ankunft hatte sich natürlich im ganzen Gebiet herumgesprochen, denn sein Name als einer der Hauptverschwörer gegen Caligula war weithin bekannt, bei manchen auch berüchtigt, sogar verhasst. Es hagelte Einladungen und Anfragen, doch Valerius schlug sie aus oder antwortete nicht. Als später dann durchsickerte, dass er hier quasi in Verbannung lebte und er beim Kaiser in Ungnade gefallen war, hörte es plötzlich damit auf, doch einer ließ sich nicht abweisen oder, richtiger gesagt, schob den *ianitor* beiseite und spazierte einfach ins Haus.
Dieser Mann, unbestimmten Alters, weil ein Vollbart fast sein gesamtes Gesicht bedeckte, stellte sich als Martius Quietus vor, sagte, er sei ein Winzer und lebe in weiterer Nachbarschaft. Valerius, schon dabei, den Lästigen hinauswerfen zu lassen, wurde neugierig.
»Du willst mir also Wein verkaufen, habe ich Recht?«
Quietus lachte laut und herzlich. »Freilich, das könnte ich auch, doch das ist nicht der Grund meines Kommens.« Er blickte viel sagend auf den an der Tür wartenden muskulösen Gärtner, der Valerius auch als Leibwächter diente. Er verstand.
»Schließ die Tür und verschwinde. Jetzt nenne mir den Grund deines Kommens.«
Der ungebetene Gast hatte inzwischen unaufgefordert Platz genommen. »Ich wollte den Mann kennen lernen, dem ich quasi meine Freiheit zu verdanken habe.«
Valerius setzte sich. »Du verstehst es gut, mich neugierig zu machen – also rede!«
»Im Herbst jenes Jahres, das für Caligula das letzte werden sollte, traf mich ein zweifaches Unglück. Meine junge Frau starb im Kindbett und nahm den neugeborenen Sohn mit ins Grab. Caligula muss durch Zufall davon erfahren haben und da ich nicht un-

vermögend war, soll er gesagt haben: ›Ich glaube, wir tun diesem Menschen einen Gefallen, wenn er im Orcus die Seinen wieder treffen kann.‹ Ich gehörte aber zu denen, die, wie sich später herausstellte, Callistus heimlich warnte, raffte schnell an Geld und Wertsachen einiges zusammen und verschwand aus Rom. Du musst wissen, dass ich damals einen anderen Namen trug, den ich mich nun bemühte zu vergessen. Ich ließ mir einen Bart wachsen und trat als syrischer Händler auf, was mir nicht schwer fiel, da ich meine Kindheit in Antiochia verbracht hatte. Ich tauchte dann im volkreichen Neapolis unter, bis ich im März die Nachricht vom Tod des Caligula erhielt. Von da an nannte ich mich Martius Quietus, zu verstehen als der im März ruhig Gewordene. Als ich dann erfuhr, dass der neue Kaiser die noch von Caligula angezettelten Prozesse niederschlug und den Enteigneten ihre Vermögen zurückgab, hätte ich gefahrlos wieder nach Rom gehen können. Doch etwas hielt mich zurück, ich misstraute jeder Staatsmacht und wollte mich nicht mehr in ihr Zentrum begeben. Als ich durch Zufall von einem Weingut erfuhr, das hier zu verkaufen sei, griff ich zu. Ich nahm mir einen tüchtigen Verwalter, heiratete später eine Winzerstochter und musste vor allem eines erfahren: Der von unserem großen Vergilius in seiner ›Georgica‹ geschilderte Weinbau ist im Äußeren korrekt beschrieben, doch im stillen Dichterstübchen erdacht.«
Quietus lachte, kämmte mit den Fingern seinen Bart, stand auf und begann in gespieltem Pathos zu rezitieren:

»Lass erst den Nordwind wehn durch die umgebrochenen
Schollen,
Eh' du die lachenden Reben hineinsenkst. Lockeres Land ist
Besser für sie: Dafür sorgt der Wind und der frostige Reif und,
Der das gepflügte Land mit dem Spaten wendet, der Gräber.
Wer im Geringsten nicht die wachsame Sorge verabsäumt,
Wählt sich Boden, dem Weinberg gleich, wo die Pflanzen er
vortreibt,
Dass, in den Weinberg versetzt, die zarten Pflänzchen die Mutter

Nicht verkennen und nicht, erschreckt von dem Wechsel, ihm eingehn.
Ja, er zeichnet sogar in die Rinde die Gegend des Himmels,
Um die Pflanze den Ort, von wo sie die Wärme des Südwinds
Fühlte und wo sie den Rücken dem Nord zukehrte, zu geben.
So viel macht es aus, wie's die zarte Pflanze gewöhnt ist.
Ob auf Hügeln man besser den Wein, ob in Ebenen baue,
Frage zuerst. Wenn du Boden wählst in fettem Gelände ...«

Wieder überkam ihn ein Lachanfall, er unterbrach seinen Vortrag, atmete tief und meinte: »Die Arbeit am Weinberg trieb mir die Flausen aus dem Kopf und machte aus mir einen neuen Menschen. Von da an war der römische *patricius* endgültig gestorben und der Winzer Martius Quietus geboren.
Nun aber, mein Valerius, will ich dich nicht weiter langweilen. Dass du an meiner Neugeburt einen gewichtigen Anteil hattest, kann ich dir versichern und Fortuna möge fügen, dass dir Ähnliches zuteil wird. Du musst es wollen, sonst bleibst du der Alte.«
Sie unterhielten sich dann noch eine Weile, wobei Quietus die Bemerkung machte, er würde noch weitere Weinberge dazu kaufen, hätte er das Geld dazu.
»Sind denn welche zu verkaufen?«, fragte Valerius.
Quietus nickte. »Vielleicht werde ich sie dazupachten.«
Da fasste Valerius den spontanen Entschluss, sie auf Hermiones Namen zu kaufen. Sollte etwas geschehen, dann wäre dies ein Besitz, den ihr auch der Kaiser nicht streitig machen konnte. Quietus zeigte sich erfreut, versprach die *vineti* zu bearbeiten und die Hälfte des Ertrags an Hermione abzuführen.
Dieser Besuch war es, der in Valerius zwar keine Neugeburt bewirkte, jedoch seinen Entschluss festigte, hier im Süden zu bleiben, Rom abzustreifen wie ein ungeliebtes, längst nicht mehr passendes Kleidungsstück.
Während der nächsten Tage durchströmte ihn ein unnennbares Wohlgefühl, er fühlte sich im Einklang mit der Natur, mit seinem

Schicksal, mit sich selbst. Vier Tage waren ihm beschieden und im Rückblick nannte er sie die glücklichsten seines Lebens.
Am Morgen des fünften Tages, etwa zur dritten Tagesstunde drang ein Trupp Prätorianer in sein Haus ein, erschlug den Pförtner, der sich ihnen entgegenstellte, und verletzte seinen Leibwächter schwer. Hermione war zu dieser Zeit mit einer Sklavin auf den Markt von Baiae geritten, um Verschiedenes einzukaufen. Valerius war froh, dass sie seine Festnahme nicht mit ansehen musste. Er wurde in Fesseln gelegt und ein Mann trat vor ihn hin.
»Ich bin Crispinus, Praefectus der Prätorianer, und habe dir folgendes mitzuteilen.« Er entrollte ein mit dem purpurnen Kaisersiegel versehenes Blatt:

»Valerius Asiaticus, gewesener Konsul und Senator wird auf kaiserlichen Befehl des Hochverrats, der schändlichen Unzucht und des Ehebruchs angeklagt.
Du wirst nach Rom gebracht, um dich dort vor dem Senat zu verantworten.«

Über Valerius war eine seltsame Ruhe gekommen – so, als ginge ihn dies alles nichts an, als sei ein anderer angeklagt.
»Hochverrat? Seit der Kaiser mich aus Rom verbannt hat, lebe ich hier, habe kaum das Haus verlassen. Unzucht? Mit wem? Ehebruch? Wer in Rom begeht nicht Ehebruch? Man müsste eher solche vor Gericht stellen, die es nicht tun …«
Crispinus blickte verachtungsvoll auf den Gefesselten. »Dazu habe ich mich nicht zu äußern, doch glaube mir, dir werden bald die Späße ausgetrieben.«
Der Zug mit dem Gefangenen bewegte sich auf der Via Appia zurück nach Rom und sie bewachten ihn wie einen höchst gefährlichen Umstürzler und Staatsverbrecher. Valerius konnte nicht einmal seine Notdurft verrichten, ohne von drei oder vier Mann bewacht zu werden. Er ließ alles stoisch über sich ergehen, brauchte nur an das Glück jener vier Tage zurückzudenken, um sich gleich wieder zu beruhigen.

Als Menschenkenner und mit höfischen Ränken gut vertraut, versuchte er den Urheber seiner Festnahme herauszufinden. Dass dies vom Kaiser ausging, glaubte er nicht. Mochte sich sein Verhältnis zu Claudius in letzter Zeit auch abgekühlt haben, es gab zu viel der gemeinsamen Erlebnisse, die sie verbanden. Pallas? Callistus? Narcissus? Mit Ersterem hatte er wenig Kontakt gehabt, dass er Narcissus oder Callistus gelegentlich beleidigt hatte, hielt er für wahrscheinlich, denn in Rom gab es kaum jemanden, der nicht seinen frechen Zynismus zu spüren bekommen hatte. Doch reichte das für eine Anklage wegen Hochverrats? Dass Unzucht und Ehebruch hinzukamen, verriet die unbedingte Absicht einer Person oder von gewissen Kreisen, ihn zu verderben. Bis zu seiner Verbannung hatte er bei vielen Römern als das »Gewissen des Reiches« gegolten, das sich unmittelbar nach Caligulas Ermordung offen dazu bekannt hatte. Nein, am Ende mündeten seine Überlegungen in einer einzigen Ursache: Es war Messalina. Sie hatte auch das Verbannungsurteil bewirkt, darauf würde er seine Gärten verwetten. Die Horti Luculliani! Hatte nicht einer seiner engeren Freunde ihm zugeraunt, dass die Augusta verdächtig oft davon spreche und einmal sogar gesagt habe, rein rechtlich müssten sie ebenso kaiserlicher Besitz sein wie die Lucullus-Villa bei Neapolis. Valerius wusste recht gut, welche Macht Messalina durch die Ignoranz des verliebten Claudius an sich gezogen hatte und dass ihm kaum eine Möglichkeit blieb, ihr wirksam zu begegnen.
Er nahm es gelassen hin, bedauerte nur, es nicht wie Quietus gemacht zu haben. Anstatt sich in seiner weithin bekannten Villa zu verkriechen, hätte er sich unter einem anderen Namen in einer fernen Provinz niederlassen sollen. Der Gedanke erheiterte ihn. Mit seinem Gesicht! Da hätte nicht einmal ein Vollbart die Spuren seines wüsten Lebens verdecken können. *Iungere vulpes, mulgere hircum*, sagte Vergilius und meinte damit, dass es aussichtslos sei, mit Füchsen zu pflügen oder Böcke zu melken – kurz gesagt, niemand kann aus seiner Haut. Seine einzige Hoffnung war eine Anhörung vor dem Senat, aber da schüttelte Crispinus nur seinen kantigen Schädel.

»Davon hat der Imperator nichts gesagt. Mein Befehl ist es, dich vor sein Angesicht zu bringen.«
Auch nicht schlecht, dachte Valerius, dann werde ich versuchen, ihn an unsere gemeinsamen Erlebnisse zu erinnern. Claudius lässt sich leicht rühren, das weiß jeder, der ihn kennt.
Um kein Aufsehen zu erregen, ließ der Kaiser den ehemaligen Freund in sein eigenes Schlafgemach bringen, wo er, zusammen mit Lucius Vitellius, Messalinas ergebenem Verehrer, schon ungeduldig wartete.
Messalina saß am Fenster, neben ihr stand der Freigelassene Sosibius, Erzieher des Prinzen Britannicus. Sie schob den leicht Widerstrebenden nach vorn.
»Lass uns hören, was dieser Mensch damals beim Geburtstag meines Sohnes gesagt hat.«
Endlich hatte man Valerius von seinen Ketten befreit und er rieb seine schmerzenden Handgelenke.
»Seit wann klagen *libertini* einen römischen *patricius* an? Mir ist, als sei die Zeit zurückgedreht und Caligula säße auf dem Kaiserthron.«
Messalina erhob sich. »Sosibius ist ein freier Mann und kann nach dem Gesetz Anklage erheben wie ein römischer Bürger. Er soll als Zeuge aussagen und du wirst es dir anhören müssen.«
Valerius schwieg und blickte auf den Kaiser, der verlegen seinen Kopf senkte. Dann berichtete Sosibius, wie Valerius von dem längst fälligen Umsturz sprach und von der kaiserlichen Sonne, die bald erlöschen würde.
Valerius schüttelte seinen Kopf. »Man redet so viel daher, dass ich allerdings so etwas gesagt haben soll, halte ich für undenkbar oder ich wurde völlig missverstanden. Solange Caligula lebte, habe ich einen Umsturz gewollt und mit anderen zusammen schließlich auch bewirkt. Du, mein Claudius, weißt recht gut, dass ich dich und nur dich zur Nachfolge vorschlug. Auch Vitellius weiß es und selbst dir, Messalina, dürfte es nicht unbekannt sein.«
Niemand ging darauf ein.
»Mit Poppaea Sabina sollst du Ehebruch begangen haben«, be-

merkte Messalina und fast klang es wie eine freundliche Feststellung.
Valerius lachte spöttisch. »Nenne mir einen Mann, der mit ihr nicht die Ehe gebrochen hat …«
»Darum geht es nicht«, sagte Claudius leise, »was man dir hauptsächlich vorwirft, ist Verrat an mir, deinem Kaiser.«
»Hätte ich dich verraten oder gegen dich arbeiten wollen, so wäre die beste Gelegenheit deine Abwesenheit während des britannischen Feldzugs gewesen. Niemand hat mich damals gezwungen, dich zu begleiten, ich tat es freiwillig, und zwar aus Freundschaft. Handelt so ein Umstürzler, ein Verräter? Hatten wir nicht eine schöne Zeit zusammen, waren wir einander nicht Heimat im rauen Land der barbarischen Briten?«
Dem Kaiser schossen Tränen in die Augen; er schämte sich und ging zum Fenster, wo Messalina saß. Sie heuchelte Rührung und legte eine Hand auf die Schulter ihres Gemahls.
»Beruhige dich, mein Freund. Ich glaube, so können wir nicht verhandeln – wir sind gerührt und somit befangen. Besser, wir ziehen uns zur Beratung in einen anderen Raum zurück.«
Alle waren erleichtert und gerne damit einverstanden. Auch Sosibius verließ mit den anderen das *cubiculum*, nur zwei Wachen blieben zurück. Obwohl es so aussah, als würde sich das Blatt zu seinen Gunsten wenden, machte Valerius sich keine Hoffnung. Er hatte den Hass und die kalte Entschlossenheit in Messalinas Augen gesehen und wusste, dass sie sich durchsetzen würde. Er empfand keine Furcht, fühlte nur Bedauern, dass seiner »Neugeburt« eine so kurze Zeit beschieden war, dass er sein Versprechen, Hermione zu heiraten, nicht mehr einlösen konnte. In Rom wollte ich ohnehin nicht mehr leben, dachte er, und so bleibt als logische Folgerung, dass ich hier sterben werde.
Die Beratung seiner Richter dauerte nicht allzu lange. Als sie zurückkamen, ergriff der dicke Vitellius das Wort.
»Valerius Asiaticus, ich sage hier offen vor dem Kaiser und seiner Gemahlin, dass ich dich als Mensch nie besonders geschätzt, deinen Mut beim Sturz des Caligula jedoch rückhaltlos bewun-

dert habe. Wir alle wissen, dass dies nicht deine einzigen Verdienste sind. Du hast die Mühen des britannischen Feldzugs auf dich genommen und als Begleiter des Kaisers ihm vieles erleichtert. Deine Amtsführung als zweimaliger Konsul sowie als Senator war so vorbildlich, dass es uns allen hier sehr schwer fällt, an die in der Anklage genannten Verbrechen zu glauben. Doch diese sind bezeugt und belegt, aber angesichts deiner Verdienste wird der Imperator dir die Gnade einer freien Wahl deiner Todesart gewähren.«

Valerius hatte nichts anderes erwartet und es drängte ihn zu einer ungeschminkten Antwort. »Besten Dank, mein Vitellius, für deine so genannte Verteidigungsrede. Ich war schon in meinem Landhaus zu dem Entschluss gelangt, nie mehr nach Rom zurückzukehren, auch wenn man es mir gestatten würde. Jetzt, da ich, wenn auch unfreiwillig, nun doch wieder hier bin, macht es mir nichts aus, hier zu sterben, denn wieder in Rom zu leben, wollte ich um keinen Preis. Lieber wäre es mir allerdings gewesen, durch die Hinterlist eines Tiberius oder die bösartigen Launen eines Caligula umzukommen, als durch Habgier und Heimtücke einer scham- und ehrlosen Ehebrecherin.«

Er richtete einen spöttischen Blick auf Messalina. »Mit Habgier ist deine unstillbare Lust auf meine Gärten gemeint, die mir nicht verborgen geblieben ist. Ein Todgeweihter verfügt nach altem Glauben über eine gewisse Zauberkraft und somit verfluche ich dich. Mein Garten soll dir kein Glück bringen.«

Messalina sprang empört auf.

»Muss ich mir das von einem Hochverräter bieten lassen? Ich schlage vor, das milde Urteil abzuändern und diesen Verbrecher nach altrömischer Art hinzurichten.«

Damit meinte sie Ankettung an einen Pfahl, um dann mit Ruten totgepeitscht zu werden. Sie wartete die Reaktion der anderen nicht ab, sondern lief wutentbrannt hinaus. Alle blickten auf Claudius, der mit leichtem Kopfschütteln bemerkte: »Sie ist deine scharfe Zunge nicht so gewöhnt, wie wir es sind. Es bleibt beim alten Spruch. Der Praefectus Crispinus wird dich mit einigen seiner Leute nach Hause begleiten, wo du in Ruhe deinen – deinen Abschied vorbereiten kannst.«

Wieder war ihm, als sei ein anderer gemeint, denn Valerius spürte weder Angst noch Empörung oder Verbitterung.

Zu Hause ließ er sich ein Bad bereiten und ging danach mit einigen Freunden zu Tisch.

»Es freut mich, dass ihr mich begleitet habt, trotz der Gefahr, dass diese *furia* es euch übel nimmt.«

Einer zuckte die Schultern. »Sie wird es kaum tun, da sie ja jetzt bekommen hat, was ihr so sehr ins Auge stach. Wenn ich dir einen Rat geben darf: Wähle den Hungertod, weil du dann noch gut eine Woche Zeit hast, abzuwarten, ob der Kaiser es sich nicht anders überlegt. Wir werden jedenfalls versuchen, ihn umzustimmen.«

Die beiden anderen nickten bestätigend, doch Valerius schüttelte den Kopf.

»Nein, meine Freunde, inzwischen ist mir die Lust zum Leben vergangen. Begleitet mich jetzt in den Garten, wo meine Diener dabei sind, den Scheiterhaufen zu errichten.«

Als Valerius aber sah, dass sie den Holzstoß unter einer großen Fächerpalme mit ungewöhnlich üppiger Krone aufbauen wollten, rief er zornig: »Ja, seid ihr denn verrückt geworden! Seht ihr nicht, dass die Flammen diesen schönen Baum vernichten würden?« Er deutete auf ein freies Rasenstück. »Das ist der richtige Ort!«

Er wandte sich an seine Freunde und hob lächelnd seine Hände. »Bis zuletzt muss ich mich um jede Kleinigkeit selbst kümmern. Habt Dank für eure Begleitung und lebt glücklich.«

Er wandte sich ab und ging ins Haus, wo sein Leibdiener eine Schüssel mit heißem Wasser bereitet hatte. Weinend blickte der Sklave auf.

»Muss das sein, Domine?«

»Es muss, aber du sei glücklich, deine Freilassung ist in meinem Testament niedergelegt.«

Als am Abend die Nachricht vom Tod des Valerius Asiaticus im Palast eintraf, ließ der Kaiser am nächsten Tag vor dem Senat die Belohnungen verkünden. Dem Praefectus Crispinus wurde der

Prätorenrang verliehen, verbunden mit einer Prämie von anderthalb Millionen Sesterzen. Sosibius, der Erzieher des Prinzen Britannicus, erhielt eine Million Sesterzen für seine wichtige und entscheidende Aussage.

Callistus entwarf jedoch, beraten von erfahrenen *advocati*, eine lange, mit Gesetzestexten gespickte Urkunde, die am Ende bewies, dass die Horti Lucullìani nach altem Recht zum Besitz des Kaiserhauses gehörten. Eine Zusatzklausel übertrug sie in das Eigentum der Valeria Messalina, mit der ausdrücklichen Billigung des Kaisers Claudius. Der unterschrieb wie stets, was sein Sekretär ihm vorlegte, denn er wolle nur – wie er seit langem verfügt hatte – über den Inhalt wirklich staatstragender Papiere genauer informiert werden.

Messalina konnte den Fluch des Valerius nicht vergessen und zögerte aus abergläubiger Scheu den Besuch ihres neuen Besitzes immer wieder hinaus. Schließlich rang sie sich zu dem Entschluss durch, die Gärten erst nach der Rückkehr des Gaius Silius und zusammen mit ihm in Augenschein zu nehmen.

Schwierigkeiten gab es auch mit Sabinus. Der Centurio schmollte, weil nicht er vom Kaiser den Auftrag zur Festnahme des Valerius Asiaticus erhalten hatte. Messalina versuchte ihn zu besänftigen.

»Du bist der Oberste meiner Leibwache und ich mag dich nicht entbehren.« Sie schaute ihn kokett an. »Aus zweierlei Gründen – du wirst sie erraten?«

Sabinus mochte allerdings nicht raten und schwieg verstockt.

»Geht es dir um das Geld oder um den Rang? Der Kaiser hätte dich als germanischen Freigelassenen niemals zum *praetor* ernannt, doch von mir wirst du ein *donativum* bekommen, wenn Poppaea Sabina bestraft ist. Mit ihr nämlich hat Valerius den Ehebruch begangen und ist auch deshalb verurteilt worden. Du umstellst mit deinen Männern ihr Haus und drohst ihr mit Kerker und lebenslanger Verbannung. Es missfällt mir schon lange, dass diese rothaarige Hexe allen Männern den Kopf verdreht.«

Der Einfall, jetzt auch diese weithin berühmte Schönheit in den Tod zu treiben, war Messalina gekommen, weil sich nun eine gute

Gelegenheit bot, es im Rahmen der Gesetze zu tun. Der eigentliche Grund, nämlich dass Mnester als Poppaeas Geliebter galt, hatte Messalina schon lange gestört und gerade diese Nebenbuhlerin wollte sie nicht dulden.
Sabinus führte den Auftrag aus und erstattete zufrieden grinsend Meldung. »Sie hat sich schon etwas gesträubt, die Schöne, ist mit aufgelöstem Haar jammernd und greinend durchs Haus gerannt. Cornelius Scipio, ihr ehrenwerter Gatte, hat sich gleich verdrückt. Vermutlich war er froh, sein Weib, das ihm schon jahrelang Hörner aufsetzte, so bequem loszuwerden. Als ich ihr dann schwere Folter in Aussicht stellte, die auch römischen Bürgern drohe, wenn sie des Hochverrats verdächtig sind, schaute sie mich ungläubig an und rief: ›Ich und Hochverrat? Wer hat denn solchen Unsinn verbreitet?‹
Sie habe mit Valerius Asiaticus Umgang gehabt und der sei unter anderem wegen Hochverrats zum Tode verurteilt worden. Der Kaiser sei der Ansicht, er habe seine Umsturzpläne nicht allein ausgeheckt, und wer da in Verdacht komme, müsse auf die Folterbank. Das tat seine Wirkung und sie nahm ein Gift, das offensichtlich nicht gleich tödlich wirkte, da sie sich eine ganze Weile stöhnend und mit Schaum vor dem Mund auf dem Boden wälzte.«
Messalinas Augen glitzerten bei seinem Bericht hasserfüllt und boshaft. »Geschieht ihr ganz recht! Jedenfalls hast du dir deine Prämie verdient, ich bin jedoch nicht der Kaiser und kann dir nur hunderttausend Sesterzen auszahlen lassen.«
Sabinus hatte mit weniger gerechnet und zeigte sich sehr zufrieden.
Der Kaiser hatte von all diesen Vorgängen nichts gewusst und als er einige Tage später Cornelius Scipio mit seiner Gemahlin zu Tisch lud, fragte er, wo Poppaea geblieben sei. Der über ihren Tod keineswegs Unglückliche sagte nur, sie sei plötzlich gestorben.
Als Messalina sah, dass ihr wieder alles geglückt war, wartete sie vergeblich auf dieses den ganzen Körper wohlig durchdringende Gefühl, das die ausgeübte Macht ihr sonst verschafft hatte. Doch da kam nichts, sie empfand nur Leere und ein brennendes Ver-

langen nach Gaius Silius, der noch immer nicht zurück war. Durch Zufall hatte sie erfahren, dass Silius nach ausgedehnten Symposien gerne mit Freunden ein bestimmtes *lupanar* aufsuchte, das sehr teuer, wegen des Gebotenen in den Kreisen der Wohlhabenden allerdings sehr beliebt war.

Da formte sich in ihr ein kühner Plan. Dieses *lupanar* führte ein aus Alexandria stammender Grieche namens Ulixes, der nach dem von ihm oft zitierten Motto lebte: *Plus potest qui plus valet*, das er nach seinem Sinn auslegte – Geld regiert die Welt. Er schätzte auch den von Plautus überlieferten Spruch: *Res amicos invenit* – mit Geld erkauft man sich Freunde, den er weitherzig so verstand, dass jeder Mensch, ob Mann oder Frau, ob Freigelassener oder Patrizier, ob dumm oder gescheit, ob krank oder gesund, alt oder jung, hässlich oder schön, wenn er nur Geld hatte, sein Freund war. Jeden oder jede auf dieser Welt, der oder die reich sei, sehe er als Bruder und Schwester an.

Als Messalina, nur begleitet von Sabinus, verschleiert und in einfacher Kleidung der gemieteten Sänfte entstieg, befanden sie sich bald zu Füßen des Mons Esquilinus, wo sich, gebettet in üppiges Grün, eine prachtvolle Villa erhob.

Sie schüttelte den Kopf und sagte leise: »Da sind wir wohl fehlgegangen …«

»Nein, Domina, ich habe mir das Haus vor einigen Tagen angesehen, es ist das von Ulixes geführte *lupanar*, eines der teuersten von ganz Rom.«

Was die Villa von außen versprach, das hielt sie auch im Inneren. Schlanke Säulen aus farbigem Marmor säumten das *vestibulum*, lebensgroße Statuen von Venus, Amor, Apollon und Mercurius schmückten die Wandnischen; auf niedrigen, mit Elfenbein verzierten Ebenholztischen standen kostbare etruskische Vasen, die auch dem kaiserlichen Palast Ehre gemacht hätten.

Da eilte Ulixes herbei, ein kleiner behänder Mann unbestimmten Alters, der seinem Namenspatron, der bei den Griechen Odysseus genannt wurde, insofern ähnelte, als Schlauheit und List sein Gesicht beherrschten. Durch seinen Beruf war er zu einem Menschenkenner hohen Grades geworden, der in seiner Beurteilung selten fehlging. Bei der verschleierten Frau konnte er nur raten, aber Sabinus hielt er sofort für ihren Liebhaber. Mit einer einladenden Geste hob er seine schlanken, mit kostbaren Ringen geschmückten Hände.

»Was, meine Lieben, kann ich für euch tun? Jeder in Rom weiß, Ulixes tut für seine Freunde alles.«

Seinem Leitspruch nach hatten sie bis jetzt keinen Anspruch darauf, als seine Freunde bezeichnet zu werden, Ulixes war allerdings imstande, Geld zu riechen, und diese verschleierte Frau umgab eine für ihn sichtbare Aura von Reichtum.

»Ich möchte dich allein sprechen.«

Sabinus verstand den Wink, ging beiseite und ließ sich auf eine der mit farbigen Polstern bedeckten Marmorbänke plumpsen.

Ein Plebejer, dachte Ulixes, ein Barbar, aber gewiss nicht ohne Einfluss auf die verschleierte Dame.

Sie gingen in sein Arbeitszimmer, vor dem ein junger, fast nackter Sklave stand, der geschäftig die Tür aufriss und sie behutsam hinter ihnen schloss. Ulixes wies auf den Besuchersessel, dessen Prunk an einen orientalischen Fürstenthron erinnerte. Er selbst blieb stehen und schaute seinen Gast erwartungsvoll lächelnd an.

»Nochmals, was kann ich für die gnädige Domina tun?«

Sie schlug den Schleier zurück. »Erkennst du mich?«

Ulixes kannte viele Menschen, doch zum Hof hatte er keine Verbindung und die Kaiserin war ihm niemals vor Augen gekommen.

»Nein, Domina. Ich sehe jedoch, dass du jung und wunderschön bist.«

Sie lächelte verführerisch. »Und ich höre, was du nicht auszusprechen wagtest: Du reihst mich schon in Gedanken unter deine Mädchen ein und überlegst dir, was ich deinen Kunden wert sein könnte.«

»Das sind deine Worte, Domina, und ich würde mich lieber foltern lassen, als sie dir gegenüber zu äußern.«

»Gedacht hast du daran?«

»Gedanken sind frei, Domina.«

»Gut, kommen wir zur Sache. In deinem Haus verkehrt gelegentlich ein gewisser Gaius Silius, ein in Rom nicht unbekannter Mann.«
»Ich frage die Herren niemals nach ihren Namen und wenn sie ihn von sich aus nennen, ist es gewöhnlich ein falscher.«
»Silius ist ein sehr schöner Mann, ähnelt einem Fleisch gewordenen Apollon, ist Senator und stammt aus konsularischer Familie.«
»Mag sein, aber …« Er hob lächelnd seine Schultern.
Messalina holte den mit fünf Aurei gefüllten Beutel, legte ihn auf den Tisch und schob ihn sachte in seine Richtung. Wie durch Zauber befand er sich plötzlich in seinen Händen, wo ihn die beringten Finger hurtig betasteten.
»Fünf Stück«, flüsterte er und fügte fragend hinzu: »Gold?«
»Natürlich, du wirst doch nicht glauben, ich speise einen Mann wie dich mit Silber ab.«
»Ja, Domina, der genannte Herr war mehrmals hier.«
»Und welche deiner Damen hat er besucht?«
»Immer die gleiche.«
»Fünf Aurei sind viel Geld.«
»Ja, das stimmt. Sie heißt Lycisca, ist hellblond und stammt aus dem Epirus.«
»Wenn sie gerade frei ist, möchte ich sie sprechen.«
»Du bist aber keine Jüngerin Sapphos?«
»Nein, bis jetzt noch nicht. Ich möchte mit dieser Dame nur ein paar freundschaftliche Worte wechseln. Wenn du fürchtest, ich könnte ihr die Augen auskratzen oder die Nase abschneiden, so kannst du ruhig dabei sein.«
»Nein, Domina, ich vertraue dir.«
Ein aromatischer Duft nach Räucherwerk durchzog den großen, üppig ausgestatteten Raum, in dem Dämmerlicht herrschte. Lycisca erhob sich von ihrem breiten, mit Fuchsfellen bezogenen Bett.
»Ah, eine Dame! Mal etwas Neues, mein Ulixes. Soll ich mir einen Phallos umschnallen oder ist dir die Peitsche lieber?«

Messalina lachte. »Nichts von alledem ...«
Sie wandte sich zu Ulixes. »Ich glaube, wir sprechen doch besser unter vier Augen.«
Der Mann verneigte sich und verschwand.
»Ist dein Haar echt, Lycisca?«
»Du meinst, ob ich es färbe? Nein, die Farbe ist echt. Ich stamme aus Nikopolis, der von Kaiser Augustus gegründeten und mit Menschen aus aller Welt besiedelten Stadt. Meine Mutter soll so blond gewesen sein wie ich. Sie ist bei meiner Geburt gestorben, später hat mich dann mein Vater verkauft.«
»Du sollst mir einen Gefallen tun, meine Liebe. Ich werde zwei- oder dreimal pro Woche deinen Platz einnehmen, eine blonde Perücke aufsetzen und in deine Rolle schlüpfen.«
Lycisca riss vor Erstaunen die Augen auf und es verschlug ihr die Sprache. »Wa... was«, brachte sie schließlich heraus, »was sagst du da? Aber ... aber du hast es doch nicht nötig ... ich ... ich meine ... Geld zu verdienen ...«
»Das stimmt schon und ich werde dir an diesen Tagen das Doppelte von dem auszahlen, was du hier in der Regel einnimmst. Mehr brauchst du nicht zu wissen und in diesem Geld ist dein Schweigen enthalten.«
»Meine Stammkunden werden merken, dass ...«
»Lycisca, du hast die Fensterläden geschlossen und so werde ich es auch halten. Dieses Dämmerlicht reicht gerade aus, um meine blonden Haare erkennen zu lassen. Ich werde flüstern, weil dann jede Stimme gleich klingt, aber ...«
Lycisca unterbrach sie. »Halt – noch eines. Meine Stammkunden, das sind Männer, die von Zeit zu Zeit regelmäßig erscheinen, sind eine gewisse Behandlung gewohnt. Damit will ich sagen, dass es jeder anders will, und sie werden verwirrt sein, wenn ich mich an ihre Vorlieben nicht mehr erinnere.«
»Dann sage ich, du hast dir für persönliche Dinge eine Weile frei genommen, ich bin deine Schwester und vertrete dich.«
»Und was hast du davon?«
»Darüber möchte ich nicht reden. Ich sage Ulixes Bescheid und

werde darauf achten, dass er dich richtig entlohnt. Schneide mir eine kleine Locke deiner Haare ab.«

Dem Bordellbetreiber war das Misstrauen anzusehen, als er Messalinas Vorschlag hörte. »Da steckt doch etwas dahinter? Darf ich raten?«

Messalina nickte.

»Du bist eine eifersüchtige Ehefrau und willst deinen Gatten im *lupanar* überraschen.«

Sie lachte hell auf. »Ulixes! Welche Frau ist auf Huren eifersüchtig? Da musst du lange suchen – nein, nein, die Gründe behalte ich für mich und in deine Tasche werde ich einen Goldstrom leiten, der dich zufrieden stellt. Wenn ich Lycisca vertrete, möchte ich, dass sie an solchen Tagen das Doppelte ihres üblichen Lohnes erhält. Ich werde mich regelmäßig danach erkundigen, hörst du?«

Ihre Stimme war so hart und autoritär geworden, dass Ulixes die Macht hinter ihren Worten spürte.

26

Die drei *libertini* trafen sich von Zeit zu Zeit, meist in einem abhörsicheren Amtsraum des Callistus, um ihr gemeinsames Handeln bei wichtigen Ereignissen abzusprechen. Sie waren sich da keineswegs immer einig, manchmal kam es auch zum Streit, aber den trugen sie stets unter sich aus. Nach außen hin traten sie in bester Eintracht auf und das war ihre Stärke. Schon mehrmals hatten es Quertreiber versucht, sie gegeneinander aufzubringen, am Ende zogen die jedoch den Kürzeren und mussten es mit Enteignung oder Verbannung, manchmal auch mit dem Tod büßen. Heute ging es um die Gemahlin des Kaisers, deren maßlose Geldforderungen Pallas immer häufiger in eine schwierige Lage brachten.

»Claudius ist nun wahrhaftig kein Verschwender, seine Ausgaben sind immer sinnvoll und Rücklagen stets vorhanden. Messalina aber kommt bei weitem nicht mit dem ihr zustehenden und sehr großzügig bemessenen Betrag aus. Mit vollen Händen verteilt sie Geld und andere Geschenke; erst kürzlich musste ich diesem widerlichen Sabinus hunderttausend Sesterzen aushändigen – für nichts!«

Callistus hob zweifelnd die Brauen. »Für nichts würde ich nicht sagen. Abgesehen davon, dass er regelmäßig ihr Bett besteigt, hat er auf ihren Befehl die schöne Poppaea Sabina zum Selbstmord gezwungen und am angeblichen Unfall der Julia Livilla war er auch maßgeblich beteiligt. Diesem schlauen Germanen ist es gelungen, nicht nur ohne Strafe für seine Gräueltaten unter Caligula davonzukommen, sondern zum Befehlshaber von Messalinas Leibwache aufzusteigen.«

»Wenn wir nicht aufpassen, kann sie auch für uns zur Gefahr werden«, warnte Pallas, »ihr seht ja, was aus Valerius Asiaticus geworden ist. Immerhin hat er jahrelang als enger Freund des Kaisers gegolten.«

Narcissus winkte verächtlich ab. »Um den ist es nicht schade, der hat sich selbst um Kopf und Kragen geredet. Seine zynischen Späße haben nur einem Caligula Vergnügen bereitet, der mit Vorliebe jene am Leben ließ, die ihm sehr ähnlich waren. Jetzt, da Maß und Vernunft zurückgekehrt sind, ist für solche Menschen kein Platz mehr – sie vergiften die Luft.«

Callistus rieb nachdenklich seine knollige Nase. »Wenn ich dir im Grunde auch Recht gebe, so dürfen wir nicht vergessen, dass Valerius nicht aus den von dir genannten Gründen, sondern aus Habgier in den Tod getrieben wurde. Die es getan hat, erfreut sich jetzt der Horti Luculliani.«

Pallas verzog sein Gesicht. »Was ihre Ausgaben wieder maßlos erhöht. Solch einen riesigen Park zu unterhalten kostet Unsummen.«

Narcissus lächelte. »Du wirst schon damit zurechtkommen. Das Wichtigste für uns ist, die Einstellung des Kaisers zu seiner Ge-

mahlin genau zu beobachten. Sollte er, was ich zwar nicht glaube, ihrer doch einmal überdrüssig werden oder ein Vertrauter klärt ihn über ihr schamloses Treiben auf, dann dürfen wir den Zeitpunkt nicht übersehen, da er beginnt, sich von Messalina abzuwenden. Schon ein Zaudern kann da gefährlich sein.«
Pallas lächelte düster. »Bis jetzt sind wir recht gut mit ihr gefahren. Narcissus vertraut sie wohl am meisten und so erwarten wir von dir, dass du uns auf dem Laufenden hältst.«
Das glatte, verschlossene Gesicht des jungen Sekretärs verriet keine Regung. »Ihr könnt euch auf mich verlassen. Wir müssen nur verhindern, dass ein zweiter Caligula aus ihr wird. Solange sie berechenbar und leicht zu durchschauen ist, stehen wir zu ihr. Sollte sie allerdings launisch und heimtückisch werden und ihre Habgier weiterhin mörderische Folgen haben, dann müssen wir handeln.«
Callistus schüttelte leicht seinen Kopf. »Ich glaube, dass die Horti Luculliani ihre Besitzgier fürs Erste gestillt haben. Die Gefahr sehe ich künftig darin, dass sie in der Wahl ihrer Liebhaber kein Maß mehr kennt und dann jede Vorsicht außer Acht lässt. Solange Gaius Silius in Rom war, hatte ihr Verlangen noch ein Ziel, jetzt aber jagt sie durch ihr Bett, was ihr gerade über den Weg läuft. Wollt ihr Namen hören? Vettius Valens, Sulpicius Rufus, Titius Proculus, Pomponius Urbicus, um nur die Wichtigsten zu nennen. Und nun berichten meine Spitzel, dass sie mehrmals in der Woche das *lupanar* des Ulixes aufsucht, doch niemand weiß, was sie dort treibt.«
»Vielleicht neigt sie jetzt doch zur Vorsicht und trifft sich dort mit einem Liebhaber«, vermutete Narcissus.
»Wir werden es herausfinden«, sagte Callistus.

Nach ihrem Gespräch mit Lycisca hatte Messalina eine blonde Perücke mit deren Haarfarbe anfertigen lassen und damit erschien sie am vereinbarten Tag im *lupanar*. Sie bekleidete sich mit der knappen, kurzen, von Lycisca gebrauchten Tunika, ließ die Fensterläden schließen, bis nur noch ein fahles Dämmerlicht herrschte, und setzte sich auf das mit Fuchsfellen bezogene Bett.

Gehst du jetzt nicht zu weit? Lange hatte ihre innere Stimme geschwiegen, jetzt war sie jedoch nicht zu überhören. »Wie weit soll man gehen, kann man gehen, darf man gehen?«, flüsterte Messalina zurück. »Wer bestimmt das, wer stellt die Regeln auf?« Du selbst musst deine Grenzen kennen, kam es zurück. Messalina streckte sich wohlig auf den Fellen aus. »Für mich gibt es weder Regeln noch Grenzen«, sagte sie laut und nachdrücklich.

Den anderen Mädchen war gesagt worden, eine vornehme Dame mit ausgefallenen Wünschen schlüpfe von Zeit zu Zeit in Lyciscas Rolle.

Jetzt hörte sie, dass es an der Tür klopfte. Mit Ulixes war besprochen worden, dass sie Männer, die ihr nicht gefielen, mit der Begründung ablehnen konnte, sie erwarte jeden Augenblick einen Gast. Noch ehe sie etwas sagen konnte, öffnete sich die Tür, eine mittelgroße Gestalt erschien.

»Darf ich?«

Messalina lachte leise. »Du bist in einem *lupanar*, mein Freund, du hast bezahlt und ich bin die Ware. Greif zu!«

Doch der Mann wollte zuerst reden und setzte sich neben sie auf das Bett. Nun sah sie, dass er noch recht jung war und schüchtern auf Abstand hielt.

»Ich heiße David, komme aus Caesarea, wo meine Familie lebt. Mein Vater hat mich nun auf die Reise geschickt …« Er stockte.

»Auf die Reise? Um die Welt kennen zu lernen?«

»Nein, als Händler, mit einem Kauffahrerschiff. Die Waren soll ich hier verkaufen … Öl, Datteln, Lederwaren, auch kostbare Stoffe …«

Messalina legte eine Hand auf seinen Oberschenkel und er zuckte zurück, als hätte sie ihn mit einem glühenden Eisen berührt.

»Hast du schon mit einer Frau geschlafen?«

»Ja … nein, das heißt nicht richtig … ich habe nur … habe sie nur … es war eine Sklavin …«

»Es ist also nichts Rechtes daraus geworden und du willst es jetzt bei mir versuchen, ist es so?«

»Ja … Mein Vater hat mir gesagt, wenn du in Rom zu einer Hu…

verzeih, in bestimmte Häuser gehst, dann spare nicht, sondern suche nur die besten auf.«
»In einem solchen bist du jetzt. Willst du dich nicht entkleiden?«
Messalina wunderte sich, dass sie mit diesem grünen Jungen nicht die Geduld verlor, im Gegenteil, die Sache begann ihr mehr und mehr Spaß zu machen.
David ging in eine Ecke und schlüpfte aus seinen Kleidern, stand schließlich mit einem knappen Lendenschurz da.
Sie deutete darauf. »Das da muss auch weg, sonst wird wieder nichts daraus.«
Er gehorchte und sie nahm ihn bei der Hand und führte den Widerstrebenden zum Bett. Er streckte sich aus und nun sah sie, dass er beschnitten war. Sie fragte danach.
»Das ist bei allen Juden so, unsere Religion verlangt es.«
Noch ehe sie seinen Phallus in ihren Schoß führen konnte, kam ein mächtiger Erguss.
»Oh, verzeih, das wollte ich nicht …«
Messalina wusch sich und ihn ab und erst beim zweiten Mal kam so etwas wie ein Beischlaf zustande.
»Du musst häufiger üben«, riet sie ihm, doch David war so heiter und gelöst, als hätte er ein Wunderwerk vollbracht.
»Ich habe zwar schon bei Ulixes bezahlt, doch ich glaube, es gehört sich, dass ich auch dir ein Geschenk mache.«
Er holte drei Münzen aus seiner Börse. »Die wurden in Caesarea geprägt. Vorn ist euere Kaiserin drauf, auf der Rückseite ihre beiden Kinder und deren Großmutter Antonia.«
Messalina kannte zwar den Entwurf zu dieser Didrachme, hatte jedoch noch keine in der Hand gehabt. Sie ging zum Fenster, öffnete die Läden einen Spalt und hielt eine Münze ans Licht. Sie brach in lautes Lachen aus.
»Das soll ich sein? Da sehe ich ja aus wie meine eigene Großmutter! Die Leute dort müssen ja glauben …« Sie schlug sich auf den Mund und wandte sich um.
David sah sie mit großen erstaunten Augen an. »Ich glaube, du hast mich falsch verstanden …«

»Nein, nein«, sagte Messalina hastig, »ich habe mich nur in die Augusta versetzt, mir ihre erschreckten Worte vorgestellt und ausgesprochen.«
Die auf David folgenden Besucher waren keine grünen Jungen mehr. Einer von ihnen sah aus wie ein Stier, drang mit seinem gewaltigen Phallus in sie ein, als wolle er sie damit ermorden. Er keuchte und stöhnte so laut, dass der Türsteher besorgt seinen Kopf hereinstreckte. Messalina winkte ihn wieder hinaus. Danach war sie so wundgescheuert, dass sie ein kühlendes Bad nahm und eine längere Pause einlegte.
An diesem Tag und in der darauf folgenden Zeit lernte sie die unterschiedlichsten Männer kennen, doch nur ganz wenigen gelang es, ihr Vergnügen zu bereiten. Da kamen Alte und Junge, Dicke und Hagere, Große und Kleine, Freche und Schüchterne, Schwätzer und Schweiger, solche mit langen und dünnen Phalli oder mit dicken und kurzen und sie alle achteten sorgsam nur darauf, ein Maximum an Lust aus der teuer bezahlten Stunde herauszuholen. Manche der Kerle lehnte sie ab. Einer stank trotz des obligatorischen Bades so entsetzlich, dass Messalina ihn hinauswarf, ein anderer wollte, dass sie ihm zuvor in den Mund pisste, und einer brachte eine Peitsche mit und verlangte von ihr, dass sie ihn blutig schlage. Am Ende musste sie feststellen, dass es auch diesen vielen Männern nicht gelungen war, die in ihr klaffende Leere zu füllen, den lodernden Brand zu löschen.
Sabinus, der sie als persönlicher Leibwächter häufig zum *lupanar* begleitete, begann zu maulen. »Diese Männer können dir auch nichts anderes geben als ich und du läufst Gefahr, dir eine Krankheit oder sonst was zu holen …«
Sie antwortete nicht, gab ihm jedoch im Stillen Recht und beschloss, ihre Rolle als die Hure Lycisca aufzugeben. Zum Glück tat sie es nicht gleich, eines Tages stürzte Ulixes herein und flüsterte: »Der, nach dem du mich gefragt hast, ist jetzt gekommen und verlangt nach dir … äh … ich meine, nach Lycisca.«
Da begann ihr Herz zu klopfen, als sei sie eine Jungfrau auf dem Weg ins Brautbett.

»Halte ihn noch etwas auf, ich möchte mich zurechtmachen.«
Mit dem Spiegel prüfte sie ihr Aussehen, rückte die falschen Haare zurecht, rieb Duftöl auf ihren Körper und schloss die Läden so weit, dass im Raum fast völlige Dunkelheit herrschte. Dann kam er herein.
»Lycisca? Warum ist es hier so dunkel?«
Mit raschen Schritten ging er zum Fenster und stieß die Läden auf. Messalina wandte sich vom Licht geblendet ab, ließ es jedoch geschehen, dass er ihren Kopf mit einer zärtlichen Bewegung anfasste und zu sich drehte. Sein Lächeln erstarb, seine Hände ließen von ihr ab. »Du, du bist nicht Lycisca ...«
Sie richtete sich auf und zog die Perücke von ihrem Kopf. »Nein, mein Lieber, ich bin Messalina, die schon viele Tage sehnlich auf dich wartet.«
Seine schönen dunklen Augen weiteten sich vor Erstaunen. »Messalina? Du hier? Was, was machst du an diesem Ort? Es geht doch nicht, dass ... nein, ich kann es einfach nicht glauben!«
»Auf dich, nur auf dich habe ich gewartet ...«
Ihr fiel nichts anderes ein. Sollte sie ihm sagen, dass inzwischen ein Heer von Männern durch dieses Bett gewandert war, sollte sie gestehen, dass keiner, wirklich keiner imstande war, den Brand in ihrem Schoß zu löschen und dass nur der eine, der eine ...
»Ist es so schlimm, dass du statt der Hure Lycisca die Kaiserin hier findest? Du wirst künftig keine *concubina* mehr brauchen, ich bin jetzt da und lasse dich nicht mehr los.«
Sie nahm seine beiden Hände und legte sie auf ihre Brüste. »Fasse mich an, mein Silius, fühle mich, nimm mich, ich gehöre dir! Betrachte mich als deine Sklavin, dein Eigen, deine Freundin, deine Dienerin – ich möchte dir alles sein!«
Schließlich war Silius gekommen, um mit einer Frau vergnügliche Stunden zu verbringen, und so ging sein damals gefasster Entschluss, von Messalina die Hände zu lassen, in Rauch auf. Doch zu leicht wollte er es ihr nicht machen.
»Es widerstrebt mir, in einem *lupanar* mit der Augusta zu schlafen! Setze die Perücke wieder auf.«

Sie zögerte kurz, folgte aber dann seinem Wunsch.
»So muss ich mir nicht vorwerfen, den Kaiser mit seiner Frau zu betrügen, denn ich schlafe ja mit Lycisca, der Hure.« Es sollte scherzhaft klingen, doch Messalina hörte den bitteren Ton heraus. Sie riss sich die Perücke vom Kopf.
»Nein, Silius, so nicht! Ich habe mit Sehnsucht deine Rückkehr erwartet, dich hier mit meiner Gegenwart zu überraschen ist mir wohl misslungen. Es geht auch um mehr als das. Übermorgen begibt sich der Kaiser wieder nach Ostia und wird erfahrungsgemäß zwei oder drei Tage dort verbringen. Ich hätte ihn begleiten sollen, werde jedoch sicherlich einen Vorwand finden, es nicht zu tun. In seinem früheren Haus habe ich mir ein *latibulum* geschaffen, mit stummen Dienern, und du wirst mich dort besuchen.«
»Ein Befehl?«
»Eine Bitte.«
Er nickte. »Gut, ich werde übermorgen dort sein. Zu welcher Tageszeit?«
»Erst nach Sonnenuntergang, um die zweite oder dritte Nachtstunde. Jetzt im Oktober wird es früh dunkel ...«
»Nur Verschwörer treffen sich nachts.«
Sie lächelte ihn bedeutsam an. »Wer weiß, wir könnten welche werden ...«
»Soll das ein Scherz sein?«
»Vorerst ja, wir werden sehen.«

Zurück im Palatium, fand sie eine Einladung von Vibidia vor, der Virgo Vestalis Maxima. Nur sie durfte es wagen, ein Mitglied der kaiserlichen Familie zu sich zu bitten, denn nach altem Brauch verließen die Vestalinnen ihr Haus nur zu ganz besonderen Anlässen. Es war kein Grund genannt, Messalina vermutete, dass es um etwas den Tempel Betreffendes ging und man sich zuerst an sie, die Ehrenvestalin, wandte. So legte sie zu diesem Besuch das lange weiße Kleid an und ließ sich die Wollbinde ins Haar knüpfen, das äußere Zeichen ihres Ehrentitels.
Der kleine Rundtempel mit den Halbsäulen stand auf dem so ge-

nannten Forum Adiectum, dem erweiterten Forum, wo das Heiligtum nach einem Brand unter Kaiser Augustus neu errichtet worden war. Hier loderte Tag und Nacht das heilige Feuer des Staatsherdes, das von jungfräulichen Priesterinnen unterhalten und gehütet wurde als Symbol für die häusliche Herdflamme. Von der Göttin Vesta gab es kein Bildnis, sie verkörperte das heilige Feuer, sie lebte als Flamme in ihrem Tempel.

Vibidia mochte schon jenseits der sechzig sein, ihr Gesicht strahlte Adel und Klugheit aus. Umgeben von einer Aura des Sakrosankten wirkte sie vornehm und viel erfahren, doch ihre hellen Augen waren jung geblieben, blickten wie große kluge Kinderaugen in die Welt. Sie sprach mit leiser, sehr deutlicher Stimme und war auch eine geduldige und aufmerksame Zuhörerin.

»Du bist ja nicht zum ersten Mal hier, Messalina, diesmal betrifft unsere Unterredung jedoch nicht den Dienst an Vesta, diesmal geht es nur um dich. Meine tiefe Sorge um deine Zukunft hat mich bewogen, dich um einen Besuch zu bitten.« Die großen klugen Kinderaugen blickten Messalina liebevoll an.

Vibidia schwieg und schien auf eine Antwort zu warten. Doch Messalina wollte sich nicht äußern, ehe sie wusste, um was es ging.

»Erwartest du eine Antwort von mir, Ehrwürdige Mutter?«

Vibidia nickte.

»Du hast mir bis jetzt keine Frage gestellt.«

»Aber du weißt, um was es geht?«

»Nein, Ehrwürdige Mutter.«

Die Virgo Vestalis Maxima straffte sich, saß kerzengerade da und beugte sich ein wenig vor. »In diesem Haus, meine Liebe, laufen viele Nachrichten zusammen, gute und schlechte, erwünschte und unerwünschte. Nicht jede davon wird auf ihre Richtigkeit, auf ihre Quelle geprüft, aber wenn mir von mehreren Seiten das Gleiche berichtet wird, muss ich auf die eine oder andere Art reagieren. In deinem Fall schien es mir richtig und nahe liegend, von dir selbst zu hören, wie diese Gerüchte, nennen wir sie einmal so, einzuschätzen sind. Sie besagen, dass du mehrfach und ohne besondere Rücksichtnahme oder gar Heimlichtuerei die

Ehe gebrochen hast mit verschiedenen Männern. Willst du Namen hören?«
Messalina schüttelte lächelnd ihren Kopf. »Auch mir sind diese Gerüchte bekannt. Ich werde des Umgangs mit Sabinus, dem Centurio, verdächtigt, werde beschuldigt, dem *mimus* Mnester nachzustellen, auch andere Namen sind gefallen. Vor deinem Angesicht ist jeder der unbedingten Wahrheit verpflichtet und diese wirst du nun von mir hören. Vorweg muss ich zugeben, in vieler Hinsicht zu vertrauensvoll, zu nachlässig gewesen zu sein. Ich hätte Sabinus niemals ohne Zeugen empfangen sollen, doch was wir zu besprechen hatten, betraf unmittelbar die Sicherheit des Imperators und duldete keine Mitwisser.
Mnester steht, das ist allgemein bekannt, beim Kaiser und mir in hoher Gunst und es war ein ausdrücklicher Wunsch des Imperators, ihn ganz an den Hof zu binden. Dass der *mimus* mit mir gerne seine Auftritte bespricht, ist eine Tatsache, die ich nicht leugnen will. In Zukunft werde ich dies nur unter Zeugenschaft tun. Was sonst an Namen genannt werden mag, ist böswillige Verleumdung und ich sehe meine Schuld allein darin, dass ich es versäumt habe, die Urheber dieser Gerüchte aufzuspüren und zur Rechenschaft zu ziehen.«
Vibidia bewegte zweifelnd ihren Kopf. »Das ist längst nicht alles. Ganz Rom scheint inzwischen dein Werben um Gaius Silius zu verfolgen und es wurde mir zugetragen, dass du mehrmals in der Woche ein *lupanar* aufsuchst, zu welchem Zweck auch immer.«
Messalina fiel es immer schwerer, ihren Zorn über diese Befragung zu unterdrücken. Hatte sie es nötig, vor dieser Priesterin Rechenschaft abzulegen? Doch hier, im heiligen Haus der Vestalinnen, deren Ehrenzeichen sie selbst trug, war eiserne Beherrschung angesagt.
»Ach, Ehrwürdige Mutter, die Verehrung für den so anziehenden Gaius Silius muss ich mit vielen Frauen teilen. Ich gebe gerne zu, dass ich mich da mehr zurückhalten hätte sollen, und werde es künftig auch tun. Was nun das *lupanar* betrifft, so ist auch mir dieses lächerliche Gerücht zu Ohren gekommen und ich habe Sa-

binus angewiesen, der Sache nachzugehen. Es scheint so, dass eine *concubina* ihre große äußerliche Ähnlichkeit mit mir nutzt, um bessere Geschäfte zu machen. Soviel ich weiß, hat der Besitzer des *lupanars* die freche Hure bereits bestraft und ausgetauscht. Die Gerüchte werden bald verstummen.«

Es war Vibidia nicht anzumerken, ob sie Messalinas Berichten Glauben schenkte. »Wärst du nicht die Frau des Kaisers, so würde ich dich hinüber in den Tempel führen und du müsstest vor der heiligen Flamme deine Worte beschwören. Doch dein Rang verlangt es, dass ich dir vertraue, vorausgesetzt, all diese hässlichen Gerüchte werden verstummen. Tun sie es nicht, so gehe ihnen auf den Grund und sorge für eine strenge Bestrafung der Urheber.«

Messalina versprach es und bat darum, im Tempel vor dem heiligen Feuer ein Gebet sprechen zu dürfen.

Mit dem Heiligtum verbunden war der *penus*, ein niedriges unscheinbares Gebäude, das als Vorratsraum diente und im Rufe der höchsten Heiligkeit stand. Kein Mann, nicht einmal der Pontifex Maximus, also der Oberste Priester, durfte in seine Nähe kommen oder es gar betreten. Hier wurden Kultgegenstände aufbewahrt, auch die *mola salsa*, ein gesalzenes Schrotmehl, das bei Opferungen an Staatsfeiertagen gebraucht wurde. Unter den anderen *sacri* befand sich ein kleines, aus Troja stammendes, uraltes Kultbild der Athene, das angeblich vom Himmel gefallen und für den Bestand des Römischen Reiches von größter Bedeutung war.

Anstatt des Gebetes fasste Messalina im Angesicht Vestas den Vorsatz, außer Gaius Silius keinen Mann mehr zu berühren, es sei denn, der Kaiser bestehe auf seinem Recht. Morgen würde der Geliebte sie in ihrem *latibulum* aufsuchen und sie musste sich bemühen, ihn ganz für sich zu gewinnen, und wenn es gelang, würde sie beide nicht nur der Weg ins Brautbett führen, sondern zu Höherem. Messalina wusste jetzt genau, was sie wollte, war fest dazu entschlossen, sah den Weg klar vor sich – den Weg nach oben.

27

Den meisten mag es in diesen Jahren so erschienen sein, als habe Agrippina sich vom Hof und aus der Öffentlichkeit zurückgezogen. Auch Messalina war dieser Täuschung erlegen und nichts anderes hatte Agrippina gewollt. In einer Beziehung hielt sie sich wirklich zurück: ihren ungeheuren Reichtum betreffend, der aus ihrem eigenen Vermögen und aus dem Nachlass ihres Mannes stammte. Sie besaß Villen und Landgüter bei Neapolis und bei Praeneste, war beteiligt an Fischereiflotten, Keramik- und Garumfabriken, besaß einträgliche Häuser in den bevorzugten Wohngebieten von Rom, dazu eine Reihe von Handwerksbetrieben und Gasthäusern. Sie selbst bewohnte die von den Großeltern ererbte Villa in Tusculum, ein Haus in strengem altrömischen Stil, das außer den lebensgroßen Marmorstatuen erlauchter Ahnen nur wenig Schmuck aufwies.

Die Gerüchte, von denen Vibidia mit Messalina gesprochen hatte, hielt Agrippina mit Hilfe ihrer *clientela* am Leben, umso mehr, als sie ja tatsächlich meist der Wahrheit entsprachen. Diese von ihr abhängigen Menschen führten in Rom ihre Geschäfte, verwalteten Häuser, unterhielten Schenken, Handwerksbetriebe und kleine Fabriken. Sie bewegten sich mit und unter dem Volk und konnten so der über Messalina umlaufenden üblen Nachrede stets neue Nahrung geben. Etwa wenn ein Schankwirt, ein Ladenbetreiber oder ein Handwerker seine Kunden mit harmloser Miene befragte: »Hast du auch gehört, dass die Augusta den oder den in ihr Bett geholt hat?« Oder: »Ich kann es nicht glauben, dass die Kaiserin sich in einem Puff als Hure feilgeboten haben soll, das halte ich für eine böswillige Unterstellung!« Hatte der Kunde noch nichts davon gehört, dann wusste er es jetzt. Hatte er bereits davon erfahren, dann gab er es weiter, vielleicht mit den Worten, der Wirt seiner Kneipe oder sein Bäcker, Schuster oder Töpfer habe davon geredet, dass – und so fort.

Diese *clientela* war Agrippina ganz und gar ergeben, lebte von ihrem Besitz, genoss ihren Schutz. Hätten Messalinas Spitzel dort den vermutlichen Ursprung der Gerüchte ausfindig machen können, so wären sie mit der Bemerkung abgespeist worden, davon rede inzwischen ganz Rom.

Die Besuche bei ihrem Onkel hatte Agrippina keineswegs eingeschränkt, allerdings so gelegt, dass Messalina nur selten davon erfuhr. Mit den drei allwissenden Hausgöttern hatte sie sich dahingehend verständigt, dass es für sie alle besser sei, die Kaiserin wisse nichts davon, doch sie, Agrippina, könne es sich nicht versagen, der Stimme ihres Blutes zu folgen, denn schließlich sei sie die einzige noch lebende nahe Verwandte des Kaisers. Die drei *libertini* hatten über diesen Fall kurz beraten und waren zu der Einsicht gelangt, diese Besuche zu übersehen. Dazu nutzte Agrippina die Tage von Messalinas Abwesenheit, über die ihre Spitzel sie am Laufenden hielten, oder die Zeit nach Einbruch der Nacht. Bei ihren Gesprächen mit dem Kaiser vermied sie sorgfältig jede Anspielung auf Gerüchte, versuchte überhaupt das Thema Messalina zu umgehen. Nicht immer war das möglich, nicht selten kam der Onkel von sich aus darauf zu sprechen. Claudius war nicht der Mensch, dem Vergangenen übermäßig nachzutrauern, einmal brach es jedoch aus ihm heraus.

»Weißt du, manchmal überkommt mich die Gewissheit, wie sehr der Tod unsere Familie gelichtet hat und unter welch traurigen Umständen. Neun Kinder hat deine Mutter dem Germanicus geboren und wie sind sie alle zugrunde gegangen! Unter Caligula hatte ich mich schon gefragt, ob die Götter sich unserer Sippe jemals wieder freundlich zuwenden, doch jetzt ist es geschehen. Ich kann es noch immer nicht verwinden, dass Livilla sterben musste! Noch heute zweifle ich daran, ob es ein Unfall war. Auch die Suche nach ihren Anklägern verlief im Sand und ich werde den Verdacht nicht los, dass Messalina dabei ihre Hände mit im Spiel hatte. Sie weist das entrüstet von sich, doch mein Misstrauen ist geblieben. Das sage ich nur dir, es muss unter uns bleiben.«

Agrippina hütete sich davor, seinen Verdacht zu schüren.

»Vielleicht tust du ihr Unrecht ... Freilich, Livilla hat sich nicht dazu überwinden können, deiner Frau den schuldigen Respekt zu erweisen. Selbst wenn sie ihn wegen ihrer Jugend nicht im Übermaß verdient, so spricht doch die Tatsache schon dafür, dass sie deine Gemahlin und Mutter deiner Kinder ist, um ihr eine gewisse Hochachtung zu zeigen.«

»Meine Gemahlin, ja, nach den Gesetzen ist sie es und unsere beiden Kinder beweisen, wie nahe wir einander waren. Waren – nicht sind! Verstehst du, was ich damit sagen will?«

Vorsicht, Vorsicht! Aus ihrem Inneren hörte sie eine mahnende Stimme.

»Es ist nicht ungewöhnlich, dass die Leidenschaft in einer Ehe nach längerer Zeit etwas erkaltet. Ich glaube, es ist dein Amt, das euch jetzt mehr voneinander fern hält, als damals, da du noch frei über deine Zeit verfügen konntest.«

Claudius schüttelte heftig den Kopf. »Nein, das ist es nicht! Sie entzieht sich mir unter immer neuen Vorwänden. Ich gebe zu, dass ich ihren Körper kaum noch vermisse, weil Calpurnia und Kleopatra mir stets und sehr kenntnisreich zu Willen sind; auch das Gespräch mit den beiden ist nicht unergiebig. Doch letztlich können sie mir die Mutter meiner Kinder nicht ersetzen. Ja, ich gebe es zu, ich liebe sie noch immer – trotz allem.« Dabei tätschelte er Agrippinas Arm und küsste sie leicht auf die Wange. »Du weißt nicht, wie viel mir das Gespräch mit dir bedeutet! Messalina wird mir immer fremder, während du meinem Herzen näher und näher rückst.«

Agrippina mühte sich zu einem gerührten Lächeln, das trotzdem ein wenig dürftig ausfiel. »Das ist die Stimme des Blutes, verehrter Onkel, manchmal tönt sie lauter als alles andere.«

»Mag sein, mag sein … Wäre es nicht vernünftiger und für uns beide einfacher, wenn du hierher umsiedelst? Platz ist genug, Caligula hat das Palatium ja fast zu einer kleinen Stadt ausgebaut.«

»Du glaubst nicht, wie gerne ich das tun würde, doch Nero ist jetzt fast zehn Jahre alt und ich fürchte, der kaiserliche Hof wäre seiner Erziehung wenig förderlich. Hier ist er Einflüssen ausgesetzt, die für ihn schädlich sind, die ihn beirren und verwirren könnten. Was mich betrifft, so sähe es Messalina gewiss nicht gerne, wenn ich mich mit ihr quasi unter einem Dach aufhielte. Vorerst ist es für unser aller Seelenfrieden wohl besser, wenn ich bleibe, wo ich bin. Ich hätte noch eine Bitte: Sie betrifft den verbannten Annaeus Seneca, dessen Exil nun schon in das siebte Jahr geht. Nero kommt jetzt in ein Alter, da er dringend einer geistigen Führung bedarf, zu der sein sonst gewiss sehr tüchtiger Hofmeister nicht fähig ist. Seneca wäre für meinen Sohn der geeignete Hauslehrer oder weißt du einen besseren?«

»Natürlich schätze ich Seneca nicht minder. Ich werde bei Callistus prüfen lassen, auf welchen Zeitraum sich die Verbannung bezieht, und dann sehen wir weiter.«

Zum Abschied schoss sie die für solche Treffen vorbereiteten Giftpfeile ab. »Noch eines, lieber Onkel. Lasse dich nicht von den Gerüchten beirren, die über Messalina umlaufen – ich bitte dich inständig!«

Claudius runzelte seine Stirne. »Gerüchte? Worum geht es?«

Agrippina tat erstaunt. »Du musst doch davon gehört haben! Ach, jetzt habe ich mich verplaudert, bitte vergiss es.«

»Nein, nein, jetzt musst du schon Farbe bekennen.«

»Es entbehrt wohl jeder Grundlage, aber in Rom flüstert man sich zu, dass Sabinus oder Mnester, vielleicht auch andere, ihre ... ihre Gunst genießen ...«

Claudius lachte, doch es klang nicht besonders fröhlich. »Unsinn! Diese Menschen dienen uns und leben zwangsläufig in unserer nächsten Nähe. Wäre etwas daran, so würden Narcissus oder Callistus davon wissen und mich sofort unterrichten.«

»Dann bin ich beruhigt. Im Übrigen habe ich niemals an so etwas geglaubt. Messalina hütet ihren guten Ruf, davon bin ich überzeugt.«

Agrippina verließ ihn in dem Bewusstsein, dass etwas von dem verspritzten Gift weiterwirken und, wenn es von Zeit zu Zeit erneuert wurde, eines nicht zu fernen Tages zum erwünschten Erfolg führen würde.

Auch über diesen Fall berieten die drei allmächtigen *libertini*. Narcissus, der in letzter Zeit einiges an Sympathie und Verständnis für Messalina verloren hatte, eröffnete das Gespräch.
»Ich muss gestehen, dass ich jetzt so weit bin, um zu überlegen, ob wir den Kaiser nicht mit den inzwischen erwiesenen Tatsachen konfrontieren sollen, so peinlich und enttäuschend sie für ihn sein mögen.«
Callistus, immer um Ausgleich bemüht, rieb sich nachdenklich die rötliche Knollennase, während Pallas düster und grimmig dreinschaute und seinen Mund fest zusammenpresste. Es war seine gewohnte Art, sich erst zu äußern, wenn die anderen geredet hatten. Callistus ließ von seiner Nase ab und fragte mit harmlos-biederer Miene: »Erwiesene Tatsachen? Erkläre mir das näher, mein Narcissus.«
Der junge Sekretär verzog keine Miene. »Du stellst dich unwissender, als du bist, aber das ist nun einmal deine Art. In der Regel ist es nämlich so, dass du mehr weißt als wir anderen.«
Callistus machte eine hilflose Geste. »Nicht immer, mein Freund, nicht immer. Manches entgeht mir schon …«
Narcissus nickte ungeduldig. »Gut, es kann dir jedoch nicht entgangen sein, dass der germanische Centurio Sabinus in Messalinas Gemächern aus und ein geht, als wohne er dort. Es kann dir nicht entgangen sein, dass sie mit Mnester Stunden allein verbringt, und du wirst wissen, was ganz Rom weiß, nämlich, dass sie Gaius Silius nachläuft wie eine rollige Katze. Dass sie in den letzten Monaten regelmäßig einige Tage pro Woche im *lupanar* des Ulixes verbracht hat, wollen wir als ein Gerücht ansehen, da der letzte Beweis fehlt. Wenn der Kaiser eines Tages erfährt, und dieser Tag ist vielleicht schon sehr nahe, was ich eben geschildert habe, so werden Köpfe rollen und der unseren bin ich dann nicht mehr so sicher.«
Pallas blickte noch düsterer und brummte: »Was schlägst du vor, Narcissus? Sollen wir gemeinsam zum Imperator gehen und ihm diesen Schmutz vor die Füße werfen?«
»Nein, das wäre höchst unklug. Wir sollten jetzt noch eine Weile abwarten und Augen und Ohren weit offen halten.«

Callistus nickte. »Das tun wir ohnehin, aber ich werde meine Aufmerksamkeit intensivieren. Dabei habe ich mir schon gedacht, es wäre für uns vorteilhaft, die kaiserlichen *concubinae* Kleopatra und Calpurnia so nach und nach auf unsere Seite zu ziehen. Letztere hat sich kürzlich bei mir beklagt, dass die Kaiserin ihr gegebenes Versprechen, sie und Kleopatra freizulassen, offenbar nicht einhalten wolle. Sie seien ihr immer pflichtgetreu und redlich zu Diensten gewesen, doch die zugesagte *manumissio* lasse auf sich warten. Um sie nicht misstrauisch zu machen, unterdrückte ich die Frage, worin diese Dienste bestanden hätten, doch ich kann es mir denken.«

Narcissus winkte verächtlich ab. »Das war doch von Anfang an klar! Sie sollten Messalina über alles informieren, was den Kaiser betrifft, und das haben sie wohl bisher auch getan.«

Pallas nickte. »Richtig! Aber gerade weil wir es wissen, sollen wir die beiden nicht unterschätzen. Das sind kluge Mädchen, vielseitig gebildet und inzwischen mit den Hofintrigen bestens vertraut. Der Kaiser hat an ihnen einen Narren gefressen und sie begleiten ihn fast überall hin. Genau das war Messalinas Absicht, doch es kann sich auch gegen sie kehren. Ich glaube, Narcissus trauen sie am meisten, und so würde ich dazu raten, ihnen ein wenig Honig ums Maul zu schmieren, den beiden etwa nahe zu legen, dass sie mit uns auf die Dauer besser fahren als mit Messalina. Kündige ihnen ihre bald bevorstehende Freilassung an und versprich, dass du dich dafür beim Kaiser persönlich einsetzt.«

Callistus blickte besorgt. »Vergesst nicht, dass sie nach wie vor Messalina gehören.«

Narcissus hob die Hand. »Ich werde das gerne tun, es kann jedoch nur so gehen, dass der Kaiser seine Gemahlin ersucht, die beiden freizulassen. Messalina wird es zwar verzögern, aber sie wird sich kaum getrauen, ihm diese Bitte rundweg abzuschlagen.«

Alle nickten dazu einverständlich, dann meldete sich Pallas zu Wort.

»Ein wenig sollten wir auch noch über Agrippina reden. Genau betrachtet, ist die Lage so: Der Kaiser wird von zwei Frauen bedrängt, was ich nicht wörtlich verstehen will. Messalina setzt ihm mehr und mehr durch ihr ausschweifendes Leben zu und es wird der Tag kommen, da der Augustus als der hintergangene Ehemann dasteht. Auch Agrippina setzt ihm zu, doch auf eine ganz andere Weise. Sie vertieft mehr und mehr das verwandtschaftliche Vertrauensverhältnis und ich habe den Eindruck, dass dies dem Zweck dient, Messalina auszugrenzen, sie eines Tages zur *persona non grata* zu machen. Wenn sie dem Kaiser nicht zwei Kinder geboren hätte, wäre dies um vieles leichter. Agrippina ist überaus klug und wird einen Weg finden. Wir müssen sie entweder daran hindern oder ihr zuvorkommen.«

»Warum daran hindern?«, fragte Callistus.

»Weil wir nicht gleichzeitig zwei Frauen unterstützen können, die um die Gunst des Kaisers streiten.«

Pallas ließ ein grimmiges Lachen ertönen. »Messalina tut alles, um diese Gunst zu verlieren, da würde ich längerfristig doch lieber auf Agrippina setzen.«

Narcissus erhob sich. Er war zwar von den dreien der Jüngste, genoss aber als engster Vertrauter des Kaisers eine große Autorität.

»Ich schlage vor, dass wir zunächst nicht eindeutig Stellung beziehen. Wir werden die Damen sorgfältig beobachten und jede Kleinigkeit genau prüfen. Einig sind wir uns offenbar darin, dass der gegenwärtige Zustand nicht mehr lange anhalten wird und nach einer Lösung drängt.«

Da gab es keine Widerrede und die drei *libertini* gingen an ihre Arbeit zurück. Wie immer traute keiner dem anderen, doch wie immer waren sie sich klar darüber, dass sie nur gemeinsam und einverständlich etwas bewirken konnten.

28

Wenn Kaiser Claudius für längere Zeit nach Ostia reiste, um dort den Fortgang der Hafenarbeiten zu prüfen, dann versäumte er es niemals, sich vorher von Messalina und den Kindern zu verabschieden. Sie wusste das, versuchte ihre wachsende Abneigung gegen Claudius zu überwinden und ihm die liebevolle und besorgte Gattin vorzuspielen, auch wenn es ihr zunehmend schwerer fiel.

Britannicus Caesar stand jetzt im sechsten, Claudia Octavia im siebten Lebensjahr. Schon jetzt zeichnete sich ab, dass jedes Kind sein Aussehen überwiegend einem Elternteil verdankte. Hinter den kindlichen Zügen des Britannicus war deutlich das Gesicht seines Vaters zu erkennen, mit seinen klugen, etwas verträumten Augen, der kurzen, kräftigen Nase und dem schön geformten Mund. Octavia entwickelte sich zum Abbild ihrer Mutter mit ihrem feinen zierlichen Köpfchen, dem etwas schmalen Mund und den großen ausdrucksvollen Augen. Die Vaterschaft des Sklaven Cletus mit seinem weichen Knabengesicht hatte sich so verwischt, dass auch Claudius niemals daran zweifelte, dieses liebliche Abbild der Messalina selbst gezeugt zu haben. Wenn sie gemeinsam auftraten, war Octavia es, die das Wort führte, während Britannicus meist schwieg, aber so genau zuhörte, dass seine seltenen Bemerkungen sich als klug und begründet erwiesen.

Dass beide Elternteile insgeheim die Tochter bevorzugten, hatte verschiedene Gründe. Messalina, die eigensüchtig und in sich selbst verliebt war, sah in ihr das jüngere Abbild, während Britannicus sie zunehmend an den Vater erinnerte, für den ihre Gefühle erkaltet waren, sich seit längerem sogar in Abneigung verwandelt hatten.

Claudius hingegen fühlte sich durch den Sohn an die eigene elende Kindheit erinnert, die er nicht vergessen konnte und zutiefst verabscheute. Von seinem Erzieher, einem früheren Stallmeister, häufig verprügelt, von seiner Mutter ein Scheusal genannt und mit der ständigen Bemerkung gedemütigt, nur ganz wenige seien noch dümmer als ihr Sohn, war das Zurückdenken an die Kindheit der dunkelste Teil in seinem Leben. Octavia hingegen erinnerte ihn durch ihre verblüffende Ähnlichkeit an Messalina, die er auf seine Art noch immer liebte. Wenn sie diese Liebe jetzt mehr und mehr zurückwies, so übertrug er sie auf die Tochter, die er hätschelte, mit Geschenken überhäufte und mit ihr lange ernsthafte Gespräche führte. Obwohl sich beide Eltern darum bemühten, Britannicus nichts von ihrer Abneigung spüren zu lassen, so blieb sie dem stillen, sensiblen Jungen dennoch nicht verborgen. Nach Kinderart nahm er es hin und schuf sich seine eigene verborgene Welt, die nur ihm gehörte und zu der auch seine Schwester keinen Zutritt hatte. Seinen Erzieher, den kriecherischen Sosibius, verachtete er und schloss ihn, so weit es eben ging, von seiner eigenen Welt aus.

Ohne diese besonderen Umstände wären spätere Ereignisse, die kaiserliche Familie, letztlich auch das Römische Reich betreffend, kaum zu verstehen gewesen. Allerdings hätte sich Claudius niemals gestattet, dieser Abneigung freien Raum zu lassen, sie anderen, besonders Britannicus gegenüber, zu zeigen.

Als Claudius' Abreise nach Ostia bevorstand, Sänfte und Begleittruppe schon draußen warteten, umarmte der Kaiser seinen steif dastehenden Sohn, küsste ihn auf beide Wangen, boxte ihn spielerisch gegen die Schulter und redete dabei unentwegt auf ihn ein. Der Junge spürte das Krampfhafte, das Gewollte, das Unechte und zog sich in sich selbst zurück. Er schaute zu Boden, antwortete kaum und wenn, dann nur so leise, dass es niemand verstand. Gerade dadurch erinnerte er Claudius an die eigene Kindheit und seine Abneigung gegen den Sohn, der ihm leider in allem so ähnlich war, wuchs ins beinahe Unerträgliche. So gab er sein vergebliches Bemühen schnell auf und wandte sich der Tochter zu, die mit einem spöttisch-wissenden Lächeln seine Anstrengungen verfolgt hatte. Da fiel alles Hölzerne von ihm ab, seine Gestik wurde weich, zärtlich, von liebevoller Innigkeit. Er küsste Octavia, flüsterte der Kichernden etwas ins Ohr, hob sie hoch,

umfasste ihre anmutige Zierlichkeit mit liebevollen Blicken und stellte sie behutsam auf den Boden zurück.
Messalina bot ihm zum Abschied die Wangen dar, mit starrem Lächeln, kalt, unberührt, pflichtgemäß. Warum stirbt dieser Mensch nicht, dachte sie verzweifelt; er geht doch schon auf die Sechzig zu und nur wenige erreichen dieses Alter. Bei allen Göttern, warum zählt gerade er zu diesen wenigen? Sollte er gar seinem Vorfahren Augustus nachgeraten und fast die Achtzig erreichen? Es schauderte sie so, dass Claudius zurücktrat und fragte: »Was hast du Messalina? Ist dir kalt?«
Die Oktoberluft im zugigen Palasthof war tatsächlich etwas kühl, Messalina trug einen Wollmantel und es war nie ihre Art gewesen, über Kälte zu klagen.
»Ich habe schlecht geschlafen und da friert man leicht.«
Als sie danach ins Palatium zurückging, tröstete sie sich mit dem Gedanken, dass ihr das Schicksal immer gnädig gewesen war, dass sie stets erreicht hatte, was sie gewollt hatte. Es ist ja bekannt, dachte sie, dass Claudius sich in Ostia manchmal unter die Bauarbeiter mischt, vielleicht fällt ihm da ein Balken auf den Kopf oder ein Steinpfeiler begräbt ihn unter sich. Doch am Ende siegte die Vernunft, weil sie wusste, dass man auf ungewisse Hoffnungen nicht bauen kann und die Dinge nur vorankommen, wenn man selbst tätig ist – klug und bedacht, mit festem Willen.
Nach der Mittagsruhe gab sie bekannt, sie werde ihre Mutter besuchen, bleibe dort über Nacht und wolle unter keinen Umständen dort gestört werden. Wie immer beim Weg zum *latibulum* wählte sie eine neutrale Sänfte und einige Leibwächter ohne kaiserliche Dienstabzeichen. Den Centurio Sabinus tröstete sie mit dem Hinweis, sie bedürfe des mütterlichen Rates und er solle lieber hier im Palatium Augen und Ohren offen halten, denn in Abwesenheit des Imperators geschähen oft die seltsamsten Dinge.
Als Rubica sie mit den scherzhaft-vorwurfsvollen Worten empfing: »Mir scheint, Domina, du vernachlässigst in letzter Zeit deinen Schlupfwinkel«, antwortete Messalina gut gelaunt, das würde sich jetzt bald ändern.

»Heute Abend erwarte ich Besuch und möchte, dass möglichst wenige ihn sehen. Führe du ihn ohne vorherige Anmeldung in meine Räume.«
Messalina nahm ein Bad, ließ sich mit einem kostbaren Duftöl einreiben, um dann vor dem Spiegel selbst die von ihr bevorzugte Schminke aufzutragen.
Als Gaius Silius nach Einbruch der Nacht das Zimmer betrat, tat sie nicht, wonach ihr verlangte, warf sich nicht an seinen Hals, sondern empfing ihn mit gesitteter Zurückhaltung. Sie aßen eine Kleinigkeit und tranken stark mit Wasser vermischten Wein. Als Rubica die Schalen mit Honigfrüchten und Nüssen hinstellte, sagte Messalina, von nun an wolle sie nur gestört werden, wenn das Haus in Brand stünde oder ein Bote des Kaisers erscheine. Als sich die Tür hinter der Haushälterin geschlossen hatte, lächelte sie ihren Gast viel sagend an.
»Claudius ist heute nach Ostia aufgebrochen und ich habe dich hergebeten, um in verschiedenen Angelegenheiten deine Meinung zu hören.«
»Nur deshalb?«, scherzte Silius, der seine Absicht, den Kaiser niemals zu betrügen, vorläufig begraben hatte. Dazu hatte beigetragen, dass er mit seiner Frau Junia Silana seit seiner Rückkehr im Streit lag und sie ihm das Ehebett verweigerte, wohl aufgehetzt von »wohlmeinenden« Freundinnen, die ihr in Wahrheit den berühmten und begehrten Frauenliebling nicht gönnten.
»Eines nach dem anderen«, sagte Messalina und ihr Gesicht war ernst geworden. »Lass mich jetzt einen Fall schildern, der so nicht eintreten muss, aber durchaus im Bereich des Möglichen liegt. Der Imperator steht im siebenundfünfzigsten Lebensjahr, wird zunehmend von allerlei Krankheiten geplagt, trinkt weit mehr, als ihm gut tut, isst sehr ungesund und lässt sich auch, dank seiner *concubinae*, im Bett nichts abgehen. Zudem ist er in das Ostienser Bauvorhaben vernarrt und seine Leibsklaven mühen sich ab, ihn dort von höchst gefährlichen Vorhaben abzuhalten. Damit will ich sagen: Die Wahrscheinlichkeit, dass Claudius noch seinen sechzigsten Geburtstag feiern wird, ist nicht sehr groß und

wird von Monat zu Monat geringer. Sollte es dennoch sein, so ist Britannicus dann neun geworden und selbst wenn sein Vater trotz seiner Gebrechen noch fünf Jahre länger leben sollte, ist er als Vierzehnjähriger weder mündig noch geeignet, den römischen Kaiserthron zu besteigen. Was dann? Eine ähnliche Situation hat es bisher in Rom nicht gegeben, aber ich habe Callistus entlocken können, dass dies schon öfter in Königshäusern der Fall gewesen ist. In der Regel wird dann ein Regentschaftsrat gebildet, bestehend aus der Mutter des Thronfolgers und einigen hohen Regierungsmitgliedern, die das Vertrauen des Königs genossen hatten. Auf unseren Fall übertragen, wären das ich, die drei *libertini* und natürlich einer der jeweiligen Konsuln. Die Konsequenzen sind leicht abzusehen: Die jetzt schon fast allmächtigen Callistus, Narcissus und Pallas würden die Regierungsgewalt vollends an sich reißen, um dann irgendeinen gefügigen Strohmann auf den Thron zu setzen. Den würden sie mit Agrippina verheiraten und hätten damit eine gewisse Legitimation. Die Mündigkeit meines Sohnes würden sie kaum abwarten – zu viel könnte inzwischen geschehen. Sie würden zuerst ihn beseitigen, dann mich und Octavia, dazu noch alle, die gegen sie waren, und das sind nicht wenige. Ob das römische Volk sich eine Regentschaft von drei ehemaligen Sklaven bieten lassen würde, ist eine andere Frage. Ich jedenfalls bezweifle es und das hieße Chaos, Umsturz, Bürgerkrieg. Dazu möchte ich jetzt deine Meinung hören.«
Gaius Silius nahm einen langen Schluck und stellte den Silberbecher so behutsam zurück, als müsse er jedes Geräusch vermeiden. »Ich habe diese Möglichkeit bisher nicht so gründlich durchdacht, halte es jedoch für durchaus denkbar, dass sie so oder in ähnlicher Form eintritt. Doch Fortuna ist wetterwendisch, sie kann auch etwas ganz anderes aushecken …«
Messalina lächelte spöttisch. »Freilich, da gäbe es noch Hunderte von Möglichkeiten. Schon morgen könnte die Pest über Rom kommen und die gesamte kaiserliche Familie mit der Hälfte der Stadt austilgen. Es könnte sich auch die Erde öffnen und den Mons Palatinus mit sämtlichen Gebäuden und Bewohnern ver-

schlingen oder Rom würde den Parthern unterliegen und käme unter die Herrschaft des dortigen Königs. Sind solche Überlegungen es überhaupt wert, dass man sie anstellt? In der Geschichte gibt es viele Beispiele für überraschende Wendungen, aber dabei ist immer das denkbar Mögliche, niemals das Unwahrscheinliche geschehen.«

»Einverstanden. Zum denkbar Möglichen gehört auch, dass Claudius siebzig oder älter wird. Augustus hat seit seinem vierzigsten Lebensjahr gekränkelt und ist fast achtzig geworden, ebenso Tiberius, der sogar einige tödliche Krankheiten überstanden hat.«

Sie nickte. »Gut, ich räume es ein, Claudius könnte siebzig oder achtzig werden. Doch wäre es wünschenswert? Das war es bei Augustus sehr wohl, denn was Rom heute ist, hat es seiner langen Herrschaft zu verdanken. Bei Tiberius sind Zweifel anzumelden, ob seine letzten fünf Regierungsjahre noch sehr glücklich waren. Wie steht es da mit Claudius – jetzt in seinem sechsten Regierungsjahr? Sowenig ihm in den ersten drei oder vier Jahren vorzuwerfen war, so sehr hat sein Gerechtigkeitssinn jetzt ab- und sein krankhaftes Misstrauen zugenommen. Allein im letzten Jahr, Callistus hat es einmal unter der Hand erwähnt, mussten siebzehn Senatoren und mehr als vier Dutzend Patrizier den Gang zum Henker antreten oder wurden zum Selbstmord gezwungen.«

Silius hob die Hand. »Halt! Die Urteile trugen zwar die Unterschrift des Kaisers, die meisten davon waren jedoch ein Werk der *libertini*.«

»Mag sein, doch weshalb setzt Claudius unter jedes Schriftstück seinen Namen, sobald Narcissus oder Callistus es ihm hinlegen? Wo bleibt da sein sonst so waches Misstrauen? Wir werden von hab- und mordgierigen Günstlingen regiert, die den stets zerstreuten und geistig oft abwesenden Imperator gängeln wie Puppenspieler ihre Geschöpfe. Vor ihnen ist niemand mehr sicher – du nicht, ich nicht, kein Senator, kein Konsul. Man müsste den Dingen eine Wendung geben, den zu erwartenden Ereignissen zuvorkommen.«

Gaius Silius blickte verstört auf. »Wie denkst du dir das? Soll sich

mit Claudius der Fall Caligula wiederholen? Da wirst du in ganz Rom keinen Mithelfer finden! Claudius ist in weiten Kreisen sehr beliebt, das Volk würde jeden zerreißen, der Hand an ihn legt.«
»Das weiß ich auch! Im Senat sieht es inzwischen jedoch anders aus. Darf ich dich an den Fall des Senators Gnaeus Pompeius erinnern? Durch seine Heirat mit Antonia, Tochter des Kaisers aus seiner zweiten Ehe, glaubte er sich vor allen Nachstellungen gefeit. Was sollte ihm, dem Schwiegersohn des Kaisers, zustoßen? Dann beging er den Fehler, sich mit Pallas zu überwerfen, vergaß leider auch, dem habgierigen Callistus eine Prämie für die Ehe zu bezahlen, die dieser mit eingefädelt hatte. Die *libertini* machten sich nicht einmal die Mühe, etwas Neues zu erfinden, sondern wandten ihre schon mehrfach erprobte Methode an. Ein gekaufter Mensch aus der Umgebung des Kaisers passte ihn ab, fiel auf die Knie und erzählte etwas von einem entsetzlichen Traum, da er sah, wie Pompeius mit erhobener Faust oder mit gezücktem Messer oder mit einem Würgestrick, dabei variiert man etwas, auf den Imperator zustürzte. Träume sind Schäume, sagt Homeros und selbst Claudius ist nicht geneigt, dergleichen überaus ernst zu nehmen, aber wenig später haben angeblich Calpurnia oder Kleopatra oder sein Arzt genau den gleichen Traum gehabt. Jetzt muss Claudius den Fall ernst nehmen, lässt eine Anklageschrift ausfertigen, doch das Mordkommando ist schon unterwegs. Dem Kaiser wird dann berichtet, Pompeius habe sich in Erkenntnis seiner großen Schuld selbst entleibt. Claudius atmet auf, wieder ist ein Verräter und potenzieller Mörder enttarnt und beseitigt. Was aber berichten mir meine Leute? Die Prätorianer haben Pompeius, der in den Armen seines Lustknaben lag, nackt aus dem Bett gezerrt und ihn abgeschlachtet wie ein Stück Vieh.
Soll ich noch weitere Namen nennen? Annius Vinicianus, der es wagte, laut die Vorteile einer republikanischen Regierung zu preisen, wurde zum Selbstmord gezwungen, wie auch Furius Camillus, Valerius Asiaticus, Caecina Paetus und Dutzende anderer, die dir wie mir bekannt sind. Die meisten davon fielen wohl der Rachsucht unserer *libertini* zum Opfer, aber sogar ein Caligula hat die

Namen derer überprüft, die zum Tode verurteilt waren. Schiebt sein hoch geschätzter Narcissus ihm ein Schriftstück hin, so unterschreibt es Claudius, ganz gleich, ob es eine Bausteinlieferung nach Ostia oder den Tod eines Senators bedeutet. Ach, Silius, ich wünsche mir so sehr, ein seiner Verantwortung bewusster Herrscher würde das Römische Reich regieren und nicht ein alter, kranker und immer zerstreuter Mann, der sich von seinen Sekretären als williges Werkzeug für ihre finsteren Machenschaften missbrauchen lässt.«

Gaius Silius war nachdenklich geworden. »Wenn ich dich recht verstehe, suchst du die Schuld weniger beim Kaiser als bei seinen Freigelassenen?«

»Er ist alt und krank und sein Geist beginnt sich zu verwirren. Da muss weniger von Schuld und mehr von Schicksal die Rede sein. Doch Narcissus, Pallas und Callistus sehe ich als Pestbeulen, die dabei sind, ganz Rom zu vergiften.«

»Es wird schwer, nahezu unmöglich sein, sie zu entmachten.«

»Da hast du wohl Recht. Den Versuch, sie gegeneinander aufzuhetzen, haben schon einige mit dem Leben bezahlt. Doch ihre Macht hängt vom Kaiser ab. Wenn Claudius stirbt oder auf andere Weise abtritt, dann sind sie ihres Rückhalts beraubt und werden fallen – einer nach dem anderen oder alle zugleich.«

»Was willst du tun?«

»Ich allein? Vorerst nichts ... Besser gesagt, ich habe schon etwas getan, seit längerer Zeit meide ich sein Bett. Meiner Ansicht nach gibt es nur einen Weg: Sobald er sich länger in Ostia aufhält, müssen sich beim Volk und bei den Legionen beliebte Amtsträger zusammenschließen und dann wird er bei seiner Rückkehr das Palatium und seinen Thron besetzt finden.«

»Besetzt? Durch wen?«

Ohne im Geringsten zu zögern, sagte sie mit Nachdruck: »Durch dich und mich, mit der vom Senat abgesegneten Maßgabe einer Thronfolge des Britannicus. Du selbst hast keine Kinder, also kann es nicht zum Thronstreit kommen. Sollten wir gemeinsam welche zeugen, kommen sie nicht in Betracht, denn Britannicus als

Sohn eines Kaisers aus julisch-claudischem Geschlecht ist unser Garant.«
Sie redet so verschlagen wie ein Politiker, dachte er und dann schoss es ihm durch den Kopf: Gaius Silius Imperator Augustus. Dahinter stand der Henker im blutroten Gewand und seine Zunge formte ein leises »Nein«. Er schüttelte diese verlockenden Gedanken ab und wiederholte laut und lauter: »Nein! Nein … nein!«
Messalina verzog keine Miene. »Du musst so reden, hast ihm als Senator einen heiligen Eid geschworen. Wir haben Zeit, mein Silius, die nächsten Wochen und Monate werden dir die Augen öffnen.«
»Kann sein … Aber warum ich? Was ist mit Agrippina? Wenn sie wieder heiratet, dann …«
»Nein, sie kommt nicht in Frage, ihr Sohn gehört nicht dem kaiserlichen Geschlecht an. Warum du, mein Silius? Kannst du dir es nicht denken? Glaubst du, ich hätte für Claudius' Nachfolge jemals einen anderen Mann ins Auge gefasst als dich? Du bist mein Leben, meine Freude, meine Zukunft!«
Sie begann an seiner Kleidung zu nesteln, küsste ihn zugleich mit hastiger Gier, bohrte ihre Zunge in seinen Mund, packte sein Geschlecht, verkrallte sich in seinen Körper wie eine Löwin in ihre Beute. Ehe er sich ihr ganz ergab, ging ihm der Gedanke durch den Kopf: Betrügen, mein Kaiser, werde ich dich jetzt und weiterhin, weil dir diese Frau nicht mehr gehört, verraten werde ich dich jedoch nicht – niemals!
Am Morgen fegte draußen ein Herbststurm durch die Stadt, brachte die stolzen hohen Pinien in den Horti Luculliani so zum Wanken, dass es aussah, als würden sie sich ständig verneigen. Sie hatten gerade ihr Frühstück beendet und Messalina war in bester Laune. Die schweren Vorhänge bauschten sich im Wind und kühle Luft drang ins Zimmer. Sie zog Silius von seiner *kline*, führte ihn zum Fenster und schlug den Vorhang zurück.
»Hu, ist das kalt! Schaue hinüber zu den Gärten des Lucullus und du kannst sehen, dass die Pinien uns zuwinken. Sie wollen damit sagen: Kommt herüber zu uns und seht euch diese Pracht an.«

Silius ging nicht auf ihren scherzhaften Ton ein. »Unter den vom Kaiser Getöteten hast du gestern den Namen des Valerius Asiaticus genannt. War er nicht der Vorbesitzer dieser Gärten?«
Messalina stutzte. Warum fragte er das?
»Das weiß doch jedes Kind. Der Mann wurde des Hochverrats überführt und durfte sich als früherer Freund des Kaisers gnadenhalber selbst das Leben nehmen. Er ist wohl einer der wenigen, die nicht aus Habgier oder Rache von den *libertini* in den Tod getrieben wurden. Durch sein verräterisches Verhalten hat er sich selbst den Untergang bereitet.«
»Und die Gärten fielen an den Kaiser?«
»Der sie dann mir übereignete. Wie wenig sie mir bedeuten, magst du schon daran erkennen, dass ich sie mir bisher nicht angesehen habe. Doch da gibt es noch einen anderen Grund: Ich wollte warten, bis du zurück bist. Wir werden sie uns gemeinsam betrachten.«
Er küsste sie zart auf den schlanken Hals. »Du hast tatsächlich gewartet, bis …« Er schüttelte seinen Kopf. »Anfangs habe ich gedacht, dass dich nur eine flüchtige Laune dazu trieb, mich als *amator* zu gewinnen, aber jetzt glaube ich …«
Er hielt inne, lachte etwas verlegen, wirkte plötzlich unsicher. »Ich weiß nicht mehr, was ich glauben soll. Dein Auftreten im *lupanar*, die über dich umlaufenden Gerüchte, es ist so schwer, die Wahrheit herauszufinden.«
Sie schmiegte sich an ihn. »Ich habe viel Dummes getan, das muss ich eingestehen, aber jetzt möchte ich mit dir einen neuen Anfang machen. Wirst du dich von Junia Silana trennen?«
»Ich denke schon. Was verbindet uns noch? Wir haben keine Nachkommen, sie hat ein beträchtliches eigenes Vermögen in die Ehe gebracht, ist also gut versorgt. Ihre und meine Eltern waren es, die uns fast noch als Kinder füreinander bestimmt haben. Jetzt sind wir erwachsen und werden handeln wie vernünftige Menschen.«
»Glaubst du, sie wird einverstanden sein?«
»Warum nicht? Seit ich zurück bin, liegen wir uns in den Haaren, da geht man besser auseinander. Ich wollte, auch du könntest dich scheiden lassen.«

»Das wäre schwierig, auch unklug, unsere Ehe wird wohl auf andere Weise getrennt werden …«
»Was willst du damit sagen?«
»Lassen wir es vorerst dabei bewenden. Es muss einige Zeit vergehen, dann sehen wir weiter.« Sie blickte zum Fenster. »Jetzt wagt sich sogar die Sonne hervor. Wir sollten das nützen und gleich zu den Horti hinübergehen!«
Er sprang auf, streckte sich und umfasste ihre Gestalt mit einem liebevollen Blick. Seine Augen strahlten, von ihm ging, so schien es ihr, ein göttliches Leuchten aus, als sei er die irdische Erscheinung des Apollo.
Als sie unangemeldet die Horti betraten, lief ihnen der *dispensator* entgegen, verneigte sich tief und stammelte: »Domina, du hättest doch … ich meine, so überraschend … es ist nichts vorbereitet …«
Messalina winkte unwillig ab. »Geh zurück ins Haus und lass eine Kleinigkeit auftischen. Wir schauen uns den Garten an und sind in einer Stunde zurück.«
Dieses Versprechen ließ sich nicht halten, denn die ausgedehnten Horti Luculliani auf dem Mons Pincius machten sowohl ihrem Gründer wie auch ihrem letzten Besitzer alle Ehre. Ein in Rom sehr bekannter Gartenbauer hatte den seit langem verwilderten Park in eine neue Form gebracht. Als Lucullus ihn vor über hundert Jahren anlegen hatte lassen, war aus dem einstigen Wildwuchs ein kunstvolles Gebilde aus Blumenrabatten, Buschwerk, gestutzten Bäumen, schnurgeraden Bachläufen und kreisrunden Teichen geworden, umgeben von architektonischem und plastischem Schmuck. Es war ein Triumph geometrischer Ordnung, nur aufgelockert durch Gehege mit verschiedenen, oft seltenen Tieren und Vögeln. Dies alles war nach dem Tod des hochverschuldeten Lucullus zugrunde gegangen, weil sich kein neuer Käufer gefunden hatte, der diese aufwändigen und auch im Unterhalt sehr kostspieligen Horti übernehmen wollte. So fielen die Gärten an den Staat und hatten sich nach wenigen Jahren in das zurückverwandelt, was sie ursprünglich gewesen waren: eine Wildnis aus Eichen,

Zypressen, Palmen, Oliven- und Feigenbäumen, verschiedenen Sträuchern, durchsetzt mit Agaven und Kaktusfeigen und überragt von den hier prächtig gedeihenden Pinien mit ihren weit ausladenden Kronen.

Als Valerius Asiaticus sie übernahm, hatte er dem verdutzten Gartenbaumeister erklärt: »Die Horti mögen meinetwegen ihren alten Namen weiter tragen, aber ich möchte etwas Neues daraus machen, und zwar ein Abbild der menschlichen Seele.«

Der Meister hatte in seinem beruflichen Dasein schon die seltsamsten Forderungen gehört, dieser Wunsch war selbst ihm jedoch neu. Doch er hatte gelernt, seine Auftraggeber, mochten sie noch so verrückte Ideen vorbringen – in jedem Fall ernst zu nehmen. Er hatte sich leicht verbeugt: »Ein interessanter Gedanke, Domine, den du mir näher erläutern musst.«

»Es ist im Grund ganz einfach. Wenn wir die *anima* des Menschen betrachten, so ist sie sehr widersprüchlich angelegt. Da grenzt Helles an Finsteres, Lauteres an Trübes, Offenes an schamvoll Verstecktes. Das sollen die Horti nun widerspiegeln. Kristallklare Teiche sollen sich mit trüben, von Stachelgewächsen umgebenen Tümpeln abwechseln. Hell soll die an meine Villa angrenzende Fläche sein, schattig verdunkelt so manches Waldstück. Das schamvoll Versteckte kannst du durch Agaven, Kakteen und dornige Sträucher unzugänglich machen, das Offene durch Licht und blumenbewachsene Flächen ausdrücken. Verstehst du jetzt, worauf ich hinauswill?«

Der Gartenbaumeister hatte verstanden und die Pläne des Valerius in die Tat umgesetzt.

Davon wussten Messalina und Silius nichts, als sie auf den kiesbestreuten Wegen unterhalb der Villa in die Tiefen des Parks eindrangen. Silius bemerkte kopfschüttelnd: »Wenn ich nicht wüsste, dass Valerius unermesslich reich war, so käme man hier …«, er wies auf ein verwildertes Waldstück, »… auf den Gedanken, ihm sei das Geld ausgegangen und er dadurch gezwungen gewesen, manches halb fertig oder sich selbst zu überlassen.«

Messalina schmiegte sich an ihn, fühlte seine kräftigen Muskeln unter der Kleidung. »Was kümmert es uns, welche Gedanken in diesem wüsten Menschen umgingen! Für die meisten war er ein Ärgernis und seine wenigen Freunde waren ihm nur zu ähnlich.«
Da fiel sie plötzlich die Erinnerung an den Fluch des Valerius an: Dieser Garten soll dir kein Glück bringen! Sie schauderte, blieb stehen und packte Silius am Arm. »Weißt du, dass Valerius mich in seiner Todesstunde verflucht und gesagt hat, dieser Garten solle mir kein Glück bringen?«
»Nein, aber woher wusste er, dass du ihn später bekommen wirst?«
Jetzt hatte sie sich verplappert. »Er ging wohl von der falschen Annahme aus, ich hätte die Anklage vorgebracht und seine Festnahme veranlasst. Doch das stimmt nicht! Erst als Sosibius, der Erzieher meines Sohnes, sich an jenen Geburtstagsbesuch erinnerte und die aufrührerischen Reden erwähnte, die Valerius dabei geführt hatte – erst da gingen uns allen die Augen auf. Ich war es dann, die bei der Beratung um Milde für ihn bat und meinte, Enteignung und Verbannung seien genug. Der Kaiser war es, der, von Vitellius beraten, keinen anderen Weg sah, als die Hinrichtung anzuordnen. Meine inständigen Bitten bewirkten dann, dass Valerius mit eigener Hand tun durfte, was bei Hochverrätern dem Henker überlassen ist.«
All diese Lügen flossen ihr so glatt von den Lippen, dass Silius jedes Wort davon glaubte.
Schon am nächsten Tag leitete er das Scheidungsverfahren ein und stieß bei Junia Silana kaum auf Widerstand. Sie stellte nur eine Reihe von teils berechtigten, teils unverschämten Forderungen, doch man einigte sich schnell. Kaum war er frei, schloss er sich eng an Messalina und ihren Freundeskreis an, den sie in gegenseitigem Einverständnis und in Hinsicht auf ihre Zukunftspläne ständig zu erweitern trachteten.
Messalina verlor niemals ihr Ziel aus den Augen, Claudius auf irgendeine Weise zu stürzen, und sie wusste recht gut, dass dies

nicht von heute auf morgen und nicht ohne einen großen Kreis Gleichgesinnter zu verwirklichen war. Eines kam ihr dabei zugute: Kaiser Claudius war im Laufe seiner jetzt sechsjährigen Herrschaft ein anderer geworden oder besser gesagt: In ihm ruhende Veranlagungen hatten sich verstärkt, waren ans Licht getreten und hatten da und dort schreckliche Spuren hinterlassen. Zum einen war da ein ängstliches Misstrauen, das die Herrschaft seines Neffen stets wachgehalten hatte, ihn nicht selten rechtzeitig vor tödlicher Gefahr gewarnt und damit gerettet hatte. Damals war er auf sich allein und wenige Freunde angewiesen, jetzt besaß er jedoch die Macht, sein Misstrauen zu zeigen, es auszuleben und seiner Ängstlichkeit durch Aufmarsch von Prätorianertruppen zu begegnen.

Der in ihm nur flüchtig angelegte Zug von Grausamkeit war früher eher eine Begleiterscheinung seiner Gelehrsamkeit gewesen, seiner ständigen Beschäftigung mit Geschichte und den Menschen, die sie prägten und von ihr geprägt wurden. Da beschäftigte ihn oft die Tatsache, wie unterschiedlich sich Menschen angesichts des Todes oder körperlichen Schmerzes verhielten. Die einen, wie manche der von Caesar besiegten Barbarenfürsten, ließen sich im schandvollen Triumphzug mitschleppen, nur um einige Tage länger leben zu können, wohl wissend, dass sie nachher vom Henker mit Keulen totgeschlagen wurden. Andere wieder, wie Kleopatra von Ägypten, gaben sich einen feierlichen königlichen Tod, um dieser Schande zu entgehen. Dann die Zeit unter Caligula: Da gab es welche, die sich in der Folter jedes Glied brechen, sich brennen und schinden ließen, ohne nur ein Wort zu verraten, während andere nur beim Anblick der Foltergeräte ein übersprudelndes Geständnis ablegten.

Das war nun vorbei und zur Geschichte geworden, doch Claudius fühlte in sich den Drang, diese Dinge hautnah und ohne eigene Gefährdung zu erleben. So fand man ihn nicht selten in der Folterkammer, wo er, nach außenhin den obersten Richter mimend, die peinlichen Befragungen genau verfolgte und die sich windenden, blutüberströmten Leiber nicht aus den Augen ließ.

Seiner übergroßen Angst vor Anschlägen begegnete er mit einem gewaltigen Aufwand an Vorsorgemaßnahmen. Veranstaltete er ein Festessen, so umgaben ihn lanzenbewehrte Leibwächter wie eine lebendige Mauer. Besuche kündigte er kurz vorher an und ließ dann das Haus des Betreffenden von oben bis unten nach versteckten Waffen absuchen. Wer zur Audienz kam, wurde nach dem Vorbild des Caligula bis auf die Haut untersucht und nur auf das Drängen seiner Freunde hin wurde später bei Frauen und Kindern davon abgesehen.
Als Claudius an einem Staatsfeiertag persönlich die Opferung vollzog, wurde bei einem weit entfernt stehenden Zuschauer ein Dolch entdeckt, was beim Kaiser einen solchen Schrecken hervorrief, dass er den Festakt abbrach und den Senat zu einer Sondersitzung einberief. Dort beklagte er mit lauter empörter Stimme sein Schicksal, das ihm weder Ruhe noch Sicherheit gönne. Danach blieb er ziemlich lange der Öffentlichkeit fern, sodass schon das Gerücht umging, er wolle abdanken. In einen Satz gefasst: Aus Claudius Caesar, der vor nunmehr sechs Jahren den römischen Kaiserthron bestiegen hatte, war vielleicht kein anderer Mensch geworden, doch sein Verhalten hatte sich grundlegend verändert.
Messalina nutzte diese Veränderung für ihre Zwecke. Da Claudius es aufgegeben hatte, sie in ihren Gemächern aufzusuchen oder Forderungen auf Ausübung seines Gattenrechts an sie zu stellen, siedelte sie mehr und mehr in die geräumige Villa auf dem Mons Pincius über, scharte dort ihren wachsenden Freundeskreis um sich und lebte, nachdem Silius geschieden war, mit ihm in eheähnlicher Verbindung.
Narcissus hatte diese Entwicklung genau verfolgt, hütete sich jedoch noch immer, dem Kaiser davon zu berichten. Mit Messalina stand er nach wie vor in bestem Einvernehmen, doch die Zeit des unbedingten Vertrauens war endgültig vorbei.
Dann erschien eines Tages Sabinus nicht mehr zum Dienst und niemand konnte ihr sagen, wo er geblieben war. Messalina war beunruhigt, doch Silius winkte ab.

»Er wird bei einer Wirtshausrauferei umgekommen und seine Leiche im Tiber gelandet sein. Wer einen Centurio und kaiserlichen Leibwächter erschlägt, hat allen Grund, sämtliche Spuren zu beseitigen.«

29

Sabinus war, wie schon erwähnt, in manchen Dingen etwas schwer von Begriff, konnte allerdings recht folgerichtig und geradlinig denken, wenn es um seine eigene Haut ging. In der Zeit nach Caligula hatte er sich geschickt an allen Gefahren vorbeigeschlängelt, die ständige Todesdrohung hatte seinen Überlebensinstinkt geschärft. Damals hatte er nur zu einer Gottheit gebetet und in einem Tempel geopfert, nämlich dem der Fortuna. So hatte die Göttin diesem Sabinus, der in sie ein so großes Vertrauen setzte, die helfende Hand gereicht und ihn sicher durch alle Fährnisse geleitet. Der vierschrötige Germane war jedoch kein Mensch, der unbedingt und in jeder Lage auf sein Glück vertraute; er hielt Augen und Ohren weit offen, um nahende Gefahren rechtzeitig zu erkennen.

Die Zeit, da er sich als Messalinas bevorzugter Leibwächter und gelegentlicher Liebhaber in unbedingter Sicherheit wiegen konnte, schien nun ihrem Ende entgegenzugehen – die Anzeichen dazu mehrten sich. Es war nicht allein die Tatsache, dass Messalina schon längere Zeit in ihm nur noch den verlässlichen Wächter, kaum noch den Geliebten sah. Dass sie nicht allzu lange bei einem Buhlen verweilte, war ihm längst bekannt und hätte kaum sein Misstrauen erweckt. Er lebte in enger Verbindung mit dem kaiserlichen Hof und es war ihm nicht entgangen, dass die drei Halbgötter so nach und nach in aller Stille von Messalina abrückten, dass immer häufiger ihre Befehle und Verfügungen verschleppt und verzögert, am Ende nicht einmal ausgeführt wurden.

Sie schien davon nichts zu bemerken, hielt sich jetzt fast ständig in der früheren Villa des Valerius Asiaticus auf und machte die Horti Luculliani zum Schauplatz endloser, meist die ganze Nacht hindurch dauernder Festlichkeiten – immer an der Seite des Gaius Silius, stets umgeben von einem wachsenden Freundeskreis aus jungen und jüngeren Menschen, von denen kaum einer das dreißigste Lebensjahr überschritten hatte. Darunter befanden sich die meisten ihrer früheren Liebhaber, die jetzt, so schien es jedenfalls, nicht mehr ihr Bett, aber weitgehend ihre Ansichten und Vergnügungen teilten. Letztere kannte Sabinus als oft gegenwärtiger Leibwächter aus eigenem Erleben und ihre Ansichten verbarg die Kaiserin so wenig, dass in den Schenken und Thermen, in den Theatern und Arenen hinter vorgehaltener Hand, nicht einmal leise von Plänen gesprochen wurde, sie wolle nach dem bald bevorstehenden Ableben des Kaisers ihre ganze Autorität einsetzen, um im Römischen Reich ein Wahlkaisertum einzuführen.

Wie sollte das aussehen? Ganz einfach so, dass künftig nicht der Sohn des Imperators oder ein anderes Mitglied der kaiserlichen Familie Thronansprüche geltend machen durfte, sondern der Senat wählte den Besten unter sich aus und ernannte ihn zum Augustus. Gerade bei jüngeren Leuten stieß dieses Vorhaben auf große Zustimmung, denn jeder wusste, dass Claudius unwillig und tagelang widerstrebend ein Amt übernommen hatte, das ihm nur zugefallen war, weil er das letzte Glied der julisch-claudischen Familie war. Aus der Sicht des Volkes war man mit ihm gewiss nicht schlecht gefahren, doch Claudius war alt und allem Anschein nach würde er noch vor der Volljährigkeit seines Sohnes Britannicus abtreten. Da bot sich die Methode eines von der Mehrheit gewählten Kaisers ganz von selbst an, denn kaum einer wünschte die ständig von Bürgerkriegen geschüttelte Zeit der republikanischen Staatsform zurück.

Doch die so dachten und redeten, waren jung und saßen nicht an den Hebeln der Macht. Die lag fest in den Händen des Kaisers und einer um ihn gescharten Altherrenriege aus senatorischen und konsularischen Familien, ausgeübt freilich von den drei allmächtigen *libertini*, die man schon fast dazuzählen durfte, denn Callistus und Pallas waren beide dem fünfzigsten Lebensjahr näher als dem vierzigsten. Narcissus, der auf die dreißig zuging, war seinem Wesen nach schon alt geboren und teilte in allem die Ansichten seines kaiserlichen Herrn.

Nicht dass Sabinus über Einzelheiten unterrichtet war, es genügte ihm, da und dort eine Bemerkung aufzuschnappen und zudem genau hinzuhören, was in Kneipen und öffentlichen Bädern, in den Theatern und Arenen umging. Er konnte aus all dem schließen, dass Messalinas Stern im Sinken war und er sich bald absetzen musste, um nicht mit ihr in den Abgrund gerissen zu werden. Da kamen ihm dann seine unter Caligula gemachten Erfahrungen zugute. Er hatte erlebt, auf welche Weise in Ungnade Gefallene von Freunden gewarnt worden waren und aus Rom verschwunden waren und dabei einen Teil ihres Vermögens in Sicherheit hatten bringen können. Da gab es treue Klienten, die für ihre Herren den Strohmann spielten und Scheingeschäfte tätigten, da waren die bestechlichen Tempelbeamten, die das in den Schatzhäusern gelagerte Geld reicher Leute gegen schamlos hohe Gebühren in große Münze wechselten und auszahlten – und da gab es die Fälscher.

Sabinus kannte einige dieser Dunkelmänner, die durchaus imstande waren, Testamente, Gerichtsakten, kaiserliche Verfügungen und anderes mehr so geschickt zu fälschen, dass nur ganz selten die Wahrheit ans Licht kam. Einmal hatte Caligula mit seiner grellen zynischen Stimme ausgerufen: »Was, der Kerl hat kein Testament hinterlassen? Weiß dieser Hochverräter nicht, wie arm und bedürftig sein Kaiser ist? Na, dem kann ja abgeholfen werden!«

Da Sabinus gerade zugegen war, musste er mit den von Callistus eilig zusammengestellten Daten zu Scribonius gehen, der in der Nähe des Mons Esquilinus eine Buchhandlung betrieb und mit einem Dutzend Kopisten die Werke der Dichter vervielfältigte und vertrieb. Dieses ehrbare Geschäft aber war nur die Fassade für seine im Keller gelegene und geschickt verborgene Fälscher-

werkstatt. Hier waren nur Könner beschäftigt, und zwar vorwiegend solche, die von der Miliz zur Fahndung ausgeschrieben waren und denen ein schimpflicher Tod drohte. So konstruierte Scribonius ein Testament, fälschte die notarielle Bestätigung dazu und der Kaiser kassierte.
Sabinus hatte sich einen Plan zurechtgelegt, der – weil es um seine Haut ging – gut durchdacht und seiner Meinung nach fugenfest geschmiedet war. In ziviler Kleidung suchte er das Buchgeschäft auf, doch sein Äußeres verriet eher den groben germanischen Klotz als einen feinsinnigen Buchliebhaber. So wurde er von dem Verkäufer auch nicht ernst genommen und spöttisch gefragt, wo die Bücherliste sei, die sein Dominus ihm gewiss mitgegeben habe. Das versetzte Sabinus sogleich in Zorn, doch er wusste, dass sein Plan nur mit eiserner Selbstbeherrschung durchzuführen war. Er verbeugte sich mit devotem Eifer und bat um eine Unterredung mit Scribonius. Der Verkäufer lachte.
»Ah, man will gleich den Herrn selbst sprechen. Der ist viel beschäftigt und ich wüsste nicht, was er dir zu sagen hätte. Rede also besser zuerst mit mir!«
Sabinus hatte damit gerechnet und flüsterte dem anderen zu: »Sage deinem Herrn, ich hätte einen Auftrag vom Imperator Gaius Julius Caesar.«
Der Verkäufer fuhr zurück. »Aber Caligula ist doch tot, und jetzt …«
Sabinus richtete sich drohend auf. »Tue, was ich dir sage!«
Der Mann verschwand erschrocken hinter einem Vorhang und Sabinus hörte gedämpfte Stimmen.
Das kluge, etwas zerknitterte Gaunergesicht des Scribonius erschien am Rand des Vorhanges und misstrauisch funkelnde Augen musterten ihn. Erkannte er Sabinus wieder? Sie hatten nur zweimal miteinander zu tun gehabt, doch der Fälscher vergaß nicht so schnell ein Gesicht, umso mehr, als der kantige Soldatenschädel des Germanen sich jedem einprägte. Er winkte ihn näher heran und flüsterte: »Was willst du?«
»Ein Geschäft machen, allerdings unter vier Augen.«

»Also gut …«
Sie gingen in einen kleinen, fast lichtlosen Raum, wo Papyrus gestapelt war und es durchdringend nach Kleister roch. Seinem Plan gemäß eröffnete Sabinus das Gespräch mit einer Drohung.
»Ich nannte Caligula, weil du für ihn eine Reihe von Testamenten gefälscht hast und der Kaiser mich mehrmals mit dem entsprechenden Auftrag betraut hat.«
»Ich weiß nicht, wovon du sprichst. Hier ist eine Buchhandlung, hier arbeiten Kopisten und mit Fälschung habe ich nicht das Geringste zu tun.«
Sabinus grinste. »Du weißt genau, was ich meine, und überlegst jetzt, wie du mich mundtot machen kannst. Dazu musst du wissen, dass das Geständnis über meine im Auftrag von Caligula ausgeführten Verbrechen bei einem *advocatus* liegt und nach meinem Tod sofort ans Gericht gehen wird. Dein Name ist darin mehrmals genannt …«
Scribonius schlug sich vor den Kopf. »Jetzt erkenne ich dich! Du bist Sabinus, früher Centurio in Caligulas Leibwache und jetzt im gleichen Rang für die Augusta tätig, die dich damals aus der Arena gerettet hat – ja, davon hat ganz Rom gesprochen …«
»Umso besser! Jetzt höre einmal genau zu! Du wirst für mich auf einer Kupfertafel eine Urkunde ausfertigen, die bestätigt, dass der Centurio Furius aus der dritten Prätorianerlegion wegen Krankheit ehrenvoll ausgeschieden ist und eine angemessene Prämie ausbezahlt bekam. Da es in dieser Legion drei *centurionis* namens Furius gibt, von denen einer kürzlich verstorben ist, besteht keine Gefahr. Ich werde aus Rom verschwinden und weitab – vielleicht auf Sicilia – ein neues Leben beginnen. Dort werde ich mein Geständnis verbrennen, das ja, wenn es in unrechte Hände kommt, mir nicht weniger schaden kann als dir. In zwei Tagen komme ich wieder und hole mir die Urkunde ab.«
Scribonius wagte keinen Widerspruch, murmelte nur gehässig vor sich hin: »Willst dich jetzt wohl in Sicherheit bringen? Ich tät's auch … Der Boden unter Messalina und ihrer *clientela* wird brüchig … Da macht's dann plötzlich Knacks und die Herr-

schaften verschwinden …« Dann hob er wie anklagend beide Hände. »Dazu kommt noch, dass mit dieser Dame keine Geschäfte zu machen sind! Die braucht Scribonius nicht, denn ihre Dekrete und Verfügungen sind echt – unterzeichnet von Callistus oder Narcissus und, wenn es um Geld geht, von Pallas. Der ahnungslose Kaiser setzt seinen Namen unter jeden Dreck, aber Dreck verschwindet nicht so ohne weiteres, häuft sich an und wird am Ende die ganze Sippschaft unter sich begraben. Dass du da nicht dabei sein willst, kann ich verstehen – also geh jetzt und komm übermorgen wieder.«
Grinsend schob er Sabinus hinaus, dessen Misstrauen nach dieser geflüsterten Rede plötzlich geschwunden war. Es ist doch immer dasselbe, dachte er, den kleinen Gaunern kann man eher trauen als den großen. Messalina hat mich fallen lassen, doch Scribonius hilft mir weiter. Das kostet viel Geld, so etwas wie Launen können sich die kleinen Gauner jedoch nicht leisten – und das ist gut so!
Der weitere Teil seines Planes sah vor, sein Vermögen in möglichst großer Münze zusammenzufassen, um sich dann aus Rom in aller Stille fortzustehlen. Das war nicht so einfach, wie es klang, denn Sabinus war am kaiserlichen Hof nicht weniger bekannt als bei seinen Kameraden, die neidvoll und verwundert seinen neuen Aufstieg nach Caligulas Fall zum Geliebten der Kaiserin mit verfolgt hatten.
Um vom Dienst für einige Tage freizukommen, musste er sich eine glaubhafte Krankheit zulegen und dass man diese Notlösung bei den Prätorianern von Zeit zu Zeit gebrauchte, war weder neu noch ungewöhnlich. So besorgte sich Sabinus ein starkes Brechmittel, das er nach Dienstbeginn einnahm, sodass wenig später seine Leute den erbärmlich Würgenden auf die *latrina* bringen mussten – und zwar mehrmals. Der herbeigeholte *medicus militaris* diagnostizierte eine schwere Lebensmittelvergiftung, verschrieb ein weiteres Brechmittel und strenge Diät. Außerdem suspendierte er den Centurio für fünf Tage vom Dienst.
»Wenn du die Möglichkeit dazu hast, solltest du diese Zeit in fri-

scher Luft verbringen, in den Bergen oder am Meer. Ich weiß, dass es in deinem Zustand schwierig ist ...«
Sabinus winkte mit einer schwachen Geste ab. »Bei Tibur gibt es für die oberen Ränge ein kleines Erholungsheim. Gleich morgen nehme ich dorthin das *vehiculum publicum* ...«
Der Medicus nickte zerstreut, denn sein Gehilfe rief ihm von draußen etwas zu. »Muss jetzt weiter! Gute Genesung und wenn du mich nochmals brauchst, dann ... na, du weißt schon!«
Sabinus hatte sich in den letzten Tagen sein im Schatzhaus des Mars-Tempels deponiertes Vermögen umwechseln und auszahlen lassen. Die gängigste Münze und übliche Recheneinheit war der Sestertius. Diese großen Bronzemünzen wogen schwer, doch vier davon gingen auf einen Silberdenar und von denen machten fünfundzwanzig einen Aureus aus. Wer sein gesamtes Vermögen abhob, erregte Misstrauen und so musste Sabinus die Auszahlung in Denari und Aurei mit saftigen Gebühren erkaufen. Wenn er vorher noch einen schweren Sack gebraucht hätte, so füllten das Gold und das Silber nur noch ein Säckchen, das er unauffällig unter der Kleidung tragen konnte. Sein gesamter Geldbesitz war nach Caligulas Tod beschlagnahmt worden, aber die für Messalina geleisteten Dienste hatten ihn durch Prämien und Zuwendungen wieder recht wohlhabend gemacht.
Inzwischen hatte Sabinus alles Militärische abgelegt, trug unauffällige Reisekleidung und ritt auf einem grauen Maulesel anstatt nach Tibur auf der Via Ostiensis nach Süden. Die damals im Laden des Scribonius gemachte Andeutung von einer Flucht nach Sicilia war nur ein Vorwand, denn sein Ziel hieß Mediolanum, Hauptstadt der Provinz Gallia Transalpina und überwiegend von Kelten und Germanen bewohnt, sodass er dort durch sein Äußeres keinerlei Aufsehen erregen würde.
Ein Schiff nach Genua war schnell gefunden, denn der vom Kaiser befohlene, allerdings noch lange nicht fertig gestellte Hafen hatte schon einen Notbetrieb aufgenommen und täglich stachen von dort zahlreiche Schiffe in See.
Furius, wie Sabinus sich jetzt aufgrund seiner gefälschten Entlas-

sungsurkunde nannte, fand schon am nächsten Tag einen Platz auf einem mit vielerlei Waren beladenen Frachtschiff nach Genua. Seinen Maulesel hatte er am Hafen verkauft und als er nach elf Tagen, nachdem der Küstensegler unterwegs mehrmals angelegt hatte, den Bestimmungsort erreichte, kaufte er sich ein kräftiges Pferd und machte sich auf den Weg nach Mediolanum. Wer sich einigermaßen auskannte, der wusste, dass man in den großen Städten am ehesten untertauchen konnte, ohne Aufsehen oder Misstrauen zu erregen. In dem betriebsamen Mediolanum war es nicht anders und Sabinus, jetzt Furius, fand mit Hilfe einer Agentur eine Weinschänke mit Garküche in bester Lage, die von ihrem bisherigen Inhaber aus familiären Gründen verkauft werden musste.

Ein alter Traum des früheren Centurio war es gewesen, sein Leben als Kneipenwirt zu beschließen, weil es da viel Betrieb gab, weil immer neue Gesichter das Leben kurzweilig und abwechslungsreich gestalteten. Dieses Ziel hatte er nun erreicht und schon nach wenigen Monaten gehörte Furius, der Veteran und neue Kneipenwirt zum Straßenbild der Innenstadt von Mediolanum. Seine blutige Vergangenheit und die Tatsache, dass er jahrelang der Geliebte der Kaiserin gewesen war, verschwanden wie hinter einem Nebel, wurden undeutlich und nach einiger Zeit erschien es ihm, als hätte dies alles ein anderer erlebt und ihm davon berichtet.

Es war allerdings nicht so, dass Sabinus diese Ereignisse verdrängte, weil sie sein Gewissen belasteten, o nein, er lebte damals wie heute in dem Bewusstsein, nur seine Pflicht getan und Befehle ausgeführt zu haben. Jetzt glaubte er, gegen seine Neigung in den Prätorianerdienst hineingepresst worden zu sein, denn für einen kräftigen Germanen hatte sich dieser Beruf geradezu aufgedrängt. Seine Berufung aber hatte er als Kneipenwirt gefunden, in einer Umgebung, wo ein blonder Kerl unter überwiegend Blonden und Rothaarigen so wenig auffiel wie ein Kupferas unter tausend seinesgleichen.

Mit Mnester war die Sachlage eine andere. Er und Sabinus hatten sich nie gemocht und stärker hätte der Unterschied zwischen

ihnen nicht sein können. Mnester stammte aus dem Südosten des alten Hellas, wo hohe Kulturformen schon gut ein Jahrtausend eher eingesetzt hatten als in den rauen feuchten Waldregionen im Nordwesten, wo die Ahnen des Sabinus gelebt hatten. Mit dem sozialen Rang hatte diese Herkunft nichts zu tun, denn sowohl Mnester als auch Sabinus kamen aus versklavten Familien und hatten ihre Freilassung letztlich sich selbst zu verdanken.
Mnesters hohe Kunst als begnadeter *mimus* hatte ihm schon bald die Freilassung und die Bewunderung der oberen Schichten eingebracht. Die meisten der gebildeten Römer waren theaterbesessen, was nichts mit dem rohen plebejischen Vergnügen an Wagenrennen, Possenspielen und Tierhetzen zu tun hatte. Mnester bot Kunst für Anspruchsvolle und so blieb es nicht aus, dass er in ihren Kreisen, die bis hinauf zum Imperator reichten, wohl gelitten war.
Sabinus hingegen war nur ein hoch bezahlter Totschläger; auch als er zum Geliebten der Kaiserin aufstieg, hätte kein Patrizier mit ihm ein überflüssiges Wort gewechselt. Mnester jedoch, selbst wenn er nicht wirklich ein Freund dieser hochgeborenen Herren war, so stand er doch mit ihnen auf vertrautem Fuß und seine Verbeugungen vor dem Kaiser fielen nicht tiefer aus als die ihren. Sosehr Claudius seine Kunst schätzte, doch in seiner Generation hatte man die Theaterleute eher als Gaukler angesehen, ein leichtsinniges und leichtlebiges Volk, dem man zwar applaudierte, aber sonst mit ihnen keinen Umgang pflegte.
So war Mnester ganz von allein in Messalinas Kreise geraten, und das hatte nichts damit zu tun, dass er gelegentlich in ihr Bett befohlen wurde, wozu es jetzt keiner Drohung mit der Peitsche mehr bedurfte. Auch er war unter dreißig, passte also dem Alter nach besser in die Kreise der »Jungen«, die mehr und mehr von der Altherrenriege um den Kaiser abrückten und in Messalinas neuer geräumiger Villa am Mons Pincius eine Welt für sich bildeten. Ihren Schlupfwinkel hatte sie aufgegeben und das *latibulum* in ein Gästehaus umgewandelt. Das war auch bitter nötig, ihr Kreis vergrößerte sich zusehends und es wurde schnell bekannt,

dass Messalinas Macht bis hinein in die Amtsräume der *libertini* reichte und sie rascher etwas in Gang setzen konnte als irgendwer sonst.
Eingebunden in diese Welt spürte Mnester nicht, dass Messalinas Stern langsam, vorerst noch kaum merklich, im Sinken begriffen war. Wenn man es seiner Zunft nachsagte, leichtlebig und leichtsinnig zu sein, so war er es auch. An Verstand dem des Sabinus weit überlegen, fehlte ihm dessen aus bitterer Erfahrung gewonnenes Misstrauen, denn von Großen und Mächtigen war Mnester immer nur verwöhnt und gepriesen worden und hatte sich selbst unter Caligula so sicher fühlen können wie kaum ein anderer. Es war nicht seine Art, Partei zu ergreifen, zu denunzieren oder einen gegen den anderen auszuspielen. Das tat er nicht aus Klugheit oder Menschenfreundlichkeit – er war so angelegt, er konnte nicht anders. Unfähig, analytisch zu denken, hätte gerade er, der sich von Berufs wegen auf virtuose Art in die Gemütslage von Menschen, in ihr Fühlen und Denken hineinversetzte, spüren müssen, dass der Kreis um Messalina, in dem er sich nun fast ausschließlich bewegte, wie ein Boot abdriftete und dabei war, in einen Strudel gerissen zu werden. So gesehen, hatte Mnester doch Partei ergriffen. Da er weiterhin, wenn auch seltener, bei Symposien des Imperators auftrat und offensichtlich nach wie vor in der Gunst des Kaisers und seiner Freunde stand, gab es für ihn nicht den geringsten Grund, sich Sorgen zu machen. Dass er manchmal mit Messalina schlief, war quasi erzwungen, ansonsten bot er seine Kunst dar und achtete streng darauf, niemals auf die Stufe von Possenreißern herabzusinken, auch wenn weniger Gebildete gelegentlich so etwas von ihm erwarteten.

Seit Gaius Silius geschieden und Messalinas fester Liebhaber war, hatte sich Messalinas Männerverbrauch mehr und mehr eingeschränkt und wenn ihr da und dort einer in die Augen stach, dann achtete sie darauf, dass es im Geheimen geschah und möglichst ohne Wiederholung blieb. Wer den Mund nicht halten konnte, wurde mit bewährten Mitteln zum Schweigen gebracht. Messa-

lina hatte bisher allerdings noch keinen würdigen Nachfolger für Sabinus gefunden und das ließ sie vorsichtiger werden, auch weil Silius vor kurzem von ihr unmissverständlich gefordert hatte, nur für ihn da zu sein, und ihr sein Wort gab, auch seinerseits den Nachstellungen einiger Damen mit Nichtbeachtung zu begegnen.
»Das ist ja fast, als seien wir verheiratet«, hatte er einmal gescherzt, doch Messalina war ernst geblieben.
»Was wäre so schlimm daran?«
Er schaute sie verblüfft an. »Schlimm? Nichts ist daran schlimm, abgesehen von der Tatsache, dass du schon verheiratest bist.«
»Das muss nicht so bleiben ...«
Er nickte. »Du sprichst von deinem Witwendasein ...«
»Ja, schließlich ist er fast dreimal so alt wie ich. Wir müssen uns nur fragen – und damit meine ich dich, mich und alle unsere Freunde – wir müssen uns fragen, ob wir auf irgendeine Weise den Zustand herbeiführen sollten, der vielleicht bald, vielleicht aber viel später eintreten wird.«
»Es heißt, Claudius soll nicht sehr gesund sein ...«
Da flammte gleich ihr Zorn auf. »Geredet wird viel! Er ist nie sehr gesund gewesen und schon seine Mutter glaubte an seinen frühen Tod. Es ist aber hinreichend bekannt, dass Menschen, die viel kränkeln, oft niemals richtig krank werden und ein hohes Alter erreichen.«
Silius lachte, es klang jedoch nicht sehr froh. »Wir sind jung und können warten.«
»Ich will nicht warten! Sollte Britannicus bei Claudius' Tod volljährig sein, dann wirft man mich als unnütze Witwe auf den Mons Testaceus zu den zerbrochenen Amphoren und ich muss mich als Kaiserwitwe in einem abgelegenen Landhaus verkriechen. Nein, mein Lieber, so weit darf es nicht kommen! Du bist jetzt fast dreißig und ich werde in wenigen Monaten einundzwanzig Jahre alt sein. Da sind wir gerade im richtigen Alter, um die Nachfolge, die Herrschaft anzutreten.«
Silius erschrak. »Und was soll aus Claudius werden?«
»Der wird abtreten müssen – so oder so!«

Silius scheute davor zurück, diesem heiklen Thema weiter auf den Grund zu gehen, und lachte laut. »Wie dem auch sei, ein wenig werden wir noch warten müssen. Tritt heute Abend nicht Mnester auf?«
»Ja, der Vorschlag wurde gemacht und Mnester wird kommen.«
Silius setzte ein lüsternes Grinsen auf und selbst dabei verlor sein männlich schönes Gesicht nicht an heiterer Würde. »Weißt du, dass Mnester es neuerdings auf mich abgesehen hat? Er macht mir schöne Augen, lässt verliebte Bemerkungen fallen, dreht und wendet sich auf eine Weise, die seinen schönen Hintern zur Geltung bringt …«
Sie lachte hellauf. »Das bildest du dir nur ein. Ich selbst bin der beste Beweis, dass unser *mimus* am Ende doch Frauen bevorzugt.«
»Andere wissen es anders …«
Sie hob die Schultern. »Bitte sehr! Du glaubst doch nicht, dass ich auf einen Mnester eifersüchtig bin? Wäre eine Frau im Spiel, dann würde ich die *furiae* auf dich hetzen, aber ein Mann – nein, mein Lieber, du kannst ruhig mit ihm ins Bett gehen. Wie ist das dann? Wer streckt wem seinen Hintern hin oder macht ihr es mit den Händen?«
»Das ergibt sich dann schon … Mnesters Erfahrungen, so glaube ich, reichen da ziemlich weit.«
»Ja, wenn wir ihn nicht hätten …«

30

Mit den *concubinae* des Kaisers war der Fall ganz anders gelagert. Die redegewandte Kleopatra mit ihrem kupferfarbenen Haar und den Bernsteinaugen stand nicht weniger in des Kaisers Gunst wie die grauäugige und dunkelhaarige Calpurnia, die sich stets klug zurückhielt, aber sehr berechnend war. Die beiden Griechinnen hatten zunächst getan, was ihre Eigentümerin

von ihnen erwartete, waren fast übereifrig gewesen, da ihre Freilassung in Aussicht stand und sie auch danach im Palatium, im Zentrum der Macht eine Rolle spielen wollten.
Messalina, anfangs mit Lob und Geschenken freigebig, machte dann den Fehler, die Beziehung zu ihren Sklavinnen mehr und mehr zu vernachlässigen, wohl einfach deshalb, weil andere Dinge ihr wichtiger erschienen. Darüber vergaß sie allerdings, dass sich Claudius Frauen gegenüber, die ihm nahe standen, sehr großzügig zeigte und für sie immer ein offenes Ohr hatte. So fanden die beiden schnell heraus, dass sie schon nach einigen Monaten dem Kaiser wichtiger waren als seiner Gemahlin, die nur noch halb hinhörte, wenn sie ihr berichteten. Das von Messalina als Frist für ihre Freilassung genannte Jahr war schnell vorbeigegangen und Kleopatra erörterte zusammen mit Calpurnia, ob sie ihre Herrin daran erinnern oder sich gleich an den Kaiser wenden sollten. Calpurnia, die immer Besonnenere, schlug vor, zwei Monate zuzuwarten und dann Claudius einfach vertrauensvoll um Rat zu fragen.
Messalina, die ihr Versprechen schlicht vergessen hatte, ließ auch diese zwei Monate verstreichen und so nutzte Kleopatra die nächste Gelegenheit, als Claudius sich nämlich vorzeitig aus einem langweiligen Pflichtsymposium mit den beiden *concubinae* in seine Privaträume zurückzog. Calpurnia verschwand dann mit der Bemerkung, ihre Regel habe soeben eingesetzt, denn sie hatten abgemacht, dass die redegewandte Kleopatra zunächst mit dem Kaiser allein verhandeln sollte. Sie legte ihre Toga ab, was Claudius zu der Bemerkung veranlasste, die meisten Frauen sähen knapp bekleidet reizvoller aus als nackt. Kleopatra ließ ihr leises melodisches Lachen ertönen, das Claudius so liebte und an dem er sich nicht satt hören konnte.
»Das ist der Reiz des Verborgenen, der unserer Fantasie noch etwas Raum lässt. Liegt alles offen zutage, gibt es nichts mehr zu ergründen, die Büchse der Pandora ist geöffnet und wir wissen, was kommt.«
Claudius lächelte nachsichtig. »Ein etwas schiefer Vergleich, aber doch bedenkenswert.«

»Darf ich dir eine Frage stellen, Domine?«
»Muss das jetzt sein?«
Sie seufzte hörbar und nestelte am Gürtel ihrer Tunika. »Ist nicht so wichtig ...«
»Also heraus damit!«
»Es geht um Calpurnia und mich, denn wir sind in einiger Verlegenheit. Sind wir noch *servae*? Die Domina versprach uns die Freilassung innerhalb eines Jahres. Wenn nicht ... wem gehören wir? Dir oder deiner Gemahlin?«
Claudius stutzte. »Also, ich weiß nicht ... Messalina hat euch gekauft, das steht fest. Sollte es nicht schon geschehen sein, wird Callistus eure *manumissionis* ausfertigen und ich werde meiner Gemahlin den Kaufpreis erstatten.«
Claudius dachte nicht daran, sich von seinen ihm fast unentbehrlich gewordenen *concubinae* zu trennen und um dieses Vorhaben nicht gleich wieder zu vergessen, sandte er sofort einen Boten zu Callistus.
Warum aber waren die beiden griechischen Hetären dem Kaiser so unentbehrlich geworden? Das hatte mehrere Gründe, von denen der Beischlaf inzwischen noch wichtig, allerdings nicht mehr der wichtigste war. Besonders die redegewandte Kleopatra war Claudius zur unverzichtbaren Helferin für seine Arbeit geworden, die er quasi nebenher und zur Erholung betrieb. Dabei nahm er sich die Dramen und Tragödien der großen griechischen Bühnendichter vor – etwa Aischylos, Sophokles und Euripides – und versuchte, ihre altertümliche, ihm jedoch sehr vertraute Sprache in das heute gesprochene Griechisch zu übertragen. Kleopatra war damit bestens vertraut – ja, sie kannte sogar Varianten etwa zwischen der in Alexandria und der in Athen oder Ephesos gebrauchten Sprache.
Calpurnia hingegen erwies sich bei den Symposien als scharfsichtige Beobachterin und als hellhörige Lauscherin. Ihr feines Gehör nahm Geräusche in weitester Umgebung auf und wenn am Ende des Saales eine Bemerkung über den Kaiser fiel, die nicht gerade geflüstert war, so konnte Calpurnia sie verstehen. Nicht dass Claudius ihren kleinen Spitzeldienst sehr ernst nahm oder gar

für die Betroffenen daraus Folgen ableitete, doch es machte ihm großen Spaß, beim nächsten Gespräch dem Unbedachten seine Bemerkung ironisch unter die Nase zu reiben. Das ließ die Leute vorsichtig werden und bei so manchem geriet der Kaiser in den Ruf eines hellsichtigen Gedankenlesers.

Eine Folge dieser Vertrauensstellung war, dass immer mehr Menschen versuchten, durch Kleopatra oder Calpurnia Wünsche an den Kaiser heranzutragen, und dies mit oft sehr kostbaren Geschenken vergalten. Die beiden Hetären zeigten sich gegen solche Forderungen grundsätzlich nicht abgeneigt, achteten aber sehr darauf, dabei nicht in die Kompetenzen der *libertini* einzugreifen. Als Messalina dann von Pallas, dem kaiserlichen Schatzmeister, erfuhr, dass ihr Gemahl den beiden Griechinnen die Freiheit geschenkt hatte, fuhr sie zornig auf.

»Was soll das? Waren sie nicht meine *servae*, von mir gekauft!«

Der lange dürre Pallas blickte sie düster an. »Das stimmt, doch soviel ich weiß, hast du sie dem Kaiser zum Geschenk gemacht.«

»So? Ich weiß nur, dass ich sie ihm als Gesellschafterinnen zur Verfügung gestellt habe, zur Verwendung bei Symposien, zum Griechischsprechen ...«

Pallas lachte kurz, es klang jedoch eher wie ein Krächzen. »Ich kenne die Aufgaben der Damen. Jetzt sind sie dem Imperator ans Herz gewachsen und er hat getan, was du trotz deines Versprechens versäumt hast. Der Kaiser gab mir die Anweisung, dir den Kaufpreis zu erstatten.«

Plötzlich langweilte sie das Gespräch. Ihr war es ganz recht, dass die beiden *concubinae* sie von ihren ehelichen Pflichten befreiten. Einen Silius im Bett würde sie nicht gegen zehn Kaiser tauschen! Sie gähnte, hatte auch längst vergessen, wie hoch der Preis gewesen war.

»Ist nicht so wichtig, du kannst ja die beiden selbst fragen. Bald wird vieles nicht mehr wichtig sein, von dem du meinst, es sei von Bedeutung ...«

Pallas runzelte seine ohnehin schon faltige Stirn. »Wie ist das zu verstehen?«

Nein, dachte sie, ich werde es dir nicht auf die Nase binden. »Ganz allgemein. Du als lebenserfahrener Mann wirst ja wissen, dass die Dinge sich ständig ändern. Was gestern noch galt, ist heute ohne Belang, aus Reich wird Arm und so mancher Arme kommt zu Reichtum.« Ihre dunklen Augen blickten ihn spöttisch an.
Pallas verneigte sich. »Wie du meinst, Domina.«
Er jedenfalls würde sie erst mit Augusta anreden, wenn Kaiser und Senat es verfügt hatten.
Doch von diesem Gespräch blieb ein kleiner Stachel zurück, der ihn schmerzte, wenn er daran rührte.
Die drei *libertini* hielten es seit Jahren so, dass sie sich gewöhnlich einmal im Monat zu einer Besprechung trafen, aber jeder von ihnen konnte eine Sondersitzung einberufen und das tat nun der vom Gespräch mit Messalina irritierte Pallas.
Wie immer trafen sie sich in den Amtsräumen des Callistus, der sich schon seit Caligula einen abhörsicheren Raum einrichten hatte lassen, den zudem taubstumme *cerberi* bewachten.
Callistus erhob sich, als Pallas und Narcissus eintraten. War er wieder dicker geworden? Unter seiner sehr weiträumigen und faltenreichen Toga zeichnete sich deutlich der kugelrunde Bauch ab. Über seiner schlauen biederen Miene lag ein gespannter Ernst, denn gerade Pallas hätte nicht ohne dringenden Grund diese Sondersitzung einberufen. Das glatte verschlossene Gesicht des Narcissus zeigte nicht die geringste Regung, während Pallas, so schien es, noch grimmiger und düsterer blickte als gewöhnlich. Im Gegensatz zu der gepflegten Erscheinung seines Begleiters war der Schatzmeister eher nachlässig gekleidet und zeigte eine Vorliebe für den hellenischen Stil, wohl um die von ihm behauptete Herkunft aus dem arkadischen Königshaus zu demonstrieren. So war seine hellblaue Tunika mit einem goldenen Maeandermuster gesäumt und um seinen dürren Hals baumelte an goldener Kette eine große silberne Schaumünze des Herakles, der einige seiner berühmten »Arbeiten« in Arkadien verrichtet hatte.
Wie die drei eigentlichen Regenten des Römischen Reiches es von der Arbeit her gewohnt waren, verschmähten sie die bequemen

lectuli, nahmen auf gewöhnlichen ungepolsterten Stühlen Platz und rückten eng zusammen. Keiner von den drei *libertini* war eines anderen Freund, aber noch immer gehorchte jeder der eisernen Regel, in entscheidenden Fragen gemeinsam zu handeln und sich dabei fast immer auf einen Befehl des Kaisers berufen zu können. Wenn einer von ihnen angegriffen oder verleumdet wurde, dann verhielten sich die beiden anderen so, als hätte der Anwurf auch ihnen gegolten, und nicht wenige solcher Gegner bezahlten ihre Kühnheit mit dem Leben. Pallas eröffnete das Gespräch.
»Vielleicht werdet ihr mich schelten und später sagen, ich habe euch wegen einer Nichtigkeit die Zeit gestohlen, aber dennoch ...« Er hob wie entschuldigend eine Hand und schüttelte den Kopf. »Wir alle wissen aus Erfahrung, dass einer manchmal etwas so dahinredet, ohne es wirklich zu meinen, ohne etwas zu beabsichtigen. Messalina, so glaube ich, gehört nicht zu diesen Menschen. Wegen ihrer losen Zunge mag sie sich manchmal verplappern, aber gewöhnlich steckt dann etwas dahinter. Jetzt zum Kern der Sache. Als ich ihr vor einigen Tagen pflichtgemäß die vom Kaiser verfügte Freilassung der beiden *concubinae* mitteilte, wurde sie zuerst zornig, aber schnell wieder ruhig, fast gleichgültig. Bei unserem kurzen Gespräch fielen dann Worte ...«, er kramte einen Zettel hervor, »... die ich mir sofort danach notiert habe und für bemerkenswert, wenn nicht bedenklich halte. Sie sagte: Bald wird vieles nicht mehr wichtig sein, von dem du meinst, es sei von Bedeutung ... Als ich sie fragte, wie das zu verstehen sei, sagte sie, ich als lebenserfahrener Mann müsse ja wissen, dass die Dinge sich ständig ändern und dass etwas heute ohne Belang sei, was gestern noch gegolten habe. Das waren natürlich Ausflüchte, die nichts sagen, nichts verraten. Ihre vorherige Aussage klang doch sehr bestimmt und ich müsste mich schon sehr täuschen, wenn da nicht irgendetwas im Gange wäre.«
Narcissus blickte auf. »Das ist mir zu ungenau. Was soll im Gange sein? Eine Verschwörung, an der die Kaiserin beteiligt ist? Ein geplanter Umsturz, von dem sie weiß? Das ergäbe keinen Sinn, denn jeder Umsturz, jede Verschwörung würde sie aller Macht berauben, sie selbst mit in den Abgrund reißen.«

Callistus nickte. »Dem kann ich nur zustimmen. Was sie bisher getan, erreicht und bewirkt hat, wäre ohne Zustimmung des Kaisers, auch ohne unsere wohlwollende Duldung nicht möglich gewesen. Entweder hat sie ihre prophetisch klingenden Worte nur als Drohung Pallas gegenüber gebraucht oder es steckt wirklich irgendein Plan dahinter, der vorerst nur in ihrem Kopf existiert.«
Pallas nickte. »Ich glaube eher an Letzteres. Messalina hat sich mit einem Kreis junger aufsässiger Menschen umgeben, die gar kein Hehl mehr daraus machen, dass sie den Kaiser und seine Ratgeber nicht mehr ernst nehmen und eine Ablösung herbeiwünschen. Ich habe bewusst solche harmlosen Worte gewählt, weil ich noch kein Anzeichen sehe, dass dieser Kreis eine Verschwörung anzettelt oder gar einen Umsturz plant.«
»Das kann aber noch kommen«, meinte Callistus und Narcissus sagte: »Genau betrachtet, ist in den letzten Jahren schon eine gewisse Veränderung eingetreten. Claudius und Messalina haben sich mehr und mehr entfremdet. Die letzte Spur einer Gemeinsamkeit besteht nur noch in den zwei oder drei gemeinsamen Mahlzeiten, zu denen sie sich von Zeit zu Zeit zusammenfinden, doch auch die werden seltener und seltener. Die dem Kaiser von Messalina untergeschobenen *concubinae* dienten, wie wir alle wissen, nur dem Zweck, ihn zu beobachten, auf sein Reden und Handeln zu achten. Darauf scheint sie seit längerer Zeit keinen Wert mehr zu legen und das halte ich schon für bedenklich.«
Callistus stimmte zu. »Ja, es ist, als existiere der Kaiser für sie nicht mehr. Daraus lassen sich allerlei Schlüsse ziehen ...«
Narcissus rückte seinen Stuhl etwas näher. »Noch etwas. Solange Messalina wie eine männerfressende Sirene schnell und wahllos ihre Liebhaber wechselte, sich sogar in einem *lupanar* feilbot, konnte ich in ihr keinerlei Gefahr erblicken, musste mich nur immer wieder fragen, wie lange der Kaiser das noch duldet oder besser gesagt: wie lange wir ihn darüber im Unklaren lassen sollen. Nun aber hängt sie wie eine Klette an diesem Schönling Gaius Silius, der sich ihretwegen hat scheiden lassen. Warum hat er es getan?«

Pallas lächelte düster. »Vielleicht, weil er nicht wie Seneca im Exil enden wollte. Er wenigstens begeht keinen Ehebruch ...«
Narcissus nickte. »Die Ehebrecherin ist sie, nur was zuvor quasi im Dutzend geschah, hat sich nun auf einen Mann konzentriert, und da und dort hörten meine Spitzel schon die Bemerkung, dies sei wahrhaft ein schönes Paar und würde den Kaiserthron eher schmücken als der alte und sieche Claudius. Das wurde nicht in so klaren Worten und wohl mehr scherzhaft hingesagt, die Geschichte zeigt uns jedoch nicht wenige Fälle, da aus losem Scherz schnell bitterer Ernst geworden ist.«
Callistus stand auf und streckte sich, wobei sein runder Bauch besonders deutlich hervortrat. »Trotzdem kann ich das alles nicht so ernst nehmen. Zudem müssen wir immer bedenken, dass uns keine wichtige Veränderung, kein Ansatz zu einer Verschwörung oder Umsturzplänen verborgen bleiben. Jeder von uns hat seine Spitzel und die stecken ihre Nasen bekanntlich überall hinein. Halten wir es wie bisher und lassen Messalina ihre kleine Nebenregierung. Wir haben ja inzwischen gezeigt, dass wir ihr nicht mehr jeden Wunsch erfüllen, selbst wenn sie glaubt, dass wir ihr nach wie vor in allem unbesehen zu Willen sind. Auch wir haben unseren Vorteil davon und so mag es ruhig weitergehen.«
Die anderen stimmten zu, doch Pallas wusste, dass man Messalina und ihren Kreis noch genauer beobachten müsse.

31

Die Sommertage zogen träge und hitzetrunken dahin. Claudius hatte mit Nachdruck darauf bestanden, dass Messalina und die Kinder mit ihm die heiße Zeit in der Villa Luculliana bei Neapolis verbrachten. Gaius Silius riet seiner Geliebten dringend zu, denn er hatte inzwischen seine Bedenken aufgegeben und zusammen mit Messalina und einigen engen Freunden einen gewissen Plan entwickelt. Um diesen nicht zu gefährden und im Kaiser nicht den Schatten eines Verdachts aufkommen zu lassen, fügte sich Messalina, auch wenn sie den Geliebten schon in den ersten Tagen bitter vermisste.

Claudius hatte ihr angeboten, seine *concubinae* in Rom zu lassen, um die Eintracht der Familie zu wahren, doch Messalina hatte gemeint, die beiden gehörten ja längst dazu und Claudius würde sie gewiss schon nach wenigen Tagen entbehren. Doch der Kaiser überwand sich, ließ Kleopatra und Calpurnia in Rom und bot ihnen an, den Sommer in seiner Villa am Lacus Nemorensis zu verbringen, die er niemals benutzte, weil von dort Caligula seine Lustfahrten auf dem See unternommen und Claudius mehrmals dazu gezwungen hatte, quasi als Hofnarr daran teilzunehmen.

So war das Kaiserpaar bei Tisch und Bett wieder vereint und Messalina machte die für sie bittere Erfahrung, dass sich Claudius bester Gesundheit erfreute. Es war schon seltsam mit ihm: Von Ferne machte er den Eindruck eines abgelebten Greises – unsicher auf den Beinen, hilflos mit den Armen rudernd, nicht selten von Sklaven gestützt. Das Zucken im Gesicht, seine schmerzhafte Miene und die leise gemurmelten Verwünschungen ließen an einen Menschen denken, der sein Ende nahen fühlte und bald über seinen Körper die Kontrolle verlieren würde.

Aus Gleichgültigkeit und Zerstreutheit ließ Claudius sich oft gehen. Jetzt aber, wieder Seite an Seite mit seiner Gemahlin, achtete er auf sich und wenn sein Gang auch etwas unsicher blieb, so war es kein Schwanken mehr, er zeigte eine beherrschte Miene, lächelte freundlich, wenn er die Kinder sah, hielt sich bei Tisch zurück, vermied jedes Unmaß. Der kundigen Tröstungen seiner *concubinae* beraubt, nahm er dankbar seine ehelichen Pflichten wieder auf und Messalina gab sich ihm zuerst etwas widerwillig, dann allerdings nicht ohne Vergnügen hin, dessen sie sich fast schämte. Ihr war, als würde sie damit Silius etwas wegnehmen, was ihm allein zustand.

Und schon kamen ihr Zweifel, ob es richtig sei, auf Gaius Silius zu setzen, oder es nicht besser wäre, sich an einen Mann zu halten, der offenbar gesund, potent und voller Lebenskraft war. Wenn sie nach Tisch und noch vor der *meridiatio* ihren Spaziergang hinüber zum Vogelhaus machte, wurde sie jedoch wieder schwankend. Dann kamen nämlich die Erinnerungen an den Geliebten, der sich ihr hier beim ersten Treffen verweigert hatte, damals noch weit entfernt von der Vorstellung, den Kaiser mit seiner Frau zu betrügen oder sich gar gegen ihn zu verschwören. Und jetzt? Der vertraute erinnerungsschwere Geruch nach Vogeldreck und Federbälgen zauberte sogleich das Bild des Gaius Silius in seiner ganzen apollinischen Anmut vor ihre Augen. Das lähmte ihre Glieder, machte sie für kurze Zeit unfähig, in die Villa zurückzukehren, wo der Alte auf sie wartete. Diesen Sommer würde sie durchstehen, dann musste es ein Ende haben, dann war es höchste Zeit für einen neuen Anfang an der Seite des Imperators Gaius Silius.

Der Plan! Ja, sie hatte mit ihm und den engsten Freunden einen solchen entwickelt, wenn auch zunächst nur in groben Zügen. Dieser kleine Kreis von Männern aus adeligen und senatorischen Familien bestand aus Titius Proculus, Vettius Valens, Pomponius Urbicus, Sulpicius Rufus, dem Senator Juncus Vergilianus, dazu kam Gaius Silius als Sprecher und Anführer der Verschwörung. Dass diese nur mit Unterstützung zumindest eines Teils der Prätorianer zum Erfolg führen könne, darüber war man sich von Anfang an einig. Diese etwa zehntausend Mann standen unter dem Oberbefehl von zwei *praefecti praetorio*.

Crispinus war der eine, wohl bekannt als »Retter« der kaiserlichen Familie, weil er Valerius Asiaticus festgenommen und nach Rom überstellt hatte. Die dafür bezahlte hohe Prämie hatte ihn leichtsinnig gemacht, er hatte angefangen zu trinken und das Geld mit von ihm bezahlten *munera* und auf üppigen Symposien zu vergeuden. Er wurde krank und auf Anraten der *libertini* ehrenvoll vom Dienst suspendiert. Einige vom Kaiser dazu bestellte *tribuni* übernahmen vorläufig seine Aufgaben.

Der andere jedoch, Lusius Geta, war ein harter, ehrgeiziger Mann, schwer zu durchschauen, aber seiner gerechten Strenge wegen bei

seinen Männern beliebt und hoch angesehen. Einer der Verschwörer war mit ihm verwandt, zwei andere aus gemeinsamer Dienstzeit waren mit ihm in Freundschaft verbunden.
Gaius Silius hatte versucht, den Präfekten so nach und nach in den Kreis um Messalina zu ziehen, Geta achtete jedoch streng darauf, sich neutral und unbedingt kaisertreu zu verhalten. Doch eine persönliche Einladung der Augusta konnte er kaum ablehnen und so kam es im Garten ihrer Villa zu einem denkwürdigen Gespräch unter vier Augen. Messalina legte mit einer scheuen Geste ihre Hand auf seinen Arm, um den vertraulichen Charakter des Gespräches zu betonen.
»Glaube nur ja nicht, mein Geta, dass uns die Entwicklung im Prätorianerlager verborgen geblieben ist. Wir wissen recht gut, dass alle Verantwortung auf dir lastet, dass du die Pflichten und Aufgaben des erkrankten Crispinus häufig mitträgst. Nicht nur einmal habe ich deswegen beim Kaiser interveniert und vorgeschlagen, dich zum Befehlshaber aller Prätorianer zu machen, unterstützt von zwei nur dir verantwortlichen Unterpräfekten. Nur, auf diesem Ohr hört unser Imperator leider nicht, auch, weil er falsch beraten wird von den *libertini.*«
Sie schwieg, um Geta Gelegenheit zu einer Meinungsäußerung zu geben, doch der hielt sich zurück.
»Dafür danke ich dir, Domina, und wundere mich, dass eine Frau solche Überlegungen anstellt …«
Messalina lächelte verhalten. »Ich bin die Kaiserin und bemühe mich auf meine Weise, den Imperator beratend zu unterstützen. Wie ich, solltest auch du an das Alter des Kaisers denken und an die auf uns zukommenden Probleme, wenn die Götter ihn abberufen. Sollte Britannicus, was fast zu erwarten ist, bis dahin noch unmündig sein, so wäre es mir lieber, wenn die Legionen der Prätorianer mit einer Stimme sprächen. Dass du dann in den Regentschaftsrat mit einbezogen wirst, ist so gut wie sicher.«
Geta, sonst von klarem und scharfem Verstand, begann der Kopf zu schwirren. Dass in Messalinas Planspiel viel Logisches und Wahrscheinliches steckte, war ihm sofort klar geworden und es

fiel ihm nicht schwer, sich als Oberbefehlshaber aller Prätorianerlegionen zu sehen. Dennoch hörte er von ferne eine Warnglocke schrillen.
»Weiß der Imperator von solchen Überlegungen?«
Messalina schüttelte wie belustigt den Kopf. »Lusius Geta! Soll ich meinem Gemahl vom eigenen Tod sprechen? Er ist zwar häufig krank und in letzter Zeit recht schwach, doch ich bringe es nicht übers Herz, kann und will es nicht verlangen, dass er Pläne für die Zeit nach seinem Ableben macht. Das sollten wir übernehmen, mein Geta, und eine nicht kleine Reihe von verantwortlich denkenden Menschen ist schon dabei, es zu tun. Übrigens hätte ich nichts dagegen, wenn du als Mann und Krieger vor den Kaiser hintrittst und ihm den Inhalt unserer Überlegungen nahe zu bringen versuchst. Als römischer Imperator darf er dir gegenüber keine Schwäche zeigen, wird dir mannhaft antworten – ich als seine Frau aber muss mitfühlende Zurückhaltung üben. Du solltest dir meinen Vorschlag überlegen, Lusius Geta.«
Das tat der *praefectus* dann auch und er gelangte zu der Ansicht, dass es unklug wäre, mit dem Imperator Pläne zu erörtern, die seine Nachfolge und die eigene Rangerhöhung betrafen. Es war bekannt, dass Claudius hartnäckig an den alten Formen festhielt und die Forderung nach dem Oberbefehl für nur einen Präfekten als diktatorische Gelüste missverstehen könnte. Nein, darum sollten sich andere bemühen. Dass die *libertini* gegen eine solche Rangerhöhung waren, schien ihm durchaus glaubhaft, denn besonders Callistus achtete streng darauf, dass sich nicht zu viel Macht in einer Person vereinigte. Sie selbst kamen mit einer Dreiteilung der Befugnisse ganz gut zurecht und wem nach mehr gelüstete, dem wurden recht schmerzhaft die Flügel gestutzt. So weit, so gut, aber er sollte auch bedenken, dass die Kaiserin offensichtlich in nächster Zeit mit einer Änderung der Verhältnisse rechnete und ihn dann in den neuen Machtbereich mit einbeziehen wollte. Als *praefectus* aller zehn Prätorianerlegionen und Mitglied des Regentschaftsrates würde er an der Spitze der Macht stehen, keine schlechten Aussichten! Vorerst galt es abzuwarten,

wie sich die Verhältnisse weiterentwickelten, und nach wie vor Kontakt zu Messalina und ihrem Kreis zu halten. Sich ihm nicht anschließen, aber stets offen zu sein für Anregungen und neue Entwicklungen.
Der Verschwörerkreis zeigte sich von Getas Verhalten beeindruckt – jedenfalls war der erste Schritt getan. Der nächste musste erfolgen, wenn Claudius nach seiner Rückkehr den lange geplanten und immer wieder verschobenen Aufenthalt in Ostia antrat. Die Bauarbeiten dort gingen ihrer Vollendung entgegen und der Kaiser wollte sich für eine gründliche Überprüfung viel Zeit lassen, er sprach von zehn bis vierzehn Tagen.
Als sich der Freundes- und Verschwörerkreis sofort nach Messalinas Rückkehr in der Villa zusammengefunden hatte, war es wenige Tage nach dem *tigillum sororium*, dem traditionellen Opfer für Janus und Juno am ersten Tag des Monats September. Messalina fand ihren Geliebten zu allem bereit. Es war, als hätte ihn das Warten zermürbt und als wolle er nun alles auf eine Karte setzen. Dazu hatte wesentlich beigetragen, dass er jahrelang als designierter Konsul galt und sehr lange hatte warten müssen, bis er verbindlich für dieses Amt vorgesehen war. Er sollte es im Januar des nächsten Jahres antreten, war jedoch so oft enttäuscht und vertröstet worden, dass er nicht recht daran glauben mochte. Auch hatte man ihm schon angedeutet, dass seine Amtszeit als *consul ordinarius* wahrscheinlich nur wenige Monate dauern würde. Seit Augustus hatten die Kaiser es sich vorbehalten, *consulis* zu ernennen, und zwar nur selten noch für ein ganzes Jahr, um auch anderen als so genannte *suffecti* diese Ehre zu verschaffen. Er zweifelte nicht daran, dass dies von der den Kaiser beratenden Altherrenriege hintertrieben wurde. Einmal hieß es, andere, Ältere hätten den Vorrang, dann wurde einer vorgezogen, weil er krank war und scheinbar nicht mehr warten konnte, auch persönliche Verdienste wurden angeführt und angedeutet, dass es an solchen bei ihm mangle.
Inzwischen hatte Claudius seine Abreise nach Ostia auf die ersten Oktobertage festgelegt, einige Freunde wie Lucius Vitellius sollten ihn begleiten. Claudius wollte allerdings spätestens zu dem

traditionellen Pferderennen auf dem Marsfeld, das Mitte des Monats stattfand, wieder zurück sein.
Silius zeigte sich begeistert. »Ich hoffe nur, dass Claudius bei diesem Plan bleibt! Dann hätten wir zehn, maximal vielleicht sogar zwölf Tage Zeit, den Umsturz vorzubereiten und durchzuführen. Noch ehe der Imperator zurück ist, müssen wir den Thron besetzt haben, unterstützt von Lusius Geta mit seinen Prätorianern. Am besten wäre es freilich, man würde Claudius schon in Ostia seine Absetzung mitteilen. Vielleicht wählt er dann den Freitod oder begibt sich mit dem nächstbesten Schiff ins Exil.«
Der Senator Vergilianus meldete sich zu Wort. »Das klingt mir alles ein wenig zu einfach. Selbst wenn sich Geta auf unsere Seite schlägt, muss doch der Senat seine Zustimmung geben. Mag diese Ratsversammlung seit Augustus vieler Rechte beraubt worden sein, so wird ohne Genehmigung des Senats kein Kaiser auf den Thron erhoben. Dabei möchte ich an Claudius erinnern, der immerhin zwei Tage warten musste, bis sich die Ehrwürdigen Väter auf seine Nachfolge geeinigt hatten.«
Silius winkte verächtlich ab. »Ach was! Wenn vor der Curia die Prätorianer an ihre Schilde schlagen und damit deutlich ihre Wünsche äußern, dann werden die Herren schon in unserem Sinne abstimmen, auch damals war es nicht anders.«
Es wurde an diesem Abend noch viel hin- und hergeredet, doch Messalina verhielt sich ungewöhnlich schweigsam. Als sie danach in ihre Privaträume gingen, sagte sie: »Du wirst dich über mein Schweigen gewundert haben, mein Silius, aber nun, da wir alleine sind, werde ich es brechen.« Sie zog ihn auf einen *lectulus* und lehnte ihren Kopf an seine Schulter. »Ich habe heute gespürt, wie entschlossen du bist, wie bereit, alle Gefahren auf dich zu nehmen, um unsere Pläne zu verwirklichen. Das freut mich und erfüllt alle meine Erwartungen – bis auf eine.«
Silius rückte etwas von ihr ab und schaute sie verwundert an. »Bis auf eine? Habe ich nicht entschlossen alle Mauern um mich niedergerissen? Mich scheiden lassen, den Kaiser betrogen und verraten – was willst du noch?«

»Werde nicht gleich zornig. Wenn alles so abläuft, wie gewünscht und geplant, wirst du innerhalb der nächsten zwei oder drei Wochen auf dem Kaiserthron sitzen. Da mag es dann falsche Freunde geben, die dir abraten, mich zu ehelichen, weil ich Claudius jahrelang getäuscht, hintergangen und ausgenützt habe. Das Gleiche wird sie mit dir tun, werden sie dir ins Ohr zischeln, sie ist eine geborene Hure, wird sich niemals ändern. Ich will es dir nicht unterstellen, aber vielleicht gelingt es den Falschrednern doch, dich zu überzeugen, und du schüttelst mich ab wie ein lästiges Insekt, schickst mich und die Kinder ins Exil, weil du jung genug bist, mit einer anderen Frau eigene zu zeugen.«

Sein Zorn war schnell verraucht und er schüttelte nachsichtig den Kopf. »Das bist nicht du, die so redet, das hat dir irgendwer eingeflüstert, um dich gegen mich aufzubringen – habe ich Recht?«

»Nein, mein Silius, allein meine Liebe und meine Sorge um die gemeinsame Zukunft lassen mich so reden. Verzeih, ich konnte nicht anders. Ich will, dass du mich am Vortag deiner Thronerhebung heiratest. So werden Volk und Senat schon ein Kaiserpaar vorfinden, mit dem von dir adoptierten Britannicus als Thronfolger.«

Er schaute sie bewundernd an. »Du hast wohl an alles gedacht, willst nichts dem Zufall überlassen, aber ich gebe dir Recht. Es wäre falsch, das Halbe zu tun, auch falsch, jetzt noch zu zaudern und das Wenn oder Aber zu bedenken. Ich glaube, auch die Götter verabscheuen eine solche Denkart, sind eher bereit, den Mutigen und Entschlossenen beizustehen.«

Wenige Tage vor des Kaisers Abreise führte Silius mit dem Prätorianerpräfekten Lusius Geta das, wie er glaubte, entscheidende Gespräch.

»Nun, da es feststeht, wann genau der Imperator nach Ostia aufbricht und dass er deine Begleitung wünscht, möchte ich mich endgültig vergewissern, ob du auf unserer Seite stehst.«

Geta, der inzwischen genau wusste, welche Veränderungen Messalina, Silius und ihr Freundeskreis anstrebten, hatte sich längst entschieden, doch er hielt sich bedeckt, wie erfahrene Krieger dies

gewöhnlich tun. Seine etwas stechenden, nahe beieinander stehenden Augen hielten dem Blick des anderen gelassen stand.
»Ich kann dir nur versprechen, mein Möglichstes zu tun. Wenn die Götter anders entscheiden, trifft mich keine Schuld, denn ihr Wille ist unerforschlich, wie wir alle wissen.«
»Du wirst sie immer auf der Seite der Mutigen und Entschlossenen finden«, sagte Silius mit fester Stimme und fügte hinzu: »Sonst hätte Alexander nicht die Welt erobern und Augustus nicht Antonius besiegen können.«
Geta grinste anerkennend. »Durchaus treffende Vergleiche. Im Übrigen hoffe ich, dass du zu deinen Versprechungen stehst.«
Silius nickte mehrmals. »Die Urkunde ist ausgefertigt und im Tempel des Mars hinterlegt.«
Geta hatte das nur gesagt, um Silius ein Gefühl der Sicherheit zu geben, doch er hatte sich umgesehen und ein ganz anderes Bild gefunden, als das von Silius und seinem Freundeskreis geschilderte.
Bis auf einige mit Claudius aus guten Gründen verfeindete Familien stand ganz Rom hinter dem Kaiser. Unter den von ihm gehätschelten, mit häufigen Geschenken und hohem Sold verwöhnten Prätorianern würde er wohl nicht einen finden, der bereit wäre, sich gegen den Imperator zu erheben. Narcissus, Callistus und Pallas, die an der Spitze standen und dem Kaiser alle lästigen Regierungsgeschäfte abnahmen, hätten sich keinen angenehmeren Herrn wünschen können. Mag Claudius einer Reihe von Staatsbeamten misstraut haben, so genossen die *libertini* sein volles ungeschmälertes Vertrauen und daran hatte sich im Laufe der Jahre nicht das Geringste geändert.
Diese Tatsachen standen fest und Geta hatte alles getan, sich davon zu überzeugen. Es wäre nun seine Pflicht gewesen, dem Imperator von dieser Verschwörung zu berichten, und zwar in allen Einzelheiten und mit Nennung sämtlicher Namen. Wäre Messalina nicht an der Spitze dieser Bewegung gestanden, so hätte er es getan, doch er wusste auch von ihrem Einfluss auf den Kaiser, der ihr am Ende vielleicht verzieh, und ihr ganzer Hass würde dann

ihn, Lusius Geta, treffen – ihn sein Amt und vielleicht das Leben kosten. Er musste es einfach darauf ankommen lassen und mit dem Kaiser nach Ostia gehen, um dort die Entwicklung abzuwarten. Fiel Messalina mit den anderen, würde er sich mit der Rücksichtnahme herausreden, die er der Gemahlin des Kaisers geschuldet hatte. Wurde sie jedoch begnadigt, so musste sie schweigen, um ihre Schuld nicht noch größer zu machen, wenn sie einen Prätorianerpräfekten gegen den Kaiser aufgewiegelt hatte. Auch er musste natürlich schweigen und im Sumpf dieses Schweigens würde die Wahrheit ersticken.
Um ganz sicherzugehen und am Ende nicht doch aufs falsche Pferd zu setzen, hatte er bei Agrippina um eine Audienz nachgesucht, während sie im Palatium ihren Onkel besuchte. Da sie die Kaiserin nicht gegen sich aufbringen wollte, hatte die Prinzessin diese Besuche immer mehr eingestellt. Als Messalina sich jedoch zunehmend von ihrem Gemahl abkapselte und nur noch selten in den Palast kam, nutzte Agrippina diese Entwicklung, um zu ihrem Onkel wieder eine größere Nähe herzustellen. Damit kam sie Claudius entgegen, der sich in der Pflicht fühlte, seine einzige noch lebende Verwandte nicht auszugrenzen. Doch Agrippina beruhigte ihn.
»Das habe ich doch selbst getan, um Messalina nicht unnötig zu erzürnen. Sie ist nun einmal die erste Dame des Reiches und ich war niemals gesonnen, ihr den Respekt, der ihrer Stellung gebührt, zu verweigern.«
Obwohl sie keine besonderen Nachforschungen anstellte oder gar Spitzel beschäftigte, spürte auch Agrippina eine Veränderung, ohne genau sagen zu können, worauf sie abzielte. Dies war schon am Verhalten der *libertini* zu spüren, die nicht mehr so unbedingt und diensteifrig Messalinas Wünschen und Aufträgen nachkamen. Narcissus, der manchmal sehr offen sein konnte, scheute sich nicht, es auszusprechen.
»Verstehe mich nicht falsch, wenn ich es in einem Wort zusammenfasse: nämlich Enttäuschung. Als sechzehnjährige Mutter zweier Kinder hätte die Kaiserin ein Vorbild sein können für alle

matris familias in Rom, hätte nach Caligulas und Caesonias Schreckensherrschaft zusammen mit Claudius eine neue Ära einleiten können. Und was tat sie aber stattdessen? Wenn ich bedenke, für welche Bagatellen Kaiser Augustus seine Tochter Julia auf eine wüste Insel verbannte! Glaube nur ja nicht, dass dies ein Vorwurf gegen den Imperator sein soll! Claudius hatte Frauen gegenüber schon immer ein weites Herz und dazu kommt, dass jedermann davor zurückscheut, ihm das wahre Bild der Messalina zu zeigen. Ich nehme mich da nicht aus und mache mir darüber ständig Vorwürfe. Als Messalina ins *lupanar* ging, hätte ich es beinahe getan, doch dann kam ihr plötzlicher Sinneswandel und nun scheint es, sie habe an einem einzigen Geliebten ihr Genüge gefunden. Niemand weiß, wie es weitergeht, aber Messalinas unsteter Sinn wird bald nach Veränderung verlangen und davon hängt die weitere Entwicklung ab.«
Agrippina lächelte verbindlich. »Ich danke dir für deine Offenheit, Narcissus. Zu deinem Bericht möchte ich keinen Kommentar abgeben, sei jedoch versichert, dass ich zunehmend den Eindruck gewinne, dass du, wie auch Callistus und Pallas, in jeder Lage treu zum Kaiser stehst und er als kluger, weitsichtiger Mann euch nicht ohne Grund so viele Pflichten und Verantwortungen aufgeladen hat. Ich weiß recht gut, dass manche entgegengesetzter Meinung sind und euch vorwerfen, die Gutmütigkeit und das blinde Vertrauen des Kaisers zu missbrauchen. Das ist eine böswillige Verleumdung, der ich nicht nur einmal mit energischem Protest begegnet bin.«
»Das wissen und schätzen wir«, sagte Narcissus ernst, »und vielleicht wird der Tag kommen, dies vor Volk und Senat offen auszusprechen.«
Beide waren sie kluge Menschen, beide wussten recht gut, dass sie mit Lügen und Halbwahrheiten um sich warfen, aber Narcissus fühlte sich nach diesem Gespräch mit der Prinzessin Agrippina stärker verbunden als mit Messalina, die durch ihr Verhalten alles Ansehen verspielt hatte.
Als Agrippina den Präfekten Geta dann während einer ihrer Be-

suche bei Claudius zu einem Gespräch unter vier Augen empfing, tat sie dies sehr förmlich, denn sie mochte diesen Menschen nicht und misstraute ihm schon deshalb, weil er bei seinen Männern eine unbedingte Autorität genoss und sie unter gewissen Umständen auch zum Aufruhr veranlassen konnte. Allen Fragen Getas, die derzeitige Situation betreffend, begegnete sie mit dem Hinweis, sehr abgeschieden zu leben und mit dem Kaiser nur familiäre, niemals aber politische Dinge zu besprechen. Nur einmal wurde sie deutlicher.

»Ob es gut ist, was Messalina tut, mag ich nicht entscheiden, kann dir aber sagen, dass der Kaiser sich vernachlässigt fühlt. Ich an ihrer Stelle würde anders handeln, doch darüber steht mir kein Urteil zu. Dass nicht wenigen ihr Verhalten missfällt, wirst du ja selbst wissen und wenn sie es nicht ändert, werden es mehr und mehr und gute Freunde werden meinem Onkel dann die Augen öffnen. Ich fühle mich dazu nicht aufgerufen, das kann ich dir versichern.«

Dieses kurze Gespräch festigte in Geta die Meinung, dass Messalina ihrem Untergang entgegengehe und er in keinem Fall zu denen gehören wollte, die sie dabei begleiteten.

32

Nicht wenige aus dem Freundes- und Verschwörerkreis rieten Messalina von einer Heirat mit Silius ab, solange der Kaiser noch lebte und im Amt war. Der kühne Entschluss war nun jedoch einmal gefasst und weder sie noch Gaius Silius ließen sich darin beirren, auch nicht darin, die Hochzeitsfeier eher heimlich und in gebotener Stille, sondern vor aller Öffentlichkeit abzuhalten.

»Warum nur, warum?«, fragte der reiche und stets gelangweilte Pomponius Urbicus, der zwar viel geerbt, es jedoch zu keinerlei

Amt oder Würden gebracht hatte. Das wollte er jetzt unter dem künftigen Kaiser nachholen und so war er ständig besorgt, sie könnten durch Unachtsamkeit ihren Plan gefährden.
Silius strahlte vor Unternehmungslust und Zuversicht. »Das kann ich dir schon sagen, mein Lieber. Tun wir es heimlich, so hat es den Anschein, als hätten wir etwas zu verbergen, als begingen wir ein Verbrechen. Ganz Rom soll erfahren, dass wir guten Gewissens das Rechte tun. Das wird auch die noch Schwankenden, die ewigen Zauderer aufrütteln und ihnen bewusst machen, dass eine neue Zeit beginnt. Wir denken auch keineswegs daran, Claudius zu verdammen oder sein Andenken mit Anschuldigungen zu verdunkeln. Nein, es soll die unverstellte Wahrheit ans Licht kommen, wenn wir die tückischen Machenschaften der *libertini* aufdecken, womit vor allem Pallas und Callistus gemeint sind. Narcissus soll Gelegenheit zur Bewährung erhalten. Messalina und ihn hat lange Zeit etwas wie Freundschaft verbunden, die zwar jetzt erkaltet ist, aber meines Erachtens schnell wieder belebt werden kann. Dieser Mann hat einen klugen Kopf und auf solche Leute wollen wir nicht verzichten. Im Gegensatz zu seinen Kumpanen ist er nicht wegen seiner Habgier bekannt und berüchtigt, ihn zeichnen vor allem Treue und Loyalität aus. Wir werden ihn zur Hochzeitsfeier laden!«
Urbicus erschrak. »Bei allen Göttern – nein, das würde ich nicht tun! Du selbst hast ihn eben loyal genannt; er wird seine Treue zu Kaiser Claudius bewahren und uns alle ins Verderben stürzen.«
»Er will an der Macht bleiben, das weiß ich, und wir werden ihm deutlich zu verstehen geben, dass dies nur mit uns möglich sein wird. Er soll auch wissen, dass er eine Ausnahme darstellt, dass wir Callistus und Pallas anklagen und vor Gericht stellen werden.«
Als Urbicus sah, dass Silius sich durch nichts beirren ließ, gab er sich geschlagen. »Vielleicht hast du Recht und ein ängstliches Zaudern würde jetzt alles verderben. Es wird schon gut gehen!«
Silius lachte und schlug ihm derb auf die Schulter. »Darauf hast du mein Wort!«
Ehe man sich zur Hochzeitsfeier rüstete, sandte Silius einen Boten

an den Prätorianerpräfekten Geta mit der Frage, ob sich am Plan etwas geändert habe, ob es irgendwelche Gefahren oder Hindernisse gebe. Geta gab zur Antwort, alles sei ruhig, nichts habe sich geändert. Daraufhin nannte ihm Silius den Tag der Hochzeit, damit der Präfekt zeitgleich und dementsprechend handeln könne. Dass Geta darauf keine Antwort gab, nahm Silius gleichmütig hin und sagte zu Messalina, dies eben sei die Antwort, denn hätte es einen Aufschub oder andere Schwierigkeiten gegeben, so wären sie sogleich informiert worden.
Messalina nickte lächelnd. »Nicht anders kann es sein, Fortuna ist auf unserer Seite.«
Ja, so war es, daran glaubte sie fest und alles wies darauf hin, dass die Glücksgöttin ihnen freundlich zulächelte.
Seit Tagen prunkte der Oktober mit einem Wetter, wie man es sich schöner und angenehmer nicht hätte wünschen können. Die Luft war klar wie Kristall, erwärmt von einer noch kräftigen Herbstsonne, die in den Nachmittagsstunden einen falschen Sommer vorgaukelte, doch die kühlen Winde aus den Albanerbergen erinnerten daran, dass der Winter vor der Tür stand.
Es war die Zeit der Traubenernte und Messalina beschloss, die Hochzeitsfeier als Weinlesefest zu gestalten. So ließ sie von ihren Weinbergen an den Hängen der Sabini und Albani Montis einige Wagenladungen von Rebstöcken herbeischaffen und Haus wie Garten damit schmücken. Einige Fässer des von dort stammenden honiggelben Weines wurden bereitgestellt und es bedurfte dann keiner besonderen Einladung, denn der Freundeskreis kannte schon länger den dafür festgesetzten Tag. Das sprach sich natürlich herum und nicht nur die Eingeweihten wussten, dass dieses Weinlesefest in Wahrheit eine Hochzeitsfeier war. Nicht wenige hielten es für einen der gewagten Scherze, die gut zum zügellosen Leben der Messalina passten.
Natürlich erfuhren auch die *libertini* davon und Narcissus entschloss sich sofort, dieses Ereignis zu Messalinas Sturz zu nutzen. Dass sie ihn dazu geladen hatte, nötigte ihm einigen Respekt ab, doch in seinen Augen bedeutete es nur einen weiteren Schritt in

den Abgrund. Pallas und Callistus waren nicht so ohne weiteres bereit, Messalina zu vernichten. Pallas gab zu bedenken: »Noch hat das Ereignis nicht stattgefunden und ich weiß nicht, ob sie das Fest nur deshalb veranstaltet, um uns und andere zu verspotten. Vielleicht hat sie den Kaiser vorher informiert und wenn wir sie der Bigamie anklagen, lacht Claudius uns aus und das Lachen wird sich in ganz Rom fortpflanzen. Ihr wisst so gut wie ich, dass Tausende unserer Gegner, da sie uns nun einmal nicht stürzen können, sofort jede Gelegenheit ergreifen, um uns wenigstens lächerlich zu machen.«

Callistus hatte dazu ein paarmal einverständlich genickt, doch zuletzt schüttelte er seinen feisten Kopf so energisch, dass seine Hängebacken ins Flattern kamen. »Nein, ganz so erscheint es mir nicht, wenn ich auch Pallas Recht geben muss, die Absichten unserer Gegner betreffend.« Er lehnte sich zurück und grinste selbstzufrieden. »Vielleicht habe ich nur die besseren Spitzel? Von denen hörte ich, dass allen Anzeichen nach die Hochzeit durchaus ernst gemeint ist. Der Kaiser soll am selben Tag in Ostia entmachtet werden, die Prätorianer, von Lusius Geta geführt, nach Rom marschieren, um dort den Senat zu zwingen, Gaius Silius auf den Thron zu erheben.«

Narcissus, der sich sonst selten erregte, schlug so hart auf den Tisch, dass einer der Weinbecher umfiel. Zum Glück war er leer und Callistus stellte ihn sofort wieder auf.

»Dann habe ich doch Recht! Dieses schamlose Weib hat schon viele Männer verführt und wer sich dazu nicht hergeben oder gar darüber reden wollte, der verschwand spurlos oder man fischte seine Leiche aus dem Tiber. Jetzt ist die Zeit gekommen, ihr letztes Treffen mit einem Mann herbeizuführen, nämlich mit dem Henker!«

Pallas verkündete mit grimmiger Miene. »Da spiele ich nicht mit. Mir ist die Lage zu unsicher – auch deine Spitzel können getäuscht worden sein, Callistus.«

»Das glaube ich nicht, möchte aber dennoch dazu raten, diese Hochzeitsfeier abzuwarten.«

Narcissus nickte. »Gut, dann werde ich keinen Augenblick mehr zögern und den Kaiser informieren.«
»Willst du es selbst tun?«
»Ich werde jedenfalls nach Ostia reiten, damit auch Geta sofort Bescheid weiß. Der Kerl ist schwer zu durchschauen, ich glaube allerdings nicht, dass er den Kaiser verrät. Es würde zu ihm passen, dass er Silius falsche Hoffnungen gemacht hat, um ihn dann umso sicherer vernichten zu können.«
»Ja, so schätze ich ihn auch ein«, sagte Callistus.
Pallas starrte düster vor sich hin und schwieg.
Es war auch Enttäuschung, die Narcissus so entschlossen handeln ließ. Wie sehr hatte er sich über Messalinas unbedingtes, fast kindliches Vertrauen gefreut, hatte es erwidert und war ihr in allem zu Willen gewesen – immer mit dem Hintergedanken, dass sie beide für den Kaiser nur das Beste wollten. Und jetzt? Er zweifelte nicht daran, dass es ihr und Silius ernst damit war, Claudius zu entmachten, was nichts anderes heißen konnte, als ihn zu töten und mit ihm seine engsten Vertrauten, an der Spitze die *libertini.* Aber zur Tücke, will man mit ihr etwas erreichen, gehören auch Besonnenheit und Vernunft. Daran scheint es den beiden zu fehlen und ihre Pläne werden auf dem Schindanger enden. So dachte Narcissus und säumte nicht, unverzüglich und entschlossen zu handeln.

33

Das festlich geschmückte Haus in den Horti Luculliani empfing seine fröhlichen Gäste mit offenen Türen. Diese Menschen erkannten nun, dass weder Messalina noch Gaius Silius einen gewagten Scherz machen wollten, sondern es ihnen ernst war mit dieser Hochzeitsfeier. Die Braut erschien züchtig verschleiert, der Ehekontrakt lag bereit, die Trauzeugen waren erschienen. Der *augur* erklärte sowohl den Tag der Hochzeit als

auch die Zukunftsaussichten des Brautpaares für außerordentlich günstig.
Es waren wohl an die achtzig Gäste, die sich an der im Freien gerichteten Festtafel niederließen, um zu Musik und dem Tanz der mit Weinlaub und Tierfellen geschmückten Bacchantinnen zu speisen. Als jetzige wie auch künftige Herrin im kaiserlichen Palast hatte Messalina die Hofküche mit der Bewirtung beauftragt und so begann die Speisenfolge nach altrömischem Brauch mit dem *ptisanarium*, einer Suppe aus Gerste und verschiedenen Kräutern, die sich dann mit dem *gustum de holeribus*, einer köstlichen Gemüsevorspeise, später mit Fisch und Braten in vielerlei Zubereitungsarten fortsetzte. Der oberste Koch war angewiesen, den jeweiligen Gang in gefälliger Reimform anzusagen, besonders laut und nachdrücklich aber die *offellae Ostienses* anzupreisen, als anzüglichen Hinweis auf den derzeitigen Aufenthaltsort des Kaisers. Dieses sehr schwierig zu bereitende Feinschmeckergericht bestand aus Spanferkelfleisch und einer Reihe von Gewürzen, vor allem Pfeffer, Dill, Kümmel und Lorbeer, die mit *liquamen*, einer scharfen Fischsoße, zu einer Marinade vermischt wurden, in der das Fleisch tagelang liegen musste. Die Ansage dieses Ostienser Gerichts erregte größte Heiterkeit bei den zum Teil schon angetrunkenen Gästen, die zu diesem hohen Fest den Wein unvermischt tranken.
Den Höhepunkt bildete der Auftritt des Brautpaares als Faunus und Nympha. Messalina schwang laut lachend den Thyrsosstab, während Silius, mit einem Bocksfell bekleidet, einen künstlichen Riesenphallus umgebunden hatte, den er drohend schwang und mit ihm scherzhaft die anwesenden Frauen verfolgte. Ein tanzender Chor junger, fast nackter Mädchen umgab das Paar, sang dabei freche und anzügliche Lieder. Es endete mit dem von Catullus verfassten *hymenaeus*:

»*Quae tuo veniunt ero,*
quanta gaudia, quae vaga
nocte, quae medio die

gaudeat! sed abit dies:
prodeas, nova nupta.«
(Welche Freuden erwarten, Bett,
deinen Herrn! So in flücht'ger Nacht,
wie um Mitte des Tags schenk ihm
Freude! Aber der Tag vergeht:
tritt hervor, Neuvermählte!)

Während der Chor die Worte sang, hörte man laute aufgeregte Rufe: »Schaut nach Osten! Von Ostia her naht ein gewaltiges Unwetter!« Das war Vettius Valens, Leibarzt und früherer Geliebter Messalinas, der aus Trunkenheit und Übermut auf eine hohe Pappel geklettert war.

Tatsächlich war aus der Ferne ein leises Grollen zu vernehmen, das niemand ernst nahm, da man sich ja in die Villa flüchten konnte, sollte ein Regensturm die Gäste überraschen. Ein kleiner Teil der Geladenen hatte nur maßvoll getrunken und war des Verstandes noch mächtig, nahm den Ruf als schlechtes Vorzeichen und machte sich still davon. Das von Ostia heranziehende Unwetter konnte auch das Nahen des Kaisers bedeuten, der mit seinen Prätorianern wie ein Rachedämon in dieses freche und schamlose Treiben hineinfuhr. Als man das Paar unter Gelächter und anzüglichen Scherzen zum *lectus genialis* begleitete, waren jedenfalls noch so viele Gäste zugegen, dass das Fehlen der anderen kaum auffiel.

Gaius Silius hatte sich beim Trinken so weit zurückgehalten, dass der Wein auf seine Potenz nicht lähmend wirkte, sondern sie zur höchsten Kraft steigerte. Messalina warf sich ihm so ungestüm entgegen, dass er für einen Augenblick zurückzuckte, sich jedoch sogleich scherzhaft entschuldigte.

»Willst du mich jetzt schon umbringen, Geliebte? Ich dachte eigentlich, du wirst es erst tun, wenn Britannicus volljährig und ich überflüssig bin …«

»Du bist niemals überflüssig – in alle Ewigkeit nicht! Ich brauche dich wie die tägliche Speise, wie den Schlaf, wie die Luft zum Atmen …«

Es wurde eine Nacht voll Entzücken und Messalina genoss das lang entbehrte Gefühl, die Flammen in ihrem Schoß gelöscht zu haben, kein Begehren mehr zu fühlen, satt zu sein im Fleische.

Als Narcissus von seinen Spitzeln gehört hatte, dass es Messalina und Silius mit ihrem Vorhaben tatsächlich ernst war und die Villa auf dem Mons Pincius im festlichen Schmuck prangte, hatte er sich sofort auf den Weg nach Ostia gemacht. Er hatte sich schon einen Plan zurechtgelegt, wie man Claudius, ohne selbst gefährdet zu sein, diese unglaubliche Nachricht beibringen konnte.

Der kaiserliche Palast befand sich am östlichen Stadtrand nahe dem Tiber, daran anschließend die Kaserne der Prätorianer. Es war kurz nach Mitternacht, als er Lusius Geta weckte und ihm mitteilte, Messalina sei gerade dabei, ihre Hochzeit mit Gaius Silius zu feiern. Der Präfekt, noch halb im Schlaf, schüttelte gähnend den Kopf.

»Ich kann es einfach nicht glauben! Bist du dir ganz sicher?«

»Wäre ich sonst gekommen?«, entgegnete Narcissus unwillig. »Es ist nur so, dass wir beide und noch ein paar andere schon seit Tagen wissen, dass diese Hochzeit geplant war. Nun müssen wir vor dem Kaiser begründen, warum wir ihn nicht eher unterrichtet haben.«

In Getas eng stehende Augen trat ein gehässiger Glanz. »Du, Narcissus, musst dich rechtfertigen, für mich sehe ich keinen Grund dazu. In meinen Augen waren das unbestätigte Gerüchte, wie sie in Rom zu Dutzenden herumschwirren.«

Narcissus nahm es dem Präfekten nicht übel, dass er sich heraushalten wollte. Auch das war in seinem Plan bedacht worden.

»Wo befinden sich die *concubinae* in diesem Augenblick?«

Geta grinste. »Vielleicht im Bett des Kaisers, vielleicht aber auch nicht …«

Die beiden bewohnten im kleinen Ostienser Palatium zwei eigene *conclavis*, die an das *cubiculum* des Kaisers grenzten. Da Claudius während seiner Aufenthalte in der Hafenstadt am Abend

meist so erschöpft war, dass er keiner weiblichen Gesellschaft bedurfte, schliefen die *concubinae* auch heute in ihren eigenen Räumen. Narcissus ließ sie, begleitet von Geta, wecken und schilderte ihnen in kurzen Worten die Lage.
»Von euch beiden wird der Imperator die Nachricht am gefasstesten hinnehmen. Ihr bereitet ihn vor, während Geta und ich in einem Nebenraum warten, um die Nachricht zu bestätigen.«
Kleopatra blitzte ihn keck mit ihren Bernsteinaugen an. »Und das sollen wir quasi umsonst tun oder für ein karges Dankeschön?«
Narcissus gestattete sich ein kurzes Lächeln. Auch damit hatte er gerechnet. »Natürlich nicht. Lusius Geta soll Zeuge sein, dass du und Calpurnia für eure Hilfe reichlich belohnt werdet. Messalina wird in den nächsten Tagen ihre Villa verlassen müssen und ihr sollt euch nach Belieben aus ihren Kleidern, Juwelen und Einrichtungsgegenständen bedienen können, ehe man alles beschlagnahmt.«
Calpurnias graue Augen weiteten sich vor Erstaunen. »Aber, aber was wird mit der Domina?«
»Sie wird ihre Besitztümer nicht mehr brauchen können, ganz gleich, ob man sie nur verbannt oder …« Er blickte Geta fragend an.
»Oder tötet«, sagte der Präfekt ganz ruhig.
Da man keine Zeit verlieren wollte, zog Geta die Wachen vor dem kaiserlichen *cubiculum* ab und winkte die *concubinae* heran. Kleopatra klopfte und öffnete behutsam die Tür.
Claudius, der, wenn er wenig getrunken hatte, einen leichten Schlaf hatte, richtete sich im Bett auf. »Ach, ihr seid es? Gibt es etwas Besonderes?«
Calpurnia fiel vor dem Bett auf die Knie und stieß schluchzend hervor: »Deine Gemahlin hat sich … hat sich mit Gaius Silius vermählt! Es ist unfassbar und kaum zu glauben!«
Kleopatra trat näher. »Auch ich habe es gehört und der gerade eingetroffene Narcissus wird es bestätigen.«
Claudius ließ sich einen Hausmantel anlegen und trank einige Schlucke Wasser. »Narcissus soll kommen und auch Lusius Geta.«

Als Narcissus eintrat, umarmte ihn der Kaiser, während er Geta militärisch mit erhobener Faust begrüßte.
»Vor allem muss ich dich aus tiefstem Herzen um Verzeihung bitten, Imperator, denn ich wusste schon seit Tagen von Messalinas Plan, habe jedoch bis zuletzt daran geglaubt, dass die beiden den letzten schändlichen Schritt nicht wagen werden. Warum dich also unnütz beunruhigen? Aber jetzt, da diese Hochzeit quasi vor aller Augen vollzogen wurde, musst du schnell handeln!«
Claudius wandte sich verschreckt an Geta. »Diese Heirat kann doch nur bedeuten, dass ich entmachtet und des Thrones beraubt werden soll? Womöglich feiern sie in Rom diesen Silius schon als den neuen Imperator.«
»Das wird nicht geschehen, mein Kaiser!«, sagte Geta fest. »Du begibst dich am besten jetzt gleich zu uns in die Kaserne und ich werde einen Trupp nach Rom vorausschicken. Hast du irgendwelche Befehle?«
Claudius war anzusehen, wie er versuchte, gelassen zu bleiben und den aufsteigenden Hass, auch die Angst zu unterdrücken. »Alle Beteiligten kurz vernehmen und dann hinrichten!«
Geta verneigte sich. »Alle?«
Claudius nickte und wiederholte: »Alle!«
Messalinas Name fiel dabei nicht, aber Narcissus wie Geta bezogen sie mit ein. Während Claudius mit Lusius Geta zur Kaserne hinüberging, sandte Narcissus einen Boten nach Rom mit dem Festnahmebefehl für Messalina, Silius und alle unmittelbar an den Umsturzplänen Beteiligten. Zwar fehlte dem Schreiben die eigenhändige Unterschrift des Kaisers, doch Narcissus führte das Staatssiegel und drückte es darauf.
Als Geta aus der Kaserne trat, bat ihn Narcissus, sofort einige berittene *centuriae* nach Rom zu senden unter einem verlässlichen *tribunus*.
»Der soll als Erstes Messalina aufspüren und sie sofort töten. Sie darf dem Kaiser nicht mehr unter die Augen kommen, denn Leute wie Vitellius werden ihn umzustimmen versuchen.«
Geta grinste anzüglich. »Das ist doch der mit Messalinas Schuh?«

»Ja, aber davon wird er sich bald trennen müssen. Ich werde jedenfalls alles tun, um auf dem Weg nach Rom immer in Hörweite des Kaisers zu bleiben.«

Narcissus hatte den geschmeidigen Höfling in seiner Treue zu Messalina überschätzt. Als Vitellius hörte, was geschehen war, warf er den Schuh sofort in eine *latrina* und bejammerte mit dem Kaiser die unfassbaren Schandtaten der Messalina.

Als sich am nächsten Morgen das kaiserliche *pilentum*, eine von vier Schimmeln gezogene Prunkkarosse, in Bewegung setzte, hatte Narcissus darauf bestanden, einen der hinteren Plätze einzunehmen. Vorn saß Claudius zwischen seinen engen Freunden Vitellius und Caecina, die unentwegt auf ihn einredeten, ohne dabei eine deutliche Meinung zu vertreten. Er wusste, wie schnell Claudius seine Meinung ändern konnte, und wollte um jeden Preis eine Begegnung zwischen ihm und Messalina verhindern. Dass Pallas und Callistus sich jetzt so betont zurückhielten, ärgerte ihn schon. Gut, sie hatten ihr stilles Einverständnis signalisiert, davon hielt er allerdings nicht viel, weil es nur für den Fall eines Erfolges galt. Gelang es der Domina, den Kaiser umzustimmen, dann würden die beiden anderen wieder ergebene Diener der Augusta sein – besonders Callistus, der die Fähigkeit, sich nach außenhin neutral zu geben, insgeheim aber dennoch eigene Fäden zu spinnen, in seiner langen Amtsjahren zur Vollkommenheit entwickelt hatte.

Narcissus blickte zum Himmel. Dem Sonnenstand nach müsste es um die vierte Tagesstunde sein und sie würden etwa um die Mittagszeit an der Porta Ostiensis eintreffen. Die Todesbotschaft musste inzwischen angekommen, die berittenen Prätorianer die Stadt erreicht haben. Wenn Messalinas Kopf schon gefallen war, würde er Fortuna einen weißen Stier und eine *libra* besten Weihrauchs opfern.

Doch der fromme Wunsch des Narcissus hatte sich zu dieser Stunde noch keineswegs erfüllt.

Als Messalina und Silius in einen trüben Oktobertag hinein erwachten, hatte nicht nur das Wetter, sondern auch die Stimmung der zur Hochzeitsfeier Geladenen umgeschlagen. Da Gerüchte bekanntlich schneller sind als das schnellste Rennpferd, hatte es sich in Rom herumgesprochen, dass der Kaiser auf dem Weg in die Stadt sei, um hier Gericht über die Frevler zu halten. Viele wussten noch gar nicht, um welchen Frevel es sich eigentlich handelte und wer ihn begangen hatte. Sie brüllten nur nach, was andere ihnen vorplapperten: »Nieder mit den Verrätern, zum Henker mit den Verbrechern!« Zudem waren die meisten falsch informiert und dachten, das Verbrechen bestünde in Messalinas fortwährendem und nun dem Kaiser bekannt gewordenen Ehebruch, gekrönt durch eine verbrecherische bigamistische Hochzeit. Dass dies in die Übernahme des Kaiserthrones durch Gaius Silius münden sollte, war kaum bekannt und wäre von den wenigsten gewünscht oder gutgeheißen worden. Die aber Bescheid wussten oder gar zum Kreis um Messalina und Silius zählten, hatten sich irgendwo in Rom verkrochen, bei Freunden und Verwandten oder in den Schlupfwinkeln ihrer *clientela*.

Nur Mnester, leichtlebig und leichtsinnig wie er war, hatte dazu keine Neigung verspürt. Wo hätte er sich auch verstecken sollen? Die Bettler- und Gauklergilde im Untergrund der Stadt, die in stillgelegten Kloaken und vergessenen Katakomben hauste, hätte ihn, den reichen Emporkömmling, sofort Hohn lachend davongejagt. Und von den Patriziern, deren Wohlwollen er genoss, waren jetzt die meisten selbst zu Gejagten geworden. So sagte er zu Messalina: »Wenn du es gestattest, ziehe ich mich jetzt in meine Wohnung zurück.«

Sie nickte nur stumm und Mnester machte sich auf den Weg zum kaiserlichen Palast, wo er in einem Anbau einige Räume bewohnte. »Was soll mir schon geschehen?«, murmelte er immer wieder, »sie werden mich weiterhin brauchen, ob mit oder ohne Messalina …«

Silius kleidete sich ruhig an.

»Eine überstürzte Flucht wäre jetzt das Unsinnigste, was wir tun könnten. Damit würden wir unsere Schuld eingestehen und den Anklägern einen Gefallen tun. Nein, wir beide müssen die gestrige Feier als frivolen Scherz, als eine wenn auch verzeihliche

Ungehörigkeit hinstellen. Ich werde mich in der Curia zu Wort melden, die Ehrwürdigen Väter um Verzeihung bitten und zugleich ankündigen, mich beim Kaiser persönlich zu entschuldigen und ihm meinen Rückzug aus allen Ämtern anzubieten. Du aber holst deine Kinder, fällst Claudius zu Füßen und klagst dich aller Vergehen an, die ihm unsere eifrigen Gegner längst schriftlich übermittelt haben. Die Hochzeit bei unserem Weinfest, sagst du, sei eine Parodie gewesen, von niemandem ernst gemeint oder gar ernst genommen. Sage ihm, trunkener Übermut hätte dich, hätte uns so handeln lassen. Er als alter Säufer wird dafür Verständnis haben, darauf wette ich meinen Kopf.«

Messalina blickte den Geliebten nur traurig an. »Und was wird aus uns, mein Freund? Wenn der Kaiser meine Entschuldigung annimmt, so heißt das, ich muss zurück in sein Bett, muss die reumütige und dankbare Gattin spielen. Erwartest du das von mir?«

»Ich erwarte nichts, ich rate dir nur. Wenn wir diese fatale Lage überstehen, brauchen wir unsere alten Träume nicht zu begraben. Wir sind jung, wir haben Zeit! Der Kaiser ist alt und wird bald seinen Platz freimachen. Du darfst die Hoffnung nicht verlieren! Unser Schatz, unsere Stärke, unsere Waffe sind die vielen Jahre, die wir noch vor uns haben. Wenn wir aus dieser Lage wieder heil herausfinden, dann können wir uns an das alte Sprichwort halten: Aufgeschoben ist nicht aufgehoben!« Er umarmte und küsste sie. »Nur Mut! Wenn wir uns klug verhalten, wird alles gut gehen.«

Dann eilte er davon, doch seine Worte hatten in Messalina keine Hoffnung entzünden können. Das Spiel war aus, Fortuna hatte ihr den Rücken zugekehrt. Dennoch wollte sie nicht aufgeben, wollte alles versuchen, um das Schicksalsblatt noch einmal zu wenden. *Fortes fortuna adiuvat*, war einer der Lieblingssprüche ihres Vaters gewesen – dem Mutigen hilft das Glück! Ja, sie wollte mutig und entschlossen sein.

Sie sandte einen Boten zum Palast, Sosibius sollte die beiden Kinder sogleich zur Porta Ostiensis bringen, wo sie dann gemein-

sam dem Kaiser entgegenziehen könnten. Einen weiteren Boten schickte sie zum Tempel der Vesta, um Vibidia um Beistand und Fürsprache beim Kaiser zu bitten. Die Virgo Vestalis Maxima konnte er nicht abweisen, das wäre ungehörig und wider allen Brauch gewesen. Dann ging sie nach draußen zu einer der gestrigen Feuerstellen, beschmierte sich das Gesicht mit Asche und wechselte mit einer Sklavin die Kleidung. Ihre schnellsten Träger mussten sie dann in einer schmucklosen Sänfte zum Tempel der Bona Dea bringen, der nur von Frauen betreten werden durfte und in deren Dienst nur Priesterinnen standen. Die Göttin galt als Schwestergemahlin des Faunus und wurde vor allem von Frauen aus dem Volk hochverehrt.
Dort überreichte sie der verblüfften Tempelhüterin zwei Aurei und bat sie um die Opferung einiger Tauben und Ziegen. Von da waren es nur noch einige Schritte zur Porta Ostiensis, wo Sosibius mit den Kindern und einigen Sklaven wartete. Messalina schickte ihn, der sie seltsam schief ansah, mit den Dienern weg. Sie wollte allein, nur mit den Kindern, dem Kaiser entgegengehen. Nach etwa einer Stunde tauchten die Vorreiter auf, riefen ihr barsche Befehle zu, sie möge zur Seite treten, doch sie wich nicht und rief laut: »Ich bin die Mutter von Britannicus und Octavia und bitte den Kaiser um Gehör!«
In der von den Reitern verdeckten kaiserlichen Karosse hörte nur Narcissus die entfernte Stimme, weil die drei alten Herren lautstark die Tücken des Schicksals beklagten. Um den Kaiser abzulenken, überreichte er ihm die Liste mit dem Verzeichnis von Messalinas Ehebrüchen und den Namen der Verschwörer. Dann sprang er aus dem Wagen und lief nach vorn. Als Messalina ihn sah, schöpfte sie die unsinnige Hoffnung, er werde ihr zu Hilfe eilen, doch ihr Lächeln erstarb, als der sonst immer so Beherrschte zu schreien begann:
»Du wagst es noch, hierher zu kommen, erfrechst dich, dem Kaiser unter die Augen zu treten! Du, die ihn jahrelang belogen und betrogen, hintergangen und verraten hat. Deine Zeit ist abgelaufen, du gemeine und schamlose Hure!«

Auf seinen Wink hin rissen zwei Prätorianer ihr die schreienden Kinder aus den Händen und trugen sie fort. Während Narcissus fieberhaft überlegte, ob es besser sei, Messalina gleich hier, quasi unter den Augen des Kaisers, niederzustoßen, sah er, wie sich von der Stadt her ein weiß gestrichener Wagen näherte. Es hätte des voranreitenden Lictors nicht bedurft, um zu erkennen, dass sich die Virgo Vestalis Maxima näherte. Falls ihr eine Fürsprache beim Kaiser gelang, war Messalina gerettet. Narcissus lief dem Wagen entgegen und zwang ihn zum Halten. Vibidia beugte sich heraus.
»Ah, Narcissus! Dann kann der Kaiser nicht mehr fern sein – ich möchte ihn sofort sprechen. Der Imperator kann seine Gemahlin nicht verurteilen, ohne ihre Verteidigung gehört zu haben. Das lasse ich nicht zu!«
»Gewiss, Ehrwürdige Mutter, genauso wird es geschehen. Der Kaiser ist auf dem Weg zum Palast und dort wird er Messalina anhören. Jetzt wollen wir ihn nicht stören, die Reise hat ihn erschöpft und er ist eingeschlafen.«
Vibidia nickte ihr Einverständnis. »Gut, doch Messalina werde ich in meinem Wagen zur Stadt zurückbringen.«
Das konnte Narcissus nicht verhindern, doch er dachte grimmig, dass dies nur ein Aufschub sei und es keinen Unterschied mache, ob sie ihren Kopf ein paar Stunden länger auf den Schultern trage. Messalina sprang in den Wagen, ihrem Gesicht war die Erleichterung anzusehen. Sie küsste Vibidias Hände und begann zu schluchzen. »Alle verdammen mich nur, niemand hört mich an! Ich weiß ja selbst, wie ungehörig und respektlos es war, das Weinfest als Hochzeitsfeier zu gestalten. Aber es war doch nur ein Spiel! Ein dummes, törichtes, gewiss, doch nicht ernst gemeint, eher als heiteres Weihespiel für Bacchus gedacht. Danach wollte ich meine Lebensführung völlig ändern, um an die Seite des Kaisers und zu meinen Pflichten zurückzukehren. Ich habe mir in den letzten Jahren viele Feinde gemacht, das weiß ich recht wohl und es wird schwer sein, mich mit diesen Menschen wieder zu versöhnen. Doch ich werde es versuchen, Ehrwürdige Mutter, mit aller Kraft!«

Vibidia hörte ihr ruhig zu und sagte nur: »Wenn das die Wahrheit ist und du zu deinem Vorsatz stehst, wird der Kaiser sich vielleicht überzeugen lassen.«
Einige von Messalinas Sklaven und Freigelassenen, die schon dabei gewesen waren, die Flucht zu ergreifen, hatten die Szene auf der Via Ostiensis beobachtet und folgten nun in einigem Abstand dem Wagen der Vibidia. Als sie den Mons Palatinus erreichten, kam einer der Palastwächter herbei. Messalina hatte ihm aus einer Laune heraus und weil er ein hübscher Kerl war, einen Gefallen getan und dafür wollte er sich jetzt dankbar erweisen.
»Es wäre besser, du würdest das Palatium jetzt nicht betreten, Augusta. Die Leute dort könnten Befehle ausführen, die der Imperator inzwischen vielleicht widerrufen hat. Wir haben eben erfahren, dass der Kaiser sich ins Prätorianerlager begeben hat, wo er die Schuldigen aburteilen will. Für dich wäre es besser, im Verborgenen abzuwarten, bis er in den Palast zurückkehrt.«
Vibidia nickte. »Der Mann hat Recht. Gehe in deine Villa zurück und verbirg dich dort. Ich werde dafür sorgen, dass du sofort nach des Kaisers Rückkehr Nachricht erhältst.«
Gleich nach seiner Ankunft in der *castra praetoriana* ließ Claudius die *tribuni* und *centurionis* antreten, geführt von den beiden Präfekten Geta und Crispinus. Letzterer hatte sich von seinem Krankenlager herbeigeschleppt, weil er wusste, wie wichtig und entscheidend diese Stunde war. Todmüde und von den sich überstürzenden Ereignissen verwirrt, schien es Claudius dennoch wichtig, eine kurze Rede zu halten. Wieder einmal, so begann er, hätten die Prätorianer gezeigt, dass Treue zum Kaiser sowie Mut und Entschlossenheit zu ihren selbstverständlichen Tugenden zählten. Er werde sie dafür gebührend belohnen und erlaube sich, auch im Namen von Volk und Senat Dank zu sagen für die rechtzeitige Vermeidung von Umsturz und Unruhen. An dieser Stelle kamen laute erregte Zwischenrufe, die eine sofortige Bestrafung der Schuldigen forderten.
Lusius Geta hob die Hand und gebot Schweigen. Er trat einige Schritte vor und meldete: »Mein Kaiser, die meisten und wohl

auch wichtigsten der Verschwörer, mit dem ehrlosen Verräter Gaius Silius an der Spitze, sind hier im Kerker versammelt. Wenn du gestattest, werden wir sie vorführen.«
Claudius, der sich schon auf einen Krug Wein und ein bequemes Bett gefreut hatte, straffte sich. Das musste jetzt durchgestanden werden, seinen treuen Prätorianern war er es schuldig.
Man brachte einen Richterstuhl, auf den der Kaiser sich erleichtert sinken ließ. Dann wurde Gaius Silius vorgeführt. Er hatte nichts von seiner apollinischen Anmut verloren; ungebrochen auch war das strahlende Leuchten seines Blickes. Er stritt nichts ab, versuchte keine Rechtfertigung, bezichtigte sich selbst des Hochverrats und bat um schnelle Vollstreckung des Urteils. Sein furchtloses und männliches Auftreten beeindruckte die Prätorianer und es kamen Rufe des Beifalls. Er wurde in die Hinrichtungskammer geführt, wo ihm der Henker mit einem Hieb den Kopf abschlug.
Ihm folgten Titius Proculus, Messalinas Ehrenwächter, dann ihr Leibarzt Vettius Valens und ein weiteres Dutzend, als Vorletzter der Senator Vergilianus, der sich schon als Konsul unter dem neuen Kaiser gesehen hatte. Er verabschiedete sich mit dem Ruf: »Vielleicht gelingt es beim nächsten Mal!«, was lauten Beifall auslöste, quasi erlaubt und ermuntert durch ein Lächeln des Kaisers.
Als Letzter wurde Mnester hereingeführt, der sich keineswegs mit seiner Lage abfand. »Warum ich? Was habe ich getan? Wenn sich die anderen aus Gewinnsucht oder glänzender Zukunftsaussichten wegen dem Kreis um Messalina und Silius angeschlossen haben, wo bleibt mein Motiv? Ich wäre auch nachher der *mimus* Mnester geblieben, vielleicht sogar der Rache des neuen Kaisers zum Opfer gefallen, denn Silius hat es mir immer verübelt, dass mich die Kaiserin in ihr Bett zwang.« Er riss sich die Tunika vom Leib und rief: »Da seht her! Diese Striemen stammen von Messalinas *flagellum*, weil ich ihrem ehebrecherischen Wunsch widerstehen wollte. Wenn eine Schuld an mir zu finden ist, dann die, dass ich mich von der Peitsche zwingen ließ.«
Der Kaiser beriet sich mit Narcissus, der hinter dem Richterstuhl

stand. Er schüttelte warnend den Kopf. »Du kannst nicht einen Schauspieler begnadigen und ein Dutzend römischer Patrizier hinrichten lassen. Das würde niemand verstehen.«
Nur widerwillig trennte sich Claudius von dem schönen Mnester, dem talentvollen *mimus*. Als man ihn hinausführte, murmelte Mnester vor sich hin: »Jetzt ist das Spiel wohl aus, jetzt muss ich von der Bühne abtreten ... Schade ist es schon ...«

Messalina hatte sich in der früheren Villa des Valerius Asiaticus eingeschlossen, Türen und Fensterläden verriegelt und sich mit ihrer Mutter im abgelegenen Sklavenquartier, wo einige ihrer Dienerinnen schliefen, versteckt. Die zahlreiche Dienerschaft hatte sich bis auf wenige davongemacht, um nicht in das nahende Unheil verwickelt zu werden.
Domitia Lepida war gekommen, um ihrer Tochter in diesen schweren Stunden beizustehen. »Ich will dir jetzt keine Vorwürfe machen, aber du hast in den letzten Jahren vergessen, dass du mit dem Kaiser verheiratet bist. Es ist gefährlich, einen solchen Mann zu hintergehen, weil du damit anderen Gelegenheit gibst, dich zu entmachten, am Ende zu vernichten. Du hast dir viele Feinde gemacht, mein Kind, zu viele ...«
Messalina schwieg. Feinde, dachte sie, jeder hat Feinde. Macht erzeugt Gegner und je größer sie ist, desto mehr Gegner hat man. Wer aber seine Macht nicht gebraucht, wird untergehen.
»Was soll ich tun?«, fragte sie mit kleiner Stimme.
»Hier versteckt bleiben, bis der Kaiser dich rufen lässt. Sobald du vor ihm stehst, hast du gewonnen, doch ich fürchte, dass andere dies verhindern werden. Narcissus hat dich fallen lassen, hat dich vor Zeugen eine gemeine und schamlose Hure genannt, wie du mir berichtet hast. Das kann er nicht zurücknehmen. Diese Worte sind gefallen und er weiß recht gut, dass sie ihn das Leben kosten werden, wenn der Kaiser dich begnadigt. Was Pallas und Callistus denken oder planen, wissen wir nicht. Sie halten sich zurück, sie warten ab. Sollte Claudius dir vergeben, findest du sie sofort auf deiner Seite: Besonders der dicke Callistus wird

sein biederstes Gesicht aufsetzen und dich umschwänzeln wie ein gehorsames Hündchen. Narcissus weiß das, ist jedoch im Vorteil, weil er dem Kaiser nahe steht wie keiner und ihn beeinflussen kann. Wärst du an seiner Stelle, hättest du schon gewonnen.«

»Das bin ich aber nicht ...«

»Spätestens morgen wird es sich entscheiden«, sagte Domitia Lepida und es klang nicht sehr zuversichtlich.

Um nichts zu versäumen, verfasste Messalina zusammen mit ihrer Mutter Bittschriften an den Kaiser, an Vibidia, an Vitellius und andere ihr gewogene Senatoren.

»Das kannst du dir sparen«, meinte Lepida. »Wer im Senat sitzt, hängt sein Fähnlein in den Wind und beobachtet genau, woher er weht. Zurzeit bläst er dir ins Gesicht ...«

Am Abend konnte Claudius endlich in seinen Palast zurückkehren – hoch zu Ross, um dem Volk zu zeigen, dass er lebte, gesund und im vollen Besitz seiner Macht war. Es hagelte Jubelrufe und Glückwünsche, denn es hatte sich schnell herumgesprochen, dass eine Verschwörung aufgedeckt und die Schuldigen bestraft waren. Ihn freuten diese spontanen Reaktionen, die nur zu deutlich bewiesen, dass man ihn anders einschätzte als seinen Vorgänger. Seine Amtsführung, so dachte er, war berechenbar und er folgte nicht irgendwelchen wirren Launen, sondern tat das Notwendige und Nützliche. Den Hafen von Ostia etwa ließ er nicht ausbauen, um von dort mit kaiserlichen Luxusschiffen bequemer und sicherer in See stechen zu können, sondern vor allem, um den Seehandel Roms zu festigen und zu erweitern.

Nun hatte er gut gespeist, Narcissus, Vitellius, Geta und ein paar andere Vertraute waren seine Tischgesellschaft gewesen. Claudius hatte die Tafel aufgehoben, sich von den Freunden verabschiedet, jedoch Narcissus zurückgehalten. Der reichlich genossene Wein hatte seine Empörung gedämpft, ließ ihn manches in einem helleren Licht sehen. Claudius wartete, bis die anderen außer Hörweite waren, und schickte auch die Diener hinaus.

»Narcissus, ich will gerecht sein, habe mich immer darum bemüht und sehe keinen Grund, Messalina gegenüber anders zu verfahren. Sie soll morgen gleich als Erste gehört werden, in aller Ruhe und nur du, Vitellius und vielleicht Geta sollen dabei sein. Ich bin mir nämlich nicht sicher, ob man alles, was mir zu Ohren kam, auch was dir und anderen berichtet wurde, so ohne weiteres glauben und hinnehmen kann. Was daran falsch, verdreht oder ganz einfach von ihren Gegnern lügnerisch in die Welt gesetzt wurde, möchte ich zusammen mit euch herausfinden.«
Diese Entwicklung hatte Narcissus vermeiden wollen und wieder stand ihm deutlich vor Augen, dass er verloren hatte, wenn Messalina morgen die kaiserlichen Gemächer betrat. Wie immer war seinem Gesicht keine Regung anzumerken.
»Ich werde umgehend dafür sorgen, dass die Domina morgen zur Stelle ist. Dafür einstehen kann ich freilich nicht, denn dein Befehl, alle Beteiligten hinzurichten, könnte inzwischen auch sie getroffen haben.«
Claudius runzelte bedenklich die Stirn. »Habe ich das wirklich gesagt?«
»Gewiss, mein Imperator, vor Zeugen, auch der Präfekt Lusius Geta war dabei.«
Der Kaiser hob die Schultern. »Ist es geschehen, können wir es nicht mehr ändern. Wenn nicht, lässt es sich vielleicht noch verhindern.«
Narcissus verbeugte sich. »Ich werde mein Bestes tun, Imperator.«
»Suche dir geeignete Helfer, denn allein könnte es schwierig für dich werden …«
»Jawohl, mein Imperator.«
Da schoss ihm ein Name durch den Kopf – Euodus. Das war einer der Sekretäre des Kaisers, ein griechischer Freigelassener, klug, loyal, geschickt und unbestechlich. Vor etwa einem Jahr hatte Messalina versucht, ihn auf ihre Seite zu ziehen, denn Claudius hörte gern auf seinen Rat und schätzte den Mann wegen seiner umfassenden Bildung. Seine Ablehnung war wohl etwas zu schroff ausgefallen, denn Messalina hatte ihn von da an mit An-

würfen und Verleumdungen verfolgt und alles getan, um ihn lächerlich und unglaubhaft zu machen.
Euodus war gerade dabei, seinen Arbeitsraum zu verlassen, als Narcissus ihn ansprach. »Du weißt, was heute geschehen ist?«
»Im Großen und Ganzen – ja. Es kann mir aber auch etwas entgangen sein.«
Narcissus nickte. »Dir wird in jedem Fall entgangen sein, wie der Imperator in Ostia auf die schlimme Nachricht von Messalinas Hochzeit und den Umsturzplänen reagierte, und so werde ich es dir wiederholen. Er befahl, alle Beteiligten hinzurichten – alle! Sowohl der Präfekt Geta wie auch ich waren der Meinung, dass Messalina in diesen Befehl mit eingeschlossen ist. Wie hättest du reagiert?«
Die Augen des Sekretärs begannen böse zu glitzern. »Die Auslegung scheint mir einfach. Alle kann nur bedeuten, dass jeder an der Feier und den Umsturzplänen Beteiligte hinzurichten sei. Dies ist heute ja geschehen, nur Messalina scheint sich versteckt zu halten …«
»Ja, so ist es und wir sollen sie aufspüren. Der Kaiser hat befohlen, dies mit geeigneten Helfern zu tun und so habe ich gleich an dich gedacht.«
Euodus lachte. »Weil du mich für besonders geeignet hältst?«
»Ja, auch das.«
Der Sekretär wusste natürlich, worauf Narcissus anspielte, und mächtig blühte in ihm der Wunsch auf, sich jetzt endlich rächen zu dürfen.
Sie gingen in die Amtsräume des Euodus zurück, der einen auf den Vortag datierten kaiserlichen Hinrichtungsbefehl ausstellte, den Narcissus gegenzeichnete und siegelte. Dann suchten sie das Wachlokal der Prätorianer auf und befahlen dem Dienst habenden Tribunus, sich mit zwanzig seiner besten Männer auf die Suche nach Messalina zu machen und sie laut kaiserlichem Befehl sofort hinzurichten.
»Sie hat keine Freunde mehr«, sagte Euodus, »sie wird sich in den

Horti Luculliani verkrochen haben. Dort werden wir sie zuerst suchen.«
Narcissus nickte. »Ich bleibe in der Nähe des Kaisers, das halte ich für besser.«
Die Männer zogen ab.

34

Als die Nacht hereinbrach, schöpfte Messalina wieder Hoffnung. Claudius war ein Mann des Tages, fällte seine Entscheidungen, gab seine Befehle bei hellem Licht. Nach Einbruch der Nacht wandte er sich an normalen Tagen dem Wein und den Frauen zu und war nur noch in dringenden Fällen für Amtsgeschäfte zu haben.
»Wir haben getan, was irgend möglich war, jetzt lege dich hin und schlafe ein bisschen. Morgen wirst du viel Kraft und Verstand brauchen, um deinen Kopf aus der Schlinge zu ziehen.«
Messalina nickte ihrer Mutter zu und streckte sich auf dem Sklavenbett aus. Das Lager war mit einem Strohsack bedeckt und fast dankbar spürte Messalina den schmerzhaften Stich einiger hervorstehender Halme, weil es sie daran erinnerte, dass sie noch am Leben war.
Messalina verfolgte in Gedanken die verschiedenen Bittbriefe, die sie zusammen mit ihrer Mutter verfasst und einem Boten übergeben hatte. Plötzlich zweifelte sie daran, ob diese Schreiben ihre Empfänger erreicht hatten. Das ist nicht so wichtig, beruhigte sie sich, vielleicht wäre es sogar besser, der Kaiser und seine Berater könnten sich nicht auf Geschriebenes berufen. Was einmal geschrieben stand, konnte verdreht und missdeutet werden, während das gesprochene Wort schnell zu berichtigen war. Ja, das allein zählte – sie musste Auge in Auge vor dem Kaiser stehen und so, wie sie ihn kannte, fiel es ihm sehr schwer, Frauen etwas abzuschlagen, umso mehr, als sie die Mutter seiner Kinder war. Sie

lächelte bei dem Gedanken, dass Claudius in Octavia ein Sklavenkind hätschelte und dann musste sie an einige ihrer Liebhaber denken und wie leicht es war, Männer zu belügen, zu betrügen, zu täuschen und an der Nase herumzuführen. Sie setzte sich wieder auf.

»Mit dreiundzwanzig kann es doch nicht zu Ende sein?«

Ihre Mutter war eingenickt und murmelte. »Schlafe jetzt ein wenig ...«

Ehe Gaius Silius ihr Geliebter wurde, wen hatte sie da am höchsten geschätzt? Sabinus, den groben germanischen Klotz? Cletus, der schnell herausfand, was die Frauen schätzten, was sie befriedigte? Den schönen Mnester, der sich zierte und erst mit der Peitsche gefügig gemacht werden musste, oder die vielen Besucher, die im *lupanar* durch ihr Bett wanderten und von denen kein einziger der Erinnerung wert war. Einen vielleicht doch – den schüchternen Juden David, der ihr als Geschenk die Provinzprägungen mit ihrem eigenen Bildnis verehrt hatte. Dann war Gaius Silius gekommen und alle anderen waren im Nebel versunken, waren undeutlich geworden und hatten sich aufgelöst wie die Schrift auf einer frisch geglätteten *tabula cerata*.

Valerius Asiaticus! Wie ein plötzlicher Gongschlag tönte sein Name durch ihren Kopf. Wie leicht war es, den Herren einzureden, dieser Mann sei ein gefährlicher Hochverräter und wie sehr sonnte sich Claudius in seiner vermeintlichen Milde, als dem Angeklagten gestattet wurde, sein Ende mit eigener Hand herbeizuführen. An seinem Todestag hatte er sie verflucht und nun musste sie beweisen, dass sein Fluch nichts galt, dass nichts daran war an den seherischen Fähigkeiten eines Todgeweihten.

Sie empfand sich plötzlich in einen Käfig gesperrt, doch sie konnte keine Gitterstäbe entdecken. Draußen stand ihr Vater und lächelte traurig. »Hat es jetzt so weit kommen müssen, dass du eingesperrt bist wie ein wildes Tier?«

»Aber Vater, ich sehe doch keine ... keine ...«

»Gitterstäbe? Es gibt sie, doch sie sind zu weit gesetzt, als dass du sie sehen könntest, zu eng aber, um entfliehen zu können. Du

bist unrettbar im Käfig deiner Verbrechen und Begierden und all deiner Untaten gefangen …«
Dann schreckte sie auf, als ihre Mutter sie am Arm rüttelte. »Sie kommen!«
Benommen richtete Messalina sich auf. »Wer kommt?«
»Die Prätorianer! Wenn sie bei Nacht erscheinen, kann das nur eines bedeuten: Sie wollen dich holen.« Lepida griff in ihr Gewand und drückte der Tochter einen Dolch in die Hand. »Der hat deinem Vater gehört … Mach ein Ende, ehe sie dich abschlachten wie ein Stück Opfervieh.«
Deutlich waren jetzt die splitternden Schläge zu vernehmen, mit denen die Männer die verriegelten Türen aufbrachen. Dem Getrampel und den Flüchen nach war zu schließen, dass sie das Haus absuchten. Es dauerte nicht lange, dann zertrümmerte ein Beil den schwachen Türriegel und einige der schwer bewaffneten Prätorianer drangen herein, geführt von ihrem Tribun und an dessen Seite der hämisch grinsende Euodus.
Vor Angst zitternd, presste sich Messalina an ihre Mutter, setzte den Dolch an ihre Kehle, brachte es jedoch nicht fertig zuzustoßen. Da trat der Freigelassene vor.
»Erkennst du mich, Messalina? Euodus ist es, den du vernichten wolltest, weil er sich weigerte, den Kaiser zu hintergehen. Was ich hier in Händen halte …«, er schwenkte das gesiegelte Papier, »… ist das kaiserliche Todesurteil. Der Imperator hat endlich erkannt, wer du in Wirklichkeit bist. Du hast dich am Besitz der von dir in den Tod Getriebenen gemästet, hast die Frechheit besessen, mit einem Hochverräter die Ehe zu schließen, warst dumm genug zu glauben, damit endlich zur Augusta aufzusteigen. Der Imperator hat schon gewusst, warum er dir diesen Ehrentitel vorenthielt! Und jetzt mache ein Ende mit deinem Leben, das die Stadt und den kaiserlichen Hof jahrelang beschmutzt hat.«
Dann stieß er ein hässliches Lachen aus. »Deine Kumpane Gaius Silius und die anderen Hurenböcke sind schon beim Henker zu Gast gewesen und haben sich jetzt im Orcus versammelt, um auf ihr Betthäschen zu warten.«

Messalina war wie gelähmt, riss entsetzt die Augen auf und ließ den Dolch fallen. Da trat der Tribun vor sie hin und stieß ihr wortlos sein Schwert in die Brust. Messalina schrie leise auf, ihre Hände lösten sich von der Mutter und ihr Kopf fiel zur Seite. Euodus zischte böse: »Schleppe diese faule Frucht in deinen Garten und verbrenne sie dort.«
Domitia Lepida nickte, während ihr die Tränen über die Wangen liefen. Dann zogen die Männer ab.

Als sich der Tribun gegen Morgen bei Narcissus mit einem kurzen Bericht zurückmeldete, löste sich sein stets beherrschtes Gesicht in einem befreienden Lächeln. »Der Imperator wird dich und deine Männer gebührend belohnen.«
Dann gönnte er sich einige Stunden Schlaf, um rechtzeitig zur Mittagstafel des Kaisers erscheinen zu können. Dort erstattete er die kurze Meldung: »Ich muss dir leider mitteilen, dass Messalina deinem Befehl zuvorgekommen ist. Aus Verzweiflung vor dem Übermaß ihrer Verfehlungen hat sie sich selbst gerichtet.«
Claudius griff schweigend nach seinem Becher und trank ihn aus. »Vielleicht ist es besser so …«
Vier Tage später, es war der *dies Veneris*, der Tag der Venus, hätte, wie es Brauch geworden war, Messalina an der kaiserlichen Tafel erscheinen müssen. Da sie nicht kam, fragte der Kaiser ungeduldig nach ihrem Verbleib.
»Sie lebt nicht mehr«, sagte Narcissus ruhig.
Claudius runzelte die Stirn. »Das muss ich wohl vergessen haben … Gut, dann können wir mit dem Mahl beginnen.«

Epilogus

Messalinas Tod hinterließ keine Lücke. Die ihr nahe gestanden hatten, waren mit ihr in den Tod gegangen. Das Verhältnis zu Claudius hatte sich schon länger auf einige gemeinsame Mahlzeiten beschränkt, sie verband nur noch ein dünner Faden, der jetzt gerissen war. Britannicus und Octavia – jetzt sieben und acht Jahre alt – hatten die Mutter oft tagelang nicht gesehen und ihre Besuche waren meist sehr kurz gewesen. Natürlich trauerten die Kinder um sie, doch die Bindung zur Mutter war nicht so fest gewesen, dass ihr Kummer lange anhielt.

Zwei Tage nach Messalinas Ableben trafen sich die *libertini* in den abhörsicheren Amtsräumen des Callistus. Etwas wie ein heimlicher Glanz umgab den Auftritt des Narcissus, der den waghalsigen Plan, Messalina zu vernichten, mit Mut, Scharfsinn und Entschlossenheit durchgeführt hatte und am Ende als Sieger dastand. Pallas und Callistus säumten nicht, darüber einige anerkennende Worte zu äußern, denn nun war der alte Zustand wiederhergestellt, wenn auch – darüber waren sich alle drei einig – der Kaiser eine neue Gemahlin brauchte.

»Ehelosigkeit ist ihm unerträglich und macht beim Volk einen schlechten Eindruck. Deshalb war schon Tiberius verhasst und sein Tod wurde wie ein Freudenfest gefeiert. Augustus und Livia hingegen galten als nachahmenswertes Vorbild einer römischen Ehe und schon zu Lebzeiten genoss Livia fast göttliche Ehren.«

Über das feiste Gesicht des Callistus flog ein spöttisches Grinsen. »Danke für die Nachhilfe in Geschichte, Narcissus, mit diesen Tatsachen sind wir jedoch schon selbst vertraut und jeder von uns erkennt die unbedingte Notwendigkeit einer Neuvermählung des Imperators.«

Da aber wichen die Meinungen stark auseinander. Pallas votierte

für Lollia Paulina, die kurzfristige und bald wieder verstoßene Gemahlin des Caligula. Callistus hielt Agrippina für die Geeignetste, Narcissus Aelia Paetina, von der sich Claudius damals wegen Messalina hatte scheiden lassen. Das sprach gegen sie, wie auch Paulinas Ehe mit Caligula keine Empfehlung war.
Als alles auf eine Verbindung mit Agrippina hinauslief, erwies sich die nahe Verwandtschaft als Stein des Anstoßes, denn es gab in der römischen Geschichte keinen Fall, da ein Staatsmann seine leibliche Nichte geheiratet hätte. Einige Senatoren warnten vor dem schlechten Beispiel einer Ehe, die von vielen als *incestus* angesehen werden konnte. Der Senator Vitellius, erzschlau und immer bereit, sich den jeweils Herrschenden anzudienen, übernahm die Aufgabe, diese Ehe dem Senat als politisch höchst notwendig darzustellen. Agrippina sei zur Zeit die Einzige, die das Format einer Augusta besäße und durchaus imstande war, dem Kaiser eine Reihe von Pflichten abzunehmen. Zudem sei ihr enger Umgang mit dem Imperator auch unter Messalina niemals abgerissen und er selbst wisse aus verschiedenen Quellen, dass sie ihm bei vielen Dingen mit Rat und Tat geholfen habe. Ihre Herkunft und ihr Ruf seien makellos und dass sie am Tod ihres letzten Gemahls schuld sei, habe sich längst als bösartiges Gerücht erwiesen. Bald erkannte man im Senat, dass Claudius wie Agrippina zu dieser Verbindung fest entschlossen waren, und keiner der Ehrwürdigen Väter wollte sich nachsagen lassen, dem im Wege gestanden zu sein.
So wurde Agrippina ein Jahr nach dem Tod der Messalina die Frau des Imperators, den sie dazu überredete, ihren Sohn Nero zu adoptieren. Sie erreichte dies mit dem kaum zu widerlegenden Argument, dass der jetzt Dreizehnjährige in wenigen Jahren mündig sei und im Bedarfsfall eher als Nachfolger in Frage käme, als der erst neunjährige Britannicus.
Von nun an kannte Agrippina nur noch ein Ziel: Nero musste Kaiser werden. Um ihm die beste Ausbildung zu verschaffen, holte sie Seneca aus seiner Verbannung zurück und machte ihn zum Lehrer und Erzieher ihres Sohnes. Zudem gelang es ihr,

Octavia, des Kaisers Tochter, mit Nero zu verloben. Die Hochzeit fand kurz nach seiner Mündigkeitserklärung statt.
Nun sah Agrippina keinen Grund mehr, vielleicht noch jahrelang auf den Tod ihres Gemahls zu warten. Sie ließ ihm auf einem Symposium im kaiserlichen Palast ein Pilzgericht reichen, weil sie Zeugen brauchte, die auch davon aßen, ohne Schaden zu nehmen. Sie hatte es nämlich so eingerichtet, dass nur seine Portion die giftigen Pilze enthielt. Claudius verlor die Sprache, fiel zu Boden und starb während der Nacht an den Folgen eines Schlaganfalls, wie seine beiden Leibärzte unter Eid bestätigten. So wurde Nero Claudius Caesar mit siebzehn Jahren zum Imperator erhoben.
Nun musste Narcissus es büßen, dass er anfangs gegen die Ehe des Kaisers mit Agrippina gewesen war. Er wurde zum Selbstmord gezwungen, während Pallas und Callistus vorerst unbehelligt blieben, jedoch einen großen Teil ihres Einflusses verloren.
Senecas mäßigender Einfluss auf den jungen Kaiser schwand mit der Zeit und Nero beseitigte nach und nach vor allem jene, denen er eigentlich zu Dank verpflichtet gewesen wäre. Pallas, der sich für seine Adoption eingesetzt hatte, wurde entmachtet und dann auf kaiserlichen Befehl vergiftet. Callistus, dem biederen Schlaukopf, gelang das Kunststück, sich so gründlich aus der Öffentlichkeit zurückzuziehen, dass die Welt ihn vergaß und er bis ins hohe Alter sein beträchtliches Vermögen genießen konnte.
Britannicus, legitimer Sohn des Kaisers Claudius und rechtmäßig sein Nachfolger, wurde schon in Neros erstem Regierungsjahr zu Tode gebracht.
Als Neros ehrgeizige und machtgierige Mutter Agrippina auch nach der Kaisererhebung ihres Sohnes nicht aufhören wollte, ihm dreinzureden und mitzuregieren, ließ er sie durch einen Prätorianertrupp in ihrem Landhaus ermorden. Dasselbe Schicksal traf seine erste Gemahlin Octavia, während er die zweite, Poppaea Sabina, im Streit mit einem Fußtritt in den Leib tötete.
Am Ende dieses grausigen Totentanzes stand Seneca, der unter dem Vorwand, an der Pisonischen Verschwörung beteiligt gewesen zu sein, zum Selbstmord gezwungen wurde.

Drei Jahre später ermannte sich der Senat und ächtete den Kaiser, worauf die Prätorianer ihm den Gehorsam verweigerten. Mit seinem daraufhin erzwungenen Freitod starb das letzte Glied der julisch-claudischen Familie. Genau genommen: Ein illegitimer Sproß lebte noch, nämlich Nymphidius, den Caligula mit der Tochter des Callistus gezeugt hatte. Der schlaue Callistus hatte jedoch dafür gesorgt, dass sein Enkel im Verborgenen blieb, um nicht der Mordlust des Caligula zum Opfer zu fallen. Nero ernannte ihn zum Prätorianerpräfekten und nach dessen Selbstmord redeten ihm Freunde ein, sich zum Kaiser ausrufen zu lassen, da er ja nun der einzig Verbliebene aus julisch-claudischem Stamm sei. Doch die Prätorianer hatten sich bereits für Galba erklärt und brachten den Ehrgeizigen um.

Blicken wir zurück, so war es nicht nur Messalina, die im Laufe der julisch-claudischen Familiengeschichte ein gewaltsames Ende fand, sondern, begonnen mit Tiberius, sämtliche wichtigen Glieder dieses Geschlechts.

Personen

Tiberius Claudius Caesar Augustus	röm. Kaiser (41–54)
Gaius Julius Caesar Augustus	röm. Kaiser (37–41), genannt Caligula
Valeria Messalina (25–48)	3. Gemahlin des Claudius
Octavia (40–62)	ihre Tochter
Britannicus (41–55)	ihr Sohn
Gaius Silius	ihr Geliebter
Sabinus	ihr Geliebter
Mnester	ihr Geliebter
Narcissus, kaiserl. Freigelassener	Vertrauter des Kaisers
Callistus, kaiserl. Freigelassener	hoher Staatsbeamter
Pallas, kaiserl. Freigelassener	hoher Staatsbeamter
Valerius Asiaticus	Senator, Besitzer der Horti Luculliani
Julia Agrippina	Claudius' Nichte
Julia Livilla	Claudius' Nichte
Marcus Vinicius	Ehemann der Livilla
Valerius Messalla	Messalinas Vater
Kleopatra	Konkubine des Claudius
Calpurnia	Konkubine des Claudius
Domitia Lepida	Messalinas Mutter
Aulus Plautius	Feldherr
Catonius Justus	Tribun der kaiserlichen Leibgarde
Rubica	Freigelassene in M. Dienst
Vibidia	Virgo Vestalis Maxima Oberpriesterin der Vesta
Lucius Vitellius	Senator und Konsul
Sosibius	Erzieher des Britannicus
Helikon	Geheimsekretär des Caligula
Cletus (Kleitos)	Gartensklave im Elternhaus der Messalina
Gaius Appius Silanus	Domitia Lepidas 2. Ehemann
Aelia Paetina	von Claudius wg. Messalina geschieden

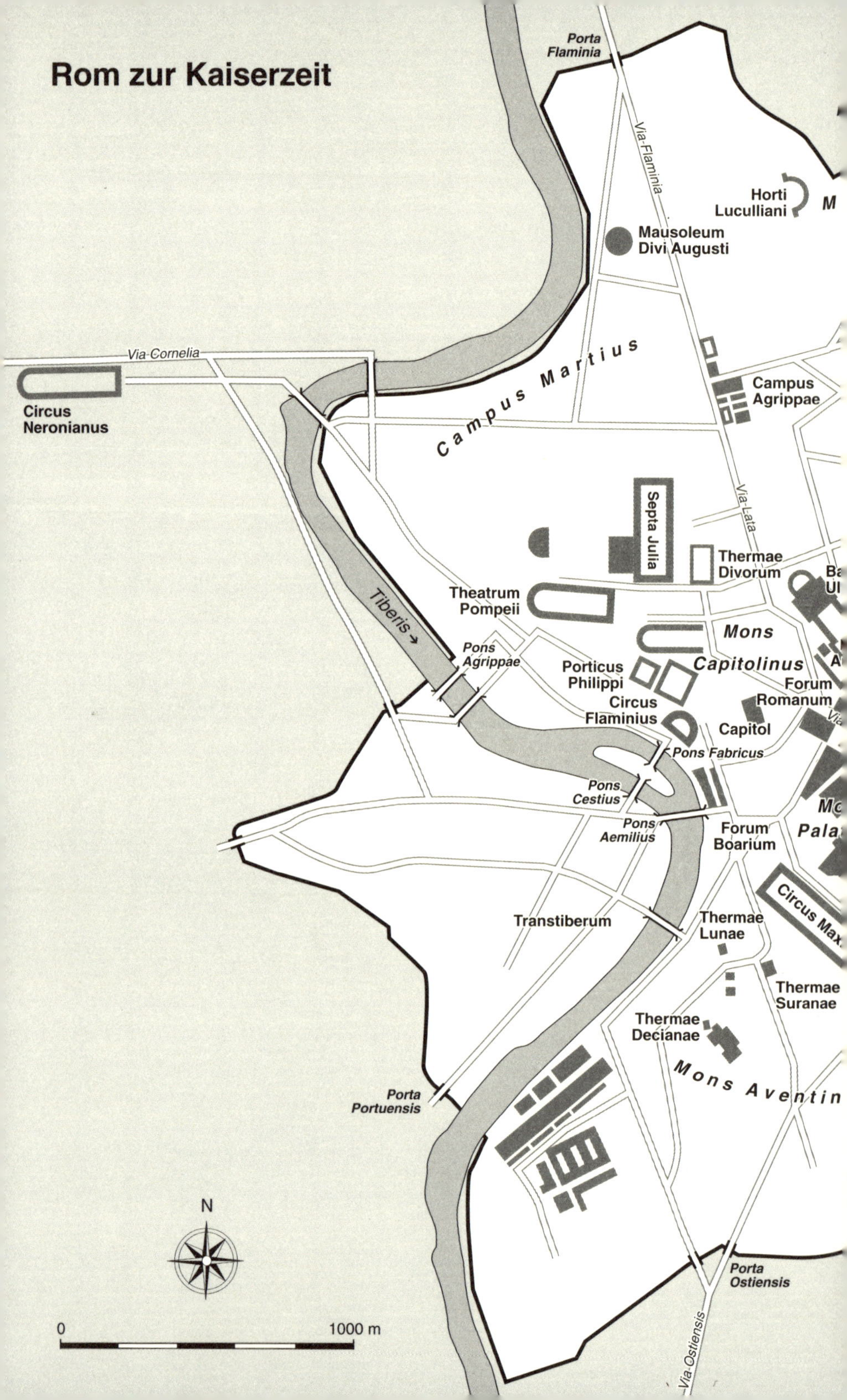
Rom zur Kaiserzeit
Porta Flaminia
Via Flaminia
Horti Luculliani
Mausoleum Divi Augusti
Via Cornelia
Circus Neronianus
Campus Martius
Campus Agrippae
Via Lata
Septa Julia
Thermae Divorum
Theatrum Pompeii
Tiberis
Mons Capitolinus
Pons Agrippae
Porticus Philippi
Forum Romanum
Circus Flaminius
Capitol
Pons Fabricus
Pons Cestius
Pons Aemilius
Forum Boarium
Transtiberum
Thermae Lunae
Thermae Suranae
Thermae Decianae
Porta Portuensis
Porta Ostiensis
Via Ostiensis
N
0
1000 m